MARAH WOOLF

WICCA CREED

ZEICHEN & OMEN

ROMAN

ERSTES BUCH

Impressum

Deutsche Erstausgabe März 2023
4. Auflage

Umschlaggestaltung: Carolin Liepins
Lektorat: Melike Karamustafa
Korrektorat: Heike Abidi
Buchsatz: Anja Mo Kast

Impressum:
IWD Körner, Hasselbachplatz 3, 39104 Magdeburg
marah.woolf@googlemail.com
Facebook: Marah Woolf
Registrierung für Newsletter unter: www.marahwoolf.com
Instagram: marah_woolf

WhatsApp unter NUMMER
+49 176 87943335
Vermerk: News

Vertrieb: Nova MD GmbH Vachendorf
Druck: CPI Germany

Quellen:
Rede oft he Wiccae: http://www.waningmoon.com/ethics/rede3.shtml
Wicca Rede: Übersetzung des englischen Originals der Wiccan-Rede von Lady Gwen Thompson,
leicht abgeändert durch die Autorin
Bildmaterial:
Verwendung von Illustrationen von Shutterstock: © Inna Sinano

ISBN:978-3-98595-592-3

ZUM
SECHSJÄHRIGEN
JUBILÄUM

FÜR JOSY, NANE, ANKE,
DANIELA, NICOLE, ELA UND TANJA
IHR SEID DIE TOLLSTEN UNTERSTÜTZERINNEN
DER WELT UND ICH BIN SO FROH,
DASS ICH EUCH HABE.

ÜBER DIE AUTORIN

Marah Woolf wurde 1971 in Sachsen-Anhalt geboren, wo sie auch heute noch mit ihrem Mann und ihren drei Kindern lebt. Sie studierte Geschichte und Politik und erfüllte sich mit der Veröffentlichung ihres ersten Romans 2011 einen großen Traum. Mittlerweile sind mehrere Fantasyepen von ihr erschienen und wurden in verschiedene Sprachen übersetzt. Netflix kündigte die Verfilmung der MondLichtSaga an.

DIE MENSCHEN GLAUBEN,
ES GÄBE KEINE MAGIE,
UND NUR DIESE ÜBERZEUGUNG
LÄSST SIE GUT SCHLAFEN.

REDE OF THE WICCAE

Being known as the counsel of the Wise Ones:
Bide the Wiccan Laws ye must In Perfect Love and Perfect Trust.
Live an' let live - Fairly take an' fairly give.
Cast the Circle thrice about To keep all evil spirits out.
To bind the spell every time - Let the spell be spake in rhyme.
Soft of eye an' light of touch - Speak little, listen much.
Deosil go by the waxing Moon - Sing and dance the Wiccan rune.
Widdershins go when the Moon doth wane,
An' the Werewolf howls by the dread Wolfsbane.
When the Lady's Moon is new, Kiss thy hand to Her times two.
When the Moon rides at Her peak Then your heart's desire seek.
Heed the Northwind's mighty gale - Lock the door and drop the sail.
When the wind comes from the South, Love will kiss thee on the mouth.
When the wind blows from the East, Expect the new and set the feast.
When the West wind blows o'er thee, Departed spirits restless be.
Nine woods in the Cauldron go - Burn them quick an' burn them slow.
Elder be ye Lady's tree - Burn it not or cursed ye'll be.
When the Wheel begins to turn - Let the Beltane fires burn.
When the Wheel has turned a Yule, Light the Log an' let Pan rule.
Heed ye flower bush an' tree - By the Lady Blessèd Be.
Where the rippling waters go Cast a stone an' truth ye'll know.
When ye have need, Hearken not to others greed.
With the fool no season spend Or be counted as his friend.
Merry meet an' merry part - Bright the cheeks an' warm the heart.
Mind the Threefold Law ye should - Three times bad an' three times good.
When misfortune is enow, Wear the Blue Star on thy brow.
True in love ever be Unless thy lover's false to thee.
Eight words ye Wiccan Rede fulfill - An' it harm none,
Do what ye will.

1. KAPITEL

AQUINCUM, HAUPTSTADT VON MUNTENIA

IMBOLC

Niemand wusste, wer die längst verblichene Inschrift in die dunklen Holzbalken der abgenutzten Theke des *Merlin* gebrannt hatte. Eine Legende besagte jedoch, dass es Mitglieder der berüchtigten Studentenverbindung Aquincums, der Hauptstadt von Muntenia, gewesen waren. Und immer, wenn mein Blick auf den Spruch *Magie verschwindet nur, wenn wir sie in Fesseln legen* fiel, beschlich mich der Gedanke, dass sie das Ziel, eben jene Magie aus der Welt zu entfernen, fast erreicht hatten. Natürlich konnten Menschen Magie nicht wirklich fesseln, aber sie besaßen ein ausgezeichnetes Geschick darin, magische Wesen zu verfolgen, zu foltern und zu töten. Zu meinem Glück glich meine Magie eher dem verzweifeltem Aufflackern einer Flamme, die kurz davor stand, zu erlöschen, denn ansonsten hätten die Einwohner von Aquincum mich längst geteert und gefedert. Ihnen war es egal, dass eine Wicca niemals jemandem Schaden zufügte. Magie war für sie Magie, egal ob schwarz oder weiß. Sie fürchteten sie wie der Teufel das Weihwasser, und wer sollte es ihnen verdenken. Zu oft waren sie in der Vergangenheit in die Kriege der Hexen, Wicca und Strigoi hineingezogen worden. Ich hatte mich damit arrangiert, kaum Magie zu besitzen, weil man nicht vermissen konnte, was man nie besessen hatte, aber heute wünschte ich verzweifelt, ich würde einen Ruhezauber beherrschen, um den Lärm um mich herum für einen Moment zum Stillstand zu bringen. Mein Kopf stand kurz davor zu platzen. Der Gestank von Schweiß und abgestandenem Bier quälte meine Nase, und der beißende Tabakrauch vernebelte meine Sicht. Nach mehreren Stunden in der stickigen Taverne waren meine empfindlichen Sinne völlig durcheinander.

Erleichtert stellte ich das schwere Tablett auf der Theke ab und versuchte zu atmen, ohne allzu viel zu riechen. Ein hoffnungsloses Unterfangen. Der Stoff meines Kleides klebte an meinem Rücken und meine Arme zitterten von den Lasten, die ich seit dem frühen Abend zwischen den Tischen und Bänken hin- und herschleppte. Ich fühlte mich zum Umfallen erschöpft, aber immer noch lagen weitere Stunden vor mir, bevor ich gehen konnte. Mit dem Ärmel wischte ich mir den Schweiß von der Stirn.

Damir schob mir ein neues voll beladenes Tablett zu. »Weiter geht's. Schlafen kannst du zu Hause.« Der Besitzer des *Merlin* stützte seine Hände auf dem Tresen ab und musterte mich aus zusammengekniffenen Augen. Er war riesig und an jeder sichtbaren und vermutlich auch unsichtbaren Körperstelle tätowiert. Wegen der Hitze trug er nur eine zerschlissene Lederweste, und sein kurzgeschorenes Haar war weiß gefärbt. Insgesamt kein sehr vertrauenserweckender Anblick, aber ich war froh gewesen, dass er mich ohne Empfehlungen vor drei Jahren eingestellt hatte.

»Ich brauche nur eine Minute«, erklärte ich mit so fester Stimme, wie es mir möglich war. »Geht gleich weiter.«

Grummelnd schob er mir einen Becher Wasser zu. »Wann hast du das letzte Mal etwas gegessen? Und ich meine nicht die Handvoll Nüsse vorhin.«

Nachdenklich runzelte ich die Stirn und bildete mir nicht ein, dass sich Damir um mich als Person sorgte. »Gestern irgendwann. Hatte viel zu tun.«

Er schüttelte den Kopf. »Du musst besser auf dich achtgeben. Einen Ausfall kannst du dir nicht leisten und ich mir auch nicht.«

»Keine Angst«, erklärte ich sarkastisch. »Ich passe auf mich auf, damit du mich weiter ausbeuten kannst. Nachher hole ich mir von dem Hungerlohn, den du mir zahlst, ein paar frische Fladen.« Wenn ich dann noch die Kraft zum Kauen hatte. Gerade wollte ich nur ins Bett und die nächsten Jahre durchschlafen. Leider war das keine Option.

»Du könntest dir jederzeit was dazuverdienen.« Seine Stimme wurde lauernd. »Machen die anderen Mädchen auch. Ein Wort von dir genügt. Gibt genug Gäste, die nach dir gefragt haben.«

»Du kennst meine Antwort und sie ist immer dieselbe. Vergiss es.« Am liebsten hätte ich Damir einen Krug Bier ins Gesicht gekippt. Niemals würde ich mich von einem der schmierigen Männer antatschen lassen, und das wusste er genau. Aber er wusste auch, wie dringend ich Geld brauchte, um die Miete für meine Hütte zu bezahlen. Doch meine Liebhaber suchte ich mir weder in dieser heruntergekommenen Kaschemme noch ließ ich mich von ihnen bezahlen.

»Unsere Valea ist sich zu fein für deine Kundschaft«, erklang eine hohe Stimme hinter mir. »Wie oft willst du sie noch fragen?«

Ich drehte mich zu Ivana um, einem Mädchen, das ebenfalls im *Merlin* arbeitete. Ihre Lippen waren blutrot geschminkt und die blonden Haare hingen ihr offen über den Rücken. Dazu trug sie ein so eng geschnittenes Kleid, dass nichts der Fantasie des Betrachters überlassen blieb. Sie musterte meine Gestalt, die im völligen Kontrast zu ihren üppigen Rundungen stand. »Du solltest öfter mal was Warmes essen und vor allem Fleisch. Sonst haben die Männer eh nichts zum Anpacken.«

»Noch ein Grund mehr, auf Fleisch zu verzichten.« Ich zog das Tablett zu mir und spannte die Armmuskeln an. Was würde ich dafür geben, es einfach durch den Raum schweben zu lassen. »Ich weiß jetzt übrigens, wie man ein Ei kocht«, erklärte ich den beiden. »Das ist mehr als letzte Woche.« Der dumme Disput verschaffte mir eine weitere winzige Atempause.

Damirs dröhnendes Lachen übertönte kurz den Lärm der Gäste. »Du hast geübt. Wie tüchtig.«

»Du kennst mich doch, wenn ich mir etwas in den Kopf gesetzt habe, dann schaffe ich das auch.« Die meisten Eier waren geplatzt, das klumpige Eiweiß war am Ende im Kochwasser geschwommen und ich hatte alles in die dürftige Kanalisation vor meiner Hütte gekippt, wo ein paar Ratten sich daran gütlich getan hatten. Es war widerlich gewesen und hatte das Ende meiner von Anfang an wenig vielversprechenden Laufbahn als Köchin bedeutet. Aber das brauchten die beiden nicht zu wissen.

»Ich könnte dir etwas kochen«, verkündete Ivana grinsend. »Wenn du mir im Gegenzug aus der Hand liest.«

Ihr Essen war nicht viel besser als meines, aber trotzdem nickte ich. Handlesen war eine harmlose Kunst, der selbst Menschen nicht viel Bedeutung beimaßen, solange nicht zu viele der Prophezeiungen in Erfüllung gingen. Nicht, dass ich eine geübte Handleserin gewesen wäre, aber für ein warmes Essen kratzte ich mein spärliches Wissen schon mal zusammen.

Mit schwingenden Hüften tänzelte Ivana davon. In einer anderen Welt hätten wir Freundinnen werden können. Genau wie ich war sie allein auf der Welt und hatte keine Familie, die sich um sie sorgte. Sie hatte dieser Umstand rücksichtslos gemacht und berechnend. Vielleicht würde ich eines Tages auch so enden, wenn ich in Aquincum bleiben musste. Jeder einzelne Tag fühlte sich nach einem Kampf an, und für Ivana war dieser Kampf noch schwerer.

»Sie hofft jedes Mal, du siehst in ihrer Liebeslinie einen Mann, der sie mit Geld überschüttet, und nicht so ein Versager ist wie der Vater ihres Sohnes. doch das wird nie passieren«, brummte Damir. »Sie ist eine Hure und ich dulde diesen Hokuspokus nicht mehr lange.«

Ich wusste genau, was Ivana erwartete. Ein bisschen Hoffnung für ihr trostloses Leben. Aber Chiromantie war eine Wissenschaft und kein Wunschkonzert. Nach der letzten für sie eher unbefriedigenden Lesung hatte sie mir am Abend ein Bein gestellt, und ich war mit einem vollen Tablett in der Hand auf die Nase gefallen. Die Getränke hatte Damir von meinem Lohn abgezogen und alles nur, weil ich in ihren Handlinien nicht den Prinzen gesehen hatte, den sie sich wünschte und brauchte. Menschen begriffen nicht, dass man für sein Glück zuallererst selbst zuständig war.

Ich packte das Tablett, um mich wieder an die Arbeit zu machen, als eine grobe Berührung an meiner Brust mich zusammenzucken ließ. Das Tablett knallte zurück auf die Theke, und ein Becher fiel um. Bier lief über die Holzkante und floss über den Rock meines Kleides. Ich wirbelte herum.

Ein Mann mit struppigem Haar, eingefallenen Wangen und grauer Haut grinste anzüglich.

»Wenn Ihnen Ihr Leben lieb ist, nehmen Sie die Hände von ihr.«

Der sanfte und gleichzeitig herrische Befehl kam zu spät, denn ich hatte bereits einen Becher mit Bier gepackt und kippte dem Grabscher den schaumigen Gerstensaft ins Gesicht. Johlendes Gelächter ertönte von den anderen Gästen. Es war nicht das erste Mal, dass ich belästigt wurde, und sicherlich würde es nicht das letzte Mal sein. Damir ergriff nie für uns Partei, weswegen ich schnell gelernt hatte, dass es am wichtigsten war, keine Angst zu zeigen. Mein Angreifer wischte sich die herbe Flüssigkeit von den Wangen, hob beide Hände und wich zurück. Bösartige Wut glomm in den Augen, die von der Einnahme zu vieler Hexenpilze stumpf geworden waren. Doch er gab nicht wegen mir so schnell auf, sondern wegen des Mannes, der die Drohung ausgesprochen hatte und dessen Präsenz ich überdeutlich hinter mir spürte. Sein kühler, frischer Atem strich über meinen Nacken und verursachte mir eine Gänsehaut. Gleichzeitig verschaffte er mir eine prickelnde Erleichterung von der Hitze des Raumes. Ich drehte mich um, hob den Kopf, und mein Herz setzte einen Schlag lang aus. Ein Schmunzeln umspielte lachhaft schöne Lippen. Als würde er das Stocken meines Herzens hören, wurde das Lächeln noch breiter und dann deutete er eine höfliche Verbeugung an. Der Mann vor mir konnte nicht älter als Mitte oder Ende zwanzig sein, und er war beträchtlich größer als ich. Mein Blick glitt über eine gerade Nase, ein kantiges Kinn und zurück zu seinem Mund. Seine Haut war blass und fast unnatürlich ebenmäßig. In dem schummrigen Licht konnte ich die Farbe seiner Augen nicht erkennen, aber sein Haar glänzte so schwarz wie poliertes Ebenholz.

Gelassen ließ er meine Betrachtung über sich ergehen und musterte mich ebenfalls durch lange, dichte Wimpern hindurch. Er trug einen schwarzen Umhang aus feinem Stoff und ein weißes Hemd mit Rüschen am Kragen, mit dem er völlig deplatziert in der heruntergekommenen Taverne wirkte. Seine muskulösen Beine steckten in einer Lederhose und diese wiederum in auf Hochglanz polierten schwarzen Stiefeln. Seine gesamte Erscheinung war eindrucksvoll, aber sein Gesicht war von einer Schönheit, die ihresgleichen suchte. Die nur mäßig gezügelte Wildheit in seinen knappen Bewegungen, als er näher an mich herantrat und den Kopf senkte, ließ mich erschaudern. Wenn ich noch Zweifel gehabt hätte, was er war, so verschwanden sie, als ich seinen Duft einatmete. Ich roch Kiefernnadeln, dunkle Erde und darunter den feinen metallischen Geruch von Blut. Dieser Mann war ohne jeden Zweifel ein Strigoi und es wäre klug, nun Angst zu haben und um Hilfe zu schreien. Wäre ich ein normaler Mensch, würde ich das auch tun. Aber ich war eine Wicca und ich fürchtete ihn nicht. Er würde nicht von mir trinken, denn von einer Wicca oder einer Hexe zu trinken war den Strigoi verboten, und wenn sie nicht gerade im Blutrausch waren, dann hielten sie sich an dieses Gesetz. Er zeigte keinerlei Anzeichen der gefürchteten Krankheit. Seine Hände zitterten nicht, sein Atem ging nicht abgehackt und seine Augen glühten nicht wie brennende Kohlestücke. Er dagegen sollte Angst haben. Wenn einer der Männer ihn erkannte oder nur vermutete, dass er ein Blutsauger war, würden sie ihn lynchen.

Allerdings machte er ganz und gar keinen ängstlichen Eindruck. »Hat er Ihnen wehgetan?«, fragte er mit versteinerter Miene, aber besorgter Stimme. Es war lange her, dass sich jemand um mich gesorgt hatte, und diese Erkenntnis stellte etwas Seltsames mit mir an. Plötzlich wünschte ich mir, nicht mehr jeden Tag kämpfen zu müssen. Ich wünschte mir jemanden, der die Last meines Lebens gemeinsam mit mir trug.

»Wenn ja, werde ich ihn umbringen«, setzte er so gelassen hinzu, als wollte er mich zum Tee einladen.

Ich verscheuchte die naiven Gedanken. Hier kämpfte niemand für mich. »Das ist unnötig«, wiegelte ich höflich ab. »Ich brauche keinen Ritter, der Drachen für mich tötet.« Und kein Blutvergießen mitten in einer Taverne in Aquincum. Ich durfte ihn nicht so anstarren, aber es erwies sich als fast unmöglich, den Blick abzuwenden. Der Lärm der Taverne rückte in den Hintergrund, während ich ihn betrachtete. Sein Haar hing ihm offen bis auf die Schultern. Es war zerzaust, als hätte er gegen einen Wind gekämpft, der ihn davon abhalten wollte, das *Merlin* zu betreten. Es wäre besser gewesen, er hätte auf den Wind gehört. Besser für mich. Er gehörte nach Ardeal, dem Land hinter der Nebelwand, in das sich die magiebegabten Wesen der Welt nach dem letzten großen Krieg zurückgezogen hatten und das außer dem fahrenden Volk kein normaler Mensch mehr betrat. Dem Land, um das die Strigoi, die Wicca und die Hexen seit Jahrhunderten im Streit lagen. Das Land, das auch meine Heimat gewesen war, bis ich es im Alter von zehn Jahren hatte verlassen müssen, weil mein Großvater, der Hohepriester der Wicca, es so angeordnet hatte. Er hatte mich fortbringen lassen, um mich zu beschützen. Um mir ein normales Leben zu ermöglichen, was immer das auch bedeutete, wenn man seine Wurzeln verloren hatte. Einmal im Jahr, an meinem Geburtstag, durfte ich mich bei ihm melden. Ansonsten war mir eine Kontaktaufnahme nur im Notfall gestattet. Bisher war das nie erforderlich gewesen, denn Sehnsucht und Einsamkeit galten nicht als Notfall. Wären nicht regelmäßig Bücher aus Ardeal in meiner Behausung aufgetaucht, hätte ich vielleicht irgendwann geglaubt, mir meine Herkunft nur eingebildet zu haben. So existierte wenigstens eine winzige Verbindung, auch wenn sie so dünn war wie der Faden eines Spinnennetzes.

»Wenn ich ein Ritter wäre, müsstet Ihr meine Prinzessin sein.« Er lächelte, und die Luft um uns herum schien mit einem Mal zu knistern. Dieser Mann war um ein Vielfaches gefährlicher als der, der mich gerade belästigt hatte, denn seinen Waffen konnte man nicht mit Geschützen oder Magie beikommen.

Mühsam kratzte ich meine Selbstbeherrschung zusammen und fing einen gierigen Blick von Damir auf. Vermutlich hoffte er bereits, ich würde dieses Mal schwach werden und er könnte seinen Anteil einstreichen. Mit dem Schwachwerden lag er nicht einmal falsch, aber dieser Mann mir gegenüber brauchte für die Dienste einer Frau wohl kaum zu bezahlen. Ich musste zurück an die Arbeit und durfte mich von einem wildfremden Mann nicht aus dem Konzept bringen lassen. Das war würdelos. »Sehen Sie hier irgendwo eine Krone?« Mein Blick wanderte von dem verwirrenden Anblick seines Gesichtes zum Kragen des Hemdes. Die beiden obersten Knöpfe standen offen und gewährten mir einen Blick auf einen sehnigen Hals und einen Teil seines Brustkorbes. Der Wunsch, ihn dort zu berühren, wurde übermächtig. So viel zu meiner Würde. Sie zerbröselte gerade auf dem schmutzigen Fußboden. Ich seufzte fast lautlos. Mit zweiundzwanzig hatte ich völlig natürliche Bedürfnisse und ich erlaubte mir durchaus, ihnen nachzugehen, zumal die Große Göttin der Vereinigung von Mann und Frau viel weniger prüde gegenüberstand, als die Menschen es taten. Lust war ein Teil von uns, den man nicht verstecken sollte. Deswegen suchte ich mir ab und zu einen Begleiter für eine Nacht in den etwas saubereren Teilen der Stadt. Niemals würde ich diesem

Bedürfnis im *Merlin* nachgeben, und es war nicht hilfreich, dass es sich gerade jetzt meldete. Unter den wissenden Blicken eines Strigoi.

Ich entdeckte Ivana, die mit offenem Mund an einem der Tische stand und den Mann anstarrte. Das war nicht gut.

»Ich könnte eine Krone beschaffen«, sagte er, und nun wurde sein Lächeln fast diabolisch. »Ein Wort genügt.«

Ich schüttelte den Kopf, um die Benommenheit loszuwerden, die sich darin einzunisten drohte. »Sie sollten von hier verschwinden«, empfahl ich ihm mit kratziger Stimme. Normalerweise war ich deutlich schlagfertiger. Das musste die Müdigkeit sein. »Sicher haben Sie sich verlaufen.« Er passte nicht in dieses Etablissement der Verlorenen. Nichts an ihm strahlte die Trostlosigkeit aus, die die anderen Gäste umgab und die in den letzten Wochen gedroht hatte, auf mich überzugreifen. Bis jetzt. Zu diesem Moment. Trotz meiner Müdigkeit fühlte ich mich lebendiger als an jedem einzelnen Tag des vergangenen Winters, der kalt und hart gewesen war. Aber wenn Ivana zu uns kam und ihn erkannte … An die Panik, die dann ausbrechen würde, wollte ich lieber nicht denken. Im letzten Sommer hatten sich zwei Strigoi im Blutrausch nach Aquincum verirrt. Sie waren grausam gefoltert und vor der Burg gepfählt worden – nachdem sie zwölf Menschen getötet und leer getrunken hatten.

»Ich bin genau dort, wo ich sein will. Wenn ich gekonnt hätte, wäre ich viel früher gekommen.« Seine Stimme war sanft, hatte jedoch einen rauen Unterton, der von Gefühlen zeugte, die nur Einbildung sein konnten.

Ich musste weg aus seinem Dunstkreis, sonst geriet ich noch mehr in Versuchung, ihn den Rest der Nacht betrachten zu wollen. Oder mit ihm zu reden oder ihn zu berühren. Aber mehr als alles andere wollte ich bei ihm bleiben und ihn bitten, mir von zu Hause zu erzählen. Von den dichten Wäldern, den Bergen, dem weiten Himmel. Meine Sehnsucht wurde übermächtig, und für einen Moment stand ich zwischen schroffen Felsen, schmiegte mich an einen der uralten Bäume und rannte mit meinem Bruder über den Hof, auf dem ich mit meiner Familie gelebt hatte. Hundegebell folgte uns und ich hörte die besorgten Rufe unserer Mutter so deutlich, als stände sie neben mir. Ich blinzelte, um die Bilder zu vertreiben. Das war weder der richtige Ort noch der richtige Zeitpunkt, Erinnerungen heraufzubeschwören. Der Blick meines Gegenübers ruhte so aufmerksam auf mir, als könnte er sehen, was ich sah. Hastig trat ich einen Schritt zurück und strauchelte prompt. Seine Hand schoss hervor, aber er berührte mich nicht, denn ich schüttelte den Kopf. Nicht, weil *er* mir Angst machte, sondern weil ich Angst hatte, was eine noch so winzige Berührung mit meiner Selbstbeherrschung anstellen würde.

Damir polierte auf der anderen Seite der Theke die Zapfhähne, die absolut sauber waren, und verfolgte unser seltsames Gespräch, mischte sich aber nicht ein.

»Kann ich Ihnen etwas bringen?«, fragte ich gefasst.

»Einen Tee bitte. Mit Milch, ohne Zucker.«

»Tee? Ernsthaft?« Ich hätte auf einen schweren Rotwein getippt. »Soll es dazu noch ein Stück Gebäck sein?« Im *Merlin* gab es fünf verschiedene Sorten Bier, selbstgebrannten Gin und sehr schlechten Wein.

»Nein, vielen Dank. Ich habe keinen Appetit«, antwortete er, leckte sich dabei aber über die sinnlichen Lippen. »Nicht auf Kuchen.«

Ich verdrehte die Augen und war endlich wieder ich selbst. Mit dummen Avancen konnte ich umgehen. »Ich hätte ein bisschen mehr Raffinesse erwartet.«

Sein verhaltenes Lachen vibrierte durch mich hindurch und stellte seltsame Dinge mit meinem Magen an. Er war kein bisschen beleidigt über die Abfuhr, denn er hatte mich mit diesem Satz nur entspannen wollen. Lächelnd schüttelte ich den Kopf, als er mir auch noch zuzwinkerte.

Damir füllte ein Glas mit Wasser und knallte es auf die Theke. Die trübe Flüssigkeit spritzte auf den Ärmel des makellosen Hemdes. »Kräuter können Sie sich draußen pflücken.« Es sah ihm nicht ähnlich, so unfreundlich zu Gästen zu sein, aber er hatte auf ein deutlich besseres Geschäft gehofft. Nun sah er seine Felle wegschwimmen. »Lassen Sie das Mädchen arbeiten.«

»Vielen Dank«, erwiderte der Strigoi ungerührt.

»Ich muss dann wieder«, erklärte ich. »Und auch, wenn es nicht nötig war, danke.« Es kam nicht oft vor, dass jemand für mich Partei ergriff. Im Grunde nie.

»Es war mir ein Vergnügen.« Zum Abschied neigte er leicht den Kopf.

Nur mit Mühe wandte ich mich ab, konnte aber nicht verhindern, dass meine Gedanken weiter um ihn kreisten. Was suchte er hier? Das *Merlin* war der falsche Ort, um jemanden zu finden, von dem er trinken konnte. Menschen glaubten gemeinhin, Strigoi tranken Blut und verwandelten ihre Opfer wahllos. Aber das war nicht der Fall. Sie wählten ihre Quellen mit Bedacht, und die Spender mussten sich freiwillig zur Verfügung stellen. Sie sollten weder pilzsüchtig noch Trinker sein. Nur Strigoi, die vom Blutrausch befallen waren, töteten willkürlich, wie die beiden Blutsauger im Sommer. Gerüchten zufolge, die es bis nach Aquincum schafften, befiel diese Krankheit immer mehr Strigoi. Die meisten magischen Wesen hielten sich an den Vertrag mit den Menschen und blieben in Ardeal hinter der Nebelwand. Strigoi im Blutrausch versuchten jedoch immer wieder durchzubrechen. Unzählige Männer dienten an der Grenze, um sie bereits dort aufzuhalten. Es gelang nicht immer.

Ich widmete mich meiner Arbeit und konnte selbst nicht glauben, wie vernünftig ich war. Zum ersten Mal seit über zwölf Jahren begegnete ich einem Wesen aus meiner Heimat und hielt mich an den Schwur, den ich als Kind geleistet hatte, nämlich niemandem zu verraten, dass ich eine Wicca war. Mein Großvater wäre stolz auf mich, aber mir fiel es unendlich schwer, nicht zu dem Strigoi zurückzugehen.

In der nächsten Stunde räumte ich die Becher ab, schrubbte die klebrigen Bierreste von den Holztischen und Stühlen und komplimentierte die Gäste hinaus. Erst als alles erledigt war, sah ich mich um und rieb mir die müden Augen. Er war fort. Das Bedauern darüber traf mich unerwartet, obwohl ich nur sehr selten Bekanntschaften schloss. Es war besser, wenn ich allein blieb. Das Alleinsein war mir vertraut. Blieb man für sich, konnte man niemanden verlieren. Es war eine ganz einfache mathematische Gleichung, weil eins minus eins null ergab. Früher einmal war es anders gewesen. Da hatte ich eine Familie gehabt. Aber dieses Früher war lange vorbei. Die Bedürftigkeit, die die kurze Begegnung mit dem Strigoi in mir wachgerufen hatte, erschreckte mich. Ich hatte geglaubt oder besser gehofft, mich mit meinem Schicksal versöhnt zu haben. Offenbar war das nicht der Fall.

»Wir sehen uns übermorgen«, verabschiedete ich mich von Damir.

»Vergiss die Fladen nicht.« Er drückte mir meinen mageren Lohn in die Hand. »Und du musst dringend in die Sonne, du bist viel zu blass. Man könnte dich aus Versehen für eine Strigoi halten«, brummte er ungnädig.

Mir entschlüpfte ein entsetztes Auflachen. Wenn er das jemals laut und vor Zeugen aussprach, konnte das mein Todesurteil sein.

»Mache ich«, versprach ich, aber er hatte sich bereits abgewandt und schlurfte davon.

Erschöpft stieß ich die Holztür auf, die in eine stinkende Seitengasse mündete. Meine Füße schmerzten, meine Augen brannten, und ich wollte am liebsten im Stehen einschlafen. Zitternd trat ich in die Finsternis und die klirrende Kälte. Vor mir lag noch ein Fußweg von einer guten Meile. Wäre ich nicht auf den Lohn angewiesen, hätte ich die Arbeit längst aufgegeben. Doch meine zweite Tätigkeit in der Bibliothek von Aquincum wurde noch schlechter bezahlt und ich brauchte das Geld. Ich hoffte darauf, eines Tages an der Universität studieren zu können, und legte dafür jeden Heller zur Seite. Sollte mein Großvater mir nicht erlauben, nach Ardeal zurückzukehren, brauchte ich einen Plan B. Niemals würde ich mich einem Schicksal fügen, in dem es keinen Lichtblick gab. Ivana war vorhin mit einem Freier verschwunden. Sie war nur zwei Jahre älter als ich, aber als sie mir zum Abschied zugewunken hatte, hatte die Trostlosigkeit in ihren Augen mich bis ins Mark getroffen.

Die schwere Tür fiel ins Schloss, und zu spät entdeckte ich die drei Gestalten in der Mitte der Gasse. In dem wenigen Licht, das von der Hauptstraße hereinfiel, konnte ich nicht erkennen, ob es Gäste der Taverne oder Fremde waren. Erschöpft lehnte ich mich an die Wand und hoffte, dass sie verschwanden, ohne mich zu bemerken. Ein Schrei zerriss die Stille, wurde jedoch sofort erstickt.

»Wenn du stillhältst, geht es ganz schnell«, keuchte eine Männerstimme. »Stell dich nicht so an.«

»Nimm ihr Geld, und dann soll sie verschwinden«, ließ sich ein zweiter Mann vernehmen.

»Vorher will ich noch ein bisschen Spaß«, erklärte der erste Sprecher lallend.

»Lass mich los.« Die Panik der Frau war nicht zu überhören und erst jetzt erkannte ich die Stimme. Es war Ivana. Weshalb war sie noch hier? »Ich habe kein Geld.«

Der Betrunkene lachte. »Geld wollen wir nicht von dir.« Er drängte sich dichter an sie. »Du machst doch sonst die Beine für jeden breit.«

»Wenn er bezahlt«, fauchte Ivana.

Ich musste ihr helfen. Sie mochte ihren Körper für Geld verkaufen, um ihren Sohn zu ernähren, aber das war ihre Entscheidung. Was ihr hier bevorstand, war pure Gewalt, und das würde ich nicht zulassen. »Pfoten weg, ihr Dreckschweine, und verschwindet von hier«, forderte ich mit fester Stimme und stürmte auf die kleine Gruppe los.

Die Männer wirbelten herum. Der, der sich gegen Ivana gepresst hatte, war derselbe, der auch mich in der Taverne belästigt hatte, stellte ich unbehaglich fest.

»Hast du vorhin deine Lektion nicht gelernt?«, fuhr ich ihn an. Ich hätte diplomatischer sein sollen. Wahrscheinlich hatten die zwei auf mich gewartet, um sich für die Schmach und die Abfuhr zu rächen.

Ivana nutzte die Chance, dass die beiden abgelenkt waren, stieß den zur Seite, der sie noch halbherzig festhielt, und rannte davon. Fassungslos starrte ich ihr hinterher und fragte mich gleichzeitig, weshalb ich mir nach all den Jahren immer noch Illusionen über die Menschen machte.

Der fremde Mann lachte. »Es ist doch viel interessanter, sich mit einer Wildkatze zu vergnügen als mit einem feigen Huhn. Sie hat dich uns einfach überlassen. Besonders gern hat sie dich offenbar nicht.« Er pirschte sich an mich heran. Beide waren betrunken und mussten, dem Glanz ihrer Augen nach zu urteilen, frische Hexenpilze genommen haben. Die Drogen schafften es immer durch die Nebelwand, und viele vermuteten, dass die Offiziere sie in die Stadt schmuggelten, die an der Grenze mit den Hexen Handel trieben, um ihren Sold aufzubessern. Ich fror, war müde und hungrig, und gegen zwei Männer hatte ich keine Chance. Aber kampflos würde ich nicht aufgeben.

»Du hast zwei Heller von mir bekommen«, erklärte der Grabscher, während er mir folgte. »Das war ziemlich viel Trinkgeld für eine Schlampe wie dich, und dafür war eine Gegenleistung nicht zu viel verlangt.«

»Da bin ich anderer Meinung. Außerdem hast du einen Becher Bier umsonst gekriegt«, erklärte ich und legte eine Schärfe in meine Stimme, die an die beiden verschwendet war. Zurück in die Taverne konnte ich nicht, denn die Tür hatte von dieser Seite nur einen Knauf. Die Häuser, die die schmale Gasse säumten, besaßen hier keine Fenster. Um Hilfe zu schreien, wäre zwecklos, denn niemand würde mir in der Nacht beistehen. Damir benutzte den Ausgang nicht, sondern ging direkt in sein Zimmer über dem *Merlin*, und hinter mir endete der Weg an einem zwei Meter hohen Zaun. Würde Ivana zurückkommen? Darauf wollte ich mich lieber nicht verlassen. Blieb mir nur meine eigene, wenige Kraft. Ich lehnte Gewalt aus Prinzip ab, denn Schadenszauber waren einer Wicca verboten. Doch wer immer diese Regel aufgestellt hatte, konnte nicht gewusst haben, wie schutzlos Frauen in der Welt der Menschen waren. Bei diesen beiden musste ich gegen meine Prinzipien verstoßen, eine andere Option hatte ich nicht. Ich musste es riskieren, meine geringe Magie einzusetzen, und hoffen, dass die zwei zu benebelt waren, um sich später daran zu erinnern und jemandem davon zu erzählen. Ich wich zurück, um sie tiefer in die Gasse zu locken. Würde meine Magie ausreichen, um beide zu betäuben? Noch nie hatte ich sie eingesetzt, um jemanden zu verletzen. Rein theoretisch wusste ich, wie der Zauber funktionierte, doch … Ein sengender Schmerz durchzuckte meinen Knöchel, als ich stolperte und umknickte. Ich unterdrückte ein Stöhnen, aber den Männern war mein Missgeschick nicht entgangen. Sie grinsten siegessicher. Übelkeit stieg in mir hoch. Der zweite Mann betrachtete mich wie ein Habicht, der sich auf eine Maus stürzen wollte. Er war schlanker als der Grabscher, muskulöser und – klar erkennbar – gefährlicher. Er packte mich am Arm.

»Ich habe klare Regeln«, sagte ich kalt, um ihnen und mir eine letzte Chance zu geben. »Angucken ist erlaubt, aber kein Anfassen.«

»Anfassen macht aber mehr Spaß.« Der Mann grinste, sodass braune verfaulte Zähne zum Vorschein kamen, und sein Atem stank so penetrant, dass mir schlecht wurde.

»Das mag sein, aber den Spaß müsst ihr euch woanders suchen.« Ich wehrte mich gegen seinen Griff, doch er bohrte seine Finger noch fester in meinen Arm, beugte sich vor und vergrub die Nase in meinem Haar. Jetzt trat auch der Grabscher näher und wagte es wieder, eine Hand auf meine Brust zu legen. Normalerweise war es am klügsten, in so einer Situation ruhig und besonnen zu agieren, aber gerade wollte ich nicht klug sein. Ich riss den Handballen meiner freien Hand hoch und rammte sie ihm gegen das Kinn. Seine Zähne knirschten unangenehm bei dem Aufprall, und dann heulte er los. Die Aktion brachte ihn so in Rage, dass er sich auf mich stürzte und mich zu Boden warf. Kurz wurde mir schwarz vor Augen, als ich auf den Rücken knallte und die Luft aus meiner Lunge gepresst wurde. Er war so schwer, dass ich mich unter seinem Gewicht kaum bewegen konnte. »Das wirst du noch bereuen«, keuchte er, und der andere kicherte. »Zeig's ihr, Bruder«, feuerte er ihn an, als der Grabscher sich hochstemmte und mir eine Hand an die Kehle legte. Seine Haut fühlte sich feucht und klebrig auf meiner an.

Ich unterdrückte den Würgereiz. »Lass mich los«, presste ich hervor.

»Erst wenn wir mit dir fertig sind. Ich zeig dir, wer hier das Sagen hat.«

Er ließ mir keine Wahl. Dieser Mann war kein guter Mensch, aber ich schlug ihn mit einer Waffe, der er nichts entgegenzusetzen hatte. Ich konzentrierte mich und stellte erleichtert fest, wie Hitze in meine Hände strömte. Als ich sie ihm auf die Brust legte, riss er die Augen auf. Energie sammelte sich in meinen Fingerspitzen und dann entlud sich die Magie heftiger, als ich es erwartet hatte, und riss den Mann von mir fort. Er flog durch die Luft, und die Wucht des Zaubers ließ ihn gegen die Wand prallen. Das Geräusch von brechenden Knochen hallte durch die Gasse, und dann war es ganz still. Das Glühen meiner Hände erlosch so schnell, wie es aufgeflammt war. Hastig rappelte ich mich auf. Mit dem zweiten musste ich mit herkömmlichen Mitteln fertig werden. Meine Magie war verbraucht.

»Hexe«, zischte er. »Du bist eine Hexe.« Seine Stimme wurde lauernd.

Ich musste ihn daran hindern, diese Anschuldigung laut herauszuschreien. »Ich bin keine Hexe«, sagte ich eindringlich. Wenn ich es wie durch ein Wunder schaffte, zu entkommen, durfte ich mich nie wieder in der Gegend blicken lassen. Damir wusste nicht, wo ich wohnte, und auch nicht, dass ich noch in der Bibliothek arbeitete. Wenn ich Glück hatte, meldeten die zwei den Vorfall nicht. Anderenfalls würde die Wache morgen die ganze Stadt nach mir durchkämmen.

Der Mann kam langsam auf mich zu, der Zustand seines Freundes schien ihn nicht sonderlich zu interessieren. »Wir könnten eine Vereinbarung treffen. Ich werde niemandem sagen, was du bist, wenn du mir im Gegenzug einen Gefallen tust.«

Ich konnte mir vorstellen, worin dieser Gefallen bestehen sollte. »Nur über meine Leiche«, stieß ich hervor.

Er kicherte. »Die wird an einem Galgen vor der Burg hängen, wenn sie mit dir fertig sind. Du hast die Wahl. Mich oder die Folterknechte.«

Ich unterdrückte einen Würgereiz, als er mich erreichte und dicht vor mir stehenblieb. Bitte, flehte ich im Stillen meine Magie an, doch sie war verbraucht, und es würde Tage brauchen, bis sie sich wieder auflud. Nicht ein Funken rührte sich.

»Sind wir uns also einig.« Er drängte mich gegen die Wand, aber ich presste die Hände auf seine Brust, schubste ihn zur Seite und rannte trotz des schmerzenden Knöchels los. Ich kam nur ein paar Meter weit, als er meinen Arm packte und mich zurückriss. Wieder knallte ich auf den Rücken, aber ich war nicht bereit aufzugeben, sondern schlug und trat um mich. Der Mann lachte nur und packte den Ausschnitt meines Kleides. Der Stoff riss in dem Moment, in dem ich ihm beide Daumen in die Augenhöhlen drückte. Er jaulte auf und plötzlich verschwand sein Gewicht von mir. Ich schnappte nach Luft. Ein Knurren, so bedrohlich, dass mir das Blut in den Adern gefror, erklang. Eine dunkle Gestalt hatte meinen Angreifer an der Kehle gepackt und hielt ihn hoch in die Luft, als wäre er nur eine Puppe. Hastig robbte ich von den beiden fort. »Wenn dir dein Leben lieb ist, verschwindest du von hier und lässt dich nie wieder blicken«, erklärte die Gestalt mit eisiger Stimme.

»Du bist … du bist«, stammelte der Mann, als er zu Boden fiel und hastig versuchte, auf die Beine zu kommen.

»Ich bin niemand«, raunte mein Retter. »Am besten vergisst du mich.«

»Das werde ich«, murmelte der Mann, rappelte sich auf und rannte davon.

Einen Wimpernschlag später kniete der Strigoi neben mir, ohne dass ich gesehen hatte, wie er sich bewegte. Behutsam strich er mir eine der langen, roten Haarsträhnen aus dem Gesicht, die sich aus meinem Zopf gelöst hatte. Sein Duft umfing mich, als er mir die kühle Handfläche auf die Wange legte. »Du brauchst vielleicht doch einen Ritter«, sagte er leise. »Geht es dir gut?«

Ich nickte und widerstand der Versuchung, meine Wange in seine Hand zu schmiegen, nur mit Mühe. Für einen Augenblick blieb ich einfach sitzen, erleichtert, dem Schrecken entkommen zu sein.

»Wir sollten besser gehen«, murmelte der Strigoi. »Ich vermute, so leicht bin ich nicht zu vergessen.«

Die Bemerkung entlockte mir ein Auflachen. Er rückte von mir ab und stützte mich, als ich aufstand. Verlegen wischte ich den Schmutz von meinem Kleid. »Danke schön.« Abzustreiten, dass ich seine Hilfe nötig gehabt hatte, wäre kindisch gewesen. »Du musst verschwinden. Er wird melden, dass er von einem Strigoi angegriffen wurde. Ich komme ab jetzt allein zurecht.« Ich musste nach Hause. Die Türen verriegeln und zur Großen Göttin beten, dass niemand nach mir suchte.

Er rührte sich nicht von der Stelle. »Passiert dir das öfter?« Die Frage klang milde, aber er konnte die Wut in seiner Stimme nicht verbergen. Eine Wut, die nicht mir galt.

»So schlimm war es noch nie.« Ich humpelte zu dem Bewusstlosen und versicherte mich, dass er noch lebte. Der

Strigoi berührte mich nicht noch einmal, aber er blieb dicht an meiner Seite. Falls es nötig wäre, würde er mich stützen. »Du musst gehen«, wiederholte ich eindringlicher. »Er holt die Stadtwache. Der Rat zahlt hohe Belohnungen für das Melden magischer Aktivitäten und noch höhere, wenn sie einen Hinweis auf einen Strigoi bekommen.«

Er ignorierte meine Warnungen und stupste das leblose Bündel mit dem Stiefel an. Ein leises Stöhnen erklang. »Soll ich es zu Ende bringen?« Die Eiseskälte in den Worten ließ keinen Zweifel daran, was er tun würde, wenn ich es ihm erlaubte.

»Ich denke, er wird eine Weile niemanden mehr belästigen. Du brauchst dir die Hände nicht an ihm schmutzig zu machen.« Ich legte die Hand an meinen wunden Hals. Bestimmt würde ich dort morgen blaue Flecken haben, genauso wie an meinem Arm. Nur mit Mühe gelang es mir, ein Zittern zu unterdrücken, ehe ich hastig loshumpelte in der Hoffnung, dass er mir nicht folgte und nicht auf dumme Gedanken kam. Den Tod eines Menschen würde die Große Göttin mir nicht verzeihen.

»Deine Zuversicht möchte ich haben.« Seufzend rieb er sich den Nacken und ging neben mir her zum Ausgang der Gasse, wo ich unschlüssig stehen blieb. Ich sollte ihn fragen, was er hier tat. Weshalb er hier war. Weshalb er mich nicht auf meine Magie ansprach. Wenn er es gesehen hatte, dann musste er wissen, dass ich eine Wicca war. Aber vielleicht war das für ihn nicht wichtig. »Wir werden dem Mann keinen weiteren Schaden zufügen«, verlangte ich. »Was ich getan habe, war schon falsch.«

»Er hat *dir* Schaden zugefügt.« Sein Blick glitt von meinem Gesicht über meinen Hals zu meinem Knöchel.

»Ich war ungeschickt und bin gestolpert. Daran trägt er keine Schuld.«

»Du wärst nicht gestolpert, wenn die beiden dir nicht aufgelauert hätten«, insistierte er, und sein Zorn vibrierte jetzt ganz unverstellt durch die Luft. »Es war unklug von dir, nachts hier allein herumzulaufen.« Sein Blick wanderte über die Straße. Kaum eine der Öllampen brannte, und der Wind wehte Abfall über die vom Regen schlammige Erde, der sich an den Hauswänden sammelte. Ratten huschten auf der Suche nach Nahrung durch die schmalen Rinnen der stinkenden Kanalisation.

»Danke für die Belehrung«, erklärte ich gereizt.

»Gern geschehen, obwohl ich nicht glaube, dass du es zukünftig lassen wirst.« Seine Augen schienen mit einem Mal zu glühen. Er registrierte mein Zittern und die Gänsehaut auf meinem Hals und Dekolleté. Mit einer fließenden Bewegung zog er seinen Umhang aus und legte ihn mir um die Schultern. Der Stoff war warm und weich, und obwohl ich ihn nicht annehmen sollte, brachte ich es nicht über mich, ihn abzulehnen. Behutsam band er den Umhang zu, und ein Schauer erfasste mich, als seine Fingerspitzen über die empfindliche Haut an meiner Kehle glitten. Sofort trat er einen Schritt zurück. »Sie wollten dir viel Schlimmeres antun.«

»Haben sie aber nicht. Dank dir.« Ich hasste es, wenn ich die Kontrolle über eine Situation verlor. Noch mehr hasste ich es, wenn ich dabei Zuschauer hatte. Und Mitleid konnte ich erst recht nicht leiden. Trotzdem wickelte ich mich fest in den Umhang und registrierte das zufriedene Zucken seiner Mundwinkel. Sein Duft nach frischer Luft, moosweicher Erde und Kiefernnadeln haftete auch dem Stoff an. Vorsichtig sog ich den Geruch ein. Bilder blitzten in meinem Kopf auf, und für einen Moment überließ ich mich den wenigen Erinnerungen, die ich an mein früheres Leben hatte. Ich hatte ein Zuhause gehabt, Eltern und Geschwister, die mich liebten.

Mein Vater war mit mir durch den Wald geritten und hatte mir beigebracht, von den Pflanzen zu leben. Meine Mutter hatte Lieder mit meiner Schwester Lupa und mir gesungen und uns getröstet, wenn wir uns verletzt hatten. Nachts hatte ich mir das Bett mit meinem Zwillingsbruder Kyrill geteilt, während wir den Erzählungen unseres Vaters über Ardeals Geschichte lauschten. Ich war glücklich gewesen. Heute kam es mir viel zu oft vor, als gehörten diese Erinnerungen einem anderen Mädchen. Einem Mädchen, das in der Nacht gestorben war, in der seine Familie von der Hexenkönigin ermordet wurde. Ich blickte zu dem Strigoi auf, der mich aufmerksam betrachtete.

»Ich hätte früher eingreifen sollen.« Seine Stimme rieselte über meine Haut wie heißes Quellwasser nach einer langen Nacht.

»Du hättest gar nicht eingreifen sollen. Damit hast du dich unnötig in Gefahr gebracht.« Ich machte einen Schritt nach vorn und keuchte wieder leise auf. Der Schmerz wurde von Sekunde zu Sekunde schlimmer. Behutsam nahm er meinem Arm und stützte mich. Sein zweiter glitt um meine Taille, nicht zu fest, aber bestimmt. Anstatt ihn wegzustoßen, wie es klug gewesen wäre, lehnte ich mich in die Umarmung und erlaubte mir die Illusion von Sicherheit. Dann biss ich die Zähne zusammen, löste mich von ihm, und er ließ mich gehen. Vorsichtig machte ich einen Schritt nach dem anderen und trat auf die Hauptstraße. Er blieb dicht neben mir, berührte mich aber nicht noch einmal.

»Hast du es weit?« Sein Tonfall war immer noch freundlich, aber nun verbarg sich dahinter dieselbe stählerne Härte, mit der er vorhin den Mann in der Taverne bedroht hatte. Sein Akzent war weich, aber seine Stimme dunkel. Ich würde ihn nicht nach Ardeal fragen, denn wenn ich das tat, würde mein Heimweh nur noch größer werden. »Ich kann dich bringen«, bot er an.

»Das ist nicht nötig«, erklärte ich. »Ich komme klar.«

Sein Blick wurde unerbittlich, und endlich konnte ich seine Augenfarbe erkennen. Bernsteinfarbene Iriden glühten in der Dunkelheit der Nacht, so hell wie die Beltanefeuer, an die ich mich aus meiner Kindheit erinnerte. »Ich möchte nur, dass du sicher nach Hause kommst.«

»Ich komme immer sicher nach Hause. Du bist nicht für mich verantwortlich.« Unwillig runzelte er die Stirn. Sollte mir jetzt jemand zu nahe kommen, würde er demjenigen den Kopf abreißen. Es war falsch, was dieser winzige Augenblick, in dem ich mir einbildete, nicht allein für mich verantwortlich zu sein, mit mir anstellte. Um die berauschende Empfindung zu verscheuchen, lachte ich hart auf. Trotz all meiner Bemühungen der letzten Jahre war ich immer noch bedürftig nach Nähe. »Ich wiederhole mich nur sehr ungern. Aber ich komme allein zurecht.«

»Das tust du nicht. Nicht heute Nacht.« Sein Tonfall wurde einschmeichelnder, während sich seine Augen zu Schlitzen verengten.

»Doch.« Mir war klar, wie störrisch das klang, und setzte mich in Bewegung.

Er folgte mir nicht und ich verbot mir, diese Entscheidung zu bedauern.

2. KAPITEL

AQUINCUM, HAUPTSTADT VON MUNTENIA

IMBOLC

Ich kam bis zur nächsten Straßenecke, als der Lärm einsetzte. Zuerst hörte ich nur das Brüllen und die Rufe, dann blitzte der Schein von Fackeln auf. Die Menschen waren auf der Jagd. Der Mann hatte uns verraten. Natürlich. Weshalb hatte ich nur eine Sekunde auf etwas anderes gehofft?

Muskulöse Arme legten sich um meinen Rücken und unter meine Knie. Ich wurde an eine eiserne Brust gedrückt. »Jetzt wäre ein geeigneter Augenblick, dich doch von mir nach Hause bringen zu lassen.« Seine Stimme klang gelassen und fest. »Oder möchtest du lieber hierbleiben?« Weiche Lippen glitten über meine Schläfe und sandten flüssiges Feuer durch meine Adern. Das Geschrei kam näher. Mittlerweile näherten sich auch aus einer anderen Richtung Gebrüll und Rufe. Der schweflige Gestank der Fackeln kroch in meine Nase.

»Wir müssen dort entlang.« Ich wies ihm den Weg, denn ich konnte ihn weder seinem Schicksal überlassen noch schaffte ich es mit dem verstauchten Knöchel allein, dem Mob zu entkommen. »Und dann gleich in die nächste Gasse.« Er bewegte sich so schnell und geschickt an den Schatten der Häuserwände entlang, dass wir die Meute rasch hinter uns ließen. Für die Strecke zu meiner Hütte benötigte ich normalerweise zwanzig Minuten. Er überwand die Entfernung in maximal fünf, obwohl wir mehr als einmal einen Umweg nehmen mussten, um den Verfolgern, die von allen Seiten zu kommen schienen, zu entwischen. Ich lenkte ihn durch schmale, stinkende Gassen, aber er beschwerte sich mit keinem noch so winzigen Wort. Obwohl ich mich fürchten sollte, tat ich es nicht.

In der Straße, in der ich wohnte, war es noch düsterer und schmutziger als in der, in der das *Merlin* lag. Vor der Tür ließ er mich hinunter. Hastig kramte ich den Schlüssel aus meinem Rock und schloss auf. Zögernd blieb er an der Schwelle stehen. »Sie werden auch hierherkommen«, stellte er fest.

»Vielleicht aber es ist wahrscheinlicher, dass sie dich in den wohlhabenderen Vierteln suchen.«

»Weshalb?«, fragte er irritiert.

»Das Blut ist dort deutlich schmackhafter als hier.«

»Das bezweifle ich.« In der Dunkelheit konnte ich sein Grinsen nur erahnen.

Ich packte ihn am Hemd und wollte ihn hereinziehen, bevor einer der Nachbarn ihn bemerkte. Viel Schutz bot die Hütte nicht, aber es war besser, als im Freien zu bleiben. Er rührte sich nicht von der Stelle und ich ließ ihn wieder los. »Du willst gehen?« Erleichterung und Bedauern durchfluteten mich gleichzeitig. Wenn die Wachen mich aufstöberten und beschuldigten, Magie verwendet zu haben, konnte ich das abstreiten und hoffen, dass man mir glaubte. Fanden sie jedoch einen Strigoi in meiner Hütte, würde meine

Verteidigung ungleich schwieriger sein. Trotzdem jagte mir die Vorstellung, dass er ging, Angst ein. Ich würde ihn nie wiedersehen und vermutlich würde er sterben.

»Ich lasse dich nicht allein«, erwiderte er. »Aber du solltest meinen Namen kennen, bevor du mich hereinbittest.«

Ich verdrehte die Augen, was ihm ein weiteres Lächeln entlockte. »Wenn du darauf bestehst.«

Er neigte leicht den Kopf. »Das tue ich. Mein Name ist Nikolai. Nikolai Lazar.« Er ließ mein Gesicht keine Sekunde aus den Augen.

Die Strigoi von Ardeal waren in Familien organisiert. Es gab genau sieben und jede wurde von einem Magnaten angeführt. Er gehörte also zu der Familie Lazar. Sie war mächtig und einflussreich. Ich versuchte, mich zu erinnern, was ich sonst noch über sie wusste, aber mir fiel nichts ein. Die Bücher, die ich von meinem Großvater bekommen hatte, behandelten hauptsächlich die alte Geschichte Ardeals. Ab und zu schickte er mir Grimoires unserer Familie, damit ich meine Magie schulte, und Bücher über Heilkunde. Die aktuelle Politik schien ihm für meine Ausbildung nicht wichtig zu sein.

»Valea«, erwiderte ich. »Valea Grecu.« Der Nachname war falsch. Mein Großvater hatte ihn mir gegeben, damit niemand herausfand, dass ich zum Coven Patel gehörte. Dem Coven des Hohepriesters, der die Wicca im letzten Krieg vor den Machenschaften der Hexenkönigin beschützt und diese vor vierzig Jahren gezwungen hatte zu kapitulieren. Allerdings hatte sie dafür blutige Rache an meiner Familie genommen.

»Es freut mich sehr, dich kennenzulernen Valea«, sagte er langsam und trat endlich ein.

Aufatmend verriegelte ich das Schloss und tastete nach den Zündhölzern. Seine Finger kamen meinen zuvor, und kurz darauf brannte die Kerze auf dem Schränkchen neben der Tür und tauchte meine Behausung in ein warmes Licht. Er rührte sich nicht von der Stelle, sondern nahm jedes Detail aufmerksam in Augenschein. Das winzige Häuschen bestand aus einem einzelnen Raum mit papierdünnen Wänden aus Lehm und Stroh. Bisher war ich froh gewesen, einen Ort zu haben, an dem ich die Tür verriegeln und die aufgehende Sonne hinter den Fensterläden aussperren konnte. Nun betrachtete ich mein Heim durch seine Augen. Es war kalt, feucht und armselig. »Ich werde Feuer machen.« Ich zitterte immer noch, aber nicht mehr unbedingt vor Kälte, sondern vor Angst. Er selbst schien kein bisschen zu befürchten, dass die Menschen ihn töten könnten. Aber den Fehler hatten schon andere begangen.

»Du setzt dich und ich erledige das«, bestimmte er, und bevor ich widersprechen konnte, hob er mich wieder hoch und brachte mich zu dem Bett in der Ecke des Raumes. Die Matratze war mit frischem Stroh gefüllt, das ich erst vor einer Woche gewechselt hatte und das immer noch einen angenehmen Duft verströmte. Die Hütte mochte armselig sein, aber ich achtete darauf, dass es immer ordentlich und sauber war. Er wandte sich dem Ofen zu, fachte geschickt ein Feuer an und setzte Wasser auf, das ich bereits am Morgen hereingeschleppt hatte. »Hast du Heilkräuter für dein Bein?«, fragte er dann.

Ich nickte, stand auf, ignorierte seinen finsteren Blick und zündete ein paar weitere Kerzen an. Humpelnd suchte ich die Kräuter zusammen, die den ersten Schmerz stillen und verhindern sollten, dass der Knöchel weiter anschwoll. Glücklicherweise fand ich etwas Johanniskraut und Breitwegerich. Meine Mutter war eine begabte Heilerin gewesen, doch leider hatte sie mir dieses Talent nicht vererbt. Die wenigen Dinge, die ich wusste, hatte ich aus den Büchern meines Großvaters gelernt. Wenigstens nahm der Mond gerade zu, was bei der Heilung helfen sollte. Ich zerstieß die Kräuter in einem Mörser und goss Nelkenöl dazu, während Nikolai das heiße Wasser in den Zuber kippte, der für mich gerade groß genug war, dass ich darin stehen und mich waschen konnte. Normalerweise war es mir wichtig, mich nach der Arbeit in der Taverne gründlich zu waschen, um mir den Gestank und den Schmutz abzuspülen, aber normalerweise war ich auch allein.

»Ich werde nicht hinschauen«, schien Nikolai meine Gedanken lesen zu können, »und es wird dir guttun. Du kannst mir vertrauen.«

Es war unlogisch, aber das tat ich tatsächlich. Ich zögerte nur noch einen Augenblick, denn das dampfende Wasser war zu verlockend. Hastig streifte ich gleichzeitig das Kleid und das Unterkleid ab.

Er ging zu dem kleinen Tisch in der Ecke und setzte sich so, dass er mir den Rücken zuwandte. Auf dem Tisch lag eins der Bücher aus der Bibliothek. Die Bücher aus Ardeal versteckte ich unter eine Diele, damit niemand sie zufällig fand. Nikolai schlug das Buch auf und vertiefte sich scheinbar in die Lektüre. Vermutlich entging ihm jedoch kein einziges Geräusch, nicht mal das der Wassertropfen, die über meine Haut liefen.

Gründlich schäumte ich mich dreimal mit Zirbenseife ein, bis ich sicher war, alle Blicke, den Schmutz und den Geruch der Nacht los zu sein. Dann löste ich mein rotes Haar und spülte es aus, bis es mir nass und glänzend bis über die Taille hing. Keine einzige Sekunde vergaß ich seine Anwesenheit, obwohl er so still dasaß, als wäre er eine Statue, und nur ab und zu eine Seite umblätterte. Hätte ich noch Zweifel gehabt, was er war, so wären sie nun endgültig ausgeräumt gewesen.

Kein lebendiges Wesen konnte so still sitzen. Ich fragte mich, ob er mir verraten würde, wie alt er in Wirklichkeit war. Vorsichtig stieg ich aus dem Zuber und trocknete mich ab. Obwohl er sich nicht rührte, bildete ich mir ein, dass sein Blick mich streichelte. Ich wickelte ein Handtuch um meine Haare und zog ein warmes Nachthemd an, das mich vom Hals bis zu den Fußspitzen verhüllte. Es war aus weißem Flanell und vom vielen Tragen dünn geworden, aber es wärmte immer noch, auch wenn es hoffnungslos altmodisch war. Mit dem Tiegel in der Hand humpelte ich zum Bett. Kaum hatte ich mich gesetzt, als er schon neben mir stand und ihn mir aus der Hand nahm. »Lass mich das tun.«

Bevor ich widersprechen konnte, setzte er sich auf die Matratze, griff sanft nach meinem verletzten Bein, schob das Nachthemd etwas nach oben und strich mit seinen kühlen Fingern über die Schwellung. Sein Daumen umkreiste zärtlich den Knöchel und ich spürte die Berührung im ganzen Körper. Mein Herz schlug schneller, als er begann, die ölige Kräutermischung auf meiner Haut zu verteilen. Er massierte meinen Fuß, das Gelenk und die Wade. Der Saum des Nachthemdes rutschte höher. Keiner von uns sagte ein Wort, aber ihm konnte nicht entgehen, wie auch mein Atem sich beschleunigte. Eine Haarsträhne fiel ihm in die Stirn, als er sich tiefer über mein Bein beugte. »Tut es weh?«, brach er die Stille.

Ich stützte mich auf der Matratze ab und unterdrückte nur mit Mühe ein Seufzen.

»Es ist auszuhalten.« Seine gleichmäßigen Bewegungen fühlten sich fremd und vertraut zugleich an. In Gedanken bat ich die Große Göttin, die Heilung zu unterstützen. Angenehme Kühle breitete sich in dem Knöchel aus und der Schmerz klang zu einem leisen Pochen ab. Erleichtert atmete ich aus und entspannte mich. Nikolai bettete mein Bein auf die Matratze und zog das Nachthemd wieder hinunter. »Du solltest jetzt schlafen. Du bist erschöpft.« Er beugte sich über mich und fuhr mit den Fingern über die Wunden an meinem Hals. Sein Blick war so intensiv und konzentriert, dass mein Mund trocken wurde.

Bisher war mir entgangen, dass die rechte Seite seines Gesichtes von einem zarten Narbengeflecht überzogen war. Es erreichte sein Auge nicht, aber es fehlte nicht viel. Seiner Schönheit tat das keinen Abbruch. Aber die Strigoi verfügten über ausgezeichnete Selbstheilungskräfte, entweder hatte er die Narben also schon vor seiner Verwandlung gehabt oder etwas war bei der Heilung schief gegangen. Unmerklich drehte er den Kopf so, dass ich die Narben nicht mehr sehen konnte.

»Wirst du noch hier sein, wenn ich aufwache?« Ich zog mir die Decke bis zur Nasenspitze, als er zurückwich. Das Feuer würde irgendwann in der Nacht ausgehen, und schon der Gedanke ließ mich frösteln. Jeden anderen Mann hätte ich in mein Bett gebeten, aber ich wusste nicht, ob es klug war, ihm das anzubieten.

»Ich glaube nicht«, beantwortete er die Frage aufrichtig. »Es war sehr mutig von dir, mir Unterschlupf zu gewähren.«

»Vielleicht bin ich ja die Ritterin, die deine Drachen für dich tötet.« Ich schloss die Augen, denn ich wollte nicht sehen, wie er ging.

»Vielleicht«, erwiderte er belustigt, und dann spürte ich seine Lippen auf meiner Stirn. Ich ließ die Augen geschlossen. Es war besser so. Morgen würde er genauso eine Erinnerung sein wie meine Eltern und Geschwister.

Ich riss die Augen auf, als eine kühle Hand sich auf meinen Mund legte. Schlagartig war ich wach. Die Kerzen waren gelöscht und auch das Feuer brannte nicht mehr. Es war so finster, dass ich nicht sehen konnte, zu wem die Hand gehörte, aber ich erkannte Nikolais mittlerweile vertrauten Geruch.

»Sie kommen«, flüsterte er und seine Lippen strichen über mein Ohr.

Mein Herzschlag beschleunigte sich, obwohl ich noch nichts anderes hörte als die gewohnten Geräusche der Nacht, die durch die dünnen Wände drangen. Das Bellen von ein paar Hunden, einen frühen Händler, der seinen Karren über die schlammige Straße zog, und streitende Katzen. Nikolai nahm die Hand von meinem Mund, ich setzte mich auf und er schlang einen Arm um meine Taille. Ich schmiegte mich an ihn und registrierte die festen Muskeln unter dem weichen Stoff seines Hemdes, bis auch mein unzureichendes Gehör die Warnrufe vernahm. Mit einem Mal schienen sie von allen Seiten zu kommen. Nikolais Griff um meinen Körper festigte sich und fühlte sich viel zu vertraut an für die kurze Zeit, die ich ihn erst kannte. Ich durfte nicht zulassen, dass sie ihn einfingen, folterten und umbrachten. Er hatte niemandem Leid zugefügt. »Sie gehen von Haus zu Haus«, flüsterte ich. »Du kannst dich hier nirgendwo verstecken.«

»Alles wird gut«, raunte er, und ich fragte mich, woher er diesen Optimismus nahm.

Obwohl die Gefahr von Sekunde zu Sekunde näher rückte, konnte ich nicht ignorieren, was seine Umarmung mit mir anstellte. Ich schien ihn an jeder Stelle, an der unsere Körper sich berührten, überdeutlich zu spüren. Mein Puls toste, während sein Atem sich kaum beschleunigte. Seine Finger malten Kreise auf meinem Rücken, die mich vermutlich beruhigen sollten, aber nur dafür sorgten, dass ich mich auf seinen Schoß setzen und das Gesicht an seinen Hals pressen wollte. Mit Mühe unterdrückte ich ein Seufzen, als seine Hand unter das Haar an meinen Nacken glitt und die verspannten

Muskeln massierte. Noch nie hatte sich etwas so unfassbar gut angefühlt. Ich ließ die Stirn an seine Schulter sinken. Die Rufe kamen näher und näher. Hilfeschreie erklangen. In diesen Nächten, in denen die Wachen Jagd auf Strigoi, Hexen oder Wicca machten, kam es immer wieder vor, dass Unschuldige verhaftet wurden. Nur weil sie zu blass waren oder ein neidischer Nachbar sie anzeigte, Magie benutzt zu haben. Direkt vor meiner Tür spielte sich gerade Ungeheuerliches ab, und ich fühlte mich trotzdem so geborgen wie auf einer einsamen Insel.

Umso heftiger zuckte ich zusammen, als es gegen die Tür donnerte. »Aufmachen«, brüllte eine Männerstimme. »Wir suchen eine Hexe und einen Strigoi.«

»Du darfst ihnen nicht zeigen, dass du Angst hast«, wisperte Nikolai. »Denk daran, du bist meine Ritterin.« Er hob mein Kinn an, und leicht wie eine Feder glitten seine Lippen über meine und entfachten ein Feuer in meinem Körper. Dann huschte er fort. Kurz darauf flammte die Kerze neben der Tür auf.

Wieder erklang das Donnern von Faustschlägen und die Tür zitterte in den Angeln. »Aufmachen oder wir treten die verdammte Tür ein.«

Ich schlüpfte in einen verschlissenen Morgenmantel und wünschte, ich hätte Zeit, mir ein Kleid anzuziehen. Aber dann würden die Männer draußen nur noch wütender werden. Mit zitternden Fingern drehte ich den Schlüssel herum. Nikolai nickte mir aufmunternd zu. Er stand so, dass das offene Türblatt ihn verdeckte. Es war kein ausreichender Schutz, aber wenn die Große Göttin uns gnädig war, genügte er.

Die Tür sprang auf und vor mir standen zwei Männer der Stadtwache. In den Händen hielten sie ihre Lanzen und an den Gürteln klirrten Schwerter. Sie trugen ihre volle Rüstung, auf der das Wappen des Königs prangte. Eines Königs, der jeden reichlich belohnte, der ihm half, die Magie vollständig auszumerzen. Abschätzende Blicke glitten über mich und ich schlang die Arme um den Körper. »Hier ist weder eine Hexe noch ein Strigoi«, sagte ich erleichtert, dass keiner meiner Angreifer bei ihnen war und mich identifizieren konnte.

»Bist du allein?«, fragte der jüngere Wachmann, an dessen Kinn der erste Bartwuchs prangte. Er musterte mein rotes Haar. Ich hatte vergessen, es wieder zu einem Knoten zu binden.

Ich nickte.

Er schubste mich zur Seite und trat ein. Ich stellte mich so gegen das Türblatt, dass es nicht zufallen konnte. Ausgiebig begutachteten die beiden meine Behausung, während von draußen Kälte, der Geruch von Feuer und Schreie hereindrangen. Der Jüngere hielt Nikolais Umhang hoch und kurz blieb mein Herz stehen.

»Es ist kalt«, erklärte ich tonlos und zu meiner Erleichterung ließ er ihn fallen.

Der ältere Mann mit schon ergrauendem Haar stupste mit dem Finger in den Kräutertiegel und roch daran. »Hast du das selbst gemacht?«

»Ich habe mir auf dem Markt den Knöchel verstaucht«, erklärte ich. »Es sind nur ein paar Kräuter und Öl.«

»Wag es nicht, etwas davon zu verkaufen«, schnauzte er. »Wärst nicht die Erste, die deswegen der Hexerei beschuldigt wird. Wär schade um dich armes Ding.« Fast konnte man meinen, er wollte mich warnen. »Gehen wir«, forderte er den anderen auf. »Hier gibt es nichts. Verriegele die Tür hinter uns und bleib morgen am besten im Haus. Ich hab eine Tochter, die ist in deinem Alter. Ist nicht leicht in diesen Tagen«, setzte er hinzu, als der andere verschwunden war.

Wieder nickte ich nur. Es gab offenbar doch Menschen, die nicht nur an sich dachten. Nachdem er fort war, schlug ich die Tür zu und verschloss sie. Am liebsten hätte ich noch eine Kommode davor gerückt, doch ich lehnte mich nur dagegen, weil meine Beine zitterten. Nikolai griff nach meiner Hand, zog mich an sich, und gemeinsam lauschten wir den Geräuschen, die sich langsam entfernten. »Du kannst bald gehen und dich in Sicherheit bringen«, flüsterte ich. »Sobald sie dieses Viertel verlassen haben. Geh einfach Richtung Norden.« Wenn er ging, würde ich wieder allein sein. Ich zwang mich, mir in Erinnerung zu rufen, dass ich das seit Jahren war. Diese kurze Begegnung mit ihm bedeutete gar nichts. Sie war nur Zufall, und in ein paar Tagen würde ich sie vergessen haben, weil ich viel zu sehr damit beschäftigt war, zu überleben. Dafür zu sorgen, dass ich genug zu essen hatte und dass niemand herausfand, dass ich eine Wicca war.

»Ich möchte gern bleiben.« Zuerst glaubte ich, mir diesen Satz nur eingebildet zu haben. Bis ich ihn ansah. »Sie könnten zurückkommen.«

»Und genau dann solltest du fort sein.« Ich wollte nicht, dass ihm etwas zustieß. Wäre ich vorsichtiger gewesen, hätte er sich nicht einzumischen brauchen.

»Du frierst« Er ignorierte meinen letzten Satz und legte mir stattdessen die Hand auf die Seite meines Halses. »Du hast Gänsehaut.« Mit dem Daumen zeichnete er meine Kinnlinie nach. »Hier und hier.« Behutsam glitten seine Fingerspitzen über meine Kehle, während ich ganz still stand. Geduldig streichelte er mich weiter und wartete auf ein Zeichen von mir. Doch erst als sein Atem über meine Lippen strich, verabschiedeten sich meine Vorbehalte und Sorgen. Über zwölf Jahre lang war ich vernünftig gewesen und einsam. Und heute feierte mein Volk Imbolc, eins der vier Sonnenfeste. Wie könnte ich der Großen Göttin besser huldigen, als mit einer Vereinigung von Mann und Frau? Ich blickte zu ihm auf, betrachtete sein ernstes, schönes Gesicht, sah das Verlangen und das Verständnis in seinen Augen. Wer sollte es mir zum Vorwurf machen, wenn ich nahm, was er anbot? Nur ich mir selbst.

Ich holte tief Atem und legte beide Hände auf seine Brust. Er beugte sich herunter und küsste den äußeren Rand meiner Augenbraue. Ich lehnte mich näher an ihn, strich mit den Händen zu seinen Schultern und vergrub die Finger dann in seinem seidenweichen Haar. Sämtliche Härchen auf meinem Körper richteten sich auf, als er mit einem leisen Knurren meinen Kopf zurückbog und über meine Kehle leckte. Unwillkürlich versteifte ich mich. Er hauchte einen Kuss auf die Stelle und massierte sanft meinen Nacken. »Ich werde nichts tun, was du nicht auch willst«, hauchte er. »Und ich werde dich nicht beißen, solange du mich nicht darum bittest.«

Ich keuchte auf, weil die Vorstellung, wie er mir mit dieser unwiderstehlichen Zärtlichkeit die Reißzähne in die Haut schlug, Gänsehaut verursachte. Aber ein Rest meines Selbsterhaltungstriebes hielt mich davon ab, ihn sofort darum zu bitten. Stattdessen zog ich seinen Mund an meinen. Es schien, als hätte er tatsächlich nur auf diese Einladung gewartet, denn jegliche Vorsicht verschwand aus seinen Berührungen. Er zog mich fester an sich, knabberte an meiner Unterlippe und entlockte mir ein Stöhnen. Als wollte er das Geräusch kosten, presste er daraufhin den Mund vollständig auf meinen. Mit einer Hand hielt er meinen Hinterkopf fest, während die andere meinen Rücken hinunterwanderte. Hitze stieg in mir auf. Er hüllte mich ganz und gar ein. Sein Körper und sein Geruch waren überall. Ich zupfte an seinem Hemd und zog es aus dem Hosenbund. Heute Nacht würde ich nicht mehr über die Konsequenzen nachdenken, die das hier nach sich ziehen konnte. Der Morgen und damit mein reales Leben kamen früh genug. Dann würde diese Nacht nur noch ein Gespinst aus Träumen sein. Meine Hände glitten unter den Stoff und berührten die kühle, glatte Haut darunter. Sie fühlte sich an, als hätte jemand Seide über Stahl gespannt. Ich stellte mich auf die Zehenspitzen, und meine Brustwarzen richteten sich auf. Nikolai leckte an meinem Ohrläppchen und biss sanft hinein. Meine Hüfte bewegte sich wie von selbst und presste sich an ihn. Kühle Luft umspielte meine Waden, als er den Saum meines Nachthemdes anhob. »Schling deine Beine um meine Hüften«, bat er mit rauer Stimme und hob mich hoch. Seine Härte presste sich an meine weichste Stelle, als ich dem Befehl folgte. Mit einer Hand hielt er mich, während er mich wieder küsste und mit der anderen über meine Brust strich. Sein Daumen umrundete die empfindliche Spitze. Ich bäumte mich ihm entgegen und sein Kuss wurde härter. Seine Zunge drang in mich ein und nahm mich in Besitz. Meine Brüste wurden schwerer, als er ihre Konturen genauer erforschte. Ein winziger Teil meines Gehirns versuchte immer noch, mich zu warnen, aber ich ignorierte es, weil jede seiner Bewegungen mich weiter in den Wahnsinn trieb. Sein Becken schmiegte sich in rhythmischen Bewegungen an meines, aber es genügte nicht.

»Warte«, raunte er.

»Ich will nicht warten«, widersprach ich und erntete ein leises Lachen. Wusste er nicht, dass uns jeden Moment jemand unterbrechen konnte? Das hier könnte vorbei sein, bevor es begonnen hatte. Trotz meiner Proteste ließ er mich hinunter. »Ich werde dich nicht an einer Tür nehmen.« Bedächtig zog er mir das Nachthemd über den Kopf und entblößte mich vollständig. Meine Nacktheit war mir nicht peinlich und ich ließ zu, dass er mich betrachtete und mit den Augen verschlang.

»Du bist wunderschön«, flüsterte er und nahm eine meiner Haarsträhnen zwischen zwei Fingerspitzen.

Nicht so schön wie er. Langsam knöpfte ich sein Hemd auf und schob es ihm über die Schultern. Dann nestelte ich an dem Verschluss seiner Hose, und er hielt mich nicht davon ab. Ein schmaler Streifen obsidianschwarzen Haares bahnte sich einen Weg von seinem Bauch zwischen seine Schenkel. Hitze breitete sich in meiner Magengrube aus und sammelte sich zwischen meinen Beinen. Er neigte den Kopf und strich mit der Nase wieder über meine Kehle. »Wir müssen das hier nicht tun, wenn du unsicher bist.«

Ich hörte seine Worte, aber seine hungrige Stimme strafte sie Lügen. Er wollte mich, so wie ich ihn wollte, und gegen dieses Verlangen war ich machtlos. Er knabberte wieder an meiner Unterlippe und ich schlang die Arme um seinen Hals. »Bring mich ins Bett«, forderte ich ihn auf. Er ließ sich nicht zweimal bitten, sondern hob mich hoch, trug mich zum Bett und setzte mich sanft auf der Matratze ab. Noch einmal musterte er mich aufmerksam im Licht der Kerze. Sanft strich er mit einem Finger an den Innenseiten meiner Schenkel entlang. Dann beugte er sich über meine Brüste und umkreiste sie spielerisch mit der Zunge. Ich bäumte mich auf und spürte ihn an meinem Bein härter werden. Niemand hatte mich seit meiner Verbannung mehr in den Arm genommen, geschweige denn mich zärtlich berührt oder gestreichelt. Den paar Männern, die ich mir in der Vergangenheit gesucht hatte, war es nur selten um mein Vergnügen gegangen. Ich hatte bisher nicht einmal geahnt, wie unglaublich Nähe sich anfühlen konnte. Ich wollte mich an Nikolai pressen und mit ihm verschmelzen. Kein Teil meines Körpers sollte unberührt bleiben, damit ich nicht vergaß, wie sich echtes Begehren anfühlte, wenn er fort war. Ich vergrub die Nase in seiner Halsbeuge und sog seinen Geruch ein. Ich leckte und biss leicht in seine Haut und entlockte ihm damit ein Knurren, dass seiner Selbstbeherrschung ein Ende setzte. Mit seinen Händen und seiner Zunge erkundete er meinen Körper, berührte jede Stelle, verweilte an denen, wo mir seine Berührungen am meisten gefielen. Er drehte mich auf den Bauch und fuhr mit der Zunge mein Rückgrat entlang, was mich fast in den Wahnsinn trieb. Es schien, als würde er meinen Körper besser kennen als ich ihn selbst. Er nahm mich ganz und gar in Besitz und markierte mich, und ich wusste jetzt schon, dass er mich für jeden anderen Mann verdarb. Die ganze Zeit über fühlte ich mich sicher und beschützt. Er drehte mich wieder auf den Rücken und meine Hände glitten über seinen Körper. Ich zog ihn zwischen meine Beine, spreizte meine Schenkel, und er verstand ohne Worte, was ich brauchte. Seine Küsse wurden gieriger. Seine Zunge stieß in demselben Rhythmus in mich hinein, wie ich das Becken gegen seines drückte. Die Sehnsucht in meinem Inneren wuchs und wuchs. Ich schlang die Beine um seine schmale Taille, und dann spürte ich ihn dort, wo ich ihn am meisten brauchte. Trotz der Kühle in der Hütte lag ein leichter Schweißfilm auf meiner Haut, mein Blut kochte und das Herz galoppierte in meiner Brust. Ich spürte ein leichtes Kratzen an meinem Hals, als er mit seinen Reißzähnen über die empfindliche Stelle an meinem Puls fuhr. Mein ganzes Bewusstsein konzentrierte sich auf den winzigen Schmerz, der mir Angst machen sollte, aber überdeckt wurde von dem unbeschreiblichen Gefühl, das sich in mir ausbreitete, als er sich endlich in mich schob. Keuchend umschlang ich ihn fester und spannte die Muskeln in meinem Schoß an. Stöhnend stieß er zu, bahnte sich seinen Weg Zentimeter um Zentimeter, wartete, bis mein Körper sich an seine Größe gewöhnt hatte, und versank dann mit einem letzten Stoß vollständig in mir. Nun war er ganz und gar mit mir verbunden und ich mit ihm. Mit großen Augen sah ich zu ihm auf. Ich hatte nicht gewusst oder nur geahnt, dass es so sein konnte. Er lächelte auf mich herab, und einen Moment lang war nur unser erleichtertes Keuchen zu hören, bevor er sich rhythmisch zu bewegen begann. Die ganze Zeit blickte er mir fest in die Augen. Ein dunkles Feuer loderte in seinen Iriden, und wie eine Welle erfasste die Erregung meinen gesamten Körper. Jeder Teil von mir pulsierte, als er sich in mir wiegte, eine Hand unter meinen Po schob und mein Becken anhob. In meinem Inneren explodierte ein Licht. So hell, als hätte die Große Göttin persönlich Sternenstaub über mir vergossen. Ich presste das Gesicht gegen sein Schlüsselbein, um den Schrei zu ersticken, der in meiner Kehle aufstieg. Sein Höhepunkt folgte meinem mit gleicher Intensität und er verströmte sich in mir. Wir bewegten uns weiter in dem uralten Rhythmus, als wollte keiner von uns beiden, dass es endete, aber irgendwann beruhigten sich unser Herzschlag und unser Atem.

Behutsam zog er sich aus mir zurück und stützte sich neben mich auf dem Ellenbogen auf. Verwundert sah er mich an, strich mir das schweißfeuchte Haar aus dem Gesicht und küsste mich. »Das wollte ich ab dem Moment tun, in dem ich dich vorhin gesehen habe. Doch ich hätte niemals gedacht, dass es sich so anfühlen würde.«

Ich legte ihm eine Hand an die Wange und musste nicht fragen, was er damit meinte.

Er strich mir über die Seite und umkreiste mit dem Daumen wieder die Spitze meiner Brust. Vor Vorfreude zog sich mein Unterleib zusammen, als sein Mund dem Daumen folgte und er sanft daran zu knabbern begann.

Ich wusste, dass er fort war, obwohl ich die Augen noch geschlossen hielt, aber das Gefühl der Einsamkeit war mir schmerzlich vertraut. Nikolai hatte das Feuer neu geschürt, mich mit meiner Decke und zusätzlich mit seinem Umhang zugedeckt, die Kerze gelöscht und war gegangen. Wir hatten uns noch zweimal geliebt und dann hatte er mich im Arm gehalten, bis ich eingeschlafen war. Ich drängte die Tränen zurück. Er war mir zu nichts verpflichtet. Diese Nacht würde für immer mein Geheimnis bleiben. Selbst wenn ich nie nach Ardeal zurückkehrte, hatte ich nun noch etwas, was mich an meine Heimat erinnerte. Ich zündete eine Kerze neben meinem Bett an. In der Hütte war es trotz des Feuers empfindlich kühl und ich schmiegte mich wieder unter den Umhang, der immer noch nach ihm roch. Eine Weile rührte ich mich nicht, obwohl ich wusste, dass ich mich für die Arbeit in der Bibliothek fertig machen musste. Den Geräuschen nach zu urteilen, die hereindrangen, war die Sonne längst aufgegangen. Aber anstatt aufzustehen, schnipste ich mit den Fingern und murmelte leise einen Befehl. »Manifestere.« Ein altes ledergebundenes Buch rutschte aus dem Stapel, der auf meinem wackligen Schreibtisch stand, und brachte ihn gefährlich ins Wanken. Der dicke Umschlag klappte auf, und die Seiten blätterten so schnell um, dass ich den Windzug im Gesicht spürte, obwohl ich mir den Umhang bis zur Nasenspitze gezogen hatte. Bilder manifestierten sich an der Wand. Sie entstammten einer längst vergangenen Zeit. Es waren Bilder, die die Geschichte unserer drei Völker, die erbittert um Ardeal gekämpft hatten, auferstehen ließen. Hexen jagten mit gezückten Schwertern auf ihren Besen durch die Luft und kämpften unerbittlich gegen geflügelte Strigoi. Wicca ließen Dornenhecken wachsen und Flüsse anschwellen, um sich vor der Hexenarmee in Sicherheit zu bringen. Strigoi auf nachtschwarzen Pferden belagerten die Onyxfestung der Hexenkönigin. Die geflügelte Rabenarmee des Hohepriesters der

Wicca ließ unlöschbare Feuer auf eine Zeltstadt der Strigoi regnen. Bilder eines Krieges, den niemand gewinnen konnte, rauschten über die Wand mit der abblätternden Tapete. Und dann standen die Hexenkönigin Estera, Andrada, der Palatin der Strigoi, und die Hohepriesterin Ileana um einen riesigen Kessel. Sie schlossen ein Bündnis, das den Frieden der Völker besiegeln sollte. Das war vor tausend Jahren gewesen. Dieser erste Pakt hatte fünfhundert Jahre gehalten. Danach herrschte wieder viele hundert Jahre Krieg. In manchen Zeiten hatten die Zwistigkeiten abgenommen, nur um dann umso heftiger aufzuflammen. Mal verbündeten sich die Hexen mit den Wicca, mal mit den Strigoi. Ganze Familien der Strigoi, Coven der Wicca und Zirkel der Hexen waren ausgerottet worden. Der letzte Frieden wurde vor vierzig Jahren geschlossen. Ohne diesen Vertrag, den mein Großvater als Hohepriester der Wicca unterzeichnet hatte, gäbe es vermutlich niemanden von uns mehr, der Krieg führen könnte. Dieser Vertrag hatte uns alle gerettet. Denn während Wicca ihre Fähigkeiten nur einsetzten, wenn sie niemandem damit schadeten, galt diese Regel für Hexen nicht. Ihre Magie unterlag keinerlei Beschränkungen. Sie durfte und sollte sich frei entfalten. Im Verständnis der Hexen konnte Magie nur so wachsen. Schwarze und weiße Magie waren einander ebenbürtig. Es waren zwei Seiten derselben Medaille. Die Energie blieb immer gleich, auch wenn die Zauber, die damit geschmiedet wurden, unterschiedlichen Absichten unterlagen. Schwarze Magie war nicht verboten, wenn sie sorgsam angewendet wurde. Wir Wicca nutzten die Magie, um uns und unsere Seelen zu entwickeln, statt dazu, jemanden oder etwas unserem Willen zu unterwerfen. Magie sollte etwas Schönes und Reines sein und die Welt zu einem schönen und reinen Ort machen. Leider hatte es immer Hexen und Hexer gegeben, die schwarze Magie missbrauchten, um ihre Interessen durchzusetzen. Ich kannte die Geschichte Ardeals in- und auswendig. So oft hatte ich mir diese Bilder angeschaut und die Bücher studiert. Obwohl ich den Boten nie sah, wusste ich, wer sie regelmäßig austauschte. Magnus Calin, Großvaters treuester Offizier und Anführer der Armee der Corbii, der Raben des Hohepriesters. Magnus‘ Raben waren die einzigen Wicca, denen es erlaubt war, Waffen zu führen. Musste ich ihn informieren, dass Nikolai Lazar in Aquincum aufgetaucht war? Erwartete mein Großvater das? Im letzten Krieg waren die Strigoi die Verbündeten der Wicca gewesen. Wir hatten auf derselben Seite gekämpft, gewonnen und verloren. Nikolai hatte mir nichts angetan. Im Gegenteil. Er hatte mir etwas geschenkt. Als das letzte Bild sich in das Buch zurückzog und es sich schloss, setzte ich mich auf, zog den Umhang um mich und ging zum Fenster, um die Läden zu öffnen. Der Schmerz in meinem Knöchel war fast verschwunden. Frost kroch durch den Spalt zwischen Fenstersims und Rahmen und malte Eisblumen auf die Innenseite der Glasscheiben. Auf der Straße herrschte trotz eines scharfen Westwindes bereits reges Treiben. Der Wind fegte um die Ecken meiner Hütte und rüttelte an Fenstern und Tür, um sich Einlass zu verschaffen. Um Imbolc waren die Seelen der Verstorbenen besonders unruhig, deswegen musste ich sie heute Abend mit einer Gabe besänftigen. Es gab nicht mehr viel, was mich mit meiner Familie und meinem Glauben verband, aber unsere rituellen Feste beging ich immer noch, auch wenn es mich von Jahr zu Jahr trauriger gestimmt hatte, sie allein zu feiern. Ein Lächeln stahl sich auf meine Lippen. Letzte Nacht war ich nicht allein gewesen, und eines Tages würde ich auch Beltane in Ardeal feiern. Irgendwann würde Großvater mich zurückholen. Die Alternative, allein und weiterhin versteckt unter den Menschen zu leben, war nicht akzeptabel. Heute noch weniger als gestern. Dass Nikolai ausgerechnet in der Nacht eines Sonnenfestes in Aquincum aufgetaucht war, nahm ich als Zeichen der Göttin, dass der Tag meiner Heimkehr näher rückte, denn eine Wicca ohne Coven, einer Gemeinschaft, die ihr Sicherheit und Schutz gab, war wie ein Mond ohne den Sternenhimmel.

3. KAPITEL

AQUINCUM, HAUPTSTADT VON MUNTENIA

EINIGE WOCHEN SPÄTER, NACH OSTARA

Ich hatte die halbe Nacht damit zugebracht, die Unterlagen zusammenzustellen, die ich brauchte, um mich an der Universität zu bewerben. Es war mein dritter Versuch, denn Studienplätze für Frauen waren rar; und für Frauen, die nicht aus einer der angesehenen Familien Aquincums stammten, noch rarer. Aber ich war noch nicht bereit aufzugeben. Vor Müdigkeit war ich ganz zittrig. Hastig angelte ich nach Nikolais Umhang und legte ihn mir um die Schultern. Zu meinem Leidwesen roch er nicht mehr nach ihm, sondern nur noch nach mir. Dann stand ich auf, um Wasser aufzusetzen. Erst als ich an dem heißen Tee mit viel Zucker nippte, wurde mir einigermaßen warm. Ich lehnte mich an das wacklige Buffet. Immerhin schmeckte dieser Tee besser als der Verhütungstee, den ich nach der Nacht mit Nikolai zwei Wochen lang getrunken hatte, bis ich sicher gewesen war, nicht schwanger zu sein. Strigoi pflanzten sich nur sehr, sehr selten auf die herkömmliche Art fort, aber das bedeutete nicht, dass es nicht möglich war.

Nach dieser Nacht war ich nicht ins *Merlin* zurückgekehrt, sondern hatte mir eine zweite, noch weniger gut bezahlte Arbeit an einem der Marktstände besorgt. Nach ein paar Tagen hatten die Wachen auch die Suche nach Nikolai und der Hexe aufgegeben, die angeblich zwei Männer angegriffen hatte. Tagelang war ich voller Angst durch die Stadt gelaufen und hatte erwartet, dass die Wachen mich verhaften und in den Kerker werfen würden. Doch nichts dergleichen war geschehen. Leise seufzte ich. Immer noch haderte ich mit mir, ob ich meinen Großvater über die Begegnung informieren sollte. Aber die Gefahr, dass er darauf bestand, ich solle Aquincum verlassen, war mir zu groß. Wenn er mich in eine andere Stadt der Menschen schickte, sah ich Nikolai nie wieder. Auch jetzt ging diese Wahrscheinlichkeit gegen null, aber immerhin hatte ich etwas Hoffnung. Wenn es um meinen Schutz ging, war der Hohepriester übervorsichtig. Leider führte diese Vorsicht nie dazu, dass er mich nach Ardeal zurückholte. Aber Aquincum zu verlassen, hätte bedeutet, meine letzten Träume aufzugeben. Ich trat ans Fenster, von wo aus ich einen Blick auf die weißen Türme der Universität hatte. Wie jeden Morgen zündete ich die Kohle in der Räucherschale an, die ich als Kind auf dem Marktplatz erstanden hatte. Als sie glühte, legte ich einen getrockneten Weißdornzweig und die Rute eines Haselstrauches darauf und betrachtete, wie sie sich indigoblau verfärbten. Schimmernde Funken tanzten über den Rand des mittlerweile vergilbten Marmors. Ich legte die Hände um die heiße Tasse und betrachtete die Zweige, deren Asche langsam zerfiel. Ich liebte den Duft, denn er erinnerte mich an eine Zeit, in der ich viel weniger einsam gewesen war. Und manchmal, wenn ich Glück hatte, hörte ich in meinen

Erinnerungen sogar die Stimme meiner Mutter, die leise etwas sang. Einen Moment lang genoss ich den Duft, bevor es Zeit wurde, mich für den Tag fertig zu machen. Ich wusch mich mit kaltem Wasser, um die letzte Müdigkeit zu vertreiben, zog ein Unterkleid an, das schon bessere Tage gesehen hatte, und ein schlichtes braunes Kleid mit Zierbändern am Ausschnitt. Mein Haar flocht ich zu einem ordentlichen Zopf und tupfte etwas von dem Balsam, den ich aus Bienenwachs, Mandelöl und Honig selbst hergestellt hatte, auf meine trockenen Lippen. Ich rollte die Pergamente zusammen, umwickelte sie mit einer Kordel und verstaute sie in der Rocktasche. Als ich aus dem Haus trat, war die Straße fast menschenleer, nur ein paar Frauen eilten Richtung Marktplatz. Ich schloss mich ihnen an, ging durch die engen Gassen und erreichte bald eine Gegend, in der die Häuser nicht aus Lehm, sondern aus grauem Sandstein gemauert waren. Schmale Treppen führten zu weißgestrichenen Türen, vor denen winzige Gärten lagen, in denen die Bewohner ab dem Frühjahr Kräuter und Blumen zogen. Rauch kringelte sich aus den Schornsteinen in den Himmel. Für Mitte April war es noch recht kühl, doch die Kornelkirsche und die Salweide blühten bereits. Der Frühlingswind riss mir ein paar Locken aus dem Zopf, als ich den Fluss erreichte, der die Stadt in der Mitte teilte. Auf der einen Seite wohnte das einfache Volk und auf der anderen Seite der Adel und die Kaufleute. Über dem Wasser lag der fahle Schimmer des frühmorgendlichen Nebels. Er kroch über das Ufer und verschluckte die Geräusche der erwachenden Stadt. Ich legte die Hand auf die Mauer, um die Orientierung nicht zu verlieren, als mich ein vertrauter Duft traf. Warme Erde und Kiefernnadeln. Mein Herzschlag beschleunigte sich. »Nikolai?«, wisperte ich, bekam aber keine Antwort. Ich seufzte. Es war nicht das erste Mal, dass ich glaubte, ihn zu riechen oder seine hochgewachsene Gestalt in der Menge zu erspähen. Immer war es nur eine Täuschung gewesen. Er würde nicht zurückkommen. Es wäre unvernünftig und es würde uns beide in Gefahr bringen. Unsere Begegnung war Wochen her, und so langsam verblasste die Erinnerung an seine Berührungen und an seine Worte. Er war mir nichts schuldig und hatte mir nichts versprochen. Ich sollte aufhören, Hirngespinsten nachzulaufen. Ich wollte den Weg fortsetzen, als leise gleichmäßige Atemzüge an mein Ohr drangen. Dieses Mal war es keine Einbildung. Ich schluckte. Er war hier. Doch er wollte mir nicht antworten. Der Nebel bildete eine schützende Hülle um uns, der sich wie ein Kokon aus Samt anfühlte. Ich wollte ihn fragen, wo er gewesen war. Weshalb er nicht früher zurückgekommen war. Aber ich wagte es nicht, aus Angst, meine Worte würden ihn vertreiben. Die Luft zwischen uns begann zu knistern. Wenn wir länger hier standen, musste jemand die winzigen Magieglitzer entdecken, die im Nebel zu schimmern begannen. Es war das Klügste, wenn ich ging. Schweren Herzens drehte ich mich um, und als der Nebel sich lichtete, fragte ich mich bereits, ob diese Begegnung nicht auch nur in meiner Fantasie stattgefunden hatte.

Ich erreichte den Marktplatz und kaufte mir zur Feier des Tages zwei Fladenbrote und einen Becher mit heißem Apfelsaft. Noch mal würde die Universität mich nicht ablehnen. Ich hatte für diese Bewerbung zu hart gearbeitet. Jeden Heller gespart und mich auf die Aufnahmeprüfung vorbereitet. Es musste mir einfach gelingen. Ich brauchte ein neues Ziel im Leben. Den süßen Fladen aß ich sofort, und den Käsefladen ließ ich mir für das Mittagessen einwickeln. Ich plauderte mit den Frauen an den Marktständen und tauschte den neuesten Klatsch mit ihnen aus, der sich meist um die Grenzer drehte, die ihre freien Tage in der Stadt verbringen durften. Als die ersten Studenten auf dem Markt auftauchten, um sich zu versorgen, schloss ich mich ihnen an. Nachdem ich die Unterlagen bei dem unfreundlichen Sekretär des Dekans abgegeben hatte, beeilte ich mich, um in die Bibliothek zu kommen.

Sandro wartete bereits im Foyer der Bibliothek auf mich. Seit zwei Wochen half ich ihm, Quellenmaterial für seinen Professor zusammenzusuchen. Er war höflich und gutmütig, und hätte ich nicht so viele Geheimnisse, hätten wir vielleicht Freunde werden können. Aber ich schloss keine Freundschaften. Das war eine der Regeln, die ich mir selbst auferlegt hatte. Es war sicherer, wenn ich mein Herz nicht an einen Menschen hängte. Sicherer für die Menschen und für mich. Falls die Hexenkönigin herausfand, dass ich ihren feigen Anschlag überlebt hatte, würde sie ihre Schergen schicken, um ihr Werk zu vollenden, und dann würde ich jeden in Gefahr bringen, der sich in meiner Nähe aufhielt. Es verging kein Jahr, in dem mein Großvater mich nicht daran erinnerte.

»Hast du alles abgegeben?«, fragte Sandro, nachdem wir uns begrüßt hatten und zu unserem Arbeitsplatz am Ende des Lesesaals gingen. Jede Menge Bücher stapelten sich auf einer dicken Holzplatte, die direkt an eins der deckenhohen Bücherregale geschraubt war. Da das Tageslicht nicht genügte, um die Plätze ausreichend zu erhellen, brannten auch tagsüber kleine Öllampen mit grünem Glaszylinder auf den Pulten.

»Hab ich. Jetzt heißt es wieder warten.« Ich griff nach dem obersten Buch, um die Informationen zu markieren, die Sandros Professor benötigte. Später würde er diese Bücher in die Fakultät bringen.

»Bestimmt klappt es dieses Jahr«, versicherte er mir. »Du weißt mehr über die Geschichte von Muntenia als die meisten

Studenten, die ich kenne.« Er selbst studierte seit vier Jahren und machte im nächsten Sommer seinen Abschluss.

Da hatte er recht. Ich steckte einen Pergamentstreifen zwischen die Seiten des Buches und versuchte, mich trotz des Gespräches zu konzentrieren. Trödeln wurde schnell bestraft, und es war wichtig, dass der immer schlecht gelaunte Vorsteher der Bibliothek mir eine einwandfreie Arbeitsmoral bestätigte, falls der Sekretär des Dekans nachfragte. Dazu war es bisher nie gekommen. Immer war meine Bewerbung schon vorher aussortiert worden. Als hätte ich ihn herbeigerufen, erklangen feste Schritte hinter uns. Schnell schlug ich ein neues Buch auf und erwartete eine Rüge, weil wir im Lesesaal miteinander plauderten, stattdessen räusperte sich jemand leise. Ich musste mich nicht umdrehen, um zu wissen, wer hinter mir stand. Mein Herzschlag beschleunigte sich. Er war hier! War er verrückt geworden?

Ein kaum wahrnehmbares Lächeln umspielte Nikolais Lippen, als ich mich umwandte. »Guten Morgen«, begrüßte er Sandro und mich, dem bei seinem Anblick der Mund offenstehen blieb.

Mit seiner eleganten Anmut passte Nikolai perfekt zwischen die alten Regale, die verstaubten Bücher, den zerkratzten Holzboden und die uralten Kronleuchter, die über uns hingen. Sollte er je in Erwägung ziehen, Vorlesungen an der Universität zu halten, würden die Studentinnen ihm zu Füßen liegen. So wie ich es getan hatte. Ich konnte Sandro also seine Reaktion kaum verübeln, auch wenn mir Gänsehaut über den Rücken lief. Doch sie war nicht der Eleganz oder der Grazie des Strigoi geschuldet, sondern der unvermittelten Erkenntnis, dass Nikolai ein Spiel mit mir spielte. Ein Spiel, dessen Regeln ich nicht kannte. Die Begegnung in der Taverne hatte ich als Zufall abgetan. Die heute Morgen konnte Neugier gewesen sein. Aber diese hier hatte er geplant, und dass er das Risiko einging, am helllichten Tag durch Aquincum zu schlendern, gefiel mir ganz und gar nicht.

»Können wir etwas für Sie tun?«, fragte Sandro ihn stotternd, während ich versuchte, ihn mit meinen Blicken zu erdolchen. Er brachte nicht nur sich, sondern auch mich in Lebensgefahr.

»Das hoffe ich. Mein Name ist Nikolai. Nikolai Lazar«, stellte er sich höflich vor, reichte ihm die Hand, wobei der Blick seiner bernsteinfarbenen Augen die ganze Zeit auf mir ruhte, ohne dass er einmal blinzelte. Wenn er so weitermachte, verriet er sich noch. Würde ihm nur recht geschehen. Heute schienen seine Iriden dunkler zu sein als bei unserer ersten Begegnung. »Und Ihr seid?« Fragend legte er den Kopf schief und ein übermütiges Funkeln stand in seinen Augen. Dieser Mann hatte sich in seinem ganzen Leben noch nie vor etwas gefürchtet.

»Valea«, erwiderte ich und verschränkte die Hände hinter dem Rücken. »Valea Grecu.«

»Valea. Die Starke. Wie nett, Ihre Bekanntschaft zu machen.« Er hielt mir weiter die Hand hin, und wenn ich nicht wollte, dass Sandro misstrauisch wurde, musste ich sie schütteln.

Meine Magie war zwar schwach, aber ich besaß immerhin eine Gabe. Eine Gabe, die ich normalerweise streng unter Verschluss hielt, weil sie nicht geschult war und ich nie gelernt hatte, sie richtig zu benutzen. Es war die Gabe der Imagination. Sie befähigte mich, in die Erinnerungen anderer Menschen einzudringen und zu sehen, was sie erlebt hatten. Normalerweise vermied ich es deswegen, jemanden zu berühren. In unserer gemeinsamen Nacht war ich zu abgelenkt gewesen, um sie einzusetzen, und auch jetzt hatte ich Skrupel, denn wenn ich sie gebrauchte, verletzte ich Nikolais

Privatsphäre. Aber hier ging es um meine Sicherheit. Dass er einfach in die Bibliothek spazierte, ohne Angst zu haben, entdeckt zu werden, aber in all den Wochen nicht einmal nach mir geschaut hatte, ärgerte mich mehr, als es sollte. Entschlossen schob ich meine Hand in seine. Das Metall eines Siegelringes presste sich gegen meine Finger. Nur mit Mühe unterdrückte ich ein Aufkeuchen, als seine kühle Haut wieder meine warme berührte. Er war mir nichts schuldig, aber ich hatte ihn vermisst. Sein Lächeln vertiefte sich, und unsere Blicke verflochten sich ineinander. Ich erkannte genau den Augenblick, in dem er begriff, dass ich in seine Erinnerungen eindrang. In ihnen sah ich dunkelgrüne Berghänge, hörte das Schlagen von Pferdehufen auf weichem Waldboden und das ausgelassene Lachen eines jungen Mädchens. »Nicht so schnell, Celia«, rief er in der alten Sprache, die ich meine ganze Kindheit lang gesprochen hatte und die unerträglich vertraut klang. »Es ist nicht schnell genug«, antwortete das Mädchen ausgelassen. Ihr schwarzes, lockiges Haar wehte im Wind, als sie über eine Wiese ritt und er versuchte, ihr zu folgen. Doch entweder konnte oder wollte er sie nicht einholen. Erst als sie über eine Hecke sprang, hörte ich ihn leise fluchen, doch ihr Pferd setzte sanft auf der anderen Seite auf.

Das Bild wechselte, und ich sah ihn vor einem Bett mit dunkelgrünem Baldachin knien. In einem riesigen Kamin brannte ein Feuer. Die Hitze war beinahe unerträglich. Die schweren Möbel, die Samtvorhänge, Decken und Kissen stammten offensichtlich aus einer anderen Zeit. Nikolais Kleidung war verdreckt, sein Haar zerzaust, und er umklammerte die Finger eines älteren Mannes, der im Sterben lag.

»Versprecht mir, sie mit eurem Leben zu beschützen«, raunte dieser. »Ihr werdet vollenden, wo ich versagt habe. Ihr dürft nicht scheitern.«

»Du wirst wieder gesund«, erklärte ein dritter Mann mit vor Trauer rauer Stimme. Ich konnte ihn nicht sehen, weil Nikolai ihn nicht anschaute.

»Wir werden uns um Mutter und Celia kümmern. Gemeinsam, Vater«, sagte er. »Alexej hat recht. Du wirst gesund werden.«

»Nein, mein Sohn. Meine Zeit ist gekommen. Von nun an bist du der Magnat unserer Familie, und du darfst nicht vergessen, was deine Aufgabe ist. Schwöre mir, dass du unser Volk rettest.«

Vor Fassungslosigkeit weitete sich mein Blick. Nikolai war kein gewöhnlicher Strigoi und kein einfaches Mitglied der Familie Lazar, sondern er war einer der sieben Magnati von Ardeal. Wütend versuchte er, mir die Hand zu entziehen, aber ich hielt sie fest, weil ich mehr wissen musste.

»Ich schwöre es dir«, antwortete er in der Erinnerung, und ich spürte seinen unsäglichen Schmerz durch mich hindurchbranden, als wäre es mein eigener. Das Gefühl des Verlustes ließ mich nach Luft schnappen, und fast brach die Verbindung ab. In der Erinnerung legte er nun den Kopf auf die verschränkten Hände. Ich konnte sein Flüstern kaum verstehen. »Du kannst dich auf uns verlassen. Möge deine Seele eine gute Reise haben, bis wir eines Tages wieder miteinander vereint sind. *Amor numquam moritur.*« Liebe stirbt niemals, setzte er feierlich hinzu, und es klang wie ein Schwur, der mir Gänsehaut verursachte.

Wieder zog er an seiner Hand, dieses Mal fester. Er funkelte mich so wütend an, dass ich Mühe hatte, mir mein schlechtes Gewissen nicht anmerken zu lassen. Ich hatte kein Recht zu dem, was ich hier tat. Erinnerungen waren etwas zutiefst Persönliches. Der Ärmel meines Kleides rutschte nach oben und entblößte die Spitze der winzigen Triquetra, die ich mir vor einigen Jahren, als ich geglaubt hatte, das Heimweh und die Einsamkeit nicht mehr ertragen zu können, auf die Innenseite meines linken Handgelenkes hatte tätowieren lassen. Das Symbol stand für Fruchtbarkeit, Mütterlichkeit und Wissen, verwoben im ewigen Kreislauf des Lebens, und natürlich war es verboten. Ich hatte dem Tätowierer einen halben Monatslohn für sein Schweigen bezahlt und musste es sorgfältig verbergen. Mit der Kuppe des Zeigefingers strich er aufreizend zärtlich darüber. Ein Energiestoß floss durch mich hindurch, und hastig löste ich die Verbindung. Seine Lippen verzogen sich zu einem Lächeln, das weder sanft noch freundlich war.

Sandro hatte von unserem wortlosen Austausch, der nur Sekunden gedauert hatte, nichts mitbekommen, sondern stellte sich nun ebenfalls vor. »Können wir Ihnen behilflich sein? Möchten Sie zur Direktorin der Bibliothek?«, fragte er eifrig.

Nikolai wirkte zwar immer noch, als würde er mich am liebsten erwürgen, schüttelte aber den Kopf. »Nein, ich möchte zu Ihnen beiden.« Sein Blick zuckte zu dem Bücherstapel hinter mir, und ich hatte keinen Zweifel, dass er in einem Sekundenbruchteil erfasste, womit wir uns beschäftigten.

Sandro rieb sich nervös mit den Handflächen über seine Hosenbeine und sah ihn erwartungsvoll an.

»Zufällig bin ich im Besitz einer bisher unbekannten Handschrift von Königin Lucrezia.« Nikolai lächelte unecht. Er war wütend, aber das war ich auch.

Weshalb war er zurückgekommen? Bestimmt nicht, weil unsere Zusammenkunft für ihn so unvergesslich gewesen war wie für mich. Dann hätte es kaum so lange gedauert. Ich wusste zwar nicht, wie alt er war, und doch ging ich davon aus, dass seine Erfahrung beträchtlich größer war als meine. Und sicherlich hatte er in seinem Leben schon mit viel erfahreneren Frauen verkehrt. Blieb nur eine andere Erklärung. Er hatte herausgefunden, dass ich die letzte überlebende Enkeltochter des Hohepriesters war. Wollte er nun dieses Wissen zu seinem Vorteil nutzen? Die Strigoi hatten sich im letzten Krieg mit den Wicca gegen die Hexen verbündet, aber Bündnisse hielten nicht ewig. Vielleicht, und das war viel wahrscheinlicher, versprach er sich eine Gegenleistung der Hexenkönigin, wenn er mich ihr auslieferte. Zorn brodelte in mir. Weshalb hatte ich die Option bisher nicht in Erwägung gezogen? Sie lag schließlich auf der Hand. Die Hexenkönigin war für die Ermordung meiner Familie nie zur Rechenschaft gezogen worden, denn mein Großvater hatte keine Rache nehmen wollen. Der Frieden in Ardeal war ihm wichtiger gewesen. Aber er glaubte fest daran, dass die Königin weiter nach mir suchte, und nun hatte ein Strigoi mich gefunden. Was hatte die Königin ihm im Gegenzug zu meiner Auslieferung versprochen? War er deswegen so lange fort gewesen? Um seine Belohnung mit ihr zu verhandeln? Ich wischte mir die schweißfeuchten Hände an meinem Rock ab. Weshalb hatte ich nicht meinen Großvater informiert? Hatte Nikolai sich nach unserer gemeinsamen Nacht über meine Unerfahrenheit amüsiert? War dieses Mädchen, das ich in seinen Erinnerungen gesehen hatte, womöglich seine Frau oder seine Geliebte? Mir wurde schlecht. »Wie sind Sie in den Besitz der Handschrift gekommen? Haben Sie einen Herkunftsnachweis?« Ich war froh, dass meine Stimme nicht zitterte, als ich die Fragen stellte. Irgendwie musste ich hier raus. Am einfachsten wäre es, die Wachen zu alarmieren. Aber wenn sie ihn einsperrten und folterten, würde es zu Aufständen an der Nebelwand kommen. Die Strigoi würden den Tod eines ihrer Magnati niemals hinnehmen, und dann gab es Krieg mit den Menschen. Er mochte ein Lügner sein und mein Stolz war verletzt, doch das war kein Grund, Unschuldige in Gefahr zu bringen.

Nikolai runzelte die Stirn. Die Feindseligkeit in meiner Stimme entging ihm nicht. »Sie wurde kürzlich bei Aufräumarbeiten im Schloss meiner Familie gefunden, aber ich bin sehr sicher, dass sie echt ist.«

Für eine Weile würde ich mitspielen. »Wir werden sie untersuchen lassen müssen, wenn Sie sie uns zur Verfügung stellen. Wir können keine Quellen benutzen, die nicht anerkannt sind.«

»Natürlich«, sagte er knapp. »Davon bin ich ausgegangen.«

»Wo befindet sich das Schloss Ihrer Familie?«, mischte Sandro sich ein.

»In Oltenia. Ihnen dürfte nicht unbekannt sein, dass Lucrezias dritter Ehemann dem Haus Trastámero entstammte. Seine Familie regierte eine Zeit lang das Land.«

Er war nicht nur ein meisterhafter Lügner, sondern kannte sich offensichtlich auch sehr gut in der Geschichte Muntenias aus.

»Die Handschrift befand sich im Nachlass ihres dritten Ehemannes?«, fragte Sandro erstaunt.

Nikolai nickte. »Seine Familie hat seine Habseligkeiten nach seiner Ermordung aus Aquincum weggeschafft.«

Ihm war sogar die tragische Geschichte der Königin der Menschen bekannt, die als Friedensstifterin ihren Platz in den Annalen gefunden hatte. Wenn die Situation für mich nicht so bedrohlich gewesen wäre, hätte ich ihm meine Bewunderung ausgesprochen. Königin Lucrezias dritter Ehemann war von einem Strigoi ermordet worden, und trotzdem hatte sie den damaligen Frieden nicht gebrochen, sondern die Errichtung der Nebelwand verlangt. Sandro hing an Nikolais Lippen. Es verblüffte mich immer wieder, über wie wenig Intuition

Menschen verfügten. Spürte er die Gefahr denn gar nicht? Wie ihre Spezies überlebt hatte, war mir schleierhaft. Allerdings hatte ich mich auch nicht gerade mit Ruhm bekleckert, was Nikolai Lazar betraf.

»Was denkst du? Möglich ist es, oder? Es gibt Stimmen, die behaupten, Lucrezia hätte den Strigoi für den Mord an Don Alfonso bezahlt, und andere, die sagen, sie wäre über seinen Tod untröstlich gewesen. Vielleicht finden wir in der Handschrift einen Beweis dafür, dass sie ihn aufrichtig liebte«, sagte Sandro.

Ich zwang mich, mich zu konzentrieren. »Wichtiger wären Beweise, die die Gerüchte widerlegen, sie wäre eine Giftmischerin gewesen. Ihre unsterbliche Liebe ist nicht von Belang.« Die Königin wurde nach ihrem Tod schrecklich verunglimpft und das nur, weil sie nicht so weit gegangen war, alle Magie zu verbieten. Das hatten erst ihre Nachfahren getan.

Nikolai beugte sich etwas nach vorn. Er fixierte mich mit einem aufreizenden Blick. »In der Handschrift gibt es Hinweise darauf, dass Lucrezia von einer Wicca abstammte.«

Sandro keuchte auf und wurde gleichzeitig blass. Die Beleidigung einer Majestät, selbst wenn sie bereits verstorben war, war in Aquincum genauso verboten wie Magie.

»Sie meinen, eine Hexe«, erwiderte ich und befürchtete, dass Sandro gleich in Ohnmacht fiel, doch ich hatte nichts zu verlieren. Dieser Mann würde mich nicht mehr aus seinen Fängen lassen. Mein Leben bei den Menschen war unwiderruflich vorbei.

Nikolai hob die Stimme nur unwesentlich. »Nein, ich meine *keine* Hexe. Die Magie der Hexen ist eine völlig andere. Sie war eine Wicca. Im Gegensatz zu Hexen sind Wicca … sanftmütig, verständnisvoll und mitfühlend«, erklärte er und verschränkte die Arme vor der Brust. »Wenn Sie die Handschrift gelesen haben, werden Sie keinen Zweifel mehr daran haben, dass Lucrezia all das war«, behauptete er und starrte mich weiter an. »Sie befindet sich in meinem Haus in der Stadt. Wenn Sie mich begleiten würden, könnten Sie sie sich anschauen. Ich war nicht sicher, ob ich hier jemanden finde, der sich dafür interessiert. Aber wie es aussieht, habe ich Glück gehabt.«

Nie und nimmer besaß er ein Haus in der Stadt. Ich spürte regelrecht, wie Sandro mit sich kämpfte. Ein paar andere Studenten gingen vorbei und beäugten Nikolai. Die Blicke der Mädchen klebten an ihm, und ich nutzte die Gunst der Stunde und sprang auf. »Wir werden darüber nachdenken.« Ich zerrte Sandro hinter mir her, und er war so perplex, dass er sich nicht wehrte.

Auf eine so kopflose Flucht war ich nicht vorbereitet. Trotz allem, was mir in meinem Leben bereits passiert war, hatte ich mich in Aquincum sicher gefühlt. Obwohl mein Großvater mich gewarnt hatte, dass die Hexenkönigin nicht aufgeben würde. Ich hätte ihm glauben sollen.

Nikolai lehnte weiter an dem Regal. Stirnrunzelnd, als wüsste er keine Erklärung für meine Feindseligkeit, hielt er respektvoll Abstand. »Dann komme ich ein anderes Mal wieder.«

»Vielen Dank«, stammelte Sandro. Mehr konnte er nicht sagen, denn ich zog ihn bereits hinter mir her. Wir durchquerten ein paar Gänge, und erst dann riss er sich los. »Wir müssen diese Majestätsbeleidigung melden, oder?«

Ich fuhr mir mit der Hand in den Nacken. »Vermutlich schon«, wich ich aus. Er musste das allein entscheiden, denn ich würde nicht mehr da sein. Meine Finger zitterten, und trotzdem versuchte ich, den nächsten Schritt zu planen.

»Geht es dir nicht gut?«, fragte er. »Du bist ganz grün im Gesicht.«

»Alles in Ordnung. Ich muss mich nur kurz frischmachen.«

»Brauchst du Hilfe?«, fragte er widerstrebend. Er wollte einfach nur weg, und ich konnte es ihm nicht verdenken.

»Nein. Es geht gleich wieder.«

»Gut. Ich muss noch etwas erledigen. Wir hören uns.« Vermutlich rannte er sofort zum Gericht.

Eilig machte ich mich auf den Weg zu den Waschräumen. Ich musste von hier verschwinden.

»Valea. Warte bitte.«

Hektisch blickte ich mich um, aber der Gang vor und hinter uns war menschenleer, während er auf mich zukam. Wenn er mich angriff, war ich auf mich allein gestellt. Der Verteidigungszauber, den ich in der Gasse angewandt hatte, würde ihm nur ein mildes Lächeln entlocken. Schon als Kind hatte ich nicht gern gekämpft, obwohl mein Vater versucht hatte, mir verschiedene Schutzzauber beizubringen. Es widerstrebte mir, jemanden zu verletzen. Meine Schwester Lupa hingegen, die zwei Jahre älter als mein Zwillingsbruder Kyrill und ich gewesen war, hatte es gemocht, sich zu messen. Ihr Talent zu Kämpfen war bereits als Kind außergewöhnlich gewesen und etwas verstörend für eine Wicca. Aber es hatte zu ihr gepasst. Stur ging ich weiter. »Was soll das Theater? Was, wenn er dich erkannt hätte?«, zischte ich aufgebracht und überlegte, um Hilfe zu schreien. Aber dann würden Menschen zu Schaden kommen.

Er runzelte die Stirn. »Ich wollte dich wiedersehen, und ob du es glaubst oder nicht, die Menschen sehen das Offensichtliche meistens nicht.«

»Du meinst, sie erkennen den Wolf im Schafspelz nicht?« Würde er mich hier töten und der Königin meinen Kopf bringen oder ließ er mich am Leben und lieferte mich in einem Stück ab? Ich unterdrückte nur mit Mühe ein nervöses Lachen.

»Trage ich weiße oder schwarze Wolle?«

Schön, dass wenigstens einer von uns sich amüsierte. Wut stieg in mir hoch, aber eine Wicca wurde nicht wütend. Negative Gefühle waren uns fremd. Eigentlich. Als ich leise knurrte, grinste er zufrieden, verschränkte gelassen die Arme hinter dem Rücken und lief neben mir her. Seine Kleidung ließ ihn heute eher wie einen Bibliothekar aussehen, was die Frage aufwarf, in wie viele Rollen er im Laufe seines unsterblichen Lebens schon geschlüpft war. »Es ist schön, dich wiederzusehen. Ich wäre früher zurückgekommen, aber ich war verhindert.«

Mit der Planung, meinen Kopf der Hexenkönigin zu bringen, vermutlich.

»Tut dein Knöchel noch weh?«, fragte er, als ich nichts erwiderte.

»Nein. Es ist alles verheilt«, presste ich hervor.

»Gut. Ich habe mich die ganze Zeit gefragt, wie du es geschafft hast, unentdeckt unter den Menschen zu leben, und diese Frage hat mir keine Ruhe gelassen.« Behutsam zupfte er an einer meiner Haarsträhnen. »Es ist wirklich erstaunlich«, sagte er und klang so verwundert, als wäre ich ein kompliziertes Rätsel, das er unbedingt lösen wollte. Bevor er es fraß.

»Wie du selbst festgestellt hast, ist es nicht sonderlich schwer, die Menschen zu täuschen. Man muss nur sanftmütig, verständnisvoll und mitfühlend sein«, wiederholte ich seine Aufzählung.

Er lachte auf, aber ich ging ungerührt weiter, obwohl mein Herz wie rasend schlug. Das Geräusch konnte ihm nicht entgehen, aber vermutlich dachte der arrogante Kerl, dass es an seiner Anwesenheit lag. Wartete die Hexenkönigin irgendwo in der Stadt auf uns? Hatte ich überhaupt eine Chance zu entkommen, oder sollte ich mich meinem Schicksal fügen? Verdient hätte ich es, so dumm, wie ich mich benommen hatte.

»Valea«, sagte er nach einer Weile sanft. »Fürchtest du dich vor mir?« Er brachte etwas Abstand zwischen uns. »Rede mit mir? Weshalb bist du so wütend?«

»Hast du schon gewusst, wer ich bin, als du ins *Merlin* kamst, oder hast du es erst später herausgefunden?«, platzte ich heraus. Fast wünschte ich, er würde seinen Auftrag hier und jetzt zu Ende bringen und mir damit ersparen, der Hexenkönigin gegenüberzutreten.

»Ich gebe zu, ich hätte nie erwartet, in Aquincum auf eine Wicca zu treffen. Das hat mich neugierig gemacht. Weshalb lebst du nicht in Ardeal?«, fragte er und klang aufrichtig interessiert. »Zu welchem Coven gehörst du?«

Wollte er mir wirklich weismachen, dass er nur durch Zufall über mich gestolpert war? Hielt er mich für so einfältig? Möglicherweise war ich eine friedliebende Wicca, aber deswegen war ich nicht blöd. »Ich gehöre zu keinem Coven«, behauptete ich mit fester Stimme. »Meine Eltern sind tot, und ich lebe, seit ich zehn bin, bei den Menschen.«

»Das ist sehr ungewöhnlich. Gefällt es dir?«

Jede andere Frau hätte geglaubt, er interessierte sich für sie, so intensiv ruhte sein Blick auf mir. Mich konnte er nicht noch einmal täuschen. »Ich kenne nichts anderes.«

»Du solltest mit mir nach Ardeal kommen. Wenn die Menschen herausfinden, was du bist, könnten sie dich ins Gefängnis werfen oder dir Schlimmeres antun. Sicher kannst du einen Coven finden, der dich aufnimmt. Eine Wicca sollte nicht allein sein.«

Nein, das sollte sie nicht, aber es ging ihn nichts an. »Hast du eine große Familie?«

»Nicht so groß, wie sie einmal war. Ich bin der Magnat der Familie Lazar. Aber das weißt du ja schon«, spielte er auf mein Eindringen in seine Erinnerung an.

»Klingt, als würdest du dir etwas darauf einbilden, dabei erbt man dieses Amt und verdient es sich nicht, oder?«

»Da hast du recht. Ich bin trotzdem stolz darauf, meiner Familie dienen zu können.«

»Schön für dich«, sagte ich ohne eine Spur Humor.

Er lachte amüsiert. »Lass mich dich heimbringen«, bat er dann. »Du müsstest dich nur noch einmal entschließen, mir zu vertrauen.« Eine Hand legte sich auf meinen Rücken, als wir um eine Ecke bogen. Die Berührung war federleicht und trotzdem spürte ich sie überdeutlich.

»Fallen draußen Frösche vom Himmel?« Ich schob seinen Arm fort.

»Nicht, als ich das letzte Mal nachgesehen habe. Wieso?« Zum ersten Mal wirkte er ehrlich verwirrt.

»Weil es genauso unwahrscheinlich ist, dass ich irgendwo mit dir hingehe.«

Schatten lagen unter seinen Augen, die mir vorher nicht aufgefallen waren, und seine Augen wirkten nun dunkler. Ich bildete mir ein, Hunger in seinem Blick zu sehen. Weshalb hatte er in unserer gemeinsamen Nacht nicht von mir getrunken? Ich hätte es ihm vermutlich nicht einmal verwehrt. Seltsam, dass die Wicca und die Strigoi vor vierzig Jahren das Bündnis gegen die Hexenkönigin geschlossen hatten. Wir waren im Grunde inkompatibel. Wicca verabscheuten Gewalt, während Strigoi sie brauchten, um zu überleben. Aber immerhin hatte dieses Bündnis bis heute gehalten. Was passierte, wenn Nikolai mich zur Hexenkönigin brachte?

Würde mein Großvater den zweiten Pakt dann für null und nichtig erklären? Würde es dann einen neuen Krieg geben? Einen Krieg, den niemand gewinnen konnte?

»Ich wiederhole mich nur ungern«, erklärte er resigniert. »Du musst keine Angst vor mir haben. Ich werde dir nichts tun. Triff dich mit mir und lass mich dich überzeugen, dass ich dir nur helfen möchte.«

»Ich kenne in Aquincum kein Lokal, in dem Blut auf der Karte steht.«

Er verengte die Augen zu Schlitzen und klang regelrecht verdrossen, als hätte ich ihm unrecht getan. »Ich kann durchaus auch zivilisiert rohes Fleisch oder Fisch essen.«

»Tut mir leid«, sagte ich mit mehr Nachdruck. »Ich verabrede mich nicht mit fremden Männern.«

Er runzelte die Stirn. »Wir sind uns ganz und gar nicht fremd.« Er spielte die Rolle des verletzten Liebhabers perfekt. »Und außerdem möchte ich meinen Umhang zurück. Ich hänge ziemlich an ihm.«

Ich musste mit meinem Großvater Kontakt aufnehmen. Das hier war der Notfall, auf den er offenbar gewartet hatte. »Gut«, gab ich nach. »Wir können uns heute Abend sehen. Ich muss bis fünf Uhr arbeiten, aber danach hätte ich Zeit. Du kannst mich zu Hause abholen.« Ich musste ihn loswerden, bevor ich die Nerven verlor.

»Bei dir zu Hause?« Dasselbe Verlangen, das ich in unserer gemeinsamen Nacht in seinen Augen gesehen hatte, flackerte nun wieder darin auf. »Ich werde da sein. Aber ich kann dir nicht versprechen, dass wir zum Essen kommen. Wenn du jedoch nicht da bist, dann finde ich dich.«

Da war sie. Die Drohung. Ich schluckte hektisch und erwiderte nichts. Angesichts meiner wenig enthusiastischen Reaktion zog er die dichten schwarzen Brauen zusammen und presste die Lippen fest aufeinander. Sein markanter Kiefer unterstrich den erstaunten Ausdruck in seinen Augen.

Ich durfte nicht in Panik verfallen. »Hast du schon im *Merlin* gewusst, dass ich eine Wicca bin?«

»Natürlich. Ich habe deine Magie sofort gerochen«, erklärte er. »Sie ist nicht sonderlich stark, aber nachdem ich dich einmal gewittert hatte, musste ich dir folgen.«

»Danke, dass du mich auf meinen Mangel hingewiesen hast.« Wäre meine Magie stärker, wäre mein Großvater nie das Risiko eingegangen, mich bei den Menschen zu verstecken.

Nikolais Lächeln wirkte beinahe entschuldigend. »Deine Magie ist nur nicht ausgebildet. Kein Wunder, wenn du bei den Menschen lebst. Hat sich nie jemand darum gekümmert?«

»Nein«, presste ich hervor. »Und es war mir nie wichtig.«

»Das bezweifle ich«, sagte er leise, aber ich drehte mich um und ging mit langsamen Schritten auf die Waschräume zu.

»Das Thema ist noch nicht beendet«, rief er mir hinterher. »Deine Magie nicht zu entfalten, ist eine Verschwendung und kann der Großen Göttin nicht gefallen.«

Ich zuckte zusammen, aber auch hier war glücklicherweise kein Mensch in der Nähe. Ohne mich umzudrehen, hob ich die rechte Hand und zeigte ihm den Mittelfinger.

Er lachte belustigt. »Das war sehr unartig für eine Wicca.«

Da hatte er recht. Wir waren friedfertige, besonnene Wesen, aber gerade war mir das egal. Er war nicht in der Position, mich an die Grundlagen meines Glaubens zu erinnern. Ich schob die Tür auf und betrat die Toilette. Der Vorraum war leer, aber erst als ich die Tür einer der kleinen Kabinen verriegelt hatte, gestattete ich mir, wieder zu atmen. Hektisch kramte ich in meinem Beutel und fand das Päckchen mit dem Notfallset, das ich vor einer halben Ewigkeit zusammengestellt hatte. Ich hatte viel zu lange gewartet und damit die Mühen meines Großvaters, mich zu beschützen, fast zunichtegemacht. Im Grunde war mir doch schon bei unserer ersten Begegnung klar gewesen, dass dieser Mann eine Bedrohung darstellte. In dem Päckchen, das in ein Wachstuch eingeschlagen war, befanden sich ein Kohlestück und ein Stück vertrocknetes blaues Eisenkraut. Mit zittrigen Fingern zeichnete ich mit der Kohle einen dreifachen Kreis auf meinen linken Handteller und legte das Stück in die Mitte. »Ardeatus.« Ich schnippte mit den Fingern der anderen Hand und wartete, dass die Kohle zu glühen begann. Gleichzeitig hoffte ich, dass niemand hereinkam. Die Kohle begann nur sehr langsam zu brennen, währenddessen ich versuchte, meinen Atem zu beruhigen. Als sie kalt auf meiner Haut glühte, legte ich das Eisenkraut darauf. Weißer Rauch bildete gleichmäßige Ringe und stieg in die Höhe. Stumm bat ich die Große Göttin um Beistand, und sie erhörte mich, denn ein Bild wurde sichtbar. Mein Großvater saß an seinem Schreibtisch und schaute auf, als er meine Anwesenheit spürte. »Valea?« Wie immer klang er gütig und beherrscht. Doch Sorge stand in seinen Augen.

»Ich glaube, die Königin hat mich gefunden«, stieß ich hervor und Tränen der Wut traten mir in die Augen. Nun würde ich nicht studieren können, sondern mir irgendwo mühsam ein neues Leben aufbauen müssen.

Mein Großvater nickte verstehend. »Bleib, wo du bist, Magnus ist unterwegs.«

Trotz meiner Sorgen und Ängste durchflutete mich Erleichterung. »Danke schön.«

»Valea«, sagte er noch, bevor sein Bild im Rauch verschwand. »Er wird dich heimbringen.«

Schockiert blieb ich auf der Toilette sitzen und fragte mich, ob ich mich verhört hatte. *Er wird dich heimbringen*, hatte er gesagt. Nicht irgendwohin an einen neuen, fremden Ort. Nein. Nach Hause.

Ungeduldig wartete ich, bis draußen ein Sirren erklang, als würde ein Schwarm Vögel in den Raum einfallen, und so falsch war der Vergleich nicht, denn Magnus reiste in der Gestalt eines Raben und manifestierte sich gerade auf der anderen Seite in seiner menschlichen Gestalt. Kurz darauf klopfte es an der Tür. Herrisch und bestimmend, wie ich den Corbii in Erinnerung hatte. Ich nahm meinen Beutel, sammelte mich einen winzigen Augenblick und öffnete. Mit versteinerter Miene blickte er mich an und untersuchte meinen Körper auf Verletzungen.

»Mit mir ist alles in Ordnung«, erklärte ich widerwillig, woraufhin er knapp nickte.

Magnus Calin, der Anführer der Rabenarmee des Hohepriesters, war ungefähr dreißig Jahre alt und hatte mich schon beschützt, als ich noch ein Kind gewesen war. Das bedeutete allerdings nicht, dass wir uns nahestanden, denn er hatte es gehasst, zumal er damals selbst noch so jung gewesen war. Als ich an meinem achtzehnten Geburtstag darauf bestanden hatte, in Aquincum zu bleiben und nicht mehr von Ort zu Ort zu ziehen, damit meine Spuren verwischt wurden, hatte er gewettet, dass ich nie allein überlebte, und fast hätte er diese Wette gewonnen. »Valea«, begrüßte er mich nun von oben herab, so wie ich es gewohnt war. Obwohl wir uns über vier Jahre nicht gesehen hatten, hatte er sich kein bisschen verändert. Er war deutlich größer als ich und sehr schlank, fast schon asketisch. Sein unordentliches blondes Haar hing ihm gewellt bis auf die Schultern. Über seiner Uniform trug er einen verschlissenen grünen Umhang und um den Hals einen roten Schal. Als er die Kapuze abstreifte, entdeckte ich einen dunkelblonden Bartschatten auf seinem Gesicht.

Er betrachtete mich eindringlich aus hellblauen Augen, die fast silbern wirkten. Magnus war nicht im eigentlichen Sinne schön, aber seine Gesichtszüge waren sehr ausdrucksstark. Er war in jedem Fall kein Mann, den man schnell vergaß, und ich konnte mir vorstellen, dass jede Menge Frauen auf seine halb verwahrloste Erscheinung standen, obwohl seine ganze Körpersprache Abwehr ausdrückte. »Zeit, heimzugehen«, erklärte er tonlos und öffnete mit einer ausladenden Geste seinen Umhang. »Du hast tatsächlich überlebt. Herzlichen Glückwunsch. Ich hätte gedacht, dass du öfter um Hilfe rufst.« Widerwillige Anerkennung lag in seinen Worten.

Ich reckte das Kinn und verkniff mir eine sehr unwiccahafte Erwiderung. Seine kalte Fassade schien mir unpassend für meine Heimkehr zu sein, aber es war die schnellste Möglichkeit zu reisen. Also trat ich zu ihm und legte die Arme um seine Taille. Er schloss den Umhang, und kurz darauf wurde mir schwindelig, als er sich verwandelte und in die Lüfte erhob. Einen Corbii konnte nichts aufhalten. Keine Wände, keine Fenster und keine Entfernungen. Ich verließ Aquincum tatsächlich. Nach diesem Augenblick hatte ich mich in Hunderten schlaflosen Nächten gesehnt, aber trotzdem bekam ich nun Angst. Jahrelang hatte ich unter den Menschen gelebt. Hier wusste ich, was mich erwartete, wohingegen ich mich an Ardeal kaum erinnerte. Wir ließen die Stadt hinter uns und überflogen flaches Land, Flüsse und Dörfer. Nach einer Weile tauchten die Berge auf, die Ardeal umgaben und von Muntenia trennten. Der Schnee auf ihren Spitzen glänzte in der Sonne wie fein geschliffene Kristalle. Die Nebelwand erschien wie aus dem Nichts, aber Magnus überwand die Barriere mühelos. Nach Ardeal hinein durfte jeder, auch wenn die Menschen das Land nicht betraten. Die Wand sollte den Rest der Welt vor den magisch begabten Wesen schützen. Die

Strigoi hielt sie allerdings nicht unbedingt auf, wie Nikolai nun schon zweimal bewiesen hatte. Warum das so war, konnte ich mir nicht erklären, aber ich würde es herausfinden.

Von oben betrachtet sah die Landschaft von Ardeal kaum anders aus als die von Muntenia. Trotzdem sog ich begierig jedes Detail auf. Wir flogen über von Wicca bewohnten Dörfern, die ich an den Kopfsteinpflastergassen und den pastellfarbenen uralten Häusern erkannte. Verträumte Weiher versteckten sich unter Trauerweiden, in deren Schatten Krokusse und Winterlinge blühten. In den Dörfern der Strigoi thronten mächtige Wehrkirchen auf den Hügeln, die noch aus der Zeit stammten, in denen Menschen mit uns gemeinsam in Ardeal gelebt und während des Krieges darin Zuflucht gesucht hatten. In den Wäldern war fahrendes Volk unterwegs, deren Kinder sich in Vardos versteckt hielten, während die bunt gekleideten Frauen lautlose Abwehrzauber murmelten und die Männer sich unauffällig bewaffneten, als sie den Raben sahen. Sie waren die einzigen Menschen, die es noch wagten, durch Ardeal zu reisen. Seit Jahrhunderten befuhren sie mit ihren Schindelwagen die Routen ihrer Vorfahren. Erst als wir uns den Ausläufern der Berge näherten, entdeckte ich die Spitzen einer Hexenburg, von denen es viel mehr geben musste. Magnus verlangsamte den Flug und ging tiefer, als wir flaches Land erreichten. Die ersten grünen Spitzen sprossen aus dunkler fruchtbarer Erde. Die Silhouette einer rechteckigen Festungsanlage kam in Sicht. Die sandfarbenen Mauern wurden von vier Türmen an jeder Ecke der Mauer unterbrochen. Ein Wohnturm und mehrere andere Gebäude standen in der Mitte der Anlage. Magnus schwebte durch ein offenes Fenster hinein, das hinter uns zuschlug, und verwandelte sich ohne Vorwarnung zurück. Schwankend kam ich in einem großen Saal zum Stehen. Er stützte mich nicht, während ich versuchte, mein Gleichgewicht wiederzufinden, sondern trat zur Seite. Vor einem Stufenaltar der Großen Göttin stand ein Mann mit dem Rücken zu uns und zündete eine Kerze an. »Hohepriester«, verkündete Magnus feierlich, »ich habe deine Enkeltochter heimgebracht.«

4. KAPITEL BURG RASCA IN ARDEAL NACH OSTARA

Trotz seines hohen Alters von fast dreiundachtzig Jahren war mein Großvater eine eindrucksvolle, hochgewachsene Gestalt. Grüne Flammen flackerten auf seinen Fingerspitzen, als er sich zu mir umdrehte und mich aus hellen Augen aufmerksam musterte. Er trug den zinnoberroten Umhang, der seinen Rang als Hohepriester der Wicca auswies. »Komm zu mir, mein Kind.« In den wenigen Worten lagen Freude und Trauer zugleich.

Wir waren die letzten Mitglieder unserer Familie. Er hatte darauf verzichtet, mich bei sich zu behalten, um mich zu beschützen, und ich konnte es nicht fassen, dass ich ihm endlich wieder gegenüberstand. Ein paarmal atmete ich tief ein und aus, um meinen Herzschlag zu beruhigen, dann ging ich auf ihn zu. Mit jedem Meter wurden meine Schritte fester und mein Lächeln breiter. Ich war zu Hause. Aufmerksam nahm ich alles in Augenschein. In Muntenia gab es keine Magie, doch in Ardeal steckte sie in jedem Stein, jedem Windhauch und jedem Grashalm. Hohe, kunstvoll verzierte Fenster ließen helles Sonnenlicht herein. Die Wände waren aus rauem Kalkstein, genau wie der ausgetretene Fußboden. Unzählige Wicca hatten vor mir an diesem Altar der Großen Göttin gehuldigt, und nun würde auch ich mich für den Schutz bedanken können, den sie mir all die Jahre gewährt hatte.

Der Altar wurde von hohen Kerzenleuchtern erhellt. Er war mit Blattgold überzogen und in Treppenform angelegt. An seinem oberen Absatz lag ein Halbmond auf dem Rücken. Ehrfürchtig betrachtete ich ihn, bis eine warme Brise über meine Wange strich. Das Leben, das ich bei den Menschen geführt hatte, fiel von meinen Schultern wie eine zentnerschwere Last. Ich straffte den Rücken und atmete die von unzähligen Kräutern geschwängerte Luft ein. »Großvater.« Ich blieb vor ihm stehen und hielt ehrerbietig den Blick gesenkt. »Hohepriester«, setzte ich hinzu.

Mit einem Finger hob er mein Kinn an und ich blickte in sein kantiges Gesicht. Einen Moment lang sagte keiner von uns etwas. Er musterte mich aus sandfarbenen Augen, die meinen grünen kein bisschen ähnlich waren. Sein Blick wurde weich und die schmalen Lippen verzogen sich zu einem anerkennenden Lächeln. »Ich grüße dich, mein Kind.« Mit brennenden Fingern strich er über mein Haar und meine Schultern. Wärme breitete sich in meinem Körper aus. Gefiel ihm die junge Frau, zu der ich geworden war? Entsprach ich seinen Erwartungen, oder hatte mein Hilferuf ihn enttäuscht?

Er wandte sich an Magnus. »Vielen Dank für ihre sichere Heimkehr. Gab es Probleme?«

»Nein«, antwortete der Corbii. »Ich habe nichts gewittert, das ihr hätte gefährlich werden können. Da waren keine Hexen.«

»Hexen nicht, aber ein Strigoi«, erklärte ich mit fester Stimme. »Sein Name ist Nikolai Lazar.«

Magnus stieß ein undefinierbares Geräusch aus. »Der Bastard ist in Aquincum? Was hatte er dort zu suchen?«

»Ich glaube, er hat mich gesucht. Und weshalb sollte er das tun, wenn nicht, um mich der Hexenkönigin auszuliefern? Ich hätte nicht um Hilfe gebeten, wenn ich nicht sicher gewesen wäre.«

Magnus betrachtete mich erstaunt und ich wich seinem Blick nicht aus. Hatte er gedacht, ich wäre immer noch das verängstigte Mädchen von vor über vier Jahren? Damals hatte ich nicht nur einfach behauptet, dass ich allein zurechtkam, weil ich keine Lust mehr gehabt hatte, ständig meinen Aufenthaltsort zu wechseln. Nein, ich hatte mir selbst beweisen müssen, dass ich diese Angst loslassen konnte, die mich seit der verhängnisvollen Nacht, in der meine Eltern und Geschwister getötet wurden waren, verfolgte. Bis dahin hatte ich mich vor meinem eigenen Schatten gefürchtet. Aber dieses Mädchen von damals war ich nicht mehr. Ich hatte überlebt. Allein. Bis dieser verdammte Nikolai Lazar aufgetaucht war.

»Du hast ihn nicht gesehen?«, fragte mein Großvater Magnus. Seit unserem letzten Gespräch vor fast einem Jahr war er gealtert. Seine Wangen wirkten eingefallen, seine Haut hatte einen ungesunden gelblichen Schimmer und sein weißes Haar war dünn. Kälte kroch in mir hoch. Was, wenn er starb, bevor wir die Chance hatten, uns richtig kennenzulernen? All die Jahre hatten unsere Begegnungen nur durch den Rauch stattgefunden. An die Jahre vor der Ermordung meiner Familie konnte ich mich nur sehr bruchstückhaft erinnern. Obwohl ich bereits zehn Jahre alt gewesen war und ich mich theoretisch an viel mehr entsinnen müsste, gelang es mir nicht. Es kam mir vor, als wäre in der Nacht der Tragödie eine Tür zugeschlagen, die sich immer nur für einen winzigen Spalt öffnete. Ich wusste nicht, ob mein Großvater mir Geschichten vorgelesen oder mich Magie gelehrt hatte. Ich wusste nicht, ob wir die Große Göttin um Beistand gebeten oder zusammen gesungen und gelacht hatten. Ich wusste nur, dass ich, wenn er starb, endgültig allein war. Natürlich gäbe es die anderen Mitglieder des Coven, aber das war nicht dasselbe. Ich hatte immer gehofft, einmal Teil einer Familie sein zu können, auch wenn diese zugegebenermaßen sehr klein war. Nun musste ich fürchten, dass sich auch dieser Traum nicht erfüllte. Wie lange er wohl noch hatte? Würde er es mir sagen, wenn ich ihn fragte?

»Nein«, antwortete Magnus. »Wenn Lazar dort gewesen ist, ist er verschwunden, bevor ich ankam.«

»Er war dort«, erwiderte ich scharf. »Würde ich sonst seinen Namen kennen?«

Magnus zuckte verhalten mit den Schultern.

»Es spielt keine Rolle. Von ihm droht dir keine Gefahr. Noch nicht«, sagte mein Großvater. »Lass uns nun allein«, forderte er Magnus auf. »Ich werde Valea herumführen und ihr alles zeigen.«

»Wie du wünschst.« Magnus verneigte sich tief. Die hohe Holztür öffnete sich auf einen stummen Befehl, und ich hörte kaum, wie sie hinter ihm zuschlug, nachdem er hindurchgegangen war.

Die Flammen, die auf meinen Schultern getanzt hatten, verschwanden, als mein Großvater sich dem Altar zuwandte und mir bedeutete, neben ihn zu treten. »Lass uns der Göttin unsere Dankbarkeit dafür bekunden, dass sie dich sicher nach Hause geleitet hat. Und dann haben wir einiges zu besprechen.« Er nahm eine Schale vom Rand des Altars und platzierte sie in der Mitte. Aus einem Gefäß entnahm er

Salz und zog bedächtig eine gleichmäßige Spur am Innenrand der Schale. »Leg sieben Blütenblätter auf das Salz«, bat er mich und wies auf einen Teller, auf dem rote Rosenblätter lagen. Als ich damit fertig war, stellte er eine weiße Kerze in die Mitte der Schale. »Zünde sie an.«

»Ardeatus.« Ich rieb den rechten Daumen am Zeigefinger, und der Docht entzündete sich.

»Diese Flamme wird sieben Tage brennen«, erklärte mein Großvater. »Ich werde jeden einzelnen Tag herkommen und unseren Dank erneuern.« Er sagte nichts davon, dass ich ihn begleiten würde. Hatte er doch die Absicht, mich zurückzuschicken, weil Nikolai Lazar keine Bedrohung war? Hatte ich überreagiert? Gab es gar keine Verschwörung der Strigoi mit der Hexenkönigin? Hatte meine allzu rege Fantasie mir einen Streich gespielt? »Großvater«, setzte ich an, weil ich dringend Antworten brauchte.

»Entspann dich, Valea. Schließ die Augen und schau auf die Türen, die die Göttin für dich öffnet«, forderte er mich auf und kniete nieder. »Alles andere besprechen wir später.«

Dreimal atmete ich tief ein, um meinen Geist zu klären. Etwas, das ich schon unendliche Male gemacht hatte, das mir aber noch nie so schwergefallen war. Ich versuchte es wieder. Mein Atem wurde gleichmäßiger, und dann stieg die Energie der heimatlichen Erde durch meinen Körper und füllte mich nach und nach ganz und gar aus. Die Präsenz meines Großvaters neben mir verblasste, und ich wurde eins mit dem Ort, an dem die Göttin zu Hause war. Ich roch Sandelholz und Weihrauch, und ein stummer Klang, der direkt aus den Tiefen der Erde zu kommen schien, vibrierte durch mich hindurch. Ich ließ meine Ängste los und konzentrierte mich ganz auf diesen Ort, der voller Magie meiner Vorfahren war, sodass sich schließlich Ruhe in mir ausbreitete. »Wir danken dir,

Große Göttin, für den Schutz, den du unserer Tochter all die Jahre gewährt hast«, brach die volltönende Stimme meines Großvaters die Stille. »Leite sie in den dunklen Zeiten, die vor uns liegen. Lass sie mit dir sein, so wie wir mit dir sind. Lass sie ihr Ziel nicht aus den Augen verlieren, auf dass sie den rechten Weg wählt.«

Dunkle Zeiten lagen vor uns. Ich hatte mich also nicht getäuscht, doch ich würde mich nicht fürchten, sondern meinem Großvater zur Seite stehen. Er war nicht mehr allein und ich auch nicht. Wir würden gemeinsam gegen das Böse kämpfen.

Er hatte sein Dankgebet beendet, und nun war ich an der Reihe. Ich räusperte mich. Die Große Göttin war in all den Jahren meine Trösterin gewesen. Sie hatte gewusst, wie sehr ich mich danach sehnte, heimzukehren. »Ich danke dir«, flüsterte ich und unterdrückte die aufsteigenden Tränen. Heute war ein Tag der Freude. »Ich werde dich nicht enttäuschen, und ich werde all diejenigen schützen, die dich lieben und anbeten. Das verspreche ich.«

Als ich die Augen wieder öffnete, flackerte das Kerzenlicht leicht. Der Rauch bildete sieben gleichmäßige Ringe, die nacheinander nach oben stiegen. Die Göttin nahm meinen Dank an. Erleichtert wandte ich mich meinem Großvater zu, der mich mit einem unergründlichen Blick musterte, bevor er aufstand, was ihm sichtlich Mühe bereitete.

»Komm, mein Kind. Es ist Zeit, all deine Fragen zu beantworten.«

Wir verließen den Saal und betraten einen breiten Gang. »Magnus hat dich nach Rasca gebracht. Die Burg ist seit mehreren hundert Jahren der Stammsitz unseres Coven. Einst besaßen wir eine Burg tiefer in den Bergen, aber sie wurde vor zweihundert Jahren von den Strigoi zerstört.«

Das wusste ich längst aus einem der Bücher über unsere Geschichte, die er mir geschickt hatte, aber ich unterbrach ihn nicht. Die Mitglieder eines Coven lebten immer zusammen. Die Meister führten ihn und bildeten die Novizen und Novizinnen aus. Sie schulten sie, damit sie, wenn sie es anstrebten, die nächste Ebene erreichten und ihre Prüfung zum Hierophanten ablegen konnten. Wicca blieben nicht unbedingt ein Leben lang bei dem Coven, in den sie hineingeboren worden waren. Sie konnten ihn wechseln, oder sie verließen ihn, wenn sie einen Partner wählten. Wurde ein Coven zu groß, konnte ein Tochtercoven gegründet werden.

»Diese Kriege haben so viel vernichtet. Zu viel.« Er schien mehr mit sich selbst als mit mir zu sprechen. »Es ist an der Zeit, dem ein Ende zu setzen.«

»Der Frieden dauert seit vierzig Jahren an«, sagte ich leise. »Das hat Ardeal dir zu verdanken.«

»Und wir müssen dafür sorgen, dass der Vertrag auch zukünftig nicht gebrochen wird«, erklärte er. »Wir können uns keinen Krieg mehr leisten. Kann ich mich auf deine Unterstützung verlassen?«

»Natürlich.«

Er blieb stehen. Sein Atem ging keuchend, und in dem flackernden Licht der Fackeln, die in metallenen Haltern an den Wänden steckten, sah sein Gesicht noch gelblicher aus als vorhin.

»Du musst mir nur sagen, was ich tun soll«, versprach ich feierlich. Er hatte all die Jahre für meine Sicherheit gesorgt. Nun war es meine Pflicht, ihm etwas dafür zurückzugeben. Ihm und meinem Coven.

Erleichtert nickte er und legte mir eine Hand auf die Schulter. »Du bist ein gutes Kind, Valea. Es wird nicht leicht werden, aber wenn jeder von uns ein Opfer bringt, werden wir unser Ziel erreichen.« Er machte sich daran, den Rest des Weges zu gehen. Am Ende des Ganges befand sich eine Tür. Ich wollte ihm meinen Arm anbieten, ihm eine Stütze sein, aber ich war nicht sicher, ob ich damit nicht seinen Stolz verletzte. Schweigend und in seinem Tempo legten wir die Strecke zurück. Als wir die Tür erreichten, stand ihm Schweiß auf der Stirn, obwohl es in dem Aufgang recht kühl war.

»Öffne sie bitte«, wies er mich an. Ich versuchte es mit meiner Magie, aber diese war bereits erschöpft. Dass ich ihn gerufen und eben diesen kleinen Feuerzauber angewendet hatte, reichte dafür bereits aus. Es war erbärmlich. Ich wagte es nicht, ihn anzusehen, sondern schob die schwere eisenbewehrte Tür auf und trat hinaus in einen Bogengang. Vor uns lag ein verlassener Innenhof.

»Ich habe im Wohnturm ein Zimmer für dich vorbereiten lassen. Du warst kaum einmal in Rasca«, erzählte er. Trauer schwang in seiner Stimme mit. »Dein Vater stammte aus einem anderen Coven und deine Mutter ging nach der Hochzeit mit ihm.«

»Ich erinnere mich nicht«, gestand ich und wusste nicht recht, was ich erwartet hatte zu fühlen. Nichts hier kam mir auch nur ansatzweise bekannt vor.

Er schob die Hände in die Aufschläge seines Umhanges und nickte traurig. »Das dachte ich mir fast. Vielleicht ist es besser so.«

Der Meinung konnte ich mich nicht anschließen. Ich hatte gehofft, all die verlorenen Erinnerungen würden zurückkehren, wenn ich nach Ardeal kam. Ich hatte gehofft, diese verschlossene Tür würde weit aufspringen und ich würde jede Lücke mit Leben füllen können. All die Jahre hatte es sich wie ein Verrat angefühlt, dass ich so vieles vergessen hatte.

Aber es ging keine Tür auf und nichts war mir vertraut. Ich hatte alles vergessen, weil diese Erinnerungen zu schmerzhaft gewesen wären, und sie kamen nicht zurück. »Manchmal erinnere ich mich an ein Haus im Wald«, sagte ich zögernd. »Kannst du mir etwas darüber erzählen?«

Er lächelte traurig. »Deine Eltern verbrachten die Sommermonate dort. Sie hätten es besser wissen müssen. Es war zu gefährlich, aber deine Mutter liebte die Natur. Sie war eine Heilerin und zog den Wald einem Leben zwischen Mauern vor. Das hatte sie von deiner Großmutter.«

»Ich habe eine Großmutter?« Aufregung machte sich in mir breit.

»Sie ist schon vor deiner Geburt ins Sommerland gegangen.« Er wich meinem Blick aus.

»Du hättest mir früher erlauben sollen, zu dir zurückzukommen. Ich hätte an deiner Seite sein müssen. Wir hätten zusammen trauern können.«

»Wir dürfen uns bei unseren Entscheidungen nicht von selbstsüchtigen Motiven leiten lassen«, erklärte er. »Eines Tages wirst du es verstehen, und möglicherweise wirst auch du Entscheidungen treffen müssen, die dir viel Mut abverlangen.« Plötzlich klang seine Stimme fest und stark.

Verstehend senkte ich den Kopf. »Wenn es zum Wohl unseres Coven ist, werde ich sie gern treffen.«

Am anderen Ende des Bogenganges öffnete sich eine Tür, und zwei Frauen eilten über den Hof. Ich spürte ihre neugierigen Blicke, obwohl ihre Gesichter unter cremefarbenen Umhängen verborgen blieben. »Sind das …«

»Novizinnen«, bestätigte Großvater.

»Möchtest du mich ihnen nicht vorstellen?«

Er nahm meinen Arm und schüttelte den Kopf. »Es gibt ein paar Dinge, die du vorher wissen musst.«

Es war mitten am Tag, aber es war fast unheimlich still auf dem Burghof. Auf den Zinnen standen ein paar Männer in grünen Umhängen. Ansonsten war niemand zu sehen. Trotzdem senkte Großvater die Stimme, als fürchtete er, jemand könnte uns belauschen. »Nur Magnus und ich wissen, wer du wirklich bist. Und so muss es bleiben.« Seine Stimme war eindringlich, und sein Blick hielt mich unerbittlich fest. »Denn du bist immer noch in Gefahr.«

Ich blinzelte und glaubte im ersten Moment, mich verhört zu haben. Er wollte sich nicht zu mir bekennen?

»Es ist zu deinem Schutz. Und ich habe eine Aufgabe für dich. Es geht um das Wohl unseres Coven. Deswegen habe ich erlaubt, dass du heimkehrst.«

Nicht weil ich geglaubt hatte, in Gefahr zu sein? Wahrscheinlich bildete ich es mir nur ein, aber in dem letzten Satz schwang die unausgesprochene Drohung mit, mich wieder fortzuschicken, falls ich versagte. Ich straffte die Schultern, denn das würde ich niemals zulassen. Mit zehn hatte ich keine andere Wahl gehabt, als mich zu fügen. Mit zweiundzwanzig konnte ich für mich selbst kämpfen. »Was soll ich tun?«

»Dazu kommen wir später. Zuerst einmal wirst du mich nicht mehr Großvater nennen, sondern Radu, wie alle unsere Brüder und Schwestern. Du wirst niemandem sagen, wer deine Eltern sind.«

Ich runzelte die Stirn. »Die Große Göttin verbietet uns zu lügen.«

»Das Verschleiern der Wahrheit ist nicht zwangsläufig eine Lüge. Ich möchte kein Risiko eingehen. Es hat mich so viel Mühe gekostet, dich zu schützen.«

»Aber was, wenn …«

»Darüber werde ich nicht mit dir diskutieren«, unterbrach er mich ungeduldig, bevor ich weiter widersprechen konnte.

»Wenn der Tod deiner Eltern eines deutlich gemacht hat, dann dass die Hexenkönigin den Vertrag nicht akzeptierte. Sie wollte einen neuen Krieg. Sie hatte gehofft, uns mit diesen Morden so weit zu provozieren, dass wir den Vertrag brechen und damit große Schuld auf uns laden. Ihr Plan ist damals gescheitert. Wir haben dich versteckt, damit du erwachsen werden konntest. Es spielt keine Rolle, ob du in Ardeal oder woanders bist. Wenn sie herausfindet, dass du lebst, wird sie ihre Häscher aussenden, um das zu Ende zu bringen, was sie begonnen hat. Du bist Zeugin ihrer Verbrechen.« Er legte mir die Hände auf die Schultern. »Ich werde nicht zulassen, dass dir etwas zustößt.«

»Aber ich erinnere mich an nichts aus dieser Nacht. Ich könnte sie nicht einmal beschuldigen.« Das war nicht ganz richtig. Ich hatte Erinnerungen. Sie waren bruchstückhaft und ich hatte niemals mit jemandem darüber geredet, weil ich meine Familie im Stich gelassen und einfach davongelaufen war. Im Laufe der Jahre hatte ich immer wieder versucht, mich an mehr aus meiner Kindheit zu erinnern, nur diese Nacht hatte ich ausgespart. Ich wollte sie nicht noch einmal durchleben.

»Das weiß Celesta nicht, und es würde sie auch nicht interessieren«, erwiderte Radu eindringlich. Ich zuckte zusammen, als der Name der Hexenkönigin ihm so leicht über die Lippen kam. »Ich möchte kein Risiko eingehen. Und ich brauche dich an meiner Seite. Ich muss mich darauf verlassen können und dulde in dieser Sache keinen Widerspruch.«

Von jedem anderen hätte es mir widerstrebt, Befehle anzunehmen. Es war mir wichtig, meine eigenen Entscheidungen zu treffen, aber das hier war mein Großvater, und er hatte so viel für mich getan.

»Du kannst nur den Mitgliedern deines Coven vertrauen und niemandem sonst«, sagte er eindringlich.

»Gut«, stimmte ich zögernd zu. »Aber werden wir sie eines Tages zur Rechenschaft ziehen für das, was sie getan hat?« Wenn ich dafür die Wahrheit verschleiern musste, würde ich das tun.

Sorge zeichnete sich auf seinem Gesicht ab, und er berührte meine Stirn mit zwei Fingern. Wärme breitete sich auf meiner Haut aus. »Der Weg der Rache ist nicht der Weg der Wicca, mein Kind«, belehrte er mich sanft. »Liebe ist das Einzige, was zählt.«

Liebe. Ich erinnerte mich kaum daran, wie es sich anfühlte, geliebt zu werden, deswegen nickte ich nur zustimmend. Dass ich seine Befehle befolgte, bedeutete nicht, dass ich all meine Ziele aufgab. »Ich will keine Rache, ich möchte nur wissen, weshalb sie ausgerechnet meine Familie getötet hat.«

»Weil sie mich provozieren wollte? Sie wollte mich herausfordern. Mir das nehmen, was mir am Wichtigsten war. Celesta hat nie begriffen, dass es mir immer um das Wohl aller ging. Sie glaubte, wenn sie meine Tochter und meine Enkelkinder tötete, würde ich wieder in den Krieg ziehen. Sie hoffte, mich endgültig vernichten zu können.«

»Aber das ist ihr nicht gelungen.«

»Nein. Ich habe ihr ihre Taten vor langer Zeit vergeben. Damit bin ich den Weg der Göttin gegangen. Das solltest du auch tun. Konzentriere dich auf die Aufgabe, die sie dir heute stellt.«

Ich wünschte, mein Glaube wäre so stark wie seiner. Ich wünschte, ich könnte die Vergangenheit hinter mir lassen.

Er nahm meine Hände in seine. »Lebe und lass andere leben, sei mäßig beim Nehmen und mäßig beim Geben. Zieh den Kreis auf dreimal aus, und halte alles Böse raus«, zitierte er einen unserer Glaubenssätze. »Nur wenn wir uns daran halten, können wir den Frieden bewahren. Hass vergiftet die Seele.«

Er hatte recht. Mein Kopf wusste das, aber mein Herz schmerzte trotzdem. »Du bist der Hohepriester. Ich werde mich mehr bemühen, der Göttin zu gefallen.«

»Gut.« Er klang zufrieden. »Du solltest dich nun etwas ausruhen. Ich lasse dich in dein Zimmer bringen. Nimm ein Bad und kleide dich um. Wir sehen uns zum Essen. Dann werde ich dir weitere Anweisungen geben.« Er winkte einer Novizin, die durch ein Tor hereinkam und Blutjohannisbeerzweige im Arm hielt, die kurz vor dem Aufblühen standen. »Bring Valea in ihr Zimmer und richte ihr Bad«, befahl Radu ihr.

Sie sah ihn nicht an, sondern nickte nur. Dann huschte sie so schnell davon, dass ich Mühe hatte, ihr zu folgen. Ich wusste nicht, wie viele Mitglieder unser Coven hatte. Rasca schien mir recht verlassen zu sein. Als ich zum Wohnturm schaute, bewegte sich jedoch hinter einem der Fenster etwas. Wir betraten das Gebäude durch eine schmale Tür. Die Wände des Treppenaufganges waren in einem hellen Ockerton verputzt, und durch die Fenster fiel ausreichend Licht herein. Wortlos führte das Mädchen mich in die vierte Etage. Von dem Flur gingen mehrere Türen ab. Die Novizin öffnete eine davon und ließ mir den Vortritt in ein mit schlichten Holzmöbeln ausgestattetes Zimmer. Es war kaum größer als meine Hütte in Aquincum, aber gemütlich und sauber. Osterglocken standen in einer Vase auf dem Nachtschrank, wo auch ein paar Bücher lagen. Das Mädchen trat durch eine weitere Tür, hinter der das Badezimmer lag. Sie schüttelte ein Handtuch aus und hängte es über eine Stange. Eine Badewanne stand auf Löwenfüßen mitten im Raum und war schon mit Wasser gefüllt. Sie ließ die Hand darüber schweben, und kurz darauf stieg Dampf auf. Ich hatte noch nie gebadet und würde mir gleich die Welt der Menschen vom Körper waschen – und die Erinnerung an Nikolai. Ich verdrängte das schlechte Gewissen, das mich bei dem Gedanken an ihn erfasste. Offensichtlich hatte ich etwas überreagiert. Meinen Großvater hatte seine Anwesenheit in Aquincum jedenfalls nicht beunruhigt. Sollte ich Nikolai jemals wieder begegnen, musste ich mich wohl entschuldigen.

»Hab vielen Dank. Wie ist dein Name? Bist du schon lange Novizin?«, fragte ich das Mädchen.

Mit aufmerksamen Augen sah sie mich an, und gestikulierte dann eine Antwort.

»Oh. Bist du stumm?«

Von der Zimmertür erklang ein Lachen und ich wirbelte herum. »Ihr Name ist Corinne. Sie hat ein Schweigegelübde abgelegt.« Im Türrahmen lehnte eine junge Frau. »Das müssen alle Novizinnen, die sich um die Aufnahme in den Coven bemühen und später ein höheres Amt anstreben. Sie schweigen zwei Jahre, danach sind sie entweder durchgedreht oder ganz gefügig.« Ihr Blick glitt abschätzend über meine Kleidung. Sie selbst trug den grünen Umhang des Coven und darunter ein helles Kleid. Als sie die Kapuze abstreifte, blickte ich in vertraute Augen. Augen, von denen ich gedacht hätte, sie nie wiederzusehen.

Ich schwankte und hielt mich an einem Stuhl fest. Das alles hier war nur ein Traum gewesen. In Wahrheit war ich nie nach Ardeal zurückgekehrt, sondern lag in meinem Bett in Aquincum und schlief. Vor Frust wollte ich um mich treten und schreien, aber ich brachte keinen Ton hervor. Meine Kehle war wie zugeschnürt. Die junge Frau lächelte über meine Schwäche, aber es war kein freundliches Lächeln. Auch an dieses Lächeln erinnerte ich mich gut. Früher hatte ich es in dem Gesicht eines zwölfjährigen Mädchens gesehen, mit dem ich um die Liebe unseres Vaters konkurriert hatte. Doch dieses Mädchen war seit langer Zeit tot. Vielleicht war ich weder in Ardeal noch in Aquincum, sondern im Sommerland. Hatte Nikolai mich doch getötet?

Sie schürzte die Lippen. »Du hast dich kein bisschen verändert.« Es klang nicht nach einem Kompliment.

»Lupa«, presste ich krächzend hervor, stürzte nach vorn und schlang ihr die Arme um den Hals. Tränen, die ich nicht zurückhalten konnte, strömten über meine Wangen. »Lupa.« Das war kein Traum. Meine Schwester fühlte sich ganz und gar echt an. Selbst, dass ihr Körper sich automatisch versteifte, war mir vertraut. Schon als Kind hatte sie Berührungen nicht besonders gemocht. »Du lebst«, brachte ich schluchzend heraus, als sie mich wegschob. »Wie ist das möglich?«

»Nicht mehr lange, wenn du mich zerquetschst.« Ihr Gesichtsausdruck, der so mürrisch war wie eh und je, brachte mich zum Lachen.

Ich griff nach ihrer Hand, weil ich sie berühren musste. »Wieso hat Groß…« Ihre Augen weiteten sich. »Radu«, berichtigte ich mich, denn die Novizin war immer noch im Badezimmer. »Weshalb hat Radu mir das nicht gesagt?«

»Er hatte seine Gründe. Du solltest dir den Gestank der Menschenwelt abwaschen, und dann sehen wir uns zum Essen. Sag ihm nicht, dass ich ihm seine Überraschung verdorben habe. Es würde ihn wütend machen, und das willst du nicht erleben.«

»Mache ich nicht.« Ich grinste sie an. Es war so typisch für sie, dass sie tat, was sie für richtig hielt. »Lassen wir ihm die Freude.«

Sie zog die dunklen Augenbrauen nach oben. »Ja, tun wir das.«

Ich wollte sie nicht gehen lassen. »Wir können Corinne wegschicken«, schlug ich vor. »Du musst mir mehr erzählen. Du bist so wunderschön geworden.«

»Hast du daran gezweifelt?«

»Kein bisschen.« Außer, dass ich geglaubt hatte, dass sie tot war. Lupa war schon als Kind eine außergewöhnliche Erscheinung gewesen. Schlank und biegsam wie eine Gerte, mit dem langen weißen Haar unserer Mutter, denselben eisblauen Augen, der goldfarbenen Haut und den vollen roten Lippen. Jetzt sah sie ihr schmerzhaft ähnlich.

»Wir sehen uns später. Ich wollte nur schauen, was aus dir geworden ist. Also verpetz mich nicht.« So wie früher, schwang in den letzten Worten eine versteckte Drohung mit. Damit drehte sie sich um und stolzierte hinaus, während ich ungläubig auf die Stelle starrte, an der sie gestanden hatte.

Ich wollte sie zurückrufen, ihr hinterherlaufen, nach Erklärungen verlangen, aber sie bog bereits um die Ecke.

Wie konnte das alles sein? Ich fuhr mir mit beiden Händen übers Gesicht und versuchte, die Verwirrung abzuschütteln. Lupa lebte. Sie war gar nicht in dieser furchtbaren Nacht gestorben. Ungläubig schüttelte ich den Kopf. Ich war nie ganz allein gewesen. Hatte Großvater sie auch bei den Menschen versteckt? Wie hatte er mir diese Lüge erzählen können? Ich war verzweifelt und vor Angst außer mir gewesen, als er mich gefunden hatte. Dabei hatte er auch Lupa gerettet. Und dann stahl er uns die gemeinsame Kindheit. Vor Zorn begannen meine Wangen zu glühen. Dazu hatte er kein Recht gehabt. Corinne trat neben mich und zupfte an meinem Arm. Als ich mich zu ihr umdrehte, deutete sie auf das Badezimmer. Lavendelduft stieg mir in die Nase.

»Danke schön«, sagte ich zerstreut, woraufhin sie nickte und das Zimmer verließ.

Ich schloss die Tür, ging zum Bett und ließ mich darauf fallen, wütend, traurig und durcheinander zugleich. Radu hatte gewusst, wie verängstigt und allein ich gewesen war. Mit

Mühe unterdrückte ich den Drang, ihn zu suchen und sofort zur Rede zu stellen. Nur Lupas Bitte hielt mich davon ab. Ich stand wieder auf und begann, mich auszuziehen. Dann ging ich ins Bad, ließ mich in die Wanne gleiten, konnte es jedoch kaum genießen. Mit aller Kraft versuchte ich, meine Gefühle zu ordnen. Es gelang mir mehr schlecht als recht. Aber blinde Vorwürfe würden nichts nützen. Das Lavendelöl legte sich samtweich auf meine Haut. Trotz meiner Unruhe schloss ich die Augen und atmete tief ein. Mein Leben hatte sich innerhalb von nur wenigen Stunden völlig verändert. Wenn Nikolai heute nicht in der Bibliothek aufgetaucht wäre, müsste ich mich jetzt auf den Weg zum Markt machen. Stattdessen war ich in Ardeal und hatte herausgefunden, dass meine totgeglaubte Schwester lebte. Sicherlich würde Großvater gute Gründe vorbringen, weshalb er mir das verschwiegen hatte, doch es fühlte sich trotzdem falsch an. Aber selbst wenn ich Radu deswegen Vorwürfe machte, würde es nichts mehr an der Vergangenheit ändern. Ich wusch mir das Haar mit der Rosmarinseife, die auf dem Rand der Wanne lag, spülte es gründlich aus und rieb meinen Körper mit einem Zuckerpeeling ab, das ebenfalls bereitstand. Es roch nach Mandel und Vanille. In so einem Luxus hatte ich noch nie geschwelgt. Die ganze Zeit versuchte ich, meinen Zorn zu überwinden, und scheiterte kläglich. Als ich das Bad verließ, fand ich auf meinem Bett frische Unterwäsche und ein schlichtes Kleid aus dunkelblauem Leinenstoff mit kleinen Rüschen an den Ärmeln. Meine eigenen Sachen waren verschwunden, und einfach so schüttelte ich das Leben in Muntenia ab. In Ardeal warteten andere Herausforderungen auf mich. Ich hatte viel aufzuholen und zu lernen. Meine Magie war, wie Nikolai bemerkt hatte, kaum ausgebildet, aber ich würde alles tun, damit sie eines Tages ihre ganze Wirkung entfalten konnte.

Nur dann war ich meinem Coven von Nutzen. Wenn ich dafür verheimlichen musste, wer ich war, würde ich das tun. Vorerst. Mein Leben bei den Menschen war vielleicht einsam gewesen, aber ich hatte mich niemandem unterordnen müssen. Damit war es jetzt vorbei. In einer Gemeinschaft ging es um die Interessen aller und nicht um die eines Einzelnen. Ich musste mich wohl oder übel daran gewöhnen, dass ich nicht mehr alle Entscheidungen allein treffen konnte.

Ich zog das Unterkleid an, setzte mich vor den Kamin und kämmte geduldig mein Haar, bis es trocken war. Dann zog ich das Oberkleid an und legte mir den grünen Umhang um, der mich als Mitglied meines Coven auswies. Als ich fertig war, betrachtete ich mich im Spiegel. Von uns drei Geschwistern hatte ich die größte Ähnlichkeit mit unserem Vater gehabt. Das hatte sich nicht nur auf unser Aussehen beschränkt. Während Kyrill lieber bei Mutter im Haus geblieben war und ihr mit den Heilkräutern geholfen hatte, konnten Vater und ich stundenlang Zeit im Wald verbringen. Manchmal waren wir sogar nachts in den Bergen geblieben. Damals hatte ich mich sicher gefühlt und war furchtlos gewesen. Nach seinem Tod hatte ich schnell gelernt, dass es leicht war, tapfer zu sein, wenn man jemanden hatte, der einem die Hand hielt. Allein mutig zu sein, war um ein Vielfaches schwerer. Aber nun war ich nicht mehr allein. Die Göttin hatte mir Lupa zurückgegeben.

Als ich mein Zimmer verließ, stand Corinne im Flur. »Würdest du mich zum Hohepriester bringen?«, fragte ich sie. »Er erwartet mich.«

Sie nickte, und ich folgte ihr zurück durch die Gänge des Wohnturmes in die unterste Etage bis in einen großen Saal, in dessen Mitte eine lange Tafel stand, deren Kopfende für vier Personen eingedeckt war.

Radu wartete vor einem der hohen Bogenfenster, durch die Licht hereinfiel. Stolz blitzte in seinen Augen auf, als er den Umhang an mir sah.

Auch dieser Saal war schlicht möbliert. Außer der langen Tafel, um die zehn Stühle standen, hingen nur ein paar Wandteppiche an den Steinmauern, und im Kamin brannte ein Feuer. Aus den Schüsseln, die auf dem Tisch standen, stieg dampfender Rauch auf und verbreitete den köstlichen Duft von Gemüse, Fisch und frischen Kräutern. Eine andere Novizin schenkte hellroten Wein ein und verschwand dann durch eine unscheinbare Tür an der Seite des Raumes.

»Wer wird uns beim Essen Gesellschaft leisten?«, fragte ich und ging auf meinen Großvater zu. »Magnus?«

»Nein, nicht Magnus.« Er räusperte sich. »Ich habe eine Überraschung für dich.« Er hob das Glas an die Lippen, um Zeit zu schinden, wie ich vermutete, als die Saaltür knarrte. Verärgert runzelte er die Stirn.

Ich drehte mich um und wollte Lupa zuzwinkern, damit sie wusste, dass ich sie nicht verraten hatte, aber in der Tür stand nicht sie, sondern ein junger Mann. Mein Herzschlag beschleunigte sich, als ich die Gesichtszüge betrachtete, die mir früher so vertraut gewesen waren wie meine eigenen, obwohl wir uns nie sonderlich ähnlich gesehen hatten. »Kyrill?«, sagte ich tonlos, ehe mir schwarz vor Augen wurde. Radu griff nach meinem Arm, bevor die Beine unter mir nachgaben. Ich schloss die Lider und öffnete sie wieder. Dann schloss ich sie nochmal, aber die Vision verschwand nicht. Der junge Mann in der Tür war mein Bruder. Mein Zwillingsbruder. Er kam auf uns zu und löste sich nicht in Rauch auf, sondern wurde von Sekunde zu Sekunde wirklicher.

»Valea«, begrüßte er mich ungerührt und schien kein bisschen überrascht, mich zu sehen. Ebenso wie vorhin Lupa.

Ich war froh, dass Radu mich immer noch stützte, denn die Welt um mich herum geriet aus dem Gleichgewicht. Nun tauchte Lupa hinter ihm auf. Als sie spöttisch grinste, wusste ich, weshalb sie mir nicht von Kyrill erzählt hatte. Sie hatte mich aus der Fassung bringen wollen. Schon als Kind hatte sie mich zu gern provoziert, nur um dann zu erleben, wie ich einen Wutanfall bekam und von Vater und Mutter dafür gerügt wurde. Aber Wutanfälle hatte ich schon sehr lange nicht mehr gehabt. Niemand mochte ein Kind, das seine Emotionen nicht kontrollieren konnte. Das hatte ich, umgeben von lauter Fremden, schnell begriffen. »Ihr lebt. Beide!« In meiner Brust und meinem Hals bildete sich ein Kloß.

Kyrill nickte nur knapp. Lupa hatte ich vorhin umarmt, ihn wollte ich schnappen und fortbringen. Ich wollte ihn für mich allein haben und alles wissen, was ihm widerfahren war. Ich wollte ihm erzählen, wie sehr ich ihn vermisst hatte. Er war nicht nur mein Zwillingsbruder und damit meine zweite Hälfte, sondern auch mein bester Freund gewesen. Mit vier hatten wir uns geschworen, nie Geheimnisse voreinander zu haben und den anderen nie allein zu lassen. Ich hatte den Schwur gebrochen. In der Nacht des Feuers war ich fortgelaufen und hatte mich versteckt. Ich wusste nicht mehr, ob ich ihn vorher gesucht hatte. Wo er gewesen war. Als Magnus mich fand, hatte er behauptet, meine ganze Familie wäre tot, und ich hatte es geglaubt, denn zu lügen war uns verboten.

»Leben Mutter und Vater auch noch?«, fragte ich aufgebracht. So gut, wie ich dachte, hatte ich meine Wut doch nicht im Griff.

Radu schüttelte bedauernd den Kopf. »Nein. Es tut mir leid, Valea. Ich musste euch trennen. Damals dachte ich, keine andere Wahl zu haben.« Er ging zum Tisch und wies mir einen Platz zu. Ich konnte den Blick nicht von Kyrill abwenden. Mein Bruder war erwachsen geworden. Wie ich auch. Jeder für sich allein und ohne die Unterstützung des anderen. Früher hatte ich immer gewusst, was er gerade dachte. Manchmal war es regelrecht unheimlich gewesen, wie wir für den anderen mitgedacht hatten. Jetzt setzte er sich mir gegenüber, sah mir aber nicht einmal in die Augen. War er mir böse? Sein abweisender Blick verunsicherte mich zusehends. Jahrelang hatte ich unter dem Verlust meiner Familie gelitten und musste jetzt feststellen, dass all diese allein durchweinten Nächte vermeidbar gewesen wären. Wir hätten uns gegenseitig halten und trösten können. Wie hatte Radu so grausam sein können? Keine Erklärung konnte diese gestohlene Zeit wettmachen.

Sein gezwungenes Lächeln überdeckte das Aufflackern des schlechten Gewissens in seinem Blick nur mäßig. »Nach dieser verhängnisvollen Nacht habe ich entschieden, dass ihr nicht zusammenbleiben dürft«, begann er. »Nicht nach dem, was geschehen war. Die Entscheidung fiel mir nicht leicht. Das musst du mir glauben. Aber es ging nicht anders. Nachdem es unseren Feinden nicht gelungen war, eure ganze Familie zu vernichten, befürchtete ich weitere Anschläge. Ich durfte kein Risiko eingehen.«

Diese Erklärung klang nachvollziehbar, aber es hätte einen anderen Weg geben müssen. »Wart ihr auch bei den Menschen?«, fragte ich Kyrill und Lupa. Ich konnte Radu nicht ansehen.

»Der Großen Göttin sei Dank nein. Natürlich nicht. Uns wurde die Ehre zuteil, in Rasca aufzuwachsen.« Lupas Zynismus war nicht zu überhören, auch wenn ich nicht wusste, wem er galt. Sie fixierte mich aus kalten Augen. »Du wurdest fortgeschickt, weil du kaum Magie besitzt. Für dich war die Chance auf ein behütetes Leben in Muntenia am größten.

Radu wollte dich aus der Gefahrenzone bringen. So war es doch, oder?«

»Du warst die Jüngste von euch dreien«, bestätigte er. »Um dich sorgte ich mich am meisten, und ich war optimistisch, dass Celesta dich bei den Menschen nicht finden würde.«

»Weil ich kaum Magie besitze, die sie hätte wittern können«, sagte ich sarkastisch. Für Nikolai Lazar hatte selbst dieses bisschen genügt, aber darauf machte ich Radu nicht aufmerksam.

Lupa schnaubte verächtlich und trank mit mehreren Schlucken ihr Glas Wein aus. Sie war mir immer noch böse oder schon wieder. Ich wusste nicht, was sie mir vorwarf. Dass ich nicht in Ardeal aufgewachsen war, war weder meine Entscheidung noch meine Wahl gewesen. »Wir sollten unsere alten Streitigkeiten hinter uns lassen«, bat ich mühsam beherrscht. »Wir haben schon zu viel Zeit verloren.« Zwölf Jahre, fast dreizehn, um genau zu sein. Ich sah zu Kyrill, aber mein Blick prallte von einer Wand aus Bitterkeit und Missmut ab. Mit ihm musste ich später unter vier Augen sprechen. »Ich verstehe, dass du mich schützen wolltest«, wandte ich mich an Radu. »Trotzdem hättest du mir irgendwann sagen müssen, dass sie leben.« Ich wusste nicht, wie ich ihm das verzeihen sollte. Oder ob ich es konnte.

»Was hätte es geändert?« Verachtung schwang in Kyrills Stimme mit. Eine Verachtung, die ich nicht verstand. Ich versuchte, in dem Gesicht den Jungen wiederzuerkennen, der er gewesen war, aber alles Weiche war daraus verschwunden. Seine wiesengrünen Augen musterten mich feindselig. Aus dem Jungen, der so gern gelacht, gesungen und gespielt hatte, war ein verbitterter Erwachsener geworden. Das Leben hatte uns die Leichtigkeit gestohlen. Oder besser gesagt, unsere Feinde hatten das getan. Kyrill trug sein schwarzes Haar genauso kurz und akkurat geschnitten wie unser Vater. In der Mitte der Stirn hatte er denselben Wirbel wie er. Aber seine zarten Gesichtszüge erinnerten mich schmerzlich an unsere Mutter. Sie hatten sich seit unserer Kindheit wenig verändert, dafür aber der Ausdruck in seinen Augen. Wo früher überschäumende Freude gewesen war, sah ich nun Resignation und Hoffnungslosigkeit.

»Du hast dich doch in Aquincum wohlgefühlt oder? Sag jetzt nicht, du hast uns vermisst«, zerschnitt Lupas Stimme die Stille. »Du siehst gut aus.« Es klang nicht nach einem Kompliment. Sie selbst war zwar das Ebenbild unserer Mutter, aber mit der schlanken Statur, dem Ton ihrer Haut und ihrer Haare endete die Ähnlichkeit mit der sanften, einfühlsamen Frau. Mutter hatte weder einen Ring in der Nase getragen noch welche an der Unterlippe oder in den Ohren. Und jeder Blick aus ihren silberblauen Augen war warm und fürsorglich gewesen, nicht zynisch wie Lupas.

Kurz fragte ich mich, ob ich mit meiner einsamen Kindheit bei den Menschen nicht doch das bessere Los gezogen hatte. In dem Bemühen, jede Erinnerung an meine Familie festzuhalten, hatte ich versucht, die Lehren der Wicca bis ins Kleinste zu verinnerlichen. Es war nicht immer leicht gewesen nach dem, was passiert war, aber ich hatte versucht, mein Bestes zu geben. Ich war ein impulsives Kind gewesen und hatte immer meinen Willen durchsetzen wollen. Der Tod meiner Familie hatte mich jedoch gelehrt, dass wir uns dem Schicksal viel zu oft ergeben mussten. Zorn oder Wut änderten daran gar nichts. Aber das Schicksal so zu nehmen, wie die Göttin es uns zugedacht hatte, verlangte Disziplin, und man musste jede Menge positiver Energie aufbringen, um das Negative in der Welt nicht noch zu verstärken. Denn nur Gutes zog Gutes nach sich. Die Schwingungen, die ich in diesem Raum spürte, konnten der Göttin unmöglich gefallen. »Ich wollte immer heim, und ich habe euch sehr vermisst. Monatelang oder besser jahrelang.« Ich verschloss meine eigene Wut hinter einer dicken Mauer. Radu hatte vorhin recht gehabt. Wir mussten die Vergangenheit hinter uns lassen. Den Tod unserer Eltern, Radus Lüge und auch die Zwistigkeiten unserer Kindheit. Ich erinnerte mich gut daran, wie Lupa und ich um die Zuneigung unseres Vaters gebuhlt hatten, und da ich die Jüngere gewesen war, hatte ich viel öfter auf seinen Schultern oder seinem Schoß sitzen dürfen als sie. Ich schlief im Bett unserer Eltern, wenn ich einen Albtraum gehabt hatte, während Lupa die ältere und vernünftigere Schwester hatte sein müssen. Und mehr als einmal hatte ich ihr die Zunge herausgestreckt, als Vater zuerst mir eine Gute-Nacht-Geschichte vorgelesen hatte und erst danach ihr. »Ich habe um euch getrauert«, sagte ich. Auf den Gesichtern meiner Geschwister regte sich nichts. Resignation machte sich in mir breit, aber ich würde nicht aufgeben. Ich würde bis zum letzten Atemzug für uns kämpfen, schwor ich mir. Was man gab, kam irgendwann zurück.

»Hast du ihr schon gesagt, weshalb du erlaubt hast, dass Magnus sie herbringt?«, wandte Lupa sich an Radu.

»Nein. Ich wollte euch Zeit lassen, damit ihr euch wieder kennenlernt. Ich dachte, ihr wolltet vielleicht den Abend zusammen verbringen. Allein.«

Kyrill kniff die Augen zusammen. »Zeit brauchen wir nicht. Sie läuft uns davon. Je eher sie Bescheid weiß, umso besser.«

Ich konnte verstehen, weshalb Lupa wütend war, aber sein Zorn war völlig ungerechtfertigt. Für ihn war ich immer dagewesen. Nur nicht in dieser einen Nacht. »Du hast die ganze Zeit gewusst, dass ich lebe?«, fragte ich ihn.

»Natürlich. Radu hat es mir sofort gesagt, nachdem er dich weggeschickt hatte.« Seine Stimme klang ausdruckslos. Das war in der Nacht des Überfalls gewesen. Radu hatte mir keine Verschnaufpause gelassen. Ich hatte geweint und nach Kyrill geschrien. Daran erinnerte ich mich genau. Und daran, wie Magnus mich zu einer Menschenfamilie gebracht hatte, die mir völlig fremd war.

»Aber ... du hast nie versucht, mit mir Kontakt aufzunehmen.«

»Weshalb hätte ich das tun sollen?« Als er mich endlich ansah, traf mich die Kälte seines Blickes bis ins Mark.

»Weil ich deine Schwester bin. Deine Zwillingsschwester.« Wir waren unzertrennlich gewesen. Hatte er das vergessen?

Lupa schaufelte grinsend Gemüse auf ihren Teller, und ich fühlte mich wie ein Eindringling. Sie waren zusammen in Rasca aufgewachsen und hatten mich nicht gebraucht. Ich weigerte mich, mich selbst zu bemitleiden. Das würde nichts ändern. Ich zog die Schale mit den Kartoffeln zu mir heran und nahm mir davon. Später, redete ich mir Mut zu. Später würde ich mit Kyrill allein sprechen.

»Deine Geschwister haben recht, je eher du alles erfährst, desto besser«, sagte Radu, während er sich ebenfalls an den Schüsseln bediente und so tat, als würde er die Spannungen zwischen uns nicht spüren. »Wir brauchen deine Hilfe.«

»Wofür?« Ich würde tun, was er verlangte, wenn ich dafür bleiben konnte. Dieses Mal für immer. Ich musste mein Verhältnis mit Kyrill wieder in Ordnung bringen. Ich musste die Mauer, die er um sein Herz errichtet hatte, einreißen. Er musste begreifen, dass ich ihn immer noch so liebte, wie ich ihn als Kind geliebt hatte. Um Kyrill würde ich kämpfen.

»Es ist etwas geschehen.« Bedächtig zerschnitt Radu eine Mohrrübe in zwei Hälften. »Etwas, womit ich nicht gerechnet habe. Celesta ist nach Ardeal zurückgekehrt.« Im Kamin zerbrach ein Holzscheit und Funken stoben auf.

»Wo war sie?«, fragte ich verwirrt. Nun rächte sich, dass er mich nicht über die aktuellen Geschehnisse in Ardeal informiert hatte. Wäre es anders, hätte ich auch gewusst, wer Nikolai war.

»Das weiß niemand genau. Sie war jahrelang verschwunden«, erwiderte er. »Ich habe keinen Zweifel, dass sie in dieser Zeit etwas ausgeheckt hat. Etwas Furchtbares. Damit ist der Frieden so brüchig wie nie zuvor, und wir müssen alles tun, um ihn zu bewahren. Jeder von uns.«

»Dieser Frieden war immer nur eine Illusion«, murmelte Lupa. »Wir sollten die Chance nutzen und uns die Strigoi vom Hals schaffen, dann ist ein Problem gelöst, und sie kommen nicht auf dumme Gedanken. Was sollte sie davon abhalten, sich mit Celesta zu verbünden? So verwundbar wie jetzt waren sie noch nie. Danach kümmern wir uns um die Königin.«

Die Strigoi loswerden? Wie wollte sie das denn anstellen und weshalb? Ich runzelte die Stirn. Hatte ich nun doch recht damit gehabt, Nikolai zu verdächtigen, mit der Königin im Bunde zu sein?

»Wir werden niemandem den Krieg erklären«, fuhr Radu sie so scharf an, dass ich zusammenzuckte. »Die Meister der Coven haben beschlossen, den Pakt nicht zu brechen.« Es gab insgesamt einundzwanzig Coven, und jeder Coven hatte diverse Tochtercoven. Diese waren über ganz Ardeal verstreut und wurden von Meistern und Meisterinnen geführt. Sie hatten vor vielen Jahren unseren Großvater zum Hohepriester gewählt. Die Aufgabe hatte ihm alles abverlangt. Ich hätte ihm gewünscht, im Alter den Frieden genießen zu können, für den er so gekämpft hatte, aber offensichtlich war ihm das nicht vergönnt.

»Irgendjemand hat den Pakt gebrochen«, sagte Kyrill gelangweilt, »und nun ist wieder eine Wicca tot. Es ist nur eine Frage der Zeit, bis die nächste stirbt.«

»Was meinst du damit?«, fragte ich und legte das Besteck beiseite. »Wer ist tot?«

Er antwortete mir nicht, sondern wich meinem Blick aus. Stattdessen schob er sich ein Stück Fenchel in den Mund und kaute mit langsamen, gleichmäßigen Bewegungen. Als kleiner Junge hatte er Gemüse verabscheut. Mutter wandte jede Menge Tricks an, damit er ab und zu welches aß, und Vater hatte sie mit ihren Versuchen, Tiere aus Möhren zu schnitzen, immer aufgezogen. Die Erinnerung kam so plötzlich, als hätte jemand die Tür zu meiner Vergangenheit wieder ein Stück aufgestoßen. Wusste Kyrill das noch? Ich wollte ihm davon erzählen, aber er saß mir wie ein Fremder gegenüber. Wenn ich davon anfing, würden er und Lupa mich vermutlich auslachen. Unbehaglich rutschte ich auf dem Stuhl hin und her. Alles fühlte sich falsch an. Ich wollte Kyrill berühren, herausfinden, ob er nicht nur ein Traum war. Mein Bruder wäre niemals so abweisend gewesen.

Radu tupfte sich die Mundwinkel mit einer blütenweißen Serviette ab. »Es hat ein weiteres Opfer gegeben.«

Lupa aß so ungerührt weiter, als würde die Diskussion sie nicht mehr betreffen.

»Was ist passiert?«, fragte ich mit fester Stimme. Schwäche konnte ich mir hier offenbar ebenso wenig leisten wie in Aquincum.

»Ihr Name war Sophia«, mischte Kyrill sich ein. »Sie hatte gerade ihr Noviziat beendet und war in den Coven aufgenommen worden.«

»Kanntest du sie gut?« Von seinem Gesicht konnte ich nichts ablesen. Zum ersten Mal wünschte ich, ich hätte nicht solche Skrupel, meine Gabe einzusetzen. Ich wollte alles wissen, was Kyrill in den Jahren ohne mich erlebt hatte. Ich wollte jede einzelne seiner Erinnerungen sehen und ihm meine zeigen. Er sollte wissen, wie einsam ich ohne ihn gewesen war. Wie sehr ich ihn gebraucht hätte und wie schwer es mir gefallen war, weiterzumachen. Ich hatte immer gedacht, es meiner Familie schuldig zu sein, nicht aufzugeben. Wie oft wäre ich lieber im Bett geblieben, anstatt aufzustehen und das Leben der Menschen zu führen. Ein Leben ohne Magie. Kyrill hatte auch gelitten, so viel stand fest. Der Coven und Radu hatten ihm nicht geben können, was er gebraucht hatte. Doch er konnte unmöglich so einsam gewesen sein wie ich. Oder doch? Ich presste die Lippen zusammen. Diese Situation begann mich zu überfordern. Ich wusste weder, was ich denken, noch was ich fühlen wollte und durfte. Gab es Regeln dafür, wie man sich verhalten sollte, wenn zwei totgeglaubte geliebte Menschen plötzlich vor einem saßen? Wenn sie gesund und munter, aber total abweisend waren. Würde Kyrill irgendwann erlauben, dass ich mir seine Erinnerungen ansah oder ihm meine zeigte? Interessierten sie ihn überhaupt, oder hatte er einfach beschlossen, für immer und ewig wütend zu sein?

»Ich kannte sie nicht wirklich«, sagte Kyrill. »Während ihrer Zeit in Rasca hatte sie das Schweigegelübde abgelegt, also sprachen wir nie miteinander.« Immerhin redete er mit mir, auch wenn er mich nicht ansah.

»Was genau ist ihr zugestoßen? Wer hat sie getötet«, fragte ich behutsam, damit er sich nicht sofort wieder zurückzog.

»Wir hoffen, du kannst uns das verraten«, antwortete Radu an seiner Stelle und durchschnitt damit abrupt die Verbindung. »Kurz vor Imbolc wurde Sophia offiziell in unseren Coven aufgenommen und erhielt die Erlaubnis, nach

Caraiman zu gehen. Von dort verschwand sie vor einer Woche spurlos.«

»Und nun habt ihr sie gefunden?«, fragte ich leise. »Tot?«

Radu nickte. Mittlerweile aß niemand von uns mehr.

»Ist sie verunglückt?«, fragte ich, obwohl ich die Antwort bereits kannte.

Kyrill schüttelte den Kopf. »Nein. Sie wurde getötet. Wir haben ihren Leichnam vorgestern gefunden. Sie war erst seit ein paar Stunden tot. Wenn wir früher …«

»Sie wäre so oder so gestorben«, unterbrach Lupa ihn rüde. »Ihre Verletzungen waren zu schwer. Das hätte sie nie überlebt.«

»Habt ihr einen Verdacht, wer es war?«, fragte ich, froh, dass meine Stimme nicht zitterte.

Lupa zuckte mit den Schultern. »Ich hoffe, es war einer der Blutsauger. Dann hätten wir einen Grund, den Vertrag zu brechen.«

»Zügele deine Zunge, Mädchen«, herrschte Radu sie mit kalter Stimme an.

Sie reckte bloß das Kinn. »Ich habe keine Angst vor ihnen, alter Mann. Wenn ich diesen Coven führe, werde ich in jedem Fall für einen Krieg stimmen.«

»Du überschätzt dich, Kind.« Radu lächelte beinahe milde. Trotzdem schien der Ärger in Wellen von ihm auszugehen. Während die beiden sich anstarrten, fiel mir auf, wie ähnlich sie sich sahen. Ihre Gesichter hatten dieselben Züge. Auch wenn Radus Wangen eingefallen waren und die Lider schwer über seinen Augen hingen, war nicht zu übersehen, dass Lupa seine Enkeltochter war. Kyrill kam zwar auch nach unserer Mutter, aber seltsamerweise bestand zwischen ihm und Radu kaum Ähnlichkeit. Alles, was an Lupa und Radu hart war, war bei ihm viel weicher geraten.

»Könnten wir uns vielleicht auf unser Problem konzentrieren?«, fragte ich. »Was ist das für ein Ort, an dem Sophia sich befand? Weshalb war sie dort, und was, vermutet ihr, ist ihr geschehen?«

»Caraiman ist ein riesiges, uraltes Schloss. Es liegt abgelegen in den Bergen von Ardeal und gehörte früher den Hexen. Für eine bestimmte Zeit im Jahr steht es nun allen offen. So wurde es im zweiten Pakt beschlossen. Junge Hexen, Strigoi und Wicca können in dieser Zeit nach Caraiman kommen, um dort zu studieren. In diesen Mauern befindet sich das gesamte Wissen unserer Welt. Jedes einzelne Blatt Papier oder Pergament, das je von einem magischen Wesen beschrieben wurde.«

»Die Bibliothek von Königin Estera?«, fragte ich leise und Gänsehaut lief mir über den Körper.

Radu nickte.

In einem meiner Bücher hatte ich über diese Bibliothek gelesen, die die legendäre Königin der Hexen vor tausend Jahren gegründet hatte. Sie wollte einen Ort schaffen, an dem die magischen Wesen gemeinsam und friedlich lernen konnten. Aber ich hatte nicht gewusst, dass sie noch existierte. Dass sich das gesamte magische Wissen der Welt an einem einzigen Ort befand, war eine unglaubliche und gleichzeitig beängstigende Vorstellung. Ich würde jede Wissenslücke schließen können, die ich hatte. Vielleicht würde ich sogar herausfinden, wie ich meine eigene völlig unzureichende Magie entwickeln konnte. »Darf ich dorthin?«, platzte ich heraus.

Lupa seufzte leise und verdrehte die Augen. »Wir haben dich nicht geholt, damit du deine Nase in alten Büchern vergräbst. Wir brauchen deine Gabe. Du musst in Sophias Erinnerungen eindringen und uns sagen, was ihr passiert ist.«

Ungläubig sah ich sie an. »So gern ich helfen möchte, ich weiß nicht, ob meine Gabe funktioniert, wenn sie tot ist.« Deswegen war ich hier?

»Du wirst es versuchen. Wir müssen wissen, wer ihr das angetan hat und warum. Der Vertrag wurde gebrochen, aber ich werde ohne Beweise niemanden des Mordes bezichtigen.« Radu stand auf und sofort schob auch Kyrill seinen Stuhl zurück. »Gehen wir«, befahl unser Großvater. Die Gebrechlichkeit schien von ihm abgefallen zu sein. »Je eher wir Gewissheit haben, desto besser.« Er ließ mir keine Atempause und wartete auch nicht ab, ob ich zustimmte. Es gefiel mir nicht, aber wenn es bedeutete, dass ich bleiben und das Verhältnis zu Kyrill kitten konnte, würde ich versuchen, was er verlangte. Und selbst wenn es nicht gelang. Noch mal ließ ich ihn nicht über mein Leben bestimmen. Ich war kein Kind mehr, und je schneller Radu das begriff, desto besser.

5. KAPITEL

BURG RASCA IN ARDEAL NACH OSTARA

»Ich wünschte, die Umstände unserer Wiedervereinigung wären nicht ganz so dramatisch«, sagte Lupa, während wir den Burghof überquerten. Mittlerweile war es später Nachmittag, sodass der Hof nicht mehr so verlassen war. Eine Gruppe Frauen, die am Eingangstor stand, beäugte uns neugierig. »Ich habe Radu schon vor einiger Zeit gebeten, dich zurückzuholen.«

»Warum?« Die Wut über die verlorenen Jahre vibrierte leise in mir. Möglicherweise war deswegen mein Tonfall nicht so friedlich, wie er sein sollte, aber mir gingen zu viele Dinge durch den Kopf. Dinge, die ich Lupa gern fragen würde. In den vergangenen Jahren hatte ich jedoch so vorsichtig dabei sein müssen, wem ich mein Vertrauen schenkte, dass sich diese Vorsicht nicht einfach abschütteln ließ.

»Vor mir brauchst du dieses Theater nicht zu spielen. Du bist wütend. Gib es ruhig zu. Es ist nichts dabei. Das sind wir alle.« Sie betrachtete ihre dunkelgrün lackierten Fingernägel. »Es war falsch von ihm, dich von uns zu trennen.«

»Wut nützt gar nichts. Es ist, wie es ist, und wir können die Vergangenheit nicht ändern. Wir können nur versuchen, es jetzt besser zu machen«, erklärte ich steif. Die Sonne stand genau über der Spitze des Wohnturmes und schickte sich an unterzugehen. Ich konnte nicht glauben, dass sich der Tag bereits dem Ende näherte. Es war so unfassbar viel geschehen.

»Ohne Sophias Tod wärst du jetzt nicht hier«, erinnerte sie mich. »Und er gehört bereits der Vergangenheit an.«

»Er hätte mich ansonsten für immer in Aquincum gelassen?« Ich musste diese Frage einfach stellen.

»Ja«, erwiderte sie knapp. »Bisher warst du ihm nicht von Nutzen.«

»Was meinst du damit? « Es war unrecht, dass der Tod dieses Mädchens mir etwas schenkte, das ich mir so sehnsüchtig gewünscht hatte. Damit war ihr Schicksal für immer mit meinem verwoben.

»Das findest du schon noch selbst heraus. Was du gleich sehen wirst, ist nichts für schwache Nerven«, fuhr Lupa fort. »Ich hoffe, du hast einen widerstandsfähigen Magen. Ich musste ihn sogar jetzt überreden, dich zurückzuholen«, setzte sie boshaft hinzu. »Wenn du bleiben willst, solltest du dir also Mühe geben, und du bist mir einen Gefallen schuldig.« Mit wenigen eleganten Schritten eilte sie an die Seite von Radu.

Kyrill ließ sich zurückfallen. »Sie wird diesen Gefallen eines Tages einfordern.«

Es klang wie eine Warnung und vielleicht wie ein Friedensangebot. »Wollen wir nachher reden?«, fragte ich. »Nur wir zwei.« So wie früher, hätte ich gern hinzugefügt.

Kyrill war zwar erwachsen geworden, aber er überragte mich nur um einen halben Kopf. Nun musterte er mich aus zusammengekniffenen Augen. »Wir haben nichts zu besprechen, was nicht auch Lupa oder Radu hören können«, erteilte er mir eine Abfuhr. »Wicca haben keine Geheimnisse voreinander. Das ist eine unserer Regeln.«

»Ich habe gehofft, wir könnten etwas Zeit allein miteinander verbringen«, drängte ich weiter. »Ich habe dir so viel zu erzählen.« Es gab auch Regeln, die man brechen durfte, sogar musste.

»Deine Geschichten interessieren mich nicht. Du hast dein Leben gelebt und ich meines. Tu einfach, was Radu von dir erwartet.«

Deutlicher hätte eine Abfuhr nicht sein können. Doch damit ließ ich ihn nicht durchkommen. Wusste er denn nicht, wie einsam ich gewesen war? Interessierte ihn überhaupt, was ich erlebt hatte, während er in Rasca bei Lupa hatte bleiben dürfen? Wie hatte er so herzlos werden können?

Radu und Lupa hatten eine Tür erreicht, vor der ein Wächter postiert war. Der Mann öffnete die Tür, und im ersten Moment glaubte ich, dahinter einen Abgrund zu erspähen. Aber es war eine Treppe, die steil in die Tiefe führte. Ein muffiger Geruch schlug uns entgegen. »Die Körper unserer Toten finden dort unten ihre letzte Ruhe.« Radu fasste meinen Arm, als ich instinktiv zurückwich. »Du musst dich nicht fürchten.«

»Ich fürchte mich nicht«, log ich, aber dieser Geruch erinnerte mich an etwas, auch wenn mir nicht einfiel, woran. Ich wusste nur, dass es keine gute Erinnerung war.

Lupa griff nach der Fackel, die der Wächter ihr reichte, und ich folgte den dreien die Treppe hinunter, die in eine Gruft führte. An den Wänden standen mehrere Sarkophage. Fackeln und Kerzenleuchter erhellten den Raum nur sehr unzureichend, aber die mit einem weißen Leinentuch bedeckte

Gestalt, die in der Mitte auf einem Tisch aus Stein lag, war nicht zu übersehen. Radu trat neben sie und zog behutsam das Tuch von der Leiche. Als das Gesicht einer jungen Frau zum Vorschein kam, keuchte ich vor Entsetzen auf. Das ehemals lockige rote Haar war schmutzig und voller verwelkter Blätter. Ihre vermutlich ockerfarbene Haut war zu einem Grau verblasst. Die zarten Gesichtszüge waren schmerzverzerrt, was man auch erkennen konnte, obwohl nur eine Hälfte des Gesichtes zu sehen war, denn sie lag auf dem Bauch. Ihre Augen waren immer noch geöffnet und starrten blicklos ins Leere.

»Sophia war eine äußerst begabte junge Wicca«, erklärte Radu mit Trauer in der Stimme. »Als wir erfuhren, dass sie Caraiman verlassen hat, sandte ich Lupa und Magnus zum Schloss, denn ich hatte ihr keine Erlaubnis dazu erteilt.«

Lupa lehnte mit verschränkten Armen an der Steinwand. Ihr Gesicht lag im Schatten.

»Wo hast du sie gefunden?«, fragte ich.

»In dem Wald, der das Schloss umgibt. Sie lag in einer Grube und war nicht sonderlich gut versteckt. Entweder war ihr Mörder in Eile gewesen, oder es war ihm egal, ob Tiere sie fanden.«

Ich erschauderte bei der Vorstellung, was das Mädchen erlitten haben musste.

»In den Bergen gibt es mehrere Wolfsrudel«, setzte sie unerbittlich fort. »Eine Nacht später, und wir hätten nichts mehr von ihr gefunden. Dann hätten wir annehmen müssen, sie hätte uns aus freien Stücken verlassen.«

»Kommt es denn vor, dass jemand einen Coven verlässt? Einfach so?«, fragte ich.

Lupa schüttelte verärgert den Kopf. »Nur äußerst selten, und sie hatte keinen Grund zu gehen.« Herausfordernd sah sie unseren Großvater an, als erwartete sie, dass er mehr preisgab.

»Versuch es mit deiner Gabe«, bat er mich jedoch. »Vielleicht wissen wir danach mehr.«

»Ich kann nichts versprechen.« Trotz meiner Skepsis, dass das gelingen konnte, trat ich an den Tisch heran. »Hast du sie besser gekannt als Kyrill?«, fragte ich Lupa, um noch etwas Zeit zu schinden. Sophia konnte kaum älter gewesen sein als ich und ihr Haar ähnelte meinem. Noch etwas, was uns verband.

»Wir hatten unsere Magieausbildung zusammen, waren aber nicht befreundet.«

Hatte Lupa überhaupt Freunde oder war sie so einsam wie ich gewesen? Verstanden sie und Kyrill sich gut? »Du solltest noch etwas wissen, vielleicht spornt dich das an.« Als sie das Leichentuch weiter herunterzog, wurde Sophias Rücken entblößt und ich unterdrückte mit Mühe ein erneutes Keuchen. Man hatte sie nicht einfach nur getötet. Sie war gefoltert worden, und zwar so lange, bis ihr Rücken nur noch eine blutige Masse war. Bittere Galle stieg in meiner Speiseröhre auf. Ich presste die Hand vor den Mund und wandte mich ab, um mich nicht zu übergeben.

»Ich habe doch gesagt, es ist kein schöner Anblick.« Die Schadenfreude darüber, mich schockiert zu haben, war nicht zu überhören.

Kyrill drückte mir ein Säckchen in die Hand. »Riech daran. Dann geht die Übelkeit weg«, sagte er barsch.

Ich presste es mir vor die Nase und roch Lavendel, Anis und Fenchel. Erleichtert sog ich den Duft ein. »Wer tut so etwas und warum?«

»Das wüssten wir auch gern«, antwortete Lupa. »Wir haben keine Ahnung.«

Mein Magen hatte sich so weit beruhigt, dass ich es wagte, mich wieder umzudrehen. Aufmerksam betrachtete ich die Verletzungen. »Ist das ein Kreis?«

»Nein, auch wenn es auf den ersten Blick so wirkt. Wer immer das war, wusste genau, was er tat«, erklärte Kyrill. »Siehst du das hier?« Er wies auf eine besonders stark verletzte Stelle.

Ich beugte mich etwas näher herunter und zwang mich, das ganze Ausmaß der Zerstörung zu betrachten. »Das sind Zacken. Ihr wurde ein rituelles Zeichen in den Rücken geschnitten?«

Obwohl ich Kyrill nicht ansah, wusste ich, dass er nickte. »Genau.«

»Und dann wurde es zerstört, um die Hinweise wieder zu verwischen?«, fragte ich.

»Ja. Deswegen erkennt man es nicht mehr sehr gut. Wahrscheinlich lief ihnen die Zeit davon und sie konnten es nicht beenden. Aber man erkennt noch die Reste einiger Spitzen.«

Ich stieß die Luft aus und zählte leise bis sieben. »Das war ein Heptagramm.«

»Dumm bist du wenigstens nicht«, ließ Lupa verlauten. »Offenbar war die Zeit bei den Menschen nicht ganz vergeudet.«

Radu, der bisher geschwiegen hatte, seufzte. »Lupa. Deine spitzen Bemerkungen helfen uns nicht weiter.«

»Warum ausgerechnet ein Heptagramm?«, fragte ich in die Runde.

»Es vereint alle Energien des Universums«, antwortete Kyrill. »Es verbindet alle Welten miteinander, die bekannten und die unbekannten, die sichtbaren und die verborgenen. Die Magie des Siebensterns ist unvergleichlich mächtig. Und sie haben seine Macht noch verstärkt. Siehst du die dunklen

Flecken?« Kyrill wies auf gräuliche Stellen auf der sowieso schon grauen Haut.

»Sind das …« Ich unterbrach mich, weil die Vorstellung zu furchtbar war. »Brandwunden?«, würgte ich dann hervor.

»Ja. Sie haben nicht nur die Energie des Universums genutzt, sondern auch versucht, den Zauber mit Hilfe der Kraft der Elemente zu erhöhen. Jeder der sieben Zacken steht für einen Planeten, und jedem Planeten wird ein bestimmtes Element zugeordnet. Zum Saturn gehört beispielsweise Blei. Zu Jupiter Zinn und so weiter.«

Sophias Mörder mussten diese Metalle erhitzt haben, um diese Wunden zu hinterlassen, und sie war unter schrecklichen Qualen gestorben. »Was haben sie damit bezweckt?« Das war schwarze Magie, und darüber wusste ich nicht das Geringste.

»Wir vermuten, jemand hat versucht, ihre Magie zu rauben und für sich zu gewinnen«, antwortete Lupa.

»Besaß sie so viel Magie?«

»Nein«, mischte Radu sich wieder ein. »Sie war zwar begabt, aber wir glauben, es war nur ein Experiment. Ihre Mörder wollten lediglich herausfinden, ob der Übertrag von Magie machbar ist. Sie zu öffnen war eine logische Vorgehensweise.«

Verständnislos sah ich ihn an. Es war grausam und nicht logisch. Die Vorstellung, Magie von einem Geschöpf auf ein anderes zu übertragen, erschien mir so brutal, dass die Magie selbst sich dagegen wehren musste.

»Ihr Mörder hat vermutlich geglaubt, dass Sophia mehr Magie besitzt, als auf den ersten Blick erkennbar war. Sie starb, bevor sie ihr Ziel erreichten«, erklärte Lupa. »Und wenn wir nicht herausfinden, wer das war, dann versuchen sie es wahrscheinlich wieder. Mit einer anderen Wicca.«

»Es muss eine Hexe oder ein Hexer gewesen sein«, stellte ich fest.

»Auch ein Blutsauger könnte es theoretisch versuchen«, zischte sie. »Lesen können sie immerhin. Was sollte sie davon abhalten, sich dieses Wissen anzueignen?«

»Dieses Ritual kann nur von jemandem durchgeführt worden sein, der sehr viel eigene Magie besitzt«, mischte Kyrill sich ein. »Damit können wir die Strigoi ausschließen.«

»Oh, bitte«, sagte Lupa höhnisch. »Du willst doch nur einen ausschließen. Dabei weißt du genau, dass er kein Unschuldslamm ist.«

Als sich Kyrill neben mir versteifte, huschte mein Blick neugierig zwischen meinen Geschwistern hin und her. Es gab also einen Strigoi, den Kyrill so gut kannte, dass er ihn in Schutz nahm. Nikolais Gesicht erschien vor meinem inneren Auge. Kaum vorstellbar, dass der Mann, der so behutsam mit mir gewesen war, zu so etwas Grausamem fähig wäre. Aber hatte ich ihn nicht trotzdem verdächtigt, mit der Hexenkönigin im Bunde zu stehen? Nur – was hätte er davon, die Magie einer Wicca zu rauben? Ein Strigoi würde eher das Blut einer Wicca trinken. Bisswunden waren jedoch nicht zu sehen.

»Ich versuche es«, sagte ich entschlossen.

Kyrills Gesicht war ausdruckslos geworden, aber ich spürte eine neue Energie, die von ihm ausging. Sie fühlte sich wie Angst an. Er nahm Sophias Hand in seine und untersuchte die abgebrochenen Fingernägel. »Vielleicht könnte ich vorher …«

»Versuch bloß nichts Seltsames. Sie ist tot«, sagte Lupa.

»Das weiß ich«, fuhr er sie an, und die Angst verwandelte sich in kalte Wut.

»Was sollte er Seltsames versuchen?« Mein Blick huschte zu Radu, der sich erstaunlich wenig einmischte, uns aber alle drei aufmerksam beobachtete. Ein kaum wahrnehmbares Lächeln umspielte seine Lippen. Bei einem Menschen hätte ich vermutet, er genoss unseren Streit. Aber das ergab keinen Sinn. Wir zogen alle am selben Strang.

»Kyrill versucht, jeden zu heilen, egal, wie aussichtslos das Unterfangen ist, doch nicht mal er kann die Toten zurückholen«, sagte Lupa.

Dann hatte er tatsächlich Mutters Talent geerbt. Bestimmt war er ein großartiger Heiler. Hatte Radu ihm erlaubt, bei einem der älteren Heiler in die Lehre zu gehen? Kyrill war so jung gewesen, als Mutter starb, aber selbst da hatte er schon ein erstaunliches Wissen gehabt.

»Ich kann sie nicht zurückholen, und selbst wenn ... hätte ich sie nicht mehr vollständig heilen können. Sie haben ihr das Rückenmark durchtrennt. Sie hätte nie wieder laufen können.« Schmerz stand in seinen Augen, aber Sekunden später hatte er sich wieder in den kalten jungen Mann verwandelt, der er seit unserem Wiedersehen war.

»Sie wäre also ein Leben lang auf unsere Hilfe angewiesen gewesen«, fügte Lupa hinzu.

»Und wir hätten sie ihr gern gewährt«, erklärte Radu.

»Natürlich.« Bei der Schärfe in seiner Stimme verengte Lupa ihre Augen zu Schlitzen.

»Vielleicht wissen wir mehr, wenn es mir gelungen ist, in ihre Erinnerungen einzudringen.«

»Es ist viel verlangt«, antwortete Radu. »Wenn ich einen anderen Weg wüsste, würde ich ihn wählen.«

»Es ist in Ordnung und das Mindeste, das ich für sie tun kann.« Behutsam nahm ich Sophias Hand in meine. Ihre Haut war kalt und trocken. Meine andere Hand legte ich auf den geschundenen Körper unterhalb ihrer Verletzungen. Dann holte ich tief Luft und schloss die Augen. Ich wusste nicht, was mich erwartete. Ich wusste nur, dass es mir bei einem Lebenden relativ schnell gelang, in dessen Erinnerungen einzudringen. Als kleines Kind hatte ich mir manchmal einen Spaß daraus gemacht, Kyrills Hände zu halten und unsere gemeinsamen Erinnerungen wieder aufleben zu lassen. Lupa hatte es gehasst, wenn ich es bei ihr versucht hatte, und weder Mutter noch Vater hatten es mir bei sich erlaubt, fiel mir nun wieder ein. Vater hatte mich versprechen lassen, mit dieser Gabe vorsichtig umzugehen, und daran hielt ich mich. Meistens jedenfalls. Bei Sophia verspürte ich zuerst nur eine abgrundtiefe Leere. Ihre Seele war längst fort, und ich hoffte, sie fand bis zu ihrer Wiedergeburt Frieden im Sommerland. Unser Glaube verbot rachsüchtige Gedanken, aber ich konnte nichts gegen den Wunsch tun, dass ich demjenigen, der ihr das angetan hatte, unsägliche Schmerzen wünschte. Radu legte mir beschwichtigend eine Hand auf die Schulter, als würde er meine düsteren Gefühle spüren, und murmelte ein leises Gebet. Ruhe durchflutete mich. Dankbar für die Unterstützung nickte ich kaum merklich und widerstand dem Impuls, die Hand von dem toten Körper fortzuziehen. Sophias Haut erwärmte sich unter meiner Berührung. Ich versetzte mich in tiefe Trance und schickte meinen Geist auf die Reise. Ich wanderte durch Schichten von Licht, das mal heller und mal dunkler wurde, bis ich durch einen Schleier schritt. Kurz zögerte ich, weiterzugehen, aus Angst vor dem, was mich hinter dem Schleier erwartete, aber dann spürte ich den beruhigenden Druck von Radus Hand. Also machte ich weiter. Erinnerungen waren nicht nur Teil der Seele, sondern auch des Körpers. Ich atmete einmal tief ein und durch den Mund wieder aus. »Sie ist in einem Salon«, erklärte ich, als der Lichtschleier sich hob und ich durch Sophias Augen ihre Erinnerungen noch mal durchlebte. »Er ist ziemlich groß. Die

Wände sind mit dunklem Holz vertäfelt. Er ist hoch, und die Bogenfenster sind bleiverglast«, sagte ich langsam, während ich die samtenen Vorhänge betrachtete, die weichen Teppiche und das Mobiliar aus dunklem Kirschholz.

»Du bist in Caraiman«, flüsterte Kyrill.

Ich nickte zur Bestätigung, dass ich ihn gehört hatte. »Sie ist nicht allein. Da sind noch andere. Sie sitzen zusammen und unterhalten sich.« Ich erkannte die Wicca der unterschiedlichen Coven an den Farben ihrer Umhänge. »Ein paar Strigoi spielen Billard mit ... ein paar Hexen.«

»Jedem steht es frei, nach Caraiman zu kommen«, erinnerte Radu mich leise. »An diesem Ort ist es egal, zu welchem Volk du gehörst. Er ist neutral. Gewalt und Magie sind untersagt.«

»Nur Magie, die verletzt«, berichtigte Lupa ihn. »Niemand darf in Caraiman jemand anderem Schaden zufügen.«

Ich lauschte den Erklärungen, während ich mich weiter aufmerksam umschaute. Sophia saß am Kamin. Ich spürte ihre Lebendigkeit und dass sie glücklich war. Trotzdem lag sie nun tot und kalt auf diesem Tisch.

»Was siehst du noch?«, fragte Lupa.

Ich atmete tief ein. »Sie sitzt auf einem Sofa und liest ein Buch. Zwei Hexen kommen herein und sie winkt ihnen zu. Es scheinen Freundinnen von ihr zu sein.«

Lupa gab einen verächtlichen Laut von sich, aber ich ignorierte ihn.

Jetzt schüttelte Sophia ihre roten Locken und zog mit einer Hand ihren grünen Umhang enger um ihr cremefarbenes Kleid. Vor ihr auf einem flachen Tisch stand eine Tasse mit heißer Schokolade. Sie nippte daran und beobachtete nicht gerade unauffällig einen jungen Mann, der auf einem Sessel am Nachbartisch saß und Schach spielte. Er war ein Strigoi und trug eine Uniform. Als hätte er ihren Blick gespürt, sah er auf und grinste sie frech an. Sein lockiges rotes Haar war kurz geschnitten und die sehr helle Haut von Sommersprossen übersät. Die dunkelblauen Augen besaßen einen goldenen Kranz. Sie lächelte, als der Goldkranz aufleuchtete. Ich fragte mich, wer er war und ob er wusste, dass sie tot war. Ihm gegenüber saß ein weiterer Mann, der – obwohl er nicht viel älter sein konnte als ich – silbergraues Haar hatte, das ihm bis auf die Schultern hing. Spott tanzte in seinen schräg stehenden grauen Augen, die seine hohen Wangenknochen betonten. Er trug ein ähnlich altmodisches Hemd wie Nikolai bei unserer ersten Begegnung. »Ihr Hohepriester wäre nicht sehr erbaut, wenn er wüsste, mit wem sie hier flirtet«, sagte er leise, aber Sophia hörte es trotzdem, und ich spürte ihre aufsteigende Unruhe.

»Nein, das wäre er nicht.« Der Rothaarige verschob seinen Springer und sah dann wieder Sophia eindringlich an. »Aber mich interessiert nicht, was der alte Mann davon hält. Und du solltest dich lieber auf das Spiel konzentrieren.«

»Ich wollte es nur anmerken. Seid einfach vorsichtig.« Er setzte seine Dame. »Schach.«

Ich wusste natürlich, dass in Ardeal Frieden herrschte, aber dass Wicca, Hexen und Strigoi so zwanglos miteinander umgingen, faszinierte mich. Vor allem, da Lupa so feindselig war.

»Was passiert jetzt?« Lupa riss mich fast aus meiner Trance. »Rede mit uns. Beschreib uns alles. Wer ist bei ihr? Mit wem spricht sie?«

Es widerstrebte mir, ihr zu erzählen, dass Sophia offenkundig in einen Strigoi verliebt gewesen war, obwohl jeder noch so kleine Hinweis uns zu ihrem Mörder führen konnte. »In dem Raum sind jede Menge junger Männer und Frauen.

Niemand wirkt feindselig. Im Gegenteil. Es gibt keine Streitereien«, zog ich mich vorerst aus der Affäre. »Ein Hexer setzt sich gerade neben sie.«

»Ivan«, begrüßte der Neuankömmling den rothaarigen Strigoi. »Alexej, habt ihr Lust, später mit in den Wald zu kommen?«

»Warum nicht«, sagte Ivan. »Kommst du auch mit?«, wandte er sich an Sophia.

Sie schüttelte bedauernd den Kopf. »Ich habe Melinda versprochen, noch ein paar Informationen für sie zusammenzutragen.«

»Das ist schade. Aber vielleicht kannst du später nachkommen«, sagte Ivan.

Sie nickte. »Ich versuche es.«

»Sophia soll etwas für eine Melinda erledigen«, sagte ich laut. »Wer ist das?«

»Melinda Dumont ist die Direktorin von Caraiman und eine Hexe.« Radus Griff um meine Schulter verstärkte sich. »Was soll sie für sie tun?«

»Das hat sie nicht gesagt. Vielleicht finde ich das später heraus. Sie steht auf.« Ivan sprang ebenfalls auf, und kurz darauf stiegen sie eine breite Treppe hinauf. Sie redeten nicht miteinander, aber immer wieder berührten sich ihre Hände. »Sie geht durch einen schmalen Gang«, gab ich nun doch preis. »Ein rothaariger Strigoi ist bei ihr. Sie scheinen befreundet zu sein.«

»Weißt du seinen Namen?«, fragte Kyrill.

»Ivan.«

Lupa stieß einen leisen Pfiff aus. »Lazars Oberbefehlshaber. Wer hätte das gedacht. Sie war so ein Mauerblümchen. Trotz ihrer nicht unbeachtlichen Fähigkeiten.«

»Ruhe«, zischte Radu. »Stört Valea nicht mit eurem Geschwätz.«

»Ivan hält ihre Hand«, sagte ich. Er hatte sie genommen, nachdem er sich versichert hatte, dass sie allein waren. »Jetzt bringt er sie zu einem Zimmer.« Sophia bat ihn nicht herein, aber ich spürte ihr Herz schlagen, als er sich vorbeugte. Vorsichtig, als wollte er sie nicht erschrecken. »Hab keine Angst, Soph. Ich würde dir nie etwas tun, das weißt du, oder?« Sie nickte zaghaft, als seine Lippen sich ihren näherten. Er seufzte leise und frustriert, dann küsste er sie nur auf die Wange. Dabei sog er ihren Duft ein. Dieser Moment war so intim, dass ich mich beinahe schämte, dabei zu sein.

Sophia legte die Hände auf seine Taille und lehnte die Stirn an seine Brust. »Es tut mir leid«, flüsterte sie.

»Das muss es nicht. Dein Hohepriester würde es sowieso nicht dulden.« Er lachte freudlos. Ich verschwieg diesen Satz, denn ich konnte mir keinen Reim darauf machen. Es war Sophias Sache, mit wem sie sich traf. Kein Wicca konnte einem anderen vorschreiben, wen er liebte. Das widersprach allem, woran wir glaubten. Der Hohepriester leitete uns in unserem Glauben nur an, ansonsten hatte er nicht über eine einzelne Wicca zu bestimmen. Weshalb sagte sie ihm das nicht?

»Es ist gut, dass du vorsichtig bist«, sagte Ivan.

»Aber ich möchte es gern.«

»Eines Tages wirst du zulassen, dass ich dich küsse. Ich bin geduldig.« Er presste die Lippen auf ihre Stirn, und dann verschwand sie in ihrem Zimmer.

»Sie ist jetzt in einem Schlafzimmer«, erklärte ich.

»Wohin geht der Blutsauger?«, fragte Lupa.

»Das weiß ich nicht. Ich sehe nur, was Sophia gesehen hat. Sie zündet ein paar Kerzen an. In dem Raum stehen zwei Betten, ein Schreibtisch, und es ist recht kühl.« Sophia ging zu einem Schrank. Sie hängte den grünen Umhang unseres Coven hinein und holte einen schwarzen heraus, was mir seltsam vorkam. Dann zog sie unter ihrem Kopfkissen ein Buch hervor. Es schien sehr alt zu sein. Sie schlich zur Tür und öffnete sie einen Spalt. Als Schritte erklangen, schloss sie sie hastig. Ihr Herz schlug hektisch in ihrer Brust. Was immer sie vorhatte, es machte ihr Angst. Ein paar Minuten später öffnete sie die Tür wieder. Dieses Mal war es still, sodass sie hinausschlüpfte, das Buch fest an ihre Brust gepresst. Überdeutlich spürte ich ihr schlechtes Gewissen.

»Sie verlässt das Zimmer wieder. Allerdings wirkt sie schuldbewusst und sie fürchtet sich.« Sophia ging durch ein Gewirr von verschlungenen Fluren und Treppenaufgängen. Dieses Schloss war riesig, und an den unterschiedlichen Dekorationen und Ornamenten der Bögen, in die die Decken übergingen, konnte ich erkennen, dass es in verschiedenen Epochen immer wieder erweitert worden war. Auch wenn ich die Orientierung verlor, so wusste Sophia doch genau, wo sie hinwollte, was den Verdacht nahelegte, dass sie diesen Weg nicht zum ersten Mal zurücklegte. Ich beschrieb den anderen mit knappen Worten, was sie tat.

»Ist sie allein?«, fragte Radu. »Siehst du Melinda irgendwo?«

»Nein. Sie ist allein. Jetzt überquert sie eine Art Brücke zwischen zwei Türmen.« Die alte Tür, die Sophia öffnete, als sie das Ende der Brücke erreicht hatte, quietschte in den Angeln. Ein paar Fackeln beleuchteten den Flur, den sie nun betrat. Hastig blickte sie zurück, als wollte sie sich versichern, dass ihr niemand folgte. Ihre Hände waren feucht vor Schweiß, aber trotzdem betrat sie den Turm. Sie beschleunigte die Schritte und rannte fast zu dem Raum, der offenbar ihr Ziel gewesen war. Er wirkte wie ein verlassenes Labor. An den Wänden standen Regale voller Bücher und in der Mitte ein großer Arbeitstisch. Eine Destille und unzählige

Glaskolben waren darauf verteilt. Sophia würdigte nichts auch nur eines Blickes, sondern ging zielstrebig auf einen alten Gobelin zu. Der aufwendig gewebte Teppich spannte sich fast über die gesamte Breite der Wand. »Sie hebt einen Gobelin an«, erzählte ich stirnrunzelnd. Ich spürte Sophias Furcht so deutlich, als würde ich selbst dort stehen. Ich wollte sie warnen, aber dafür war es längst zu spät. »Sie schiebt ihn zur Seite und tastet nach irgendwas.« Ich schnappte nach Luft, als sich dort, wo gerade nur eine Mauer aus grauen Felssteinen gewesen war, eine Art Tür zur Seite glitt. Sophia schob sich ohne zu zögern hindurch, kaum dass der Durchgang breit genug war, und verschwand in der Dunkelheit dahinter. Die Geheimtür schloss sich, und der Faden zu ihrer Erinnerung entglitt mir. Ich wurde aus ihrem Körper herausgeschleudert, und hätte Radu mich nicht festgehalten, wäre ich gefallen.

»Deine Magie ist auf einen Abwehrzauber getroffen«, erklärte Radu kopfschüttelnd. »Worauf hat sich dieses Mädchen nur eingelassen?«

»Habt ihr mit dieser Melinda Dumont gesprochen?«, wandte ich mich an Lupa, »Oder mit den anderen Besuchern des Schlosses?«

»Nur mit Melinda«, erwiderte sie missmutig, offenbar nicht sehr glücklich mit den mageren Erkenntnissen. »Sie hatte uns darüber informiert, dass Sophia Caraiman verlassen hat. Angeblich freiwillig.«

»Und was hat sie gesagt, nachdem ihr Sophia gefunden habt?«

»Nichts. Sie weiß es nicht. Wir haben den Leichnam hergebracht und Melinda erzählt, Sophia fühlte sich überfordert und wäre nach Rasca zurückgekommen.«

»Das hat sie geglaubt?«

»Sie hat gestern ihre Sachen geschickt. Solange wir nicht mehr wissen, darf niemand erfahren, was Sophia zugestoßen ist«, sagte Radu mit mehr Schärfe in der Stimme als zuvor. Das war ein eindeutiger Befehl, Stillschweigen zu bewahren.

Ich nickte, auch wenn ich diese Vorgehensweise nicht verstand. »Hat Melinda den speziellen Auftrag erwähnt, den sie Sophia erteilt hat?«

Lupa schüttelte den Kopf. »Allerdings wüsste ich auch nicht, was Sophia für die Hexe hätte tun können. Kannst du nicht versuchen, an frühere Erinnerungen zu gelangen oder an spätere? Das war nicht gerade hilfreich.«

»Ich kann es probieren«, sagte ich widerstrebend, und legte noch einmal die Hände auf Sophias Körper. Doch so sehr ich mich auch bemühte, es gelang mir nicht noch einmal, durch den Lichtschleier in ihre Erinnerungen zu gehen. Erschöpft zog ich nach drei missglückten Versuchen die Hände zurück. Ich wusste nicht, ob es an mir oder an Sophia lag.

»In der Erinnerung, die du gesehen hast«, fragte Kyrill mich, während Lupa verärgert vor sich hinmurmelte, »was trug Sophia da?«

»Ein cremefarbenes Kleid und einen schwarzen Umhang.«

Er ging zu einem Stuhl an der Wand und hob dann ein Stück Stoff hoch. »Dieses hier?«

»Ja.« Das Kleid war dreckig und zerrissen.

»Dann waren es die Erinnerungen ihres letzten Abends«, sagte er mit belegter Stimme. »Sie ist nicht wieder ins Schloss zurückgekehrt.« Über der Stuhllehne hing außerdem der schwarze Umhang. »Sie war darin eingewickelt, als wir sie fanden.«

»Dann müssen wir davon ausgehen, dass die späteren Erinnerungen blockiert wurden«, bemerkte Radu. »Wer immer

Sophia das angetan hat, er oder sie hat das Verbrechen sorgfältig geplant und sie in eine Falle gelockt.«

»Wir müssen mit diesem Ivan reden«, schlug ich vor. »Er sollte wissen, was ihr zugestoßen ist.« Alles andere war grausam.

Lupa lachte hart auf. »Klar, wir können ihn direkt fragen, ob es Spaß gemacht hat, Sophia zu foltern.«

»Ich glaube nicht, dass er es war«, widersprach ich mit fester Stimme, ohne zu wissen, weshalb ich so sicher war. »Da war noch ein Hexer. Er hat gefragt, ob die drei mit in den Wald kommen.«

»Wen meinst du? Welche drei?«, fragte Lupa. »Und wie sah der Hexer aus? Hast du Namen?«

»Der Strigoi, der mit Ivan Schach spielte, hieß Alexej, und der Hexer hatte dunkelblondes kurzes Haar, grasgrüne Augen und jede Menge Narben im Gesicht«, beschrieb ich den Mann.

Lupa nickte nachdenklich. »Das ist Jaron Valeri. Würde mich nicht wundern, wenn er etwas damit zu tun hätte. Seine Mutter ist eine der engsten Beraterinnen der Hexenkönigin. Ich wusste nicht, dass er dieses Jahr in Caraiman ist. Wenn ihr mich fragt, dann setze ich all mein Geld auf ihn.«

»Das ist ja nicht sonderlich viel«, murmelte Kyrill abwesend.

»Alexej steht auch ganz oben auf meiner Liste«, zischte sie.

Kyrill schluckte nur und ballte die Hände zu Fäusten.

»Wir werden niemanden offiziell beschuldigen«, unterbrach Radu den Streit unwirsch. »Wenn wir das tun, spielen wir der Königin nur in die Hände. Sie wird sich auf jede Möglichkeit stürzen, den Pakt zu brechen und die Schuld anderen in die Schuhe schieben. So hat jeder Krieg bisher begonnen. Wir müssen sehr vorsichtig sein.«

»Aber du glaubst, ihre Rückkehr und Sophias Tod hängen miteinander zusammen?«, fragte ich ihn.

»Natürlich. Sie führt etwas im Schilde, und das ist nichts Gutes. Gerade jetzt darf unser Bündnis mit den Strigoi nicht zerbrechen. Der Frieden ist heute wichtiger denn je.«

»Ich brauche keinen Frieden«, zischte Lupa. »Sie haben dasselbe unserem Vater angetan, und es wird Zeit, ihn zu rächen.«

»Wie bitte?«, fragte ich schockiert.

»Das hast du nicht gewusst, oder? Du hast dich ja auch in einem Erdloch verkrochen und gewartet, bis du gerettet wirst.« Sie spie mir diese Worte förmlich ins Gesicht. »Ich bin in seiner Nähe geblieben, während du ... sein Liebling ... einfach weggelaufen bist.«

»Das reicht, Lupa.« Zum ersten Mal seit meiner Ankunft hob Radu wirklich die Stimme, die nun klang wie ein Peitschenknall in dem kalten Raum. »Valea war ein kleines Kind. Sie hätte nichts tun können.«

»Ich war auch ein Kind«, spuckte sie aus. »Gemeinsam hätten wir sie retten können.«

»Das ist Unsinn. Celestas Lykaner hätten euch bei lebendigem Leib zerrissen, und das haben eure Eltern nicht gewollt. Wenn jemand Schuld hatte, dann sie. Hinter Rascas Mauern hätten ihre Mörder euch nicht gefunden.«

»Lykaner haben unsere Eltern ermordet?«, fragte ich, und vor Zorn über diese Eröffnung kippte meine Stimme. »Weshalb wusste ich das nicht?«

»Weil es nicht wichtig war«, herrschte er mich an. »Was hätte es geändert, wenn ich es dir erzählt hätte?«

Hilflos zuckte ich mit den Achseln und sah zu Kyrill, der meinem Blick jedoch auswich. Lykaner waren Verfluchte in Wolfsgestalt. Sie lebten als Ausgestoßene und hatten sich in den vergangenen Kriegen immer wieder von den verschiedenen

Parteien als Söldner rekrutieren lassen. Sie kannten keine Loyalität, sondern dienten dem, der das meiste zahlte. Die Hexenkönigin hatte sich demnach nicht einmal selbst die Hände schmutzig gemacht, als sie unsere Eltern töten ließ.

»Was meintest du damit, sie hätten Vater dasselbe angetan?«, fragte ich mit bebender Stimme.

Lupa verdrehte die Augen über meine Begriffsstutzigkeit, aber die Vorstellung, dass unser Vater so gelitten hatte wie Sophia, war furchtbar. »So wie ich es gesagt habe. Sie haben ihm ein Heptagramm in den Rücken geschnitten. Ich habe es gesehen. Mit meinen eigenen Augen.«

»Es tut mir leid«, flüsterte ich. So oft hatte ich versucht, mich an diese Nacht zu erinnern, und war immer gegen eine Mauer aus schwarzem schimmerndem Onyx gelaufen. Mein Unterbewusstsein sorgte offenbar dafür, dass die Gräuel dieser Nacht verborgen blieben.

»Die Strigoi sind derzeit noch unsere Verbündeten. Aber Celesta wird alles tun, damit wir uns entzweien. Das dürfen wir nicht zulassen. Es wäre der Anfang vom Ende.« Radu wirkte müde. Konnte er noch einen Krieg durchstehen? Wer würde ihn ersetzen, wenn er einst ins Sommerland ging? Hatten die Meister der Coven einen Nachfolger als Hohepriester bestimmt? Würde dieser auch so für den Frieden kämpfen wie er?

»Was können wir tun?«, fragte ich. Er musste einen Plan haben. In einem Krieg gab es nur Verlierer und nie einen Gewinner.

»Was sollst du schon noch tun können?«, fragte Lupa höhnisch. »Das hier war das Einzige, wofür wir dich brauchten, und die Informationen, die du geliefert hast, waren mehr als dürftig.«

Ich ignorierte sie. »Lass mich nach Caraiman gehen. Ich suche den Gang, in dem Sophia verschwunden ist. Von dort können wir ihrer Spur weiter folgen.« Lupa musste sich damit abfinden, dass ich hier war und nicht wieder fortgehen würde. Sie warf mir vor, mich in dieser schicksalhaften Nacht versteckt zu haben. Möglicherweise war es so gewesen, aber nochmal würde ich das nicht tun.

»Es ist zu gefährlich«, sagte Radu. »Dieses Risiko können wir nicht eingehen. In Caraiman könnte dir dasselbe zustoßen wie Sophia.«

»Wohl kaum. Wer sollte sich schon für meine schwache Magie interessieren?«, insistierte ich. »Und ich werde sehr vorsichtig sein.« Ich wollte helfen, und ich wollte Esteras Bibliothek mit eigenen Augen sehen.

»Wir besprechen alles weitere in meinem Büro«, lenkte Radu ein. »Die Toten haben ihre Ruhe verdient.«

Kyrill zog das weiße Leinentuch wieder über Sophias Körper. »Möge deine Seele Frieden finden«, sagte er leise, und für einen Moment blitzte der Bruder auf, den ich gekannt hatte. Niemand hatte mehr Mitgefühl mit den verletzten Geschöpfen gehabt, die Vater und ich im Wald gefunden hatten. Wenn er es nicht geschafft hatte, sie zu retten, war er untröstlich gewesen. Egal, wie oft Mutter ihm erklärt hatte, dass der Tod zum Leben gehörte und dass jede Seele, nachdem sie sich eine Weile im Sommerland ausgeruht hatte, wiedergeboren wurde. Er hatte trotzdem um sie geweint.

Erleichtert verließ ich die Gruft, und Radu führte uns in sein Arbeitszimmer. Er nahm hinter dem Schreibtisch Platz, während Kyrill zu einem kleinen Sofa ging, das unter einem Fenster stand. Lupa lehnte sich an die Wand neben der Tür, als wollte sie die Erste sein, die den Raum wieder verlassen konnte. Ich blieb unschlüssig stehen, bis Radu auf einen Stuhl vor seinem Schreibtisch wies.

»Es ist gut, dass wir jetzt Gewissheit haben.« Er ordnete einige Unterlagen auf seinem Schreibtisch.

Ich fragte mich, von welcher Gewissheit er sprach. Für mich waren da nur Fragen. »Wo genau liegt Caraiman?« Ich würde mich von meinem Entschluss nicht abbringen lassen.

»Östlich von hier. Mitten in den Bergen. Es ist sehr abgeschieden.«

»Hat Sophia sich für ein besonderes Thema interessiert? Welche Studien wollte sie dort betreiben?«

»Es ging ihr um nichts Bestimmtes. Caraiman wird jedes Jahr zwischen Imbolc und Beltane geöffnet. Dann erlaubt Melinda, dass sich Hexen, Wicca und Strigoi dort treffen, um zu lernen, unsere Geschichte zu studieren und Verbindungen zu knüpfen«, erklärte Radu. »Sophia hatte darum gebeten, dieses Jahr an dem Treffen teilnehmen zu dürfen, und ich habe sie gehen lassen.«

»War von euch schon einmal jemand dort?«, wandte ich mich an meine Geschwister.

»Bisher konnte ich mich erfolgreich drücken.« Lupa spielte mit dem schwarzen Samtband an ihrem Hals, an dessen Mitte ein silberner Stern hing. »Ich sehe keinen Sinn darin, so zu tun, als hätte ich Interesse an einer friedlichen Koexistenz, und solange Melinda Dumont uns den Zutritt in Nexors Bibliothek verwehrt, boykottiere ich diese Veranstaltung.«

»Nexors Bibliothek?«, hakte ich neugierig nach. »Was ist das?«

Offensichtlich verärgert über meine Unwissenheit, stöhnte Lupa auf. »In Caraiman gibt es zwei Bibliotheken«, begann sie widerwillig. »Die der erlauchten, großartigen Königin Estera«, ihren Worten war deutlich anzuhören, dass sie Estera alles andere als großartig fand, »und Nexors Bibliothek der Schatten.« Sie grinste. »Während in Esteras Bibliothek das langweilige, weiße magische Zeug lagert, hat Nexor dafür gesorgt, dass auch das dunkle Wissen nicht verloren ging. Kluger Mann, wenn du mich fragst.«

»Dann war Nexor ein Schwarzmagier?«

»Ja, und nicht nur das«, sagte Kyrill. »Er war auch Esteras Gefährte. Nur wird das nicht an die große Glocke gehängt.«

Lupas Stimme klang zynisch, als sie ihn unterbrach. »Selbst die Hexen vergessen gern, dass ihre große Königin den brutalsten und erbarmungslosesten Hexenmeister ihrer Zeit geliebt hat. Macht sich nicht so gut in ihren Annalen.«

»Könnte Sophia Zutritt zu der Bibliothek gehabt haben?« Ich nahm mir vor, schnellstmöglich mehr über Estera und Nexor herauszufinden.

»Nur, wenn Melinda es ihr gestattet hat«, sagte Radu. »Es wäre allerdings sehr ungewöhnlich.«

Ich beschloss, diese Möglichkeit im Hinterkopf zu behalten. »Warst du schon mal in Caraiman?«, wandte ich mich an Kyrill.

»Schon zweimal. Die letzten beiden Jahre. Es ist inspirierend.«

Ich lächelte über seine Wortwahl. »Weshalb dieses Jahr nicht? Kann man so oft teilnehmen, wie man möchte?«

»Eigentlich schon, und man kann immer noch dazustoßen. Viele Teilnehmer bleiben nicht die ganze Zeit.« Sein Blick huschte zu Radu. »Der Hohepriester hielt es dieses Jahr für besser, dass ich in Rasca bleibe.«

»Ich habe meine Meinung geändert«, entgegnete unser Großvater. »Ihr werdet euch alle drei dem Treffen anschließen, und Magnus wird euch begleiten.«

»Keine zehn Pferde bringen mich dahin, und Magnus ganz sicher auch nicht«, wiegelte Lupa ab.

»Dann wirst du das Schweigegelübde ablegen«, erwiderte Radu. »Du kannst wählen.«

»Gute Idee. Zwei Jahre keine bissigen Kommentare von dir, Schwesterherz. Ich gehe jedenfalls nach Caraiman.« Kyrills Augen leuchteten bei den Worten auf.

»Du wirst nicht gehen, wenn Lupa sich dagegen entscheidet. Entweder sie begleitet euch, oder ich schicke Valea allein mit Magnus.«

Kyrills Adamsapfel hüpfte, und das Licht in seinen Augen erlosch.

»Erpressung, Großvater?«, fragte Lupa verächtlich. »Wieso habe ich kurz gehofft, ich könnte meine Entscheidung selbst treffen?«

»Du *kannst* eine Entscheidung treffen. Das sind die Optionen.« Radu stand auf. Für ihn war die Diskussion erledigt, und es wunderte mich, mit welcher Selbstverständlichkeit er Befehle erteilte. Eigentlich stand ihm das nicht zu. Er konnte uns in unserem Glauben anleiten, aber nicht über unser Leben entscheiden. »Ihr reist morgen früh ab.«

»Du solltest wenigstens Valea hierbehalten.« Lupas besorgten Tonfall musste ich mir einbilden. »Sie hat keine Ahnung, worauf sie sich einlässt.«

»Sie weiß genug«, antwortete er.

»Sie wird nur im Weg sein. Wir wissen, was wir wissen wollten. Schick sie zurück nach Aquincum. Dort ist es sicherer für sie«, verlangte Lupa unbeirrt.

»Ich gehe nicht zurück«, fiel ich ihr ins Wort. »Auf keinen Fall.« Ich hatte mich bei den Menschen nie wirklich sicher gefühlt, und das würde sich nicht ändern.

»Als könntest du das entscheiden«, mischte Kyrill sich ein und stand auf. »Der Hohepriester hat das letzte Wort, und du wirst gehorchen, so wie wir alle.«

»Das wird sie.« Radu stützte sich auf der Platte seines Schreibtisches ab. »Es ist keine leichte Entscheidung dich hierzubehalten und deine Hilfe in Anspruch zu nehmen. Aber es muss sein«, sagte er.

»Ich werde mein Bestes geben«, versprach ich, trotz meiner unguten Gefühle angesichts des Streites. Doch noch wollte ich ihm nicht die Stirn bieten.

»Ich wollte dich immer nur beschützen. Ich habe dir ein friedliches Leben bei den Menschen gewünscht.« Seine Stimme wurde sanft.

Das hatte ich aber nicht gehabt. Jeder einzelne Tag war ein Kampf gewesen, und das musste er gewusst haben. Als Kind hatte ich mich unter den Menschen zu Tode gefürchtet.

»Aber wir leben in gefährlichen Zeiten. Jeder von uns muss seine Aufgabe erfüllen. Während des Treffens arbeiten die Teilnehmer an Ardeals Chronik. Sie soll beweisen, dass das Land uns allen gehört und kein Volk ein besonderes Anrecht darauf hat. Es wird dir gefallen.«

»Und während alle an dieser dummen Chronik gearbeitet haben«, Lupa legte die Hand auf den Türknauf, »hat Celesta ihre Rache geplant und sich über uns kaputtgelacht. Nun sind wir in größerer Gefahr als je zuvor.«

Was war nur zwischen Radu und meinen Geschwistern vorgefallen? Diese Feindseligkeit erschreckte mich.

»Ihr brecht morgen in aller Frühe auf«, beendete Radu das Gespräch und sah zu Lupa, die nur kurz nickte. »Vergiss nie, dass du dich nicht auf deine Magie verlassen kannst«, wandte er sich eindringlich an mich. »Lupa und Kyrill haben die Kräfte eurer Mutter geerbt. Du nur die deines Vaters. Er war meiner Tochter ein guter Mann und euch ein guter Vater, aber seine Magie war schwach. Versprich mir, vorsichtig zu sein.«

»Ich werde dich nicht enttäuschen.« Vater war nicht schwach gewesen. Alles in mir rebellierte gegen Radus abfälligen Tonfall. Er hatte kein Recht, so über unseren Vater zu sprechen. *Doch er hat euch nicht beschützt*, flüsterte eine Stimme in meinem Ohr.

Hinter mir riss Lupa die Tür auf und stürmte hinaus. Bekümmert blickte unser Großvater ihr hinterher.

In dieser ersten Nacht in meiner Heimat war an Schlaf nicht zu denken. In all den Jahren, in denen ich von der Rückkehr geträumt hatte, war ich dabei nie so unglücklich gewesen. Eigentlich sollte ich vor Freude überschäumen und bei meinen Geschwistern sein. Stattdessen lag ich allein in einem fremden Zimmer und Tränen brannten in meinen Augen. Tränen, die ich mir nicht erlaubte zu weinen. Ich drückte das Gesicht in das weiche, nach frischen Kräutern riechende Kissen, wütend auf mich selbst, weil ich zu feige war, Kyrill zu suchen und ihn zu zwingen, mir zu sagen, was er mir vorwarf. Etwas in ihm war zerbrochen. Aber die nächsten Wochen würden wir gemeinsam verbringen, und ich würde ihm zeigen, dass ich ihn liebte und dass er sich zukünftig auf mich verlassen konnte. Eines war klar — egal, wie sehr er mich von sich wegstieß, ich würde um ihn kämpfen und ihn nie wieder verlassen.

6. KAPITEL SCHLOSS CARAIMAN IN ARDEAL

Magnus und zwei andere Corbii flogen uns nach Caraiman. Wieder hatte Magnus mich unter seinen Umhang genommen, bevor er sich verwandelte. Radu kam nicht in den Burghof, um uns zu verabschieden, aber Kyrill und Lupa schien das nicht zu verwundern, und wenn ich ganz ehrlich war, war es mir so auch lieber. Noch eine Auseinandersetzung wollte ich mir nicht anhören.

Wir flogen tief in die Berge, die Ardeal wie ein Halbbogen umspannten und in den Flusstälern von Morava sanft ausliefen. Die Wipfel riesiger Tannen reckten sich in den Himmel und vertrauter Duft stieg aus den Wäldern empor. Irgendwann verringerte Magnus die Höhe und folgte einem Weg, der sich hinter einem eisernen Tor durch den Wald steil nach oben wand. Kein Lichtstrahl durchbrach das Blätterdach, und die Wurzeln der Bäume, die rechts und links des Pfades wuchsen, verzweigten sich oberhalb des dunklen Erdbodens zu einem undurchdringlichen Gewirr. Nebelschwaden stiegen zwischen tiefschwarzen Baumstämmen auf, und die Sicht endete nach nur wenigen Metern. Trotzdem bildete ich mir ein, zwischen den Bäumen eine Bewegung zu erkennen. Hinter dem Wald erstreckte sich eine Ebene, und dann kam Caraiman in Sicht. Der Anblick verschlug mir den Atem. Die Burg thronte auf einem Felsvorsprung, hinter dem sich die Berge wie aufmerksame Wächter in den Himmel reckten. Die Türme des Schlosses schienen bis in die Wolkendecke zu reichen. Es gab so viele spitze Zinnen, dass ich sie kaum zählen konnte. Finster blickende Turmfiguren bewachten das Gebäude aus schwindelerregender Höhe, und die unzähligen Fenster schienen uns zu beobachten und abzuschätzen. Obwohl es schon nach Mittag war, hatte die Sonne sich kaum hervorgewagt. Eine Straße wand sich von der Ebene höher und höher zum Eingang des Schlosses. Rechts und links fiel sie steil ab. Als wir das Felsplateau vor dem Schloss erreichten, landete Magnus und verwandelte sich zurück. Eine offene, schnittige Kutsche stand auf einem mit grauem Kies bedeckten Platz vor dem Portal. Sie schien kaum geeignet zu sein, jemanden durch diese unwirtliche Gegend zu chauffieren.

Mein Blick wanderte wieder über das Schloss, das mit dem Berg verwachsen zu sein schien. Es war riesig und düster, nicht sonderlich einladend, aber eindrucksvoll. Ein vergleichbares Bauwerk hatte ich nie zuvor gesehen. Im Laufe der Zeit war es immer wieder erweitert worden. Ich konnte es kaum abwarten, es mir von innen anzuschauen. Ich schaute zurück zum Wald hinter der Ebene. »Habt ihr Sophia in diesem Wald gefunden?«

»Ja, und deswegen solltest du dich besser von ihm fernhalten«, sagte Lupa. »Selbst wenn Sophias Mörder dich nicht findet, könntest du einem Wolch begegnen.« Unter dem grünen Umhang des Coven trug sie ein blutrotes Kleid. Sie sah wunderschön darin aus, aber ich fand meine Leinenhose und das warme Hemd, das ich trug, deutlich praktischer für den Flug. In dem Schloss würde Lupa sicherlich frieren. »Was ist ein Wolch?«

»Ein Wesen, das die Gestalt einer Echse oder eines Drachen annehmen kann«, antwortete Kyrill. Er ließ das Schloss nicht aus den Augen, und seine Hände öffneten und schlossen sich; ein deutliches Zeichen, dass er nervös war. Diese Angewohnheit hatte er schon als Kind gehabt.

»Gerade noch ist er ein Schatten, und im nächsten Augenblick verbrennt dich sein Feuer«, setzte Lupa hinzu. »Aber wichtiger ist, dass du dich vor den Owinnik in Acht nimmst. Sie bringen Unglück, sobald du sie nur ansiehst.«

»Es gibt hier keine Owinnik, Lupa«, fühlte Magnus sich bemüßigt, sie zurechtzuweisen. Er musterte finster die Kutsche.

Lupa kicherte. »Gib es zu, du hast mir geglaubt.«

Ich verdrehte die Augen. »Das war kindisch.«

Sie zuckte mit den Schultern. »Mag sein, aber auch lustig. Der Spielverderber hat recht, Owinniks gibt es schon lange nicht mehr. Leider.«

»Denk daran, was du Radu versprochen hast«, ermahnte Magnus sie streng. »Du wirst Valea unterstützen und ihr helfen. Das bedeutet, dass du aufhören musst, sie zu ärgern.«

»Selbstverständlich werde ich mich bemühen, die Erwartungen des Hohepriesters zu erfüllen«, behauptete Lupa. Radu musste also noch mal mit ihr gesprochen haben.

»Das wäre das erste Mal«, brummte Magnus leise. »Hilf Valea einfach, sich einzuleben. Das würde schon genügen.« Mit ihr war er die Geduld in Person. Wie er das fertigbrachte, war mir schleierhaft.

»Kyrill und ich wären auch allein in der Lage gewesen, herauszufinden, wer Sophia getötet hat«, wiederholte sie ihren Einwand.

»Möglich, aber mit Valeas Hilfe geht es schneller. Sie scheint mir deutlich diplomatischer zu sein als du, und sie weiß, welchen Weg Sophia gegangen ist«, erwiderte Magnus.

Den ich mir nicht vorstellen konnte, einfach so wiederzufinden. Das behielt ich jedoch lieber für mich.

»Langweiliger, meinst du vermutlich«, sagte Lupa schnippisch. »Ich werde mir Ivan vorknöpfen, und er wird mir sagen, was er mit Sophia angestellt hat.«

»Denk einfach nur daran, keinen Schadenszauber anzuwenden, denn dann wirft Melinda dich schneller aus dem Schloss, als du gucken kannst«, bemerkte Kyrill. »Mit ihr ist nicht zu spaßen.«

»Keine Angst. Ich werde keinem Strigoi ein Haar krümmen. Schon gar nicht Alexej.«

Ich betrachtete meinen Bruder, dessen Wangenknochen sich hellrosa färbten. »Ihm kannst du von mir aus jeden Fingernagel einzeln herausreißen«, stieß er hervor und schenkte mir einen finsteren Blick.

Lupa lachte hell auf. »Wir wissen doch beide, dass es keinen Tag dauern wird, bis du ihm verzeihst, dass er dich im letzten Jahr nach dem Treffen ohne ein Wort abserviert hat. Und dann werde ich ihn nicht mal schräg anschauen dürfen.«

Kyrill verschränkte die Arme vor der Brust. »Das werde ich nicht.«

»Hoffentlich. Ein bisschen mehr Stolz könnte dir nicht schaden. Lass dich einfach nicht wieder von ihm herumschubsen.« Die Worte klangen besorgt.

»Alexej, so hieß doch der junge Mann, den ich mit Ivan zusammen in Sophias Erinnerung gesehen habe«, sagte ich vorsichtig.

»Er und Ivan sind Freunde«, erklärte Kyrill. »Sie waren immer gemeinsam hier.«

»Und er ist der jüngere Bruder von Nikolai Lazar«, setzte Lupa auffallend hilfsbereit hinzu. »Und genauso ein Mistkerl wie er.«

Mein Mund wurde trocken. »Gut zu wissen.« Kam er etwa auch her? Mir wurde übel. Bei unserer letzten Begegnung hatte ich mich nicht gerade mit Ruhm bekleckert.

»Alexej ist kein Mistkerl«, verteidigte Kyrill ihn. »Er ist einfach … schwierig.«

Lupa schnaubte nur abfällig.

Magnus hatte sich an dem Gespräch nicht mehr beteiligt, sondern die beiden Corbii verabschiedet, die Kyrill und Lupa hergeflogen hatten. Er wandte sich wieder um, als das Portal des Schlosses mit einem dröhnenden Geräusch aufschlug und eine atemberaubend schöne Frau heraustrat. Sie bemerkte uns, blieb eine Sekunde stehen und kam dann ohne zu zögern die breite Treppe hinunter. Mit geschmeidigen Schritten kam sie auf uns zu. Allerdings interessierte sie sich nicht für meine Geschwister oder mich, sondern ausschließlich für Magnus. Ihr rabenschwarzes, gewelltes Haar trug sie in der Mitte gescheitelt, sodass es ihr herzförmiges Gesicht betonte. Ihr schlanker und trotzdem kurviger Körper war in einen einteiligen Anzug gehüllt, der so schneeweiß war wie ihre Haut. Der blutrot geschminkte Mund verzog sich zu einem sardonischen Lächeln, als sie so nah vor Magnus stehen blieb, dass ihre Lippen sich beinahe berührten. Lächelnd ließ sie die schneeweißen Spitzen ihrer Eckzähne aufblitzen. Sie fuhr mit dem Zeigefinger vertraulich über den Schal um seinen Hals und küsste ihn direkt auf den Mund. Er zuckte nicht mit der Wimper. »Bringst du die Schäfchen des Hohepriesters persönlich her? Hat er dich etwa degradiert, oder bist du immer noch sein treuester Sklave?«

»Kayla«, erwiderte er, ohne auf die Beleidigung einzugehen. »Immer noch Nikolais Hure?«

Ich zuckte bei Nikolais Erwähnung zusammen, aber Kayla stieß nur ein glockenhelles Lachen aus. »Weshalb sollte ich etwas ändern, das sich so gut anfühlt? Du kennst mich doch. Ich bin unersättlich.« Sie zupfte wieder an dem Schal. »Das mochtest du doch besonders an mir, oder etwa nicht?«

Zu meinem Erstaunen färbten Magnus‘ Wangen sich rot und er trat von ihr weg. Kurz glaubte ich, er würde sich verwandeln und die Flucht ergreifen.

Sie musste das auch annehmen, denn die Provokation verschwand aus ihrer Stimme, als sie hastig hinzusetzte: »Es ist wirklich schön, dich zu sehen.« Wehmütig blickte sie zum Schloss. »Ich kann kaum glauben, dass es vier Jahre her ist, dass wir hier waren. Du?«

»Darüber denke ich nicht nach.« Er rückte noch weiter von ihr ab. Lupa und Kyrill ließen sie ebenso wenig aus den Augen wie ich, aber die zwei schienen vergessen zu haben, dass sie Publikum hatten. »Ich wünschte, ich wäre niemals hergekommen.«

Sie strich sich das Haar hinters Ohr. »Du hättest damals ablehnen können, aber du wolltest Radu natürlich nicht enttäuschen. Schenkt er dir eigentlich manchmal Leckerli für deine treuen Dienste?«

Magnus’ Körper spannte sich an und er presste die Lippen fest aufeinander. Noch ein Wort von ihr, und er würde sie erwürgen oder sich auf sie stürzen und sie küssen. Ganz sicher war ich mir nicht, aber die Spannung zwischen den beiden war so explosiv, dass ein einziger Funke genügen würde. Dafür, dass Magnus immer so beherrscht war und sich nie ein Gefühl anmerken ließ, brachte diese Frau ihn sehr schnell aus der Fassung. Es war faszinierend.

Kayla grinste siegessicher, als hätte sie eine Mission erfüllt, drehte sich um, stöckelte in ihren hochhackigen Stiefeln über den Kies der Einfahrt zur Kutsche und schwang sich graziös auf den Bock. »War nett, mit dir zu plaudern«, rief sie und ließ die Peitsche knallen. Die beiden Pferde setzten sich in Bewegung und rasten die schmale Straße so schnell hinunter, dass es mich nicht gewundert hätte, wenn das Gefährt über den Abhang gerauscht wäre. Magnus musste etwas Ähnliches befürchten, denn er wandte den besorgten Blick erst von der Kutsche ab, als sie die Ebene erreichte.

»Das war also die berühmte Kayla Anghel«, brach Lupa das Schweigen. »Ich wusste nicht, dass ihr euch kennt.« Der lauernde Tonfall konnte Magnus nicht entgehen. »Schade, dass sie nicht bleibt.«

»Wir kennen uns nicht«, fuhr er sie an.

»Mir scheint ihr ziemlich vertraut«, säuselte sie. »Ich dachte, sie vögelt dich gleich hier in der Einfahrt.«

»Radu hätte dir deinen Mund als Kind mit Seife auswaschen sollen«, fuhr Magnus sie an.

»Das wäre harmlos gegen das gewesen, was er tatsächlich mit uns getan hat«, erwiderte sie mit so eisiger Stimme, dass ich Gänsehaut bekam. »Weiß er, dass du es mit ihr getrieben hast?«

»Es gibt nichts, was der Hohepriester nicht weiß«, erwiderte er kalt, und ich setzte diesen Punkt mit auf die Liste, über die ich mehr erfahren musste. »Kayla, Nikolai und ich waren vor vier Jahren gemeinsam in Caraiman«, erklärte er widerwillig. »Sie war schon damals berechnend und manipulativ, und daran hat sich nichts geändert. Alles, was sie tut, dient nur dem Zweck, Lazars Interessen durchzusetzen.«

»Genau wie du alles tust, um Radu zu gefallen. Eigentlich müsstet ihr bestens zusammenpassen«, sagte Lupa.

Magnus zog sich seine Kapuze über den Kopf. »Ich tue nicht alles, um Radu zu gefallen. Ich befolge seine Befehle, weil sie zum Wohl von uns allen sind. Wir sind eine Gemeinschaft. Die Interessen des Einzelnen sind nicht von Belang.«

»Gesprochen wie ein echter Wicca«, flüsterte Lupa spitz und schritt auf das offene Portal zu. »Bringen wir es hinter uns.«

Ich blieb an Magnus' Seite. Während meiner Kindheit war er immer nur dann aufgetaucht, wenn es Zeit gewesen war, dass ich meinen Aufenthaltsort wechselte. Acht Jahre lang hatte er die Erinnerungen der Pflegefamilien verändert, bei denen er mich unterbrachte. Er hatte meine Spuren verwischt, damit niemand mich fand. Viel geredet hatte er nie mit mir. Als ich älter wurde, versuchte ich, ihn über Ardeal auszufragen, aber er war einsilbig geblieben. In manchen Jahren hatte ich ihn fast gehasst, weil er meine einzige Verbindung nach Hause darstellte, mich aber so gekonnt ignorierte. Umso seltsamer schien es, dass er mir nun vertrauter als meine Geschwister war. »Weshalb hassen Kyrill und Lupa den Hohepriester? Was hat er ihnen angetan?«

»Das musst du sie selbst fragen. Es steht mir nicht zu, darüber zu reden. Das ist ihre Geschichte.«

»Dann kommen wir zu deiner. Warst du vor vier Jahren mit Kayla zusammen?«, fragte ich ungerührt weiter, obwohl ich auch darauf keine Antwort erwartete.

»Ja.«

Er war zwar immer noch so wortkarg wie früher, aber ich ließ mich nicht mehr so schnell ausbremsen. »Wird Nikolai Lazar auch herkommen?« Ich wusste nicht, ob ich schon bereit war, ihm wieder gegenüberzutreten, und hoffte auf ein Nein.

»Ja.«

Ich seufzte. »Ein paar mehr Informationen über ihn wären hilfreich. Ich habe ihn verdächtigt, mit der Hexenkönigin im Bunde zu sein, und Großvater deswegen um Hilfe gebeten.«

»Was hat Radu dir über Lazar erzählt?«

»Nichts weiter. Er hat nicht einmal allein mit mir gesprochen.«

Magnus seufzte. »Lazar würde sich nie mit der Königin verbünden, aber nimm dich trotzdem vor ihm in Acht. Er muss irgendwie erfahren haben, dass du noch lebst. Auch wenn ich mich frage, wie er das angestellt hat. Offiziell sind die drei Enkel des Hohepriesters tot. Nur Radu und ich wissen, wer ihr wirklich seid, und ich habe es definitiv niemandem verraten. Um auf deine Frage zurückzukommen: Nikolai wird heute anreisen. Er begleitet seine jüngere Schwester, die sich schon seit Jahren wünscht, Caraiman besuchen zu dürfen. Man könnte meinen, der Dreckskerl hätte genug andere Dinge zu tun.«

Ich hob eine Augenbraue. Das Herz eines Wicca sollte frei von Groll und Wut sein, und es war gut zu wissen, dass nicht nur ich Schwierigkeiten mit diesem hohen Anspruch hatte.

»Entschuldige.« Magnus holte tief Luft.

»Nikolai hat behauptet, er hätte mich durch Zufall gefunden. Er hat meine Magie gewittert.«

»Egal, was ein Lazar behauptet«, sagte Magnus. »Glaube ihm nicht. Nikolai war nicht grundlos in Aquincum. Er heckt etwas aus. Bis jetzt ist er nur einer der sieben Magnati, aber sie werden ihn über kurz oder lang zu ihrem Palatin wählen. Das Amt ist seit dem Tod seines Vaters unbesetzt. Die Magnati streiten seit Jahren, wer Nikita Lazar folgen soll. Jetzt, wo die Königin zurück ist, müssen sie sich entscheiden. Sie brauchen einen mächtigen Anführer für ihre Familien. Jemanden, der sie eint, und Nikolai wird sich durchsetzen.

Dann wird er die Politik der Strigoi bestimmen, aber er ist nicht gerade für seine Friedfertigkeit bekannt. Er sinnt auf Rache für den Tod seines Vaters.«

»Und welche Rolle spielt Kayla Anghel?« So mitteilsam war Magnus noch nie gewesen. Genau genommen hatte ich ihn noch nie so viele Worte auf einmal sagen hören. Wäre er weniger distanziert, würde ich ihn damit aufziehen.

»Kayla ist seine Geliebte. Womöglich macht er sie eines Tages zu seiner Frau. Darauf hofft sie zumindest.«

Die Information sollte mich nicht so treffen, wie sie es tat. Ich hatte Nikolai in dieser Nacht nicht gefragt, ob es eine andere Frau in seinem Leben gab. Ich hatte nicht einmal darüber nachgedacht, sondern einfach genommen, was er mir gab. Meine einzige Entschuldigung war, dass ich Angst gehabt hatte und einsam gewesen war. Aber welche Entschuldigung hatte er gehabt? Er war mir natürlich zu nichts verpflichtet, was auch eine lächerliche Vorstellung gewesen wäre. Und trotzdem war der Gedanke, dass er in Ardeal eine Geliebte gehabt hatte, während er mit mir zusammen gewesen war, ernüchternd. Andererseits half es mir, in Zukunft einen klaren Kopf zu behalten. Wir erreichten die breite Treppe, wo Lupa und Kyrill am oberen Absatz auf uns warteten, und Magnus stürmte hinauf. Das Gespräch war für ihn beendet, obwohl ich noch jede Menge Fragen hatte. Ich folgte ihm und hatte meine Geschwister gerade erreicht, als eine ältere Frau hinaustrat. Sie musterte uns aufmerksam.

»Magnus«, begrüßte sie den Corbii.

»Bredica.« Er neigte den Kopf.

»Du hast Kayla gerade verpasst.«

»Leider nicht«, knurrte er. »Das ist Bredica Fatou«, stellte er uns die Frau vor. »Die Verwalterin von Caraiman.« Die Frau war eine Hexe mit rotbrauner Haut, leicht gebogener

Nase und rostrotem Haar, das von grauen Strähnen durchzogen und streng zurückgebunden war. Keine einzige lockige Strähne wagte es, den Haarspangen zu entkommen. Ihre hagere Gestalt war in ein nachtblaues bodenlanges Kleid gehüllt, das sie wie eine Gouvernante aussehen ließ.

»Kyrill, ich freue mich, dass du doch noch die Zeit gefunden hast, herzukommen«, begrüßte sie meinen Bruder. »Radu hatte mich informiert, dass du dich dieses Jahr anderen Studien zuwenden willst. Ich hatte im Labor ein paar Bücher für dich bereitgelegt, von denen ich dachte, sie würden dich interessieren.«

»Danke schön«, murmelte Kyrill verlegen und verbeugte sich leicht vor ihr. »Ich habe meine Pläne geändert und hoffe, ich bereite dir damit keine Unannehmlichkeiten.«

»Keineswegs.« Sie hob die Hand und strich über seinen Arm. Offensichtlich mochte sie ihn. »Ich freue mich sehr, dass du hier bist. Wir haben dich vermisst.«

»Ich freue mich auch«, flüsterte er.

»Du kannst dein altes Zimmer wieder haben.« Sie zwinkerte ihm zu. »Ich habe es dir freigehalten. Nur Alexej hat es bereits bezogen.« Damit wandte sie sich an Lupa, und so entging ihr, wie Kyrill bleich wurde. »Wen bringst du mir sonst noch mit, Magnus?«

»Ich bin Lupa. Mitglied des Coven Patel«, erklärte meine Schwester und hielt ihr die Hand hin, die Bredica nach kurzem Zögern schüttelte.

»Ein sehr selbstbewusstes Kind, wie mir scheint«, murmelte die Hexe. »Ungewöhnlich für deinen Coven.«

»Ich bin Kyrills Schwester und vierundzwanzig Jahre alt«, sagte Lupa verärgert. »Also kein Kind mehr.«

»Bist du so begabt wie er?«, fragte die Frau. »Ihr könnt eure Studien gern gemeinsam führen.«

»Ich interessiere mich nicht für die Heilerei«, unterbrach Lupa sie unhöflich. »Dafür umso mehr für Nexors Bibliothek.«

»Dort wird nur unseren Bibliothekaren der Zutritt gewährt«, erteilte Bredica ihr eine Abfuhr. »Und wie ist dein Name?«, wandte sie sich an mich.

Eine Novizin hatte mir gestern Abend eine Notiz von Radu überbracht, in der er mich angewiesen hatte, weder meine Abstammung noch Lupas und Kyrills zu verraten. Niemand durfte wissen, dass Lupa und Kyrill mit mir verwandt waren, noch dass Radu unser leiblicher Großvater war. Wie es ihm nach dem Tod unserer Eltern gelungen war, auch Kyrill und Lupa eine neue Identität zu verschaffen, war mir schleierhaft. Meine einzige Erklärung war, dass unsere Eltern nicht sehr oft in Rasca gewesen waren. Was auch merkwürdig war. »Valea Grecu. Ich gehöre erst seit Kurzem zum Coven Patel.«

»Und wie alt bist du?« Die Frau lächelte aufmunternd.

»Zweiundzwanzig.«

»Das ist spät für eine erste Teilnahme. Hattest du ein Schweigegelübde abgelegt?«

»Nein. Ich bin bei den Menschen aufgewachsen und erst gestern nach Ardeal zurückgekehrt.«

Ihr Blick schien misstrauisch zu werden. »Bei den Menschen? Wie ungewöhnlich. Radu muss sehr viel von dir halten, wenn er dich so bald nach Caraiman schickt.«

»Mein Vater war ein Mensch«, log ich, aber das erklärte wenigstens halbwegs mein Leben in Muntenia. »Meine Mutter lebte mit ihm in Aquincum. Meine Eltern starben, als ich zehn war. Mutter stammte aus dem Coven Patel. Nun möchte ich so viel wie möglich über meine zweite Heimat erfahren, und der Hohepriester meinte, Caraiman wäre der perfekte Ort dafür.«

»Wie klug von ihm.« Sie lächelte süßlich. »Er kann wohl am besten einschätzen, was gut für dich ist. Trotzdem wird vieles fremd sein. Wenn du Fragen hast, kannst du dich gern an mich wenden.«

»Sie wird schon klarkommen«, sagte Lupa unfreundlich. »Und sie hat ja uns.«

»Aber auch du warst noch nie in Caraiman, und der Aufenthalt kann durchaus eine Herausforderung sein.«

»Danke für das Angebot«, sagte ich höflich, um den Disput zwischen der Hexe und Lupa zu beenden. Ich wollte weder eine Sonderbehandlung noch auffallen, sondern nur in Ruhe nach Hinweisen suchen, die uns halfen, Sophias Tod aufzuklären.

»Es gibt heute noch weitere Neuankömmlinge«, sagte Bredica und ging uns voran in die Eingangshalle des Schlosses. »Eure Zimmer werden gerade vorbereitet. Ich bringe euch so lange in den Empfangssalon. Dort könnt ihr warten.«

»Ist Kayla auch angemeldet?«, fragte Magnus. »Oder hat sie nur Nikolais Schwester hergebracht?«

Bredica wandte den Kopf zu ihm. »Sie ist Mitglied der Delegation der Strigoi.«

»Und Lazar?«

Bredica sah aus, als wollte sie am liebsten die Augen verdrehen, was ganz und gar nicht zu ihrer strengen Erscheinung passte. Lärm drang vom Portal aus zu uns. »Beide Brüder werden hier sein. Bis Beltane. Möchtest du trotzdem bleiben? Wir können keinen Ärger gebrauchen, und du hast keinerlei Verpflichtungen«

Für einen Moment schien Magnus über diese Option nachzudenken, dann schüttelte er den Kopf. »Doch, die habe ich.«

»Ich will gar nicht wissen, welche das sind«, murmelte Bredica. »Ich hoffe nur, es wird friedlicher sein als vor vier Jahren.«

»Das bezweifele ich«, erklärte Lupa böse grinsend.

Bredica ignorierte sie, ging weiter voraus und wir folgten ihr durch die riesige Eingangshalle, deren hohe Steinwände von unzähligen Fackeln beleuchtet wurden. In der Mitte führte eine gewaltige Treppe in die nächste Etage, und im hinteren Bereich waren zwei weitere, aber schmalere Aufgänge zu erkennen. Über der Decke der Eingangshalle spannte sich eine Abbildung des Sternenhimmels mit allen zwölf Sternzeichen. Wie sollte ich hier den Gang finden, durch den Sophia verschwunden war? Wie sollte ich herausfinden, was ihr zugestoßen war? Gerade fühlte ich mich wie eine Schiffbrüchige in einem riesigen Meer, ohne eine Ahnung zu haben, in welche Richtung ich schwimmen sollte, um ein Ufer zu erreichen.

Eine junge Frau kam uns entgegen, die ebenfalls eine Hexe war. Sie trug ein ähnliches Kleid wie Bredica, doch an ihr wirkte es wie eine Uniform. »Meine Schülerin Amelia«, stellte Bredica sie vor. »Sie unterstützt mich bei der Führung des Haushaltes des Schlosses. Bringst du unsere Gäste bitte in den Salon? Das sind Lupa und Valea. Kyrill und Magnus kennst du ja. Ich begrüße die anderen Neuankömmlinge.«

»Kyrill, schön dich wiederzusehen.«

Er lächelte sie an, woraufhin sie sich bei ihm unterhakte.

»Alexej wird sich sehr freuen, dass du doch gekommen bist.«

Sein Lächeln erlosch. »Er hat sich seit unserer Abreise im letzten Jahr nicht mehr bei mir gemeldet.«

»Oh.« Die junge Frau wusste offenbar zuerst nicht, was sie darauf erwidern sollte, und brauchte einen Moment, um zu antworten. »Wahrscheinlich war er sehr beschäftigt.«

Lupa schnaubte verächtlich über die offensichtliche Ausrede. »Das war er. Wir haben selbst in Rasca von seinen Eskapaden gehört. Der Blutsauger lässt nichts anbrennen.«

»Er ist etwas wild«, bestätigte Amelia und strich sich eine schwarze Haarsträhne aus dem Gesicht. Ein winziges Mondtattoo prangte auf ihrer rechten Schläfe. »Bestimmt hatte er seine Gründe. Das klärt sich sicher auf. Er ist seinem Bruder eine große Hilfe.«

Wir betraten den Salon, und neugierig nahm ich alles in Augenschein. Die Gespräche der Anwesenden verstummten. »Lupa, Kyrill, Valea und Magnus aus dem Coven Patel«, verkündete Amelia feierlich.

Lupa schlenderte so selbstbewusst in den Raum, als wäre sie eine Königin, die sich ihren Untertanen zeigte. Zielstrebig ging sie auf zwei Wicca zu. Die junge Frau trug einen blauen Umhang und der Mann einen türkisfarbenen. Kyrill folgte ihr, während ich in der Tür stehen blieb. Es war nicht der Raum, den ich in Sophias Erinnerungen gesehen hatte. Der war viel größer gewesen, aber ähnlich prächtig. »Soll ich dir etwas bringen?«, fragte Amelia. »Caraiman kann beim ersten Besuch etwas einschüchternd sein, aber Tee wirkt manchmal Wunder.«

Ich wollte gerade den Kopf schütteln, als hinter uns eine Stimme erklang. »Bring ihr einen Lindenblütentee, Amelia. Mit Zucker und Milch und ein paar Keksen.«

Die junge Frau sah weiter mich an. »Das macht er immer«, sagte sie. »Alexej bildet sich viel darauf ein, zu wissen, wer was mag. Meistens hat er damit auch noch recht.«

»Ich mag keine Lindenblüten. Aber Kamille wäre mir recht.«

Sie grinste, und für einen Moment dachte ich, sie wollte dem unverschämten Sprecher die Zunge herausstrecken. Doch sie riss sich zusammen. »Kommt sofort.« Damit huschte sie davon.

Ohne mich umzudrehen, ging ich weiter in den Raum hinein.

Ein amüsiertes Lachen folgte mir. »Ich wette, du hast gelogen. Gib es zu. Du liebst Lindenblüten doch. Du wolltest mich nur ärgern. Langweiliger als Kamille geht es doch kaum.«

»Tu ich nicht. Bei mir lagst du leider falsch. Und vielleicht mag ich langweilige Sachen.« Nun wandte ich mich zu ihm um.

Alexej Lazar grinste mich frech an. »Das glaube ich nicht.« Er war fast so eindrucksvoll wie sein Bruder. Aber nur fast, denn er wirkte deutlich jungenhafter. Zu seiner Lederhose trug er ein schwarzes Hemd mit einem Rüschenkragen und einen langen schwarzen Umhang. In beiden Ohrläppchen steckten kleine funkelnde Diamanten. »Vielleicht muss ich auch nur wieder etwas trainieren.« Er beugte sich etwas nach vorn, eine silbergraue Haarsträhne fiel ihm in die Stirn. »Du bist mit Kyrill gekommen. Verrate mir eins, wie wütend ist er auf mich?« Für eine Sekunde blitzte Sorge in seinen grauen Augen auf. »Auf einer Skala von eins bis hundert.«

»Wir stehen uns nicht sonderlich nahe, aber ich befürchte du musst deine Skala auf mindestens fünfhundert erweitern.«

Er wirkte zerknirscht. »So schlimm also. Ist das seine ältere Schwester?« Er richtete sich auf und beäugte Lupa kritisch. »Sie kann mich jedenfalls nicht leiden, das spüre ich, ohne je ein Wort mit ihr gewechselt zu haben. Er hat mir von ihr erzählt. Ich wette, mein Charme nützt bei ihr gar nichts.«

»Die Wette würdest du gewinnen«, sagte ich trocken.

»Mist. Dachte ich es mir doch.«

»Verschwinde, Alexej«, knurrte Magnus in diesem Moment hinter mir. »Und halte dich am besten von den Mitgliedern meines Coven fern.«

Alexejs Lippen zuckten belustigt. »Calin«, begrüßte er Magnus übertrieben überschwänglich. »Sieh an, sieh an. Wer hätte das gedacht. Ich kann immer weniger bereuen, dass ich mich entschlossen habe, herzukommen. Dabei hat es mich bei der Vorstellung gegraust, meine kleine Schwester hüten zu müssen. Es gibt doch nichts Stupideres, als auf jemanden aufzupassen und sich ordentlich zu benehmen. Ich bin froh, dass ich Kayla und Nikolai nicht den ganzen Spaß überlassen habe. Am Ende bin ich Celia noch dankbar.« Er deutete eine Verbeugung vor mir an, ohne Magnus' Erwiderung abzuwarten. »Wir sehen uns.« Damit schlenderte er zu ein paar anderen Strigoi zurück, aber nicht, ohne Kyrill einen Blick zuzuwerfen, der ihn jedoch stoisch ignorierte.

»Ich hätte deine Einmischung nicht gebraucht«, sagte ich leise zu Magnus. »Wenn ich herausfinden soll, was Sophia zugestoßen ist, muss ich mich unterhalten dürfen.« Ich versuchte, höflich zu bleiben, obwohl es mir schwerfiel. Von Minute zu Minute wurde meine Anspannung größer und ich konnte nur hoffen, dass sie von mir abfiel, wenn ich die Begegnung mit Nikolai hinter mich gebracht hatte.

»Du kennst ihn nicht. Alexej Lazar schmeichelt sich bei dir ein, und ohne es zu merken, verrätst du ihm all deine Geheimnisse.«

Hatte er das mit Kyrill gemacht? »Ich werde vorsichtig sein«, erwiderte ich scharf. »Ich bin kein Kind mehr.«

Magnus schien mir gar nicht zuzuhören, sondern behielt die Tür im Auge. »Alexej ist noch schlimmer als sein Bruder, wenn das möglich ist. Betrachte dich einfach als gewarnt. Sein Charme ist tödlich. Er lügt und trickst, wenn er den Mund aufmacht, und er hat vor nichts und niemandem Respekt.«

»Danke für die unvoreingenommene Einschätzung.« Ich ließ ihn stehen und trat verärgert an eines der Bogenfenster. Dachte er, ich hätte diese jungenhafte Fassade nicht allein durchschauen können? Es hatte zu regnen begonnen und dunkle Wolken zogen sich um das Schloss zusammen. Ich wandte mich wieder dem Raum zu. Eine Strigoi hatte sich zu ein paar Hexen gesetzt, und Magnus begrüßte einen Hexer mit Handschlag, bevor sie sich in ein Gespräch vertieften. Kyrill beobachtete nun doch Alexej, während Lupa immer noch mit den beiden Wicca sprach. Ich wusste nicht, wie alt die anwesenden Strigoi waren, aber die Wicca und Hexen mussten alle ungefähr Mitte zwanzig sein. Bis auf Magnus, der den Altersdurchschnitt in die Höhe trieb. Unter den Menschen hatte ich mich oft nicht zugehörig gefühlt, jedoch angenommen, in Ardeal würde es anders sein. Nun stellte ich fest, dass mir die Menschen wenigstens vertraut gewesen waren, ich mich hier allerdings ebenso fremd fühlte. Wenn ich aber allein am Fenster stehen blieb, würde sich das auch nicht ändern.

»Dein Tee.« Amelia trat neben mich und stellte die Tasse auf dem Fensterbrett ab. Auf dem Unterteller lagen zwei Kekse, wie Alexej es bestellt hatte.

»Vielen Dank. Kannst du mir sagen, was als Nächstes passiert?«

»Amelia zeigt uns unsere Zimmer, und später speisen wir alle zusammen«, mischte sich eine hellere Mädchenstimme ein.

Ich drehte mich zu der Sprecherin um. Sie war zierlich, beinahe zerbrechlich und sehr blass. Unter ihren Augen lagen dunkle Schatten, die fast violett wirkten. »Entschuldige, Amelia, kannst du mir auch einen Tee machen.« Sie hielt ein Säckchen hoch, von dem der Geruch diverser Kräuter ausging. »Wenn es nicht zu viele Umstände macht.«

»Das tut es nicht. Brauchst du sonst noch etwas?«

»Nein, vielen Dank. Ich hab so schon ein ganz schlechtes Gewissen, dass ich dich damit belästige. Du hast sicher viel zu tun.«

»Das ist schon in Ordnung. Ich bin gleich zurück.«

Ich erwartete, dass das Mädchen gehen würde, sobald Amelia fort war, doch sie blieb bei mir stehen. »Ich bin Celia Lazar. Mein Bruder ist dir gerade schon auf die Nerven gegangen. Ich wollte mich dafür entschuldigen. Eigentlich ist er über hundert Jahre älter als ich, deswegen aber nicht viel erwachsener.«

Ich ignorierte die Hand und lächelte stattdessen freundlich. In Nikolais Erinnerung waren er und Celia zusammen ausgeritten. Ich hatte nur ihre Stimme gehört, bezweifelte aber, dass dieses zarte Geschöpf sich auf einem Pferd halten konnte. »Ich bin Valea. Valea Grecu.«

»Du bist zum ersten Mal hier, richtig?« Sie lehnte sich gegen das Fensterbrett. »Ich auch. Ich wäre gern schon früher gekommen, Nikolai hat es nur nicht erlaubt. Er ist mein ältester Bruder.«

»Der Magnat eurer Familie, richtig?«

»Ja. Deswegen bildet er sich ein, mir alles vorschreiben zu können. Und er kommt leider auch damit durch. Dieses Jahr hat er es endlich erlaubt, und nun begleitet mich sein halber Stab.« Sie wies mit dem Kinn zu Alexej, der in ein Gespräch mit einer anderen Strigoi vertieft war. »Meine beiden Brüder, Kayla und sogar sein Oberbefehlshaber bleiben hier. Jetzt wird es nicht halb so lustig, wie ich es mir vorgestellt habe. Dabei haben sie mir immer wieder erzählt, wie aufregend ihre Aufenthalte waren. Aber sie hatten auch keine Aufpasser dabei.« Ihre Verärgerung war ihr deutlich anzusehen.

Immerhin kümmerten ihre Brüder sich um sie, während meiner mich konsequent ignorierte. »Wann kommt denn dein anderer Bruder?«

»Nikolai müsste bald eintreffen.« Sie beugte sich vertraulich zu mir und schwankte dabei leicht. »Man könnte meinen, er hätte Wichtigeres zu tun.«

Dasselbe hatte Magnus auch schon gesagt. Ich schätzte Celia auf achtzehn oder neunzehn Jahre. Das war jedenfalls ihr menschliches Alter gewesen, bevor sie verwandelt wurde. Und sie hatte recht, wenn eine Strigoi nicht selbst auf sich aufpassen konnte, wer dann?

»Ich wollte wenigstens noch einmal Spaß haben, bevor …« Sie brach ab, als ein Strigoi sich aus der Gruppe löste und so schnell neben uns auftauchte, dass ich seine Bewegungen kaum wahrnahm. Er legte einen Arm um ihre Schultern und musterte mich misstrauisch.

»Hey«, sagte er zu ihr, ohne sich vorzustellen. »Du solltest dich hinsetzen.« Er wies mit einer abrupten Kopfbewegung zu einem Sofa.

»Ich unterhalte mich gerade so nett, Arvid. Mach dir keine Sorgen. Ich komme gleich zurück.«

»Sie ist eine Wicca.« Das klang, als wollte er eigentlich sagen, ich wäre Dreck unter seinen Schuhsohlen. Der Strigoi war nicht viel größer als ich, besaß aber eine sehr durchtrainierte Figur. Er trug eine schwarze Lederjacke, die Alexejs ähnelte, darunter ein Wollhemd, eine zerrissene Leinenhose und schlammige Stiefel. Um seinen Hals hingen diverse Silberketten mit Kreuzen daran oder winzigen Totenköpfen. Da seine Haut nicht blass war wie die der anderen Strigoi, verrieten mir nur seine rötlich glänzenden Augen, dass er einer von ihnen war. Das schwarze Haar war stark gelockt und endete unter seinen Ohren. Er musterte mich feindselig, aber ich erwiderte seinen Blick ungerührt. Er machte mir keine Angst, auch wenn er offensichtlich durstig war.

»Ich weiß, dass sie eine Wicca ist«, belehrte Celia ihn streng. »Das macht unser Gespräch ja so interessant.« Sie stupste gegen seine Brust, doch er rührte sich keinen Millimeter. »Tu mir den Gefallen und geh zu den anderen. Ich brauche keinen nervigen dritten Bruder. Ihr könnt mich auch aus zwei Meter Entfernung im Auge behalten, außerdem macht Valea keinen gefährlichen Eindruck. Ich …«

»Ich habe deiner Mutter geschworen, auf dich achtzugeben«, schnitt er ihr das Wort ab. »Du bist aus dem Coven Patel, richtig?«, wandte er sich an mich.

Ich nickte.

»Hab dich noch nie irgendwo gesehen. Hat Radu dich versteckt?« Er musterte mich vom Kopf bis zu den Zehenspitzen, grinste dann und zeigte seine Reißzähne.

»Hör auf damit«, rügte Celia ihn und pustete sich genervt eine Strähne ihres schwarzen dünnen Haares aus der Stirn, was sie noch jünger wirken ließ, als sie es vermutlich war. »Sinn dieser Treffen ist es, Freundschaften zu schließen und die Verbindung der Völker zu stärken.«

Er runzelte die Stirn. »Meine Freunde sind auch deine Freunde. Du brauchst keine weiteren.«

»Nichts für ungut, aber deine Freunde sind fast alle bescheuerte Großmäuler. Einschließlich meines geliebten Bruders.«

Ich konnte mir ein Lachen nicht verkneifen, was mir einen weiteren feindseligen Blick von Arvid einbrachte. Ich vertraute darauf, dass er mir vor Celias Augen wohl kaum den Kopf abreißen würde.

»Ich möchte gern eigene Freunde und vor allem eine Freundin«, erklärte sie ungerührt. »Und ich habe mir Valea ausgesucht. Sie scheint mir die netteste Wicca von allen zu sein.« Kurz glitt ihr Blick zu Lupa, und sie erschauderte.

»Dein Tee, Celia.« Amelia erschien mit einer dampfenden Tasse in der Hand. »Er muss noch fünf Minuten ziehen.«

»Du bist ein Schatz«, bedankte sich das Mädchen höflich und erinnerte mich damit an ihren Bruder.

Blitzschnell griff Arvid nach der Tasse und trank einen Schluck. Angewidert verzog er das Gesicht. »Das schmeckt ekelhaft.«

»Er ist ja auch nicht für dich, sondern für mich.« Vorsichtig nahm sie ihm die Tasse wieder aus der Hand. »Und hör auf, alles, was ich zu mir nehme, vorzukosten. Niemand wird mich hier vergiften.«

»Hmpf«, kam es von ihrem selbsternannten Leibwächter.

»Mit Scharfgarbe, Gewürznelke und Beinwell wurde noch niemand umgebracht.« Kyrill trat zu uns heran. »Zimt. Es ist noch Zimt in dem Tee. Wer hat ihn dir zusammengestellt?«

Celia lächelte freundlich. »Das musst du Alexej fragen. Er war bei einer Heilerin. Bist du bewandert in dieser Kunst?«

Verlegen strich Kyrill sich das Haar aus der Stirn. »Nein. Nicht wirklich. Ich wäre gern Heiler geworden, aber der Hohepriester hat es nicht erlaubt.« Er vermied es, mich anzusehen.

»Dabei ist es Verschwendung«, erklärte Amelia. »Du bist mehr als begabt.«

Kyrill zuckte resigniert mit den Schultern und wollte sich abwenden, als Alexej zu uns trat. »Sie hat recht.« Mein Bruder versteifte sich.

»Hey«, begrüßte Alexej ihn leise und ignorierte uns andere.

Kyrill antwortete ihm nicht, und ich nahm mir vor, ihn später zur Rede zu stellen. Zu heilen war seine Berufung, und er durfte sich das von Radu nicht fortnehmen lassen.

»War jedenfalls nett, mit dir geplaudert zu haben«, bemerkte Arvid in meine Richtung und fasste Celia am Arm. »Du solltest dich setzen.«

Ich schnaubte, denn nie war eine Lüge offensichtlicher gewesen. Aber da Alexej keine Anstalten machte, seiner Schwester zu helfen, mischte ich mich ebenfalls nicht ein.

»Vielleicht kannst du mir eine neue Teemischung zusammenstellen«, wandte Celia sich jedoch an Kyrill. »Wenn dieser alle ist.«

»Das mache ich sehr gern.« Immer noch hatte er nicht auf Alexejs Begrüßung reagiert. »Ich würde etwas Engelwurz dazutun. Oder wenn du mir genau sagst, unter welchen Beschwerden du leidest, könnte ich etwas völlig anderes probieren.« Plötzlich wirkte er ganz verändert. Seine Augen leuchteten.

Arvid warf Alexej einen wütenden Blick zu. »Vergiss das mal schnell wieder«, fuhr er dann Kyrill an, als Alexej nicht reagierte. »Wir kümmern uns selbst darum. Man sieht sich.« Damit schob er Celia sanft, aber bestimmt zu den anderen Strigoi.

»Natürlich.« Das Leuchten verschwand aus Kyrills Augen.

Celia drehte sich zu uns um. »Entschuldigt«, formten ihre Lippen lautlos. Ihre Familie wollte sie beschützen. Sie war ihnen wichtig, was aber noch lange nicht bedeutete, dass sie sie wie ein Kind behandeln sollten. Doch das ging mich nichts an.

»Ich wäre dir dankbar, wenn du ihr einen Tee zusammenstellen würdest«, sagte Alexej sanft zu Kyrill. »Vielleicht könnte ich dich ins Labor begleiten, dann können wir … reden.«

»Ich mache ihr gern einen Tee, du musst mich dabei aber nicht überwachen«, erwiderte Kyrill kühl.

»So war es nicht gemeint, und das weißt du auch.« Alexej wirkte ehrlich zerknirscht.

Ich konnte mir nicht vorstellen, dass er oft eine Abfuhr bekam. Gegen den Strigoi wirkte Kyrill jung und verletzlich. Bedauern lag in Alexejs Blick, als er die fast schon femininen Züge meines Bruders betrachtete. »Es tut mir leid«, sagte er leise. »Sehr.« Als Kyrill nichts erwiderte, steckte er die Hände in die Taschen seiner Hose und folgte Celia und Arvid.

Ich wollte wissen, was zwischen den beiden vorgefallen war, aber der Schmerz in seinen Augen ließ mich zögern. »Wenn du Mutters Begabung geerbt hast, weshalb lässt Radu dich dann nicht ausbilden?«, fragte ich stattdessen so leise, dass niemand uns hören konnte.

»Weil er mich dafür in einen anderen Coven hätte gehen lassen müssen und er es nicht erträgt, etwas oder jemanden nicht unter Kontrolle zu haben«, stieß er hervor.

»War es sehr schlimm für euch, bei ihm zu leben? Was hat er getan? Weshalb hasst ihr ihn so?«

»Das möchtest du nicht wissen.«

Gänsehaut zog meinen Nacken hinauf. »Doch. Ich möchte alles wissen, und ich möchte dir alles erzählen.« Ich hob die Hand und wollte ihn berühren, aber er starrte mich so abweisend an, dass ich den Arm fallen ließ. Dann drehte er sich auf dem Absatz um und ließ mich einfach stehen. Aber so leicht würde er mir nicht davonkommen. Ich würde ihn wieder und wieder fragen. Eines Tages, wenn er mir mehr vertraute als jetzt, musste er mir sagen, was ihm und Lupa in Rasca widerfahren war. Bekümmert schaute ich aus dem Fenster in den Regen, trank meinen Tee, und dann drang aus dem Eingangsbereich das Geräusch gleichmäßiger, fester Stiefelschritte auf dem Marmorboden in den Raum.

7. KAPITEL

SCHLOSS CARAIMAN

IN ARDEAL

Schon bevor er den Raum betrat, wusste ich, dass es Nikolai war. Am liebsten hätte ich diese Begegnung noch etwas hinausgezögert, aber ich konnte nirgendwohin. Es gab nur einen Eingang oder besser gesagt Ausgang, und aus einem der bleiverglasten Fenster konnte ich nicht springen, weil sie nicht zu öffnen waren und es etwas zu dramatisch gewesen wäre. Ich bemühte mich um einen gelassenen Gesichtsausdruck und versuchte, gleichmäßig zu atmen. Drei Strigoi traten ein und einer von ihnen war, wie erwartet, Nikolai. Sein Blick richtete sich wie ein Laserstrahl auf Celia, die auf dem Sofa saß und an ihrem Tee nippte. Es bestand kein Zweifel daran, dass er jeden einzelnen Anwesenden sofort getötet hätte, wenn nur eins ihrer Härchen schief gesessen hätte. Dass sie unversehrt war, ließ ihn sich etwas entspannen, aber er wirkte dadurch nicht ungefährlicher. Celia versuchte, ihren Bruder zu ignorieren, während er mit wehendem schwarzem Umhang auf sie zuschritt. Mich bemerkte er glücklicherweise nicht. Seine Anwesenheit würde meine Aufgabe nicht einfacher machen. Er war kein Mann, der sich gern belügen ließ, und er würde glauben, dass ich genau das getan hatte. In seinem Schlepptau befanden sich Kayla Anghel und Ivan, sein Oberbefehlshaber. In Sophias Erinnerungen hatte er unbeschwert gewirkt, doch diese Unbeschwertheit war verschwunden. Sein kühler Blick richtete sich suchend auf die Gruppe der Wicca. Magnus verschränkte demonstrativ die Arme vor der Brust und musterte ihn herausfordernd. Aus dem Augenwinkel bemerkte ich, wie sich drei Hexen in Richtung Zimmertür bewegten.

Kayla grinste nur über den halbherzigen Versuch, sich in Sicherheit zu bringen. »Wir beißen nicht«, schnurrte sie einen blonden Hexer mit Lippenpiercing an, der sie daraufhin wütend anfunkelte.

Nikolai schien von alldem nichts mitzubekommen, denn er erreichte nun Celia. »Kleines«, begrüßte er sie. »Ist alles zu deiner Zufriedenheit?«

Obwohl ich einige Meter entfernt stand, war die Wärme in seiner Stimme nicht zu überhören.

»Selbstverständlich, Nikolai. Das war wirklich ein hübsches Zimmer, das du für mich reserviert hast«, bemerkte sie und nippte an ihrem Tee. »Nur leider weit entfernt von den Räumlichkeiten der anderen Teilnehmer und viel zu abgeschieden.« Sie blinzelte ihn unschuldig an. »Sicher wusstest du das nicht.«

»Doch. Du brauchst deine Ruhe, und ich wollte, dass du sie bekommst, deswegen habe ich diese Unterbringung angeordnet.« Er setzte sich neben sie und schlug die langen Beine übereinander. Seine gesamte Körpersprache drückte Zufriedenheit über seine Entscheidung aus. Wenn er könnte, würde er Celia vermutlich in einen Turm sperren und den einzigen Schlüssel an einer Kette um seinen Hals tragen. Da lobte ich mir meinen völlig desinteressierten Bruder.

»Wie ausgesprochen lieb von dir«, sagte sie fröhlich. »Aber ich habe Amelia gebeten, meine Sachen in eins der normalen Gästezimmer zu bringen. Ich brauche keine Sonderbehandlung, und in der abgelegenen Ecke hätte ich mich gegruselt.«

Mittlerweile schwiegen alle Versammelten und lauschten der Auseinandersetzung. Ich presste die Lippen zusammen, um nicht zu lachen oder ihr Beifall zu klatschen. Sie war jedenfalls kein Feigling, obwohl sie gegen Nikolais eindrucksvolle Gestalt wie ein Kleinkind wirkte. Das Zucken meiner Mundwinkel konnte ich jedoch nicht unterdrücken. Als ich zu ihm linste, schaute ich direkt in seine erstaunten Augen, die heute eher einen fast weißgoldenen Ton hatten. Im Gegensatz zu Arvid musste er ausreichend Blut getrunken haben, bevor er hergekommen war. Bei einer Begegnung mit einem Strigoi war es hilfreich, zuerst auf dessen Augenfarbe zu achten. Je heller, desto besser.

Mein Herzschlag beschleunigte sich, als sich sein Gesichtsausdruck verdunkelte und seine Augen zu Schlitzen wurden. Die letzte Person, die er hier erwartet hatte, war offenbar die kaum magiebegabte junge Frau, die ihn gestern in Aquincum versetzt hatte und mit der er, nicht zu vergessen, an Imbolc das Bett geteilt hatte. Er musterte mich von Kopf bis Fuß, und sein Blick war von einer alarmierenden Intensität. Hinter seiner Stirn arbeitete es, als suchte er nach einer vernünftigen Erklärung für meine Anwesenheit, die er jedoch nicht fand. Nicht finden konnte. Hastig schaute ich zu Celia, die zufrieden über ihren Schachzug grinste. »Ich habe mich schon mit Valea angefreundet«, plauderte sie unbekümmert weiter, als bemerkte sie die Anspannung im Raum nicht, und deutete mit dem Kinn auf mich. »Ich könnte mir vorstellen, dass sie eine tolle Zimmergenossin ist.«

Nikolai zog die dichten Augenbrauen noch weiter zusammen. Blitze flammten in seinen Augen auf, mit denen er mich offensichtlich am liebsten verbrennen wollte. Ich zuckte nur mit den Schultern, als wäre seine Wut mir gleichgültig.

»Wenn du schon darauf bestehst, wirst du mit Kayla oder Liana zusammenwohnen«, entgegnete er trotzdem mit ruhiger Stimme.

»Oh, bitte«, platzte sie heraus. »Nichts für ungut, Kayla, aber ich möchte wirklich nicht jede Nacht so tun müssen, als bemerkte ich nicht, wie du zu ihm schleichst.«

»Kein Problem, Schätzchen«, erwiderte Kayla und winkte ab. »Ich habe mir ein Einzelzimmer reserviert.« Sie grinste Magnus an, der an einem Bücherregal lehnte. »Und es ist ziemlich abgelegen. Im Gegensatz zu dir wünsche ich mir Ruhe. Vor allem nachts.«

Magnus verschränkte die Arme vor der Brust und reckte das Kinn. Wäre ich nicht selbst so angespannt gewesen, hätte ich mich darüber amüsiert, wie er versuchte, der Strigoi zu widerstehen. Sie hatte sich ihn als Opfer ausgesucht, und sie würde seinen Widerstand brechen, so viel war klar. Er hatte keine Chance. Mein Blick glitt wieder wie von selbst zu Nikolai. Was hielt er von der ungenierten Flirterei seiner Geliebten? Nicht, dass es mich etwas anging. Wir hatten nur eine gemeinsame Nacht miteinander verbracht. In den nächsten Tagen ergab sich sicherlich die Gelegenheit, mich bei ihm für mein Misstrauen zu entschuldigen. Danach waren wir fertig miteinander. Außer, es stellte sich heraus, dass er etwas mit Sophias Tod zu tun hatte. Dann würde er eine deutlich weniger angenehme Seite von mir kennenlernen.

»Meine Damen und Herren.« Bredicas Stimme durchbrach die Anspannung, die in der Luft lag und die auf Nikolais Konto ging. Ivan stand mittlerweile hinter ihm und starrte finster in die Runde. Jegliche Lockerheit, die in dem Raum geherrscht hatte, war verschwunden. »Amelia wird euch eure Zimmer zeigen. Bei Sonnenuntergang erwartet Melinda alle im Speisesaal.«

Hektische Aufbruchstimmung entstand, denn vermutlich konnten die meisten es kaum abwarten, Nikolais Dunstkreis zu entfliehen. Wenn ich mich von seiner Schwester fernhielt, würde er mir vielleicht auch aus dem Weg gehen. Es sei denn, er betrachtete mich als Gefahr für sie. Was lächerlich war. Aber wer wusste schon, was hinter dieser gerunzelten Stirn vorging.

Er und sein Bruder flankierten Celia, und die anderen Strigoi scharten sich um die drei, während der Rest sich Amelia anschloss. Jede Bewegung der Strigoi wirkte sorgsam einstudiert, als formierten sie sich für einen Kampf. Im Eingangsbereich hielten sich nun andere Wicca, Hexen und Strigoi auf, die bereits länger hier waren und die Neuankömmlinge interessiert musterten oder sie begrüßten.

Magnus gesellte sich zu mir. »Wenn ich dir einen Rat geben darf, dann ignoriere Lazar und seine Meute einfach.«

Wir ließen uns etwas hinter den anderen zurückfallen. »Das hatte ich vor, obwohl ich immer noch finde, Ivan hat ein Recht darauf, zu erfahren, was Sophia zugestoßen ist.«

»Du wirst ihm nichts verraten. Niemand darf von dem Anschlag erfahren, bis Radu etwas anderes beschließt.«

»Dann müssen wir wenigstens mit Melinda sprechen. Sophia hat behauptet, sie müsste etwas für sie erledigen. Wir sollten herausfinden, ob das stimmt oder ob sie ihn angelogen hat.«

Magnus nickte. »Ich bitte Bredica, für uns einen Termin mit Melinda zu vereinbaren. Ihr wirst du von deiner Gabe erzählen müssen, aber ansonsten wirst du es vorerst für dich behalten.«

Sein Befehlston ärgerte mich, aber ich wollte keinen Streit anfangen. Außerdem war es dafür längst zu spät. Nikolai wusste davon. »Wir sollten die anderen warnen«, forderte ich stattdessen. »Wenn Lykaner bei Sophias Entführung beteiligt waren, schweben hier alle in Gefahr. Sie könnten jederzeit zurückkommen und sich ein neues Opfer suchen.«

»Das ist die Entscheidung des Hohepriesters, und außerdem handeln Lykaner nur im Auftrag und niemals, ohne dass jemand sie bezahlt.« Seine festen Schritte klangen wütend auf dem Stein und er ließ Kayla, die neben Nikolai herging, keine Sekunde aus den Augen. »Außerdem gibt es keine Hinweise, dass sich Lykaner in der Nähe von Caraiman herumtreiben. Es wurden seit Jahren keine gesichtet.«

»Was nicht bedeutet, dass es keine mehr gibt. Irgendwo müssen sie schließlich gewesen sein, und nun, wo die Königin zurück ist, kriechen sie aus ihren Löchern.« Ich hatte furchtbare Geschichten von diesen Wesen gelesen. Während der Kriege hatten sie ganze Dörfer ausgerottet. Gegen ein Rudel Lykaner konnte selbst ein Strigoi mit seiner übermenschlichen Kraft nichts ausrichten.

»Dann werden wir das früh genug erfahren«, sagte Magnus widerwillig.

»Es könnte aber zu spät sein. Radus Entscheidung ist ein Fehler.« Weshalb sah der sture Kerl das nicht ein? So langsam hatte ich den Verdacht, dass Kaylas Einschätzung richtig war. Magnus war Radus treuester Diener. Würde Kayla mir erzählen, was zwischen ihr und Magnus vorgefallen war? Gerade stupste sie Nikolai mit der Schulter an und er schüttelte lächelnd den Kopf. Die beiden waren überaus vertraut miteinander. Ich ignorierte das unangenehme Gefühl, das diese Erkenntnis in mir weckte.

»Wir stellen die Entscheidungen des Hohepriesters nicht infrage. Es steht uns nicht zu«, lenkte Magnus mich von den beiden ab.

Das kam mir seltsam vor, allerdings hatte ich das auch nie getan und das Schicksal, das Radu mir bestimmt hatte, einfach hingenommen. Wenn wahr war, was Lupa erzählt hatte, wäre ich ohne Sophias Tod immer noch in Aquincum. Allein! Aber immerhin hatte ich, seit ich zu den Menschen gebracht worden war, meine eigenen Entscheidungen treffen können. Keiner meiner Pflegefamilien war ich wichtig genug gewesen, um mir großartige Vorschriften zu machen. Weder aus Besorgnis, noch weil sie mich erziehen oder beeinflussen wollten. Ich hatte mich im Hintergrund gehalten, keinen Ärger gemacht und gearbeitet. Bisher war mir nie klar gewesen, was diese Ignoranz für ein Gewinn gewesen war. In Ardeal sollte ich mich nun der Ordnung des Coven unterwerfen und damit Radus Anweisungen. Leicht fiel mir das nicht. Und offensichtlich hatten auch Kyrill und Lupa damit Schwierigkeiten. »In den Erinnerungen hatte ich den Eindruck, Sophia und Ivan wären verliebt ineinander gewesen«, flüsterte ich. »Wenn er weiß, dass sie tot ist, kann er trauern und sich verabschieden.« Ich wusste selbst nicht, weshalb mir das so wichtig war. Ich kannte weder Ivan noch Sophia, aber vor über zwölf Jahren hatte sich mein Leben innerhalb von Sekundenbruchteilen völlig verändert, und niemand hatte mir Zeit gegeben, mich von meinem alten Leben zu verabschieden. Diese Erfahrung wünschte ich keinem. Die Vergangenheit konnte so nie zur Ruhe kommen.

»Ivan verliebt in eine Wicca?« Magnus schüttelte den Kopf. »Vergiss das lieber schnell wieder. Das hast du dir eingebildet.«

Das glaubte ich nicht. Ich hatte gespürt, was Sophia gefühlt hatte. Was nicht zwingend bedeutete, dass Ivan ihre Zuneigung erwiderte, aber ich vertraute meiner Intuition. Schweigend folgten wir der Gruppe den breiten Treppenaufgang nach oben. Wir durchquerten zwei gewölbte Gänge, deren Decken ebenfalls Malereien zierten. Nach einer weiteren Treppe betraten wir einen Flur, der dem aus Sophias Erinnerung ähnelte. Verstohlen beobachtete ich Ivan, von dessen Gesicht jedoch nichts abzulesen war. Amelia öffnete verschiedene Türen und wies uns unsere Räume zu. Lupa bekam, wie gewünscht, ein Zimmer für sich allein. Natalie, eine Wicca, die aus einem anderen Coven stammte, sollte sich das Zimmer mit einer Hexe namens Carys teilen.

»Du bekommst das am Ende des Ganges«, sagte Amelia zu Magnus, der knapp nickte und sich auf den Weg machte.

»Wie praktisch. Direkt mir gegenüber.« Kayla folgte ihm.

Ich hörte seine Antwort nicht, denn Amelia wandte sich bereits an mich. »Du teilst dir das Zimmer mit Celia.« In ihren dunkelbraunen Augen stand Sorge, die eine Sekunde später bestätigt wurde.

»Liana wird mit Celia zusammenwohnen.« Nikolai baute sich neben Amelia auf und nickte einer blassen Strigoi zu, deren Haar wie schimmernde Seide über ihren Rücken floss und die mich aus blutroten Augen reglos betrachtete. Unter der intensiven Musterung wurde mir kalt, aber ich erwiderte den Blick fest.

»Das wird sie nicht«, erklärte Bredica, die wie aus dem Nichts auftauchte. »Celia hat den Wunsch geäußert, nicht mit einer Strigoi zusammenzuwohnen, und den erfüllen wir ihr. In Caraiman spielt es keine Rolle, wer welchen Rang in Ardeal bekleidet, daran müsstest du dich erinnern, Nikolai. Du kannst hier nicht über deine Schwester bestimmen.«

»Aber es ist besser, wenn jemand von uns in ihrer Nähe ist«, widersprach er unnachgiebig.

»Besser für wen?«, fragte ich und ärgerte mich gleichzeitig über mich selbst. Ich hatte ihn ignorieren und nicht provozieren wollen.

Seine Nasenflügel blähten sich. Der Mann, den ich in Aquincum kennengelernt hatte, schien ganz und gar verschwunden zu sein. Seine Schönheit könnte mein Herz immer noch zum Schmelzen bringen, aber die Kälte in seinem Blick legte einen Eismantel um das empfindliche Organ. Einige Haarsträhnen waren aus seinem Zopf gerutscht und hingen ihm ins Gesicht. Es machte seine Züge nicht weicher. Seine Haltung veränderte sich kaum merklich, und plötzlich glaubte ich, dass er nur auf eine Herausforderung von mir gewartet hatte. Ich verschränkte die Arme vor der Brust, um mich zu wappnen.

Die Teilnehmer, die schon in ihren Zimmern verschwunden waren, drängten zurück in den Flur. Bredica blieb völlig unbeeindruckt und wandte sich an Celia, während Nikolai und ich uns weiter ein Blickduell lieferten. »Was möchtest du? Dein Bruder mag der Magnat eurer Familie sein, aber das hier ist deine Wahl.«

Celia reckte das spitze Kinn in die Höhe. »Ich möchte mit Valea zusammenwohnen.«

»Dann ist das geklärt.« Bredica rieb sich zufrieden die Hände. »Falls es Celia nicht gut geht, kommst du zu mir«, wandte sie sich an mich.

Die Strigoi litt offensichtlich an einer Krankheit, gegen die ihre Selbstheilungskräfte nichts ausrichten konnten. Das machte Nikolais Sorge wenigstens verständlich. »Natürlich.« Keine zehn Pferde würden mich dazu bringen, ihn zu belästigen. Ich wollte mein Zimmer betreten, aber seine Hand schloss sich um meinen Oberarm, als ich an ihm vorbeiging, und hielt mich auf. Der Griff war so sanft wie seine Stimme und genauso bedrohlich. Meine Haut kribbelte trotzdem unter der Berührung. Zu gut erinnerte sie sich an unsere Nacht. »Dann bist du für ihre Sicherheit verantwortlich, Valea«, befahl er leise. »Sollte ihr in deiner Obhut etwas zustoßen, werde ich dich zur Verantwortung ziehen.«

Ich sah zu ihm auf und mein Blick fiel auf seine Lippen. Die unpassendsten Gedanken wirbelten durch meinen Kopf, und so, wie er diese Lippen zu einem Lächeln verzog, las er sie mir alle vom Gesicht ab. Ich riss meinen Arm aus seinem Griff. »Wenn es dir damit besser geht«, erwiderte ich so gelassen, wie es mir möglich war. »Ich finde es auch immer praktisch, wenn ich jemandem die Schuld an meinem eigenen Versagen geben kann.« Diese Bemerkung stand vermutlich nicht im Handbuch für eine gute Wicca.

Lupas amüsiertes Lachen ertönte, jemand anderes hinter mir zischte aufgebracht, und Alexej klatschte leise Beifall. Weder Nikolai noch ich reagierten darauf. So etwas wie Anerkennung loderte in seinen Augen auf. Er beugte sich tiefer zu mir herab und so verführerisch wie die Liebkosungen, die er mir in unserer gemeinsamen Nacht hatte zuteilwerden lassen, raunte er: »Betrachte dich einfach als gewarnt.«

Zur Antwort hob ich herausfordernd eine Augenbraue, auch wenn ich mich gleichzeitig bemühte, nicht zu zittern wie Espenlaub.

»Lass sie in Ruhe, Lazar«, kam Magnus mir verspätet zu Hilfe. »Wenn du deine Schwester nicht hättest hierhaben wollen, wäre es besser gewesen, ihr die Teilnahme zu verbieten.«

Nikolai biss sich auf die Innenseiten seiner Wangen. Seine Geduld schien an einem seidenen Faden zu hängen. Als er sich Magnus zuwandte, nutzte ich die Gelegenheit, in das Zimmer zu schlüpfen und die Tür hinter mir zu schließen. Aufatmend lehnte ich mich dagegen.

Celia saß auf einem der Betten und lächelte entschuldigend. »Ich hoffte, dass du Nikolai die Stirn bieten kannst. Lupa wäre auch eine gute Wahl gewesen, aber die zwei hätten sich direkt in der Luft zerfetzt, und ich liebe meinen Bruder, auch wenn er viel zu herrisch ist.«

»Ist schon gut.« Neugierig musterte ich das Zimmer, das für eine Weile mein Zuhause sein würde, während mein Herzschlag sich beruhigte. Es war nicht viel größer, aber deutlich gemütlicher als das in Rasca. Die Wände waren in einem warmen Cremeton getüncht. Unter den Fenstern mit den moosgrünen Vorhängen standen zwei Schreibtische, auf denen einige Bücher lagen. Jeweils rechts und links von der Tür gab es zwei Schränke, und die Betten standen sich gegenüber. Auf dem Steinboden lag ein gemusterter Webteppich, und alles wurde von warmem Kerzenlicht beleuchtet. In einem kleinen Kamin brannte ein Feuer und verbreitete den Geruch von Kiefernzapfen.

»Als ich sie um eine Hexe oder Wicca als Zimmergenossin gebeten habe, hätte ich nicht vermutet, dass Bredica jemanden aus dem Coven Patel wählt. Stehst du dem Hohepriester nahe?« Ein vorsichtiger Unterton schlich sich in ihre Worte, der mir nicht entging.

»Ich kenne ihn kaum«, erwiderte ich, und das war keine Lüge. »Ich bin bei den Menschen aufgewachsen. Dafür kenne ich deinen Bruder. Wir sind uns in Aquincum begegnet. Ich habe ihn versetzt. Erst gestern.«

Sie lachte leise und zog sich die Decke über die Schultern. Obwohl es nicht kalt in dem Zimmer war, fror sie. »Kein Wunder, dass er sauer ist. Weshalb war er in Aquincum?«

»Căldură«, murmelte ich, woraufhin das Feuer heller aufloderte und eine angenehme Wärme verbreitete. »Das weiß ich nicht.«

»Deswegen hatte er heute Morgen so schlechte Laune. Fast habe ich geglaubt, er bläst die ganze Sache hier ab. Weshalb hast du dort gelebt und wie bist du hergekommen? War das nicht gefährlich? Die Menschen hassen uns.«

»Das tun sie. Mein Vater war jedoch ein Mensch. Meine Eltern starben, als ich noch sehr klein war.« Ich musste ihr dieselbe Geschichte erzählen wie Bredica. »Ich hatte immer Angst, jemand findet heraus, dass ich zur Hälfte Wicca bin. Dein Bruder ist zum ersten Mal an Imbolc in Aquincum aufgetaucht und dann gestern plötzlich wieder«, erzählte ich die Kurzfassung. »Er hat mir Angst gemacht, und da meine Mutter früher dem Coven Patel angehörte, hab ich dort um Hilfe gebeten. Der Hohepriester hat mich holen lassen und beschlossen, mich mit den anderen Teilnehmern nach Caraiman zu schicken, damit ich hier meine Wissenslücken füllen kann. Ich weiß praktisch nichts über Ardeal.«

Celia sah mich aus großen Augen an. »Du warst dort ganz allein? Das ist ungewöhnlich. Ich dachte immer, die Wicca kümmern sich so umeinander.«

Das war der Schwachpunkt in meiner Geschichte, und weil ich keine vernünftige Erklärung hatte, zuckte ich nur mit den Schultern. »Jetzt bin ich hier, und ich gehöre zu einem Coven.« Ich lächelte etwas verkrampft, denn richtig fühlte es sich bisher nicht an.

»Wirst du dein Leben bei den Menschen vermissen?«

Ich setzte mich ihr gegenüber auf das andere Bett. »Es war immer mein sehnlichster Wunsch, nach Ardeal zu kommen. Aber noch ist es fremder, als ich erwartet habe. Allerdings bin ich gerade mal einen Tag hier und ich hoffe, ich gewöhne mich noch dran. Normalerweise würde ich jetzt in der Bibliothek von Aquincum arbeiten und Bücher einräumen.«

Sie nickte verständnisvoll. »Du wirst dich daran gewöhnen. Mein Bruder hätte dir übrigens nie etwas getan.«

»Müssen wir die Vorhänge zuziehen, falls morgen früh die Sonne hereinscheint?«, wechselte ich das Thema, obwohl ich zu gern mehr über ihn in Erfahrung gebracht hätte. Aber wenn ich ihr nicht zu viele Fragen stellte, dann sie mir vielleicht auch nicht, und umso weniger musste ich lügen.

»Das wäre gut, obwohl die Gefahr, dass ich mich verbrenne, eher gering ist. Meist ist es in den Bergen neblig, und wir gehen auch nicht sofort in Flammen auf, wenn uns ein Sonnenstrahl trifft. Wir mögen die Sonne nicht sonderlich, weil sie unseren Augen wehtut. Der Rest ist ein Märchen, erfunden von Menschen, die die Hoffnung brauchten, sie könnten uns entkommen.« Sie grinste schief.

»Hast du Menschen gejagt?«. Die Frage platzte unüberlegt aus mir heraus. Sie sah nicht kräftig genug dafür aus, aber von irgendwas musste sie schließlich leben. Ihre Haut war nun fast noch durchscheinender als vorhin im Empfangssalon.

Bevor sie antworten konnte, sprang die Tür auf, und meine Tasche und eine Reisetruhe schwebten herein. Vor den Schränken sanken sie auf den Boden.

»Ich liebe Zauberei«, stieß Celia sehnsüchtig hervor. »Ich wünschte nur, meine Truhe würde sich auch von allein auspacken.« Sie ließ sich auf die Seite fallen und schloss die Augen. »Weckst du mich, wenn es Zeit ist, hinunterzugehen? Ich bin etwas müde, aber ich muss mich noch umziehen. Nikolai hat mir ein wunderschönes Kleid geschenkt.« Sie gähnte.

»Das mache ich. Ruh dich aus.« Ich betrachtete sie, während sie sich entspannte und einschlief. Vor Nikolai hatte ich noch nie eine oder einen Strigoi getroffen. Und wenn, dann war das eine der Erinnerungen, die sich vor mir verbarg. Weder er noch Celia entsprachen jedoch den Vorstellungen, die ich von ihnen gehabt hatte. So langsam fragte ich mich, ob diese Bücher, die Radu mir hatte schicken lassen, nicht sehr sorgsam ausgewählt worden waren und mehr Informationen verschwiegen als preisgegeben hatten.

Durch die Tür drangen leise Stimmen, das Holz knackte im Kamin, und Celia atmete leise. Müdigkeit machte sich auch in mir breit, weil ich in der vergangenen Nacht kaum geschlafen hatte. Nein, ich vermisste mein Leben bei den Menschen nicht. Und nichts würde mich dazu bringen, zurückzukehren. Ich stand auf, öffnete meine Tasche und betrachtete erstaunt den Inhalt. Ich hatte angenommen, dass Radu eine Novizin angewiesen hatte, mir eine Garderobe zusammenzustellen. Umso überraschter war ich, die Sachen aus meiner Hütte aus Aquincum zu entdecken. War Magnus zurückgeflogen und hatte sie geholt? Ich strich über die vertrauten Unterkleider, Röcke und Tücher. Nikolais Umhang lag sorgfältig gefaltet am Boden der Tasche, und ich entdeckte einen grünen Umhang mit Pelzbesatz am Kragen, der mir in dem kalten Schloss gute Dienste leisten würde. Entschlossen packte ich die Sachen aus und räumte auch den Inhalt aus Celias Truhe in ihren Schrank. Sie schlief tief und fest, während ich mich in dem kleinen Bad wusch und mir frische Sachen anzog. Weil immer noch Zeit war, setzte ich mich an den Schreibtisch und blätterte in den Büchern, während es draußen langsam dunkel wurde. Der Regen klopfte nur noch sehr leise an die Scheibe. Wenn er endgültig nachließ, konnte ich nachher vielleicht auf einen der Wehrgänge gehen. Heute war Vollmond. Der perfekte Zeitpunkt, die Göttin um Schutz und Heilung zu bitten. Nicht für mich, sondern für Kyrill. Er brauchte diesen Beistand dringend. Leider war nicht damit zu rechnen, dass er sich mir für das Ritual anschloss. Aber ich war geduldig. Er konnte mir nicht ewig böse sein. Draußen erklangen Schritte, die vor unserer Tür kurz verstummten, dann aber weitergingen. Es war an der Zeit, Celia zu wecken, wenn wir uns nicht verspäten wollten.

Sie rieb sich die Augen, als ich an ihrer Schulter rüttelte, und setzte sich dann auf. Etwas Farbe war in ihr blasses Gesicht zurückgekehrt.

»Ivan ist schon länger hier, richtig?«, fragte ich später, während sie sich das Haar bürstete und hochsteckte. Sie trug das Kleid, dass Nikolai ihr geschenkt hatte, und sah darin aus wie eine Prinzessin.

»Hhm. Seit Imbolc. Eigentlich wollte ich da auch schon herkommen, doch es ging mir nicht gut genug, und meine Mutter hat es verboten.« Celia seufzte. »Sie wollte es auch jetzt nicht erlauben. Zum Glück hatte Nikolai das letzte Wort. Nun spricht Mutter nicht mehr mit ihm.«

»Sie sorgt sich um dich.«

»Ich weiß. Das tun sie alle. Sie behandeln mich, als wäre ich aus Glas. Ich wurde geboren, weiß du, nicht erschaffen. Das macht mich zu etwas ganz Besonderem.« Sie verdrehte die Augen und ich musste lachen. »Passiert tatsächlich nicht sehr oft. Meine Mutter war noch nicht verwandelt, als sie mit mir schwanger wurde.«

Es klopfte an der Tür, und kurz darauf steckte Alexej seinen Kopf herein. »Bist du fertig?«, fragte er seine Schwester.

»Fast.« Aus einem Tiegel tupfte sie rosafarbene Farbe auf ihre Lippen. »Komm herein. Hast du dich mit Kyrill ausgesprochen?«, fragte sie und verstaute den Tiegel in einem kleinen silbernen Täschchen, das perfekt zu ihrem bodenlangen Kleid passte. Sie war von einer ätherischen Schönheit, die ihre Verletzlichkeit noch unterstrich. Kein Wunder, dass ihre Brüder sie so sehr beschützten. Ein Windstoß konnte sie umwerfen.

Alexej schloss die Tür und lehnte sich dagegen. »Nein. Er hat sich vor mir versteckt. Leicht macht er es mir jedenfalls nicht.«

Celia ging zu ihm und legte ihm eine Hand auf die Wange. »Leicht hast du auch nicht verdient. Es war nicht nett von dir, ihn einfach fallen zu lassen.«

»Ich hab ihn nicht …« Es klopfte wieder. »Ach, verdammt.« Alexej riss die Tür auf.

Nikolai stand auf der anderen Seite. »Bereit?«, fragte er. Sein Blick glitt über Celias zarte Gestalt und wanderte dann zu mir. An seiner Wange zuckte ein Muskel. »Du solltest einen Umhang überziehen. Dieses Schloss ist zu kalt für dich«, sagte er zu seiner Schwester.

»Aber dann sieht man nichts von dem Kleid.« Sie drehte sich einmal im Kreis. »Es ist ein Traum. Hab ich dir schon dafür gedankt?«

»Tausendmal. Und du siehst wunderschön darin aus. Nimm ihn wenigstens mit.«

Celia strahlte über das ganze Gesicht, ging zu ihm, hakte sich bei ihm unter und schmiegte sich an ihn. »Danke schön.«

Alexej nahm seufzend ihren Umhang, der vergessen über dem Stuhl lag. »Er ist einfach der perfekte Bruder«, flüsterte er mir zu. »Immer sagt und tut er das Richtige. Es ist furchtbar.«

»Ich wette, du bist dafür viel amüsanter«, tröstete ich ihn lächelnd.

»Darauf kannst du wetten.« Wir verließen das Zimmer. Grinsend folgte er den beiden den Gang entlang, während ich auf Magnus wartete, der gerade in den Flur trat. Es verwunderte mich nicht weiter, dass Kayla im selben Moment aus ihrem Zimmer kam und ihn anlächelte. Für eine Sekunde geriet Magnus aus der Fassung, als er ihren Aufzug betrachtete. Das schwarze Kleid umschmeichelte Kayla wie eine zweite Haut. Am Kragen war es hochgeschlossen und es reichte ihr bis zu den Füßen. Die Haare hatte sie zu einer schlichten Frisur hochgesteckt, aus der sich bereits eine winzige Strähne befreit hatte. Magnus hob eine Hand, als wollte er diese Strähne hinter ihr Ohr streichen, riss sich im letzten Moment jedoch zusammen und trat hastig zurück. Kayla zuckte nur mit den Schultern und eilte den anderen drei Strigoi hinterher.

»Ich bezweifle, dass ich den Weg allein finde«, sagte ich auffordernd zu Magnus, der immer noch an derselben Stelle stand und ihr hinterherschaute. »Außerdem hätte mir mal jemand sagen können, dass das ein festliches Dinner wird und kein schlichtes Abendessen.« Im Gegensatz zu Kayla und Celia trug ich ein hoffnungslos altmodisches beigefarbenes Samtkleid mit grünem Spitzenbesatz unter meinem Umhang. Der einzige Trost war, dass es mich warmhalten würde.

»Du siehst gut aus«, sagte Magnus abwesend und ich verdrehte die Augen. Er hatte mich kaum angeschaut. »Die Strigoi legen übertriebenen Wert auf ihre Kleidung. Frag mich nicht, warum, wo sie selbst in Lumpen wunderschön sind.«

»Meinst du damit Nikolai Lazar?«, zog ich ihn auf und unterdrückte ein Lachen.

Magnus knurrte zur Antwort nur leise etwas Unverständliches, und wir setzten uns in Bewegung.

»Ivan und Sophia waren beide seit Imbolc zusammen in Caraiman«, informierte ich ihn.

»Wie auch Alexej und noch einige mehr«, erwiderte er. »Zu dieser Zeit des Jahres ist es ein ständiges Kommen und Gehen. Manche Teilnehmer bleiben von Imbolc bis Beltane. Andere kommen nur ein paar Tage oder Wochen, und wieder andere reisen nur für Beltane an. Ich habe mit Amelia gesprochen«, setzte er zögernd hinzu. »Ivan und Sophia haben tatsächlich viel Zeit miteinander verbracht.« Wir liefen eine Treppe hinunter, und Magnus winkte einem Hexer zu, der von der anderen Seite auf uns zukam. »Sophias Magie muss den Strigoi angezogen haben wie das Licht eine Motte.«

»Hatte sie besondere Gaben?«

»Sie konnte fliegen, ohne sich verwandeln zu müssen, und Dinge mit der Kraft ihrer Gedanken bewegen. Beides sehr ungewöhnliche Fähigkeiten für eine Wicca. Fast könnte man glauben, eine ihrer Vorfahrinnen wäre eine Hexe gewesen.«

Zwei Gaben. Ich unterdrückte den aufkommenden Neid. Magnus war der einzige Wicca, von dem ich wusste, dass er ebenfalls zwei Gaben besaß. Er war ein Gestaltwandler und er konnte Erinnerungen verändern. Meine Gabe der Imagination kam mir dagegen recht nutzlos vor. Wir erreichten die Eingangshalle und Magnus führte mich in einen Gang, der davon abzweigte. Weitere Teilnehmer des Treffens liefen an uns vorbei auf zwei weit geöffnete Flügeltüren zu. Wir mussten das Gespräch später fortsetzen. Gemeinsam mit den anderen betraten wir einen Saal, dessen Decke sich hoch über uns wölbte. Unzählige Lumina schwebten in der Luft, kleine Kugeln aus Glas, in denen ein Feuer brannte und die damit den Raum erhellten. Die meisten der großen runden Tische, an die je zehn Personen passten, waren bereits besetzt. Darauf standen silberne Teller, Glaskelche, riesige Kerzenleuchter. Leise Flötenmusik war zu hören. Das Stimmengewirr übertönte die Musik fast und es schien egal zu sein, wer welchem Volk angehörte, denn es gab keinen Tisch, an dem nur die Vertreter eines Volkes saßen. Eine Gruppe Hexen und Hexer stürmte herein. Schwarze Umhänge wehten hinter ihnen her, und als sie ihre Zauberstäbe schwangen, regnete silberner

Glitzer auf die Tische herab. Zustimmendes Johlen und Gelächter erklang. Ein Hexer drehte sich zu mir um und zwinkerte mir zu. Er hatte weißes kurzes Haar, und die linke Seite seines Gesichts war mit Runen tätowiert. Unter schwarzen Brauen lagen hellblaue Augen, die an einen Winterhimmel erinnerten. Einen sehr eisigen Winterhimmel.

Magnus fasste mich am Arm und zog mich mit sich, damit ich nicht länger im Weg stand. Er führte mich zu einem runden Tisch, an dem schon andere Neuankömmlinge Platz genommen hatten. Celia saß zwischen Alexej und Nikolai und wirkte, als wollte sie am liebsten aufspringen und sich einen anderen Stuhl suchen. Verwundert registrierte ich, dass Kayla den dreien gegenübersaß, wo sie doch an Nikolais Seite gehörte. Neben ihr war noch ein Platz frei, aber Magnus steuerte zielsicher einen weiteren leeren Stuhl zwischen Lupa und Kyrill an.

Ich seufzte. Blieb für mich nur der neben Nikolais Geliebter. »Hallo. Ich bin Valea«, stellte ich mich vor. »Darf ich mich setzen?«

»Ich weiß, wer du bist, Schätzchen.« Sie trank ungerührt von ihrem Wein. »Und natürlich darfst du.« Aufmunternd lächelte sie mir zu. »Ich beiße nicht«, flüsterte sie, nachdem ich Platz genommen hatte. »Auch wenn der da das glaubt.« Sie machte eine Kopfbewegung in Richtung Magnus. »Gut, einmal habe ich es getan.« Jetzt grinste sie breit. »Vielleicht auch öfter. Und unter uns: Es hat ihm gefallen. Deswegen trägt er den albernen Schal. Die Narben von den Bisswunden sind ihm peinlich.« In ihren Augen blitzte es amüsiert auf.

Ich konnte mir das Auflachen nicht verkneifen und entspannte mich. »Mit seiner äußeren Erscheinung ist er ziemlich pingelig«, entgegnete ich und musterte sein verwahrlostes Outfit.

Kayla grinste amüsiert. »Man könnte meinen, Radu honoriert seine treuen Dienste nicht ausreichend«, flüsterte sie überlaut. »Dabei ist es ihm einfach nur egal, was er anzieht. Mir übrigens auch. Ich mag ihn am liebsten nackt.«

»Hör auf mit dem Unfug«, zischte Magnus, und mein Lachen verwandelte sich in ein Hüsteln.

»Warum? Es macht so viel Spaß, dich zu reizen. Wir haben uns vier Jahre nicht gesehen. Da gibt es viel aufzuholen, und du kannst es ruhig zugeben.« Sie beugte sich etwas nach vorn. »Du mochtest es.«

Mit einer verzweifelten Geste fuhr er sich durch sein dunkelblondes Haar. »Ich gebe gar nichts zu.« Er stürzte das Glas Wein hinunter, das sich umgehend wieder selbst auffüllte.

Zufrieden, ihn schon wieder aus der Reserve gelockt zu haben, wandte sich Kayla mir zu. »Er braucht dringend ein bisschen Abwechslung. Dieser Mann ist dermaßen verspannt, ich weiß nicht, wie er es mit sich selbst aushält.«

»Vielleicht tut er das nicht sehr gut.« Ich mochte sie, stellte ich fest. Sie wirkte unbekümmert und selbstsicher und so, als wüsste sie genau, was sie wollte.

Überrascht schaute sie mich an. »Vielleicht nicht.« Die Unbekümmertheit verschwand für eine Sekunde. »Aber das könnte er nur selbst ändern, oder?«

»Ja«, bestätigte ich. »Glücklich machen können wir uns nur allein.« Keine andere Person verfügte über diese Macht, egal ob sie Magie besaß oder nicht.

»Ich sitze hier«, erinnerte er uns mit einem schmallippigen Lächeln. »Und ich würde es vorziehen, wenn du mit Valea nicht über unsere Beziehung sprichst.«

»Dann hatten wir also eine Beziehung. Sieh einmal an. Wenn ich mich recht erinnere, dann hast du das bei unserer letzten Begegnung abgestritten.« Sie legte ihren Finger, dessen Nagel schwarz lackiert war, an ihre Lippen. »Lass mich nachdenken. Der genaue Wortlaut war: *Wir haben gevögelt, Kayla. Mehr war es nicht.* Und dann hast du dich verwandelt und bist nach Rasca geflogen.«

Flammende Röte schoss ihm in die Wangen, und ich verschluckte mich an dem köstlichen Wein.

Der Hexer auf meiner rechten Seite verbarg ein Lachen hüstelnd hinter einer Hand. Er trug immer noch seine Kapuze und ich konnte sein Gesicht nicht erkennen. »Und da erzählt man sich, Wicca wären warmherzig und liebenswürdig«, sagte er dann so leise, dass nur ich es hörte.

»Wir geben uns Mühe«, erwiderte ich ebenso leise. Aber manchmal genügte es nicht.

»Ich meinte damit …«, setzte Magnus an, als eine Glocke erklang und abschnitt, was immer er zu seiner Entschuldigung hatte vorbringen wollen.

»Ich weiß genau, was du damit gemeint hast, Liebling«, sagte Kayla milde lächelnd.

Magnus' Finger umklammerten den Stiel seines Glases, aber er schwieg und blickte zu der Frau, die am anderen Ende des Saals an einem Rednerpult stand.

Bredica und Amelia gesellten sich an ihre rechte Seite. Die Gespräche an den Tischen verstummten, bis nur noch leises Gewisper zu hören war.

8. KAPITEL SCHLOSS CARAIMAN IN ARDEAL

»Wir möchten unsere heutigen Neuankömmlinge offiziell begrüßen«, ergriff die Frau das Wort, woraufhin enthusiastisches Klatschen und Trampeln ertönte. Alle Blicke richteten sich auf unseren Tisch. Wir erhoben uns, aber die Aufmerksamkeit der Anwesenden lag eindeutig auf Nikolai.

»Das ist Melinda Dumont«, flüsterte Kayla. »Sie ist die Direktorin von Caraiman und eine Legende.«

Und die Frau, mit der ich dringend über Sophia reden musste. »Was hat sie Besonderes getan?«, fragte ich zurück. Wir setzten uns wieder und ich betrachtete die schlanke Frau, deren Blick aus strahlend blauen Augen über die Menge glitt. Das lange, rote Haar fiel ihr offen über den Rücken.

»Im Krieg war sie Celestas engste Vertraute. Bis sie verlangte, dass die Königin den Pakt unterzeichnete. Ohne Melinda hätte sie bis zur letzten Hexe gekämpft. Und trotzdem«, Kayla machte eine kleine Pause, »lebt Melinda noch. Alle haben vermutet, die Königin würde sie töten, weil sie so dreist gewesen war und ihr die Stirn geboten hatte.«

»Der Krieg wurde vor vierzig Jahren beendet«, sagte ich. »Wie alt soll Melinda da gewesen sein? Fünf?«

Kayla grinste. »Sie ist eine Hexe im Zwölften Grad und beherrscht jeden Verjüngungszauber, den es gibt. Eigentlich müssten sie und Celesta um die neunzig Jahre sein. Doch Melinda wirkt, als wäre sie seit dem Krieg keinen Tag gealtert. Wenn ich die ersten Falten kriege, werde ich sie um Hilfe bitten. Vielleicht mixt sie mir eine Creme oder so etwas.«

Es gab dreizehn Hexengrade, obwohl kaum eine Hexe diese letzte Stufe erreichte. Zwölf war schon Wahnsinn. Vor langer Zeit hatte es Hexenmeisterinnen und -meister gegeben, die so viel Magie besaßen und diese beherrschten, dass sie den letzten Grad sogar noch übertrafen. Derzeit lebte nur eine Hexe mit dem dreizehnten Grad, und das war die Königin.

»Weshalb solltest du Falten kriegen?« Ich musterte kurz ihre makellose Haut, bevor ich wieder nach vorn sah. »Du bist eine Strigoi.« Ein Windstoß traf mich und riss mir die Worte von den Lippen. Erschrocken keuchte ich auf. Melinda Dumonts ernster Blick ruhte auf mir, und sie strich sich eine Haarsträhne hinters Ohr, bevor sie weitersprach. Ihre Stimme klang glockenhell von den hohen Decken zurück. Mit dieser Frau war nicht zu spaßen. »Wir heißen euch willkommen«, sagte sie, »zu unserem vierzigsten Treffen des Friedens. Vor vierzig Jahren waren unsere Völker verfeindet, aber schaut euch nun um.« Stolz lag auf ihren Zügen. »Wir sitzen hier gemeinsam, um zu feiern. Die Vergangenheit hat uns gelehrt, dass Hass und Krieg die Macht haben, zu vernichten. Generationen vor euch hatten nicht das Glück, in Frieden zu leben.

Deswegen fordere ich euch auf, Freundschaften zu schließen, denn Freundschaft und Verständnis sind das Fundament, auf dem der Frieden gebaut wird. Eure Völker haben euch nach Caraiman gesandt, und sie können erwarten, dass ihr das in euch gesetzte Vertrauen nicht missbraucht. Um es euch einfacher zu machen«, sie zwinkerte in die Runde und erntete ein Lachen, »gibt es ein paar Regeln. Wir dulden keine Waffen, keine Schadenszauber, keine Fehden und keine Prügeleien.« Ihr Blick richtete sich auf Magnus, und ich bemerkte, wie Kayla sich ein unsichtbares Staubkorn vom Kleid wischte. »Das Schloss ist ein Ort des Wissens, der Freundschaft und der Liebe, daher spielt es keine Rolle, welche Position jemand außerhalb dieses Schlosses innehat«, nun sah sie zu Nikolai, der den Blick ungerührt erwiderte, »oder aus welchem Coven er stammt.« Sie fixierte Lupa, die nur verächtlich die Lippen schürzte. »Viele von euch sind hergekommen, um Antworten auf ihre Fragen zu finden. Unsere Bibliothekare werden euch bei der Suche unterstützen. Zögert nicht, sie um Hilfe zu bitten.«

Als Applaus einsetzte, lächelte sie stolz, bevor sie zu ihrem Platz an einer der Tafeln zurückging und sich zwischen zwei ältere Männer setzte, die in graue Umhänge gewandet waren und auf deren Köpfen graue quadratische Kappen saßen.

»Trotz allem, was passiert ist, glaubt sie immer noch, dass ewiger Frieden zwischen den Völkern möglich ist«, murmelte Kayla. »Legende hin oder her. Es ist etwas weltfremd und naiv.«

»Vielleicht benutzt sie für diese positive Einstellung auch eine Creme. Du solltest sie danach fragen«, schlug ich vor.

Kaylas Schultern vibrierten vor unterdrücktem Lachen. »Das mache ich. Die ist wichtiger als die gegen Falten.«

»Ganz sicher.«

Wir klatschten noch, als unzählige Mengen an Schüsseln und Platten voll mit den köstlichsten Speisen herangeschwebt kamen und sich auf den Tischen verteilten.

»Gott, manchmal wünschte ich, ich wäre eine Hexe«, verkündete Kayla und griff nach einer Platte, auf der fein geschnittenes rohes Fleisch angerichtet war.

Ich nahm mir etwas von den mit Gemüse gefüllten Krautrouladen und den Griesknödeln. Seit dem Morgen hatte ich nichts gegessen, und da auch nur eine Zimtschnecke. Nun knurrte mein Magen vernehmlich. Ich sah zu Lupa, die schweigend Essen auf ihren Teller häufte, aber deren Blick die ganze Zeit aufmerksam durch den Saal schweifte. Kyrill hingegen hob den Blick nicht von seinem Grießknödel, den er jedoch nur hin und her schob. Er schien keinen Hunger zu haben. Mit Alexej an einem Tisch fühlte er sich sichtlich unwohl. Weshalb hatte er sich nicht woanders hingesetzt?

»Weshalb glaubst du nicht an einen dauerhaften Frieden?«, fragte ich Kayla zwischen zwei Bissen. »Vierzig Jahre sind eine lange Zeit, und Esteras Frieden hielt sogar fünfhundert Jahre.«

»Vierzig Jahre sind nicht viel mehr als ein Wimpernschlag.« Für eine Strigoi musste es sich wohl so anfühlen. »In der Vergangenheit ist einfach zu viel geschehen«, setzte sie fort und wirkte viel ernster als noch vor einigen Minuten. »Unrecht, das gesühnt werden muss.«

Ich schluckte einen Bissen hinunter. »Wäre es nicht besser, die Vergangenheit ruhen zu lassen? Immer wieder alte Wunden aufzureißen, ist unklug. Sie können nie heilen.«

»Manche Wunden heilen auch nach tausend Jahren nicht.« Schatten verdunkelten ihre Augen.

»Da hat sie leider recht. Diese Wunden schwären vor sich hin, und wenn sie wieder aufbrechen, schmerzen sie umso mehr.« Der Hexer neben mir streifte seine Kapuze ab, und nun erkannte ich sein Gesicht. »Manchmal ist es deshalb besser, sie auszubrennen. Ich bin Jaron Valeri«, stellte er sich vor. »Hexer im Fünften Grad.«

Er war der Hexer, den ich in Sophias Erinnerung gesehen hatte. »Valea Grecu. Frischgebackenes Mitglied des Coven Patel.«

»Es kann nicht leicht gewesen sein, den Ansprüchen des Hohepriesters zu genügen. Herzlichen Glückwunsch.«

»Danke schön.« Ich hatte nichts getan, um diese Glückwünsche zu verdienen.

»Und ich bin Kayla«, mischte die Strigoi sich ein. »Dreihundertachtunddreißig Jahre und keine einzige Falte.«

Ich schnaubte.

»Du lügst.« Magnus schob sich ein Stück Lachs in den Mund. »Ich erinnere mich an ein paar.«

Kayla kniff die Augen zusammen. »Sprich nicht weiter, wenn dir dein Leben lieb ist.«

Er zuckte nur mit den Schultern. »Hatte ich nicht vor.« Er war sichtlich stolz darauf, dass er dieses Mal am längeren Hebel saß. »Du solltest Melinda jetzt schon nach dieser Hexencreme fragen. Sicher ist sicher.«

»Willst du sie auftragen?« Sie lächelte lasziv. »Ich mochte es immer, wenn du mich massiert hast.«

Lupa schnaubte, sagte aber nichts.

Mit mahlenden Kiefermuskeln widmete sich Magnus wieder seinem Essen. Offensichtlich war das etwas, woran er nicht allzu gern zurückdachte, aber trotzdem würde er es nicht auf sich beruhen lassen.

Ich wandte mich wieder Jaron zu und überließ es den beiden, ihre kindische Diskussion fortzuführen. »Ausbrennen klingt barbarisch«

»Da stimme ich dir zu, aber manchmal ist ein Ende mit Schrecken besser als ein Schrecken ohne Ende. Hattest du schon mal eine Wunde, die immer wieder aufgebrochen ist?«

Keine, die man sah. Ich nickte zögerlich.

Wie in der Erinnerung hatte Jaron dunkelblondes kurzes Haar und grasgrüne, aufmerksame Augen. Die gleichmäßige Sonnenbräune wurde von unzähligen kleinen Narben unterbrochen.

»Bist du nicht mit der Königin verwandt?«, fragte Lupa schneidend.

»Es ist ungewöhnlich, dass ein Hexer in deinem Alter schon diesen Grad erreicht hat«, merkte Kayla fast gleichzeitig an.

Jaron kaute bedächtig, bevor er antwortete. »Mein Vater war ein entfernter Cousin der Königin, und du möchtest mir meinen Ehrgeiz sicher nicht zum Vorwurf machen. Schließlich war noch nie eine Frau Erste Offizierin eines Magnaten und«, er senkte die Stimme, »schon gar nicht die eines zukünftigen Palatins.«

»Touché«, murmelte Kayla. »Scheint, als würden die Zeiten sich ändern.«

Jaron hob eine Augenbraue. »Könnte daran liegen, dass manche Wunden doch heilen.«

Kayla erwiderte nichts, sondern hob ihr Glas, und als sie es schwenkte, kam mir der Gedanke, dass der Wein in den Gläsern der Strigoi möglicherweise gar kein Wein war. Plötzlich hatten wir die Aufmerksamkeit des ganzen Tisches. »Wir schließen und erneuern Freundschaften, ganz im Geiste von Caraiman«, sagte sie grinsend zu Magnus, dem nichts anderes übrig blieb, als sein Glas ebenfalls zu heben, um mit ihr anzustoßen. »Auf alte und neue Freundschaften«, wiederholte sie leise, nur an ihn gewandt. »Und dass die Wunden der Vergangenheit heilen.«

»Auf die Vergangenheit und die Zukunft«, sagte Jaron zu mir und stieß mit mir an.

Das beklemmende Gefühl der letzten Tage verschwand, aber ich war nicht sicher, ob es ein gutes Zeichen war, dass ausgerechnet ein Hexer dafür verantwortlich war. Nikolais Miene war ausdruckslos, während er Jaron und mich abschätzend musterte und dann sein Glas in meine Richtung hob. Vielleicht war es ein Friedensangebot. Ich lächelte, doch sein Gesichtsausdruck blieb ernst. Der Abend schritt voran und die Atmosphäre am Tisch wurde immer ungezwungener, was am Wein und den Anekdoten lag, die Kayla zum Besten gab, während Speisen verschwanden und neue erschienen. Die Geschichten handelten ausnahmslos von Vorfällen, die sich vor vier Jahren zugetragen hatten, als sie, Magnus und Nikolai schon einmal in Caraiman gewesen waren. Während Nikolai nun wenigstens ab und zu lächelte, fühlte sich Magnus sichtlich unwohl. Er saß stocksteif auf seinem Platz und funkelte Kayla wütend an, der das ziemlich egal war.

»Mich interessiert, wo diese heiße Quelle ist«, sagte Carys, eine Hexe mit goldenen Strähnen in ihrem lockigen kurzen Haar, die sich bisher nur mit Alexej unterhalten hatte. »Da würde ich auch gern mal baden.«

»Das Betreten des Waldes muss von Melinda genehmigt werden«, antwortete er ihr. »Jedenfalls nach Sonnenuntergang.« Er grinste und sah zu der Direktorin, die in ein Gespräch mit einem grauhaarigen Hexer vertieft war. »Nicht, dass mich das abgehalten hätte.« Er musterte Kyrill, der mittlerweile ein Stück Brokkoli sezierte.

»Warum? Ist es zu gefährlich wegen der Wolche?«, fragte ich.

Lupa verschluckte sich an ihrem Wein und prustete ihn über den halben Tisch.

Magnus schloss kurz die Augen.

»Wer hat dir dieses Märchen erzählt?« Feuer flackerte in Nikolais Blick, und meine Haut prickelte.

Lupa hatte mich also auch damit auf den Arm genommen, aber ich wollte sie nicht bloßstellen. »Ich dachte, ich hätte so etwas gelesen.«

»In der Bibliothek von Aquincum?«, fragte er. »Interessant.« Er wandte sich wieder seinem Teller zu.

»Stell dir vor, auch dort gibt es Bücher über mythische Fabelwesen«, gab ich ihm trotzdem eine Antwort, weil ich mich über ihn zu ärgern begann. Er reagierte nicht.

»Der Wald ist verboten, weil einige Teilnehmer meinten, es wäre lustig, ein paar Männer des fahrenden Volkes zu Tode zu erschrecken«, erklärte Magnus mir. »Es kursieren genug Geschichten über uns auf der anderen Seite der Nebelwand. Wir brauchen keine neuen.«

»Wir haben nur ein bisschen Spaß gemacht«, murmelte Kayla gereizt. »Niemand wurde ernsthaft verletzt und es gab keine neuen Geschichten.«

»Was nur daran lag, dass ich die Erinnerung der Menschen verändert habe, denen du deine Streiche gespielt hast«, erwiderte Magnus ebenso leise.

Kayla runzelte die Stirn. »Ich habe mich eine Trilliarde Mal entschuldigt.«

»Manchmal reichen Entschuldigungen nicht«, erklärte er selbstgefällig.

Ich lauschte der Auseinandersetzung ebenso interessiert wie Jaron, zumal sie mich davon abhielt, immer wieder zu Nikolai zu schauen. Die Geschichte der zwei war definitiv nicht zu Ende. Sie wussten es, und es gefiel ihnen nicht.

»Das hast du mir schon mehr als einmal gesagt, Mister Ich-mache-nie-Fehler.«

Überheblich grinsend stellte Magnus sein Glas ab. »Ich weiß. Ich hatte nur nie den Eindruck, dass du mir auch zuhörst.«

Am liebsten hätte ich mich eingemischt, aber Jaron schüttelte den Kopf, also ließ ich es. Er hatte recht. Die Fehde der beiden ging mich nichts an. Ich hatte meine eigenen Probleme. Möglicherweise war es das Beste, wenn ich mit Nikolai einmal unter vier Augen sprach. Nur, um diese Geschichte abzuschließen. Er sollte nicht glauben, ich hätte ihn absichtlich hinters Licht geführt.

»Ich werde Melinda fragen, ob ich in den Wald darf. Hättest du Lust, mich zu begleiten?«, fragte ich Jaron. Er hatte Sophia gekannt und vielleicht hatte er Informationen für mich. Außerdem war er ein Hexer und bestimmt konnte er mir jede Menge darüber erzählen, was gerade in Ardeal vor sich ging. Was sich verändert hatte, nun, da seine Königin zurück war, und was für eine Rolle es spielte, wenn Nikolai Palatin der Strigoi würde.

»Sehr gern.«

»Lass das bloß Alva nicht hören.« Carys wies auf die Hexe, die am Nebentisch saß und ziemlich missmutig dreinschaute. »Sie ist nur noch mal mitgekommen, weil sie hofft, dich endlich rumzukriegen.« Sie zwinkerte mir zu. »Alva will unbedingt den letzten lebenden Verwandten der Königin ehelichen. Wahrscheinlich zerrt sie Jaron in eine dunkle Ecke und kompromittiert ihn.«

Jaron sah nicht aus wie ein Mann, der sich leicht überrumpeln ließ.

»Dass ich Alva heirate«, erklärte Jaron entschuldigend an mich gewandt, »ist so wahrscheinlich, wie dass Carys noch viel länger den Titel meiner besten Freundin behält. Sie ist und bleibt ein Plappermaul.«

Carys lächelte ihn liebevoll an. »Damit droht er dauernd, aber er wird mich einfach nicht los. Er braucht mich, weil er selbst viel zu ernst ist.«

Es gefiel mir, wie ungezwungen die beiden miteinander umgingen, und ich wünschte, ich hätte auch so einen besten Freund.

»Sie kann uns auch begleiten«, schlug ich vor und griff nach einem Teller mit frittierten Topfenknödeln, auf denen Sauerrahm und Heidelbeeren thronten. Mutter hatte dieses Dessert immer im Spätsommer gemacht, und Kyrill und ich hatten es gegessen, bis uns davon schlecht wurde. Ob er sich an unsere Wettessen erinnerte?

»Keine gute Idee«, sagte Carys. »Mit Alva ist nicht mal als Hexe gut Kirschen essen. Wicca kann sie nicht ausstehen. Ist nichts Persönliches, liegt einfach in ihrer Familie. Sie bilden sich sehr viel auf ihren Stammbaum ein. Eine ihrer Vorfahrinnen wäre mal fast Königin geworden. Die Betonung liegt auf fast.«

Alexej stand auf und ging zu seinem Bruder. »Lass uns die Plätze tauschen«, sagte er, und zu meiner Überraschung stand Nikolai prompt auf und ging an Celias andere Seite. Kyrill sah aus, als wollte er am liebsten aufspringen und weglaufen, als Alexej sich neben ihn setzte. Der Strigoi sagte kein Wort, sondern schob nur einen Teller mit den Topfenknödeln zwischen sich und ihn. Kyrill schluckte, nahm aber seinen kleinen Löffel und kostete davon. Alexej lächelte zufrieden. Ich wandte mich wieder Carys zu, und sie begann mir zu erklären, wer ihrer Meinung nach Interessantes gerade noch so in Caraiman war. Nach kurzer Zeit glühte mein Kopf. All diese Namen würde ich mir nie merken.

Als wir nach dem Essen zu unseren Zimmern gingen, war die Stimmung deutlich lockerer als zu Beginn des Abends.

Ein paar Lumina schwirrten träge über unseren Köpfen und es brannten nur noch wenige Fackeln. Die schmalen Gänge wirkten in dem spärlichen Licht, als würden sie direkt in die Berge hineinführen. Ich war mir nicht sicher, ob wir vorhin denselben Weg genommen hatten, und befürchtete, dass ich mich allein hoffnungslos verlaufen würde. Nikolai und Alexej hatten Celia in die Mitte genommen, und jedes Mal, wenn ihre Schritte langsamer wurden, ließen auch ihre Brüder sich zurückfallen. Wir anderen passten uns dem Tempo automatisch an. Nach einer Weile legte Nikolai ihr einen Arm um die Schulter, um sie zu stützen. Ich hätte meine Hand dafür ins Feuer gelegt, dass sie nicht müde war, sondern sich einfach nur mal gern mit jemand anderem unterhalten hätte, aber sie ließen ihr keine Chance. Kayla schlenderte neben Magnus her, der sie jedoch nicht beachtete, und Jaron gesellte sich zu mir.

»Ist es dein erster Aufenthalt in Caraiman?«, fragte ich ihn.

Er schüttelte den Kopf, aber es dauerte einen Moment, bis er weitersprach. »Nein. Als ich klein war, habe ich meine Mutter auf ihren Reisen hierher begleitet. Ihre Aufgabe war und ist es, Melindas Arbeit zu überwachen. Früher war Caraiman das Zuhause der Hexenkönige und -königinnen. Die meisten von ihnen bestanden darauf, dass ihre gesamte Familie und ihre engsten Ratgeber mit ihren Familien hier lebten. Sie konnten es sich nicht leisten, auch nur einen von ihnen aus den Augen zu lassen.« Er zwinkerte mir zu, doch der Ausdruck in seinem Gesicht war ohne jeglichen Humor.

»Haben sie einander so wenig vertraut?«, hakte ich nach.

»Das kann man so sagen. Hexen sind nicht für ihre Friedfertigkeit berühmt.«

Das musste die Untertreibung des Jahrhunderts sein. »Ein Messer aus der Nähe sieht man eher kommen als einen Pfeil aus der Ferne, war das das Motto?«

»Ja. Das beschreibt es ziemlich gut.«

»Und Celesta gab das Schloss, das jahrhundertelang Wohnsitz ihrer Familie war, einfach auf?«

»Einfach fiel es ihr sicherlich nicht.«

»Warum hat sie es dann getan?«

»Das ist nicht mit zwei Sätzen zu erklären. Ich muss hier entlang«, sagte Jaron, und ich hatte den Eindruck, dass er erleichtert war, unser Gespräch nicht fortsetzen zu müssen. »Gute Nacht.«

»Schlaf gut.«

Gedankenversunken folgte ich den anderen. In den Büchern fand ich bestimmt eine Antwort auf diese Frage. Es musste eine Chronik des Schlosses existieren. Gleich morgen würde ich danach suchen.

»Das war zwar ein sehr schöner Abend,« Celia saß auf dem Bett und zog sich die Nadeln aus ihrem Haar, »aber morgen werde ich darauf bestehen, nicht zwischen Nikolai und Alexej zu sitzen. Sie stand auf und nahm sich ein weißes Schlafkleid aus dem Schrank. Ich unterdrückte einen entsetzten Laut, als sie begann, sich auszuziehen, und ihr abgemagerter Körper sichtbar wurde. Sie bemerkte meinen Schrecken trotzdem und streifte hastig das Kleid über. Zu hastig, denn für einen Moment geriet sie ins Wanken und griff nach dem Bettpfosten. Ich machte einen Schritt auf sie zu, um sie zu stützen.

»Bitte nicht. Es gibt einen Grund, weshalb ich nicht mit Kayla oder Liana in einem Zimmer wohnen wollte«, gestand sie verlegen, aber mit entschlossener Stimme. »Und nicht nur, weil Kayla und Nikolai ständig zusammenhocken, sondern weil ich mir meine Selbstständigkeit bewahren wollte. Ein wenig zumindest. Meine Familie glaubt, ich wäre zu schwach, um an dem Treffen teilzunehmen, ich muss ihnen das Gegenteil beweisen.« Entschlossenheit stand in ihren schmalen Zügen. »Aber dafür könnte ich etwas Hilfe gebrauchen.«

»Ich werde niemandem etwas sagen«, versprach ich und holte mein Nachthemd aus dem Schrank. »Aber wenn du doch mal Hilfe brauchst, dann bitte mich darum. Du hast deinen Bruder ja gehört, wenn dir etwas zustößt, dann wird er mich dafür verantwortlich machen, und ich habe keine Lust, sein Frühstück zu werden.«

Celia kicherte und kuschelte sich unter ihre Decke. »Nikolai ist ziemlich herrisch und besitzergreifend, aber ich habe in der Vergangenheit viele Fehler gemacht, für die ich nun bezahle. Wenn ich auf ihn gehört hätte, ging es mir jetzt besser. Ich muss schlafen«, murmelte sie und gähnte. »Ich bin froh, dass du hier bist, Valea. Ich glaube, wir werden gute Freundinnen. Und Nikolai solltest du einfach ignorieren.« Mit diesen Worten schlief sie ein, während ich im Raum umherging und die Kerzen löschte, die auf den Schreibtischen und Nachtschränken standen. Dann zog ich die Vorhänge zu und legte mich in mein Bett. Nikolai ignorieren – genau das hatte ich vor.

Wir hatten uns an Imbolc zum ersten Mal getroffen, dann waren Wochen vergangen, bis er gestern zurückgekehrt war. Nie und nimmer glaubte ich ihm die Geschichte, dass er sich Sorgen um eine einsame Wicca ohne Coven gemacht hatte. Ich seufzte und schloss die Augen. Meine Aufgabe wäre viel einfacher zu erfüllen, wenn Celia nicht mich als ihre Freundin auserwählt hätte. Wie kam sie darauf, dass ich diese Rolle ausfüllen konnte? Ich hatte noch nie eine Freundin gehabt.

Leise stieg ich am nächsten Morgen aus dem Bett, in dem ich erstaunlich gut geschlafen hatte, und suchte im Schrank nach bequemen Sachen. Viel zu lange war ich daran gewöhnt gewesen, bei Sonnenaufgang aufzustehen, als dass ich länger liegenbleiben konnte, obwohl heute keine Arbeit auf mich wartete. Bis zum Frühstück konnte ich das Schloss und dessen Umgebung erkunden. Ich schlüpfte in eine bequeme Leinenhose, eine Bluse, einen grünen Umhang und zog ein Paar Stiefel an. Celia regte sich kein einziges Mal. Im Flur orientierte ich mich kurz und lief durch die leeren Bogengänge zurück zu den Treppen. Zweimal bog ich falsch ab und landete in irgendwelchen Gängen, bis ich die Eingangshalle fand. Das Portal stand offen, sodass ich ungehindert den Vorplatz betreten konnte. Hinter den Bäumen ging gerade die orangefarbene Sonne auf. Zwitschernde Vögel flogen an mir vorbei und eine milde Brise strich mir über das Gesicht. Von irgendwoher ertönte ein Wiehern. Neugierig umrundete ich das Schloss in einem großen Bogen, lief an Stallungen vorbei und entdeckte eine Treppe, die nach unten zu der Ebene führte. Die Aussicht war wunderschön. Ich gab meinen ursprünglichen Plan, das verwinkelte Schloss zu erkunden, auf und stieg die steinernen Stufen hinunter. Am Fuße der Treppe folgte ich einem Trampelpfad in Richtung Wald, quer über eine Wiese, die sich zwischen den Bergen zu meiner Linken und dem Wald zu meiner Rechten erstreckte. Die frische Morgenluft roch nach Tannengrün und Moos. Im Gras wuchsen gelbe Narzissen, blaue Krokusse und weiße Gänseblümchen. Je weiter ich lief, desto befreiter fühlte ich mich. Ich hatte das Land vermisst, und auch wenn ich mich nicht an viele Details erinnerte, so doch an das Gefühl der Verbundenheit. In Rasca hatte sie sich nicht eingestellt, doch hier – völlig allein mit den spitzen, hohen Bergen in meinem Rücken und den dunklen, mächtigen Tannen vor mir – fühlte ich mich endlich zu Hause. Ich hielt das Gesicht in die fahle Sonne und den Wind, sog das Land so in mich auf, dass sich meine Brust vor Freude weitete. Hier hatte ich die glücklichen Jahre meiner Kindheit verbracht. Hier war ich geliebt worden und hatte geliebt. Meine Eltern, meine Geschwister und ich waren eins mit diesem Land gewesen, was bald wieder so sein würde. Ich musste mir nur Zeit geben. Lächelnd wollte ich meinen Weg fortsetzen, als mich ein Donnern hinter mir herumwirbeln ließ. Unter meinen Füßen bebte die Erde. Ich drehte mich um und sah ein riesiges schwarzes Ungeheuer auf mich zustürmen. Vor Schreck stolperte ich über eine herausstehende Wurzel, fing mich ab, bevor ich auf den Boden knallte, und rannte los, direkt auf den Wald zu. Dorthin konnte das Ungetüm mir nicht folgen. Zwischen den Bäumen hatte ich vielleicht eine Chance, mich zu verstecken. Das Donnern kam von Sekunde zu Sekunde näher, Schweiß brach mir am Rücken aus, und meine Kraft ließ nach. Doch der Wald war nur noch wenige Meter entfernt. Ich konnte es schaffen. Jeder Muskel in meinem Körper zitterte vor Anstrengung, und meine Lunge schmerzte. Meine Nackenhaare stellten sich auf, als das Getöse direkt hinter mir erklang, mich eine Hand am Rücken packte und mich vom Boden pflückte, als wäre ich eins der verstreuten Gänseblümchen. Vor Überraschung und Schmerz schrie ich auf, als ich mit meinem Hinterteil unsanft auf dem Rücken eines Pferdes landete. Ich versuchte, mich zu bewegen, wurde aber an eine steinharte Brust gepresst. Das Tier verlangsamte sein Tempo und verfiel dann in einen leichten Trab. Ich konnte nicht fassen, dass ich vor einem Pferd davongelaufen war. Einem Pferd, auf dessen Rücken ein sehr wütender Strigoi saß, der mich mit wenigen Bewegungen zwischen seinen Schenkeln platzierte.

»Was denkst du, was du hier tust?«, herrschte Nikolai mich an. Sein Arm schlang sich fest um mich, und das Pferd tänzelte nervös auf der Stelle. Es passte ihm ganz und gar nicht, dass es nicht weitergaloppieren durfte. Von mir aus könnte es seinen Herren zum Ende der Welt befördern. Allerdings nicht mit mir zusammen. Soweit es mir sein Griff erlaubte, wandte ich mich um. Beinahe berührten sich unsere Nasenspitzen. Dunkle Flammen standen in seinen Augen. Zusammen mit dem schwarzen Hemd und der ledernen schwarzen Weste sah er aus, als wäre der Teufel persönlich aus seinem Höllenloch gekrochen, nur um mich einzufangen. Ein sehr attraktiver Teufel, den eine seltsame Art von Dunkelheit umgab. »Ich bin spazieren gegangen.« Das Herz donnerte in meiner Brust und ich versuchte, mich aus seiner Umklammerung zu befreien. Er hob eine der nachtschwarzen Augenbrauen und verzog seine Lippen zu einem sinnlichen Lächeln. »Dabei benutzt man beide Beine, um von A nach B zu kommen, und betrachtet seine Umgebung«, erklärte ich und ignorierte die Wärme, die sich in meinem Körper ausbreitete. Ich hatte diesen Mann nackt gesehen und er mich. Unsere gemeinsame Nacht kam mir fast unwirklich vor, als hätte ich sie nur in meiner Fantasie erlebt. »Das solltest du einmal ausprobieren. Würde das Höllenfeuer in deinen Augen auspusten.«

Das Lächeln erlosch. »Ich weiß, was Spazierengehen ist. Immerhin folge ich dir nicht zum ersten Mal. Aber du bist hier nicht mehr in Aquincum, und je eher du das begreifst, desto besser.«

»Wenn du weißt, was ich getan habe, weshalb hast du mich dann wie ein übergriffiger Feldherr eingefangen, statt mich in Ruhe zu lassen?«

»Das hätte ich nur zu gern, doch Celia wollte noch eine Weile deine Gesellschaft genießen. Sie hat mich gebeten, dich zurückzuholen. Glaub mir, normalerweise tue ich um diese Zeit etwas deutlich Unterhaltsameres.« Mit einer winzigen Bewegung setzte er das ungeduldige Tier in Bewegung.

Kaylas Gesicht blitzte vor mir auf. »Ich dachte, Celia wollte meine Freundin sein«, fauchte ich.

»Das will sie auch, deswegen bin ich hier. Als ich das letzte Mal nachgelesen habe, stand Leben retten auf der Liste, was Freunde füreinander tun.«

Ich versuchte, die Gefühle, die seine Hand auf meinem Bauch in mir auslöste, zu ignorieren. »Das hast du also gerade getan? Mein Leben gerettet? Weshalb bin ich da nicht gleich draufgekommen. Hat sich kurz angefühlt, als wolltest du mich von deinem Gefährten aus der Unterwelt tottrampeln lassen.«

»Zerberus stammt nicht aus der Unterwelt. Ich habe ihn selbst großgezogen«, erklärte er belustigt.

»Und wahrscheinlich hast du ihn mit Blut gefüttert.«

Nikolai seufzte leise, brachte mit einer winzigen Bewegung das Tier zum Stehen und drehte es so, dass wir den Waldrand betrachten konnten. »Hör genau hin.« Seine Nasenflügel weiteten sich, als versuchte er, etwas oder jemanden zu wittern.

»Hören?« Ich wandte mich dem Wald zu.

Er nickte und starrte konzentriert zu den hohen Kiefern, Tannen und Eichen. Der Waldrand war von dichtem Unterholz gesäumt, und obwohl ein kühler Wind über die Ebene wehte, bewegten sich die Äste der Bäume nicht. Es schien, als würde er einen Bogen um den Wald machen. »Es ist totenstill«, flüsterte ich, obwohl ich das Zirpen von Grillen, die Warnrufe der Eichelhäher und das Summen von Bienen erwartet hatte. »Wie ist das möglich?«

»Der Wald spürt, dass etwas auf uns zukommt. Oder es ist schon da. Ich weiß es nicht.« Sein Atem strich über mein Ohr. »Es wäre keine gute Idee gewesen, ihn zu betreten. Du musst hinhören, wenn du überleben willst.«

»Ich hatte nicht vor, hineinzugehen«, erklärte ich. »Und ich habe immer auf mich allein aufgepasst, falls du es vergessen hast.«

»Das habe ich nicht, und ich verstehe immer noch nicht, weshalb deine Eltern vor ihrem Tod nicht für deinen Schutz gesorgt haben.«

»Weil ihnen keine Zeit geblieben ist. Sie starben, und von einer Sekunde zur anderen lag mein Leben in Trümmern.«

Er hielt mich einfach nur fest und wir betrachteten gemeinsam den Waldrand. »Das tut mir leid«, sagte er dann, wendete das Pferd, das vor Furcht die Ohren angelegt hatte, und machte sich auf den Rückweg. Die Türme des Schlosses ragten zwischen ein paar Bergkuppen hervor. Ich war viel weiter gelaufen, als ich geplant hatte. Gerade als ich das Gespräch auf unsere Begegnung in der Bibliothek bringen und mich für meine Verdächtigungen entschuldigen wollte, durchbrach ein dumpfes Geräusch die unnatürliche Stille, und mit einer abrupten Bewegung zügelte Nikolai das Tier wieder.

»Was ist das?« Unruhig rutschte ich hin und her und versuchte, etwas Abstand zwischen uns zu bringen. Seine Schenkel rieben sich an meinen, und trotz des Stoffes zwischen uns fühlte es sich an, als riebe Haut auf Haut.

»Sitz still«, herrschte er mich an und ließ den Waldrand keine Sekunde aus den Augen.

Tief, volltönend und bedrohlich stieg ein stetiger Glockenschlag aus der Mitte des Waldes in den Morgenhimmel empor. »Ist in dem Wald ein Kloster oder eine Kirche?«

»Nein. Nichts dergleichen.« Ohne Vorwarnung versetzte er das Pferd in Trab und beschleunigte mit leichtem Schenkeldruck dessen Geschwindigkeit. Sein Umhang flatterte aufgebracht um uns herum, als er mit einer Hand das Tier über die Ebene jagte und mich mit der anderen fest an sich gepresst hielt. Mir blieb nichts anderes übrig, als mich wie eine Beute zurückbringen zu lassen. Darüber musste ich dringend mit Celia reden. Er reduzierte das Tempo erst, als wir den Pfad erreichten, der zum Schloss hinaufführte, und die ganze Zeit folgte uns der unheimliche Glockenschlag.

»Was hast du geglaubt, weswegen ich nach Aquincum zurückgekehrt bin«, fragte Nikolai, während Zerberus gemächlich den Weg entlangtrottete. »Und weshalb bist du vor mir weggelaufen?«

Mit einer Hand rieb ich über das weiche Pferdefell. Die Wahrheit, dass ich gedacht hatte, er wollte mich der Hexenkönigin ausliefern, konnte ich ihm nicht sagen, ohne ihm meine echte Identität zu enthüllen. »Ich dachte, du wolltest von mir trinken.«

»So verführerisch du auch riechst, ich würde einer Wicca niemals ohne ihre Einwilligung ihr Blut nehmen. Das solltest du wissen.« Er machte eine Pause. »Wenn du mich jedoch darum bittest, würde ich von ihr kosten. Aber nur einen winzigen Schluck.« Seine Stimme nahm einen verführerischen Klang an.

Seine Zähne hatten über die Haut an meinem Hals geritzt, als er in mich eingedrungen war, und obwohl man nichts sah, spürte ich sie an dieser Stelle manchmal immer noch. »Das wird nicht passieren.« Meine Stimme zitterte, und unruhig rutschte ich wieder hin und her.

Der Druck seiner Hand auf meinem Bauch verstärkte sich und sein sinnliches Lachen vibrierte durch mich hindurch. »Versprich nichts, was du nicht halten kannst.«

»Was hätte ich davon, wenn du von mir trinkst?«

»Einen Genuss, von dem du sonst nur träumen kannst.«

Nun musste ich lachen. »Da ist aber jemand sehr von seinen Fähigkeiten überzeugt. Um auf deine Frage zurückzukommen.« Ich setzte mich gerade auf. »Das nächste Mal, wenn du mich wiedersehen möchtest, solltest du mir nicht drohen. Nur um Missverständnisse zu vermeiden.«

»Ich habe dir nicht gedroht.« Tatsächlich klang seine Stimme so ungläubig, als läge es jenseits seiner Vorstellungskraft, dass ich vor ihm Angst gehabt haben könnte.

»Dann war die Bemerkung ›Wenn du nicht da bist, dann finde ich dich‹«, ich ahmte seine Stimme so gut wie möglich nach, »was genau?«

»Jedenfalls keine Drohung. Ich wollte wissen, ob es dir gut geht. Ob mein Besuch Konsequenzen gehabt hat. Immerhin hätte es möglich sein können, dass diese Männer dich anzeigen. Du hast deine Magie benutzt, mitten in Aquincum.« Sein Körper hinter mir spannte sich vor Ärger an. Offenbar war er es nicht gewohnt, dass jemand seine Handlungen hinterfragte.

Ich schnaubte. »Dann hast du dir recht lange Zeit gelassen. Ich hätte längst im Kerker sitzen oder tot sein können.« Diese Begründung war so unzureichend wie meine eigene. Weshalb hätte er sich um mich sorgen sollen? Wir hatten eine einzige Nacht miteinander verbracht und uns zu nichts verpflichtet. Ich war sicherlich nicht die erste Frau, die ihm eine Nacht schenkte, und ich würde nicht die letzte sein. Ich biss die Zähne zusammen, um ihn nicht darauf hinzuweisen, und weil der Gedanke, wie er das, was wir getan hatten, mit einer anderen Frau tat, mehr schmerzte, als es sollte. Ich hatte keinen Anspruch auf ihn, und dann war da immerhin Kayla, aber auch nach ihr würde ich ihn nicht fragen.

»Du hast recht. Ich hätte früher kommen müssen«, nahm er mir den Wind aus den Segeln. »Es tut mir leid. Erklärst du mir, wie du es innerhalb von zwei Tagen geschafft hast, nach Ardeal und sogar nach Caraiman zu kommen?« Diese Frage musste ihm seit gestern auf der Zunge brennen.

»Ich wusste, wie ich in Ardeal um Hilfe bitten kann, falls mich ein übergriffiger Strigoi bedroht. Und das habe ich getan.«

»Und sieh an, welcher Coven dich aufgenommen hat.« Er war immer noch misstrauisch, aber er wollte mich nicht direkt der Lüge bezichtigen. »Der des Hohepriesters persönlich. Du wirst immer interessanter.« Seine Nasenspitze glitt sanft über meine Wange und die Berührung verursachte mir am ganzen Körper Gänsehaut. »Du verheimlichst etwas vor mir, aber ich werde herausfinden, was es ist.« Für eine Sekunde verirrte sein Daumen sich unter die Bluse, die bei meinem Lauf aus dem Hosenbund gerutscht war.

Ich unterdrückte ein Seufzen. Mein verräterischer Körper erinnerte sich an jede Einzelheit unserer gemeinsamen Nacht und wünschte sich mehr als diese harmlose Berührung. Ich presste meine Hand auf seine, als zwei weitere Finger auf Wanderschaft gingen. In der letzten Nacht hatte er vermutlich das Bett mit Kayla geteilt. Bei der Vorstellung drehte sich mir der Magen um. »Nimm deine Hände weg«, verlangte ich mit leiser Stimme.

»Sonst was? Wirst du deine Magie einsetzen?« Wir hatten den Schlosshof erreicht und er brachte das Pferd mit einem kurzen Anziehen der Zügel zum Stehen.

»Du kannst es gern darauf ankommen lassen. Ich verheimliche nichts vor dir«, beantwortete ich seine vorherige Frage, »und der Hohepriester war sehr nett zu mir.«

»Das kann ich mir vorstellen.« Ein unechtes Lächeln legte sich auf seine Züge, und dann blitzten seine Reißzähne auf. »Ich entschuldige mich noch mal in aller Form, wenn ich dich erschreckt haben sollte oder dir zu nahe getreten bin. Und gestern Abend wollte ich dir ebenfalls nicht drohen. Ich wollte nur klarstellen, dass ich nicht zulassen werde, dass Celia etwas zustößt.« Ohne Vorwarnung ließ er mich von dem Pferderücken gleiten. Ivan und Alexej standen am Portal und liefen nun die Treppe hinunter.

Alexej grinste mich an. »Er hat dich also eingefangen.«

Meine Nägel bohrten sich in meine Handflächen. Es zu leugnen, war zwecklos. Er hatte mich geschnappt wie ein Fuchs eine Häsin.

»Die beiden begleiten dich auf dein Zimmer«, informierte Nikolai mich.

»Ich finde den Weg allein.«

Mein Widerspruch perlte einfach an ihm ab. »Möglich. Aber ich möchte trotzdem sichergehen, dass du dich nicht verläufst.«

»Das lasse ich dir nur einmal durchgehen.«

Er würdigte diese Bemerkung keiner Antwort und lenkte das Tier über den Schlosshof in Richtung der Stallungen. Am liebsten hätte ich ihm etwas Unflätiges hinterhergerufen, erinnerte mich aber im letzten Moment an meine gute Erziehung und ließ es bleiben.

Ivan musterte mich feindselig, während wir zum Eingang gingen. »Celia wird froh sein, dass du unbeschadet zurückgekommen bist.«

»Mir wäre nichts passiert«, behauptete ich. »Sie muss sich nicht um mich sorgen, aber es ist trotzdem nett von ihr«, lenkte ich ein und folgte den beiden wortlos durch das Schloss.

Celia saß auf ihrem Bett und las, als ich eintrat. Schuldbewusst, sah sie zu mir auf.

Ich ging zum Schrank und holte frische Sachen heraus. »Das war unnötig. Wenn wir Freundinnen sein wollen, hetz mir nicht noch mal deinen Bruder auf den Hals.«

Sie wirkte ehrlich zerknirscht, und mein Ärger verpuffte. »Ich habe mir Sorgen gemacht. Als ich wach wurde, hatte ich plötzlich ein seltsames Gefühl, und du warst fort.«

»Was für ein seltsames Gefühl?« Ich hatte mich waschen wollen, drehte mich nun aber wieder um.

»Ich kann es nicht sehr gut erklären. Irgendwas stimmte nicht. Der Wald ist normalerweise ungefährlich, doch ich habe eine Gefahr gespürt und Nikolai gebeten, dich zu suchen. Er hört immer auf mich.«

»Wenn du ein komisches Gefühl hast?«

Sie nickte. »Strigoi sind nicht hellsichtig, ich schon. Er hat sich niemals darüber lustig gemacht.«

»Wie nett von ihm.« Ich konnte den Sarkasmus in meiner Stimme nur schwer verbergen.

»Habt ihr etwas entdeckt? War dort jemand, der nicht dorthin gehörte?«

»Das weiß ich nicht. Dein geschätzter Bruder hat seine Erkenntnisse nicht mit mir geteilt. Möglicherweise hat er etwas gewittert. Das Einzige, was ich gehört habe, war eine Glocke.«

»Eine Glocke?«

Ich zuckte mit den Schultern. »Ich dachte, in dem Wald gibt es ein Kloster oder etwas Ähnliches. Deine Gabe verrät dir also nicht, wovor man sich in Acht nehmen muss?«

Hilflos zuckte sie mit den Schultern. »Nein. Leider nicht. Ich spüre nur, wenn Unheil droht. Eine ziemlich nutzlose Fähigkeit.«

»Vielleicht ja nicht«, versuchte ich, sie zu trösten. »Aber trotzdem wäre ich dir sehr verbunden, wenn du mir Nikolai vom Leib hältst. Ich wäre übrigens nie allein in den Wald gegangen.« Bevor sie etwas erwidern konnte, verschwand ich in dem kleinen Bad, wusch mich rasch, bürstete mein Haar und zog einen braunen Rock und eine haselnussfarbene Bluse an. Braune Schnürstiefel vervollständigten das Outfit.

»Gehen wir zusammen frühstücken?«, fragte Celia vorsichtig, als ich aus dem Bad kam. »In einer halben Stunde müssen wir uns im Vortragssaal versammeln.«

»Sehr gern.« Ich konnte ihr nicht länger böse sein, schließlich war sie nur um mich besorgt gewesen.

»Gut.« Strahlend hakte sie sich bei mir unter. »Ich bin gespannt, was uns heute erwartet.«

Als wir in den Flur traten, liefen ein paar Meter vor uns Ivan, Jaron und Kayla. Ein junger Hexer mit blauem kurzem Haar hob grüßend die Hand in ihre Richtung. Neben ihm ging ein ernst wirkendes Mädchen mit grauen Haaren und einem Muttermal im Gesicht. Es verlief über ihrem linken Auge, war deutlich brauner als ihre Haut und hatte die Form eines Blitzes.

»Das sind Valeria und Vito. Sie sind auch Geschwister«, erklärte Celia. »Ihr Großvater war ein Hexer Zehnten Grades und gehörte einer Gruppe an, die den Krieg viel früher beenden wollte. Er fiel einem Anschlag zum Opfer, der unserem Vater angehängt wurde. Unter der Hand wurde immer gemunkelt, dass die Hexenkönigin ihn hat umbringen lassen, weil sie seinen Einfluss fürchtete. Die Eltern von Valeria und Vito erneuerten danach den Treueeid gegenüber der Königin. Hauptsächlich, um ihre Kinder zu schützen.«

»Hast du das alles von den Spionen deines Bruders erfahren, oder steht so was im *Wer ist Wer* von Ardeal?

Celia grinste. »Nikolai rückt seine Infos nicht freiwillig raus. Ich muss da schon kreativ sein, um etwas zu erfahren. In dem Fall habe ich mich in sein Arbeitszimmer geschlichen und seine Unterlagen durchwühlt. Er hatte über fast alle Teilnehmer Informationen zusammengetragen. Über dich war nichts dabei.«

Ungläubig sah ich sie an und musste lachen. Celia war nicht zu unterschätzen. Sie war körperlich zwar nicht in Hochform, doch sie war klug und einfallsreich. Ich fragte mich, was genau ihr fehlte.

9. KAPITEL
SCHLOSS CARAIMAN IN ARDEAL

Wir betraten den Frühstücksraum, der deutlich kleiner war als der Saal, in dem wir zu Abend gegessen hatten. Bredica saß mit einigen Bibliothekaren an einem Tisch, der etwas abseits stand.

Kyrill betrachtete das Buffet. Als er uns sah, kam er zu uns. »Ich war heute früh im Kräuterkabinett und habe dir einen Tee zusammengestellt.« Verlegen reichte er Celia ein Beutelchen. »Vielleicht magst du den probieren. Ich glaube, er wird besser schmecken. Dein Bruder hat mir ein bisschen von deiner Krankheit erzählt.«

»Das ist lieb von dir.« Celia lächelte dankbar. »Habt ihr euch wieder vertragen?«

»Ich meinte Nikolai«, erwiderte er steif. »Er hat mir auch gestattet, dir den Tee zuzubereiten. Du kannst ihn jedoch vorkosten lassen, wenn dir das lieber ist.« Sein Blick glitt zu mir.

»Ich glaube nicht, dass das nötig sein wird.« Celia legte ihm eine Hand auf den Arm. »Danke schön. Das war sehr aufmerksam von dir.« Sie beugte sich vertraulich nach vorn. »Unter uns gesagt, ich habe den anderen Tee meistens in Mutters Blumentöpfe gekippt.« Sie grinste. »Die Pflanzen sind eingegangen.«

Kyrill wirkte nicht ganz so amüsiert wie sie. »Einige der Kräuter waren zu hoch dosiert. Das kann mehr schaden als nützen. Wenn ich mehr von diesem machen soll, sag mir Bescheid.«

»Schleimen wir uns bei einer Lazar ein?«, erklang Lupas Stimme hinter uns.

Stirnrunzelnd drehte ich mich um. Das war ausgesprochen unhöflich. Der Hexer, der mir gestern vor dem Abendessen schon aufgefallen war, hatte einen Arm um sie gelegt. Kannten die beiden sich?

»Adrian Grigore«, stellte er sich vor. »Hexer im Vierten Grad.« Er strich sich durch das an den Seiten militärisch kurz geschnittene weiße Haar.

»Guten Morgen«, grüßte ich zurück. »Interessante Tätowierung.«

Er nickte nur knapp, gab aber keine Erklärung zu den Runen, die seine rechte Gesichtshälfte zierten. Ich war sicher, dass sie etwas bedeuteten.

»Wie ist dein Zimmer«, wandte ich mich an Lupa.

»So gut, wie man es unter den Umständen erwarten konnte.« Ihr Blick ruhte immer noch feindselig auf Celia.

»Ich mache mir meinen Tee«, verkündete diese, als würde sie es nicht bemerken. »Vielen Dank. Ich bin sicher, er wird schmecken«, sagte sie noch einmal zu Kyrill.

Ich entdeckte Arvid am Buffet, wo er kritisch das rohe Fleisch musterte. Er hatte nicht mitbekommen, wie Kyrill ihr den Tee gegeben hatte.

»Wir sehen uns«, sagte ich zu Lupa und folgte Celia, die heißes Wasser aus dem Samowar in ihren Becher laufen ließ.

Die Kräuter verbreiteten einen wohlriechenden Duft. »Du solltest Arvid vielleicht davon kosten lassen«, sagte ich leise und verabscheute mich gleichzeitig für mein Misstrauen.

»Das ist nicht sehr nett von dir«, rügte Celia mich. »Kyrill gehört zu deinem Coven.«

Ja, und er ist sogar mein Bruder, wollte ich sagen. »Ich kenne ihn doch kaum«, verteidigte ich mich und war entsetzt darüber, wie sehr diese Behauptung stimmte.

»Gut geschlafen, Schwesterherz?« Alexej tauchte neben uns auf und küsste Celia aufs Haar.

»Wie ein Baby. Wenn Valea heute früh, als sie sich aus dem Zimmer geschlichen hat, nicht so einen Lärm veranstaltet hätte, würde ich jetzt noch träumen.«

»Ich war sehr leise«, verteidigte ich mich.

Celia hob eine Augenbraue. »Möglicherweise nennt ihr Wicca das leise. Für mich klang es, als würde eine Horde Hexen auf ihren Besen durchs Zimmer jagen.«

Ich musste lachen. Wahrscheinlich hatte es für sie mit ihrem empfindlichen Hörsinn tatsächlich so geklungen. »Morgen gebe ich mir mehr Mühe.«

»Lass das Nikolai nicht hören«, sagte Alexej. »Wenn er herausfindet, dass du dich morgen wieder rausschleichen willst, dann kettet er dich an dein Bett.«

»Das würde er nicht wagen«, sagte ich schockiert.

Alexej zuckte mit den Schultern. »Sei gnädig mit ihm. Jeden Morgen kann er nicht so früh aufstehen und dir hinterherjagen. Er ist nicht mehr der Jüngste, daher braucht er seinen Schlaf. Wenn er den nicht kriegt, wird er leicht unleidlich.«

»Er war nicht unleidlich, sondern zornig und unhöflich.«

Alexej lachte auf. »Glaub mir, er war *nur* unleidlich. Zornig willst du ihn nicht erleben.« Der letzte Satz klang ungewöhnlich ernst. »Was trinkst du da?«, wechselte er das Thema.

»Tee. Kyrill hat ihn mir gemacht. Wie ist es zwischen euch gelaufen?«

»Er hat sich von Amelia ein anderes Zimmer geben lassen«, antwortete Alexej verdrießlich. »Würdest du ihn Valea vorkosten lassen?«

Celia seufzte. »Du hast ihn selbst gebeten, mir welchen zu machen, und nun traust du ihm nicht? Wenn Valea nicht probiert, lässt du ihn mich dann trotzdem trinken?«

»Nein. Ich wollte ihn begleiten, wenn er die Kräuter mischt, aber er hat abgelehnt.«

»Weil du ihn verletzt hast. Ich dachte, du magst Kyrill?«

»Tue ich auch, aber dich liebe ich.«

Glaubte er etwa, Kyrill würde mir die Tasse aus der Hand reißen, wenn wirklich Gift drin wäre? Einfältiger Tropf. Ich nahm Celia die Tasse aus der Hand, pustete in die heiße Flüssigkeit und trank einen Schluck. »Er ist lecker«, erklärte ich.

»Als würde Kyrill seine Fähigkeiten jemals missbrauchen, Blutsauger.« Lupa trat neben Alexej. »Dann wären sie wenigstens sinnvoll.«

»Du musst die netteste Wicca der Welt sein«, schoss er zurück. »Wie schön, dich endlich kennenzulernen.«

»Ich kann durchaus nett sein«, schnurrte sie, trat näher an ihn heran und zog mit dem Zeigefinger eine Linie von seiner Brust bis zum Bauchnabel.

»Sicher. Wie eine Katze. Erst will sie Futter von dir, und dann rammt sie dir ihre Krallen in deine wichtigsten Körperteile«, konterte er gelassen und zeigte beim Lächeln seine Reißzähne.

Ich lachte ungläubig, weil dieses Verhalten Lupa perfekt beschrieb, und hatte gleichzeitig ein schlechtes Gewissen, weil das äußerst illoyal von mir war.

»Bei dir würde ich mit den zweitwichtigsten Körperteilen anfangen.« Sie grinste böse. »Wir wollen dich ja nicht wirklich kaputtmachen.«

»Da bin ich aber erleichtert.« Er ließ uns beide stehen und bugsierte Celia aus Lupas Reichweite.

»Setz dich mit zu uns«, rief Celia mir zu und machte sich von ihrem Bruder los. »Bitte«, flehte sie mit komischem Gesichtsausdruck.

Da alle anderen Tische bereits besetzt waren, blieb mir kaum etwas anderes übrig. Ich holte mir eine Portion Polenta mit Spiegelei von einem Buffet, das keine Wünsche offenließ, und folgte den beiden dann. Kurz darauf gesellte sich Magnus zu uns, der kein Wort sagte und nur eine riesige Portion Speck mit Rührei verspeiste. Erst als Kayla den Stuhl neben ihm wegzog, schaute er auf und verengte die Augen zu Schlitzen, denn ihm gegenüber nahm Nikolai Platz.

»Guten Morgen«, verkündete Kayla fröhlich. »Habt ihr alle gut geschlafen?«

»Das hätte ich, wenn in deinem Zimmer nicht ein so reger Verkehr geherrscht hätte. Vielleicht könnte er etwas leiser sein, wenn er dich besucht, und die Tür nicht so laut zuschlagen.«

»Er sitzt dir direkt gegenüber.« Kayla grinste. »Und solange dir nur das Türklappern zu laut war …«

»Kinder, Kinder«, unterbrach Alexej den Streit, der Kayla sichtlich amüsierte, Magnus jedoch dazu brachte, die Gabel mit der bloßen Hand zu verbiegen. »Ihr habt doch gehört, was Melinda gestern gesagt hat. Wenn ihr also nicht riskieren wollt, rausgeworfen zu werden, dann müsst ihr euch schon vertragen. Vielleicht kann Kayla heute Nacht zu Nikolai gehen, sein Zimmer liegt am anderen Ende des Ganges«, konnte er sich jedoch eine Spitze nicht verkneifen. Und gerade noch hatte ich mich über seine Vernunft gewundert, die so gar nicht zu ihm zu passen schien. Ich biss mir auf die Innenseiten der Wangen. Es interessierte mich kein bisschen, wer wo seine Nacht verbrachte.

»So machen wir das.« Zufrieden nippte Kayla an ihrem Glas, das vermutlich Blut enthielt. »Du musst mehr essen, Mäuschen«, sagte sie zu Celia. »Ich hole dir ein paar Nüsse und Beeren.« Sie stand auf, und eine Sekunde später lief Magnus ihr zum Buffet hinterher.

Alexej seufzte übertrieben. »Junge Liebe.«

Das war es wohl kaum. Magnus schien mir eher rasend vor Eifersucht zu sein, weil Kayla mit Nikolai zusammen war. Warum sie ihn trotzdem so provozierte, war mir schleierhaft. Nikolai schien das allerdings weniger zu interessieren. Er saß am Tisch, so still wie eine Statue. Wenn sein Blick nicht unablässig über die Anwesenden gewandert wäre, hätte man glauben können, ein Bildhauer hätte sein schönstes Werk hier platziert.

Kayla kam mit anmutigen Schritten zu Celia zurück und stellte einen Teller vor ihr ab. Celia seufzte und nahm sich eine Blaubeere. Kein Wunder, dass die Ärmste sich wünschte, mit mir zusammenzuwohnen, diese Fürsorge war regelrecht übergriffig. Als ich mich umdrehte, sah ich Magnus aus dem Raum stürmen.

»Wollen wir nach der Antrittsvorlesung das Schloss erkunden?«, wandte ich mich an Celia. »Bestimmt gibt es jede Menge zu entdecken.«

»Der Süd- und der Westflügel sind gesperrt«, erklärte Nikolai wie aus der Pistole geschossen. »Und ich hatte bereits vor, Celia herumzuführen.«

Schade, dass die Statue einen Mund hatte.

»Mach dir keine Umstände. Ich gehe mit Valea. Du hast sicherlich viel zu tun«, entgegnete Celia. »Wichtige

Regierungsgeschäfte und so. Ich will nicht dafür verantwortlich sein, wenn du deine Pflichten vernachlässigst.«

So leicht wurde sie ihn nicht los. »Kayla wird euch begleiten. Sie kennt sich im Schloss aus. Dann verlauft ihr euch nicht.«

»Klar.« Kayla stand auf. »Mache ich. Wir sollten uns beeilen, bevor Melinda uns irgendwas anhext. Sie hasst Unpünktlichkeit, und Bredica ist schon vor fünf Minuten gegangen.«

»Ich denke, Schadenszauber sind verboten.« Die anderen strömten nun ebenfalls aus dem Raum.

»Für die Teilnehmer, nicht für die Direktorin«, sagte Nikolai. »Im Angriffsfall wird sie Caraiman mit allen Mitteln verteidigen.«

»Wurde das Schloss denn schon mal angegriffen?« Er lief so dicht neben Celia her, als befürchtete er jeden Moment einen dieser Überfälle.

»Es gab Versuche, aber sie wurden jedes Mal vereitelt.«

»Von Hexen oder Strigoi?«

Sein nachdenklicher Blick traf mich. »Wicca schließt du von vornherein aus?«

»Ja. Mein Volk führt keinen Krieg. Wir nutzen die Macht, die die Göttin uns geschenkt hat, nur um uns zu verteidigen.«

»Natürlich.« Seine Kiefermuskeln mahlten unter der hellen Haut.

Kayla hakte sich bei ihm unter. »Entspann dich«, verlangte sie leise und klopfte ihm auf den Arm. »Wenn ich dich nur angucke, kriege ich Kopfschmerzen. Wir haben alles im Griff.«

Ich ließ mich etwas zurückfallen und schlenderte hinter den dreien her. Die Aussage klang, als meinte sie damit mehr als nur Celias Schutz.

Wir erreichten die Tür eines Raumes, der an ein antikes Theater erinnerte. Schätzungsweise hatten sich sämtliche

Teilnehmer des Treffens bereits eingefunden. Nikolai und Kayla liefen auf die unterste Reihe zu, wo ein paar der Bibliothekare Platz genommen hatten. Die mit rotem Samt bezogenen Sitze zogen sich stufenförmig nach unten. Die Wände waren aufwendig mit Bildern bemalt, die mich an die aus den Geschichtsbüchern von Ardeal erinnerten. Hexen kämpften gegen Strigoi, Wicca beschworen die Kräfte der Erde, und über allem wachte die Große Göttin. Ich hätte die Bilder gern genauer betrachtet, aber Melinda stand auf einem runden Podest am Fuße der Sitzreihen und klatschte nun in die Hände. Hinter mir schlug die Tür donnernd in Schloss. Celia und ich drängelten uns zu zwei freien Plätzen durch.

»Hey.« Jaron lächelte uns freundlich entgegen. »Da habt ihr es gerade noch geschafft.«

»Bevor ihr euch an eure Studien begebt«, begann die Direktorin feierlich, »möchte ich unsere gestrigen Neuankömmlinge an den Grund für dieses alljährliche Treffen erinnern.«

»Immer wieder die alte Leier. Mein Gedächtnis funktioniert hervorragend«, raunte Alexej gut hörbar für alle. »Hab ich schon hundertmal gehört.« Er flegelte zwei Reihen vor uns auf einem der bequemen Sitze. Von der Decke stürzte ein Vogel auf ihn herunter, hackte zweimal mit einem spitzen Schnabel auf ihn ein, bevor er zu Papierschnipseln zerbröselte, die in seinen Haaren hängen blieben.

»Aua«, schimpfte Alexej und rieb sich den Kopf, während alle anderen lachten.

»Halt einfach dein vorlautes Mundwerk.« Carys, die neben ihm saß, zupfte ihm die Schnipsel aus den Haaren. »Man könnte meinen, du wüsstest, wie das hier läuft.«

»Ich hoffe jedes Jahr, dass sie netter wird«, murmelte Alexej verdrießlich. »Aber das ist leider nicht der Fall.«

»Nur durch diese alte Leier … begreifen wir«, setzte Melinda ungerührt fort, »wie wichtig der Frieden wirklich ist. Die vergangenen Kriege haben gezeigt, dass kein Volk gewinnen kann und dass es im Krieg nur Verlierer gibt.«

»Sie klingt schon wie eine verdammte Wicca«, brummte jemand hinter mir. Als ich mich umblickte, sah ich in Adrians kühle hellblaue Augen. Er hatte seinen schwarzen Umhang um sich geschlungen und wurde von mehreren ebenso finster dreinblickenden Hexen und Hexern flankiert. Lupa saß neben ihm. Der Mann machte keinen vertrauenserweckenden Eindruck. Ich kannte Typen wie ihn zur Genüge. Arrogant und selbstverliebt. Allerdings machte Lupa nicht den Eindruck, als könnte sie nicht auf sich aufpassen.

»Seit vierzig Jahren ist es uns gelungen, den Frieden zu bewahren.« Stolz klang in Melindas Stimme mit. »Aber wenn wir überleben wollen, dann muss dieser Frieden für immer halten. Kein Volk ist besser oder schlechter als das andere. Egal, ob Hexen, Wicca oder Strigoi – wir haben alle dieselbe Pflicht, das Land zu schützen, das die Große Göttin uns anvertraut hat. Keine Magie der Welt macht ein Volk klüger oder besser. Entscheidend ist der verantwortungsvolle Umgang mit der Macht, die die Göttin uns geschenkt hat.«

»Ich fühle mich mit meiner Magie schon etwas besser«, verkündete der blauhaarige Hexer, dessen Namen mir Celia vorhin verraten hatte und an den ich mich schon nicht mehr erinnerte. »Wenn ich es endlich schaffe, diesen blöden Dritten Grad abzulegen, sollte mir besser kein Blutsauger mehr zu nahe kommen.«

»Treib dich halt nicht mit dem Abschaum herum, Vito«, kam es von Arvid, der sich umdrehte und ihn herausfordernd anstarrte. »Ist vielleicht nicht der richtige Umgang. Nimm dir ein Beispiel an deiner Schwester. Sie hat schon den Vierten Grad abgelegt.«

»Zum Glück. So konnte Valeria dir einen Feuerball in den Hintern schießen, als du sie blöd von der Seite angemacht hast, Blutsauger.«

Valeria, die knallrot anlief, wirkte zerknirscht. »War nicht böse gemeint«, sagte sie zu Arvid. »Du hast mich bloß erschreckt, und ich hatte den Zauber noch nicht so gut im Griff, wie ich dachte.«

»Schon in Ordnung«, verkündete er großmütig. »Wenn du mal wieder üben willst, bin ich dein Mann.«

Valeria nickte lächelnd. »Vielleicht komme ich darauf zurück. Es gibt ein paar Abwehrzauber, die ich noch nicht so gut beherrsche.«

»Verbrüderung mit dem Feind, Valeria?« Adrians Frage zerschnitt die Plänkelei. »Trittst du in die Fußstapfen deines verräterischen Großvaters?«

Ihr Bruder sprang auf und zückte seinen Zauberstab. »Pass auf, was du sagst.«

»Steck ihn weg, Vito«, forderte Adrian kalt. »Du blamierst dich bloß, wenn du dich mit mir anlegst.«

Das glaubte ich sofort, und auch Vito wusste es, denn er ließ den Zauberstab sinken. Ganz so friedlich, wie Melinda es gestern Abend in ihrer Rede dargestellt hatte, liefen diese Treffen wohl doch nicht ab. Nun verlor auch sie die Geduld, denn sie klatschte in die Hände, und überschwemmte unsere Köpfe mit einem aufdringlichen Klingeln.

»Scheiße«, stieß Alexej hervor und presste sich die Hände an die Ohren. Dem konnte ich nur zustimmen.

»Ich würde gern weitermachen«, sagte sie in süßlichem Tonfall, und das Klingeln verstummte. »Und ich wünsche keine Unterbrechung mehr. Dieses Treffen unterscheidet sich von den vorherigen, denn wir stehen vor einem Problem, dass wir nur gemeinsam lösen können.«

»Wenn es darum geht, Celesta um die Ecke zu bringen, bin ich sofort dabei«, murmelte Celia ungewohnt aggressiv.

Jaron schnaubte. »Wenn es so einfach wäre, hätten das schon andere erledigt.«

»Es geht um unsere Magie. Sie verschwindet aus unserer Welt«, ließ Melinda die Bombe platzen. Die Temperatur im Raum schien schlagartig zu fallen, und kein Geräusch war mehr zu vernehmen. Als würde jeder einzelne im Raum die Luft anhalten. »Immer öfter werden Wicca und Hexen ohne Magie geboren, oder ihre Magie ist zu schwach, als dass sie sie wirksam und zu unserer Verteidigung einsetzen könnten«, setzte Melinda hinzu. Ihre Stimme zitterte kaum hörbar. Ein Schauer überlief mich bei der Eindringlichkeit, mit der sie sprach. Das Fackellicht wurde schwächer, und im nächsten Moment hörte ich den heftigen Regen, der gegen die Fenster schlug. Fröstelnd rieb ich mir über den dünnen Stoff der Bluse an meinen Armen. Ich musste den Umhang im Frühstücksraum liegengelassen haben.

»Wenn die Magie vollständig verschwindet, wird sich die Nebelwand auflösen«, sagte Valeria laut und deutlich. »Und wenn die Menschen den Grund dafür herausfinden, werden sie kommen und uns das Land fortnehmen. Bisher hält sie nur ihre Furcht zurück.«

Das Raunen, das daraufhin einsetzte, klang ängstlich und wütend zugleich.

»Aber was können wir dagegen unternehmen?«, fragte Carys. »Hat die Große Göttin uns ihre Gunst entzogen?«

»Das wissen wir nicht«, antwortete Melinda. »Unsere Bibliothekare haben versucht, eine Lösung zu finden.« Sie warf den Männern, die in der ersten Reihe saßen, einen finsteren

Blick zu. »Bisher sind wir damit gescheitert. Wir haben weder Antworten noch eine Lösung gefunden.«

Hatte die Aufgabe, die Sophia für sie erledigen sollte, mit dem Magieverlust im Zusammenhang gestanden? Hatte Sophia etwas Entscheidendes herausgefunden und wurde deswegen getötet?

»Vor eintausend Jahren schmiedeten Königin Estera, Palatin Andrada und die Hohepriesterin Ileana ein Bündnis mit dem Segen der Göttin«, fuhr Melinda fort. »Als es zerbrach, kostete es in den folgenden Jahrhunderten Tausende Leben. Möglicherweise bestraft uns die Große Göttin für unser Versagen und den Missbrauch der Magie.«

»Und das von einer Hexe«, murmelte Celia. »Wenn jemand Magie missbraucht, dann ja wohl sie.«

»Wir hatten uns ihres Geschenkes nicht als würdig erwiesen, und sollte der Krieg wieder ausbrechen, nun, da ...« Sie brach ab und räusperte sich, bevor sie weitersprach. »Wenn wir wieder beginnen, uns zu bekämpfen, wird das unser Untergang sein. Die Magie wird aus dieser Welt verschwinden, und wir mit ihr.« Es klang beinahe wie eine Prophezeiung, und jeder im Raum wusste, weshalb sie den vorherigen Satz nicht vollendet hatte. Jetzt, da Königin Celesta zurück war, schwebten wir alle in größter Gefahr. Die Strafe der Göttin, sollte ein neuer Krieg ausbrechen, würde vernichtend sein.

»Die Menschen kommen ganz gut ohne Magie zurecht«, warf Natalie ein. »Vielleicht wären wir ohne sie auch besser dran.« Ihre Stimme zitterte. »Wir könnten mit den Menschen Frieden schließen. Sie hätten keinen Grund mehr, uns zu hassen und zu fürchten.«

Protestierendes Murmeln erhob sich, aber Melinda nickte der jungen Wicca zu, die ein oder zwei Jahre jünger als ich sein musste. »Möglicherweise hast du recht. Möglicherweise käme jeder Einzelne von uns ohne Magie zurecht.« Ihr Blick suchte Nikolai, der in der ersten Reihe saß. Die meisten Strigoi wurden nicht geboren, sondern erschaffen, und während dieses Erschaffungsprozesses segnete die Große Göttin sie mit einer Magie, die sie unglaublich schön, stark und schnell machte. Früher waren sie sogar unsterblich gewesen, nichts hatte ihnen etwas anhaben können. Diese Fähigkeit hatten sie verloren. Wie auch ihre Selbstheilungskräfte. Die von Nikolais Vater hatten nicht ausgereicht, um ihn zu retten, und Celia war schwer krank. All das musste ebenfalls mit dem Verlust ihrer Magie zusammenhängen. War Nikolai deswegen in Aquincum gewesen? Suchte auch er schon länger nach einem Ausweg? Aber weshalb hatte er mir das nicht gesagt? Weil er vermutlich genauso misstrauisch war wie ich, beantwortete ich mir die Frage gleich selbst. In Anbetracht der Umstände war das auch verständlich.

»Ich fordere hiermit jeden Einzelnen von euch auf, sich dieser Aufgabe anzunehmen. So wichtig es ist, an der Chronik Ardeals weiterzuarbeiten: Es kann warten. Wir müssen herausfinden, ob und wie wir diese Entwicklung stoppen können. Esteras Bibliothek steht euch zur freien Verfügung. Und weil die Zeit drängt, habe ich beschlossen, auch Nexors Bibliothek für die Teilnehmer zu öffnen«, setzte sie zögernd hinzu. »Ihr wisst, was dort zu finden ist. Geht sorgsam mit den Werken und Abhandlungen um und seid vorsichtig. Die Bücher können euch ernsthaften Schaden zufügen, aber in ihnen kann auch die Lösung stehen, nach der wir suchen.«

Die Bibliothekare protestierten lautstark. Zwei sprangen auf, stürmten zu Melinda und redeten auf sie ein.

»Wurde auch Zeit«, sagte eine Frauenstimme hinter mir. »Ich kann es gar nicht erwarten, ein paar neue Flüche in mein Repertoire aufzunehmen.«

»Valeri.« Adrian beugte sich so weit nach vorn, dass seine Lippen fast Jarons Ohr berührten. »Willst du mit uns kommen oder bei den Schlappschwänzen bleiben. Ein paar Flüche würden dir auch nicht schaden. Für den Sechsten Grad musst du mindestens drei beherrschen.«

»Kein Interesse Grigore, aber danke, dass du dich so für mein Vorankommen interessierst.«

»Gern geschehen. Celesta ist übrigens auf der Suche nach neuen Ratgebern, hast du davon gehört?«

»Natürlich. Seit ihrer Rückkehr sind schließlich zwei spurlos verschwunden. Eine Hexe hat sie in eine Salzsäule verwandelt, und einer ist durch einen Schlangenbiss in seinem eigenem Laboratorium gestorben. Das könnte ein Unfall gewesen sein, aber Adlatus war der beste Schlangenzüchter, den ich kenne. Seine Tiere liebten ihn. Also …«

Ich biss mir auf die Innenseite der Wangen, um bei Adrians verdattertem Gesichtsausdruck nicht aufzulachen, obwohl es mir bei der Aufzählung der Morde kalt den Rücken herunterlief.

»Hast du das nicht gewusst?«, fragte Jaron höflich und behielt den Blick stur nach vorn gerichtet, wo Melinda immer noch mit den Bibliothekaren stritt. »Sicherlich wird Celesta über deine Bewerbung hocherfreut sein.«

Als die Männer zu ihren Plätzen zurückkehrten, schickte Melinda ihnen wütende Blicke hinterher. »Bisher haben wir es versäumt, unsere Kräfte zu bündeln«, wandte sie sich wieder an das Publikum. »Jedes Volk wachte eifersüchtig über seine Geheimnisse, aber wenn wir eine Zukunft haben wollen und die Magie Teil Ardeals bleiben soll, dann müssen wir das ändern.« Ihre Stimme klang verstörend eindringlich.

»Warum ausgerechnet jetzt?«, fragte Lupa schneidend. »Das Problem ist euch schon so lange bekannt. Wenn wir einen Weg finden, wer garantiert uns, dass Celesta diese Lösung nicht missbraucht, um ausschließlich die Magie der Hexen zu stärken?«

Melindas stählerner Blick richtete sich auf sie. »Die Rückkehr der Königin hat damit nichts zu tun.«

»Schon komisch, dass sie ausgerechnet jetzt den Weg nach Ardeal zurückgefunden hat, wo wir anscheinend alle geschwächt sind.« Lupa ließ nicht locker. »Wo war sie überhaupt all die Jahre?«

Was sie da tat, war respektlos und unhöflich, aber ich musste ihr zustimmen. Ihre Fragen waren alle berechtigt.

Melinda verzog die Lippen zu einem Lächeln. »Ich bin sicher, dass die Königin in den nächsten Wochen Caraiman einen Besuch abstatten wird, dann kannst du sie fragen, wo sie war. Möglicherweise bekommst du sogar eine Antwort.« Der Sarkasmus in den Worten war nicht zu überhören.

Ein ungläubiges und gleichzeitig ängstliches Raunen ging durch die Reihen. Die Königin kam nach Caraiman? Allein die Vorstellung war Furcht einflößend. Zwar hatte sie sich an den Pakt gehalten, doch niemand traute ihr über den Weg. Ihr eigenes Volk regierte sie mittels einer Schreckensherrschaft. Die jungen Hexer und Hexen, die hier in Caraiman waren, hatten sie vermutlich noch nie gesehen. Aber deren Eltern mussten Celesta kennen.

»Ich frage sie, wohin die Magie verschwindet.« Zufrieden verschränkte Lupa die Arme vor der Brust. »Ich wette, sie hat ihre eigenen Theorien dazu. Dann muss ich mich nicht endlos durch uralte Bücher wühlen.«

Melinda räusperte sich. Lupa war unverschämt, jedoch auch unbestritten mutig. »Die wird sie haben, aber ich bin nicht sicher, ob du diese wissen möchtest.«

»Will ich, und ich habe keine Angst vor ihr.« Lupa stand auf.

»Den Fehler haben schon ganz andere gemacht«, sagte Melinda. Dieses Mal wartete sie keine Erwiderung ab, sondern verließ das Podest. Ihr rotes Haar fiel ihr wie ein Vorhang über den Rücken, und Feuerfunken tanzten an den Spitzen, als sie durch eine kleine Tür verschwand.

Kaum war sie fort, setzte ohrenbetäubender Lärm ein. Adrian verzog sich mit seinen Anhängern und einem triumphierenden letzten Grinsen auf den Lippen. Ein paar Wicca verschiedener Coven drängten sich ängstlich zusammen und überlegten vermutlich, abzureisen. Nikolai stand mit einigen Bibliothekaren zusammen, die auf ihn einredeten, während sein Blick Celia suchte, aber an mir hängen blieb. Einen Moment verstummten die Geräusche um mich herum, während wir uns anstarrten. Sorge umwölkte seine goldenen Augen. Ich glaubte, Furcht darin zu erkennen vor dem, was auf uns alle zukam. In Aquincum hatte er mir nach all den Jahren zum ersten Mal das Gefühl von Geborgenheit gegeben. Ich würde mich gern revanchieren und ihm sagen, dass alles gut würde. Aber das zu behaupten, wäre falsch. Jemand rempelte mich an, und der Blickkontakt brach ab.

Während ich darauf wartete, die Sitzreihe verlassen zu können, entdeckte ich Alexej, der sich rücksichtslos durch die Menge drängelte. Kyrill verschwand gerade nach draußen, und der Strigoi fluchte leise.

Im Flur gesellte ich mich zu Celia und Jaron. Melindas Ansinnen war durchaus löblich, aber wo sollten wir anfangen, nach einer Antwort zu suchen? Sie musste wirklich verzweifelt sein. Wenn die Bibliothekare von Caraiman keine Antwort gefunden hatten, wie sollte das uns gelingen? Ich hatte gehofft, mit etwas Training meine Magie verstärken zu können, aber offenbar war das eine Illusion gewesen, und Radu hatte es gewusst. Deswegen hatte er mich zu den Menschen geschickt. Weil ich dort in

Sicherheit gewesen war. Ich hatte es nur nicht glauben wollen. Wenn der Krieg ausbrach, war ich jedem, der über mehr Magie verfügte, hilflos ausgeliefert. Ich beherrschte keine Abwehrzauber und konnte nicht mit einer Waffe kämpfen. Meine kleinen Feuerzauber waren in einem Kampf wenig hilfreich.

»Bereit für die Erkundung?« Kayla gesellte sich zu uns. Sie schien über Melindas Verkündung nicht im Mindesten besorgt zu sein, was mich vermuten ließ, dass ihr das Problem schon länger bekannt war. »Oder willst du etwas ausruhen?«, fragte sie Celia. »Wir können das auch verschieben.«

»Nein. Ich hab mich schon die ganze Zeit darauf gefreut.«

»Darf ich mich euch anschließen?«, fragte Jaron.

»Von mir aus.« Kaylas Blick wanderte zu einer Person hinter mir. »Willst du auch mitkommen?«

»Nur um dich davon abzuhalten, die drei direkt in die Verliese zu bringen«, antwortete Magnus.

»Du bist und bleibst ein Spielverderber.« Sie lächelte ihn an, und obwohl er so unhöflich zu ihr war, schien sie gegen seine Gesellschaft nichts einzuwenden zu haben. »Wahrscheinlich erinnerst du dich sowieso viel besser an den Weg. Ich dachte, Celia und Valea könnte die Orangerie gefallen. In den nächsten Stunden werden wir in der Bibliothek keine Ruhe haben.«

»Du meinst in Nexors Bibliothek?«, fragte Celia neugierig.

Kayla nickte. »Wahrscheinlich stürzen sich alle zuerst auf seine Fluchsammlung.«

»Warst du schon mal dort?«, fragte ich. »Wie konnte Melinda das erlauben? Wenn dort schwarzmagische Bücher lagern, ist es gefährlich.«

Kayla zuckte mit den Schultern. »Verzweiflung? Der Zutritt war bisher verboten. Nur die Bibliothekare von Caraiman durften hinein.«

»Das war nicht meine Frage.«

Sie wechselte einen Blick mit Magnus.

»Wir waren schon mal drin«, erklärte er selbstgefällig. »Und sie hat sich vor Angst fast in die Hose gemacht.«

»Hab ich nicht«, widersprach sie und schubste ihn. »Ich habe nur so getan, als ob ich mich fürchte, damit du mich beschützen konntest.« Ihre Wangen färbten sich rot.

»Klar.« Magnus grinste. »Lass uns den dreien die Orangerie zeigen, wir wollen dich ja nicht in Verlegenheit bringen, du Angsthase.«

»Ich bin kein Angsthase«, widersprach sie und stürmte eine breite Treppe hinauf.

»Du hast dich vor einem sprechenden Totenschädel erschreckt«, rief Magnus ihr hinterher, woraufhin Jaron losprustete.

»Er hat nicht einfach nur gesprochen«, Kayla drehte sich zu uns um, »er hat mich beschimpft und bedroht, nur weil ich ihm seine Pfeife weggenommen habe. Wozu braucht ein Totenschädel eine Pfeife, frag ich euch.«

Jetzt musste auch ich kichern. »Um unliebsame Besucher zu bannen«, erklärte ich ihr. »Der Rauch aus der Pfeife eines Toten kann dich für mindestens vierundzwanzig Stunden lähmen.«

»Oh«, sagte sie verblüfft. »Dann ist es doch gut, dass ich sie zwischen zwei Regalen außerhalb seiner Reichweite versteckt habe.« Sie grinste zufrieden. »Stell dir vor, du hättest vierundzwanzig Stunden mit mir da unten verbringen müssen«, wandte sie sich an Magnus. »Am Ende wärst du völlig ausgelaugt gewesen.«

»Wir hätten uns die ganze Zeit nicht rühren können«, erinnerte er sie. »So war die eine Stunde doch deutlich unterhaltsamer.«

Sie grinste breit. »Wie schön, dass du es auch so siehst.«

»Die zwei sind unglaublich.« Jaron schüttelte den Kopf.

»Ein Herz und eine Seele«, verkündete Celia fröhlich. »Ich will in jedem Fall auch dahin.« Gemächlich schlenderten wir hinter Magnus und Kayla her, die sich leise weiter zankten. »Weshalb hat Melinda Nexors Bibliothek nie versiegeln lassen?«

»Weil der Hexenmeister Vorsorge getroffen hat, damit genau das nicht passiert«, erklärte Jaron Celia. »Er hat sein Vermächtnis gut geschützt. Versuche gab es, das kannst du mir glauben. Schon Estera hat es nach seinem Tod versucht, aber …« Er brach ab und ging schweigend weiter.

»Aber?«, hakte ich nach.

»Sie ist bei dem Versuch ums Leben gekommen«, setzte er leise hinzu.

»Wie ist Nexor eigentlich gestorben?«, fragte ich neugierig und schockiert zugleich.

»Offiziell ist einer seiner eigenen Zauber schiefgegangen, aber tatsächlich hat Estera ihn getötet.«

»Lupa hat mir erzählt, er war ihre große Liebe. Was ist mit den beiden passiert?«

»Das, was eben passiert, wenn man zu große Furcht hat, etwas zu verlieren«, sagte Jaron. »Der Legende nach liebte Nexor Estera bis zum Wahnsinn. Alles, was er tat, tat er nur, um sie zu schützen. Jeden dunklen Zauber, den er dank seiner schier unendlichen Magie schuf, schuf er, damit niemand ihr etwas antun konnte. Ihm war es egal, wenn er damit anderen Schaden zufügte. Er zerstörte ganze Dörfer und Landstriche. Diese Liebe forderte unzählige Opfer. Aber es gab niemanden, der ihn stoppen konnte. Niemand mit annährend so viel Magie.«

»Nur Estera«, flüsterte ich.

»Ja, nur Estera konnte ihn aufhalten.« Jaron nickte.

»Ich will mir gar nicht vorstellen, was sie gefühlt hat, als ihr die Erkenntnis dämmerte, dass nur der Tod ihn stoppen konnte«, sagte ich nachdenklich.

»Aber genau das war ihr Problem. Neben seiner Liebe zu ihr besaß Nexor noch eine Obsession. Er war auf der Suche nach der Unsterblichkeit. Estera wusste, dass sie ihn töten musste, bevor er dieses letzte Rätsel der Hexen löste.«

»Das ist verrückt. Weshalb sollte jemand unsterblich sein wollen?«

Celia schüttelte grinsend den Kopf. »Liegt das nicht auf der Hand?«

So konnte nur eine Strigoi denken. »Für mich nicht«, erwiderte ich wahrheitsgemäß.

»Nexor wollte ewig leben und ewig herrschen«, erklärte Jaron. »Und für alle Ewigkeit mit Estera zusammen sein.«

»Dann vertraute er der Großen Göttin nicht, dass sie die Seelen der beiden in einem anderen Leben wieder vereinen würde?«

»Ich denke, er hatte so viele schreckliche Dinge getan, dass er wusste, das würde nicht geschehen.«

»Zum Glück für Estera. Wer will schon ein Monster zum Geliebten?« Celia seufzte. »Was ist dann passiert?«

»Wir können uns nicht aussuchen, in wen wir uns verlieben«, belehrte der Hexer sie. »Sie vergiftete ihn, aber als sie nach seinem Tod seine Bibliothek versiegeln wollte, fiel sie den Zaubern zum Opfer, die dies verhindern sollten. Es gibt allerdings auch Stimmen, die behaupten, sie wählte diesen Tod mit Absicht in der Hoffnung, seine Seele im Sommerland wiederzufinden. Sie wollte nicht warten, bis sie eines natürlichen Todes starb.«

»Dann muss sie sich sehr sicher gewesen sein, dass sie Seelengefährten waren«, wandte ich ein.

»Das waren sie. Trotz allem. Nach dem Tod der beiden hat jedenfalls nie wieder jemand versucht, Nexors Bibliothek zu schließen. Im Gegenteil, es gab keinen Hexenkönig und keine Hexenkönigin, die diese nicht pflegten und erweiterten.«

»Um jederzeit Zugriff auf sämtliche schwarzmagischen Beschwörungen zu haben, die sich je ein Hexenmeister ausgedacht hat, und um damit andere zu quälen, wie es eure Art ist?«, fragte Celia. »Entschuldige, ich wollte nicht ...«

Doch Jaron nahm ihr die Bemerkung nicht übel. »Damit liegst du nicht falsch. Diese Zauber sind oft genug missbraucht worden. Auch wenn nicht all unsere Herrscherinnen und Herrscher Ausgeburten des Bösen sind, so gab es doch genug unter ihnen, die genau dies getan haben.« Er lächelte milde.

»Es tut mir trotzdem leid.« Sie grinste verlegen.

Ich bewunderte ein besonders aufwendig geschnitztes Türblatt. Die winzigen Totenschädel, die von Rosenranken umkränzt wurden, waren zwar etwas morbide, aber trotzdem die Arbeit eines echten Künstlers. »Unterzeichneten Königin Estera, Palatin Andrada und die Hohepriesterin Ileana nicht in Caraiman den ersten Pakt?«

»Ja«, bestätigte Jaron. »Das Dokument wird sogar noch hier aufbewahrt. Dieser Pakt war ein wichtiger Meilenstein für die Hexen.«

Das war er für alle drei Völker gewesen, denn er hatte Ardeal fünfhundert Jahre Frieden geschenkt. »Weshalb hat Celesta das Schloss aufgegeben? Und wann?«, fragte ich. Spinnenweben hingen von den Decken, und die Glasscheiben der Fenster hatten Risse. In diesen Bereich des Schlosses verirrten sich offenbar nicht viele Bewohner und Teilnehmer.

»Sie verließ es drei Tage, nachdem der zweite Pakt unterzeichnet worden war«, sagte Jaron.

»Es war für sie wohl kein Grund zu feiern.« Ich zuckte zusammen, als Kaylas Stimme neben mir erklang. Ich war so in das Gespräch vertieft gewesen, dass ich nicht bemerkt hatte, wie sie und Magnus stehen geblieben waren und auf uns gewartet hatten.

»Wer kam dann auf die Idee, hier diese jährlichen Treffen stattfinden zu lassen?«, fragte ich, als wir den Weg gemeinsam fortsetzten.

»Das war Melinda. Obwohl sie es auch gewesen war, die Celesta überzeugt hatte, den Vertrag überhaupt zu akzeptieren, lehnten Radu Patel und Nikita Lazar den Vorschlag zuerst ab. Doch sie erkannten durchaus die Möglichkeit, Vertrauen zwischen den Völkern herzustellen. Melinda willigte ein, dass das Schloss gründlich auf versteckte Zauber untersucht wurde«, erzählte Kayla. »Wir fanden nichts.«

»Du bist dabei gewesen?« Es sollte mich nicht verwundern, aber bisher hatte ich darüber nicht nachgedacht.

»Natürlich, und Nikolai auch. Wir dienten während des Krieges zusammen im Heer seines Vaters. Es waren seltsame Tage damals«, sagte sie leise. Magnus strich ihr tröstend über den Arm, und sie lächelte ihn dankbar an. »Wir hatten keine Kraft mehr, um zu kämpfen, und konnten kaum glauben, dass es endlich ein Ende haben sollte. Wir dachten, Celesta würde uns nur wieder eine Falle stellen, aber die Aussicht auf Frieden ließ uns das Risiko eingehen, herzukommen. Dieses Schloss machte mir mehr Angst als ein ganzes Schlachtfeld.« Sie duckte sich unter einem niedrigen Türsturz hindurch. »Ich traute Celesta nicht über den Weg. Wir waren drei Tage hier, und immer, wenn ich ihr begegnete, war da dieser abgrundtiefe Hass in ihrem Blick. Sie nahm kaum an den Verhandlungen teil und überließ alles

Melinda. Am Abend vor der Unterzeichnung tobte ein grässlicher Sturm. Die Delegationen aßen zu Abend, und dann erklang ein furchtbares Dröhnen. Es hörte nicht auf und ich dachte, das Schloss würde über uns allen zusammenbrechen.«

»Aber das tat es offenbar nicht.«

»Nein, Melinda kümmerte sich darum, weil die Königin mal wieder durch Abwesenheit glänzte. Sie ist völlig anders als Celesta, und sie wollte den Frieden wirklich. Nach der Unterzeichnung überließ Celesta Melinda das Schloss, diese lud Bibliothekare der Wicca und der Strigoi ein, hier ihre Forschungen zu betreiben, und sie organisierte die jährlichen Treffen. Anfangs wagten sich nur sehr wenige Teilnehmer her, doch von Jahr zu Jahr wurden es mehr. Mittlerweile muss sie sogar Besucher abweisen und auf ein anderes Jahr vertrösten. Sie hat Unglaubliches geleistet.«

»Aber warum überließ Celesta Melinda einfach Caraiman? Und Nexors Bibliothek?«, fragte ich noch einmal. Es ergab keinen Sinn, diesen Schatz anderen zu vermachen, und dann auch noch Wicca und Strigoi.

»Das haben wir nie herausgefunden«, gestand Kayla. »Wir nahmen an, es lag an der Kapitulation.«

»Das tat es nicht. Die Königin hatte einen anderen Grund, das Schloss aufzugeben«, mischte sich Jaron zögernd ein. Er hatte Kaylas Erzählung genauso gefesselt gelauscht wie wir. »Die Unterzeichnung des Vertrages fiel mit einem Ereignis zusammen, von dem kaum jemand weiß. Fast jeder Zeuge, der damals zugegen war, wurde von der Königin getötet oder sein Geist verwirrt«, fügte er sehr langsam hinzu, als sei er nicht sicher, ob er uns davon erzählen sollte. »Aber sie schaffte es nie, die Gerüchte wirklich zu widerlegen.«

»Für ein paar gute Gerüchte bin ich immer zu haben. Es war doch hier, oder? Wo ist es hin?«, wandte sich Kayla zusammenhanglos an Magnus. Wir standen am Ende eines Ganges, der so verwahrlost wirkte wie schon die letzten.

Er nickte lächelnd. »Geduld war noch nie deine Stärke. Warte einen Moment.«

10. KAPITEL

SCHLOSS CARAIMAN IN ARDEAL

Er hatte die Worte kaum ausgesprochen, als sich eine doppelflügelige Glastür manifestierte. »Meine Damen«, Magnus öffnete einen Flügel und ließ uns den Vortritt, »willkommen in Caraimans zweitbestgehütetem Geheimnis. Esteras Orangerie.«

Mir stockte der Atem bei dem Anblick, der sich mir bot. Ein kiesbedeckter Weg führte zwischen hochgewachsenen, schlanken Bäumen, blühenden Büschen und den farbenprächtigsten Blumen hindurch, die ich je gesehen hatte. Ich hörte das Plätschern eines Baches, Vogelgezwitscher, und dann setzte sich ein schillernder Schmetterling auf Kaylas Schulter. Sie lachte leise und hielt ihm einen Finger hin. Über uns spannte sich eine filigrane Deckenkonstruktion aus weißem Holz und Glas, das so klar war, dass man es kaum sah. Doch der Regen hatte gerade erst aufgehört, und nun funkelten Tausende winzige Regenbögen in den Wassertropfen darauf.

Das Vogelgezwitscher wurde aufgeregter, und ein Schwarm Schmetterlinge stob auf, als wir eintraten.

Celia stieß einen leisen Pfiff aus. »Das ist …«

»Faszinierend«, sagte eine Stimme hinter mir, weich und trotzdem voller Dunkelheit. Nikolais kühler Atem strich über meinen Nacken und ich hatte Mühe, nicht zusammenzuzucken.

Kayla grinste. »Ich hab gut auf sie aufgepasst. Du hättest uns nicht zu folgen brauchen.«

»Daran hatte ich keinen Zweifel, aber ich wollte sehen, ob es hier immer noch so schön ist wie vor vier Jahren.«

Magnus trat einen Schritt von Kayla fort, als würde ihm wieder einfallen, zu wem sie gehörte. »Es ist fast noch schöner.«

Von irgendwoher erklang leise Musik. Durch das Glas konnte man die anderen Türme von Caraiman sehen, und es hatte den Anschein, als würde der Raum dazwischen schweben.

»So etwas habe ich noch nie gesehen«, flüsterte ich.

»Das hat kaum jemand«, sagte Nikolai. »Wir haben ihn auch eher zufällig entdeckt. Er wechselte einen Blick mit Kayla. »Königin Estera hat ihn erschaffen. Hierher zog sie sich zurück, wenn sie glaubte, ihren Aufgaben nicht gewachsen zu sein.«

»Sie lebte vor tausend Jahren, wie ist das möglich?«, fragte ich erstaunt über das Ausmaß an Magie, das nötig sein musste, dies alles zu erhalten.

»Die Magie des Schlosses ist stark.« Er zuckte mit den Schultern.

»Kein noch so talentierter Hexenmeister wäre in der Lage, heute etwas Vergleichbares zu erschaffen«, sagte Jaron ehrfürchtig.

»Gibt es denn noch viele Hexenmeister?« Wir schlenderten den schmalen Weg entlang, tiefer hinein in die Pflanzenpracht. Die Luft war geschwängert vom Duft der Blüten. Nikolai blieb dicht hinter mir, während Jaron vor mir ging.

Er schüttelte den Kopf. »Meines Wissens leben nur noch zwei Hexenmeister und drei Hexenmeisterinnen. Alle fünf sind uralt. Wenn sie sterben, werden sie ihr Wissen mit in ihr Grab nehmen. Sie bilden nicht mehr aus und ich denke, es ist gut so.«

»Weshalb?«

»Manches Wissen sollte verschwinden, und es gibt angeblich keine Novizen, die würdig sind, von ihnen ausgebildet zu werden.«

»Weiter hinten gibt es einen Platz, wo du uns erzählen kannst, weshalb Celesta das Schloss verlassen hat«, rief Kayla von der Spitze unserer kleinen Truppe und unterbrach damit seine Ausführungen.

Der Weg gabelte sich und gab den Blick frei auf einen Lagerplatz vor dem Bach. An seinem Ufer lagen jede Menge Decken und gemütliche Kissen. Auf einem silbernen Tablett wurden Kekse und Weintrauben sichtbar, und eine Karaffe goss dunkelroten Wein in sechs Gläser.

Celia quietschte vor Begeisterung.

»Der Garten ist ganz aus dem Häuschen, endlich wieder Gäste begrüßen zu dürfen«, murmelte Nikolai hinter mir. Galant hielt er mir eine Hand hin. Ich legte die Finger hinein und kletterte über die Steine, die die Lichtung einfassten. Er ließ mich los, als ich seine Hilfe nicht mehr brauchte, und ging zu Celia, die am Ufer des Baches stand. Orangefarbene und gelbe Fische schwammen darin.

Kayla ließ sich zwischen die Kissen fallen und grinste. »Das ist ein absoluter Geheimtipp. Also erzählt es nicht herum, sonst hat hier niemand mehr seine Ruhe.« Sie blickte zu Magnus. »Wir haben hier so schöne Stunden verbracht, oder?«

Er blieb ihr eine Antwort schuldig, reichte ihr aber ein Glas Wein und setzte sich ihr gegenüber.

»Ich hätte lieber Wasser«, sagte Celia bedauernd, und sofort ploppte eins vor ihr auf und bespritzte ihre Nasenspitze. »Danke schön«, lachte sie und kuschelte sich auf eine Decke.

Nikolai wickelte fürsorglich eine zweite um ihre Beine, obwohl die Luft warm und schwül war, und streckte sich neben ihr aus. »Was für Gerüchte meintest du, die nie verstummt sind?«, fragte er Jaron. »Wir haben uns jahrelang die Köpfe über Celestas Beweggründe zerbrochen. Die wahrscheinlichste Erklärung war für uns, dass sie das Schloss hasste. Estera war eine Königin des Friedens gewesen, und das Letzte, was Celesta wollte, war es, diesen zweiten Pakt zu schließen. Caraiman musste eine ständige Mahnung an ihr Scheitern sein.«

»Das ist es auch.« Jaron zögerte. »Aber es ist nicht der Grund, weshalb sie Melinda das Schloss überließ.« Als er vorhin begonnen hatte, seine Geschichte zu erzählen, war Nikolai noch nicht bei uns gewesen. Machte er sich Sorgen, was es bedeutete, wenn er dieses Geheimnis mit dem zukünftigen Palatin teilte?

»Wir können den auch wegschicken.« Kayla stupste Magnus gegen den Fuß, den er ausgestreckt hatte. »Nur falls du die Geschichte nicht vor dem getreuesten Anhänger des Hohepriesters erzählen willst.«

»Nein. Ist schon gut.« Jarons Blick wanderte zwischen ihr und Magnus hin und her. »Ich glaube, er kann Geheimnisse für sich behalten.«

Ich setzte mich aufrechter hin, während sich Celia in die Kissen schmiegte.

»Eintausend Jahre lang wurden die Kinder der Könige und Königinnen in Caraiman geboren«, begann er. »Und gekrönt. Seit Estera wurde die Linie nicht unterbrochen, wie ihr wisst. Auch Celesta gebar hier ihre einzige Tochter, wie es die Tradition verlangte. Ihr Name war Ancuta. Zu Celestas Leidwesen war sie ein schwaches Geschöpf, und kaum jemand bekam sie zu sehen. Trotzdem ließ sie ihre einzige Erbin von den fähigsten Bibliothekaren unterrichten. Es stellte sich schnell heraus, dass Ancutas magische Fähigkeiten niemals ausreichen würden, um unser Volk zu regieren. Also wählte Celesta, kaum dass Ancuta volljährig war, einen Mann für sie aus. Einen Mann, dessen Gaben einzigartig waren.«

»Aber die Krone wird nur direkt vererbt. Dieser Mann konnte kein König werden«, unterbrach Nikolai ihn.

»Das stimmt. Doch ein Kind dieser Verbindung hätte es gekonnt.«

»Sie hat ihre Tochter benutzt, um einen Erben zu bekommen, der ihr passte?«, fragte Celia schockiert.

»Das hatte sie vor«, bestätigte Jaron, »und sie war nicht die erste Königin, die sich dieser Taktik bediente. Doch Ancuta, so schwach sie auch war, wehrte sich. Sie suchte sich selbst einen Gefährten und wurde schwanger.« Trauer zeichnete sich nun auf seinem Gesicht ab. »Sie brachte einen Jungen zur Welt, und zwar genau in der Nacht, in der der zweite Pakt unterzeichnet wurde. Sie hatte vorher tagelang in den Wehen gelegen.«

»Deswegen war Celesta so neben der Spur?«, fragte Kayla verwundert. »Sie hat sich um ihre Tochter gesorgt? Weshalb hat sie nichts gesagt? Jeder hätte Verständnis gehabt. Ich habe bis zur letzten Sekunde nicht geglaubt, dass sie den Vertrag unterzeichnet.«

»Sie hat sich nicht um Ancuta gesorgt«, unterbrach Jaron sie. »Sie war fuchsteufelswild und voller Hass. Ihre Tochter hatte sie an der Nase herumgeführt. Sie hatte sich selbst einen Mann gesucht, bevor Celesta sie verheiraten konnte. Außerdem ahnte die Königin nicht einmal etwas von der Schwangerschaft, bis die Wehen einsetzten.«

»Was geschah dann?«, fragte Nikolai, dessen Gesicht zu einer Maske geworden war.

»Nachdem der Junge zur Welt gekommen war, wusste angeblich jeder, der ihn sah, dass er über ungewöhnliche Gaben verfügen würde, sobald er herangewachsen war.«

Ich fragte mich, von wem er diese Geschichte gehört hatte. Er selbst war damals noch nicht geboren gewesen. Das glaubte ich jedenfalls. Ob er auch einen Verjüngungszauber benutzte?

»Woran erkennt man das bei einem Baby?«, fragte Celia neugierig.

»Er wurde mit einem geöffneten dritten Auge geboren.«

Vor Ehrfurcht schwiegen wir einen Moment alle. Dem dritten Auge wohnte unfassbar viel Magie inne. Selbst zu Lebzeiten gelang es nur wenigen Hexen oder Hexern, es zu öffnen. Welche Kraft ein geöffnetes Auge bei einem Kind bedeutete, wollte ich mir lieber nicht vorstellen.

»Und wo ist dieser Erbe?« Nikolai saß nun aufrecht, wobei er einen Arm über sein rechtes Knie gelegt hatte. Er wirkte noch wachsamer als zuvor – und besorgter. Jaron erzählte ihm von einem Feind, mit dem er nicht gerechnet hatte. Niemand von uns.

»Das weiß ich nicht. In der Nacht seiner Geburt tötete Celesta ihre Tochter, um dieses Kind für sich zu beanspruchen und den Erben großzuziehen, den sie sich wünschte.«

»Wir waren alle hier, und niemand hat es verhindert«, stellte Nikolai tonlos fest.

»Ja«, bestätigte Jaron. »Celesta würde wahrscheinlich behaupten, sie tat es zum Wohl unseres Volkes.«

Nikolai runzelte die Stirn. »Offiziell starb Ancuta doch bei der Geburt und das Kind auch, wenn ich mich recht erinnere. Und zwar erst später.«

»Wie du schon sagst, das war die offizielle Version. Aber in der Nacht der Vertragsunterzeichnung«, Jaron sah Nikolai eindringlich an, »begann die Glocke von Caraiman zu läuten und hörte nicht mehr auf. Du warst hier. Du musst dich erinnern.«

Ganz langsam nickte Nikolai. »Das Dröhnen. Das war die Glocke?«

Jaron nickte. »Sie ist ein uraltes Artefakt. Der Legende nach wurde sie im Auftrag von Estera von den drei größten Hexenmeistern geschmiedet, die je gelebt haben. Sie dient einzig dem Schutz der Königsfamilie. Sobald einem Mitglied Unrecht geschieht oder ihm Gefahr droht, läutet sie. Der Turm, in dem diese Glocke hing, war der erste, der von Caraiman erbaut wurde.«

»Sie läutete die ganze Nacht«, sagte Kayla. »Es war unheimlich. Niemand von uns tat ein Auge zu, und das Unwetter war so furchtbar, dass keiner das Schloss verlassen konnte.«

»Die Glocke verstummte erst, als Melinda sie abnehmen und auf Celestas Befehl in den Fluss werfen ließ, der durch den Wald fließt. An manchen Tagen und in manchen Nächten kann man sie immer noch läuten hören, und in diesen Nächten streift Ancuta durch Caraiman auf der Suche nach ihrem Sohn. Das wird jedenfalls erzählt.«

Das schrille Pfeifen eines Vogels riss uns alle aus dem Bann, in den die Geschichte uns gezogen hatte. Ich zuckte so heftig zusammen, dass ich etwas von dem Rotwein verschüttete. Kayla stieß den Atem aus, und Nikolai knirschte mit den Zähnen.

Ich fand als Erste meine Sprache wieder. »Und dein Volk weiß das? Sie lassen sich von einer Königin regieren, die ihr eigenes Kind getötet hat?«

»Sie hat fast alle Spuren verwischt. Niemand würde sie je öffentlich des Mordes an Ancuta bezichtigen.«

»Ich kenne auch nur die Version, dass sie kurz nach der Vertragsunterzeichnung gestorben ist«, sagte Nikolai leise. »Angeblich war Celesta untröstlich, weil sie nicht hatte bei ihr sein können, denn das Wohl ihres Volkes und der Frieden waren ihr wichtiger.«

Jaron nickte. »Sie hat Ancuta selbst im Tode noch benutzt.«

»Die Glocke von Caraiman …« Ich sah zu Nikolai, aber er schüttelte unmerklich den Kopf. »Was wurde aus dem Sohn?«, fragte ich stattdessen.

»Celesta verließ das Schloss ein paar Tage nach der Unterzeichnung des Paktes«, sagte Jaron. »Sie zog sich mit dem Kind in die Onyxfestung tief in die Berge zurück und ließ ihn dort von den letzten Hexenmeistern unterrichten. Die Festung liegt sehr versteckt, und man gelangt nur hinein, wenn man alle magischen Barrieren auf dem Weg dorthin überwindet. Jahrelang verließ sie diese Burg nicht. Unser Rat erwartete, dass sie ihren Enkel eines Tages als ihren Nachfolger präsentieren würde, aber dann verschwand sie selbst vor ungefähr vierundzwanzig Jahren und kehrte erst vor ein paar Wochen zurück.«

»Dann ist der Sohn jetzt vierzig Jahre. Zu alt, um sich von seiner Großmutter verstecken zu lassen. Wieso hat er in den Jahren ihrer Abwesenheit nicht an ihrer Stelle über euer Volk geherrscht?«, fragte ich.

»Möglicherweise wollte er es nicht. Vielleicht hat sie ihn eingesperrt, weil seine Magie zu mächtig war. Vielleicht hat er sie begleitet. Es sind viele Erklärungen möglich. Niemand scheint etwas über ihn zu wissen«, antwortete Jaron.

»Weshalb genau erzählst du uns das?«, stellte Nikolai eine nicht unberechtigte Frage. »Ich könnte mir vorstellen, dass Celesta jeden tötet, der diese Gerüchte verbreitet.«

»Das hat sie getan, und sie wird es wieder tun.« Jaron sah erst Nikolai und danach Magnus fest in die Augen. »Die Königin ist seit Wochen zurück. Sie hat sich bisher nur wenigen ihrer Ratgeber gezeigt. Vier von ihnen hat sie bereits getötet. Es waren die, die sich mit dem Frieden arrangiert haben. Ihr könnt davon ausgehen, dass uns ein Krieg bevorsteht. Egal, was sie behaupten wird, um euch in Sicherheit zu wiegen. Dieser Krieg wird furchtbarer sein als alle anderen zuvor. Eine Frau, die ihr eigenes Kind tötet, ist zu allem fähig. Es gibt viele Hexer und Hexen, die keinen neuen Krieg wollen. Aber wenn Celesta sie einberuft, werden auch sie kämpfen müssen. Und da ist noch etwas.« Er seufzte. »Wenn man den Gerüchten Glauben schenken darf, dann hat ihre Magie sich vervielfacht. Ich weiß nicht, ob es stimmt und wie ihr das gelungen ist. Es müssen dunkle Zauber gewesen sein, die nie hätten erschaffen werden dürfen.«

Die Temperatur in dem Raum schien abrupt zu fallen, sodass ich mir eine Decke um die Schultern zog. »Weshalb wehrt ihr euch nicht gegen sie?«

»Furcht«, erklärte Nikolai an seiner Stelle. »Sie fürchten ihre eigene Königin.« In den Worten lag keine Verachtung, sondern viel eher Verständnis. »Celestas Magie war immer ausgesprochen stark. Jeder, der sich ihr entgegenstellt, bringt nicht nur sich, sondern seine ganze Familie in Gefahr. Deswegen werden sie kämpfen und hoffen, zu gewinnen. Habe ich recht?«

Jaron nickte. »Die Familien der vier Ratgeber, die sie getötet hat, sind ebenfalls tot. Niemand wagt, darüber zu sprechen.«

Nikolai hatte sich auf ein großes Kissen zurückgelehnt und schien ganz in Gedanken versunken.

»Melinda hätte uns diese Aufgabe viel früher stellen sollen«, sagte Kayla. »In den nächsten Wochen werden wir jede Magie brauchen, derer wir habhaft werden können.«

»Wahrscheinlich hat sie gehofft, Celesta bliebe verschwunden«, erwiderte Jaron. »Aber du hast recht. Wir hätten längst Vorkehrungen treffen müssen. Ich fürchte nur, Melinda wird Celestas nächstes Opfer sein. Sie kann es sich nicht leisten, sie am Leben zu lassen. Wenn jemand anders Anspruch auf die Krone der Hexenkönigin erheben kann, dann ist es Melinda.«

»Weshalb?«, fragte Nikolai scharf.

»Celesta und Melinda sind Halbschwestern«, sagte Jaron. »Es ist nicht allgemein bekannt, weil Melinda nie großen Wert darauf gelegt hat, es publik zu machen. Sie haben dieselbe Mutter, aber unterschiedliche Väter. Die alte Königin gab Melinda, ihre Zweitgeborene, in die Obhut ihres Vaters. Celesta ist ein Jahr älter. Die beiden sind sich während ihrer Kindheit nicht sonderlich oft begegnet. Als Celesta gekrönt wurde, bewarb Melinda sich um die Stelle einer Ratgeberin. Und zum Erstaunen des gesamten Rates berief Celesta ihre Halbschwester ein. Über die Jahre wurde Melinda eine ihrer engsten Vertrauten, bis sie darauf bestand, dass Celesta den Pakt unterschrieb. Den Rest der Geschichte kennt ihr. Die beiden zerstritten sich, und Melinda blieb in Caraiman, während Celesta mit ihrem Enkel die Onyxfestung bezog.«

»So viele Geheimnisse.« Kayla stand auf. »Ich konnte Celesta noch nie ausstehen, auch ohne diese Geschichten. Sie ist nicht einfach nur böse. Sie ist ein Ungeheuer.« Ihre grundsätzlich schon blasse Haut schien nun jegliche Farbe verloren zu haben. Magnus erhob sich ebenfalls, als sie schwankte, aber bevor er ihr helfen konnte, stand Nikolai schon neben ihr und legte einen Arm um ihre Schultern.

»Geht alles wieder von vorn los?« Die Trostlosigkeit in ihrer Stimme erschreckte mich. Hilfesuchend sah sie Magnus an.

»Wir werden sie gemeinsam aufhalten«, sagte er, woraufhin sie dankbar lächelte.

»Du solltest nichts versprechen, was du nicht halten kannst.« Nikolais Stimme war so kalt wie ein Eiszapfen.

»Der Hohepriester wird an dem Bündnis mit euch festhalten«, kam ich Magnus zu Hilfe. »Auch er will keinen neuen Krieg.«

Nikolai schnaubte leise. »Danke, dass du uns ins Vertrauen gezogen hast«, sagte er zu Jaron und wandte sich an Celia. »Lass uns gehen.« Er hielt ihr eine Hand hin, aber als sie versuchte aufzustehen, verhedderte sie sich in der Decke. Nikolai fing sie auf, bevor sie stürzte, und nahm sie wie ein Kleinkind auf den Arm. »Ich bringe dich in dein Zimmer. Du musst dich ausruhen.«

Widerspruchslos ließ sie sich von ihm hinaustragen. Verwundert sah ich den dreien hinterher. »Mehr hat er dazu nicht zu sagen?«

»Kayla und Nikolai sind die beiden Einzigen von uns, die im letzten Krieg dabei waren«, entschuldigte ausgerechnet Jaron ihn. »Celesta hat ihrem Volk Schreckliches angetan. Sie brauchen Zeit, um zu entscheiden, was sie als Nächstes tun werden.«

»Was, wenn die Königin erfährt, dass du uns diese Geschichte erzählt hast?« Plötzlich hatte ich Angst um den jungen Hexer.

»Dann kann sie nur mich bestrafen«, antwortete er gefasst. »Es gibt niemanden, mit dem sie mich erpressen kann. Niemanden, dem ich schade, wenn ich mich gegen sie stelle. Und

Nikolai musste wissen, dass es einen Thronfolger gibt, der noch gefährlicher sein kann als Celesta. Ich bin nicht stolz darauf, mein Volk zu verraten, aber ich hatte keine Alternative.«

Egal, wie diese Sache ausging, niemand würde ihm diesen Verrat danken, das wusste er und nahm es in Kauf.

»Was ist mit deiner Mutter?«, fragte ich. »Ist sie nicht auch eine der Ratgeberinnen der Königin? Was, wenn Celesta sie an deiner statt foltert oder tötet?«

»Das wird sie nicht tun. Viel wahrscheinlicher ist es, dass meine Mutter mich quält, um Celesta damit zu unterhalten.« Sein Ton war gleichmütig, doch in seinen Augen funkelten Flammen, bevor er sich abwandte und ebenfalls ging.

Magnus und ich blieben allein zurück. »Er ist ein großes Risiko eingegangen, indem er uns diese Geschichte erzählt hat«, sagte ich.

»Ganz genau, daher solltest du dich fragen, weshalb er es getan hat. Jede Hexe und jeder Hexer muss mit Erlangung seiner Volljährigkeit der Königin absoluten Gehorsam schwören. An diesem Brauch wurde auch während ihrer Abwesenheit festgehalten. Indem er uns das erzählt hat, hat er diesen Schwur gebrochen. Er wurde nicht zum ersten Mal für seinen Ungehorsam bestraft.«

»Die Narben?«, fragte ich, nicht wirklich überrascht.

»Es sind Fluchnarben. Nur Hexen mit großer Magie sind in der Lage, so einen Strafzauber zu weben. Sonderlich gehorsam scheint er immer noch nicht zu sein, und nun frage ich mich, ob er sich vielleicht nur an jemandem rächen will und damit einen Krieg provoziert.«

»Er macht auf mich nicht den Eindruck eines verrückten Rächers.«

»Du weißt nichts über Ardeal, und Kriege wurden schon aus viel simpleren Gründen als aus Rache geführt.«

11. KAPITEL SCHLOSS CARAIMAN IN ARDEAL

Die Gesichtsfarbe von Adrian Grigore, dem weißhaarigen Hexer mit den Runentattoos im Gesicht, glich der einer Süßkirsche. Kayla hatte ihn am Hals gepackt und presste seinen schlanken, muskulösen Körper mit nur einer Hand gegen die Wand. »Du wirst diese Verwünschung sofort aufheben«, knurrte sie. »Oder ich mache Kleinholz aus dir.«

Magnus stand hinter ihr und wehrte mit einer lässigen Bewegung einen Blitz ab, den einer von Adrians Anhängern auf Kaylas Rücken abfeuerte. Der Hexer wich zurück, als Alexej sich kurz darauf vor ihm aufbaute und ihn angrinste, als wäre er ein besonders leckeres Frühstück.

Ich stand mit Celia und Lupa auf der Treppe und wollte eigentlich in die Bibliothek gehen, aber der Weg war verstopft, weil kaum einer der Teilnehmer sich das Spektakel entgehen lassen wollte. Seit einer Woche war nun der Zutritt zu Nexors Bibliothek erlaubt und jeder, der das Pech hatte,

Adrian und seinen Freunden über den Weg zu laufen, wurde mit kindischen Flüchen oder Bannsprüchen bedacht. Bisher waren diese eher harmlos, wenn auch durchaus bösartig. Mein Blick fiel auf eine junge Wicca, die mit zwei Stricknadeln bewaffnet mitten im Foyer stand und von einem riesigen Haufen Wolle umgeben war. »Was tut sie da?«, fragte ich Lupa, die dem Schauspiel schon länger beiwohnte.

»Stricken«, antwortete sie. »Schon seit Stunden. Sie kann nicht mehr damit aufhören. Ich schätze, das ist ein Schal. Was für ein hässliches Ding.«

»Finde ich nicht«, kam es von Celia. »Es sind schöne Farben, nur die Maschen sind ziemlich groß.«

Ich verkniff mir ein Grinsen, denn vermutlich taten dem Mädchen die Hände mittlerweile schrecklich weh. Tränen liefen ihr über die Wangen.

Kayla ließ Adrian fallen und er plumpste auf seinen Hintern. Fluchend sprang er auf, zückte seinen Zauberstab, murmelte etwas, und dem Mädchen fielen die Stricknadeln aus der Hand. Erleichtert ließ sie die Arme sinken und wischte sich die Tränen von den Wangen.

»Du solltest dich lieber mit jemandem messen, der dir auch gewachsen ist«, sagte Kayla zu Adrian. »An kleinen Mädchen vergreifen sich nur Feiglinge.«

»Von einer Blutschlampe lasse ich mich nicht belehren«, fauchte er und hob erneut seinen Zauberstab. Er wurde ihm von einem dünnen Seil aus der Hand gerissen, und dann landete Magnus‘ Faust in seinem Gesicht.

Lupa schüttelte den Kopf. »Und ich dachte immer, diesen Mann bringt gar nichts aus der Ruhe. So kann man sich täuschen.« Sie drängelte sich die Treppe hinunter und verschwand im Gewühl. Ich hatte sie in den letzten Tagen nur bei den Mahlzeiten gesehen. Vermutlich verbrachte sie die meiste Zeit in Nexors Bibliothek. Melinda war zwei Tage, nachdem sie den Zugang gestattet hatte, gezwungen gewesen, Bedingungen festzulegen, weil der Ansturm zu groß gewesen war. Nun musste man sich anmelden und jeder Teilnehmer durfte am Tag maximal eine Stunde dort verbringen. Lupa hielt sich ganz sicher nicht an diese Regeln, und ich fürchtete, Adrian auch nicht. Wenigstens hatte ich die beiden nicht wieder zusammen gesehen. Es war jedoch nur eine Frage der Zeit, bis er und seine Spießgesellen auf Flüche und Bannsprüche stießen, die jemandem ernsthaften Schaden zufügen konnten. Die Wut, die nun in seinen Augen funkelte, verriet jedem, dass er diese Schadenszauber zuerst gegen Kayla und Magnus einsetzen würde.

»Verschwinde«, zischte der Corbii nun. »Und wenn du sie noch einmal so nennst, können deine Freunde deine Einzelteile mit nach Hause nehmen.«

Ein überlautes Klatschen ertönte, und als ich mich umdrehte, entdeckte ich Melinda am oberen Absatz der Treppe. Sie trug einen schwarzen Reiseumhang und hielt einen Besen in der Hand. Offenbar war sie gerade erst zurückgekehrt; durch eins der offenen Bogenfenster wehte frische Luft herein. »Adrian Grigore, du wirst Nexors Bibliothek nicht mehr betreten.« Sie hob ihren Zauberstab, schwenkte ihn einmal durch die Luft, und er zuckte zusammen wie unter einem Peitschenhieb. »Und du wirst dich zwei Wochen lang nicht verwandeln können.«

»Ist er als Ratte in die Räume geschlüpft?«, fragte ich leise. »Würde passen.«

Celia kicherte. Die Menge zerstreute sich, als Adrian davonschlich, und sie lief die Treppe hinunter zu der jungen Wicca.

Ich ging zu Kayla und Magnus. »Du hättest ihn nicht schlagen sollen«, rügte sie ihn gerade. »Das war unnötig.«

»Das sehe ich anders. Er hat dich beschimpft.«

»Da war er nicht der Erste und er wird nicht der Letzte sein. Willst du jedem Mann, der mich beleidigt, die Nase brechen?« Sie nahm seine Hand und begutachtete sie.

»Wenn es nötig ist.«

Kayla sah ihn nicht an. »Das ist nicht dein Job. Da solltest du Eis drauflegen.«

»Ich weiß, dass es nicht mein Job ist, aber Lazar ist ja verschwunden.«

Tatsächlich war Nikolai seit drei Tagen fort, aber ich hütete mich, irgendjemanden nach ihm zu fragen. Seit der Begegnung in der Orangerie hatten wir nicht mehr miteinander gesprochen. Er ging mir aus dem Weg, wie auch Kyrill.

»Die anderen Magnati haben eine Zusammenkunft einberufen«, erklärte Kayla Magnus. »Er durfte nicht fehlen, aber er hat mir eine Nachricht geschickt, dass er noch heute Nacht zurückkommt.«

»Gut.« Magnus entzog ihr seine Hand. »Ich lasse Kyrill einen Blick darauf werfen.«

»Er versteckt sich vor Alexej in Bredicas Laboratorium«, informierte ich ihn. Und vor mir.

»Kann ich dich noch zu einem Glas Wein in meinem Zimmer überreden?«, fragte Kayla hastig, als er sich abwandte.

»Damit ich Gefahr laufe, hinausgeworfen zu werden, wenn Lazar dich aufsucht? Nein danke. Das eine Mal hat mir gereicht.«

»Du hättest nicht gehen müssen.«

Magnus schnaubte verächtlich. Für einen Wicca war er außergewöhnlich eifersüchtig. Solange er keinen offiziellen Anspruch auf eine Verbindung mit Kayla erhob und sie nicht auf ihn, konnte jeder von ihnen tun und lassen, was er wollte und mit wem. Ich seufzte leise. *Heuchelei, dein Name ist*

Valea. Vor meiner Begegnung mit Nikolai war mir dieser Beziehungs-Grundsatz völlig einleuchtend und logisch vorgekommen. Mein Körper gehörte schließlich mir und seiner ihm. Lust war nichts, was man einsperren sollte. So weit die Theorie. In der praktischen Umsetzung störte mich der Gedanke, dass Nikolai seine Nächte mit Kayla verbrachte, gewaltig.

Magnus stampfte von dannen und ich blieb bei Kayla stehen. Wenn mich nicht alles täuschte, war die Einstellung der Strigoi eine völlig andere als die der Wicca. Wenn zwei Strigoi sich ein Versprechen gaben, dann für immer. Und sie waren sich treu. Vermutlich war auch das nur eine Theorie, die sich hübsch auf einem Pergament machte. Nikolai schien es nicht zu stören, dass Magnus und Kayla so viel Zeit miteinander verbrachten und Kayla ständig versuchte, Magnus aus der Reserve zu locken. Ab und zu schien ihr das zu gelingen, denn gestern Abend hatte ich die beiden bei meiner Rückkehr aus der Bibliothek ziemlich derangiert im Flur vorgefunden. Als sie mich bemerkten, fuhren sie auseinander wie zwei Kinder, die man bei etwas Verbotenem erwischt hatte.

Kayla fuhr sich mit einer Hand in den Nacken. »Wo willst du jetzt noch hin?«, fragte sie mich dann. Ich hatte zwei Bücher im Arm, die ich letzte Nacht mit auf mein Zimmer genommen hatte. Ihre Frage war berechtigt. Es war bereits spät. Wir hatten zu Abend gegessen, und die meisten Teilnehmer zogen sich danach entweder in ihre Zimmer zurück oder vertrieben sich die Zeit in den Salons.

»Ich gehe noch etwas in die Bibliothek.«

»Um Mitternacht löscht Melinda die Lumina«, erinnerte sie mich abwesend, als ob ich das nicht wüsste. Gestern hatte ich den Rückweg nur mit Mühe und Not gefunden. Den Gang, durch den Sophia verschwunden war, wiederzufinden, war schwieriger, als ich gedacht hatte. Nach den ersten Versuchen hatte ich ziemlich schnell aufgegeben. Ich hatte Sophia zwar in der Erinnerung begleitet, aber das Schloss war so verwinkelt und verschachtelt, dass ich trotz meiner Bemühungen den Gang nicht wiederfand. Ich musste systematischer vorgehen, sonst wurde das nie etwas.

»Selbst mit unserer Hilfe ist es ein aussichtsloses Unterfangen, in einer tausendjährigen Bibliothek die Antwort auf eine ganz bestimmte Frage zu finden«, sagte Kayla nachdenklich. »Und Melinda weiß das.«

Die Drohung, dass Celesta Caraiman besuchen würde, hing wie ein Damoklesschwert über uns. Es gab kaum ein anderes Thema, und obwohl fast alle Teilnehmer fieberhaft damit beschäftigt waren, sich durch unzählige Bücher und Schriften zu arbeiten, um den einen Hinweis darauf zu finden, wie wir die verbleibende Magie retten oder – besser noch – die verschwundene zurückholen konnten, waren wir kein Stück weitergekommen. »Sie greift nach jedem Strohhalm.« Ich lehnte mich neben Kayla an die Wand. »Aber ich gebe dir recht. Die Lösung unseres Problems könnte auf einem Pergament stehen, das vergraben unter hundert anderen liegt. Gestern haben Celia und ich in einem der hinteren Räume mehrere Kisten gefunden, deren Inhalt zu Staub zerfallen ist. Möglicherweise hätte in einem dieser Bücher unsere Antwort gestanden. Wir werden trotzdem weitersuchen. Wunder passieren nur, solange man die Hoffnung nicht aufgibt.«

Sie schaute immer noch zu der Treppe, die Magnus hochgelaufen war. »Du bist so eine Wicca.« Grinsend schüttelte sie den Kopf. »Hoffnungen erfüllen sich nicht immer, weißt du. Aber ich wünsche dir, dass niemand je deinen Glauben an Wunder zerstört.«

»Das kann nur passieren, wenn ich jemandem die Macht dazu einräume.«

Sie stieß sich von der Wand ab. »Damit hast du wahrscheinlich sogar recht. Aber ich habe Dinge in meinem Leben gesehen, die du dir nicht einmal vorstellen kannst. Grausame Dinge. Ich gebe dir einen guten Rat, Valea. Wir kennen uns nicht sonderlich gut, aber ich mag dich. Wenn dieses Treffen vorbei ist, geh nicht nach Rasca zurück. Schließ dich einem anderen Coven an. Radu ist kein Mann, dem du deine Hoffnungen anvertrauen solltest.«

»Was hat er getan?« Mittlerweile waren wir allein in dem Foyer. Celia war mit der Wicca und dem riesigen gestrickten Schal verschwunden. »Sag es mir.«

Sie schüttelte den Kopf. »Das werde ich nicht, denn du würdest mir nicht glauben. Magnus hat es nicht getan, und ich dachte, ich würde ihm etwas bedeuten.«

»Das tust du auch.« Jeder, der Augen im Kopf hatte, konnte es sehen. Und diese Zuneigung beruhte auf Gegenseitigkeit, was mich wieder zu der Frage brachte, was das zwischen ihr und Nikolai war.

»Nicht genug.« Sie verabschiedete sich nicht, sondern rannte so schnell die Treppe hinauf, dass sie innerhalb von Sekunden verschwunden war.

Ich setzte meinen Weg in die Bibliothek fort und hoffte, dort ungestört zu sein. Gestern Nacht hatte ich die Teilnehmerlisten der jährlichen Treffen entdeckt und darin herumgestöbert, ohne zu wissen, welche Erkenntnisse mir diese Informationen bringen sollten. Es war interessant gewesen, zu sehen, wie jedes Jahr mehr junge Wicca, Hexen und Strigoi Melindas Aufruf gefolgt waren. Die Vorstellung, dass ihre Mühe, die Völker zusammenzubringen, nun von Celesta zerstört werden könnte, war traurig. Ich beschloss, die

Baupläne und Inventarlisten des Schlosses zu suchen. Den Weg von Sophias Zimmer zu dem Geheimgang hatte ich mir nicht merken können, aber mir war auf dem Wandteppich ein besonderes Ornament aufgefallen. Es war die Abbildung eines Feuervogels. Vater hatte uns mehr als einmal die Geschichte über das sagenhafte Fabelwesen mit den glühenden Federn vorgelesen, deswegen hatte ich ihn gleich erkannt. Wenn ich herausfand, wo der Teppich hing, hatte ich mein erstes Rätsel gelöst.

Ich betrat die Bibliothek, atmete tief den vertrauten Duft ein und ging die Regalreihen entlang. Manche der Bücher niesten bunte Funken, als ich sie berührte, andere lachten leise, als wären sie kitzelig. Sie wisperten mir zu, sie herauszuziehen und zu lesen, aber ich ließ mich nicht überreden. Es waren harmlose Bannbücher, die mich verführen wollten, in ihren Geschichten zu versinken. Wenn ich mich darauf einließ, würden sie mich erst im Morgengrauen entlassen, und eine Nacht wäre verloren. Vater hatte mich vor diesen Verführerinnen gewarnt, und Mutter hatte ihn damit aufgezogen, weil er selbst oft wider besseres Wissen dem Zauber eines Buches erlegen war. Er hatte das Lesen geliebt und mir diese Leidenschaft vererbt, so wie Mutter Kyrill die Leidenschaft für das Heilen. Tiefer und tiefer wanderte ich in die Bibliothek hinein, bog mal nach rechts und mal nach links ab. In den meisten Gängen begannen Lumina zu glühen, sobald ich sie betrat. Ihre Aufgabe war es, mir genug Licht zu spenden, damit ich die Titel auf den Buchrücken lesen konnte. Doch die kleinen, eigensinnigen Dinger hatten entweder keine Lust und schwebten viel zu hoch oben, oder sie hüpften direkt vor meiner Nasenspitze auf und ab, als wollten sie spielen, wozu ich keine Zeit hatte. Es gab zu viel, über das ich nachdenken musste. Ich vertrieb ein besonders aufdringliches Lumina. Weshalb hatte Kayla mich vor Radu gewarnt? Er hatte einen Keil zwischen Magnus und sie getrieben, so viel war klar. Würde Magnus mir mehr erzählen, wenn ich ihn fragte? Würden Lupa und Kyrill mir irgendwann nicht mehr aus dem Weg gehen? Unser Verhältnis war nach über einer Woche in Caraiman immer noch nicht viel besser. Ich hatte Kyrill Zeit lassen wollen, aber offensichtlich war das nicht die richtige Taktik. In den Jahren meiner Abwesenheit hatte ich Radu jedes Jahr nur einmal gesehen, und er war stets liebevoll und verständnisvoll gewesen. Ich hatte ihm die Geschichte, dass es ihm nur um meinen Schutz ging, immer abgenommen, aber mit meinen Geschwistern schien er nicht halb so fürsorglich gewesen zu sein. In den letzten Tagen war die Tür zu meiner Vergangenheit ein weiteres Stück aufgegangen. Ich erinnerte mich nun noch besser an unser Haus mitten im Wald, in dem wir gelebt hatten. Die Lichtung, auf der es stand, war klein gewesen, und ein Bach war hindurchgeflossen. Dort hatten die Lykaner uns überfallen, doch die Nacht des Überfalls war vollständig aus meinem Gedächtnis verschwunden. Deutlich erinnerte ich mich erst wieder daran, wie ich verängstigt und tränenüberströmt auf Radus Schoß saß. Ab diesem Moment war alles völlig klar. Jemand hatte mich in einen grünen Umhang gewickelt, und obwohl es Tag war und keine Kerzen brannten, hatte ich überall Rauch gerochen. Es dauerte Jahre, bis ich bei dem Geruch von Feuer nicht mehr zitterte. Radu erklärte mir, weshalb er mich von Magnus zu den Menschen bringen lassen würde. Ich hatte bitterlich geweint und nach Kyrill gerufen. Mein Bruder war nicht gekommen, und dann hatte Radu mich Magnus überreicht. Der Corbii war damals sehr viel jünger gewesen, gerade erst achtzehn. Er hatte mich im Arm gehalten und fortgebracht. Als er landete, hatte ich mich übergeben müssen. Er hatte es mit Fassung getragen und mir aus einer Flasche warmen, gewürzten Apfelsaft zu trinken gegeben. Ich lehnte mich an ein Regal, als die Erinnerung so plastisch wurde, als wäre sie Wirklichkeit.

Magnus kniete vor mir und sah mich eindringlich an. »Du darfst dich nicht fürchten«, erklärte er meinem zehnjährigen Ich. »Furcht macht dich schwach und führt dich auf den Pfad des Bösen. Wicca sind nicht schwach. Wir sind gelassen, entschlossen und zuversichtlich.« Er strich mir übers Haar. Geduldig wartete er, bis ich nickte. »Gehen wir.« Er stand auf, nahm meine Hand in seine und betrat mit mir ein Haus der Menschen. Eine Frau sah mich an und begann zu schimpfen, weil ich zu lange fortgewesen war. Er hatte ihre Erinnerung im Bruchteil einer Sekunde verändert. Er verschwand im selben Augenblick, und von da an hatte ich versucht, eine perfekte Wicca zu sein und mich an all die Lektionen zu halten, die meine Mutter und mein Vater mir beigebracht hatten. Furcht hatte ich nur zugelassen, wenn ich allein gewesen war und mich in den Schlaf weinte.

Unsanft landete ich wieder in der Wirklichkeit, als ein Lumina mich anstupste. Ich hielt mich an dem Regal fest, an dem ich lehnte. Irgendwann musste ich lernen, diese Rückführungen in meine eigenen Erinnerungen zu kontrollieren. Und ich musste Erinnerungen an die Zeit vor dem Mord finden und mit Kyrill teilen. Vielleicht wusste er nicht mehr, wie nahe wir uns gestanden hatten. Vielleicht war es auch für ihn leichter gewesen, zu vergessen.

Ich blieb stehen, weil ein Buchrücken mir ins Auge sprang. Offensichtlich hatte ich gefunden, was ich gesucht hatte. Ein weiteres Lumina schwebte heran und stupste das aus dem Weg, das mir geleuchtet hatte. Es prallte gegen meine Stirn und verschwand dann im Regal. »Verdammt«, stieß ich hervor und rieb mir die Stelle, wo ich getroffen worden war.

»Melinda sollte den kleinen Biestern wirklich Benehmen beibringen.«

Erschrocken wirbelte ich herum. Nikolai war zurück. Erleichterung durchflutete mich, die ich zu verbergen versuchte. Wir hatten uns immer noch nicht ausgesprochen, und es war besser, Distanz zu ihm zu wahren.

Er stand am anderen Ende der Regalreihe und musterte mich. »Hat es dir wehgetan?«

Ich konnte ihn nur erkennen, weil zwei aufgeregte Lumina hilfsbereit und neugierig um ihn herumschwirrten, ansonsten wäre er mit der Dunkelheit verschmolzen. Die obersten beiden Knöpfe seines schwarzen Hemdes waren geöffnet und gaben den Blick auf mondhelle Haut frei. Er trug noch seinen Umhang, und sein Haar war zerzaust. Staub lag auf Stiefeln und Hose. Er musste gerade erst zurückgekommen sein. Ich schüttelte den Kopf über den verwirrend anziehenden Anblick. »Sie langweilen sich vermutlich schrecklich und sind froh, dass ihnen jemand in der Nacht Gesellschaft leistet.«

Er kam auf mich zu und ich wappnete mich gegen den Duft von würziger Erde und kalter Luft, der ihn umgeben musste. »Bist du deswegen hier? Um dich von gelangweilten Lumina ärgern zu lassen?«

»Du weißt doch, wie wir Wicca sind. Immer bereit, Geschöpfen in Not zu helfen.« Ich wandte mich wieder dem Bücherregal zu, weil sein leises Lachen in meinem Magen summte.

»Wie großmütig von dir.« Direkt hinter mir blieb er stehen. »Was tust du wirklich hier, während alle anderen längst schlafen«, fragte er sanft.

»Nicht alle. Du offensichtlich auch nicht.« Ich drehte mich um, und er stützte sich mit einem Arm am Regal neben mir ab. Nur mit Mühe widerstand ich dem Drang, ihn zu berühren.

»Magnus ist bei Kayla, und ich vermute, er wäre nicht amüsiert, wenn ich mich zu ihnen gesellen würde. Für einen Wicca teilt er erstaunlich ungern.«

»Für einen Strigoi macht es dir erstaunlich wenig aus, dass er seine Zeit mit Kayla verbringt. Ich dachte, dein Volk wäre besitzergreifender.«

Verwunderung breitete sich auf seinen schönen Zügen aus. »Weshalb sollte es mich stören? Seit vier Jahren ertrage ich entweder ihre Schimpftiraden oder ihre Tränen, wenn sie von dem Corbii redet. Glaub mir, es gab Tage, da war ich versucht, ihn persönlich aus Rasca zu zerren und in mein Schloss zu verschleppen, nur damit das aufhört.«

Ich räusperte mich, weil die Vorstellung, wie er das tat, einfach zu amüsant war. »Dann seid du und Kayla kein …« Ich wedelte verlegen mit einer Hand herum.

»Ein Paar? Himmel, nein. Hast du das gedacht?« Er lachte leise. »Wir würden uns gegenseitig umbringen.«

Mir schienen sie sehr gut miteinander auszukommen. »Magnus meinte, Kayla wollte an deiner Seite über die Strigoi herrschen, wenn du Palatin wirst.«

»Falls das ihr Wunsch ist, kann sie das tun. Ich werde jede Hilfe brauchen.«

»Natürlich. Ich dachte nur …« Sein seltsames Liebesleben ging mich im Grunde nichts an.

»Sie wird genauso an meiner Seite herrschen wie Ivan, Alexej und Celia, wenn sie gesund genug dafür ist«, erklärte er gelassen, stieß sich von dem Regal ab und brachte etwas Abstand zwischen uns. »Ich halte nichts davon, allein über mein Volk zu bestimmen. Aber ich werde sie nicht heiraten, falls es das ist, was dich interessiert. Sie ist meine beste Freundin. Wir wurden zusammen verwandelt.«

»Weiß Magnus das auch? Dass ihr nur Freunde seid?«

»Er hat es nie geglaubt, und sie kann wirklich ein Biest sein. Er war allerdings nicht sehr nett zu ihr. Seltsamerweise scheint sie es ihm nicht nachzutragen. Also sagst du mir, was du hier mitten in der Nacht suchst? Das ist zwar Esteras Bibliothek, aber auch hier gibt es ein paar Bücher, die nicht gerade ungefährlich sind.«

»Ich bin vorsichtig«, behauptete ich. »Hattest du Erfolg mit den anderen Magnati? Werden sie dich zu ihrem Palatin wählen?«

Er kam wieder näher und betrachtete interessiert die Buchrücken hinter mir. »Irgendwann werden sie es müssen.« Zielsicher zog er das Buch heraus, das ich mir gerade hatte ansehen wollen. »Du interessierst dich für die Architektur von Caraiman?«, lenkte er ab. »Wonach genau suchst du?«

»Mich interessiert, weshalb zwei Flügel des Schlosses nicht betreten werden dürfen. Ich bin gestern über eine Abhandlung über Magiequellen gestolpert, und ich dachte …«

»Dass es hier im Schloss Magiequellen gibt?« Seine Stimme klang mitleidig. »Wenn es so einfach wäre, dann wäre Melinda nicht so verzweifelt und würde alle dahergelaufenen Hexen, Strigoi und Wicca in Nexors Bibliothek lassen. Die Quellen wurden alle versiegelt, und zwar von Estera persönlich.«

»Hat niemand versucht, sie wiederzufinden und zu öffnen?« Ich nahm ihm das Buch aus der Hand und presste es an meine Brust.

Er beugte sich etwas näher zu mir nach unten. Eine Haarsträhne fiel ihm ins Gesicht und ließ seine strengen Züge weicher aussehen. Seine Schönheit war so atemberaubend, dass ich mich fragte, ob ich mich jemals an seinen Anblick gewöhnen würde. »Glaubst du, mit der Kraft einer Quelle deine eigene Magie verstärken zu können? Da muss ich dich enttäuschen. Das wird nicht geschehen.« Seine Nasenflügel bebten, als versuchte er, meinen Geruch nicht einzuatmen.

»Es geht hier nicht um meine Magie.«

»Gut, denn ich werde nicht zulassen, dass du die baufälligen Flügel betrittst. Egal, was du dir davon erhoffst: Sie sind aus gutem Grund gesperrt.«

Aufgebracht schubste ich ihn zur Seite, und sofort trat er einen Schritt zurück. Entschlossen ging ich um ihn herum und stellte mich hinter einen Tisch, der zwischen zwei Regalreihen stand. Eine unzureichende Barriere, aber sie bot wenigstens etwas Schutz vor seiner Nähe.

Er verschränkte die Arme vor der Brust und lächelte, als amüsierte ihn mein armseliger Versuch.

»Dir ist doch klar, dass du mir nichts befehlen kannst, oder?« Herausfordernd reckte ich das Kinn.

Er winkte nur ab. »Einen Versuch war es wert, aber du hast recht. Solange du Celia in nichts mit hineinziehst, was ihr schaden kann, ist es mir egal, was du treibst. Und wo.«

»Gut, dass wir das geklärt haben.«

»Ich werde Alexej trotzdem beauftragen, auch auf dich ein Auge zu haben.« Ein Lächeln zupfte an seinen Mundwinkeln. »Sicher ist sicher.«

»Erwartest du eigentlich von all deinen Untertanen, dass sie nach deiner Pfeife tanzen, oder nur von deinen Geschwistern?« Er provozierte mich mit Absicht, der Mistkerl.

»Die Mitglieder meiner Familie sind nicht meine Untertanen«, informierte er mich.

»Wissen sie das auch?« Diese spitze Erwiderung konnte ich mir trotzdem nicht verkneifen. »Mir kommst du doch recht herrisch vor.«

»Sollte dir jemals ein Strigoi über den Weg laufen, der weniger geduldig ist als ich, solltest du deine Zunge hüten, Valea.«

»Werde ich mir merken. Vielen Dank für die Warnung.«

Er seufzte leise. »Ich bin nicht hier, um mit dir zu streiten.«

Die Luft um uns herum schien dichter zu werden. »Weshalb dann?«

»Du warst nicht in deinem Zimmer, und ich habe mir Sorgen gemacht.«

Ich schüttelte den Kopf. »Das war nicht nötig. Wie hast du mich gefunden?«

Er legte den Kopf schief, als wüsste er nicht, ob er es mir verraten sollte. »So wie ich dich immer finden werde. Dein Duft ist überall.«

Mein Magen kribbelte. »Der meiner unzulänglichen Magie?«

Er lachte amüsiert auf und stützte sich auf dem Tisch ab. »Nein, der von Jasmin und Rosenblüten.« Er zwinkerte und erinnerte mich damit schmerzhaft an den Mann aus Aquincum. »Für eine Wicca bist du ziemlich nachtragend.«

»Entschuldige.« Ich lächelte ihn an. »Du hast recht. Wir sollten noch mal von vorn anfangen.«

»Ganz von vorn?« Der Tonfall bei diesen drei Worten war so anzüglich, dass sich Bilder in meinem Kopf manifestierten, wie er mich gestreichelt und sich in mir bewegt hatte.

Seine Augen verdunkelten sich.

»Ich meinte damit«, rügte ich ihn und mich gleichermaßen, »unsere Zusammenarbeit. Solange wir in Caraiman sind, könnten wir gemeinsam versuchen, herauszufinden, wohin die Magie verschwindet. Wir alle zusammen.«

»Interessanter Vorschlag von einem Mitglied des Coven Patel.«

Und noch ein nicht gerade subtiler Vorwurf gegen den Hohepriester. »Du traust Radu nicht«, sagte ich. »Weshalb? Kayla hat auch schon so seltsame Bemerkungen gemacht. Ihr habt zusammen gekämpft.«

»Ja. Das haben wir, und trotzdem sind wir nie Freunde geworden.« Er strich mit seinen langen, schlanken Fingern über die polierte Platte des Tisches. Alle Leichtigkeit war aus seinen Worten verschwunden. Die Lumina, die ihn bis eben noch umschwirrt hatten, zogen sich zurück. Plötzlich wurde ich mir der Stille um uns herum überdeutlich bewusst. Nicht einmal die Bücher wisperten mehr, sondern lauschten aufmerksam. Er holte tief Luft und straffte die Schultern. »Hast du die Glocke noch einmal gehört?«

Ich hielt seinem durchdringenden Blick stand. »Nein. Du?«

Er schüttelte den Kopf. »War Magnus beim Hohepriester und hat ihm Jarons Geschichte erzählt?«

»Das solltest du ihn selbst fragen. Wird das ein Verhör?« Magnus war bei Radu gewesen. Der hatte sich die Geschichte angehört und ihn ohne weitere Anweisungen zurückgeschickt. Was ich seltsam fand. Radu hatte auch nicht versucht, mit mir Kontakt aufzunehmen.

Nikolai grinste wieder spöttisch. »Verhöre führe ich normalerweise im Verlies meines Schlosses.«

»Gut zu wissen.« Ich schüttelte den Kopf und ging um den Tisch herum. Es war Zeit, zu Bett zu gehen, bevor ich die Kontrolle über die Situation verlor.

Er blieb dicht an meiner Seite. »Wir hatten noch keine Gelegenheit, über Jarons Geschichte zu sprechen. Das wollte ich gern nachholen.«

»Weil du verschwunden warst.« Meine Stimme klang vorwurfsvoller als beabsichtigt. Er war mir keine Rechenschaft schuldig.

Er fuhr sich mit einer Hand durchs Haar. »Ich wollte erst herausfinden, was an seinen Anschuldigungen dran ist.«

»Du hast ihm nicht geglaubt?«

»Nein, nicht ohne weitere Bestätigungen. Doch die Geschichte stimmt. Celesta hat Ancuta getötet und ihren Enkel in der Onyxfestung eingesperrt. Meine Informanten am Hof der Königin haben ebenfalls bestätigt, das Celestas Magie ungleich stärker ist als vor ihrem Verschwinden.«

»Du hast Spione an ihrem Hof?«

»Es wäre dumm, keine zu haben.«

»Ist das nicht zu gefährlich? Was, wenn Celesta es herausfindet?«

»Dann wird sie sie töten«, sagte er kalt. »Sie kennen das Risiko.«

»Machst du es dir damit nicht ein bisschen einfach?« Ich sah zu ihm auf. Sein Gesicht war eine Maske. »Denkst du, die Königin wird Caraiman wieder für sich beanspruchen?«

»Bei Celesta muss man auf alles gefasst sein. Sie war schon vor vierzig Jahren unberechenbar.«

»Wir müssen sie zwingen, den Vertrag einzuhalten.«

Darauf erwiderte er eine Weile nichts, während wir nebeneinander durch die Gänge wanderten. Ab und zu fiel uns Glitzerstaub vor die Füße, wenn eins der Bücher gähnte oder nieste. Jeder andere hätte eine Bemerkung dazu gemacht, doch Nikolai war zu sehr in seine Gedanken versunken. »Ich war nicht nur deswegen fort«, sagte er nach einer Weile. »Auch wenn ich sichergehen musste, dass Jarons Geschichte wahr ist. Blindes Vertrauen ist sehr unklug in diesen Zeiten. Hauptsächlich musste ich unsere Mutter überzeugen, Celia zu erlauben, hierzubleiben. Es fällt ihr nicht leicht. Sie ist halb wahnsinnig vor Angst.«

»Aber sie hat zugstimmt?«

Nikolai vergrub die Hände in den Taschen seiner Hose. »Vorerst. Sie möchte nicht, dass Celia in diesen Kampf mit hineingezogen wird. Dafür ist sie nicht stark genug.«

»Sie ist erwachsen und durchaus in der Lage, eigene Entscheidungen zu treffen. Ihr solltet sie nicht so bevormunden. Sie kennt das Risiko, das sie eingeht.«

Seine eigene Argumentation aus meinem Mund zu hören, gefiel ihm nicht, wie seine zusammengepressten Lippen bewiesen. »Ich habe meine Pflicht ihr gegenüber vernachlässigt und bereue es seitdem jeden Tag«, sagte er kühl. »Hättest du Geschwister, würdest du das verstehen.«

Der Vorwurf fühlte sich an wie ein Tritt in den Magen. Ich hatte Geschwister und wusste besser als er, wie es sich anfühlte, wenn man sie verlor. Als würden einem die Gliedmaßen abgehackt und das Herz aus der Brust gerissen werden, aber nichts davon durfte ich ihm sagen. Celia hatte mir bisher nicht verraten, woran sie litt, und ich hatte nicht gefragt. Sobald sie mir genug vertraute, würde sie es tun. Doch ich hatte mir einiges zusammengereimt. »Es ist ungewöhnlich, dass eine Strigoi so krank wird, und trotzdem kann ich mir nicht vorstellen, dass es an deiner Nachlässigkeit liegt.«

»Hat sie dir erzählt, dass sie geboren und nicht erschaffen wurde?«

»Ja, das hat sie. Das passiert nur äußerst selten, oder?«

Er nickte. »Ja. Die Mutter muss dafür sterblich sein. Normalerweise verfügen geborene Strigoi über dieselben Gaben wie erschaffene. Unsere Magie dominiert immer die der anderen Spezies.«

»Natürlich«, sagte ich und konnte den Sarkasmus nicht verbergen.

Er zuckte nur gleichmütig mit den Schultern.

»Was hat sie dann so krank gemacht?«, hakte ich nach. »Eure Selbstheilungskräfte sind nicht mehr so stark wie früher, aber man könnte meinen …«

»Sie wäre nicht krank geworden, wenn ich besser auf sie achtgegeben hätte«, unterbrach er mich. »All meine Gedanken kreisten damals darum, den Tod unseres Vaters zu rächen. Wir haben sie zu sehr sich selbst überlassen. Gabriella, ihre Mutter, wurde fast wahnsinnig vor Schmerz, und Alexej und ich waren so zornig.«

Ich strich ihm über den Arm. »Ihr habt euren Vater verloren, da ist es nur verständlich, dass ihr wütend wart.«

Seine gerade noch weiche Stimme wurde wieder härter. »Ich möchte einfach sichergehen, dass ihr hier nichts passiert. Der Besuch von Caraiman war ihr sehnlichster Wunsch, bevor sie *stirbt.*«

»Sie ist eine Strigoi«, murmelte ich geschockt. »Und sie ist so jung.« Aber das spielte keine Rolle, wenn ihre Kräfte versagten.

»Es ist wirklich erstaunlich, wie ahnungslos du bist«, sagte er da schon hochmütig, bevor ich die Worte zurücknehmen konnte.

Ein Buch sprang aus einem der Regale und klappte direkt über seinem Kopf auf. Eine unsichtbare Hand riss eine Seite heraus und zerrupfte diese in Hunderte Schnipsel, die auf seinem Kopf niederregneten. »So redet man nicht mit einer Dame«, erklärte eine hohe Fistelstimme. Dann wanderte das Buch gemächlich zurück ins Regal. »Merk dir das«, setzte es etwas weniger aufgebracht hinzu.

»Merk dir das«, wiederholte ich und strich ihm die Schnipsel von den Schultern. Wortlos neigte er den Kopf, sodass ich sie auch aus seinem Haar zupfen konnte. Er hielt ganz still, während ich etwas zu lange durch die seidigen Strähnen strich. Die Schnipsel setzten sich wieder von allein zusammen, und die Seite verschwand im Regal. »Was ist mit eurer Magie passiert? Kann es sein, dass sie schneller verschwindet als die der Hexen und der Wicca?«

Er hob den Kopf und stand so nah vor mir, dass ich mich nur auf die Zehenspitzen hätte stellen müssen, um ihn zu küssen. Sein Blick ruhte auf meinen Lippen, aber keiner von uns machte den ersten Schritt.

»Du weißt es wirklich nicht, oder?«, fragte er.

»Was?«

Hastig, als traute er sich selbst nicht, machte er einen Schritt zurück und setzte den Weg fort. Er ging nun zügiger. »Kurz vor dem Ende des letzten Krieges wurden wir verflucht. Dieser Fluch stahl uns fast unsere gesamte Magie. Er raubte uns die Unsterblichkeit. Er nahm uns die Fähigkeit zu fliegen und die Fähigkeit, neue Strigoi zu erschaffen. Das Einzige, was uns blieb, war ein kleiner Rest, um uns selbst zu heilen. Dieser Rest reicht leider nicht immer. Deswegen stirbt Celia.«

»Das wusste ich nicht«, antwortete ich wahrheitsgemäß und verfluchte innerlich Radu, Magnus und Lupa. Weshalb hatten sie mir das nicht erzählt? Jemand hatte den Strigoi all das gestohlen, was sie ausmachte. Das war furchtbar, und am liebsten hätte ich Nikolais Hand genommen, war aber sicher, dass er das nicht zulassen würde. »Ich wusste, dass ihr nicht mehr unsterblich seid, aber ich hab angenommen, das hängt mit dem allgemeinen Verlust an Magie zusammen. Ich wusste nicht, dass es so mächtige Zauber gibt, die ein ganzes Volk verfluchen können.«

»Das wussten wir vorher auch nicht. Mit dem Verlust der Unsterblichkeit wurden wir anfällig für Krankheiten«, erklärte er stattdessen. »Celia war zum Zeitpunkt des Fluches noch so jung. Ihre Kräfte waren noch nicht vollständig entwickelt.« Er verstummte, offenbar unschlüssig, was er mir noch erzählen sollte.

»Wie alt bist du wirklich?«, fragte ich vorsichtig.

»Ich lebe seit dreihundertzwölf Jahren als Strigoi.«

»Und wann genau hat euch der Fluch getroffen?«

»Vor etwas mehr als sechzig Jahren.«

»Dann musst du unsterblich sein.«

»Das bin ich nicht. Wir altern, sehr langsam zwar, aber wir können krank werden, und man kann uns töten. Eine einfache Wunde, die sich entzündet, reicht aus, oder Gift. Wir sind so verletzbar wie Wicca, Hexen und Menschen. Unsere Selbstheilungskräfte sind praktisch nicht mehr vorhanden. Deswegen bemühen wir uns um den Frieden. Mir ist es gleich, ob ich lebe oder sterbe, doch ich trage die Verantwortung für mein Volk.«

»Ihr könnt niemanden mehr verwandeln?« Effektiver konnte dieses Volk nicht ausgerottet werden. Eines Tages würden sie verschwunden sein.

»Nein. Wir trinken Blut, und es ernährt uns. Aber seit sechzig Jahren wurde kein Strigoi mehr erschaffen. Und der Blutrausch dezimiert uns zusätzlich.«

»Die Krankheit ist eine Nebenwirkung des Fluchs?«

Er nickte. »Sie befällt immer mehr von uns. Es gibt keine Heilung und, uns bleibt nichts anderes übrig, als die Kranken zu töten.«

Wir verließen eine weitere Regalreihe und standen wieder im Lesebereich der Bibliothek. Unzählige Lumina wirbelten hier herum und schienen miteinander Fangen zu spielen. Als sie uns bemerkten, verharrten sie plötzlich still in der Luft. Nikolai folgte mir, während ich zu einem der Tische ging, auf dem ich die Bücher gestapelt hatte, die ich lesen wollte. Neugierig glitt sein Blick über die Titel. *Ursprünge der Hexenlehre*,

Königin, Palatin und Hohepriester, Buch des Vergessens, Von Flüchen und Bannsprüchen, Kleine Lehre der Abwehrzauber, Magische Tinkturen und ihre Verwendung in Ritualen, Strigoi und Lykaner – Geschichte einer Vernichtung. Das letzte Buch hatte ein Hexenmeister verfasst, und es strotzte nur so vor Hass. Ich hatte es schon einmal durchgeblättert, es dann aber ganz nach unten gelegt. Jetzt platzierte ich das Buch über Caraimans Architektur auf den Stapel. Ein Lumina schwebte hilfsbereit direkt über dem Tisch.

»Deine Interessen sind breit gefächert«, bemerkte Nikolai trocken und schien erleichtert, dass er das Thema wechseln konnte.

»Ich habe sehr viel nachzuholen, wie du selbst festgestellt hast.« Morgen musste ich Informationen über den Fluch suchen. Das leichte Pochen in meinem Kopf, das schon den ganzen Abend dagewesen war, verstärkte sich plötzlich, und ich presste die Fingerspitzen an die Schläfe. Es half nicht, den Schmerz zu lindern. »Danke, dass du mir das alles erzählt hast.« Ich hielt mich an der Tischkante fest, als der Schmerz stechend wurde.

Er umrundete den Tisch, kam dicht vor mir zum Stehen und strich mir die Haare hinters Ohr.

»Was hast du vor?« Ich widerstand dem Drang, die Stirn an seine kühle Brust zu legen.

Er schob mir eine Hand in den Nacken und ich seufzte. Das war noch besser. »Dir helfen. Hast du diese Schmerzen häufiger?« Er klang besorgt, doch er machte sich schon über zu viele Personen Gedanken. Ich wollte nicht auch noch dazugehören.

»Ab und zu.« Ziemlich oft in den letzten Tagen, was ungewöhnlich war, denn normalerweise hatte ich nie Kopfschmerzen. Ich musste Bredica nach ein paar Nelken fragen, die ich kauen konnte, oder vielleicht würde Kyrill mir ein Öl mischen. Ein guter Vorwand, um ihn aufzusuchen. Ich verzog das Gesicht. Ich sollte keinen Vorwand brauchen.

»Schließ die Augen«, befahl Nikolai.

»Du wirst mich nicht beißen«, ermahnte ich ihn.

»Heute nicht. Alles zu seiner Zeit«, erklärte er so gleichmütig, als würde er über das Wetter sprechen.

»Tolle Zukunftsaussichten.« Ich betrachtete die Spitzen seiner Reißzähne, die beim Sprechen zwischen seinen Lippen hervorlugten.

»Valea.« Er legte mir eine Hand an die Wange. »Halt den Mund und schließ die Augen.«

»Du bist nicht mein Palatin«, murmelte ich mehr amüsiert als aufgebracht über seinen Befehlston, schloss jedoch gehorsam die Lider. Kurz darauf spürte ich seine Finger auf meiner Haut. Er strich über meine Wangen. Dann legte er die Fingerspitzen an meine Schläfe und übte sanften Druck aus. Die Kühle fühlte sich wunderbar an, und ich spürte die Berührung bis in die letzte Zelle meines Körpers. Das Pochen wurde erst schwächer und hörte dann ganz auf. Stattdessen breitete sich Müdigkeit in meinem Körper aus. Ich wollte mich an ihn schmiegen und schlafen. Ein erleichtertes Seufzen entwich meinen Lippen. Das musste ein spezieller Strigoitrick sein, damit ihre Opfer sich nicht wehrten, und er klappte wunderbar. Die Finger verschwanden. Ich öffnete verwirrt die Augen. Nikolai stand etliche Meter von mir entfernt. »Besser?« Goldene Flammen loderten in seinen Augen, und die Reißzähne waren nun noch deutlicher sichtbar.

»Ja. Vielen Dank«. Ich zitterte, obwohl ich nicht fror. »Wie hast du das gemacht?« Ich ging auf ihn zu und erwartete fast, dass er zurückwich. Was er nicht tat. »Die Schmerzen sind fort.«

»Ich habe nur dafür gesorgt, dass du dich entspannst.«

»Danke schön.«

»Keine Ursache. Möchtest du noch bleiben, oder kommst du mit mir zurück?« Er schien dazugelernt zu haben, denn er ließ mir die Wahl, aber er war auch viel distanzierter als vorher. So als hätte er sich besonnen und beschlossen, dass er mehr als diese Plänkelei nicht wollte.

Ich versuchte, erleichtert darüber zu sein. »Ich komme mit.«

Wir verließen die Bibliothek, gingen durch das Foyer und stiegen die Treppe hinauf. »Sprich Celia nicht auf ihre Krankheit an«, bat er, als wir einen langen Bogengang hinter uns gelassen hatten. »Sie soll die Zeit, die sie noch hat, genießen.«

»Gibt es denn gar keine Hoffnung?«

»Die gibt es immer, deshalb werde ich bis zum letzten Atemzug dafür kämpfen, sie zu retten.«

»Du liebst sie sehr?« Die Frage war mir herausgerutscht, bevor ich es verhindern konnte. Celia war nicht seine leibliche Schwester, aber die Bande innerhalb der Strigoifamilien waren stark. Sie waren zwar nicht durch Blut, aber durch Magie miteinander verbunden.

»Mehr als mein Leben. Sie hat Besseres verdient, und ich habe meinem Vater geschworen, sie zu retten.«

Für seine Schwester würde er jedes Opfer bringen und über Leichen gehen.

»Ich werde alles tun, was nötig ist, damit sie überlebt.« Er packte den Knauf einer Tür, der die Form eines Widderkopfes hatte. Dieser protestierte aufgebracht unter der groben Behandlung. Nikolai ignorierte ihn und zog die Tür auf. Höflich ließ er mir den Vortritt. Ich trat in einen offenen Gang, der an der Außenseite einer Mauer entlangführte.

12. KAPITEL SCHLOSS CARAIMAN IN ARDEAL

Die andere Seite war, bis auf einige steinerne Säulen, die ein Dach trugen, offen. Kalter Wind fegte hindurch. Es war eher ein Balkon als ein Gang. Nikolai wechselte auf meine linke Seite, um den Wind abzuhalten. Diesen Weg hatte ich noch nie genommen, aber ich nahm an, es war eine Abkürzung zu unseren Zimmern. Einem Strigoi machte die Kälte nichts aus, mir aber schon. Finsternis und Stille umgaben das Schloss wie ein Grab. Der abnehmende Mond und die Sterne lagen hinter Wolken verborgen. Wir hatten das Ende des Ganges noch nicht erreicht, als ein dunkler Glockenschlag mich zusammenzucken ließ. Vor Schreck stolperte ich vorwärts, doch bevor ich fiel, schlang Nikolai einen Arm um meine Taille und schob mich wieder ins Innere. Geräuschlos schloss sich die Tür hinter uns. Ich wollte mich von ihm losmachen, als ich die geisterhafte Gestalt bemerkte, die wenige Meter vor uns durch den Flur schwebte. Sie stand an einem der Fenster und schien zu lauschen. Wieder erklang der Glockenton, dumpf, aber gut hörbar. Die geisterhafte Gestalt stöhnte leise, als hätte sie Schmerzen. Langes Haar floss ihr über den Rücken. Ich sah zu Nikolai auf, der mich weiter an seine Brust gepresst hielt. »Ancuta«, formte er lautlos mit den Lippen, und ich nickte zustimmend.

Die tote Hexe trug ein weißes Nachthemd. Es war über und über mit Blut besudelt. Was mich am meisten schockierte, war, wie jung sie war. Kaum älter als ich, womöglich sogar ein oder zwei Jahre jünger, und von solch empfindsamer Schönheit, wie ich sie bei einer Hexe nicht erwartet hatte. Sie hatte ihr ganzes Leben noch vor sich gehabt, aber ihre eigene Mutter hatte es ihr gestohlen. Die Vorstellung war grausam. Mit der Hand hielt sie einen Dolch umklammert. War sie damit getötet worden? Im Sekundentakt tropfte Blut von dessen Spitze auf die Steine und löste sich in dem Moment auf, in dem es auf den Boden fiel. Ancuta wandte sich um und schaute aus blicklosen hellgrünen Augen in unsere Richtung. Mein Herzschlag beschleunigte sich, während Nikolai hinter mir zu einer Salzsäule erstarrte. Ich hielt die Luft an. Erzürnte Geister waren in der Lage, großen Schaden anzurichten, und wenn Ancuta in all den Jahren nicht aufgegeben hatte, ihren Sohn zu suchen, dann musste sie sehr wütend sein. Je länger Geister in dieser Welt blieben und nicht ins Sommerland gingen, um sich auf ihre Wiedergeburt vorzubereiten, desto unberechenbarer wurden sie. Nikolais Daumen beschrieb beruhigende Kreise auf meinem Bauch, und obwohl eine Bluse und ein Unterhemd seine Haut von meiner trennte, breitete sich ein flatterndes Gefühl in meinem Magen aus und ich lehnte mich an ihn.

»Milas?«, flüsterte Ancuta, und Tränen liefen ihr über die Wangen. Für einen Moment glaubte ich, sie würde zu uns kommen. Aber sie legte nur den Kopf schief und betrachtete uns aufmerksam. »Bist du hier?« Diese Frage stellte sie so leise, dass ich sie kaum verstand. Dann schwebte sie weiter, bog um eine Ecke und hinterließ nur einen leuchtenden Staub, dessen Glanz umgehend verblasste.

Nikolai ließ mich los und trat von mir zurück. »Ich bringe dich in dein Zimmer und informiere Melinda. Sie muss etwas unternehmen.«

»Ich begleite dich.«

»Nein. Du bleibst bei Celia, bis ich das geklärt habe.«

Ich lächelte so zuckersüß, wie es mir möglich war. »Ich werde ganz sicher nicht bei Celia bleiben. Sie ist in dem Zimmer gut aufgehoben, und wenn dir das nicht genügt, dann bitte gefälligst Kayla, auf sie aufzupassen.« Magnus war es nicht gelungen, mir einen Termin bei Melinda zu verschaffen. Bredica hatte ihm zwar keine Begründung geliefert, aber unter der Hand wurde gemunkelt, dass Melinda verschiedene Hexenfamilien besuchte. Ob das stimmte, wusste niemand. Wenn sie nun auch zurück war, würde ich mir die Gelegenheit, mit ihr zu sprechen, sicherlich nicht entgehen lassen.

Verärgert legte er die Stirn in Falten, und jede Vertraulichkeit, die gerade noch zwischen uns geherrscht hatte, verschwand. Das Gold seiner Augen strahlte so hell wie Sternenlicht. Ein sehr zorniges Sternenlicht, aber ich wich dem Blick nicht aus. »Wenn du darauf bestehst«, gab er nach.

»Das tue ich.« Mir war klar, dass ich Melinda nicht nach Sophia fragen konnte. Nicht, wenn Nikolai dabei war, aber sobald ich wusste, wo sich ihr Büro befand, konnte ich sie später noch einmal aufsuchen.

Er stürmte mit seinen langen Beinen so schnell voraus, dass ich Mühe hatte, ihm zu folgen, was ihm klar zu werden schien, ohne dass ich ihn daran erinnerte, denn nachdem er dreimal abgebogen und seine Wut verraucht war, passte er seine Geschwindigkeit meiner an.

»Melinda muss Ancuta auch schon begegnet sein«, sagte ich, als ich ihn einholte. »Sie leben hier praktisch seit deren Tod zusammen, und Melinda ist Ancutas Tante. Wenn sie es bisher nicht geschafft hat, sie dazu zu bewegen, ins Sommerland zu gehen, dann werden deine Befehle auch nichts nützen.«

»Melinda würde sich von mir auch keine Befehle geben lassen.« Seine Mundwinkel zuckten. »Wenn ich das wage, wird sie mich für mindestens einen Tag in etwas Schleimiges verwandeln.«

»Würde sie nicht.«

Sein Gesicht verzog sich zu einer Grimasse.

»Sie hat es schon mal getan?«, fragte ich ungläubig.

Er zuckte mit den Schultern. »Ich war jung und dumm«, behauptete er, und ich verzichtete auf den Hinweis, dass sein letzter Besuch gerade mal vier Jahre her war. »Ich hätte wissen sollen, dass sie mir nicht damit drohen würde, wenn sie nicht vorgehabt hätte, diese Drohung auch in die Tat umzusetzen. Aber ich hab mir ziemlich viel auf meinen Status als Magnat meiner Familie eingebildet.«

»Und sie hat dich von deinem Sockel gestürzt?« Irgendwo in dem langen Gang, durch den wir schritten, schlug eine Tür zu. Ich zuckte zusammen, aber Nikolai schien nicht besorgt zu sein. »Was hattest du angestellt?«

»Ich habe Magnus verprügelt.« Er lachte leise bei der Erinnerung.

Ich stupste ihn von der Seite an. »Wieso? Du bist unendlich viel stärker als er.«

»Mag schon sein, aber der Mistkerl hatte mich drei Tage lang in einem der Verliese im Keller mit einem Bannspruch belegt. Ich konnte mich weder rühren noch um Hilfe rufen. Was ich sowieso nicht gemacht hätte, weil es zu peinlich gewesen wäre.«

Dieses Mal verkniff ich mir ein Lachen. »Weshalb?«

»Weshalb glaubst du, dass ich etwas angestellt habe?«, fragte er empört.

Ich zog eine Augenbraue hoch. »Weil Wicca ihre Konflikte normalerweise nicht mit Gewalt lösen, sondern mit vernünftigen Gesprächen.«

»Stimmt ja«, erwiderte er ironisch, »wie konnte ich das nur vergessen?«

Das hochmütige Glitzern in seinen Augen hätte mich davon abhalten sollen, weiter nachzufragen, aber so leicht kam er mir nicht davon. »Also, was hast du angestellt?«

»Der Corbii ist wirklich verbohrt«, gab er nach. »Und er hielt sich für so viel besser als uns. Dabei war vom ersten Moment an klar, dass er die Augen nicht von Kayla lassen konnte und sie nicht von ihm. Ich habe versucht, ihn aus der Reserve zu locken. Zu meiner Entschuldigung muss ich hinzufügen, dass diese dämliche Idee nicht von mir, sondern von Ivan und Alexej stammte. Ich war praktisch zweimal das Opfer.«

Nun konnte ich mein Lachen nicht mehr zurückhalten. »Armer doppelt gestrafter großer Magnat«, sagte ich kichernd.

Er lächelte zu mir hinab, als gehörte diese Erinnerung trotz seines Ärgers zu einer der schönsten, die er hatte. »Ich war damals das erste Mal in Caraiman«, bestätigte er die Vermutung. »Nach dem Tod meines Vaters hatte ich so viele Pflichten. An manchen Tagen konnte ich den Schreibtisch nicht eine Minute verlassen, dabei sehnte ich mich so danach, einfach nur auszureiten und alles hinter mir zu lassen. Als Melinda mich einlud, nach Caraiman zu kommen, fühlte es sich an, als öffnete sich für eine Weile eine Gefängnistür.« Als ihm klar wurde, was er da gerade gesagt hatte, verstummte er abrupt und presste die Lippen zusammen.

»Es ist nichts Falsches daran, auch etwas für sich zu wollen«, sagte ich sanft. »Ging es Celia damals schon so schlecht?«

»Nicht so schlecht wie jetzt. Ich dachte, ich würde hier eine Lösung finden. Das benutzte ich jedenfalls als Ausrede, um mich vor meinen Pflichten zu drücken. Aber weder Melinda noch die Bibliothekare konnten mir helfen. Wir können sie nur retten, wenn der Fluch rechtzeitig bricht.«

»War es Celesta? Hat sie euch verflucht?« Jemand anders konnte es kaum gewesen sein. Das Licht in dem Gang flackerte und malte graue Schatten auf sein Gesicht, sodass ich den Ausdruck darauf nicht mehr lesen konnte, aber jegliche Freude war verschwunden und hatte Zorn und Trostlosigkeit Platz gemacht. Ich wünschte, ich könnte ihm sagen, wie sehr ich ihn verstand. Könnte ihm von meinen Eltern und deren Tod erzählen. Celesta hatte uns beiden so viel genommen. Aber das konnte ich nicht.

»Der Fluch bricht, wenn Celesta stirbt«, sagte ich. »Kein Fluch überlebt den, der ihn ausgesprochen hat.«

»Sie wird aber nicht sterben«, erwiderte er so leise, als fürchtete er, diese Worte auszusprechen. »Sie kann nicht mehr sterben. Celesta ist unsterblich.«

Es dauerte einen Moment, bis ich verstand, was er da gerade gesagt hatte. Ich schluckte den sauren Speichel hinunter, der sich in meinem Mund gesammelt hatte. »Sie hat …«, raunte ich tonlos, »euch eure Unsterblichkeit für sich selbst geraubt? Der Fluch hat sie unsterblich gemacht?«

Er nickte. »Seit Nexor haben Hexen und Hexer versucht, eine Magie zu finden, die sie für immer leben lässt. Celesta hat es geschafft.«

»Das ist Wahnsinn«, sagte ich. »Wie genau ist ihr das gelungen?«

»Wenn wir das wüssten, hätten wir längst eine Möglichkeit gefunden, den Fluch zu brechen«, sagte er tonlos und ohne seine Schritte zu verlangsamen. »Möglicherweise gibt es jedoch eine Lösung.«

»Welche wäre das?« Der Verlust der Unsterblichkeit der Strigoi hatte nichts mit dem Verschwinden der Magie zu tun, sondern war ein brutaler Akt der Königin gewesen. Natürlich. Eine Frau wie Celesta musste die Vorstellung, dass sie sterben würde, fast wahnsinnig machen. Die Verjüngungszauber, die Hexen normalerweise benutzten, hatte ihr nicht gereicht. Nein, sie wollte tatsächlich ewig leben und ihr Volk und alle anderen ewig unterdrücken. Wut sammelte sich in meinem Kopf und meinem Magen. Sie konnte gerade mal dreißig Jahre alt gewesen sein, als sie diesen Fluch verhängt hatte. Je mehr ich über sie erfuhr, desto mehr fürchtete ich diese Frau.

»Sie stirbt vielleicht nicht von allein, aber ich bin sicher, man kann sie umbringen«, sagte Nikolai, als wäre es das Selbstverständlichste der Welt. »Als wir unsterblich waren, gab es auch Wege, uns zu töten. Wir konnten uns das Leben nehmen«, setzte er vorsichtig hinzu. »Früher töteten Strigoi sich, wenn sie des Lebens überdrüssig waren.«

Diese Variante war in unserem Fall am unwahrscheinlichsten. Von den anderen hatte ich gelesen. Eine Möglichkeit war grausamer als die andere. Man konnte einem Strigoi einen Holzpflock ins Herz rammen, ihm die Glieder herausreißen oder ihn verbrennen. »Dafür musst du an sie herankommen«, erwiderte ich und versuchte, mir die Abscheu vor diesen Praktiken nicht anmerken zu lassen. »Jaron hat gesagt, diese Onyxfestung wäre zu gut bewacht.«

»Ich weiß. Aber er war dort, und er hasst Celesta. Möglicherweise bringt er mich hinein.«

Ich packte seinen Arm. Bei der Vorstellung, in welche Gefahr er sich bringen würde, wurde mir flau im Magen. »Daran darfst du nicht einmal denken. Sie würde dich wittern und umbringen. Wir müssen sie herauslocken und dann ...« Verunsichert brach ich ab.

»Wir?«, hakte er belustigt nach. »Das ist meine Angelegenheit. Sie geht dich nichts an. Hast du mich nicht belehrt, dass ihr Wicca nur kämpft, um euch zu verteidigen?« Er blieb stehen und nahm meine rechte Hand in seine. Dann schob er den Ärmel meines Kleides etwas nach oben, entblößte die Triquetra auf meiner Haut und fuhr sie mit der Fingerspitze nach. »Ich sage dir eines, Valea. Du kannst Kräuter verbrennen, die Göttin um Beistand bitten, dein Leben nach den Gezeiten des Mondes und der Sterne ausrichten. Du kannst durch die Beltanefeuer springen und gemeinsam mit einem Gefährten die Nacht im Wald verbringen, aber die Grausamkeit der Welt wird deswegen nicht vor dir Halt machen.« Er ließ meine Hand los und setzte sich wieder in Bewegung. »Eines Tages wirst du kämpfen müssen, aber das solltest du nicht für mich tun.«

Für eine Sekunde überkam mich das Verlangen, ihn anzuschreien. Als Kind war ich so verunsichert, zerrissen und allein gewesen, nachdem Magnus mich bei den Menschen zurückgelassen hatte. Die wenigen Erinnerungen an meine Geschwister, meine Eltern, ihre Liebe und daran, was sie mich gelehrt hatten, waren mein einziger Anker gewesen. Womöglich hatte ich deswegen den wichtigsten Grundsatz der Wicca, nur das zu tun, was niemandem schadete, nie in Zweifel gezogen. Nun musste ich mir schon nach wenigen Tagen in Ardeal die Frage stellen, ob es manchmal nicht klüger sein konnte, jemandem Schaden zuzufügen, um diesen von anderen abzuwenden. Ich war keine zehn mehr, und wenn ich wollte, dass in Ardeal eines Tages dauerhafter Frieden herrschte, dann musste ich mehr tun als nur reden. Nikolai blieb vor einer unscheinbaren Tür stehen, und hob die Hand.

Die Tür sprang auf, noch bevor er sie berührte, und säuselte höflich: »Hereinspaziert. Melinda erwartet euch bereits. Macht es euch bequem.«

»Danke schön«, erwiderte ich perplex. Selbst nach einer Woche hatte ich mich an viele der seltsamen Dinge noch nicht gewöhnt, die für Hexen ganz natürlich waren. Und für Nikolai offenbar auch, denn er ignorierte die freundliche Tür und rauschte hinein.

Melindas Büro war ein kreisrunder Raum, der von drei großen Lumina in goldenes Licht getaucht wurde. Majestätisch schwebten sie unter einer hohen Kuppeldecke, die mit einem kunstvollen Runenmuster überzogen war. Neben dem einzigen riesigen Fenster stand ein geschmiedeter Eisenständer, in dem verschiedene Hexenbesen lehnten. Die Direktorin von Caraiman saß hinter einem Schreibtisch, erhob sich aber, als wir eintraten, und kam auf uns zu. »Nikolai«, begrüßte sie ihn. »Ich habe erwartet, dass du nach deiner Rückkehr zuerst zu mir kommst, aber offenbar hattest du andere Pläne.«

Er neigte nur entschuldigend den Kopf. Sein Gesicht gab jedoch nichts preis.

Meine Aufmerksamkeit wurde von einem Regal abgelenkt, das hinter Melindas Schreibtisch stand. Die Bücher in dessen Fächern ruckten und zuckten, als wollten sie herausspringen. Aber offensichtlich hinderte ein Zauber sie daran.

»Die Grimoires unserer Herrscherfamilie«, erklärte sie an mich gewandt, weil ihr mein interessierter Blick nicht entgangen war. »Das erste ist von Estera, deren Tochter führte es fort, und danach begann ihre Tochter ein neues zu schreiben, und so weiter. Sobald eines voll ist, werden sie hier verschlossen. Nur die jeweilige Königin oder der König darf sie lesen und ihre Zauber nutzen. Möchtest du mir deine Begleitung nicht vorstellen, Nikolai? Du bist zum ersten Mal hier, mein Kind, oder?« Sie trug ein schlichtes weißes Leinenkleid, dessen Ärmel an den Enden weiter geschnitten waren, sodass sie ihre verschränkten Hände darin verstecken konnte. Ihr kupferfarbenes Haar hing ihr offen über den Rücken, und warme blaue Augen betrachteten mich aufmerksam.

Ich neigte leicht den Kopf. Reine, unverfälschte Magie umgab diese Frau, stärker als ich es je bei jemandem gespürt hatte. »Ja. Das ist mein erstes Mal.«

»Gefällt es dir?«

Ich nickte unter ihrem aufmerksamen Blick, der jede Lüge entlarven würde.

»Das ist Valea aus dem Coven Patel«, erklärte Nikolai, der sich dicht hinter mich gestellt hatte. »Sie ist jenseits der Nebelwand aufgewachsen und lebt noch nicht lange in Ardeal.«

»Und sie kann für sich selbst sprechen«, unterbrach ich ihn, womit ich Melinda ein belustigtes Lächeln entlockte.

»Sieh es ihm nach, Strigoi neigen dazu, diejenigen übermäßig zu beschützen, die ihnen wichtig sind. Es liegt in ihrer Natur, sie können nicht anders. Weshalb wolltet ihr mich sprechen?«

Nikolai interessierte sich nicht für mich, weil ich ihm wichtig war, sondern weil ich Geheimnisse vor ihm hatte. Er spürte das und wollte sie lüften. »Wir sind Ancuta begegnet«, erklärte ich den Grund unseres Kommens. »Sie sucht ihren Sohn.«

Wenn es Melinda wunderte, dass ich von ihm wusste, ließ sie es sich nicht anmerken. Ihre sehr helle von Sommersprossen überzogene Haut wurde mit einem Schlag noch blasser. Durch den Stoff der Ärmel konnte ich sehen, wie sie ihre Hände fest zusammenpresste. Dann holte sie tief Luft, ging zu einer Sitzgruppe und ließ sich auf einer goldgepolsterten Récamiere nieder. Mit einer Handbewegung bedeutete sie uns, ebenfalls Platz zu nehmen. Die Anspannung war ihr deutlich anzumerken. Sie schnipste leicht mit dem Finger, woraufhin eine Karaffe von einem Beistelltisch herangeflogen kam und roten Wein in drei Gläser vor uns goss.

»Ancuta spürt«, sagte sie, nachdem sie einen Schluck getrunken und ihre Fassung wiedergewonnen hatte, »dass ihre Mutter zurück ist, und sie hofft, sie bringt ihren Sohn nach Caraiman. Darauf hat ihre Seele all die Jahre gewartet. Sie starb in der Nacht seiner Geburt«, setzte sie hastig hinzu, um der offiziellen Version nicht zu widersprechen.

»Und wird Celesta das tun?«, fragte ich. Der Wein schmeckte warm und weich, nach Brombeeren und einem Hauch Wacholder.

»Das weiß ich nicht. Ich habe keine Ahnung, was aus ihm geworden ist. Sie hat das Kind nach Ancutas Tod vor allem und jedem abgeschirmt. Ich habe den Jungen nur einmal in der Nacht seiner Geburt zu Gesicht bekommen«, sagte sie nachdenklich.

»Besaß er tatsächlich so viel Magie, wie behauptet wird?«, fragte Nikolai.

Melinda nickte. »Sie floss aus ihm heraus. Sie hätte Ancuta retten können, wenn Celesta es zugelassen hätte, aber ihre Tochter war ihr in dem Moment gleichgültig geworden, in dem sie diesen Jungen in den Armen hielt.« Sie schluckte schwer, und ich fragte mich, ob ihr klar war, was sie da preisgab. »Ich blieb bis zum Ende bei Ancuta. Sie verblutete, und es gab nichts, was ich dagegen hätte tun können.«

»Es gibt Gerüchte, Celesta hätte sie eigenhändig getötet«, sagte Nikolai sehr vorsichtig.

Melinda straffte den Rücken und sah ihn streng an. »Wer immer diese verbreitet, er sollte seine Zunge hüten, nun, da Celesta zurück ist. Sie wird diese Gerüchte nicht dulden.«

Mir entging nicht, dass sie damit den Gerüchten weder widersprach noch sie bestätigte. Aber selbst wenn Celesta Ancuta nicht mit eigenen Händen getötet hatte, so hatte sie offenbar zugelassen, dass sie starb. »Kann Ancuta uns gefährlich werden?«, fragte ich. »Sie hatte ein Messer dabei, und ihr Kleid war voller Blut.«

Melinda schüttelte den Kopf. »Sie war eine so sanfte Seele. Ich habe nie begriffen, wie Celesta dieses Kind hatte bekommen können. Sie waren wie Feuer und Wasser. Völlig verschieden. Celesta hätte nie zugelassen, dass Ancuta Königin wird.« Sie warf Nikolai einen entschuldigenden Blick zu. »Ich hätte sie schon als kleines Mädchen in Sicherheit bringen müssen, aber während des Krieges hatte ich keine Möglichkeit dazu, und dann war es zu spät. Ihr müsst euch vor ihr nicht fürchten.«

»Was gedenkst du zu tun, wenn Celesta wirklich nach Caraiman kommt?« Nikolai lehnte sich zurück. Sein Bein presste sich gegen meines, und ich spürte jeden einzelnen Muskel unter dem Stoff seiner Hose und durch mein Kleid. Eine Strähne seines dunklen Haares fiel ihm in die Stirn.

Nachdenklich nippte Melinda wieder an ihrem Wein. »Ich weiß nicht, was ich noch tun kann. Ich habe damals versucht, sie zu überzeugen, den Pakt zu unterzeichnen. Dass sie es am

Ende tat, hatte nichts mit mir zu tun, sondern einzig mit dem Kind, das sie so schnell wie möglich fortbringen wollte.«

»Weshalb hat sie ihren Enkel nicht hier aufgezogen?«, fragte ich, doch einigermaßen verwundert darüber, wie offen sie mit uns sprach. Hatte sie keine Angst vor ihrer Königin, wenn diese davon erfuhr?

»Ich war zwar eine ihrer engsten Ratgeberinnen, aber das bedeutete nicht, dass sie für jede Entscheidung meine Meinung einholte. Ich bin sogar sicher, dass sie mir bis heute nicht verziehen hat, dass ich verlangt habe, den Krieg zu beenden.«

»Eure Chancen standen gut, uns alle zu vernichten«, warf Nikolai ein.

Sie zuckte mit den schmalen Schultern. »Wahrscheinlich. Aber hätte ich das zugelassen, hätte sich Celestas Bosheit gegen unser eigenes Volk gerichtet.«

Nikolai trank von seinem Wein. Sein undurchdringlicher Gesichtsausdruck verriet nichts von dem, was hinter seiner Stirn vor sich ging.

»Wir brauchen mehr Magie«, sagte Melinda eindringlich zu Nikolai. Meine Anwesenheit schien sie vergessen zu haben. Angst stand in ihren Augen. »Wir alle. Celesta wird uns zuerst in Sicherheit wiegen. Sie wird uns glauben lassen, dass sie an dem Frieden festhält. Bisher hat sie mich nicht in ihre Onyxfestung rufen lassen. Sie will verhindern, dass ich ihre Pläne noch einmal durchkreuze. Wenn es jedoch dazu kommt, muss ich dem Befehl folgen, und dann wird sie mich töten.«

Da war noch mehr als Angst. Resignation schwang in ihrer Stimme mit und Müdigkeit. Sie hatte schon zu lange gekämpft.

»Das werde ich nicht zulassen«, sagte Nikolai. Eine ungewohnte Wärme lag in seiner Stimme. »Du weißt, dass du jederzeit bei meiner Familie um Schutz bitten kannst. Mein Vater und mein ganzes Volk sind dir zu großem Dank verpflichtet. Wir würden dich vor Celesta beschützen. Ohne dich hätte es den zweiten Pakt nie gegeben.«

»Ich werde mich nicht verstecken«, entgegnete sie mit fester Stimme. »Nicht, solange ich ihr noch die Stirn bieten kann.«

Nikolai stand auf. »Es ist deine Entscheidung. Niemand von uns weiß, was die nächsten Monate bringen, aber du sollst wissen, dass wir nicht vergessen haben, was du für mein Volk getan hast.«

»Pass auf dich auf, Valea«, sagte Melinda zum Abschied lächelnd zu mir. »Der Wind weht ab morgen aus dem Süden.«

Meine Wangen wurden warm. »Danke für die Warnung.« Die Tür schlug hinter uns ins Schloss, und wir standen wieder auf dem Flur.

»Was meinte sie damit?«, fragte Nikolai neugierig.

»Nichts Wichtiges«, behauptete ich.

»Der Wind aus Süden bringt Herzen zum Glühen, auch du kannst mit ihm zum Leben erblühen«, zitierte die vorlaute Tür aus den Glaubensregeln der Wicca.

Nikolai räusperte sich und versuchte angestrengt, nicht zu lachen.

Ich lief los und er folgte mir. Mein Herz würde auf keinen Fall glühen. Südwind hin oder her.

Vor meiner Tür hielt er mich am Arm zurück. »Das ist nicht dein Kampf«, erinnerte er mich noch mal. »Vergiss das nicht.«

»Das weiß ich. Trotzdem kann ich ja ein paar Kräuter verbrennen und beten.«

Er schüttelte über meinen Eigensinn nur den Kopf und ich legte die Stirn in Falten. »Ach ja, und ich könnte an Beltane übers Feuer springen und mich mit einem Gefährten vergnügen, während Celia um ihr Leben kämpft.« Immer noch drang der Schlag der Glocke in das Schloss hinein und heizte meine Wut an. Wofür hielt er mich eigentlich? Was hatte er gedacht, wie ich all die Jahre überlebt hatte? War das kein Kampf gewesen? Er hatte kein Recht, sich über mich lustig zu machen. Ich wollte ihm eine weitere wütende Bemerkung an den Kopf werfen, aber er hob mein Kinn an und küsste mich auf die Wange. Seine Lippen lagen kühl auf meiner Haut. Die Wut verpuffte so schnell, wie sie gekommen war. »Schlaf gut, Valea«, flüsterte er und starrte auf meine Lippen. Mit großen Augen sah ich zu ihm auf. Mit der Wut hatte sich offenbar auch mein Verstand verabschiedet. Ich legte ihm die Hände auf die Taille. Die Luft um uns vibrierte, als jede einzelne Erinnerung an unsere gemeinsame Nacht zurückkam. Er sollte mich wieder so halten, dieselben Dinge mit mir tun und noch mehr. Das Verlangen in seinen Augen spiegelte sich in meinen, aber dann besann er sich offenbar eines Besseren, trat zurück und ging ohne ein weiteres Wort davon. Schockiert und verärgert starrte ich ihm hinterher. Wenn er nicht mit Kayla zusammen war, was hielt ihn dann davon ab, es mit mir zu sein?

Auf Celias Nachtschrank brannte noch eine Kerze, und als ich eintrat, hob sie den Kopf. Sie wirkte zerbrechlich unter der Decke und schien mir blasser zu sein als gestern.

»Geht es dir gut«, fragte ich und setzte mich auf ihre Bettkante. »Brauchst du etwas?«

»Nein. Ich habe Nikolais Stimme gehört. Ist er zurück? Wo war er?«

»Ich weiß nicht genau. Er hat mich von der Bibliothek herbegleitet. Es tut mir leid, wenn wir dich geweckt haben.«

»Das muss es nicht. Ich habe nicht geschlafen. Ich habe zu starke Schmerzen.«

»Bist du sicher, dass ich nichts tun kann?«

»Ganz sicher. Es gibt kein Mittel dagegen. Es fühlt sich an, als wollte mein Körper mich in irgendwas verwandeln, weiß aber nicht so recht, in was.« Sie schnappte nach Luft, packte meine Hand und presste sie zusammen, während der Schmerz durch sie hindurchraste.

Als die Welle verebbt war, holte ich ihr ein Glas Wasser aus dem Bad.

Zerknirscht verzog sie das Gesicht und nippte daran. »Lass mich raten, einer meiner Brüder hat dir gesagt, dass ich sterbe.«

»Nikolai. Er hat es mir erzählt, weil er sich sorgt.«

»Ich wollte nicht, dass es jemand erfährt. Es reicht schon, dass alle mich für schwach und empfindlich halten. Keine Eigenschaften, die eine Strigoi normalerweise ausmachen. Ich bin nicht mal mehr stark genug, um einen Hasen zu jagen.«

»Willst du mir erzählen, was dir passiert ist?«

Zuerst zögerte sie. »Ich wurde vor achtzig Menschenjahren geboren«, sagte sie dann. »Wir altern anders als Sterbliche, wenn wir geboren werden. Zuerst recht schnell, und dann stoppt die Alterung sehr früh. Bei mir war es zu schnell. Anfangs war die Veränderung eher ein schleichender Prozess, als würde ein Virus unsere ganze Art befallen. Zuerst verschwanden unsere Flügel, dann wurden einige von uns krank und starben. Andere verfielen sofort dem Blutrausch und mussten getötet werden. Ich hörte vor der Zeit auf zu altern. Vor nunmehr fast dreizehn Jahren wurde dann unser Vater in einem Kampf so schwer verletzt, dass er sich nicht von den Wunden erholte.«

Ich fragte nicht, gegen wen Nikita Lazar gekämpft hatte, denn ich wollte sie nicht unterbrechen. Sie presste die

Lippen aufeinander und versuchte, sich zusammenzureißen, als eine neue Welle des Schmerzes sie überrollte. »Nikitas Selbstheilungskräfte waren nicht mehr stark genug, und er starb. Meine Mutter verlor fast den Verstand. Wenn Strigoi einen Partner wählen, dann ist das für immer. Oft genug folgt einer dem anderen in den Tod, weil es fast unmöglich ist, allein weiterzuleben. Aber meine Mutter wollte mich nicht im Stich lassen. Am Totenbett mussten Nikolai und Alexej Vater versprechen, einen Weg zu finden, den Fluch zu brechen. Er konnte den Gedanken nicht ertragen, dass mir oder Gabriella etwas zustieß und er nicht mehr da war, um das zu verhindern. Er hätte das niemals verlangen dürfen.«

Dieses Versprechen hatte ich in Nikolais Erinnerung gesehen, und daran fühlte er sich nach wie vor gebunden. »Du musst daran glauben, dass sie es schaffen.«

»Ich habe nicht mehr viel Zeit und ich will nicht, dass sie sich meinetwegen in Gefahr bringen. Nikolai hat überall nach Celesta gesucht und sie nicht gefunden. Aber nun ist sie zurück und ich fürchte, er wird etwas sehr Unbedachtes tun.« Damit konnte Celia recht haben. Sie umklammerte meine Hand und atmete hektisch ein und aus. »Ich hasse Celesta so sehr für das, was sie uns angetan hat«, flüsterte sie, als der Schmerz verebbte. Ihre Wangen glühten, und winzige Reißzähne kamen zum Vorschein, die so schnell wieder verschwanden, wie sie hervorgetreten waren. »Armselig. Ich weiß.« Sie grinste. »Entschuldige, aber auch nur an sie zu denken, macht mich schon wütend.«

Nachdenklich kaute ich auf meiner Unterlippe. »Es muss einen Weg geben, den Fluch rückgängig zu machen.«

»Dreißig Jahre«, flüsterte Celia, als hätte sie mich nicht gehört. »Sie war erst dreißig. Sie hatte gerade den Dreizehnten Grad abgelegt und den Dornenthron bestiegen. Und nun wird sie ewig leben und eines Tages allein über Ardeal herrschen. Sie braucht nur abzuwarten, bis wir alle tot sind, und dann wird sie mit den Wicca kurzen Prozess machen.« Den legendären Dornenthron der Hexen hatte Celesta vermutlich mit in die Onyxfestung genommen. Angeblich bestand er aus einem Geflecht pechschwarzer Zweige mit so spitzen Dornen, dass sie töten konnten. Nur an einem Tag im Jahr blühten rote Rosen daran. Immer zum Julfest.

Wenn das tatsächlich der Plan der Königin war, dann war er so bösartig wie einfach. Einer Hexe mit dieser Macht hatten wir Wicca nichts entgegenzusetzen. »Weshalb hat dein Vater bei den Friedensverhandlungen nicht gefordert, dass der Fluch aufgehoben wird?«

»Wir waren durch den Fluch zu sehr geschwächt. Unsere Unsterblichkeit zu verlieren, die Fähigkeit zu fliegen und Menschen zu verwandeln, hat uns in den Grundfesten erschüttert. Mein Vater und die anderen sechs Magnati hielten es für das Beste, dem Pakt zuzustimmen und nicht weiter zu verhandeln. Die Gefahr, dass der Krieg angedauert hätte, war einfach zu groß. Dann wären viel mehr von uns gefallen. Vermutlich hatte die Königin genau darauf gehofft und war erstaunt, als wir dem Vertrag ohne weitere Bedingungen zustimmten. Wir brauchten dringend eine Atempause.«

Ich nickte verstehend. »Aber was hat dich so krank gemacht? Man könnte meinen, dass ältere Strigoi eher sterben.«

»Das ist auch so. Etliche unserer Ältesten sind bereits tot. Entweder sie starben an einer Krankheit, oder sie wurden getötet. An dem, was mir zugestoßen ist, daran bin ich allein schuld.«

Tröstend strich ich über ihren Arm. Die Haut war eiskalt. »Niemand hat einen schwarzmagischen Fluch verdient.«

»Sicherlich nicht, aber das, was ich dann getan habe, war dumm von mir«, sagte sie zerknirscht. »Ich wusste, dass es ein Fehler war, als ...« Sie brach ab und holte tief Luft. »Früher musste ein Strigoi maximal einmal im Monat Blut trinken. Das war völlig ausreichend, doch nach dem Fluch wurde der Durst stärker. Manche von uns haben ihn im Griff. Nikolai zum Beispiel kann ihn gut kontrollieren. Den Jüngeren fällt es schwerer. Und ich war viel zu jung, um ihn zu beherrschen. Eines Tages kam er einfach über mich. Ich war mit ein paar Freunden im Wald unterwegs und wir stießen auf ein paar Vardos. Wir hatten solchen Durst.« Da sie mir nicht in die Augen sehen konnte, graute mir vor dem, was sie mir zu beichten versuchte. »Es war furchtbar«, gestand sie. »Danach. Als mir klar wurde, was ich getan hatte. Aber in dem Augenblick, in dem es passierte, konnte ich mich nicht bremsen.« Sie holte tief Luft. »Ich habe getrunken und getrunken. Die Menschen schrien und versuchten zu fliehen, doch wir fingen sie ein und tranken sie leer. Ich weiß nicht, ob ich hätte aufhören können, wenn Nikolai nicht gekommen wäre. Er und Alexej machten der Sache ein Ende.« Celia schluchzte auf und rieb sich wütend eine Träne von der Wange. »Den Rest sollte ich besser nicht erzählen.«

»Ich verurteile dich nicht«, sagte ich leise. Der Fluch hatte ihre Natur manipuliert. Wenn jemand schuld war, dann die Königin. Doch Celia musste mit dieser Schuld leben.

Sie schluckte angestrengt. »Nikolai und Alexej wussten zuerst vermutlich nicht, dass ich auch dort war. Sie töteten jeden meiner Freunde, und am Ende fanden sie mich. Ich werde ihre Blicke niemals vergessen. Ich hockte zwischen zwei blutleeren Körpern und hatte eine Frau im Arm, die um ihr Leben flehte, während ich über und über mit Blut besudelt war. Ich kann mir nicht einmal vorstellen, welche Willenskraft es die beiden gekostet hat, mir die Frau nicht aus dem Arm zu reißen und selbst von ihr zu trinken. Zuerst wollte ich sie nicht hergeben, denn ich hatte immer noch Durst. Nikolai und Alexej brachten mich dazu, sie gehen zu lassen. Eigentlich hätten sie mich auch töten müssen. Auf Blutdurst steht die Todesstrafe. Sie brachten mich trotzdem nach Hause. Unser Vater war so enttäuscht von mir. Kurz glaubte ich, er würde mich selbst töten, doch er nahm mich nur in den Arm. Später badete mich meine Mutter, während wir ihn, Nikolai und Alexej streiten hörten. Ein paar Wochen später setzte mein Verfall ein. Ich hatte mich übertrunken, mein Körper konnte ohne Magie nicht mit dieser Menge an Blut umgehen. Zuerst war mir ständig übel und schwindelig. Dann kamen die Müdigkeit und die Auszehrung. Irgendwann werde ich nicht mehr aufstehen können, weil ich zu schwach bin. Ich hoffe, ich sterbe im Schlaf, und es tut nicht weh.« Furcht stand in ihren Augen. »Ich sollte die Göttin um nichts bitten, weil ich so etwas Furchtbares getan habe, aber ich bete trotzdem jeden Abend, dass sie mich friedlich einschlafen lässt.«

Es brach mir das Herz, sie so ängstlich zu sehen. Wusste Nikolai von ihrer Furcht? Nie wieder würde ich von ihm verlangen, sie nicht so zu umsorgen.

»Das hier ist meine Strafe, und ich trage sie gern«, setzte Celia mit heiserer Stimme fort. »Was ich diesen Menschen angetan habe, ist nicht wiedergutzumachen. Wir haben eine ganze Familie getötet. Es waren zwanzig Menschen und sie lebten friedlich in ihren Wagen, bis wir kamen. Manchmal träume ich davon«, sagte sie mehr zu sich selbst. »Wenn wir unsere Magie zurückbekommen und ich wieder gesund werde, lebe ich ewig.« Sie lächelte traurig. »Auch mit dieser Schuld. Ich weiß nicht, ob ich das ertragen kann. Doch Nikolai wird alles tun, um sein Versprechen zu halten.«

»Sag mir, wie ich dir helfen kann.«

»Das tust du bereits. Hierherzukommen war mein Traum. Ich hätte nicht gedacht, dass Nikolai es je erlaubt. Aber er hat es getan, und ich habe eine Freundin gefunden.«

Er hatte Celia herkommen lassen, weil er wusste, dass sie sterben würde. Weil er nicht mehr glaubte, sie retten zu können. Diese Einsicht musste furchtbar für ihn sein. Und trotz seiner Angst schenkte er ihr noch ein paar glückliche Momente.

Sie kuschelte sich in die Kissen und schlief beinahe umgehend ein. Ich löschte die Kerze auf ihrem Nachtschrank und legte mich ebenfalls schlafen. Der Mond schien hell durch das Fenster hinein. Ich stand noch einmal auf, um die Vorhänge zu schließen. Irgendwo in den Bergen heulte ein Wolf. Ein anderer antwortete ihm. Die Glocke war verstummt.

13. KAPITEL

SCHLOSS CARAIMAN IN ARDEAL

Einige Tage später begleitete ich Celia nach dem Abendessen in den großen Salon. Bisher hatte ich mich meistens in die Bibliothek zurückgezogen, aber heute konnte ich nicht schon wieder Nein sagen, und für das, was ich vorhatte, war es noch zu früh. Ein Feuer flackerte im großen Kamin. Die Wände waren mit hellem Holz vertäfelt, und es waren mehrere samtbezogene Sitzgruppen im Raum verteilt. Alexej stand hinter einer Bar und mixte Getränke für Carys und Alva. Kyrill las ein Buch, während Lupa auf einem der breiten Fensterbretter saß und in den Regen schaute. Zu meinem Erstaunen hatte Ivan sich zu ihr gesellt. Ich konnte nicht hören, worüber sie sprachen, aber sie schienen ziemlich vertieft zu sein. Ein Hexer spielte mit Arvid Backgammon. Die anderen hatten sich im Raum verteilt und plauderten miteinander. Nikolai saß mit Kayla auf einem der Sofas und nahm ihr gerade ihr Glas aus der Hand, um zu kosten. Es schien ihm nicht zu schmecken, denn er verzog angeekelt das Gesicht. Kayla grinste spitzbübisch und nahm ihm das Glas wieder ab. Jaron winkte mir zu, als Alexej vor Celia und mir auftauchte. Nikolais Bruder nahm seine Schwester bei der Hand und zog sie hinter sich her. »Wenn die Damen mir folgen möchten«, sagte er übertrieben höflich. »Ich mixe die köstlichsten Tränke der Welt. Die Auswahl ist wirklich verblüffend. Ich werde Melinda fragen, woher sie all die leckeren Säfte, Liköre und Weine bezieht. Wer hätte gedacht, dass eine Hexe so eine Feinschmeckerin ist?«

»Wir essen nicht nur Spinnen und Schlangenhaut, du Blödmann«, kam es kopfschüttelnd von Carys. »Hier gibt es nur eine Spezies, deren Geschmack recht eindimensional ist.«

»Das denkst du.« Alexej grinste nicht im Mindesten beleidigt. »Der Geschmack von Blut hat sehr feine Nuancen. Ich wette, Alvas Blut schmeckt nach Lilien. Sie wirkt immer etwas schwermütig.« Die Bemerkung brachte ihm einen erhobenen Mittelfinger von der blonden Hexe ein. Er lächelte entschuldigend und hatte plötzlich die Aufmerksamkeit aller, was er auch bezweckt hatte. »Deins«, er fixierte den Hexer, der mit Arvid Backgammon spielte, »schmeckt vermutlich nach Eisen, bei all dem Zeug in deinem Körper.« Tatsächlich trug der junge Mann eine erstaunliche Menge Metall im Gesicht und an den Ohren. »Ist nicht mein Geschmack, von mir musst du also nichts befürchten«, beruhigte Alexej ihn.

Celia kicherte, und er schob sich wieder hinter die Bar. »Und ich wette, unsere Valea schmeckt nach Holunderblüten und Jasmin. Sehr lecker.« Er grinste mich an und machte eine winzige Verbeugung, als hätte er mir gerade ein Kompliment gemacht. Hinter uns erklang ein leises Knurren. Alexej hob schelmisch eine Augenbraue, als hätte er genau diese Reaktion bezweckt, und das Knurren brach abrupt ab. Ich wusste trotzdem, zu wem es gehörte.

Ich stützte die Ellbogen auf die Theke und beugte mich etwas nach vorn. »Du wirst nie herausfinden, ob du mit dieser Vermutung recht hast«, säuselte ich. »Und jetzt zeig mal, was du kannst.«

»Lass dir von ihm nicht den sauren Gurkensaft andrehen, den er Kayla gemacht hat. Ihr Geschmack ist etwas fragwürdig«, rief Nikolai.

Ich drehte mich zu den beiden um, und Kayla stupste ihn in die Seite. »Nicht jeder ist so langweilig und trinkt nur Rotwein«, rügte sie ihn. »Lass Valea und Alexej ihren Spaß. Mir schmeckt es.« Sie trank einen großen Schluck.

»Ich hätte gern einen *Genever Flori de soc*«, verlangte ich nach einem Getränk, das ich einmal in Aquincum getrunken hatte.

»Die Dame möchte mich also auf die Probe stellen.« Alexej nahm ein kunstvoll geschliffenes Glas aus dem Regal und griff nach der Flasche mit dem klaren Genever. Er mixte ihn mit Holundersirup und Zitronensaft und verzierte das Glas mit Zitronenscheiben und zwei Minzblättern, bevor er es mir hinüberschob.

Ich nippte daran. »Perfekt«, gab ich zu, woraufhin er dankend den Kopf neigte, bevor er seiner Schwester ein Getränk aus verschiedenen Säften mixte.

Nach einem Blick zu seinem Bruder, der gerade nicht hinsah, goss er einen winzigen Schluck braunen Rum hinein. »Hier, Kleines, aber nicht übermütig werden.«

Sie verdrehte die Augen und nahm ihr Glas. »Wollen wir uns zu Jaron setzen?«

Ich folgte ihr zu der Sitzgruppe, wo abgesehen von dem Hexer auch Magnus, Carys, Alva und Valeria saßen, und nahm auf einem dunkelgrün gemusterten Sofa neben Jaron Platz.

»Ich dachte schon, du wolltest den Preis für die fleißigste Teilnehmerin einheimsen«, sagte Alva zur Begrüßung. »Was ist los, heute keine Nachtschicht in der Bibliothek?«

»Nein. Heute nicht.« Ich lächelte freundlich.

»Hast du wenigstens schon etwas herausgefunden?«, fragte sie schnippisch weiter.

»Ich habe nach Informationen über die Magiequellen gesucht. Einen Plan, wo sie sich befunden haben, und eine Anleitung, wie man sie wieder öffnet.«

Alva begann zu kichern, als hätte ich etwas Urkomisches gesagt.

»Das ist grundsätzlich eine gute Idee, doch erstens würdest du diese Informationen auf keinen Fall in Esteras Bibliothek finden und zweitens nirgendwo. Jeder Hinweis auf die Quellen wurde vernichtet.«

»Musste Estera nicht davon ausgehen, dass wir die Magie der Quellen eines Tages wieder brauchen?«, fragte ich.

Alva wischte sich die Lachtränen von den Wangen. »Das ist wirklich köstlich«, sagte sie. »Wicca sind so ahnungslos.«

»Nicht alle Wicca«, kam es vom Fensterbrett. »Nur Valea.«

Ich ließ mich nicht provozieren. Weder von Lupa noch von Alva. »Welche Ideen habt ihr zu unserem Problem?«

»Keine«, sagte Alva schulterzuckend. »Ihr werdet euch mit eurer schwindenden Magie arrangieren müssen.« Sie hob ihr Glas an die Lippen, als der Inhalt zu einer kleinen Wasserfontäne wurde, die ihr direkt in die Nase spritzte. Sie quietschte auf, als die rote Flüssigkeit ihr weißes Kleid tränkte, und zückte ihren Zauberstab.

»Du.« Sie funkelte mich an. »Das wirst du mir büßen.«

»Das war nicht Valea«, sagte Nikolai. »Und wenn du nicht möchtest, dass ich deinen Zauberstab zerbreche, solltest du ihr besser nicht drohen.«

Wütend zuckte Alva zusammen, und ich konnte mir auch ohne hinzusehen vorstellen, wie bedrohlich Nikolais Anblick war. Trotzdem gefiel es mir nicht, dass er sich eingemischt hatte. Die Wasserfontäne ging allerdings auf keinen Fall auf sein Konto.

Alva stand auf und ging zu Alexej an die Bar, wo sie das Glas auf die Theke knallte. »Noch mal dasselbe«, fauchte sie.

»Kommt sofort. Ich mache eine Portion Liebreiz rein. Kannst du gut gebrauchen. Also wirklich, Alva. Du enttäuschst mich.«

Lupa, die immer noch mit Ivan auf dem Fensterbrett saß, lachte leise. Ich drehte mich zu ihr um, und sie zwinkerte mir zu.

»Eine neue Freundin hast du gerade nicht gewonnen«, flüsterte Jaron mir ins Ohr. »Alva ist sehr nachtragend.«

»Dabei war ich so höflich.«

»Das warst du.« Er lachte leise. »Ich habe gehört, du und Nikolai seid einem Geist begegnet?«

»Wirklich?«, fragte eine zartgliedrige Hexe in einem grauen Kleid, die direkt am Kamin saß und die mir bisher nicht aufgefallen war. Sie vollführte sanfte Bewegungen mit ihren Fingern und zog dünne Fäden aus Feuer heraus, um diese zu kunstvollen Blumen zu verweben. »Ich hasse Geister. Ich sollte dran gewöhnt sein. In meinem Zuhause wimmelt es von ihnen, aber ich kann nicht behaupten, dass es mir gefällt. Wenn ich mal ein eigenes Haus habe, sorge ich dafür, dass es geisterfrei ist.« Ihre Stimme klang ganz ätherisch, und ihr graues Haar war von weißen Strähnen durchzogen, dabei konnte sie nicht älter als siebzehn sein. Das Ungewöhnlichste an ihr waren jedoch ihre glänzenden silbrigen Augen.

»Das wirst du sicherlich hinkriegen, Eleni«, sagte Jaron sanft. »Und wenn du Probleme hast, helfe ich dir jederzeit.«

Sie ließ die Feuerblumen in den Kamin zurückwandern. »Danke schön. Jarons Familie wohnt nicht weit vom Haus meiner Großmutter entfernt«, erklärte sie mir. »Meine Großtanten und Cousinen sind allesamt Kräuterhexen und etwas verrückt. Es spricht für Jaron, dass er sich getraut hat, mich regelmäßig zu besuchen.«

»Ich musste kontrollieren, dass sie dich nicht bei einem ihrer obskuren Experimente vergiften.«

Eleni lächelte verlegen. »Einmal war es knapp, weißt du noch?«

Er nickte ernst. »Du warst schon blau angelaufen.«

Entsetzt sah ich zwischen den beiden hin und her, nicht sicher, ob sie mich nur auf den Arm nahmen.

»Ich hab's überlebt. War nicht so wild. Sie haben es ja nicht mit Absicht gemacht.«

»Wir konnten dich nur retten, weil eine deiner verrückten Verwandten zufällig gerade einen Blutstein zu Pulver gemahlen hatte und wir einen Schutzzauber weben konnten«, sagte Jaron nun ernster und eindeutig besorgt.

»Sonst gäbe es jetzt eine Hexe weniger auf der Welt. Wie tragisch«, kam es von Ivan, und Lupa kicherte.

Wenn Eleni die Worte gehört hatte, dann reagierte sie nicht darauf. Jaron hingegen ballte seine rechte Hand zur Faust. Ich legte beruhigend meine Finger darüber.

»Was war das für ein Geist, der euch begegnet ist?«, wandte Eleni sich wieder an mich. »Auch wenn ich sie hasse, ich kenn mich ziemlich gut mit ihnen aus.«

»Es war eine Frau«, erzählte ich, nicht sicher ob ich Ancutas Namen erwähnen sollte. »Sie hatte ein Messer bei sich und sie trug ein Nachthemd, das voller Blut war.«

Im Raum wurde es ganz still. Nur das Knistern des Kaminfeuers war zu hören und Alexej, der leise mit einem Glas hantierte. Lupa kam zu uns geschlendert und setzte sich auf Alvas verwaisten Platz.

Eleni nickte langsam. »War es ein Küchenmesser oder ein Athame?«

»Darauf habe ich nicht geachtet«, gestand ich. »Ist das wichtig?«

»Na ja«, mischte sich Lupa ein. »Wenn es ein Küchenmesser war, dann wollte sie sich nur was zu essen machen. War es ein Ritualdolch, dann war sie vielleicht auf der Suche nach einer unvorsichtigen Beute. Geister opfern diese den Seelenfressern, die aus dem Sommerland kommen, um ruhelose Seelen einzufangen. Manchmal kann man sie durch so ein Opfer besänftigen. Eine Seele für eine andere.«

»Seelenfresser interessieren sich nicht für frische Seelen«, überlegte Eleni laut. »Sie holen sich die, die schon lange ihren Weg hätten finden müssen.«

»Hast du sie erkannt, Lazar?«, fragte Lupa schneidend.

»Nein, habe ich nicht«, behauptete er. »Wieso sollte ich. Sie war eine Hexe, mehr kann ich dazu nicht sagen. Ich habe Melinda den Vorfall gemeldet.«

»Du warst vor vier Jahren schon einmal hier. Hätte ja sein können, dass sie da auch mal aufgetaucht ist.« Zu meinem Erstaunen klang Lupa entschuldigend.

»Damals sind wir von Geistern verschont geblieben«, meldete Kayla sich zu Wort. »Oder vielleicht waren wir auch nur anderweitig beschäftigt, sodass sie uns nicht aufgefallen sind.« Sie stand plötzlich hinter Magnus und zupfte an seinem Schal.

»Es gab keine Geister damals«, murmelte dieser und beugte sich nach vorn, um nach seinem Glas zu greifen. Kayla musste ihn loslassen. »Wir sollten alle vorsichtig sein.«

»Was hat Melinda gesagt?«, wandte Lupa sich wieder Nikolai zu. »Ist der Geist gefährlich?«

»Nein. Melinda meinte, sie ist harmlos.«

»Und du glaubst ihr?«

»Weshalb sollte sie lügen?«

»Da fallen mir jede Menge Gründe ein«, bemerkte Lupa und schlenderte zu Amelia, die gerade zwei Schüsseln auf die Bar stellte. Der Duft von gebrannten Mandeln verbreitete sich im Raum. Kyrill war Amelia gefolgt und blieb neben ihr stehen. Alle anderen schienen das Interesse an der Geistererscheinung zu verlieren. Jaron unterhielt sich mit Carys, und Eleni fing wieder an, Feuerblumen zu weben.

»Möchtest du auch noch etwas trinken?«, fragte Nikolai mich und wies auf mein leeres Glas.

»Warum nicht?« Ich stand auf, ging mit ihm zur Bar und widerstand dem Drang, mich für Lupas Verhalten zu entschuldigen.

»Es fällt zwar nicht in mein Spezialgebiet«, sagte Kyrill, als ich mein Glas abstellte, »aber es gibt ein paar Schutzrunen gegen Geister. Lupa könnte sie dir auf die Haut malen.«

Ich war erstaunt, dass er endlich freiwillig mit mir sprach. »Dann frage ich sie später. Danke.«

»Deine Schwester verfügt über ungeahnte Talente«, bemerkte Alexej zu ihm.

»Das könnte man so sagen. Jemanden zur Weißglut zu treiben, steht ganz oben auf der Liste ihrer Fähigkeiten.«

Alexejs Mundwinkel zuckten verdächtig, aber er blieb zurückhaltend, weil er dem Frieden nicht traute. Seit unserer Ankunft versteckte Kyrill sich vor ihm, genauso wie vor mir. Alexej schob ihm ein Glas mit einem giftgrünen Trank zu.

»Ein *Cântecul*? Das hast du dir gemerkt?«, fragte Kyrill erfreut und ließ die Maske der Gleichgültigkeit fallen.

Alexej nickte nur.

»Du hast deine Berufung verfehlt«, sagte Nikolai. »Du solltest eine Bar eröffnen, wenn das alles vorbei ist.«

Meinte er damit dieses Treffen oder ihren verzweifelten Versuch, den Fluch zu brechen? Ein kalter Schauer lief mir über den Rücken bei der Vorstellung, dass Celias Tod sie von dieser Aufgabe befreien würde. Empfanden sie das Versprechen manchmal als Last? Ich musterte sein ernstes Gesicht von der Seite. Auf den ersten Blick war ihm keine Empfindung anzusehen, aber seine Kiefermuskeln mahlten.

»Vielleicht mache ich das sogar.« Alexej lächelte Kyrill an. »Und ich wette, ich hätte jede Menge Gäste.«

Ich überlegte, mich wieder zu setzen, aber Jaron hatte sich zu Arvid gesellt und kommentierte dessen Backgammonzüge. Kayla saß nun neben Magnus und reichte ihm ihr Glas. Er nippte daran und verdrehte die Augen.

»Es war gut, dass du nicht erwähnt hast, wer der Geist war«, raunte Nikolai mir ins Ohr. Wärme rann meine Wirbelsäule hinunter. »Auch wenn Jaron es sicherlich ahnt. Du solltest vorsichtig sein, was du ihm erzählst. Wenn er es schafft, Ancutas Geist zu vertreiben, wird ihm der Dank seiner Königin für immer gewiss sein.«

Ich hob den Kopf. »Du glaubst, er hat diese Geschichte deswegen erzählt?«

Sein Atem strich kühl über meine Lippen, weil wir viel zu nah beieinanderstanden, aber ich würde nicht von ihm abrücken. »Viele Augen sehen mehr als zwei.« Er seufzte. »Ich weiß es nicht. Wahrscheinlich tue ich ihm unrecht. Aber er ist ein Hexer und mit Celesta verwandt.«

»Weder seine Verwandtschaft noch zu welchem Volk er gehört sagt etwas über seine Persönlichkeit aus. Melinda ist mit Celesta verwandt und eine Hexe. Sie magst du. Du bist ein Strigoi und brauchst Blut, um zu überleben. Deswegen bist du nicht schlechter oder besser als wir anderen.«

Nachdenklich nippte er an dem Getränk, das Alexej ihm gerade gereicht hatte. »Es ist sehr großmütig von dir, dass du so über uns denkst. Es gibt nicht viele, die derart nachsichtig mit uns sind. Strigoi glauben an das Konzept der Prädestination, wusstest du das?«

»Nein.« Ich lehnte mich an die Theke.

»Wir glauben daran, dass unser Schicksal vorherbestimmt war. Selbst als wir noch Menschen waren. Die Große Mutter wählte unsere Seelen in ihrer Weisheit aus, damit wir ewig leben. Sie schenkte uns die Magie der Unsterblichkeit und all unsere anderen Fähigkeiten, weil …«

»Weil eure Seelen so besonders sind?«

Er lächelte gequält. »Möglicherweise ist dieser Glaube einer der Gründe, weshalb wir von so wenigen gemocht werden.«

»Es macht tatsächlich einen etwas überheblichen Eindruck. Was wird aus den anderen Seelen?«, fragte ich. »Denen, die nicht auserwählt sind?«

»Sie fallen der ewigen Verdammnis anheim«, flüsterte Alexej bedrohlich. »Ihr schmort im Fegefeuer.« Er riss die Augen weit auf, und Kyrill lachte leise. »Was für ein Unsinn. Habe ich nie geglaubt.«

»Und damit warst du klüger als ich«, gab Nikolai zu.

Alexej konzentrierte sich ganz auf seine Arbeit, aber ein Lächeln zuckte an seinen Mundwinkeln.

»Mittlerweile denke ich, dieser Fluch ist die Strafe für unseren Hochmut. Das zu erkennen, war nicht gerade leicht für mich.«

»Hört, hört.« Alexej kippte ein paar Flüssigkeiten zusammen. »Bruderherz, mich hat niemand auserwählt. Ich wurde verwandelt, weil diese dämlichen Hinterwäldler dachten, wenn sie mich opferten, dann ließen die Strigoi ihr Dorf in Ruhe. Hab sie alle umgebracht. Und es ist ja wohl klar, dass Valeas Seele viel netter ist als deine. Wenn jemand ein ewiges Leben verdient hat, dann sie.«

»Lasst mich besser da raus«, sagte ich. »Meine Seele hat keinen Bedarf daran, ewig zu leben.«

»Manchmal kann man sich das nicht aussuchen.« Aller Spott war aus Alexejs Stimme verschwunden. Er musterte meinen Bruder mit einer Mischung aus Traurigkeit und Schuldgefühlen. »Manchmal kann man nur das Beste daraus machen.«

Ohne seinem Blick auszuweichen, schob Kyrill ihm sein leeres Glas zu. »Dann kannst du damit anfangen, mir noch einen Drink zu mixen«, forderte er ihn auf. Offenbar hatte er beschlossen, Alexej zu verzeihen. Ich wünschte ihnen beiden, dass sie ihren Streit begruben. Verletzungen hatten nur so lange Macht über einen, bis man vergab. Sich selbst und dem anderen. Kyrill sollte das wissen. Die Trauer verschwand aus Alexejs Gesicht.

Nikolai räusperte sich. Er hatte die beiden genauso beobachtet wie ich. »Möchtest du dich wieder setzen?«

»Nein. Was meintest du damit, sie haben dich geopfert? Wann wurdest du verwandelt?«, fragte ich seinen Bruder.

Alexej kratzte sich am Kopf. »Nikita hat mich vor zweihundertfünfundsechzig Jahren verwandelt. Ich wurde in Oltenia geboren, und zu der Zeit überfielen die Strigoi regelmäßig die Dörfer der Menschen. Die Dorfvorsteher trafen eine Vereinbarung mit den Magnati. Zukünftig opferten sie an jedem Jahresfest fünf junge, gesunde Männer oder Frauen. Im Gegenzug gingen die Strigoi in Oltenia nicht mehr auf die Jagd.«

»Wieso haben sie ausgerechnet dich geopfert?«, fragte ich schockiert.

Er zuckte mit den Schultern. »Ich hatte keine Familie. Meine Eltern und meine jüngeren Brüder waren an den Blattern gestorben, als ich acht war. Ich saß im Gefängnis, weil ich mich beim Stehlen hatte erwischen lassen. Niemand hat mich vermisst oder ein gutes Wort für mich eingelegt. Ich hatte allerdings eine Wahl.«

»Das war keine Wahl«, mischte sich Nikolai ein, dessen Blick aufmerksam auf seinem Bruder ruhte. »Sie wollten dir beide Hände abschlagen.«

Alexej mixte weiter die Getränke und nickte nur. »Jedenfalls willigte ich ein, woraufhin Nikita mich verwandelte.«

»Du hattest Glück, dass er es war und nicht einer der anderen Magnati«, sagte Kyrill, der an Alexejs Lippen hing.

»Das stimmt, obwohl es eine Weile dauerte, bis Nikita mich in seine Familie aufnahm. Er war über dreißig Jahre wütend auf mich, weil ich die Richter und meine Gefängniswärter getötet und bis auf den letzten Tropfen ausgesaugt hatte.«

»Sie hatten es verdient, und Nikita wusste das auch«, sagte Nikolai besänftigend. »Sie hatten dir Furchtbares angetan, nur weil du ihnen schutzlos ausgeliefert gewesen warst.«

Alexej schluckte, und seine Wangen färbten sich rot. Die grauen Augen verdunkelten sich. »Das ist keine Geschichte, die für die Ohren einer Dame geeignet ist.«

Ich nickte verstehend, denn ich konnte mir denken, was sie getan hatten. »Wie alt warst du damals?«

»Zweiundzwanzig.« Er zuckte mit den Schultern. »Ich hätte mich nicht erwischen lassen sollen, aber es war Winter, es war eiskalt, und ich hatte Hunger. Normalerweise entkam ich den Wachen, aber in dieser Nacht war ich krank und nicht flink genug.«

Kyrill sah aus, als würde er jeden, der damals Hand an Alexej gelegt hatte, nur zu gern selbst umbringen.

»Menschen können grausam sein«, sagte ich vorsichtig. »Aber dieses Schicksal führte dich zu Nikita, und du bekamst die Familie, die du vorher nicht hattest.«

»Ja«, bestätigte er und goss Kirschsaft in ein Glas, den er mit Genever verdünnte. »Und dafür werde ich der Großen Göttin immer dankbar sein.« Er sah zu Celia, die auf der Couch saß und lachte. Sie wirkte glücklich und hatte ausnahmsweise keine Schmerzen. »Ich dachte nicht, dass ich das verdient hätte.«

»Jeder hat jemanden verdient, der ihn liebt und den er lieben kann«, sagte Kyrill.

»Gesprochen wie ein echter Wicca.« Alexej hob sein Glas in Richtung meines Bruders. »Eines Tages werde ich das vielleicht glauben.«

Hatte er sich deswegen von Kyrill abgewandt, weil er gedacht hatte, dessen Liebe nicht wert zu sein? Unwahrscheinlich war diese Theorie nicht.

»Ich gehe noch etwas in die Bibliothek«, sagte ich kurze Zeit später, als Alexej und Kyrill sich zu den anderen gesellten.

»Baupläne studieren?«, fragte er ernst. »Du wirst in Caraiman keine Magiequellen finden.«

»Das habe ich schon verstanden, aber es gibt noch so viel, das ich nicht weiß.« Ich stellte mein Glas auf die Theke. »Viel Spaß noch.«

»Schlaf gut.«

»Du auch.« Sein Blick kribbelte in meinem Nacken, aber er folgte mir nicht.

Ich hatte die Treppe noch nicht erreicht, als Lupa meinen Namen rief und ich stehen blieb. Sie zog mich in eine Nische.

»Wir sind jetzt schon seit einer ganzen Weile hier, und du vergräbst dich entweder in deinen Büchern oder lungerst mit Lazar herum. Lass dich nicht von ihm benutzen. Er weiß genau, dass du das schwächste Glied in unserer Kette bist.«

»Was meinst du damit?«

Sie seufzte und sah sich aufmerksam um, um sicherzugehen, dass niemand uns belauschte. Das Foyer war leer, und trotzdem spürte ich kurz darauf, wie sie einen Schleier um uns legte, durch den keins ihrer Worte dringen würde. »Er will wissen, was Radu vorhat, nun, wo Celesta zurück ist. Nikita Lazar und Radu haben zwar ein gemeinsames Bündnis gegen Celesta geschmiedet, aber sie konnten sich nicht ausstehen. Und Nikolai hasst Radu.«

»Weshalb?«

»Ich weiß es nicht, aber es spielt auch keine Rolle. Sie trauen sich gegenseitig nicht über den Weg. Fakt ist, dass Nikolai befürchten muss, der Hohepriester könnte sich mit Celesta verbünden, und er wird ihm zuvorkommen wollen.«

»Das würde Radu nicht tun. Nicht nach dem, was sie unseren Eltern und uns angetan hat.«

»Sei nicht so naiv. Radu hat ihren Tod nie gerächt.« Die Worte fühlten sich an wie eine Ohrfeige, aber sie hatte recht. »Wenn er glaubt«, fuhr sie unerbittlich fort, »dass es für ihn von Vorteil ist, wird er ein Bündnis mit Celesta schließen und die Strigoi opfern. Sobald Nikolai also nur den winzigsten Beweis dafür hat, dass Radu plant, ihn zu betrügen, muss er handeln. Und ich lege meine Hand dafür ins Feuer, dass der Blutsauger ahnt, wer du bist. Um die verschwundenen drei Enkel des Hohepriesters ranken sich ziemlich viele Gerüchte. Die Leichen unserer Eltern wurden gefunden. Unsere nicht. Du weißt über Celestas Fluch Bescheid, oder? Was denkst du, was Nikolai der Königin alles versprechen würde, wenn sie ihm nur einen Hauch seiner Magie zurückgibt? Wenn sie ihm verspricht, seine geliebte Schwester zu retten?« Ihre Stimme wurde höhnisch. »Er würde uns ihr auf dem Silbertablett servieren.«

»Ihr hättet mir von dem Fluch erzählen müssen«, fuhr ich sie an, während ich versuchte, all diese Informationen zu verarbeiten.

»Du hast es doch auch ohne Hilfe herausgefunden. Sobald Radu das Bündnis mit den Strigoi aufkündigt, ist Nikolais einzige Chance, Celesta seine Armee anzubieten. Die Strigoi besitzen zwar keine Magie mehr, aber ihre Schnelligkeit und Körperkraft haben sie nicht verloren. Mit ihrer Hexenarmee und der der Strigoi könnte Celesta die Wicca vernichten und in das Land der Menschen einfallen. Niemand kann sie dann mehr aufhalten.«

»Nikolai würde sich auf so einen Handel nicht einlassen«, behauptete ich, selbst nicht völlig überzeugt. Jetzt hielt Lupa es also endlich für nötig, mich mit all diesen Informationen zu versorgen? Reichlich spät, fand ich. Und vermutlich hatte sie mit allem recht. Nikolai hatte mir selbst gesagt, er würde alles tun, um Celia zu retten. Mein Magen drehte sich um. Verbrachte er seine Zeit wirklich nur mit mir, um herauszufinden, ob seine Ahnung zutraf? Ich weigerte mich, dass zu glauben. Sollte meine Schwester mich doch ruhig für naiv halten.

Lupa musterte mich eindringlich. »Ich erinnere mich genauso gut wie du an das, was unsere Mutter uns über unseren Glauben erzählt hat. Aber die Welt, in der wir leben, ist nicht friedlich. Unser Leben in diesem Haus im Wald war eine Illusion. Sie haben uns vor der Wirklichkeit versteckt.« Wut loderte in ihrem Blick auf. »Merk dir das und handele entsprechend. Die anderen tun das auch. Und konzentrier dich verdammt noch mal auf deine Aufgabe. Wenn du Hilfe brauchst, dann sag es.« Mit hoch erhobenem Kopf ging sie davon, ohne meine Antwort abzuwarten.

Lupa mochte nicht die liebevolle Schwester sein, die ich mir gewünscht hatte, aber das spielte keine Rolle. Nicht jetzt, wo unsere Zukunft in Gefahr war. Ich musste Melinda endlich nach dem Auftrag fragen, den sie Sophia erteilt hatte. Ich schlug denselben Weg ein, den Nikolai an dem Abend genommen hatte, als wir Ancuta begegnet waren, aber ich fand die geschwätzige Tür nicht wieder. Offenbar verbarg die Direktorin ihr Büro vor allzu neugierigen Besuchern. Eine Stunde später stand ich wieder auf der breiten Treppe. Dann musste ich eben den Gang suchen ohne eine Vermutung, was mich dahinter erwartete. Ich hatte alle Informationen zusammengetragen, die ich brauchte. Im Schloss gab es insgesamt drei Teppiche mit der Abbildung des Feuervogels. Jetzt war ein ebenso guter Zeitpunkt wie jeder andere, das nächste Rätsel zu lösen.

Leise Gesprächsfetzen und Gelächter drangen aus dem Salon, als ich den Weg zum Nordflügel des Schlosses einschlug. Je weiter ich mich vom Hauptteil des Schlosses entfernte, umso leiser wurde es. Ein paar Lumina leisteten mir Gesellschaft. Unsere Quartiere lagen im Ostflügel. Einen Teil des Nordflügels bewohnten die Bibliothekare, und in den Türmen des gesperrten Südflügels lagen die verlassenen Laboratorien von Celestas Hexenmeistern und -meisterinnen. Im Westflügel waren die Gemächer der Königin und ihrer Familie gewesen. Ich erreichte die Etage, in der der gesuchte Gang lag, und bog dann noch zweimal links und einmal rechts ab. Die Flure waren schmal und dunkel. Es roch muffig und abgestanden, aber glücklicherweise waren auch hier noch Lumina unterwegs. Ich bog in den nächsten Gang ein. Er war wieder etwas breiter, und die Blätter der geschlossenen Türen waren mit kunstvollen Schnitzereien verziert. Zwei Gänge weiter, und dann stand ich vor dem gesuchten Gobelin. Er war riesig und reichte von der Decke bis zum Boden. Früher einmal mussten hier die Gemächer einer der adligen Hexenfamilien gewesen sein, denn der Teppich war zu kostbar, um im Gang des Gesindes zu hängen. Weshalb sie ihn hiergelassen hatten, war mir schleierhaft. Vorsichtig näherte ich mich ihm. Ich hatte mir noch nicht überlegt, was ich tun würde, wenn sich der Gang dahinter befand. Sollte ich ihm allein folgen oder Magnus bitten, mich zu begleiten? Ich strich über den Stoff. Staub stieg auf und brachte meine Nase zum Kribbeln. Aufmerksam betrachtete ich die Abbildung des Feuervogels in der linken unteren Ecke. Sie war wunderschön, wie der Rest des Bildes, obwohl die Farben verblasst waren. Trotzdem war noch fast jedes Detail auszumachen, so sorgfältig hatten die Künstler gearbeitet. Ich blickte nach links und nach rechts, um mich zu versichern, dass ich wirklich allein war. Wenn mich jemand hier erwischte, brauchte ich eine gute Ausrede. Meine Hände zitterten, als ich eine Ecke des Teppichs anhob. Er war schwer, klamm und so groß, dass ich dahinter kriechen musste, um die Wand zu untersuchen, denn ich konnte ihn nirgendwo befestigen. Es war so stockfinster, dass ich wieder hervorkroch und einem Lumina winkte, mir zu leuchten. Sonderlich enthusiastisch kam das kleine Ding seiner Aufgabe nicht nach, was ich ihm nicht verdenken konnte. Ängstlich blieb es immer dicht an meinem Kopf, während ich die Wand absuchte. Sorgfältig tastete ich jeden Zentimeter nach Vertiefungen oder Rillen ab, fand aber nichts, was auf irgendeine Art von Verriegelung hinwies. Langsam lief mir die Zeit davon. Wenn ich rechtzeitig, bevor die Lumina um Mitternacht erloschen, zurück in meinem Zimmer sein wollte, musste ich aufbrechen. Gerade wollte ich hinter dem Teppich hervorkommen, als ein melodisches Summen mir das Blut in den Adern gefrieren ließ und mein Mund staubtrocken wurde.

»Träum süß, mein Kindlein, lass den Mond in dein Herz, er vertreibt deine Tränen, vertreibt deinen Schmerz.« Durch den Teppich klangen die Worte dumpf, aber die Trauer darin war nicht zu überhören. Ich kannte das Lied. Ausgerechnet jetzt kündigte ein Pochen in meiner Schläfe den Kopfschmerz an, der mich in den letzten Tagen immer wieder gequält hatte. Mein Vater hatte es uns vorgesungen, wenn er uns ins Bett gebracht hatte. Ich hatte es vergessen, aber nun hörte ich sogar seine Stimme. »Wenn am Morgen die Sterne untergehen, wirst du die Sonne und den Himmel wiedersehen. Schlaf jetzt, mein Kindlein, schlafe ein, lass Liebe und Träume in dein Herz hinein.« Jahrelang hatte ich nicht mehr daran gedacht, und nun flüsterte ich die Worte leise mit. Immer wieder begann die Frau, von vorn zu singen, aber die Stimme entfernte sich. Vorsichtig schob ich mich hinter dem Vorhang hervor. Ancutas weißes Schlafkleid blitzte auf, als sie um die Ecke bog. Die letzten Worte verklangen in dem Moment, in dem die Lumina erloschen und mich in absoluter Finsternis zurückließen. »Schlaf jetzt, mein Kindlein, schlafe ein«, murmelte ich leise. Sang Ancuta etwa seit vierzig Jahren dieses Schlaflied für ihren Sohn? Die Vorstellung war grauenhaft. Ich presste die Fingerspitzen gegen meine Schläfe, als das Pochen stärker wurde, und wünschte, Nikolai wäre hier und würde den Schmerz vertreiben. Ein kühler Luftzug wehte an mir vorüber, und ein Schauer lief mir über den Rücken. Ich tastete mich an der Wand entlang, den Weg zurück, den ich gekommen war. Weshalb hatte ich keine Kerzen mitgenommen? Ich hätte mich besser vorbereiten sollen, doch ich wollte nicht mit Hilfe von Magie Licht machen. Wenn mich Bredica oder Amelia dadurch aufstöberten, müsste ich ihnen sagen, was ich im Nordflügel getan hatte, und das wollte ich gern vermeiden. Wenn ich mir allerdings den Hals brach, hatte ich gar nichts gewonnen. Als ich an einem Treppenabsatz landete, stolperte ich und klammerte mich im letzten Augenblick am Geländer fest. Ich blieb stehen, hoffend, meine Augen würden sich an die Dunkelheit gewöhnen, was sie nicht taten. Vorsichtig nahm ich eine Stufe nach der anderen. Unten angekommen, wandte ich mich nach links, obwohl mir klar war, dass ich die Orientierung verloren hatte. Mir war so kalt, dass ich zitterte. Wieder landete ich an einer Treppe. Mit klopfendem Herzen brachte ich Stufe um Stufe hinter mich und spürte, wie ich die Nerven verlor. Ich hatte mich immer für tapfer gehalten, aber diese Finsternis, der modrige Geruch und die Vorstellung Ancuta wieder zu begegnen, brachten mich an meine Grenzen.

»Das ist nicht der Weg in dein Zimmer«, erklang eine Stimme in der Dunkelheit.

Ich kreischte auf, verlor das Gleichgewicht, fiel zwei oder drei Stufen hinunter und landete an einer harten Brust. Nikolais Duft nach Kiefernadeln und Moos hüllte mich ein. Seine Arme schlossen sich um mich. »Ich wollte dich nicht erschrecken«, sagte er entschuldigend.

»Du lauerst mir in der Finsternis auf, in der ich die Hand nicht vor Augen sehen kann, und behauptest dann, du wolltest mich nicht erschrecken?« Ich lachte auf, auch wenn mir durchaus bewusst war, dass dieses Lachen überspannt klingen musste, und klammerte mich weiter an seinem Hemd fest. Gerade wollte ich gar nicht wissen, weshalb er sich in diesem modrigen Gang herumtrieb. Ich war nur froh, nicht mehr allein zu sein.

»Was hast du hier zu suchen, wenn du nichts sehen kannst? Und was hast du da gesummt? Ich habe mich fast ein bisschen gegruselt.« Er zog mich noch etwas fester in seine Arme, und ich schmiegte mich an ihn.

»Ich habe nicht gesummt.«

»Doch, hast du. Und ich kenne die Melodie.«

Ich holte tief Luft. Mein rasender Herzschlag beruhigte sich. »Das war ein Schlaflied. Ich habe Ancuta wieder gesehen. Sie hat es gesungen.«

»So langsam habe ich den Eindruck, ich darf dich noch weniger aus den Augen lassen als Celia. Gegen dich ist sie die Vernunft in Person«, schimpfte er leise und schob mir eine Hand in den Nacken. Ich strich über seinen Rücken, und plötzlich war mir die Dunkelheit sehr willkommen.

»Ich kann auf mich allein aufpassen«, murmelte ich.

»Den Eindruck habe ich ganz und gar nicht.« Seine Nasenspitze glitt über meine Wange zu meinem Hals.

Was tat ich hier eigentlich? Eines Tages würde er herausfinden, wer ich war, denn ewig konnte ich das Geheimnis nicht für mich behalten. Ewig *wollte* ich kein Geheimnis sein. Bedauern drückte wie ein Stein auf meine Brust, sodass ich mir ins Gedächtnis rufen musste, weshalb ich mich auf diese Sache eingelassen hatte. Eine Wicca war ermordet worden. Eine junge Frau meines Coven. Meine Aufgabe war es, herauszufinden, wer sie getötet hatte. Nikolai kämpfte seinen eigenen Kampf. Er würde keine Rücksicht auf mich nehmen, wenn es darum ging, seine Familie zu schützen. Ich löste mich von ihm. »Es ist spät. Ich bin müde.«

»Natürlich. Ich bringe dich.« Wir schwiegen auf dem Weg zu meinem Zimmer, den er trotz der Dunkelheit zielsicher fand. Er hielt meine Hand, und seine Berührung fühlte sich an wie ein verlässlicher Anker.

»Kann ich mich darauf verlassen, dass du den Rest der Nacht in deinem Zimmer bleibst?«, fragte er, als wir vor meiner Tür angekommen waren. »Ansonsten muss ich dich mit in mein Bett nehmen.«

»Ich bezweifele, dass ich dort Schlaf finden würde.«

»An Schlaf hatte ich auch nicht gedacht.«

Ich wollte mit ihm gehen. Ich wollte es mehr als alles andere, aber solange ich ihm nicht gesagt hatte, wer ich war und was ich im Auftrag von Radu hier tat, konnte ich nicht. »Ich werde mich in mein Bett legen und erst aufstehen, wenn du es erlaubst«, versprach ich.

In der Finsternis blitzten bernsteinfarbene Funken auf, als er sich zu mir herabbeugte und behutsam mit seinen Lippen über meine strich. »Versprich nichts, was du nicht halten kannst.« Er ließ meine Hand los, öffnete die Tür hinter mir und verschwand so lautlos, dass ich für einen Moment glaubte, mir nur eingebildet zu haben, dass er hier gewesen war. Aber ich spürte immer noch seine Berührung, und sein Duft hing in der Luft.

14. KAPITEL SCHLOSS CARAIMAN IN ARDEAL

Nachdem ich mich einige Stunden im Bett herumgewälzt hatte, war ich froh, dass draußen endlich die Sonne aufging und sich durch den winzigen Spalt zwischen den Vorhängen schob. Leise zog ich mich an und lief zum Portal. Ich trat hinaus und hielt das Gesicht in die Sonne. Tief sog ich die Luft ein und versuchte, den Schmerz in meinem Kopf zu ignorieren. Der Schlaf hatte ihn nicht gemildert, daher fühlte ich mich wie gerädert und hoffte, die frische Luft würde mir guttun. Ich umrundete das Schloss, lief an den Stallungen vorbei zu der Treppe, die auf die Ebene führte. Ich ging sie hinunter und bewunderte die Wiese, die voller blühender Wildblumen in der Sonne lag. Schritte erklangen hinter mir.

»Ist Zerberus nicht traurig, wenn du ihn im Stall lässt?«, fragte ich Nikolai, ohne mich umzudrehen.

Alexej lachte in sich hinein. »Er hat darauf bestanden, zu Fuß zu gehen, damit er dich nicht wieder in Angst und

Schrecken versetzt.« Als ich mich umwandte, schlug Alexej seinem Bruder gerade auf den Rücken. »Und mich hat er als Anstandsdame mitgenommen. Dabei dachte ich, die wären längst aus der Mode gekommen.«

Ich schmunzelte. »Sollst du aufpassen, dass ich nicht über ihn herfalle?«

Alexej grinste. »So ungefähr.«

»Du hast versprochen, dein Bett erst zu verlassen, wenn ich es erlaube«, erklärte Nikolai, dessen Augen zu Schlitzen verengt waren, »Aber ich dachte mir schon, dass das ein leeres Versprechen war.« Die beiden trugen Leinenhemden, Lederhosen und Stiefel. Alexej hatte sich noch eine Weste übergeworfen. Dem zerzausten Zustand seiner Haare nach zu urteilen, hatte er keine Zeit gehabt, sich zu kämmen.

»Wenn du willst, dass eine Frau im Bett bleibt, Bruderherz, dann musst du auch liegenbleiben. Herrje, muss ich dir denn alles beibringen?«

Weiße Laken und unsere ineinander verschlungenen Körper blitzten vor meinem inneren Auge auf. So langsam sollte ich mich daran gewöhnt haben. Aber Röte breitete sich auf meinen Wangen aus. »Also haben dich heute nicht Celias dunkle Vorahnungen aus dem Bett getrieben?«, fragte ich Nikolai.

»Nein. Es war der romantische Sonnenaufgang«, mischte sich Alexej wieder ein, »und die unwiderstehliche Vorstellung, mehr Zeit mit dir zu verbringen.«

»Witzbold.« Nikolai schmunzelte. »Ich hatte Lust auf einen Spaziergang.«

»Ich wäre jedenfalls lieber im Bett geblieben, das kannst du mir glauben, und zwar mit Kyrill, aber mein Magnat und zukünftiger Palatin hat mich gezwungen, aufzustehen.«

»Dann hatte er Angst, mit mir allein zu sein?« Offensichtlich waren Alexejs Bemühungen um Kyrill nicht umsonst gewesen. Genau das hatte Lupa unserem Bruder prophezeit. Ich hoffte nur, Alexej brach ihm nicht noch einmal das Herz.

Dessen belustigtes Lachen hallte durch die klare Morgenluft. »Könnte man so sagen. Wer zuerst am Waldrand ist«, sagte er und schoss so schnell davon, dass innerhalb einer Sekunde nur noch ein Schemen zu erkennen war.

»Wir könnten ihn noch einholen, wenn du dich von mir tragen lässt«, schlug Nikolai beiläufig vor. »So früh morgens ist er langsam wie eine Schnecke.«

Ich schnaubte und spazierte los. Es duftete nach frischer Erde, Veilchen und Pilzen, was Erinnerungen an meine Kindheit in mir aufsteigen ließ. Die Kopfschmerzen klangen zu einem leisen Pochen ab. Zusammen mit Kyrill und Lupa hatte ich Blumenkränze aus Gänseblümchen geflochten, und dann hatten wir diese in einem Bach schwimmen lassen. »Hast du gut geschlafen?« Ich verdrängte die Bilder mit einiger Mühe.

»Nicht wirklich. Ich musste mich darauf konzentrieren, wach zu bleiben, denn ich hatte befürchtet, du würdest wieder etwas Leichtsinniges tun.«

»So früh am Morgen bist du ja besonders charmant«, erwiderte ich lächelnd. »Bevor Celesta euch eure Magie gestohlen hat, brauchtet ihr keinen Schlaf, oder? Jetzt offenbar schon, und zu wenig davon bekommt dir nicht.«

»Entschuldige. Du hast recht«, lenkte er ein. »Nein. Früher brauchten wir ihn nicht, heute sind unsere Körper dankbar für die Erholung, die sie bekommen, aber der Schlaf erinnert uns auch jede Nacht an das, was wir verloren haben. Er macht uns verwundbar.«

»War es schwer, sich daran zu gewöhnen?« Ich würde mir von Lupas Argwohn nicht meine Freude über den schönen Tag und seine Begleitung verderben lassen.

»An den Schlaf?«

»Ich meine an alles. Ich könnte mir vorstellen, dass der Gedanke, nicht mehr unbesiegbar zu sein, ein Selbstvertrauen erschüttern kann.«

»Wirke ich auf dich, als litte ich unter einem Mangel an Selbstvertrauen? Wenn das so ist, sollte ich an mir arbeiten«, versetzte er trocken.

Ich sah ihn an, und er lächelte auf mich herab, auch wenn das die Anspannung in seinen Augen nicht vertrieb. Fragte er sich immer noch, was ich im Nordflügel getan hatte? Heute Morgen trug er sein Haar im Nacken zusammengebunden, was die strengen Konturen seines Gesichtes verstärkte und mir einen ungehinderten Blick auf das feine Narbengeflecht gewährte. Würde er mir erzählen, was ihm passiert war, wenn ich danach fragte? Wir hatten den Waldrand fast erreicht, und ich bedauerte, umdrehen zu müssen. Viel lieber würde ich den Tag hier draußen verbringen als in der Bibliothek. So sehr ich Bücher auch liebte, dieser Wald zog mich magisch an. »Meine Eltern lebten mit mir in einem Haus im Wald«, hörte ich mich sagen und hätte die Worte im selben Augenblick am liebsten zurückgenommen. Doch dann war ich erleichtert. Ein paar Dinge konnte ich vielleicht preisgeben.

Er stockte nicht einmal bei den Worten. »Ich dachte, dein Vater war ein Mensch?«

»Das war er auch.« Die Lüge tat mir fast körperlich weh, aber nun gab es kein Zurück. »In Muntenia. Es war ein Wald in Muntenia.«

Das aufgeregte Kreischen eines Vogels erlöste mich. Alexej erwartete uns unter den Bäumen. Er hatte die Hände in die Seiten gestemmt und musterte das schummrige Licht des Unterholzes. Er und Nikolai wechselten einen wachsamen Blick, als der dumpfe Hall der Glocke durch den Wald dröhnte.

Ich machte einen weiteren Schritt, aber Nikolai hielt mich zurück. »Das solltest du nicht tun.«

»Der Fluss, in den Celesta die Glocke geworfen hat, fließt direkt durch den Wald hindurch, oder?« Ich machte mich von ihm los.

»Ja. Ich kann mich nur nicht erinnern, die Glocke vor vier Jahren gehört zu haben. Du?«, fragte er seinen Bruder.

»Nein, aber wahrscheinlich läutet sie, weil Celesta nach Ardeal zurückgekehrt ist.«

»Das halte ich für unwahrscheinlich. Jaron hat behauptet, sie würde läuten, wenn einem Mitglied der Königsfamilie Gefahr droht«, sagte ich. Bestimmt hatte Nikolai Alexej die schreckliche Geschichte von Ancuta erzählt.

»Dann sollte der Hexer sich irgendwo verstecken. Soweit ich weiß, sind er und Melinda die einzigen noch lebenden Verwandten der Königin. Alle anderen hat sie bereits um die Ecke gebracht«, wandte Alexej ein.

Vor uns führte ein schmaler Pfad zwischen den Bäumen entlang. »Wir könnten die Glocke suchen«, schlug ich vor. »Wenn niemand von uns es Melinda verrät und wir keinen Unsinn anstellen, findet sie auch nicht heraus, dass wir den Wald betreten haben.«

»Was für eine unartige kleine Wicca du bist«, zog Alexej mich auf. »Das verstößt gegen die Regeln.«

Ich zuckte mit den Schultern. »Ihr müsst nicht mitkommen, wenn ihr euch nicht traut, aber ich werde nachschauen.«

»Als würde ich mir das entgehen lassen.« Alexej rempelte Nikolai auffordernd an. »Los, komm. Wenn Melinda uns erwischt, behaupten wir, wir hätten dich gezwungen, dann bestraft sie nur Valea und mich. Wahrscheinlich lässt sie uns in Nexors Bibliothek Staub wischen«, wandte er sich an mich. »Betrachte dich als gewarnt. Die Bücher da drin haben es sich zur Gewohnheit gemacht, den Besuchern in die Finger zu beißen.«

Nikolai schnaubte, folgte uns aber. »Dir haben sie in ganz andere Körperteile gebissen«, erinnerte er seinen Bruder, und ich verkniff mir ein Lachen.

Der Weg war so schmal, dass wir hintereinander gehen mussten. »Dann hast du es schon bei deinen vorherigen Besuchen geschafft, in Nexors Bibliothek zu gelangen?«, fragte ich Alexej.

»Einmal«, bestätigte er. »Aber nur mit Kyrills Hilfe. Es war einfach zu verlockend.«

»Hast du nach Informationen gesucht, die Celia helfen können?« Er tat immer so unbeschwert und als interessierten ihn nur seine eigenen Belange, aber das war Fassade.

Die hohen Bäume ließen das Sonnenlicht herein, das helle Flecken auf den Waldboden zauberte. Trotz des Glockenschlages war es heute nicht still. Überall raschelte es, Vögel zwitscherten, und das Klopfen eines Spechtes war zu vernehmen.

»Leider nicht«, gab er zu. »Aber trotzdem schickt Gabriella mich immer wieder her.« Er griff nach einem Ast und schwang sich geschickt in die Wipfel der Bäume.

Ich schaute ihm hinterher. »Gabriella hat Celia zwar geboren, aber Nikita hat dich und Alexej erschaffen, oder?«

»Das ist richtig. Wir bezeichnen sie als unsere Mutter, aber sie empfindet nicht dasselbe für uns wie für Celia. Wir waren schon eine Familie, bevor Nikita sie traf. Sie war eine Wicca aus dem Coven Dragan.«

Ich stolperte bei der beiläufigen Bemerkung. »Wie bitte?« Nikolai griff nach meinem Arm und hielt mich fest. Das Pochen des Spechtes verstummte, aber der Klang der Glocke wurde merklich lauter. Ich sah zu ihm auf. Er stand ganz still und schien nicht mal zu atmen. »Schockiert dich die Vorstellung so sehr?«

»Nein. Aber wurde im ersten Pakt nicht verboten, Mitglieder eines anderen Volkes zu verwandeln?«

Abrupt ließ er mich los und trat einen Schritt zurück. »Das wurde es. Aber nur, wenn es gegen ihren ausdrücklichen Willen geschah. Wenn es dich beruhigt, kann ich dir versichern, dass Nikita und Gabriella sich sehr geliebt haben. Mein Vater hat ihr die Wahl gelassen, und sie hat sich für ein ewiges Leben an seiner Seite entschieden, nachdem sie Celia geboren hatte.« Trauer breitete sich auf seinem Gesicht aus, wie immer, wenn er von seinem Vater sprach.

»Wie viel Zeit hatten sie zusammen?« Langsam ging ich weiter und versuchte, meine Gedanken zu ordnen.

»Nikita verwandelte sie vor achtzig Jahren. Davor lebten sie jedoch bereits zwanzig Jahre zusammen. Wir waren alle überrascht, als sie schwanger wurde. Es war ein Wunder.«

Deshalb taten sie alles, um Celia zu beschützen. Selbst, wenn es aussichtslos schien. Weil sie etwas ganz Besonderes war und ein Teil ihres Vaters.

»An was erinnerst du dich noch?«, wechselte er wieder das Thema. »Außer dass ihr in einem Wald gelebt habt. Wie sind deine Eltern gestorben? Deine Mutter stammte aus dem Coven Patel? Das kann Radu nicht gefallen haben.«

»Ich weiß nicht, aus welchem Coven sie stammte. Sie hat mir nicht viel erzählt. Ich war noch klein, und sie wollte nicht, dass die Menschen erfuhren, dass sie eine Wicca war«, wich ich aus. Meine Hände wurden feucht. Weshalb hatte ich überhaupt etwas gesagt? Immer mehr verstrickte ich mich in dieses Geflecht aus Unwahrheiten, und es verwunderte mich, dass er mir nicht längst auf die Schliche gekommen war, so schlecht, wie ich lügen konnte.

Wir traten zwischen den Bäumen hervor und standen vor einem sanft dahinfließenden schmalen Bach. Das Wasser glitzerte in der Sonne, die Glocke machte einen weiteren Schlag. Der dumpfe Ton klang dieses Mal ganz nah. Ich hielt mich an einem Baum fest, weil mir schwindelig wurde und ein entsetzlicher Schmerz durch meinen Kopf zuckte. Kinderlachen ertönte, und dann blitzte zwischen den Bäumen auf der anderen Seite etwas Weißes auf. Ich hörte eine Männerstimme. Wie benommen trat ich näher ans Ufer. Nikolai blieb dicht an meiner Seite. Das Lachen und die Stimme verschwanden so schnell, wie sie gekommen waren. Aber ich hatte sie trotzdem erkannt. Mein Vater hatte nach mir gerufen.

»Valea.« Nikolai hatte mein Gesicht zwischen seine Hände genommen. Sie kühlten meine erhitzte Haut. »Alles in Ordnung? Was ist los?«

»Nichts. Ich weiß nicht. Mein Kopf.«

Er zog mich an seine Brust und ich lehnte mich an ihn.

»Du bist plötzlich so blass geworden wie eine Strigoi«, sagte Alexej hinter ihm. »Als hättest du dich erschreckt. Aber hier ist nur er. War er frech zu dir? Hat er sich Freiheiten herausgenommen?«

»Nein.« Ich lächelte und spürte Nikolais Lippen an meiner Schläfe. »Mir ist schwindelig geworden. Ich schätze, ich brauche etwas zu essen.«

»Du hast wieder diese Kopfschmerzen, oder?«, fragte Nikolai.

Ich löste mich aus der Umarmung. »Ein bisschen. Was ist mit der Glocke?«, lenkte ich ab. »Kann man sie sehen?«

»Nein.« Alexej beugte sich über die Uferböschung. »Und sie hat aufgehört zu schlagen. Du hast ihr Angst eingejagt.« Er zwinkerte mir zu, und sofort ging es mir etwas besser.

Es war kein Wunder, dass Kyrill sich in ihn verliebt hatte. Alexej war so unbeschwert. Auf meinen schwermütigen Bruder musste das unglaublich anziehend gewirkt haben.

»War dort jemand?« Angestrengt starrte Nikolai in die Richtung, in die auch ich wieder blickte.

»Nein«, erwiderte ich gefasst. »Dort ist niemand.«

»Dann lass uns zurückgehen. Kyrill soll sich um deine Schmerzen kümmern.«

Nach dem Frühstück, zu dem mein Bruder nicht aufgetaucht war, ging ich in Bredicas Laboratorium, in dem er sich die meiste Zeit aufhielt. Zu meiner Überraschung ließ er mich sogar herein und wimmelte mich nicht wie die letzten Male ab.

»Nikolai war bereits hier«, informierte er mich. »Ich soll dir etwas gegen deine Kopfschmerzen geben. Es würde Radu nicht gefallen, wenn er wüsste, wie viel Zeit du mit ihm verbringst.«

Mir war nicht klar gewesen, dass Kyrill das aufgefallen war. »Es ist meine Sache, oder?«

»Nein. Ist es nicht.« Er trat an einen Schrank und nahm verschiedene Säckchen heraus.«

»Der Hohepriester hat nicht über unser Liebesleben zu bestimmen.« Meine Stimme klang schärfer als gewollt. »Nicht, dass ich ein Liebesleben mit Nikolai hätte«, stammelte ich.

Kyrill zog eine Augenbraue nach oben. »Und wenn, dann wäre ich der Letzte, der es dir zum Vorwurf machen würde. Ich warne dich nur vor Radus Reaktion.«

»Du und Alexej …«

»Ich möchte lieber nicht darüber reden«, würgte er mich ab. »Dieses Mal genieße ich es einfach und plane lieber keine Zukunft mit ihm.«

»Warum nicht?«

»Weil er mich vergessen haben wird, sobald nach Beltane die Portale von Caraiman geschlossen werden. So ist er einfach.«

»Das glaube ich nicht. Es ist wegen Radu, oder? Was ist in Rasca passiert? Er war nicht gerade ein liebender Großvater, und streite es nicht ab. Lupa ist zynisch und desillusioniert und du … du bist traurig.«

»Traurig«, wiederholte er das Wort. »So kann man es wohl nennen.« Mit einem kleinen Teelöffel wog er konzentriert die verschiedenen Kräuter ab und schüttete sie in eine kleine Schale.

»Bist du Radu böse, weil er dich nicht zu einem Heiler hat gehen lassen? Du musst nicht in seinem Coven bleiben. Du kannst ihn verlassen.«

»Du hast keine Ahnung, wovon du redest«, fuhr er mich an. »Kein Coven würde mich ohne Radus Einwilligung aufnehmen und kein Heiler mich ausbilden. Sie haben viel zu viel Angst vor ihm.«

Ich runzelte die Stirn. »Angst?« Niemand sollte vor dem Hohepriester Angst haben, und doch erklärte das so einiges.

»Er hat uns vor Celesta gerettet«, erklärte Kyrill und goss etwas Öl zu den Kräutern. »Das wird er nicht müde, jedem unter die Nase zu reiben. Er ist der Meinung, dass unser Volk ohne ihn längst ausgerottet wäre. Niemand wagt es, gegen ihn aufzubegehren oder seine Entscheidungen infrage zu stellen.«

»Ich habe keine Angst vor ihm.«

Kyrill lachte hart auf. »Lass ihn das bloß nicht hören. Er würde sich etwas einfallen lassen, um dich eines Besseren zu belehren.« Mit einem Stößel zerrieb er die Kräuter mit dem Öl, und ein wohltuender Geruch stieg mir in die Nase.

»Ich habe den ersten Teppich gefunden«, sagte ich. Ich musste später in Ruhe darüber nachdenken, was Kyrill mir offenbart hatte. »Aber da war kein Gang. Nikolai hat mich erwischt, und ich will nicht, dass er misstrauisch wird. Ich würde ihm so gern sagen, wer ich wirklich bin. Hast du kein schlechtes Gewissen, weil Alexej nicht weiß, dass du Radus Enkel bist? Sie können ihn nicht besonders gut leiden.«

»Niemand kann das, und ja, ich habe ein schlechtes Gewissen. Doch ich habe Alexej nun schon so lange deswegen belogen.« Er zuckte resigniert mit den Schultern. »Wie soll ich das erklären? Er ist so viel mutiger als ich. Er würde es nicht verstehen, und es würde ihn verletzen.«

Weil Kyrill ihm nicht genug vertraute? Das war ein hoher Anspruch, wenn man bedachte, wie leicht es Alexej angeblich gefallen war, ihn zu verlassen.

»Wenn wir es nur Nikolai und Alexej verraten? Solange es nur Celesta nicht erfährt …«

»Sie würde es erfahren.« Auf einen kleinen Kocher schmolz Kyrill Bienenwachs und wusch einen braunen Tiegel aus. »Vergiss nicht, dass diese Lüge deinem und unserem Schutz gilt. Also halt besser den Mund. Bis Beltane wirst du das schon schaffen, und dann gehen wir zurück nach Rasca und die zwei vergessen uns.«

Aber irgendwann würde ich Nikolai wieder begegnen, und dann? »Es gibt noch zwei andere Teppiche«, sagte ich. »Die suche ich, sobald ich sicher sein kann, dass Nikolai anderweitig beschäftigt ist.«

»Mach das, und sei vorsichtig.« Er goss den flüssigen Wachs zu der Kräutermischung, schraubte einen Deckel auf den Tiegel und reichte mir das Glas. »Reib es dir auf die Schläfen, wenn der Schmerz wiederkommt. Es sollte helfen.«

»Danke schön«, sagte ich. »Und danke, dass du mir von Radu erzählt hast. Ich hab dich vermisst.«

Kyrill lächelte nur traurig, erwiderte die Worte aber nicht.

Ich verließ das Laboratorium. Immerhin redete er mit mir. Ich musste ihm nur Zeit geben und ihn das Tempo bestimmen lassen, in dem er mich wieder in sein Leben ließ.

Am folgenden Nachmittag versammelten wir uns zur Besprechung in der Bibliothek. Celia und ich saßen auf einem Tisch. Jaron lehnte an einem Bücherregal. Magnus und Kayla hockten dicht nebeneinander auf zwei Bücherstapeln. Heute trug Kayla seinen Schal um den Hals geschlungen. Alva beugte sich über ein Buch. Ich warf Nikolai und Alexej, die auf zwei Stühlen lümmelten, finstere Blicke zu. Eigentlich hatte ich mich auf die Suche nach dem zweiten Wandteppich machen wollen, aber egal, wohin ich gegangen war, immer war einer der beiden aufgetaucht. Nachdem ich mich beschwert hatte, schickten sie mir Ivan sogar in die Bibliothek hinterher, der nur entschuldigend mit den Schultern gezuckt und so getan hatte, als suchte er auch ein Buch. Es hatte ihn angespuckt, als er es aus dem Regal zog. War ihm nur recht geschehen. In den letzten Tagen hatte ich so viele Abhandlungen gelesen, dass meine Augen brannten. Ich sollte Kyrill noch mal besuchen und um ein paar Tropfen bitten, die das Brennen linderten. Würde er mir noch mehr erzählen? Ich war fast sicher, dass Radu ihn irgendwie gequält hatte. Die Vorstellung war furchtbar. Aber wenn es so war, dann ließ ich ihn nicht nach Rasca zurückgehen.

Seit einer Stunde diskutierten wir nun schon unsere verschiedenen Theorien, wie das Verschwinden der Magie aufzuhalten war. Ich war frustriert, weil ich den Mord an Sophia immer noch nicht zur Sprache bringen konnte. Wenn ihr Mörder versucht hatte, ihre Magie zu übertragen, sollten wir darüber reden, was das für unser Problem bedeutete. Immerhin hatte der Fluch, den Celesta über die Strigoi verhängt hatte, etwas Ähnliches bewerkstelligt. Magie war übertragen worden. Ich seufzte leise, und Nikolai sah mich an. »Was ist los? Kopfschmerzen?«

»Nein. Mir erscheint es immer noch am vielversprechendsten, nach den verschlossenen Magiequellen zu suchen. Wenn wir nur eine öffnen und die Magie daraus verantwortungsvoll nutzen könnten. Nur damit die Kräfte der Völker wieder ins Gleichgewicht kommen …«

Alexej schnaubte. »Du hättest bei dem Wort verantwortungsvoll aufhören können, Schätzchen. Wenn wir nur eine wiederfinden, wird ein Krieg darum ausbrechen, gegen den alle vorherigen sich wie Raufereien von Kleinkindern anfühlen werden. Kein Volk würde sich die Chance entgehen lassen, diese Macht für sich zu beanspruchen.«

»Du solltest nicht für uns Wicca sprechen, Schätzchen«, konterte ich. »Wir können durchaus teilen.«

»Ja klar, träum weiter. Du solltest vielleicht mal mit Kyrill über den Hohepriester reden, den du da auf einen ziemlich hohen Sockel stellst. Er könnte dir verraten, wie gut Radu teilen kann.«

Das hatte ich getan, aber offenbar hatte Kyrill ihm das nicht erzählt. Und schon nach dem Wenigen, was ich von meinem Bruder erfahren hatte, musste ich Alexej recht geben. Macht hatte die Kraft, jeden zu korrumpieren. Und vermutlich würde Radu jede Menge vernünftiger Gründe anführen, weshalb die Wicca ein besonderes Anrecht auf eine Magiequelle hatten.

»Die Magiequellen sind keine Option«, bestätigte Nikolai. »Nicht einmal Nexor hat einen Weg gefunden, Esteras Geheimnis zu lüften.«

Ich biss mir auf die Unterlippe, weil ich die Frage, die mir eigentlich auf der Zunge brannte, nicht stellen konnte. Konnte eigentlich eine Person eine Magiequelle sein?

»Niemand weiß, wo die Magiequellen sind.« Lupa schob sich um ein Regal herum und gesellte sich zu uns. Sie hatte uns belauscht und wirkte nicht, als hätte sie ein schlechtes Gewissen. »Estera vernichtete jeden noch so kleinen Hinweis. Sie setzte ihre unsterbliche Seele aufs Spiel und tötete jeden, der wusste, wo die Quellen waren, nur um zu verhindern, dass sie eines Tages wieder geöffnet werden konnten. So war es doch, oder?« Sie starrte Jaron an, der zur Bestätigung nickte.

»In früherer Zeit hatten jede Königin, jeder König, jede Hohepriesterin und jeder Hohepriester und auch jeder Palatin bei ihrer Weihe das Recht, aus der Quelle zu trinken«, erklärte Lupa weiter an mich gewandt. »Damit wurde sichergestellt, dass sie die meiste Magie besaßen. Als Estera die Quellen verschloss, raubte sie dieses Privileg allen Völkern.«

»Es war ein gemeinsamer Entschluss«, sagte Jaron unbeeindruckt von ihrer offensichtlichen Feindseligkeit. »Und ich persönlich finde immer noch, dass er richtig war.«

»Natürlich findest du das. In deinem Alter gibt es kaum einen Hexer, der eine Konkurrenz für dich ist. Du solltest dich in Acht nehmen. Celesta könnte dich als Bedrohung empfinden. Deine eigene Mutter tut das.«

Ein winziger Anflug von Schmerz zuckte über Jarons vernarbtes Gesicht. »Ich bin für niemanden eine Bedrohung«, erwiderte er. »Mir liegt nichts an der Macht, nach der die Königin und meine Mutter streben.«

Lupa verschränkte die Arme vor der Brust. »Haben sie dir das ausgetrieben?« Sie lachte hämisch. »Muss schmerzhaft gewesen sein.«

»Halt den Mund«, fuhr Alva sie an. Ihre Fingerspitzen glühten dunkelrot. Sie hielt das Feuer darin nur mühsam zurück. Nikolai war aufgestanden und hatte sich lautlos hinter sie gestellt, während Ivan hinter Lupa aufgetaucht war. Beide Frauen starrten sich an, als wollten sie sich aufeinander stürzen.

»Wenn meine eigene Mutter mir so etwas angetan hätte, wäre ich ziemlich wütend und würde versuchen, es ihr heimzuzahlen. Hat sie nicht auch deinen Vater umbringen lassen?« Lupas Stimme tropfte vor Gehässigkeit. Weshalb tat sie das? Ein Buch neben mir bewegte seinen Deckel, als wollte es Beifall klatschten. Ich legte zwei dickere mit einem Knall auf ihm ab, woraufhin es verärgert quietschte.

Die Anspannung ging in Wellen von Jaron aus, aber noch versuchte er, sich nicht provozieren zu lassen.

»Das ist nicht hilfreich, Lupa«, rügte Magnus meine Schwester.

Die Situation drohte zu eskalieren, als Adrian auf unsere Gruppe zumarschiert kam. In seinem Schlepptau befanden sich noch drei andere Hexen. Alle vier hielten Zauberstäbe in den Händen. Glücklicherweise marschierten sie einfach an uns vorbei in Richtung Foyer. Dabei grinste er böse.

Alexej stöhnte genervt auf. »Er hat uns auch gehört, oder?«

Niemand antwortete ihm.

»Befanden sich alle Quellen in Ardeal oder gibt es welche in Muntenia, Oltenia oder anderswo?«, mischte ich mich ein.

»Es gab auch welche jenseits der Nebelwand.« Jaron wandte sich mir zu. »Aber auch diese wird niemand wiederfinden. Nicht die Hexen, nicht die Wicca und nicht die Strigoi.«

»Und trotzdem hielten sich regelmäßig Gerüchte, dass die Wicca sehr wohl wissen, wo die Quellen sind«, fauchte Alva Lupa an.

»Gerüchte helfen uns nur nicht weiter, Alva«, kam es scharf von Jaron, der sich nun aufrecht hinstellte. Zum ersten Mal, seit ich ihn kannte, zog er seinen Zauberstab unter dem Umhang hervor und ließ ihn wie ein Spielzeug zwischen seinen Fingern hin- und herwandern.

»Aber in den meisten Gerüchten steckt ein Körnchen Wahrheit. Und selbst in unserem Volk glauben viele, Celesta hätte sich auf die Suche nach den Magiequellen gemacht und mindestens eine gefunden«, behauptete die Hexe aufgebracht.

»Wenn das so ist, stellt sich wohl die Frage, wen sie aus der Quelle trinken lässt. Ich würde mich freiwillig opfern«, sagte Lupa grinsend, zwinkerte Alva zu und verschwand zwischen zwei Regalen.

»Das war wirklich raffiniert von dir«, sagte Kayla trocken an Alva gewandt. »Jetzt rennt sie mit der Info zu ihrem Hohepriester, und friedfertig, wie Radu ist, wird er Celesta ein Briefchen schreiben und ihr zu ihrem Fund gratulieren. Die Schlinge zieht sich immer fester um unser aller Hals zusammen.« Der Zynismus in ihren Worten war nicht zu überhören.

Alva bis sich auf die Lippe. »Als würde Celesta einen Wicca aus der Quelle trinken lassen«, verteidigte sie sich dann.

»Wie blöd kann eine einzelne Person eigentlich sein?«, fragte Kayla niemand Bestimmtes.

Celias Lachen verwandelte sich in ein Husten, und Nikolai räusperte sich. Nur ich fühlte mich wie die Spielerin in einem Spiel, dessen wichtigste Regeln sie nicht begriffen hatte.

»Mir kommt es vor, als hätten wir in den letzten Minuten mehr Fortschritte gemacht als in den letzten Tagen.« Magnus fixierte Jaron. »Wenn Celesta eine Quelle wiedergefunden hat, gehört sie uns allen.«

So unwahrscheinlich war mein Vorschlag dann wohl doch nicht gewesen. Was benötigte man wohl zum Öffnen einer

Quelle? Vielleicht das Blut einer Wicca? Estera hatte sie mit den furchtbarsten schwarzen Zaubern belegt, die je existiert hatten.

»Ja, renn du auch noch zu deinem Hohepriester und sag es ihm«, fauchte Kayla Magnus an und stand auf. So verärgert hatte ich sie bisher noch nicht erlebt. Aber es wunderte mich auch nicht. Wenn es stimmte, verschoben sich die Machtverhältnisse in Ardeal bedenklich, und zwar nicht zugunsten der Strigoi.

Magnus fluchte leise und sprang auf, als sie aus dem Raum schoss. Er hatte keine Chance, sie einzuholen, wenn sie es nicht wollte, aber er folgte ihr trotzdem.

»Du könntest deine Mutter fragen, ob es stimmt«, sagte Alva leise zu Jaron. Ganz offenbar versuchte sie, etwas wiedergutzumachen.

»Ich habe meine Mutter seit drei Jahren nicht mehr gesehen und lege keinen gesteigerten Wert darauf, sie zu treffen. Außerdem würde sie mir nichts verraten. Sie traut mir ebenso wenig wie ich ihr.«

»Lass uns gehen«, knurrte Nikolai hinter mir.

Ich drehte mich um und verpasste damit Alvas nächste Bemerkung. »Wohin?«

»In den Innenhof auf den Kampfplatz. Ich werde dir beibringen, wie du dich verteidigen kannst.«

Celia hüpfte vom Tisch und klatschte in die Hände. Alexej legte ihr einen Arm um die Taille, als sie das Gleichgewicht verlor. »Ich will auch ein paar neue Tricks lernen.«

»Du brauchst nicht zu kämpfen, das tun wir für dich«, unterbrach Nikolai sie schneidend. »Aber es gibt ein paar Personen, die nicht wissen, wann sie sich besser aus Schwierigkeiten heraushalten.«

Ich sah mich übertrieben eifrig um. »Wen meinst du?«

»Dich. Komm.«

Ich rührte mich nicht von der Stelle. »Waren in deinem Blut heute früh ein paar Tropfen *Wie kommandiere ich am besten Valea herum*?«

Alexej kicherte mit blitzenden Augen. »Berechtigte Frage, Bruder«, sagte er, als Nikolai ihm einen finsteren Blick zuwarf.

»Dann nicht.« Nikolai trat zurück. »Alexej!«, herrschte er ihn an und ging los.

»Ruh dich aus, Mäuschen.« Alexej küsste Celia auf die Schläfe. »Er kriegt sich schon wieder ein«, sagte er an mich gewandt. »Ich scheuche ihn ein paar Runden über den Platz, dann ist er so außer Atem, dass er nicht mehr mit dir schimpfen kann.«

»Für mich musst du das nicht tun. Ich komme schon mit ihm klar.«

»Und ich werde mich ganz sicher nicht ausruhen«, brüllte Celia ihm aufgebracht hinterher. »Lass uns mitgehen«, sagte sie dann zu mir. »Nur zuschauen. Was denkst du?«

Ich dachte, dass ich den nächsten Gobelin suchen sollte, weil alles andere Zeitverschwendung war, doch das konnte ich ihr schlecht sagen.

»Ich brauche jedenfalls etwas Training. Wenn die zwei denken, sie könnten mich mit meiner Mutter in unser Schloss sperren, während sie gegen Celesta in den Krieg ziehen, dann haben sie sich geschnitten.«

»Keiner deiner Brüder wird dir eine Waffe erlauben«, zischte Alva, und mir wurde klar, dass sie und Celia sich tatsächlich eines Tages auf einem Schlachtfeld gegenüberstehen könnten. Wenn Celia bis dahin überlebte.

»Weil sie mindestens so engstirnig und verbohrt sind wie du«, begehrte diese auf. »Aber wenn Valea trainieren darf, dann lasse ich es mir auch nicht verbieten.«

»Ich habe nicht vor, mit einer Waffe zu kämpfen. Ich dachte, das hätte ich deutlich gemacht.« Ich schloss mich den dreien trotzdem an. Aus reiner Neugier, wie ich mir einredete, und nicht, um Nikolai kämpfen zu sehen.

»Möglicherweise musst du dich eines Tages verteidigen«, sagte Jaron. »Oder die, die du liebst. Manchmal kann man sich nicht aussuchen, ob man kämpfen will oder nicht.«

Würde er gegen mich kämpfen? Er war seiner Königin nicht sonderlich treu ergeben, aber er würde sein Volk schützen, und zwar mit allem, was ihm zur Verfügung stand. Darin waren er und Nikolai sich ähnlich.

Ich hingegen konnte mir nicht vorstellen, eine Waffe in die Hand zu nehmen, die nur dazu gemacht worden war, um andere zu verletzten oder gar zu töten. Wir betraten den Innenhof, aber nicht das Aufeinanderprallen von Metall ließ mich zusammenzucken, sondern das Knallen von Holz. Nikolai und Alexej wirbelten mit langen Stöcken in den Händen so schnell über den festgetretenen Boden, dass ich den Bewegungen kaum folgen konnte. Sie hatten bereits mehrere Zuschauer, und Ivan und Liana zeigten Carys und Eleni ein paar Grundschritte.

»Wenn wir kämpfen, dann mit Stöcken«, erklärte Celia. »Nicht mit Waffen aus Metall.«

»Weshalb nicht?«

Sie verzog das Gesicht zu einer Grimasse. »Wir brauchen sie nicht, um zu töten.«

»Stimmt. Hatte ich fast vergessen«, erwiderte ich trocken. Fasziniert verfolgte ich das Zusammenspiel der beiden Brüder. Es wirkte nicht wie ein Kampf, sondern viel eher wie ein Tanz, obwohl ich keinen Zweifel daran hatte, dass sie mit ihren Stöcken jeden Gegner außer Gefecht setzen konnten, wenn sie wollten. Ein Mensch hätte keine Chance, und auch Hexen und Wicca könnten sich nur mit Magie gegen sie verteidigen. Die Abfolge der Schläge geschah nicht willkürlich, sondern folgte einer strengen Choreographie.

»Willst du es mal probieren?« Kayla tauchte hinter mir auf, von Magnus fehlte jedoch jede Spur. »Ich zeig dir ein paar Grundlagen, wenn du willst.«

»Vielen Dank. Aber ich werde nicht kämpfen.«

»Wie du willst. Ihr Wicca seid manchmal wirklich verbohrt.«

Ich sah sie an. »Reden wir jetzt noch von mir oder von jemand anderem.«

Schnaubend ging sie zu einem Stapel Stäbe, prüfte ein paar von ihnen, bis sie sich entschieden hatte, und stellte sich in Ausgangsposition. Der Stock wirbelte so schnell zwischen ihren Fingern herum, dass mir allein vom Zusehen schwindelig wurde. Celia schlich nun ebenfalls zu den Stöcken.

»Du solltest es probieren.« Kyrill gesellte sich zu mir. »Alexej hat es mir auch schon ein bisschen gezeigt. Es verstößt gegen keine unserer Regeln.«

»Deswegen habe ich nicht abgelehnt.« Ich freute mich, dass er von sich aus mit mir sprach. Wenigstens ein Lichtblick.

»Weswegen dann?«, fragte er verwundert.

»Unsere Eltern haben Gewalt verabscheut, erinnerst du dich nicht?« Ich konnte unmöglich alle meine Prinzipien über einen Haufen werfen.

Seine Augen verdunkelten sich. »Ich erinnere mich sehr gut, und es vergeht kein Tag, an dem ich mich frage, ob es nicht klüger gewesen wäre, wenn sie sich hätten verteidigen können. Sie haben uns nicht beschützt, Valea. Wegen irgendwelchen dummen Regeln. Sie könnten noch leben.

Wir hätten sie nicht verloren. Radu hätte mich nicht …« Er brach ab. Alexej hatte seinen Kampf mit Nikolai beendet und kam auf uns zu.

»Wenn man Gewalt und Hass verabscheut, dann ist das nicht nur ein dummes Prinzip«, verteidigte ich unsere Eltern leise.

»Wenn du meinst und es dir damit besser geht. Sie haben uns im Stich gelassen.«

Alexej hatte uns erreicht und gab Kyrill seinen Stock. »Wollen wir?«, fragte er ihn. »Alles in Ordnung? Habt ihr euch gestritten?«

Ich schüttelte den Kopf. »Nein.«

»Ja«, sagte Kyrill im gleichen Moment.

Alexej lachte belustigt auf. »Könnt ihr zwei friedlichen Wicca ja später noch klären.« Er ging zu den Stöcken und wählte einen für sich aus. Dann suchten er und Kyrill sich einen freien Platz auf dem Hof.

Wütend verschränkte ich die Arme vor der Brust. War etwa alles, woran ich geglaubt hatte, Unsinn? War es wirklich unmöglich, ein Leben ohne Gewalt und Lügen zu leben? Ich war noch nicht mal drei Wochen in Ardeal, und das schöne Kartenhaus meines Glaubens brach schon zusammen.

Nikolai kämpfte nun mit Kayla, und Celia zog Jaron zu dem Stapel mit den Stöcken. Nikolai hielt sich zurück, während Kayla geschickt auf ihn einschlug. Kurz kam mir der Gedanke, dass sich diese Methode wunderbar eignete, damit jeder von ihnen seinen Frust loswerden konnte. Möglicherweise sollte ich es doch einmal probieren. Heute hatte ich dafür allerdings keine Zeit.

»Der Blutsauger hat recht«, sagte Lupa leise. Ich war so in den Anblick von Nikolais Kampfkunst versunken gewesen, dass ich sie nicht bemerkt hatte. »Keiner von uns darf sich mehr ausschließlich auf seine Magie verlassen. Wenn Celesta den Krieg dieses Mal für sich entscheidet, wird es keinen Pakt mehr geben, und sie wird auf jede einzelne Wicca Jagd machen.« Sie trug ein schwarzes kurzes Kleid, dessen Rock offen über die Oberschenkel hing, und darunter eine Hose und Stiefel. Ihr weißes Haar hatte sie ordentlich geflochten und hochgesteckt.

»Du siehst aus, als wärst du schon bereit, zu kämpfen. Danke, dass du mich vorhin unterstützt hast.«

»Keine Ursache. Sie hätten alle noch hundert Jahre behauptet, dass die Quellen versiegelt sind. Dabei kann niemand etwas für die Ewigkeit verstecken, nicht mal die heilige Estera.« Sie verdrehte die Augen. »Wenn ich noch eine Geschichte über die Einzigartigkeit dieser Frau höre, muss ich brechen.«

»Du bist offenbar kein Fan von ihr.«

»Natürlich nicht. Sie hat sich in einen gewissenlosen Mörder verliebt. Wie klug kann diese Frau schon gewesen sein?«

Das war eine berechtigte Frage. »Sie wird irgendetwas Gutes in ihm gesehen haben.«

»Ich weiß auch, was.« Lupa grinste. »Im Westflügel hängt ein Porträt von ihm. Schau es dir an, dann weißt du, was ich meine. Gegen Nexor ist Nikolai hässlich wie die Nacht.«

»Du warst im Westflügel?«

Sie zuckte mit den Schultern. »Ich lasse mir nichts verbieten.«

Nein, Verbote hatte sie noch nie akzeptiert und unsere Eltern damit schier in den Wahnsinn getrieben. »Nimmst du mich das nächste Mal mit und zeigst mir das Bild?«

»Kann ich machen, aber zuerst solltest du diesen ominösen Gang finden.«

»Ich wollte gerade gehen, und *er* ist im Westflügel.«

»Na dann los. Dort ist es harmlos. Keine Ahnung, weshalb er gesperrt ist. Celesta hat fast alles Interessante mit in die Onyxfestung genommen.« Sie hob die Hand, und von dem Stapel Stöcke flog ihr einer direkt zu. Sie grinste und forderte Jaron zum Kampf auf.

15. KAPITEL

SCHLOSS CARAIMAN
IN ARDEAL

Niemand achtete auf mich, als ich unauffällig wieder im Schloss verschwand. Gestern hatte ich mir einen Plan gezeichnet, um mich im Gewirr der Gänge und Treppen nicht zu verlaufen und dann womöglich wieder in der Finsternis festzustecken. Es war zwar erst später Nachmittag, aber dieser Teppich lag deutlich weiter von den bewohnten Trakten entfernt. Trotz des Planes bog ich mehrfach falsch ab. Jedes Mal musste ich mich neu orientieren. Ganz so aktuell waren die Baupläne, die ich gefunden hatte, wohl nicht gewesen. Endlich bog ich um eine letzte Ecke, stieg ein paar Stufen nach oben und stand vor einem schmalen Gang, der eine Brücke zwischen zwei Türmen bildete und in dem ich den Kopf einziehen musste, um nicht anzustoßen. Gebückt lief ich hindurch, betrat den Raum, den ich gesucht hatte, und blinzelte gegen die Helligkeit an. Dann wischte ich mir die

Spinnweben von den Schultern und aus dem Haar und sah mich um. Der Raum gehörte zu einem der größeren Türme von Caraiman, und der Gobelin hing an der Westseite. Ansonsten stand hier nichts weiter als ein Bettgestell. Der Boden war rissig und von Staub bedeckt, sodass meine Stiefel Abdrücke hinterließen. Spinnweben überzogen auch die Bilder an den Wänden. Obwohl ich so lange durch das Schloss geirrt war, hörte ich das Schlagen der Stöcke bis hier herauf. Vermutlich war ich die meiste Zeit nur im Kreis gelaufen. Ich trat ans Fenster und bewunderte die Aussicht auf die Berge. Der Turm lag so hoch, dass ich fast über die Bergspitzen schauen konnte. Als ich versuchte, einen Blick auf die Kämpfer zu erhaschen, gelang mir das jedoch nicht. Ich wandte mich dem Gobelin zu. Da die Mauer des Turmes auf der Seite dahinter im Freien stand, hatte ich keine große Hoffnung, den Mechanismus zu einer verborgenen Tür zu finden. Geschweige denn einen Geheimgang. Trotzdem untersuchte ich auch hier alles gründlich, wurde jedoch in meiner Vermutung bestätigt. Vielleicht machte ich einen Denkfehler. Vielleicht hatte die Erinnerung, die ich gesehen hatte, gar nichts mit Sophias Tod zu tun. Ich setzte mich im Schneidersitz auf den Boden vor den Teppich und schloss die Augen. Ich war derart bemüht gewesen, so schnell wie möglich zu einem Ergebnis zu kommen, dass ich möglicherweise etwas übersehen hatte. Diese Geschichte von Jaron über Ancuta und deren Sohn Milas. Ein nicht gerade ungewöhnlicher Name, und trotzdem … Celestas Verschwinden und ihre Rückkehr. Die Magiequellen. Ich wünschte, ich könnte mit jemandem darüber reden, dem ich rückhaltlos vertrauen konnte. Hinter mir erklang wieder das Summen oder besser gesagt ein melodischer Singsang, der mir die Haare zu Berge stehen ließ. Ganz langsam drehte ich den Kopf. Es war immer noch hell, und ich hätte nie erwartet, dass ein Geist sich bei Tageslicht sehen ließ. Aber Ancuta schwebte tanzend in den Raum und sang leise vor sich hin. Zu meiner Erleichterung hatte sie dieses Mal kein Messer dabei, und sie war auch nicht blutbesudelt, sondern trug ein seidenes Silberkleid. Ihre Haare hingen in dicken kupferfarbenen Locken über ihren Rücken. Während sie durch den Raum tanzte, hatte sie ihre Augen geschlossen und wirkte fröhlich. Das hier war nicht ihr Geist, sondern eine Erinnerung des Raumes aus glücklicheren Zeiten. Ich schluckte, denn das musste mein Werk sein. Ich hatte nicht gewusst, dass ich dazu fähig war, einem leblosen Raum so etwas Lebendiges zu entlocken. Vorsichtig stand ich auf.

Sie hörte auf zu tanzen und schlug die Augen auf. Neugierig blickte sie mich an. Es hatte auch noch nie eine Erinnerung auf mich reagiert, und ich verstand nicht, wie das möglich war. Aber Ancuta sah mich an und lächelte. Gänsehaut lief mir über den Rücken. »Wie ist dein Name, Kind?«, fragte sie in ihrem eigentümlichen singenden Tonfall.

»Valea«, antwortete ich langsam. »Mein Name ist Valea.«

»Wie schön.«

»Danke. Ich wollte dich nicht stören.«

Sie lächelte verträumt. »Du störst mich nicht. Hier kommt nie jemand her. Deswegen bin ich immer allein.«

»Das tut mir leid.« Ich machte einen Schritt in Richtung Tür.

»Kann ich dir ein Geheimnis verraten?« Sie grinste, wodurch mir ihr Gesicht mit einem Mal so bekannt vorkam, dass ich zurückzuckte.

»Natürlich«, sagte ich trotzdem mit fester Stimme. »Ich werde es für mich behalten.«

Sie sah sich um, als erwartete sie, dass uns jemand belauschte. »Ich habe einen Weg gefunden, das Schloss zu verlassen. Es war immer ein Gefängnis, aber nun bin ich frei.«

Meinte sie damit ihren Tod? Ihre Seele war nicht ins Sommerland gegangen, also war sie nicht frei, sondern an diesen Ort gebunden.

»Mutter hat mich eingesperrt, aber ich lasse mich nicht mehr einsperren. Bist du auch eine Gefangene?« Sie musterte mich und kam dann näher. »Du bist so hübsch.« Sie legte eine Hand auf ihren Bauch. »Ich hoffe, ich bekomme eine Tochter«, wisperte sie. »Wir werden fortgehen. Mein Geliebter und ich. Niemand darf es wissen.« Panik breitete sich auf ihrem Gesicht aus. Sie packte meinen Arm, und dafür, dass sie nur eine Erinnerung war, fühlte sich der Griff zu fest an. »Du darfst es niemandem sagen.« Plötzlich strömten Tränen aus ihren Augen und liefen über ihre Wangen. »Sie wird ihn töten … töten … töten.«

Die Erinnerung löste sich auf, und nur ein paar silbrige Staubflocken fielen auf den Boden. Ich wankte zu dem Bettgestell und setzte mich auf die Kante. Hatte Ancuta in diesem Zimmer gelebt? Hatte sie hier die Ängste um ihr Kind aushalten müssen und ihre Flucht geplant? Ich rieb mir das Gesicht. War sie hier gestorben? Durch die Hand ihrer Mutter? Die Matratze war fortgeschafft und vermutlich verbrannt worden, wie auch der Rest der Möbel. Dieser Gang, den Ancuta erwähnt hatte – war das derselbe gewesen, den Sophia genommen hatte? Würde Ancuta ihn mir zeigen, wenn ich sie das nächste Mal traf und sie darum bat?

»Was tust du hier?« Nikolai lehnte im Türrahmen. Ich war nicht einmal mehr erstaunt, dass er mich gefunden hatte.

»Nichts, worüber ich dir Rechenschaft ablegen müsste.«

Mit katzenhafter Eleganz schlenderte er zum Fenster und lehnte sich an die Wand. Staub lag auf seinem Hemd, und seine Wangen waren leicht gerötet. Er kam direkt vom Kampftraining und hatte sich nicht einmal die Mühe gemacht, die Hände zu waschen. »Du wirkst aufgewühlt«, sagte er ruhig.

»Ich habe mich verlaufen und wollte etwas ausruhen.«

Er glaubte mir kein Wort. Weshalb sollte er auch? »Soll ich dich zurückbringen? Wir wollen ja nicht, dass du verloren gehst, so wie Sophia vor ein paar Wochen. Deswegen bist du doch hier, oder? Du suchst nach ihr.« Sein Blick fixierte mich.

Er wusste es und hatte aus irgendeinem Grund beschlossen, nun die Karten offen auf den Tisch zu legen. Erleichtert nickte ich. Eine Lüge weniger. »Ja, das tue ich.«

Er atmete tief ein und schob die Hände in die Taschen seiner Hose. »Sie war eines Tages einfach verschwunden. Melinda hat Ivan erzählt, sie wäre nach Rasca zurückgekehrt. Aber das stimmt gar nicht?«

Ich schüttelte den Kopf. »Nein.«

»Ivan war am Boden zerstört, als er mir davon erzählte. Regelrecht verzweifelt. Ich hätte nie gedacht, dass ausgerechnet er sich in eine Wicca verlieben könnte.« Er nahm den leeren Raum aufmerksam in Augenschein, und die Abdrücke auf dem staubigen Boden entgingen ihm nicht. »Warst du allein hier?«

»Ja. Das war Ancuta. Sie hat getanzt.«

»Getanzt? Ein Geist, der tanzt, ist mir auch noch nie begegnet. Glaubst du, sie hat etwas mit Sophias Verschwinden zu tun?«

»Ich wünschte, ich wüsste es. Ich habe auch keine Ahnung, was genau ihr zugestoßen ist.«

»Weshalb hat Radu ausgerechnet dich hergeschickt, um nach ihr zu suchen? Eine Wicca ohne Ausbildung und mit nur wenig Magie. Wenn er mich um Hilfe gebeten hätte, dann hätten wir ihm geholfen, sie zu finden. Mittlerweile ist jede Spur, die sie hinterlassen hat, verschwunden.« Sichtlich aufgebracht ging er zur Tür zurück, um das Zimmer zu verlassen.

»Ihr seid nicht gerade dicke Freunde, wenn mich nicht alles täuscht.«

»Nein, das sind wir nicht.«

Eine weitere Erklärung gab er leider nicht. Ich folgte ihm. »Weshalb ist es so unwahrscheinlich, dass sich Ivan in eine Wicca verliebt?«

Er durchquerte den Gang und richtete sich an dessen Ende zu seiner vollen Größe auf, ehe er zur Seite trat, damit auch ich ihn verlassen konnte. »Weil seine gesamte Familie im Krieg von den Wicca getötet wurde. Er diente damals bereits an meiner Seite und kehrte nur kurz nach Hause zurück, um den Geburtstag seiner jüngeren Schwester zu feiern. Seine Familie war tot, aber die Mörder hatten auch noch auf ihn gewartet.«

»Wicca töten nicht«, erklärte ich tonlos.

»Ich weiß, dass du das gern glauben willst«, sagte er kalt und von oben herab. »Aber es war dein Coven, der an seiner Familie Rache nahm, weil Strigoi ihre Festung zerstört hatten. Es war ihnen egal, ob Ivans Leute daran beteiligt gewesen waren oder nicht. Wicca töten, genau wie Hexen und Strigoi.« Mit einem Mal klang er müde und erschöpft. »Ich fand Ivan schwer verletzt in seinem Haus. Sie müssen geglaubt haben, er wäre tot, doch er kämpfte darum, bei Bewusstsein zu bleiben und mich zu warnen.«

»Und du bist dir sicher, dass es Wicca gewesen sind?« Die Abscheu in seinem Gesicht war nur schwer auszuhalten, auch wenn sie nicht mich betraf.

»Ganz sicher. Der Geruch eurer Magie unterscheidet sich deutlich von dem der Hexen«, erwiderte er. »In einem Krieg bleibt niemand unschuldig, Valea. Es tut mir leid, wenn ich deine Illusionen zerstöre.« Seine Augen glänzten wie flüssiges dunkles Gold.

»Das tust du nicht. Wann ist seine Familie gestorben?« Ich hatte in einem Traumland gelebt. Und das war nicht seine Schuld.

»Vor zweihundert Jahren, aber das bedeutet nicht, dass er sie nicht vermisst. Meine Familie hat ihn aufgenommen, aber eine eigene ist nicht zu ersetzen.«

»Könnte Ivan etwas mit Sophias Verschwinden zu tun haben?« Ich musste das einfach fragen. »Hat er sie getötet … aus Rache?«

»Nein«, antwortete Nikolai und klang völlig überzeugt. »Ivan ist mein bester Kämpfer, aber er ist kein Mörder, und er mochte Sophia sehr. Mit ihr war er zum ersten Mal seit einer Ewigkeit wieder glücklich. Wenn er vermutet hätte, dass Radu sie gezwungen hat, Caraiman zu verlassen, wäre er persönlich nach Rasca marschiert, um sie zurückzuholen. Aber er glaubte, sie hätte Angst vor ihren eigenen Gefühlen bekommen.« Er straffte die Schultern. »Nein, er hätte ihr kein Haar gekrümmt.«

Ich hatte ein viel zu verklärtes Bild von der Gemeinschaft der Wicca gehabt. Wir waren nie so friedfertig gewesen, wie ich geglaubt hatte. Selbst wenn ich mir nicht vorstellen konnte, dass ein Wicca seine Kraft benutzte, um eine ganze Strigoifamilie auszulöschen, so konnte ich nicht länger leugnen, dass mein Volk seinen Anteil an den Kriegen trug. Ich holte tief Luft und verdrängte die Trauer darüber. Für mich war nur eine Illusion gestorben, niemand, den ich liebte. »Sie ist nie nach Rasca zurückgekehrt«, sagte ich leise, froh es ihm endlich erzählen zu können.

»Wohin ist sie dann gegangen?«

»Nirgendwohin.« Ich konnte den Blick nicht von seinen goldenen Augen lösen. »Sie wurde ermordet.«

»Wo?«, fragte er leise.

»Im Wald von Caraiman. Jemand hat versucht, ihr ihre Magie zu stehlen. Sie wurde geöffnet«, setzte ich zögernd hinzu.

Sein Gesicht verschloss sich und wurde zu einer undurchdringlichen Maske. »Ivan war es nicht. Was immer ihr angetan wurde, dafür ist kein Strigoi verantwortlich. Der Tod einer Wicca nützt uns gar nichts.«

Ich legte ihm eine Hand auf die Brust. »Ich glaube dir.«

Er schlang einen Arm um mich. »Radu hat sich deine Gabe zunutze gemacht, oder? Was hast du in Sophias Erinnerungen gesehen?«

»Sie und Ivan. Sie wirkten sehr vertraut miteinander.« Seine Nähe ließ fast jeden vernünftigen Gedanken zerplatzen.

»Was noch?« Seine Haut war wieder mondhell. Die Röte war verschwunden. Er wartete geduldig und hielt mich einfach nur fest.

»Sophia hat einen geheimen Gang betreten. Allein. Danach wurde meine Gabe von einer fremden Magie abgeblockt. Ich konnte ihr nicht folgen.«

»Und nun suchst du diesen Gang. Deswegen interessierst du dich für die Architektur von Caraiman.«

»Ja. Ich habe leider nur einen Hinweis. Der Gang liegt hinter einem Gobelin, auf dem ein Feuervogel abgebildet ist.«

»Es hätte mich gewundert, wenn es hier keine Geheimgänge geben würde«, sagte er nach einem Moment des Schweigens. »Wie viele dieser Wandteppiche gibt es? Das hast du doch sicherlich zuerst geklärt.«

»Insgesamt drei. Zwei habe ich bereits gefunden. Fehlt noch einer.«

»Wo hängt er?«

Dieses Gespräch hörte sich verdächtig nach einem Verhör an, was mir zwar nicht gefiel, aber ich war schon zu weit gegangen. »Im Südflügel.«

Nikolai nickte abrupt. »Ich werde ihn suchen. Wenn ich etwas finde, sage ich dir Bescheid. Du wirst nicht allein dorthin gehen.«

»Ich begleite dich.«

»Nein.« Empörung stand in seinem Gesicht. »Du hast keine Vorstellung, in welche Gefahr du dich mit dieser Suche begeben hast, oder? Was hattest du vor, wenn du ihn gefunden hättest?«

»Ich wäre dem Gang gefolgt.«

Er nickte, als hätte er sich das bereits gedacht.

»Ich hätte Magnus gebeten, mich zu begleiten«, fügte ich hinzu, um ihn zu beruhigen. Das Feuer in seinen Augen glomm mir etwas zu aufgebracht.

»Wenn dein Hohepriester diesen Verstoß gegen den Pakt nicht öffentlich macht, sondern dich, eine fast magielose Wicca, nach Caraiman schickt, um herauszufinden, was passiert ist, dann kannst du davon ausgehen, dass er an einer Aufklärung von Sophias Tod nicht interessiert ist. Wahrscheinlich hofft er sogar, du findest Beweise für eine Beteiligung der Strigoi. Er versucht, seine Interessen zu wahren.«

Ich reckte das Kinn und versuchte, mich loszumachen, aber das ließ er nicht zu. »Das glaube ich nicht. Er will sehr wohl wissen, was ihr zugestoßen ist. Du hast nicht gesehen, was ihr angetan wurde. Es war furchtbar und überhaupt …« Unsere Nasenspitzen berührten sich. »Würdest du nicht auch alles tun, um die Interessen der Strigoi zu schützen? Was ist dann falsch daran, wenn Radu dasselbe tut?«

Jetzt war er ernsthaft wütend, aber ich auch. »Es ist nichts falsch daran, aber es ist falsch, dass er dich dafür benutzt«, fauchte er.

»Selbst wenn es so wäre, ich wüsste nicht, was dich das angeht.« Ich drückte mit den Händen gegen seine Schultern.

»Du hast recht. Das tut es nicht.« Endlich ließ er mich los. Mein Körper prickelte. Das war nur meine Wut und nicht diese verdammte Anziehung zwischen uns. Ich wollte ihn küssen und ihm gleichzeitig am liebsten eine Ohrfeige verpassen. Ich war mal wieder in sehr friedfertiger Stimmung.

Glücklicherweise brachte er Abstand zwischen uns. »Du brauchst keinen Ritter. Das habe ich schon bei unserer ersten Begegnung kapiert.«

Mit geballten Händen machte ich mich auf den Rückweg. Er sollte mich nicht wie ein Kind behandeln. Nur weil ich noch nicht alles über Ardeals Geschichte und Politik wusste, bedeutete das nicht, dass ich keine eigenen Urteile fällen konnte. »Du hast das nur noch nicht wirklich verinnerlicht.«

Er folgte mir. »Ich habe nie versucht, dich zu beschützen«, sagte er von oben herab. »Ich habe nur versucht, herauszufinden, für welchen seiner perfiden Pläne der Hohepriester dich eingespannt hat.«

Ich presste den Mund zu einer schmalen Linie zusammen. »Na toll.« Er hatte mich benutzt wie eine dämliche Schachfigur. Umgehend bereute ich, mich ihm anvertraut zu haben. »Dann weißt du es ja jetzt. Ich soll herausfinden, wer Sophia auf dem Gewissen hat. Er möchte nur den Schuldigen finden. Nicht mehr und nicht weniger. Du kannst dich also zukünftig um deine eigenen Angelegenheiten kümmern und brauchst mir nicht mehr hinterherzuspionieren.« Wie hatte ich nur für eine Sekunde denken können, wir könnten zusammenarbeiten. Er war nicht an mir interessiert, sondern an Radus Plänen. Lupa hatte recht gehabt. Ich beachtete Nikolai nicht mehr, der mir trotzdem folgte. In der Eingangshalle begegneten uns Valeria, Alva und Eleni, die bei seinem Anblick fast zur Seite sprangen und uns dann in gebührendem Abstand folgten.

Nikolai ging ohne ein weiteres Wort zu Kaylas Zimmer, und ich stürmte in meines. Celia war glücklicherweise nicht da. Ich stellte mich ans Fenster und verfluchte mich für meine eigene Dummheit. Minuten später klopfte es kurz, und Magnus und Lupa traten ein.

»Du hast ihm also von Sophia erzählt«, sagte Lupa in erstaunlich neutralem Tonfall. »Was hast du dir davon erhofft? Glaubst du auch nur für eine Sekunde, er würde dir im Gegenzug eins seiner Geheimnisse anvertrauen?«

»Nein. Das glaube ich nicht.« Für noch mehr Belehrungen war ich wirklich nicht in der Stimmung.

Sie ließ sich auf mein Bett fallen, während Magnus an der Tür stehen blieb.

»Woher habt ihr es so schnell erfahren?«

»Ich war bei Kayla, als er hereinplatzte.«

»Deswegen fehlt dein Schal«, sagte Lupa. »Hast du sie damit gefesselt oder geknebelt?«

»Du bist schamlos«, sagte Magnus mit zusammengebissenen Zähnen. Benutzte Kayla ihn auch nur? In Nikolais Auftrag?

Lupa gähnte gelangweilt. »Also gut. Du hast es ihm erzählt. Wie geht es nun weiter? Hast du ihm auch gesagt, wer du wirklich bist?«

»Nein. Natürlich nicht. Ich habe gehofft, mit etwas Ehrlichkeit weiterzukommen.«

»Ehrlichkeit wird in der Regel überschätzt«, verkündete sie. »Vergiss diese Theorie mal ganz schnell wieder.«

»Wie bist du nur so zynisch geworden?«, fuhr ich sie an. Meine Geduld hing an einem seidenen Faden. Ich hasste es, zu streiten, aber in diesem Moment hätte ich am liebsten geschrien und gebrüllt.

»Ich hatte nicht das Glück, weit weg von diesem ganzen Mist aufzuwachsen«, erklärte sie. »Ich gebe zu, ich war ein schwieriges Kind, aber im Gegensatz zu unseren Eltern war Radu nicht sehr geduldig mit mir.«

»Was hat er getan?«

Sie winkte ab. »Nichts, was jetzt noch eine Rolle spielt. Wird Lazar Ivan sagen, dass Sophia tot ist? Vermutlich schon«, beantwortete sie die Frage gleich selbst. »Ich bin dann lieber nicht in seiner Nähe. Er scheint ein ganz netter Kerl zu sein.« Es klang verwundert, so als hätte sie diese Option bisher nie in Betracht gezogen.

»Nikolai hat mir erzählt, dass Ivans Familie vor zweihundert Jahren von Wicca getötet wurde.«

»Das stimmt auch«, erwiderte sie. »Es war Notwehr.«

»Sie wurden überfallen, als sie den Geburtstag ihrer jüngsten Tochter feierten«, setzte ich ihr entgegen.

»Große Göttin.« Lupa verdrehte die Augen. »In einem Krieg kann man sich nicht aussuchen, wann man seine Feinde tötet. Die Wicca wollten überleben.«

Es klopfte wieder, und dieses Mal kam Alexej gemeinsam mit Kyrill herein.

»Eine kleine konspirative Sitzung?«, fragte der Strigoi. »Du hast meinen Bruder ganz schön aus der Fassung gebracht«, sagte er an mich gewandt. »Er ist kurz davor, Celia fortzuschaffen.«

»Wenn er dann auch von hier verschwindet, wäre Valeas Aktion vielleicht nicht ganz so blöd gewesen«, bemerkte Lupa.

»Dich Sonnenschein hätte ich ja fast übersehen.« Alexej grinste sie übertrieben freundlich an.

»Weil du nur Augen für meinen Bruder hast.« Sie lächelte zähnefletschend zurück. »Wenn du ihm wehtust, bringe ich dich um.«

Kyrill lief knallrot an.

»Tue ich nicht. Nicht noch mal.« Alexej blieb völlig ungerührt. »Aber wir sind wegen etwas anderem hier. Melinda bittet uns alle, in den Innenhof zu kommen. Celesta beehrt uns mit ihrem Besuch.«

Mir stockte der Atem, aber Alexej sprach so gleichmütig weiter, als hätte er nicht gerade die Welt ins Wanken gebracht. Celesta war ein Ungeheuer, das bisher nur in meinen Gedanken existiert hatte und nun Wirklichkeit werden würde.

»Sie hat Boten vorausgeschickt mit der Nachricht, dass sie in einer Stunde in Caraiman eintrifft, und die Königin wartet nicht gern. Wenn ihr also in den nächsten Wochen nicht als Eidechsen durch die Gegend laufen wollt, empfehle ich euch, pünktlich zu erscheinen.« Er öffnete die Tür und verschwand wieder, bevor einer von uns etwas sagen konnte.

»Das ist wohl Celestas erster Schachzug«, sagte Magnus.

»Dann machen wir uns mal für die Spiele bereit«, erwiderte Lupa. »Wir gehen gemeinsam nach unten. Ihr wartet hier auf mich. Ich ziehe mich nur um«, ergänzte sie an mich und Kyrill gewandt. Die Sorge in ihren Augen konnte sie nicht schnell genug verbergen. Sorge um uns.

Trotz meiner Angst wurde mein Herz weit. Unter dieser Schale von Frechheit und Arroganz verbarg sich eine Frau, die sich trotz ihres Schicksals ein weiches Herz bewahrt hatte. Und sie hasste es. Ich versuchte, die aufsteigende Angst und Panik zu unterdrücken, die auch in Kyrills Augen aufloderte. Ich wollte so tapfer sein wie unsere Schwester. Celesta hatte uns bereits so viel genommen, aber wir hatten immer noch uns.

Gleich würden wir also der Frau gegenüberstehen, die gedungene Lykaner ausgeschickt hatte, um unsere Eltern zu töten, und die ihre eigene Tochter ermordet hatte. Für keines ihrer

Verbrechen war sie je zur Rechenschaft gezogen worden. Aufmerksam betrachtete ich mich im Spiegel. Ich hatte mir das Haar zu einem Zopf geflochten und trug ein dunkelgrünes, schmal geschnittenes Kleid mit einem asymmetrischen Rock. Die schwarze Korsage war hochgeschlossen und mit silbernen Knöpfen verziert. Ich war nicht sicher, weshalb ich mir so viel Mühe gegeben hatte, aber die Kleidung fühlte sich an wie eine Rüstung, obwohl ich hoffte, nicht Celestas Aufmerksamkeit zu erregen. Sicherlich kam sie nur, um mit Melinda zu sprechen und vermutlich um ihren Anspruch auf Caraiman deutlich zu machen. Würde jemand ihr von Ancuta erzählen? Plötzlich war ich in Sorge um den Geist der jungen Frau. Mit kalten Fingern fuhr ich über das Kleid und schloss die Augen, um mich zu erden. »Große Göttin«, flüsterte ich mit zitternder Stimme. »Schenke mir Kraft, auf dass ich dem Bösen ins Auge sehen kann.« Ein Gutes hatte die Sache, ich musste nicht mehr über Nikolai nachdenken, denn nun hatte ich ein viel größeres Problem als sein manipulatives Verhalten.

Lupa kam mit einem aufgesetzten Lächeln herein, unterbrach mein Gebet und stellte sich neben mich. »Dann schauen wir uns die alte Frau mal an.« Sie trug eine Uniform aus schwarzem Leder und hatte ihr Haar ebenfalls zu einem Zopf geflochten.

»Du solltest sie vielleicht nicht gleich bei der ersten Begegnung nach dem Verschwinden der Magie fragen«, sagte ich und versuchte zu lächeln. Lupa wirkte, als hätte sie vor nichts und niemandem Angst, aber wir beide wussten, dass das unmöglich war. Ihr Schutzpanzer war nur viel dicker als meiner, und obwohl sie mir wahrscheinlich nie erzählen würde, was genau Radu ihr angetan hatte, wusste ich doch, er war dafür verantwortlich, dass sie ihr Herz so beschützte.

»Schauen wir mal«, erwiderte sie flapsig. Kleine Feuer loderten auf ihren Fingerspitzen auf, das Wasser in dem Glas vor meinem Spiegel begann zu rotieren und stieg als kleine Fontäne in die Luft.

»Damit wirst du die Königin kaum beeindrucken. Unterschätze sie nicht«, warnte Magnus, der an der Tür lehnte. Hinter ihm huschten andere Teilnehmer aufgeregt durch den Gang. »Sie mag alt sein, aber schon vor ihrem Verschwinden verfügte sie über außergewöhnliche Kräfte; und wenn Jarons Behauptung stimmt und sie einen Weg gefunden hat, ihre Magie weiter zu stärken, solltest du dich nicht mit ihr anlegen.«

»Wenn sie merkt, dass sie es mit einem Haufen Angsthasen zu tun hat, wird sie uns vermutlich alle sofort zu Staub zermalmen.« Lupa griff nach dem Tiegel mit meinem Honigbalsam und tupfte sich etwas davon auf die Lippen, während ich mir Kyrills Kräutermischung auf die Schläfen auftrug. »Ich hoffe schon, dass ich endlich all meine Verteidigungs- und Angriffszauber einsetzen kann, die ich so mühselig eingeübt habe.«

»Du musst vorsichtig sein«, sagte ich kopfschüttelnd, aber sie zuckte nur mit den Schultern. Tapferkeit war durchaus eine gute Eigenschaft, Leichtsinn hingegen nicht. Wenn sie die Königin provozierte, brachte sie jeden im Schloss in Gefahr.

»Wir werden erst kämpfen, wenn wir alle anderen Mittel ausgeschöpft haben«, ermahnte Magnus sie noch mal.

»Der Frau können wir keinen Holunderzweig an den Kopf werfen und hoffen, dass die Große Göttin den Rest für uns erledigt«, knurrte Lupa.

Kyrill schob sich an Magnus vorbei und hörte die letzten Worte gerade noch. »Wenn der Zweig brennt, wäre es einen Versuch wert. Wir könnten zur Begrüßung einen Scheiterhaufen im Hof errichten.«

Über diesen Vorschlag musste selbst ich lachen. »Das würde sie sicherlich überraschen.«

»Aber Radu würde diese Art von offener Kriegserklärung kaum dulden«, unterbrach Magnus das Geplänkel. Er hatte sich ausnahmsweise frische, nicht zerknitterte Sachen angezogen. Sein grüner Umhang war am Rand der Kapuze mit Zobelfell abgesetzt und sein Haar ordentlich gekämmt. Magnus Calin konnte durchaus eindrucksvoll aussehen, wenn er wollte. Heute war offensichtlich so ein Tag. »Sie kommt her, um uns einzuschüchtern. Wir dürfen ihr unsere Angst nicht zeigen.«

»Ich hab auch keine Angst«, verkündete Lupa laut und bestimmt.

»Das ist sehr dumm«, fuhr Magnus sie an.

»Bist du ihr schon mal begegnet?« Ich nahm meinen Umhang aus dem Schrank. Mir war kalt und ich fürchtete, mir würde es in den kommenden Stunden noch kälter werden, obwohl wir bald Beltane feiern würden und die Tage angenehm warm waren.

»Einmal. Als ich noch ein Junge war, hat sie Radu in Rasca besucht. Es war kurz vor ihrem Verschwinden. Die beiden schlossen sich in unser Allerheiligstes ein, und es erfuhr nie jemand, worüber sie geredet hatten. Sie kam und verschwand in derselben Nacht.«

»Kam dir das nicht seltsam vor?« Kyrill fuhr sich durch sein Haar und zupfte es zurecht.

»Ich war sechs oder sieben Jahre alt, und wie meine Freunde zitterte ich vor Furcht. Sie kam nicht allein, sondern mit dreizehn Hexern. Unsere Mütter zerrten uns in die Häuser und verboten uns, aus den Fenstern zu schauen. Ich tat es trotzdem. Die Hexer stellten sich im Innenhof der Burg auf. Wie Statuen. Sie rührten sich nicht, bis Celesta wieder herauskam und auf ihren Besen stieg. Die Präzision ihrer Formation, in der sie ihr folgten, verursachte mir eine Gänsehaut, aber gleichzeitig war ich neidisch über diese Disziplin. Ich wusste schon damals, dass ich diesen Hexern niemals auf einem Schlachtfeld gegenüberstehen wollte.«

»Wir haben sie schon einmal in ihre Schranken gewiesen«, sagte Kyrill, als wollte er sich selbst Mut machen. »Das werden wir wieder schaffen.«

»Schon damals war es knapp«, wandte Lupa ein. »Und heute werden die Geschicke der Wicca von einem alten Mann bestimmt, dem es nur um seine eigene Macht geht. Die Strigoi haben nicht mal mehr welche. Celesta wird sich totlachen, wenn wir sie herausfordern.«

»Gerade noch wolltest du ihr deine Kunststücke vorführen«, erinnerte ich sie.

Sie drehte sich zur Tür und stolzierte voran. »Nicht vorführen, sondern einsetzen. Ich werde ihr meine Krallen in den Rücken schlagen.«

»Hoffentlich brechen sie nicht ab«, bemerkte Magnus besorgt und folgte ihr.

Auf dem Flur kam uns Kayla entgegen. Ihr Blick glitt bewundernd über seine Gestalt. Wieder trug sie seinen Schal, den sie jetzt abnahm und ihm umlegte. »Auf in den Kampf«, flüsterte sie.

»Auf in den Kampf.« Seine Stimme klang belegt, und für eine Sekunde legte er ihr die Hand auf die Wange. Hatten die beiden sich schon überlegt, wie es mit ihnen weitergehen würde? Sie fühlten sich so offensichtlich zueinander hingezogen, dass es niemandem entgehen konnte. Aber Radu würde diese Verbindung nicht gutheißen. Er hatte es schon einmal geschafft, einen Keil zwischen die beiden zu treiben.

Die Sonne war gerade untergegangen, als wir den Innenhof betraten, der nur von ein paar Fackeln erhellt wurde. Alle derzeitigen Bewohner des Schlosses hatten sich versammelt und jedes Volk hatte eine Seite des Hofes in Beschlag genommen. Mir kam es wie ein böses Omen vor, dass wir getrennt Aufstellung nahmen, obwohl so viele von uns befreundet waren. Die Völker sollten sich mischen. Freunde sollten mit Freunden zusammenstehen.

Adrian stand mit einem triumphierenden Lächeln neben Jaron in der ersten Reihe der Hexen. Nikolai und Alexej hatten Kayla in ihre Mitte genommen. Celia mussten sie zwischen den anderen Strigoi versteckt haben. Auf der vierten Seite standen die Bibliothekare von Caraiman mit Melinda, Bredica und Amelia.

Ich ging mit meinen Geschwistern und Magnus zu den anderen Wicca. Wir formierten uns zu einem ordentlichen Block. Im Gegensatz zu den Hexen und Strigoi, die fast ausschließlich schwarze Umhänge trugen, waren die der Wicca so farbenfroh wie ein Regenbogen. Ich stellte mich neben Lupa in die erste Reihe und hob das Kinn. Ich würde mir keine Furcht erlauben, aber ich konnte meinem Herzen nicht befehlen, langsamer zu schlagen. Von der anderen Seite des Hofes spürte ich Nikolais Blick auf mir, doch ich erlaubte mir nicht, ihn anzuschauen. So leicht konnte ich nicht vergessen, was er mir gerade gesagt hatte. Es hatte mich zu sehr verletzt. Ich hatte gedacht …

Ein Brausen erklang über uns, und dann wurde der Sand aufgewirbelt. Ich kniff die Augen zusammen, und das Brausen wurde zu einem Dröhnen. Durch die Wimpern sah ich, wie die gefürchteten Hexenkrieger der Leibwache der Königin landeten. Ein eisiger Wind fegte über den Hof, als sie im Gleichklang mit ihren Stiefeln auf dem Boden aufkamen. Die Wucht war so stark, dass die Erde bebte. Zuerst war nur eine einheitliche schwarze viereckige Formation zu erkennen. Dann traten sie im Gleichschritt auseinander. Der Sand knirschte unter ihren Absätzen. Jeder Hexer hielt in der rechten Hand einen schwarzen Besen. Sie hielten sie so in ihren behandschuhten Händen, dass sie in Sekundenschnelle wieder aufsteigen und abheben konnten. Jeweils zwei silberne Ritualdolche steckten in ihren Gürteln, und das waren bestimmt nicht ihre einzigen Waffen. Der faulige Geruch wie der von brackigem Wasser in den Abwasserkanälen von Aquincum stieg mir in die Nase. Mit absolut synchronen Bewegungen öffnete die Formation sich weiter, und eine kleine, zierliche Frau wurde sichtbar.

Celesta, die Hexenkönigin, war gekommen. Die Luft um uns herum schien zu Eis zu werden, und ich tastete nach Lupas Hand. Für einen Moment verflochten sich unsere Finger miteinander. Wärme strömte durch mich hindurch.

Im Gegensatz zu ihren Kriegern war Celestas Besen so blütenweiß, als wäre er aus Birkenreisig. Von ihrer Statur her hätte man sie für ein Kind halten können, aber die Magie, die sie umgab, stellte unzweifelhaft klar, mit welcher Macht wir es zu tun hatten. Der Anblick dieser kleinen Frau war weit furchtbarer als der ihrer Krieger. Ich widerstand dem Impuls, fortzulaufen, nur mit Mühe, aber hinter mir raschelten Kleider und dann hörte ich Getrappel, das abrupt verstummte, als Celesta die Fliehenden mit einem einzigen Wimpernschlag aufhielt. Ich brauchte mich nicht umzudrehen, um zu wissen, dass sie einen Bann über sie gelegt hatte, der erst wieder verschwinden würde, wenn die Königin fort war. Als Celesta den Kopf hob, verstummte jedes Geräusch. Sie hatte ihr pechschwarzes Haar zu einer schlichten Frisur hochgesteckt, die die Ebenmäßigkeit ihres Gesichtes betonte. Ihre Augenbrauen bildeten zwei perfekt geschwungene Bögen über schneeweißen Augäpfeln. Gleichmäßige schwarze Kreise umrandeten ihre unteren Lider. Ebensolche Kreise waren in einer geraden Linie von der Unterlippe zu ihrem Kinn tätowiert. Ein weißes, schimmerndes Kleid aus funkelnder Seide umschmeichelte ihre makellose Figur. Langsam schaute sie sich mit ihren seltsamen Augen um, und obwohl sie weder Iriden noch Pupillen besaß, wusste ich doch, dass ihr nichts entging.

Melinda setzte sich mit gemessenen Schritten in Bewegung, um Celesta zu begrüßen, die an der Stelle stehen blieb, an der sie gelandet war. Keiner der Hexer rührte sich, während die Direktorin an ihnen vorbeiging. »Meine Königin.« Sie beugte ein Knie vor ihr und neigte ehrerbietig den Kopf.

»Schwester.« Nach einer gefühlten Ewigkeit ließ Celesta sich herab, den Gruß zu erwidern und legte Melinda zwei Finger an die Stirn. »Es ist schön, wieder zu Hause zu sein.« Aus ihrem Mund klang es, als wäre sie eine Woche fortgewesen und nicht vierundzwanzig Jahre. Nach Caraiman hatte sie sogar vierzig Jahre lang keinen Fuß gesetzt. Ich glaubte keine Sekunde, dass sie Heimweh gehabt hatte.

»Wir sind erfreut, dass du endlich den Weg zurückgefunden hast.« Melinda stand auf und lächelte ihre Schwester an, die mit ihren weißen Augen deren Lüge mühelos durchschaute.

»Du hast gut auf mein Schloss aufgepasst«, sagte Celesta, »und ich sehe, sogar der Sohn meines hochgeschätzten Freundes, des Palatin, ist bei uns zu Gast.«

Sie hatte bisher nicht ein einziges Mal zu Nikolai geschaut. Hochaufgerichtet und stoisch stand er einen Schritt vor seinen Schutzbefohlenen und würde jeden töten, der ihnen zu nahe kam. Auch wenn es ihn selbst das Leben kostete.

»Ich habe eine traurige Nachricht für dich«, sagte Melinda. »Nikita ist verstorben. Nikolai ist der neue Magnat seiner Familie.«

Celesta hakte sich bei Melinda unter, sodass dieser nichts anderes übrig blieb, als mit ihr zu Nikolai zu schlendern. Es wirkte, als machten die beiden einen Nachmittagsspaziergang, aber ich zweifelte nicht daran, dass Celesta sich der Angst und des Schreckens, den ihre Anwesenheit verbreitete, durchaus bewusst war und es genoss. Einen Schritt vor Nikolai blieben sie stehen.

»Wie ich sehe, ist es dir gut ergangen, Nikolai Lazar.« Ihre leise Stimme hatte einen heiseren Klang angenommen. »Du hast den Platz deines Vaters eingenommen. Aber weshalb bist du noch nicht der neue Palatin?« Sie hatte längst gewusst, dass Nikita tot war und dass die Magnati bisher keinen neuen Palatin gewählt hatten.

»Wir konnten uns noch nicht entscheiden, wer von uns der geeignetste Kandidat ist«, erklärte er ruhig.

Celesta überbrückte die letzte Distanz und legte ihm eine Hand auf den Arm. Bei jedem anderen hätte die Geste tröstend gewirkt. Aber Celesta machte einen Besitzanspruch geltend. Übelkeit stieg in mir auf. »Vielleicht kann ich euch bei der Entscheidung helfen. Ich werde die Magnati in meine Onyxfestung einladen. Wirst du kommen, damit wir den Vertrag, den wir vor vierzig Jahren geschlossen haben, erneuern können?« Sie blickte zu ihm auf. Ihr Alter war ihr nicht anzusehen, und sie war unbestreitbar wunderschön. »Wir werden die Freundschaft unserer Völker stärken, auf dass der Frieden ewig hält. So wie Estera es sich gewünscht hat. So wie es Nikitas Traum war.« Ihre Stimme war zu einem Locken geworden. Jeder auf diesem Hof hing an ihren Lippen, und immer noch berührte sie Nikolai. In meinem Kopf pochte der Schmerz, und ich ballte die Hände zu Fäusten. Die Königin war dabei, einen Bann über uns alle zu legen. Spürten sie das nicht? Ich wollte zu ihr rennen und sie von ihm wegzerren. Ungewohnter Hass wirbelte durch mich hindurch, und der Wunsch, sie hier und jetzt zu erwürgen, nahm mir den Atem. Ich holte vorsichtig Luft und wischte mir die schweißfeuchten Hände an meinem Umhang ab.

Nikolai warf mir einen warnenden Blick zu. »Wir werden deiner Einladung gern Folge leisten«, erwiderte er. »Unsere Völker haben diesen Frieden verdient.«

»Oh, das haben sie gewiss.« Celesta trat von ihm zurück, drehte sich um und richtete ihre durchdringende Aufmerksamkeit direkt auf mich. Sein Blick war ihr nicht entgangen. »Radu hat ebenfalls seine Schäfchen geschickt, wie ich sehe«, säuselte sie, wobei ihr Lächeln zu einer Grimasse des Grauens wurde. Ein eisiger Schauer lief mir über den Rücken, als ihre Füße sich nur Millimeter vom Boden lösten, sie zu schweben begann und dann direkt vor mir landete. In meinem Kopf schrillte nicht mehr nur der Schmerz, sondern nun kamen auch noch sämtliche Alarmglocken hinzu. Ich blinzelte, als Celesta sich versteifte. Denn die Glocken läuteten nicht in meinem Kopf. Es war die Glocke von Caraiman, deren dumpfer Gong über das Schloss schwebte. Unbändige Wut glomm in Celestas Gesichtszügen auf.

»Königin«, murmelte ich und neigte den Kopf, weil ich nicht wusste, wie man sie richtig begrüßte. Die Beine gaben unter mir nach, als sie ihre Magie benutzte, um mich auf die Knie zu zwingen. Hämisches Kichern ertönte. Es verstummte abrupt, als Adrians Körper von einer unsichtbaren Hand zu Boden geworfen wurde. Sein Gesicht wurde in den Sand gedrückt, sodass er hilflos in dem unerbittlichen Griff der Magie zappelte. Erschrocken sah ich zu Celesta auf, auf deren Lippen ein furchterregendes Lächeln lag. Sie beachtete Adrian gar nicht, sondern schaute auf mich hinab. Aus irgendeinem Grund hatte sie entschieden, ihre Wut an ihm auszulassen und nicht an mir.

»Wie lange gehörst du schon zum Coven Patel, mein Kind?«, fragte sie mit lieblicher Stimme. »Welche Gaben besitzt du?«

Adrian röchelte nur noch und ich versuchte, nicht in Panik zu geraten. »Meine Magie ist schwach, aber ich verfüge über die Gabe der Imagination.« Etwas, das ich nicht hatte verraten sollen. Aber das hier war die Königin.

Celesta legte mir einen Finger unter das Kinn. Er war eiskalt. »Das ist so eine wichtige Gabe. Nutze sie klug.«

Jemand bewegte sich. Ich riss den Kopf herum. Jaron hatte Adrian am Kragen gepackt und hochgerissen. Der Hexer schnappte nach Luft und schlug um sich. Jaron ließ ihn wieder fallen, als klar war, dass er Luft bekam, und trat zurück in die Reihe. Adrian krümmte sich, hustete und sprang dann auf. Angsterfüllt blickte er in die Runde, seine Hose war nass. Er machte einen Schritt vorwärts. Die Königin hob die Hand und er erstarrte mitten in der Bewegung.

»Jaron«, sagte sie vorwurfsvoll. »Musst du mir immer jeden Spaß verderben?« Kopfschüttelnd sah sie auf mich hinab. »Er hasst es, wenn ich ein Exempel statuieren muss. Schon als kleines Kind war er ein Spielverderber. Komm zu mir.« Ihre Stimme peitschte über den Hof, und gleichzeitig wedelte sie elegant mit ihrer Hand in seine Richtung.

Jaron überbrückte die Distanz zwischen ihnen genauso elegant schwebend und gelassen wie die Königin. Es war ihm nicht anzumerken, ob er Furcht vor ihr hatte oder nicht. Wenn sie ihn als Kind gekannt hatte, musste er älter sein, als ich es bisher angenommen hatte. Vielleicht sieben- oder achtundzwanzig. War sie für die Narben in seinem Gesicht verantwortlich? »Meine Königin«, er neigte den Kopf vor ihr, kniete aber nicht nieder.

Celesta legte die Hand an seine Wange. »Du hast immer noch ein zu weiches Herz, mein Junge. Aber es ist schön, dich wohlauf zu sehen. Deine Mutter hat mir erzählt, ihr hättet euch gestritten.« Missbilligend schüttelte sie den Kopf. »Ein Sohn sollte seiner Mutter immer treu ergeben sein.«

»Ich werde mich bemühen, ihr zukünftig besser zu gehorchen«, erwiderte er emotionslos. »Wenn du es befiehlst.«

Sie lachte hell auf. »Treue kann man nicht befehlen.« Ihr Tonfall wurde lauernd. »Genauso wenig wie die Liebe.« Sie blickte wieder zu mir hinab. Immer noch dröhnte der Klang der Glocke über uns hinweg. »Begleite mich und Melinda in ihre Gemächer. Es gibt viel zu besprechen«, forderte sie Jaron auf.

»Wie du wünschst.«

Celesta bedachte ihn mit einem abwägenden Lächeln, hakte sich bei ihm unter und setzte sich in Bewegung, ohne noch jemand anderen eines Blickes zu würdigen.

Erst als die Königin mit Jaron und Melinda im Schloss verschwunden war und die dreizehn Krieger ihnen gefolgt waren, rührten wir uns. Im Bruchteil einer Sekunde stand Nikolai vor mir und reichte mir seine Hand, um mir beim Aufstehen zu helfen. »Geht es dir gut?«

»Ja.« Hastig entzog ich ihm meine Hand und verschränkte die Finger ineinander, damit er das Zittern nicht bemerkte. Er tat es trotzdem und zog meinen Umhang fester um mich. »Du frierst. Gehen wir hinein.«

»Hör auf damit«, zischte ich. Seine aufgesetzte Besorgnis konnte er sich sparen.

Er trat zur Seite und ich eilte zum Eingang, wo Alexej, Kayla und Celia auf uns warteten. Lupa, Magnus und Kyrill gingen dicht hinter uns. Die Glocke von Caraiman war verstummt, aber nun grölten und kreischten hinter uns Hexer und Hexen und beglückwünschten Adrian, die Aufmerksamkeit der Königin auf sich gezogen zu haben. Als hätte sie ihn nicht beinahe umgebracht, sondern ausgezeichnet.

»Hirnlose Idioten, allesamt«, murmelte Lupa, und ich konnte ihr nur zustimmen.

»Lazar«, brüllte Adrian uns hinterher. »Wirst du der Königin das Bett wärmen, um dein Volk vor ihrem Zorn zu beschützen? Wirst du ihre Hure spielen wie dein Vater?«

»Ich kümmere mich darum«, sagten Alexej und Lupa gleichzeitig, was meiner Schwester eine hochgezogene Augenbraue von Kayla einbrachte.

»Muss mich ein bisschen abreagieren«, erklärte Lupa mürrisch und vermutlich wütend, weil sie keine Gelegenheit gehabt hatte, der Königin eins auszuwischen.

»Na dann.« Alexej schlug ihr auf den Rücken. »Zeig mal, was du drauf hast kleine Wicca.«

»Pass auf, was du sagst, Blutsauger«, erwiderte sie und klang fast fröhlich in Erwartung des Kampfes. Ich sollte sie abhalten, aber meine Schwester war erwachsen und wusste, was sie tat. Ich drehte mich noch einmal um, bevor wir ins Schloss traten, und eine Sandhose raste auf Adrian zu.

16. KAPITEL
SCHLOSS CARAIMAN IN ARDEAL

Wortlos folgten wir Nikolai in sein Zimmer, das sich als viel größer und luxuriöser als unseres herausstellte. Einen Moment überlegte ich, mich zu entschuldigen und in mein Zimmer zu gehen, aber das wäre eine kindische Reaktion gewesen. Die Situation war zu ernst dafür.

Kayla ließ sich schnaufend in einen Sessel fallen. »Sie ist immer noch genauso eine Schlange wie früher. Große Göttin, vergib mir, aber ich hasse sie.« Die Augen der Strigoi glänzten verdächtig. Sie stand auf und stellte sich mit verschränkten Armen vor das Fenster. Magnus ging zu ihr und legte tröstend einen Arm um sie.

Celias Gesichtsfarbe hatte von weiß zu grau gewechselt, und Nikolai nötigte sie, sich auf sein Bett zu legen. Er deckte sie zu und strich ihr übers Haar. »Ich sollte dich nach Hause bringen«, murmelte er leise, aber ich hörte es trotzdem. »Wir sollten alle gehen.«

»Dann hätte sie eine Schlacht gewonnen, ohne uns überhaupt den Krieg erklärt zu haben«, sagte ich leise. »Meinst du nicht, sie ist nur gekommen, um genau das zu erreichen? Um uns Angst zu machen? Dass wir hier zusammenarbeiten, -leben und voneinander lernen, muss ihr ein Dorn im Auge sein.«

Er knirschte mit den Zähnen. »Natürlich ist es das.«

»Wird sie Jaron etwas antun?«, fragte ich.

»Ich glaube nicht. Mit ihm verfolgt sie einen ganz eigenen Plan. Dass sie ihn so offensichtlich vorzieht, soll unser Misstrauen schüren. Sie weiß genau, dass er mit ihrer Politik nicht einverstanden ist.«

»Weshalb tötet sie ihn dann nicht einfach?«, fragte ich und war schockiert, wie selbstverständlich mir diese Frage über die Lippen kam.

»Weil sie gern eine Weile spielt«, erklärte Kayla vom Fenster aus. »Er ist ihre Maus und sie die Katze. Jaron weiß um seine Rolle. Er wäre seinem Volk ein guter König. Väterlicherseits stammt er direkt von Estera ab. Sie hatte mit Nexor mehrere Kinder. Wenn man der Chronik glaubt, dann kamen die meisten leider nur nicht nach ihrer Mutter.«

»Wir sollten Radu informieren, dass sie hergekommen ist«, sagte ich. »Er muss es wissen.« Trotz allem war er immer noch der Hohepriester.

»Ich denke, er weiß es längst.«, sagte Nikolai. Die Anspannung war nicht von ihm abgefallen.

»Hol die Kohle«, kam es von Magnus. »Und die Kräuter. Wir sollten gemeinsam mit ihm sprechen.«

»Bist du dir sicher?«, fragte Kayla und lächelte ihn an. »Es wird ihm nicht gefallen.«

Magnus zog sie näher zu sich heran. »Wir werden nicht zulassen, dass Celesta einen Keil zwischen uns treibt, das wird Radu akzeptieren müssen. Ein Bündnis mit ihr kommt nicht infrage.«

»Ich begleite dich«, sagte Nikolai zu mir.

»Mein Zimmer liegt nur auf der anderen Seite des Ganges. Das schaffe ich allein.«

»Ich begleite dich trotzdem.« Er versenkte die Hände in den Hosentaschen.

Ich zuckte mit den Schultern. »Wenn du darauf bestehst.«

Wir durchquerten den verlassenen Gang, und ich fragte mich, ob die anderen Teilnehmer sich in ihren Zimmern versteckt hatten oder irgendwo zusammensaßen. Die Temperatur im Schloss war gefallen und das ganze Gemäuer schien die Luft anzuhalten. Wir sprachen kein Wort miteinander, was sich falsch anfühlte. Aber nach seiner Eröffnung vorhin wusste ich auch nicht, was ich sagen sollte. Ich hatte ihn angelogen, er hatte mir misstraut – die ganze Situation war furchtbar verfahren.

Wir betraten mein Zimmer, und ich entdeckte Ancuta sofort. Sie kauerte neben meinem Bett, hatte die Knie an die Brust gezogen, das Gesicht darin verborgen und zitterte wie Espenlaub. Ich wechselte einen Blick mit Nikolai und bedeutete ihm, an der Tür stehen zu bleiben. Dann näherte ich mich vorsichtig der jungen Frau und kniete in gebührendem Abstand vor ihr nieder. Dieses Mal war sie keine Erinnerung, sondern ihr Geist, und ich hatte keine Angst mehr vor ihr. Nicht mehr, nun da ich ihrer Mutter in die Augen geschaut hatte. »Ancuta«, fragte ich vorsichtig. »Was tust du hier?«

Sie hob den Kopf. Ihr Gesicht war tränenüberströmt. Sie sah ihrer Mutter kein bisschen ähnlich, denn ihre Züge waren weich, dort wo Celestas hart und gnadenlos waren. Die Königin mochte schön sein, aber Ancutas Sanftheit war hundertmal anziehender. Ich fragte mich, wer ihr Vater gewesen war.

Ein Hexer, der Celesta geliebt, bewundert oder gefürchtet hatte? Stimmte es, dass Nikolais Vater mit der Königin … Ich schüttelte den Gedanken ab. Wenn es so war, dann musste sie ihn gezwungen haben.

Ancuta starrte über meine Schulter zu Nikolai. »Ein dunkler Prinz«, flüsterte sie und presste sich an das Holz des Bettes. »Du darfst nicht hier sein.« Ihre Augen weiteten sich vor Furcht. »Er wird dir wehtun«, wandte sie sich an mich.

»Das wird er nicht«, sagte ich beruhigend. »Er ist ein Freund.«

Mitleidig sah sie mich an. »Er wird dich betrügen und verraten. Das tun sie immer.« Sie schluchzte und verbarg ihr Gesicht in den Händen. »Er hätte mich fortbringen sollen. Er hatte es versprochen.« Sie streckte die Beine etwas aus und legte ihre schmale Hand auf den flachen Bauch. Heute trug sie wieder das blutbesudelte Nachthemd. »Sie hat ihn mir fortgenommen. Meinen Sohn.«

»Ich weiß«, sagte ich besänftigend, »und es tut mir unendlich leid. Sie wird ihre Strafe bekommen.«

Traurig schüttelte Ancuta den Kopf, ehe sie wieder zu zittern begann. »Sie ist hier, oder? Ich spüre sie. Hat sie ihn zurückgebracht? Wenn ich ihn nur noch ein einziges Mal sehen könnte. Sein Haar war so weich, und er war wunderschön.« Eine silberne Träne lief ihr über die Wange. »So klein. Ich wollte ihn halten und beschützen, doch sie hat ihn mir weggenommen.«

»Wir werden ihn für dich suchen«, versprach ich eindringlicher. »Wirst du uns helfen, Celesta zu besiegen?«

Ancutas grüne Augen richteten sich fest auf mich. »Ich will nur mein Kind zurück.«

Sie tat mir so unendlich leid. Selbst wenn wir herausfanden, was aus dem Kind geworden war, so war er nun ein

Mann und mittlerweile doppelt so alt, wie seine Mutter überhaupt geworden war. Wusste Ancuta, wie viel Zeit seit seiner Geburt vergangen war? Vermutlich nicht. »Du hast mir von einem Gang erzählt«, sagte ich sanft. »Durch den du Caraiman verlassen wolltest. Einen Fluchtweg. Kannst du mir zeigen, wo er ist?«

Einen Moment lang befürchtete ich, dass sie nicht wusste, wovon ich sprach. Dann nickte sie jedoch. »Ich zeige ihn dir.« Sie strahlte nun, und ihre Stimme klang aufgeregt. »Ich habe ihn auch schon dem anderen Mädchen gezeigt.«

Mein Herz setzte für einen Schlag aus.

»Sie mochte auch einen dunklen Prinzen. Ich habe sie vor ihm gewarnt, aber sie wollte nicht hören.«

Ich schloss die Augen, und das Zimmer schien zu schrumpfen. »Hat er ihr etwas angetan?«, fragte ich tonlos, mir Nikolais Anwesenheit überdeutlich bewusst. Seine Präsenz füllte den ganzen Raum.

Es dauerte lange, bis Ancuta den Kopf schüttelte und mir ein Stein vom Herzen fiel. »Er nicht. Nein. Er nicht.«

»Aber jemand anderes. Weißt du, wer es war?«, fragte ich eindringlicher. »Wer hat ihr wehgetan?«

»Ich darf es nicht sagen«, wimmerte sie. »Ich weiß es nicht.« Und dann löste sie sich auf. Ihr geisterhafter Körper wurde zu Rauch. Ich verlor das Gleichgewicht und fiel nach hinten.

Die Stille hing zwischen Nikolai und mir wie ein giftiger Vorhang.

»Für einen Moment hattest du Angst vor mir.« In seiner Stimme lag keine Anklage. Es war nur eine Feststellung. Er kam zu mir, als ich mich aufrappelte, berührte mich aber nicht.

Ich konnte es weder leugnen noch irgendwelche Ausflüchte machen, denn er hatte es gespürt. »Ich habe sie erschreckt«, sagte ich deswegen nur. »Glaubst du, sie kommt zurück und zeigt uns den Gang?« Ich ging um ihn herum und nahm die Utensilien, die ich brauchte, um Radu zu rufen, von meinem Schreibtisch. Nikolai schwieg, bis ich den Mut aufbrachte, ihn anzusehen.

Er beantwortete nicht meine Frage. Trostlosigkeit stand in seinen Augen. »Ich verstehe es. Und es ist klug von dir. Du denkst, ich hätte dich benutzt, aber das war nie meine Absicht.«

Ich hätte ihm gern geglaubt, aber ich konnte nicht. Er war mir zu nichts verpflichtet und hatte nur das eine Ziel, sein Volk zu schützen. Ancuta war von dem Mann verraten worden, dessen Kind sie unter dem Herzen getragen hatte. Wann hatte sie es begriffen? Als er nicht kam? Oder hatte Celesta es ihr unter die Nase gerieben. »Es tut mir leid.« Eine sehr unzureichende Entschuldigung. Ich wollte etwas hinzufügen, wollte es ihm erklären. Aber dafür müsste ich ihm alles sagen, und nach dem, was er mir vorhin eröffnet hatte, konnte ich das nicht mehr.

Nach einer Weile nickte er. »Lass uns Radu über das Treffen informieren.« Er öffnete die Tür und ich ging an ihm vorbei, ohne ihn noch einmal anzuschauen. Ich kämpfte gegen das bedrückende Gefühl in meinem Herzen an. Das hier war falsch. Aber ich wusste keinen Ausweg.

Zurück in seinem Gemach stellte ich die flache Marmorschale auf den Tisch, zeichnete mit Kreide einen dreifachen Kreis darum und zündete ein Kohlestück an. Niemand von uns sagte etwas, während wir darauf warteten, dass sie weiß zu glühen begann. Nur Celias gleichmäßige Atemzüge durchbrachen die Stille. Als die Kohle beinahe zerfiel, legte ich einen Zweig Eisenkraut darauf. Magnus trat hinter mich, und ich war froh über seine Unterstützung. Kurz darauf wurde das Gesicht des Hohepriesters in dem aufsteigenden Rauch sichtbar.

»Valea«, begrüßte er mich und drehte den Kopf zum Fenster, wo Nikolai und Kayla standen. »Weshalb möchtest du mich sprechen?«, fragte er in eisigem Tonfall und ignorierte auch Magnus. Seine Wangen waren noch eingefallener als bei meiner Rückkehr. Er sah krank aus, und für einen Moment wünschte ich, ich wäre in Rasca geblieben. »Celesta hat Caraiman heute besucht«, sagte ich mit fester Stimme. »Wir dachten, das solltest du wissen.«

»Ich weiß es längst«, erwiderte er kalt. »Sie hat mich darüber informiert. Hast du deine Aufgabe erfüllt?«

»Ich arbeite noch daran. Ich brauche mehr Zeit.«

»Mehr Zeit hast du nicht. Ich erwarte, dass du ausführst, wofür ich dich nach Caraiman geschickt habe. Sobald du herausgefunden hast, wer das Sophia angetan hat, wirst du mich informieren. Ich kümmere mich dann um den Rest.«

Er sprach vor Nikolai und Kayla ganz offen über Sophias Tod. Wusste er bereits, dass ich Nikolai erzählt hatte, was ihr zugestoßen war?

»Du hast meine Anweisungen nicht befolgt, Mädchen«, sagte er nun, und ich hörte den mühsam unterdrückten Ärger in seiner Stimme. »Du bist jetzt Mitglied meines Coven, und ich dulde dergleichen nicht. Sei dankbar, dass ich Magnus nicht sofort befehle, dich zurückzubringen.«

Ich presste die Zähne zusammen und nickte knapp. »Weißt du, was aus Celestas Enkelsohn geworden ist? Er soll über unvorstellbar viel Magie verfügen.«

Es konnte Einbildung sein, aber unter der grauen Gesichtsfarbe wurde mein Großvater bei der Erwähnung des Kindes blass. »Er starb«, behauptete er dann. »Bereits kurz nach seiner Geburt. Celesta brauchte keinen Erben, nachdem sie die Strigoi mit diesem Fluch belegt hatte. Er war nur eine Gefahr für sie. Deswegen brachte sie ihn in die Onyxfestung, wo sie ihn kurz darauf tötete.«

Ich bemühte mich, mir mein Erschrecken nicht anmerken zu lassen, während er ohne jegliche Emotion über den Tod eines Kindes sprach. Wer hatte ihm das verraten? Einer seiner Spione in Celestas Festung? Nikolai hatte das nicht gewusst. Oder es mir verschwiegen.

»Dieses Kind«, Radu beugte sich nach vorn und seine Stimme wurde eindringlicher, »wäre eine Gefahr für ganz Ardeal gewesen. Seine Kräfte suchten ihresgleichen.«

»Woher weißt du das? Hast du es gesehen?«

Er schüttelte den Kopf. »Nein, aber ich war in Caraiman in der Nacht, in der es geboren wurde, und ich habe die Macht gespürt, die mit ihm in diese Welt kam.«

»Melinda hat uns eine Aufgabe gegeben«, wechselte ich das Thema, »wir sollen herausfinden, weshalb und wohin die Magie verschwindet. Hast du dazu eine Theorie?«

»Estera trägt die Schuld daran. Sie hat die Quellen versiegelt.« Hass sprach aus seiner Stimme. »Diese Hexe wusste genau, was sie tat.«

Die Tür wurde aufgerissen und Alexej und Lupa stürzten kichernd herein. Kyrill folgte ihnen etwas gemäßigter. Radus hasserfüllter Blick richtete sich auf meine Geschwister, ehe sein Gesicht aus dem Rauch verschwand, als wäre er nie dagewesen.

»Dieser Blödmann wird eine Woche nicht sitzen können, Lupa hat ihm buchstäblich Feuer unterm Hintern gemacht«, berichtete Alexej lachend und bemerkte nicht, wie still Lupa und Kyrill geworden waren.

»Er hat gewusst, dass sie kommt, oder?«, fragte meine Schwester schneidend.

»Er weiß überhaupt ziemlich viel über die Dinge, die hier vor sich gehen.« Ich drehte mich zu Magnus um und sah ihn anklagend an.

»Natürlich«, erwiderte Lupa. »Irgendeine oder irgendein Wicca wird ihm täglich berichten, was wir treiben. So war es immer. Er hat seine Spione überall. Vermutlich auch an Celestas Hof.«

Vor dem Fenster erklang ein Brausen. »Sie verlassen Caraiman«, sagte Kayla tonlos.

»Geh vom Fenster weg«, verlangte Nikolai, als zwei Hexenkrieger auf ihren Besen davor auftauchten. Zwischen ihnen schwebte Celesta, die unsere kleine Gruppe mit einem grausamen Lächeln musterte und dann so schnell in den Himmel schoss, dass sie innerhalb von Sekunden nur noch ein winziger Punkt war.

Nikolai verschwand am Tag darauf, ohne sich zu verabschieden oder mir zu sagen, wohin er gehen würde. Nicht, dass er dazu verpflichtet gewesen wäre, aber es machte mich trotzdem traurig, denn so viel zwischen uns war unausgesprochen geblieben und ich wünschte, wir könnten noch einmal zurückkehren. Nur an welchen Punkt? Nach Aquincum? Oder zu der Nacht in der Bibliothek? Wäre er geblieben, hätten wir reden können, aber vielleicht war ihm das auch nicht so wichtig wie mir.

Celestas Besuch hing immer noch wie eine giftige Glocke über dem Schloss. Er musste darüber mit den anderen Magnati sprechen. Radu hatte viel zu feindselig gewirkt, als dass er sich darauf verlassen konnte, sie würden Bündnispartner bleiben. Unser kleiner Streit verblasste dagegen zu einer Nebensache.

In den folgenden Tagen durchstreifte ich das Schloss vergeblich auf der Suche nach Ancuta und klopfte an die Tür von Melindas Büro, die ich eher durch Zufall in einer völlig anderen Etage fand, die mich aber nicht einließ. Unter fadenscheinigen Gründen wurde mir das Betreten von Nexors Bibliothek verweigert, obwohl ich es endlich geschafft hatte, auf der Anmeldeliste nach oben zu rutschen. Seit Celestas Besuch herrschte eine deprimierende Atmosphäre im Schloss.

Etliche Wicca anderer Coven waren abgereist und auch einige Strigoi. Es war stiller geworden und bei den Abendessen waren nur noch die Hälfte der runden Tische besetzt. Melinda ließ sich auch dort nicht mehr blicken. Dafür waren neun neue Hexer gekommen, die allerdings nicht an Studien irgendwelcher Art interessiert waren, sondern das Schloss erkundeten. Sie waren immer in kleinen Dreiergruppen unterwegs, sprachen mit niemandem und saßen auch im Speisesaal separat von uns anderen. Ihre Gesichter waren unter den Kapuzen ihrer schwarzen Umhänge verborgen. Ich hoffte, sie waren nicht auf der Suche nach Ancuta.

»Du und Nikolai, habt ihr euch gestritten?«, fragte Jaron ein paar Tage später, als wir am Abend gemeinsam den Speisesaal verließen. Misstrauisch beäugte er Celestas Kundschafter, die im Gleichschritt an uns vorbeimarschierten.

Ich winkte Amelia zu, die mit einem Tablett, auf dem drei Tassen standen, an uns vorbei in Richtung der Treppe eilte. Ich sollte ihr folgen und sie bitten, mich mit zu Melinda zu nehmen. »Wie kommst du darauf?«, ließ ich mich ablenken.

Er zuckte mit den Schultern. »Nur so ein Gefühl. Er wirkte abwesend neulich Abend, und dann war er plötzlich verschwunden.«

»Wir haben uns nicht richtig gestritten. Aber … ich habe offensichtlich Schwierigkeiten, ihm zu vertrauen.«

»Das ist auch klug von dir.«

»Das hat er nicht verdient. Er hat mir nie etwas getan. Und trotzdem dachte ich für einen Moment …« Seufzend brach ich ab.

Jaron nahm mich sanft am Arm. »In den Wochen, Monaten und vielleicht Jahren, die vor uns liegen, wird es immer schwieriger werden, zu entscheiden, wem man vertrauen darf oder kann. Du solltest mir nicht vertrauen.«

»Weil Celesta dir so offensichtlich ihre Gunst geschenkt hat, obwohl du Adrian geholfen hast? Das war ein Test von ihr, den du nicht bestanden hast. Dass sie dich nicht bestraft hat, diente nur dazu, unser Misstrauen zu wecken. Denkst du, wir haben das nicht durchschaut?«

Er lächelte dankbar. Wir hatten den Treppenaufgang erreicht, der zur Bibliothek führte. »Begleitest du mich noch ein Stück?«

»Natürlich. Ich habe sowieso nichts Besseres vor. Weshalb hast du uns wirklich diese Geschichte von Ancuta und ihrem Sohn erzählt?«, fragte ich, nachdem wir ein Stück gegangen waren und ich mich versichert hatte, dass niemand uns belauschte.

»Weil ich auf der Suche nach Verbündeten bin und Nikolai der stärkste Verbündete ist, den ich mir vorstellen kann. Ich habe noch nie auch nur ein Gerücht gehört, dass er jemandem Unrecht getan hat.«

»Du willst also gegen deine Königin rebellieren, und das ausgerechnet mit der Unterstützung eines Strigoi?«

»Wenn es sein muss. Jemand muss sie aufhalten.«

»Nikolai wird von sich aus keinen Krieg beginnen.« Ich wusste nicht, weshalb ich mir da so sicher war.

»Außer wenn damit die Hoffnung besteht, dass er die Magie der Strigoi zurückbekommt. Celias Zeit wird knapp, und er hat nicht mehr viele Optionen.«

Da konnte ich ihm nicht widersprechen. »Dein eigenes Volk vertraut dir nicht, oder?«

»Nein. Das tun sie nicht. Die meisten haben zu viel Angst, und die anderen glauben, ich bin Celestas Spion. Meine Mutter hat ganze Arbeit geleistet und Celesta während ihrer Abwesenheit würdig vertreten.«

»Sie hat versucht, deinen Willen zu brechen?« Fernab meines Volkes aufzuwachsen, war schlimm gewesen, aber wie viel schlimmer musste es sein, einsam innerhalb des eigenen zu leben?

»Das hat sie. Immer und immer wieder.«

»Dann stammen die Narben von deiner Mutter?«, fragte ich vorsichtig.

Er nickte. »Sie wollte, dass ich ein braver Krieger der Königin werde, aber ich habe Gewalt schon als Kind verabscheut.«

»Wie alt warst du, als du die ersten bekommen hast?«

»Fünf. Kurz zuvor hatte sie meinen Vater getötet. Mit Celestas Billigung. Er war ein guter Mann. Ein guter Vater.«

Tröstend hakte ich mich bei ihm unter. »Du vermisst ihn.«

»Jeden einzelnen Tag. Er hat versucht, mich von der Königin und meiner Mutter fernzuhalten. Es ist ihm nicht so gut gelungen, wie er wollte. Manchmal denke ich, meine Mutter tötete ihn nur, um mir zu zeigen, wer die wirkliche Macht über mich hatte. Wäre ich nicht geboren worden, würde er noch leben.«

Stille breitete sich zwischen uns aus. Für meine Wut und mein Mitgefühl gab es keine Worte. Ich drückte seinen Arm. Nicht einmal im Ansatz konnte ich mir vorstellen, wie furchtbar seine Kindheit gewesen sein musste. Ich blinzelte die Tränen weg. »Es tut mir so leid.« Ein unzureichender Satz, aber für das, was ihm widerfahren war, gab es keinen angemessenen Trost.

»Das muss es nicht. Es hat mich nur stärker gemacht.« Er öffnete die Tür zur Orangerie. Ich hatte sie nie wiedergefunden, und nun schien es hier noch schöner zu sein als bei unserem ersten Besuch. Hinter den Bergen ging gerade die blutrote Sonne unter, und mein Herz zog sich beim Anblick der majestätischen Schönheit der schneebedeckten Gipfel zusammen. Wir schlenderten über die Wege, und ich war Jaron dankbar, dass er mich hergebracht hatte. Seit dem Zerwürfnis mit Nikolai war ich rastlos. Er hatte gesagt, er würde den letzten Teppich im Südflügel suchen, aber nun war er fort. Also musste ich das allein erledigen. Wenn Ancuta sich vor mir versteckte, dann war das die letzte Möglichkeit, die mir noch einfiel, um den Geheimgang zu finden. Die Vorstellung, allein in den gesperrten Südflügel zu gehen, behagte mir nicht sonderlich.

Heute standen bequeme Sofas auf der kleinen Lichtung am Bach. Magnus und Kayla lehnten in deren großen Kissen und fuhren auseinander, als wir zwischen zwei Bäumen hervortraten. Magnus strich Kayla das zerzauste Haar glatt, sie lächelte verlegen und zerknüllte den roten Schal in ihrem Schoß.

»Wollt ihr?«, fragte Magnus und deutete auf die Karaffe mit frischen Traubensaft. Die Karaffe goss bereits selbstständig zwei Gläser ein, die dann auf uns zugeschwebt kamen.

»Gern.« Jaron setzte sich auf eines der anderen Sofas, während ich auf einem Sessel Platz nahm. »Kommt Nikolai irgendwann zurück?«, fragte er Kayla.

»Ich erwarte ihn täglich. Er trifft die anderen Magnati und berichtet ihnen von Celestas Besuch. Gibt es etwas, das ich ihm ausrichten soll?« Mit ihr kommunizierte er offensichtlich. Sie nahm Magnus sein Glas aus der Hand und trank einen Schluck. »Was wolltest du so unbedingt mit uns besprechen, das nicht warten kann?«

Dieses Treffen war also gar nicht so zufällig, wie ich gedacht hatte.

»Ist Alexej bei Celia?«, fragte er.

Wenn sie überrascht über diese Frage war, ließ sie es sich nicht anmerken. »Und Arvid. Sie lassen sie nicht aus den Augen.«

»Gut, dann möchte ich Valea etwas fragen, und es wäre schön, wenn du mir die Wahrheit sagst.«

Ich schwieg abwartend.

»Der Geist, den Nikolai und du gesehen habt, das war Ancuta, oder?«

»Das war sie. Sie ist mir mehrfach begegnet. Beim letzten Mal hat sie sich in meinem Zimmer vor Celesta versteckt und mich vor einem dunklen Prinzen gewarnt. Ich sollte ihm nicht vertrauen.«

»Deswegen war Nikolai in der Nacht so verschnupft. Ancuta hat dir Angst gemacht«, sagte Kayla.

»Für mich klang es so, als wäre sie an einen dunklen Prinzen geraten, der sie verraten und im Stich gelassen hat«, verteidigte ich mich. »Aber ja«, gab ich dann zu, »für eine Sekunde habe ich mich gefürchtet.« Doch das war nicht der Hauptgrund für unsere Auseinandersetzung.

»Gut«, unterbrach Jaron meine Entschuldigung. »Danke für dein Vertrauen.«

»Wozu ist diese Information hilfreich?«, fragte Kayla. »Die Frau ist ein Geist.«

»Wir sind der Lösung unseres Problems nicht nähergekommen, und ich glaube auch nicht, dass wir auf eine Lösung stoßen werden. Nicht in Caraiman. Weder in Esteras noch in Nexors Bibliothek gibt es auch nur den kleinsten Hinweis zum Verschwinden der Magie«, sagte Jaron nachdenklich, ohne ihre Frage zu beantworten.

»Woher weißt du das?«, fragte ich verwundert. Weshalb hatte er uns das nicht längst gesagt?

»Weil«, sagte er, »Celesta alles vernichten ließ, was dazu hätte führen können, dass jemand in den zusätzlichen Besitz von Magie kommt. Nichts fürchtet sie mehr als jemanden, der mehr Magie besitzt als sie. Sie sandte eine ganze Gruppe ihr treu ergebener Hexer und Hexen nach Caraiman.«

»Warst du dabei?«, fragte ich verwirrt.

»Nein. Ich war viel zu jung, aber ich habe gehört, wie meine Mutter und sie darüber diskutiert haben. Damals verstand ich es nicht. Ich war sehr krank und lag im Fieber.«

»Hast du das Fieber bekommen, nachdem deine Mutter dir die Fluchnarben zugefügt hat?« In Kaylas Worten lag kein Mitleid, dafür aber sehr viel Mitgefühl.

»Ja. Ich wäre in dieser Nacht fast gestorben. Das hielt meine Mutter jedoch nicht davon ab, mich immer und immer wieder damit zu bestrafen. Es hörte erst auf, als meine Magie die ihre übertraf.« Er lächelte, aber dieses Lächeln erreichte seine Augen nicht. »An diesem Tag verließ ich die Onyxfestung und schwor mir, sie nie wieder zu betreten.«

»Dann verstehe ich nicht, weshalb Melinda uns diese Aufgabe überhaupt gegeben hat«, brach Magnus das darauffolgende Schweigen. »Sie muss es wissen. Weshalb lässt sie uns hier nach einer Lösung suchen, wenn wir gar keine finden können?«

Jaron zuckte mit den Schultern. »Ich denke, es hat etwas mit Ancuta zu tun.«

Kayla beugte sich etwas nach vorn. »Dann erleuchte uns mal.«

»Melinda hat meine Mutter gebeten, mich herzuschicken. Ich habe drei Jahre nichts von ihr gehört, und dann kam ihr Befehl wie aus dem Nichts«, sagte Jaron. »Seitdem ich die

Onyxfestung verlassen habe, lebe ich auf dem alten Anwesen meiner Großeltern in der Nähe von Itirie. Sie waren Celesta ebenfalls treu ergeben. Das Haus mag mich nicht sonderlich, aber wenigstens muss ich dort nicht nach der Pfeife meiner Mutter tanzen.«

»Hast du nicht darüber nachgedacht, diesen Befehl abzulehnen?«, fragte Magnus.

»Natürlich. Aber ich wusste, dass weder meine Mutter noch Melinda irgendetwas ohne Grund tun, und ich wollte herausfinden, was die beiden aushecken. Es gab bereits Gerüchte, dass Celesta zurückgekehrt sei, und ich konnte nicht tatenlos in dem Haus sitzen und abwarten, was passiert.«

»Wenn ich das richtig verstehe, dann glaubst du, Melinda hätte dieses Jahr das ganze Spektakel nur veranstaltet, weil sie hoffte, du würdest Nikolai von Ancuta und diesem Erben erzählen?«, fragte Kayla ungläubig. »Sie hätte alle weiter an der Chronik schreiben lassen können.«

Resignierend hob Jaron die Hände. »Vielleicht ist das auch alles Unsinn. Ich weiß es nicht. Ich habe versucht, mit Melinda zu reden, aber sie gibt ihre Deckung nicht auf.«

»Weil sie eine sehr kluge Frau ist«, murmelte Kayla. »Du solltest wirklich vorsichtiger sein.«

»Ich war jahrelang vorsichtig«, entgegnete er ruhig.

Insgeheim gab ich Kayla recht. Wir hatten alle unsere Geheimnisse und hüteten sie wie eine Elster ihre gestohlenen Schätze. Nur er nicht, und das machte mir Sorgen. »Radu hat behauptet, das Kind wäre tot. Angeblich hat Celesta ihren Enkel ermordet, weil sie Angst hatte, er würde ihr als erwachsener Mann den Thron streitig machen.«

»Der Hohepriester lügt. Ich habe diesen Enkel nie zu Gesicht bekommen, aber er wurde in einem der Türme der Onyxfestung großgezogen.«

»Celesta hat ihn auch eingesperrt?«, fragte ich.

Jaron zuckte nur mit den Schultern. »Irgendwie waren wir das alle damals. Diese schwarzen glänzenden Mauern«, sagte er mehr zu sich selbst, »werde ich nie vergessen.«

»Weißt du, wie er heißt?«, fragte ich leise, als er das Gesicht in den Händen vergrub.

»Nein. Niemand wagte, laut über ihn zu reden. Es gibt da noch etwas, das ihr über Ancuta wissen solltet«, erklärte er dann mit angespannten Schultern. »Etwas Wichtiges.«

Kayla setzte sich aufrechter hin, und mir wurde flau im Magen.

»Ihre Magie war nicht so schwach, wie Celesta gern behauptet hat«, sagte er. »Ich glaube, sie hasste ihre eigene Tochter unter anderem deshalb, weil deren Magie so stark war. Deswegen sperrte sie sie in Caraiman ein. Sie versuchte, ihre Magie zu unterdrücken. In der Geschichte unserer Königsfamilie wäre es nicht das erste Mal gewesen, dass eine Tochter ihre Mutter tötet, um selbst Königin zu werden.«

»Ich hasse sie für das, was sie uns angetan hat«, stieß Kayla hervor, »aber das Kind wegzusperren und zu töten, das man selbst geboren hat …« Sie verstummte abrupt und Magnus strich ihr über den Rücken.

»Ich hatte eine kleine Tochter«, erklärte sie flüsternd, und Tränen traten in ihre Augen. »Als ich noch ein Mensch war. Sie ist jetzt schon so lange tot und ich vermisse sie immer noch. Sie nahmen sie mir fort und opferten mich den Strigoi. Sie sagten mir, besser könnte ich mein Kind nicht beschützen, doch sie ließen mir auch keine Wahl. Ohne Nikolai hätte ich die ersten Jahre nicht überlebt. Ich wollte so gern zu ihr zurück, aber ich durfte nicht, und sie hätte sich vor mir gefürchtet.« Sie lehnte den Kopf an Magnus Schultern und zupfte verlegen an seinem Schal. »Entschuldige«, schluchzte sie mit einem kläglichen Lachen. »Ich dachte, ich wäre darüber hinweg.«

Er küsste sie auf die Stirn. »Über so einen Verlust kommt man nie hinweg.«

»Aber Ancuta fand einen Weg, sich gegen ihre Mutter zur Wehr zu setzen«, sagte ich, und Kayla lächelte dankbar. »Ihre Seele ging nicht ins Sommerland, wo sie Frieden gefunden hätte. Sie blieb hier.« Ich war stolz auf die junge Frau, die so mutig gewesen war und Celesta selbst im Tod die Stirn geboten hatte. »Deswegen kann sie sich so deutlich materialisieren und sogar sprechen. Ein Geist zehrt von der Magie seines ehemaligen Körpers.«

»Vielleicht lasst ihr zwei Jaron erst mal erzählen, was er auf dem Herzen hat«, bat Magnus.

»Sie hätte ihrer Mutter Warzen, Furunkel oder Schlimmeres anhexen sollen, solange sie die Gelegenheit dazu hatte.« Mit einem strengen Blick brachte Magnus Kayla zum Schweigen. Sie lächelte ihn an, und ein weicher Ausdruck trat in seine Augen.

»Sie tat etwas viel Schlimmeres«, Jaron senkte die Stimme, als hätte er Angst, die Pflanzen und Schmetterlinge würden uns belauschen, »denn der Mann, den Ancuta wählte und der ihr das Kind schenkte, dessen Magie die der Königin übertraf, war ein Wicca«, ließ er die Bombe platzen. Stille trat ein.

Ungläubig starrte Kayla ihn an, fand dann aber als Erste ihre Stimme wieder. »Eine ihrer ersten Amtshandlungen, als sie Königin wurde, war es gewesen, Hexen und Hexern zu verbieten, Kinder mit Mitgliedern anderer Völker zu zeugen. Celesta muss vor Wut getobt haben.«

Jaron nickte. »Das hat sie vermutlich auch. Sie erfuhr erst unmittelbar vor Ancutas Niederkunft von der Schwangerschaft. Sie hatte Ancuta in Caraiman eingesperrt und war in den Krieg gezogen. Zurück kam sie erst wenige Tage vor der Unterzeichnung des zweiten Paktes, und da fand sie ihre Tochter hochschwanger vor.«

»Der dunkle Prinz«, sagte ich. »So hat sie ihn genannt. Ich dachte, sie meinte einen Strigoi. Sie wollte mit ihm fliehen, aber irgendwas ist passiert. Entweder hat er sie aus Furcht vor der Königin verlassen oder Celesta hat ihn getötet. Ancuta muss völlig verzweifelt gewesen sein, als ihr klar wurde, dass sie das Kind in Caraiman zur Welt bringen musste. Allein mit einer Mutter, die sie hasste und die sie hintergangen hatte.« Ich rieb mir über die Arme. »Weißt du, wer es war? Kennst du seinen Namen oder weißt du, aus welchem Coven er stammte?« Wenn dieser Mann noch lebte, würde ich dafür sorgen, dass er bestraft wurde. Er hatte eine schutzlose Frau und sein eigenes Kind im Stich gelassen.

Jaron schüttelte den Kopf. »Celesta hat es geheim gehalten und ehrlich gesagt würde es mich nicht wundern, wenn sie ihn getötet hat.«

Ich versuchte zu verarbeiten, was er gerade erzählt hatte. »Der Vater hätte nach dem Tod der Mutter ein Anrecht auf das Kind gehabt. Sein Coven hätte es großgezogen.«

Jaron nickte. »Das Enkelkind der Hexenkönigin wäre ein Wicca geworden, und eines Tages hätte seine Magie ihr Untergang sein können. Deswegen brachte sie ihn fort, damit niemand je herausfand, dass er kein reinblütiger Hexer war.«

»Denn in den Händen des Hohepriesters wäre dieses Kind eine Waffe geworden, die dieser gegen sie eingesetzt hätte.« Nikolai trat zwischen den Bäumen hervor.

Mein Herzschlag beschleunigte sich. Er betrachtete mich für einen Wimpernschlag so aufmerksam, als wollte er sichergehen, dass es mir gut ging. Sein Blick blieb an meinen Lippen hängen. Dann atmete er tief ein, und sein Mund verzog sich zu einem Lächeln. Kayla räusperte sich und brach damit den Zauber. Verärgert schaute er zu ihr.

»Geh aus dem Weg, Bruder.« Alexej schubste ihn zur Seite, und hinter ihm kam Ivan zum Vorschein. »Das muss sie wirklich zur Weißglut getrieben haben. Sie hasst euch Wicca noch ein bisschen mehr als uns«, sagte er fröhlich grinsend und setzte sich neben mich auf die Lehne meines Sessels. »Bist du wirklich sicher, dass das Kind noch lebt und sie ihm nicht sofort den Hals umgedreht hat? Passen würde es zu ihr. Seltsam, dass es noch nicht in Erscheinung getreten ist.«

»Ganz sicher«, bestätigte Jaron. »Und es ist kein Kind mehr, sondern ein Mann von vierzig Jahren.«

»Ihre Gier nach Macht muss größer gewesen sein als ihr Hass, und obwohl sie eine Vermischung der Völker niemals akzeptiert hätte, könnte ich mir vorstellen, dass sie dieses Mal eine Ausnahme gemacht hat. Schließlich bot sich ihr mit so einem Mitstreiter die Chance, den Krieg ein für alle Mal zu gewinnen.« Nikolai setzte sich auf das Sofa, das mir am nächsten stand.

»Weshalb haben sie und ihr Enkel uns dann nicht längst den Krieg erklärt, wenn er so mächtig ist?«, fragte Ivan ruhig. »Weshalb war sie vierundzwanzig Jahre verschwunden? Was hat sie in dieser Zeit getan?« Die Schatten unter seinen Augen waren dunkel. Genau wie Nikolai hatte ich ihn mehrere Tage lang nicht gesehen. Mittlerweile musste er wissen, dass Sophia tot war. Hatte Nikolai ihm die schrecklichen Einzelheiten erzählt?

»Sollen wir es dem Hohepriester sagen?«, wandte ich mich an Magnus. Auch wenn ich nicht vorhatte, mich Radu unterzuordnen, gehörte meine Loyalität immer noch meinem Volk.

Er öffnete den Mund, aber Ivan kam ihm zuvor. »Was denkst du, wird er tun?« Er musterte mich feindselig. »Dieses Kind ist erwachsen, und damit hat er noch einen Grund mehr, sich mit der Königin zu verbinden.«

»Mäßige deinen Ton«, knurrte Magnus.

Kayla legte ihm eine Hand auf den Oberschenkel. »Kein Grund, gleich aufeinander loszugehen. Du weißt, dass Radu Patel nicht das Unschuldslamm ist, als das er sich gern hinstellt. Valea kennt ihn dafür nicht gut genug. Er würde aus der Information Profit schlagen«, sagte sie zu mir.

In Magnus' Gesicht kämpfte die Treue zu seinem Coven mit seiner Zuneigung zu Kayla.

»Er hat dir damals diese ganzen Lügengeschichten über Nikolai und mich aufgetischt, und du hast sie ihm alle geglaubt«, erinnerte sie ihn frustriert.

Alexej räusperte sich. »Sie hat recht, Kumpel. Du hättest wenigstens mit Kayla reden können.«

»So wie du mit Kyrill geredet hast?«, fauchte Magnus ihn an.

»Wir dürfen Celesta keine Gelegenheit geben, den Pakt zu brechen«, unterbrach ich die Streithähne.

»Du solltest endlich die Magnati zusammenrufen und dich zum Palatin wählen lassen. Wir brauchen einen Anführer, wenn sie zuschlägt«, wandte Ivan sich an Nikolai und ignorierte meine Worte einfach. »Das hier ist Zeitverschwendung. Bringt Celia auf dem Schloss deiner Mutter in Sicherheit, und dann ziehen wir in den Krieg.«

»Ohne unsere Magie ist das Selbstmord«, erwiderte Nikolai. »Ich schicke euch nicht in den sicheren Tod. Mein Vater hat den zweiten Pakt unterschrieben, weil wir geschwächt waren und Kräfte sammeln mussten, aber wenn wir ganz ehrlich sind, dann sind wir jetzt schwächer als vor vierzig Jahren.«

»Möglicherweise sind wir das«, fuhr Ivan ihn an. »Aber ich sterbe lieber in einem offenen Kampf, als mich zu verstecken und zu warten, bis sie mir ihre Brut auf den Hals hetzt.«

»Ihr werdet sie nicht besiegen«, mischte Jaron sich ein. »Nicht allein.«

»Ich traue dir nicht, Hexer«, zischte Ivan aufgebracht. »Du bist mit dieser Schlange verwandt. Weshalb sollten wir mit dir zusammenarbeiten? Du verrätst dein eigenes Volk. Was versprichst du dir davon? Sollen wir Celesta und ihren Erben für dich zur Strecke bringen, damit du dich dann auf ihren Thron setzten kannst?«

Jaron schnaubte verächtlich. »Der Dornenthron kann von mir aus in Flammen aufgehen. Ich will ihn nicht. Celesta bereitet einen Krieg vor, und wenn wir nicht vorbereitet sind, wird es eure letzte Schlacht sein«, sagte er kalt zu Ivan. »Danach wird euer Volk ausgelöscht sein. Die geringe Magie, die ihr noch besitzt, wird dann auch verschwunden sein. Sie wird einen Weg finden, sie euch zu nehmen.«

In Nikolais Augen toste ein dunkler Sturm. »Streit bringt uns nicht weiter.« Seine Stimme bebte vor unterdrückter Frustration.

Jaron hatte recht. Wir brauchten mehr Magie. Wenn die Quellen ausschieden, war es noch wichtiger, herauszufinden, was Sophia zugestoßen war. Jemand hatte erfolglos versucht, ihre Magie zu rauben. Was, wenn wir diesen Ansatz weiterverfolgten? Konnte man Magie teilen? Es gab immer noch Wicca, die über außerordentliche Fähigkeiten verfügten. Sie könnten eine Quelle für andere sein. Wenn wir einen Weg fanden, wie sie einen Teil ihrer Magie abgeben konnten, vielleicht sogar an Strigoi, dann konnten wir eine schlagkräftige Armee aufstellen. Das hieß nicht, dass wir Celesta besiegen konnten, aber es würde uns Zeit verschaffen.

»Wir sollten das mit Lupa und Kyrill besprechen«, wandte ich mich an Magnus. Immerhin waren in diese Angelegenheit jede Menge Strigoi eingeweiht, aber nur zwei Wicca und ein Hexer. Gab es denn niemanden aus seinem Volk, dem Jaron genug vertraute? Er hatte behauptet, Carys wäre seine beste Freundin und er beschützte Eleni vor ihren Verwandten. Was war mit Vito und Valeria? Ihr Großvater hatte gegen Celesta aufbegehrt. »Danke, dass du uns davon erzählt hast«, sagte ich zu Jaron. Er musste die Königin sehr hassen, aber Hass war kein guter Ratgeber. Ich stand auf und wünschte mir einen Herzschlag lang, Nikolai würde mir folgen. Aber er sah nur ernst zu mir auf, als ich mich mit einem knappen Nicken verabschiedete.

17. KAPITEL

SCHLOSS CARAIMAN IN ARDEAL

»Wohin gehen wir wirklich?«, fragte Magnus, als die Glastür der Orangerie hinter uns zuschlug.

»In den Südflügel. Dort hängt der letzte Gobelin.«

»Der ist gesperrt. Die Königin hat in den Türmen ihre Hexenmeister mit Magie experimentieren lassen, und es ist außer Kontrolle geraten.«

»Ich weiß, aber Sophie konnte ungehindert dorthin gelangen, und außerdem vermute ich, Ancuta versteckt sich dort. Celestas Besuch hat ihr Angst gemacht.«

»Wohl eher Nikolai«, brummte er.

»Er auch, ja«, gab ich zu. »Kommst du trotzdem mit, oder soll ich allein gehen?«

Seine Augen funkelten, doch es stand keine Belustigung darin. »Dir ist doch klar, dass Nikolai sehr wütend sein wird, wenn er herausfindet, dass du Radus Enkeltochter bist, oder?«

»Ich wüsste nicht, weshalb er darüber wütend sein sollte.« Eine Lüge. Er würde mehr als wütend sein. »Radu ist krank, oder?«, stellte ich eine Gegenfrage. »Liegt er im Sterben? Ich habe all die Jahre geglaubt, er wäre ein liebevoller Großvater und ein guter Hohepriester, aber ich habe mich getäuscht, oder?«

»Er hat unserem Volk im Krieg gute Dienste geleistet«, sagte Magnus ausweichend. »Doch er hätte das Amt des Hohepriesters schon vor langer Zeit abgeben müssen. Zu viel Macht in der Hand eines Einzelnen ist nie gut.«

»Das beantwortet keine meiner Fragen.«

»Die Bücher, die du in regelmäßigen Abständen bekommen hast, kamen nicht von ihm«, sagte er. »Ich habe sie dir gebracht. Radu wusste nichts davon. Er hätte es mir verboten.«

Verblüfft schaute ich zu ihm auf. »Warum hast du das getan?«

Er zuckte mit den Schultern. »Ich habe mich für dich verantwortlich gefühlt. Ich hatte dich zu den Menschen gebracht und fand es falsch, dich noch mehr zu entwurzeln. Du solltest etwas über die Geschichte deiner Heimat lernen und deine Magie schulen können.«

»Danke.« Ich wusste nicht, was ich noch sagen sollte. Das Danke erschien mir viel zu gering. »Du bist damit ein großes Risiko eingegangen. Radu hätte dich für deinen Ungehorsam bestrafen können.«

Er nickte und ging stur weiter. »Dieses Risiko bin ich gern eingegangen.«

»Das mit der Magie hat nicht so toll geklappt«, sagte ich lächelnd, wurde aber umgehend wieder ernst. »Weshalb hat Radu einen Keil zwischen dich und Kayla und Alexej und Kyrill getrieben? Die Strigoi waren unsere Verbündeten. Er hat mit Nikolai und Kayla Seite an Seite im letzten Krieg gekämpft. Man könnte meinen, er wäre ihnen dankbar.«

»Das ist er definitiv nicht. Er hatte im Krieg keine andere Wahl. Warum genau er die Familie Lazar hasst, weiß ich nicht. Es gibt Dinge, über die er nicht spricht. Aber er ist alt und krank. Bald spielt das alles keine Rolle mehr.«

Dann hatte ich also recht gehabt mit meiner Vermutung. Radu würde sterben. Wehmut breitete sich in mir aus – und Trauer um die Träume, die sich nicht erfüllt hatten. Ich hatte mir einen liebevollen Großvater gewünscht, aber das war Radu ganz und gar nicht.

Wir hatten den Aufgang erreicht, der über einen Wehrgang zum Südflügel führte. Für einen Moment hielten wir an und betrachteten die Tür auf der anderen Seite. Sie stand offen, als wäre kurz vor uns jemand hindurchgegangen. Ein Windstoß fuhr durch mein Haar über den Gang und drückte die Tür gegen die Wand. Der Hall dröhnte in den Abendhimmel. Hinter den Bergen ging die Sonne unter, und in den Wäldern heulte ein Wolfsrudel.

»Du könntest es ihm sagen«, sagte Magnus nachdenklich. »Nikolai, meine ich. Sag ihm, wer du wirklich bist.«

»Das werde ich.« Auch wenn ich damit das Risiko einging, dass er mich danach hasste, obwohl ich das nicht wirklich glaubte. Es spielte keine Rolle, wer meine Eltern oder Großeltern waren. Es änderte nichts daran, wer ich war. »Bereit?«, fragte ich.

»Bereit.« Er ging voraus, und ich folgte ihm über den Gang und durch die offene Tür. Ein schimmerndes grünes Licht erhellte einen Flur, der voller Staub und Spinnweben war. Die Quelle konnte ich nicht ausmachen, aber es war so kalt, dass Eiskristalle in der Luft schwebten. Es war eine Kälte, die nicht von dieser Welt zu sein schien. Jeder Atemzug brannte so sehr in meiner Lunge, dass ich am liebsten umgedreht und fortgelaufen wäre. Hier konnte seit Ewigkeiten niemand gewesen sein. Trotzdem spürte ich mit jeder Faser die schwarze Magie, die diesen Flügel einst beherrscht hatte und immer noch beherrschte. Niedertracht und Bosheit warteten auf ein Opfer, und die rauen Steine lechzten danach, diese freizusetzen.

»Wo müssen wir lang?«, fragte Magnus angespannt. Seine Augen glänzten, aber ich konnte nicht deuten, ob vor Anspannung oder Aufregung.

»Den Gang entlang und dann rechts.« Obwohl dieser Flügel schon so lange verlassen war, roch es immer noch nach verbrannten Kräutern, verfaultem Stroh und etwas Herbem, das ich nicht identifizieren konnte. Ich versuchte, die Luft anzuhalten, denn der Gestank schien in mich eindringen zu wollen. Woran hatten Celestas Hexenmeister hier gearbeitet? Bestimmt an keiner Magie, die die Welt besser machen sollte. Hatten sie hier herausgefunden, wie sie den Strigoi ihre Magie stehlen konnten? Wir gingen an einer Kommode vorbei, die von grauem Schimmel überzogen war, und bogen dann ab. »Am Ende des Ganges«, flüsterte ich, »sind erst ein paar Kammern, und wenn der Plan stimmt, befindet sich dahinter ein größerer Raum. Darin hängt der Gobelin.«

»Bleib dicht hinter mir.« Langsam bewegte sich Magnus vorwärts. Er berührte nichts und wich den schwebenden Eiskristallen aus.

Nach einer gefühlten Ewigkeit erreichten wir die Kammern, deren Türen ebenfalls offen standen. In einem der Räume war eine Kräuterküche gewesen, der Gestank, der mir entgegenschlug, betäubte die Sinne, die noch nicht eingefroren waren. In der nächsten Kammer entdeckte ich Vorrichtungen zum Schmelzen von Metallen. Auf dem Boden lagen zerrissene Bücher, und in den Regalen standen hinter

Spinnweben Flaschen mit Substanzen, von denen manche noch brodelten.

»Komm weiter.« Magnus packte mich am Arm, als mein Blick auf ein Skelett fiel, das hinter einem Labortisch halb verborgen war. Der Stoff des Umhanges, den der Mann getragen hatte, war von Ratten und der Zeit zerfressen und gab nun den Blick auf graue Knochen preis. Ich unterdrückte ein Würgen. Wir schlichen weiter. Die Schwarze Magie schien sich von Schritt zu Schritt zu verdichten, als wartete sie nur darauf, loszuschlagen. Ich hatte mich getäuscht und Magnus und mich in Gefahr gebracht. Hier war Sophia nie und nimmer gewesen. Ich packte ihn am Arm, aber er hielt bereits den Knauf der letzten Tür, der die Form eines Totenkopfes hatte, in der Hand. »Wenn ich sage *›lauf‹*«, befahl er entschlossen, »dann läufst du zurück. Renn, so schnell du kannst. Hier existiert nichts, mit dem du es aufnehmen könntest. Verstanden?«

»Das ist nicht der richtige Ort«, hauchte ich, und mein Atem bildete kleine Wolken in der Luft.

»Wer immer versucht hat, Sophia zu öffnen, war sicherlich auch in der Lage, ihr eine Illusion zu zeigen, als er sie hergelockt hat. Sie hat nicht gesehen, was wir sehen.« Er öffnete die Tür. Der Raum dahinter war deutlich größer als die Kammern, an denen wir vorher vorbeigekommen waren. Mondlicht fiel durch saubere Fenster. In der Mitte des Raumes stand ein Schreibtisch, auf dem ordentlich gestapelte Pergamente lagen. In der Mitte des Tisches blubberte eine rosafarbene Flüssigkeit durch ein Destilliergerät aus Kupfer. Daneben dampfte eine Tasse Tee. Der Rest des Raumes war leer, bis auf einen Besen, der in der Ecke stand. Ein Besen aus Birkenreisig und Silberfäden. »Nichts hiervon ist echt«, presste Magnus hervor. »Der Raum will uns in Sicherheit wiegen. Wenn wir hier lebend rauskommen, erinnere mich bitte beim nächsten Mal daran, nicht so idiotisch zu sein und in eine derart offensichtliche Falle zu tappen.«

Mein Blick fiel auf den Gobelin. Der Feuervogel darauf schien mir zuzuzwinkern. »Ich beeile mich.« Nun waren wir schon einmal hier. Mit festen Schritten betrat ich den Raum, lief auf den Gobelin zu und ignorierte das Grollen, das umgehend einsetzte. »Wir müssen ihn anheben. Schnell.«

Magnus eilte gerade zu mir, als sich ihm drei Schatten in den Weg stellten und Stimmengemurmel den Raum erfüllte. Die Tür schlug krachend ins Schloss. Die Schatten wurden zu Männern in schwarzen Umhängen. Leere Augen starrten uns unter den Kapuzen an. Die Hexenmeister waren zurückgekommen, um zu schützen, was ihnen gehörte. Mit ihren Skelettfingern formten sie Kugeln aus Feuer. Der ordentliche Schreibtisch verschwand. Das Mondlicht verblasste hinter verschmierten, zersplitterten Fenstern. Umgeworfene, zerbrochene Möbel lagen herum. Der Boden war von Glassplittern, undefinierbarem Schlamm und Knochen übersät. Eine Ratte huschte quiekend über den Boden, doch bevor sie ihr Schlupfloch erreichte, wurde sie von einer unsichtbaren Hand hochgehoben und zerquetscht. Ein kleiner Vorgeschmack auf unser Schicksal. Ich schluckte die Panik herunter. Ich würde nicht in diesem Loch sterben, und Magnus auch nicht!

»Valea.« Magnus klang erstaunlicherweise gefasst. »Beeil dich. Ich halte sie auf.« Er ließ den zersplitterten Holztisch auf die Gestalten fallen.

Ich kroch unter den Gobelin und tastete mit fliegenden Fingern über die Wand dahinter. Ich musste die Tür zu dem verborgenen Gang finden. Er musste einfach hier sein. Die Kälte hatte meine Finger fast erfroren. Drei Feuerbälle donnerten gegen den feuchten Teppich. Sie trafen mich nicht, aber der Teppich begann zu qualmen. Ich kroch wieder darunter hervor. Gerade schleuderte Magnus einen Zauber zurück, der eine weiße Nebelwand mitten im Raum auferstehen ließ. Die Hexenmeister kreischten auf, als der Nebel ihn verbarg und er zu mir gesprintet kam. Ich hielt mir die Hände über die Ohren, aber das Kreischen hallte in meinem Kopf nach und brachte mein Trommelfell fast zum Platzen. Eine neue Feuerkugel traf Magnus am Rücken. Er ging zu Boden, drehte sich aber weg, als eine zweite auf ihn zuraste. Licht blitzte auf, und einer der Hexenmeister fiel auf die Knie und zerfiel zu Asche. Die zwei anderen rückten näher, als die Asche sich in die Luft erhob und wieder zu der geisterhaften Gestalt wurde, dessen leere Augenhöhlen sich auf mich richteten.

Magnus zog einen Ritualdolch aus seinem Stiefel. »Valea«, brüllte er. »Lauf!«

Das konnte er vergessen. Der Gobelin hing schwelend und halb verbrannt nur noch an zwei Haken. Entschlossen schob ich die Fetzen zur Seite und tastete suchend nach einem Griff oder einer Einkerbung. Tränen stiegen mir von dem Rauch und dem beißenden Nebel, der mittlerweile alles einhüllte, in die Augen. Ich fand nichts. Da war nur eine schmierige, feuchte Wand. Kein Griff, kein Hebel. Verzweifelt schlug ich mit der Faust gegen den glitschigen Stein. »Geh auf, verdammt noch mal.« Nichts rührte sich. Magnus brüllte vor Schmerz auf, als sich eine Schlinge aus Licht um sein Handgelenk wand. Ich kniete neben ihm und zerriss sie. Mir musste etwas einfallen.

Ein Wirbel aus Staub und Licht manifestierte sich neben mir, und ich zuckte zurück. Ancuta blickte mich aus großen, traurigen Augen an. »Nimm meine Hand«, forderte sie. Ihre Stimme klang trostlos und kämpferisch zugleich.

»Ich zeige dir, wie du ihnen entkommen kannst. Sie sind böse.« Ich hatte keine Zeit, darüber nachzudenken, ob das hier wirklich klug war oder ob wir nur vom Regen in die Traufe kamen. »Du kannst mir vertrauen.« Ihre Geisterhand schloss sich um meine, und ich widerstand dem Impuls, mich aus dem kalten Griff zu befreien. Aber da presste Ancuta schon unsere Finger gegen die Wand. Ein zartes Band aus Licht kroch aus meinen Fingerspitzen hervor, und Hitze und Kälte strömten durch mich hindurch. Eiskristalle erblühten auf dem Stein. Die Temperatur in dem Zimmer sank rasend schnell weiter und weiter. Ich begann zu zittern, aber das Eis ließ auch die Schatten der Hexenmeister erstarren. Magnus stand keuchend auf. Sein Gesicht war schwarz von dem Ruß, und eine blutige Schramme verlief quer über seine rechte Wange. Die Wand begann zu beben und schob sich langsam zur Seite. Zu langsam. Furcht krallte sich in meinen Magen, als Schritte vom Flur her in den Raum drangen, Schritte, die erstaunlich lebendig klangen. Waren das Celestas Hexer? Waren sie uns gefolgt, oder war etwas Schlimmeres aus seinen Löchern gekrochen? Der Gang war endlich breit genug, dass wir hindurchtreten konnten.

»Lauft!«, flüsterte Ancuta, und ihre geisterhafte Gestalt wirbelte herum. Entschlossenheit stand in ihren Augen.

Der Nebel verflüchtigte sich, als Nikolai, Alexej, Ivan, Kayla und Lupa mit grimmigen Mienen eintraten. Ancuta schubste Magnus und mich in den geheimen Gang. Die Tür setzte sich in Bewegung. Grelles Licht erweckte die Hexenmeister wieder zum Leben. Ihre Gestalten teilten sich, und plötzlich waren es nicht mehr nur drei, sondern sechs. Alexej packte Lupa am Arm. Blitzschnell bewegten die fünf sich auf die Wand zu. Magnus stieß mich vorwärts, damit sie uns in den Gang folgen konnten. Ancuta löste sich in grellweißen Rauch auf. Die Hexenmeister rasten kreischend auf den Durchgang zu, prallten aber an ihrem Rauch ab. Die Wand schloss sich, und wir standen in der Finsternis. Zu hören war lediglich unser hektischer Atem. Von draußen klang kein Geräusch herein. Es war so still wie in einem Grab.

»Du wolltest mit Lupa reden«, sagte Nikolai mit samtener Stimme, die seine Wut kaum verhüllte. »Ich dachte, ich bringe sie zu dir.«

Ich konnte ihn nicht sehen, aber ich hatte keinen Zweifel, seiner übernatürlichen Sehkraft entging nicht, dass ich immer noch in Panik war. Ich versuchte, meinen Atem zu kontrollieren.

»Nettes Fleckchen hast du dir für dieses Gespräch ausgesucht«, bemerkte Alexej. »Wo genau sind wir hier? Auf dem Weg in die Hölle?«

Lupa kicherte, aber es klang angespannt.

Meine Stimme war rau von dem Rauch, den ich eingeatmet hatte. »Wie habt ihr uns gefunden?«

»Du bist wirklich eine miserable Lügnerin, Mäuschen«, kam es von Alexej. »Das musst du dringend üben. Jedem in der Orangerie war klar, dass du nicht vorhattest, zu Lupa und Kyrill zu gehen.«

»Wollen wir hier einen Plausch halten und warten, bis diese Monster durch die Wand kommen, oder sehen, wo der Gang hinführt?«, fragte Ivan.

»Ich bin für den Plausch«, bemerkte Alexej, »aber ich wette, ich werde überstimmt.«

Nikolais kühle Hand schob sich in meine, und unsere Finger verschränkten sich. »Gehen wir«, befahl er.

»Luminus«, murmelten Lupa und Magnus gleichzeitig. Es entzündeten sich keine Fackeln, aber trotzdem verbreitete sich ein diffuses Licht.

Ich versuchte, Nikolai meine Hand wieder zu entziehen, doch er hielt sie fest. Wir würden reden müssen. Später. Fürs Erste war ich froh, dass er hier war.

»Ist das der Gang, durch den Sophia verschwunden ist?«, fragte Ivan hinter mir.

»Ja. Ich glaube schon«, bestätigte ich, und wir folgten Magnus, der voranging. Der Gang war schmal, und wir konnten nur maximal zu zweit nebeneinander laufen. »Ich habe euch beide in ihren Erinnerungen gesehen«, erzählte ich. »Du hast dich von ihr verabschiedet, und kurz darauf ist sie durch das Schloss gelaufen. Ich wusste nicht, dass sie in den Südflügel gegangen war, es sah auch alles völlig anders aus, nicht so verwahrlost. Und sie wurde nicht angegriffen.«

»Wer immer sie hierhergeschickt hat, muss vorher die Überreste der Hexenmeister gebannt haben«, stellte Kayla fest, die am Ende unserer kleinen Truppe ging.

»Diese Macht besitzen nicht gerade viele uns bekannte Personen«, bemerkte Lupa, und ich war sicher, dass wir alle an dieselbe Frau dachten.

Der Gang schien sich unendlich zu ziehen. Es war feucht und finster. Wenn Sophia ihn allein gegangen war, dann musste sie eine sehr mutige Frau gewesen sein. Nikolais Finger umschlossen meine fest und verlässlich, und trotzdem verspürte ich Angst. Gefahr hing in der Luft. Mittlerweile sagte keiner von uns mehr etwas. Jeder wartete angespannt auf den nächsten Angriff. Der nicht kam. Stattdessen wurde der Gang breiter und öffnete sich dann zu einer kleinen Höhle. Mondlicht beleuchtete Steine, Moos und Flechten. Nichts wies auf die Gegenwart von Magie hin. Wir traten durch einen natürlich entstandenen Eingang. Unter uns breitete sich der Wald aus, und eine in den Felsen gehauene Treppe führte auf eine Lichtung, auf der die Überreste eines vor langer Zeit zerstörten Tempels zu erkennen waren. Auf einem kreisrunden Fundament aus ehemals schwarzem Marmor stand ein Opfertisch aus demselben Material. Geißblatt und Efeu hatten sich im Laufe der Zeit um den Stein gewickelt. Die Säulen, die einst das Dach getragen hatten, waren zerbrochen, und der Wald hatte sie fast vollständig verschlungen.

»Ist das eine Kultstätte des Gehörnten Gottes?«, fragte Kayla.

Ich nickte. »Sie muss uralt sein. Wir verehren ihn nicht allein, sondern nur in Verbindung mit der Großen Göttin.« Denn ohne die Göttin stand der Gehörnte Gott für die dunkle Seite der Magie. Für das Verderben, das sie bringen konnte. Nur in der Gemeinschaft mit der Großen Göttin schuf er auch neues Leben.

»Von ihrer Gegenwart ist hier nichts zu spüren«, sagte Magnus. Sein Gesicht drückte Abscheu aus. »Furchtbare Dinge sind hier geschehen.«

»Ich glaube, ganz in der Nähe haben wir Sophias Leichnam gefunden«, erklärte Lupa gepresst und sah sich aufmerksam um.

Ivan betrat als Erster die Stufen, die hinabführten. Ohne zu zögern, ging er zu der Lichtung, und wir folgten ihm in gebührendem Abstand. Die Ranken der Efeu- und Geißblattschlingen waren von der Oberseite des Opfertisches gerissen worden. Ich schloss kurz die Augen, als ich die dunklen Flecken erblickte, die auf dem schwarzen Marmor angetrocknet waren. Blut. Sophias Blut. An diesem Ort war sie gefoltert und geöffnet worden und schließlich gestorben.

Ivan stand mit gesenktem Kopf und von uns abgewandt am Kopfteil. Vorsichtig legte er eine Hand auf den Stein. Ich keuchte auf, als hinter einer der Eichen, die den Tempel wie stumme Wächter umgaben, eine Gestalt aus blauem, reinem

Licht hervortrat. Ivan war so in Gedanken versunken, dass er sie zunächst nicht bemerkte. Erst als sie vor ihm stehen blieb und ihm eine Hand auf den Arm legte, sah er auf.

»Sie ist noch hier«, flüsterte Lupa. »Er darf sie nicht an sich binden.« Grauen lag in ihrer Stimme. »Wenn er das tut, sind er und sie verloren. Er muss sie gehen lassen.« Ivan atmete erleichtert auf, als die Gestalt sich schutzsuchend an ihn schmiegte.

»Was können wir tun?«, fragte Nikolai. Wenn wir Sophias Geist jetzt von Ivan fortrissen, würde er sich auf jeden von uns stürzen.

Dieses Mal griff ich nach seiner Hand. Zusammen traten wir an den Opferblock, und ich platzierte meine linke Hand auf dem Stein. »Wir müssen Sophias Seele den Weg ins Sommerland weisen und die Göttin bitten, sich ihrer anzunehmen.«

Für Ancuta hatte das nach ihrem Tod niemand getan. Sophias Seele würde dieses Schicksal nicht teilen.

»Legt die rechte Hand auf euer Herz«, wies Magnus alle an.

Lupa zog einen Beutel aus der Tasche ihrer Jacke und streute einen dreifachen Kreis aus rotem Salz auf den Tisch.

Als sie fertig war, begann Magnus zu sprechen. »Wir sind gekommen, um Lebewohl zu sagen. Große Göttin, empfange diese Seele, sorge für sie und behüte sie.« Er verstummte, und das Licht von Sophias Seele wurde etwas blasser. Ivan schlang einen Arm um die Lichtgestalt.

»Du musst uns vorausgehen«, setzte Lupa eindringlich fort. »Du wirst immer ein Teil von uns sein. Wir sind mit dir, und du bist mit uns. Das Band ist im Tod so stark wie im Leben. Es eint uns, wo auch immer wir sind.«

Sophias Seele begann, in Ivans Armen zu zittern. Er schüttelte den Kopf. Sie wollte nicht gehen, und er wollte sie nicht ziehen lassen.

»Wir erinnern uns an dich, an alles, was du gewesen bist und getan hast«, versprach ich. »Dein Name wird Teil der Geschichten sein, die wir zukünftig erzählen.« Eine Träne rann über meine Wangen, als Ivan sich zu dem nun weißen Schatten hinunterbeugte und ihre Lippen sich berührten.

»So war es, so ist es, und so wird es immer sein«, sprachen Magnus, Lupa und ich mit einer Stimme. Wind erhob sich und wirbelte trockenes Laub auf. Die Gestalt in Ivans Armen löste sich auf, warmer Regen fiel vom Himmel und wusch ihr Blut von dem schwarzen Stein.

»Ihre Seele ist nun in Sicherheit«, sagte Magnus tröstend zu Ivan, in dessen Augen Schmerz und Trauer standen.

Trotzdem nickte er. »Danke. Ich wäre nicht stark genug gewesen, sie fortzuschicken.«

In meiner Brust verkrampfte sich etwas. Das Leben konnte so unberechenbar und kurz sein. Zu kurz für Missverständnisse und Streit.

Magnus hatte nicht geglaubt, dass Ivan tatsächlich etwas für Sophia empfunden hatte. Nach kurzem Zögern sagte er nun trotzdem: »Die Große Göttin wird sie eines Tages zu dir zurückschicken.«

Die Strigoi glaubten nicht an die Wiedergeburt der Seelen. Das konnte also für Ivan nur ein begrenzter Trost sein. Und trotzdem war es sehr nett von Magnus, dass er ihm diesen anbot.

Ivan drehte sich um und ging in den Wald. Kayla wollte ihm folgen, doch Nikolai hielt sie zurück. »Lass ihm eine Weile Zeit für sich allein. Wir sollten hier nach Spuren suchen. Celesta wird damit nicht durchkommen.«

Ich hatte so viel Hoffnung darauf gesetzt, dass wir einen Hinweis finden würden, wenn wir den Gang entdeckten, durch den Sophia verschwunden war. Aber weder hier noch dort gab es den geringsten Anhaltspunkt.

»Das war Zeitverschwendung«, sagte Alexej nach einer Weile. »Wir sollten ins Schloss zurückkehren.« Der Regen war mittlerweile stärker geworden, und wir hatten einen langen Fußmarsch vor uns, denn keiner hatte Interesse, durch den Gang zurück in den Südflügel zu gehen.

»Wir sind so schlau wie an dem Tag, als wir Sophia gefunden haben.« Lupa klang vorwurfsvoll und sah mich direkt an.

»Willkommen im Club. Geht uns genauso. Glaubst du, wir haben nicht versucht, herauszufinden, durch welchen Zauber Celesta uns unsere Magie genommen hat und wie wir sie wiederbekommen?« Alexej schob die Hände in die Hosentaschen. So niedergeschlagen hatte ich ihn noch nie erlebt. Er verbarg seine Gefühle immer so sorgsam hinter der Maske des Jungen, der nie etwas wirklich ernst nahm.

»Wir haben noch etwas Zeit«, sagte Nikolai tröstend zu ihm.

»Wie lange noch? Eine Woche, zwei? Celia wird von Tag zu Tag schwächer.«

»Wir dürfen die Hoffnung nicht aufgeben«, sagte sein Bruder.

»Verdammt.« Kayla trat gegen einen Stein, der durch die Luft in den Wald flog.

Ich wünschte, ich könnte irgendwas tun, aber Lupa hatte recht. Diese Suche hatte nicht das Geringste gebracht.

»Bringt uns zurück«, verlangte ich von Nikolai. »Wir müssen mit Melinda reden.« Nicht, weil sie angeblich einen Auftrag für Sophia gehabt hatte, sondern weil es wichtig war, alle Kräfte gegen Celesta zu bündeln. Egal, ob Wicca, Hexe oder Strigoi. Wer keinen Krieg wollte, würde kämpfen müssen. Wir waren ungleich schneller, als wenn ich darauf bestand, zu laufen, und außerdem war mir kalt. Der Frost des Südflügels steckte mir in den Knochen.

Nikolai schob einen Arm unter meine Beine und hob mich hoch wie ein kleines Kind. »Leg deine Arme um meinen Hals, wenn du nicht herunterfallen willst. Ich bin ziemlich schnell.«

»Fängst du jetzt damit an, anzugeben?«

Er zuckte mit den Schultern. »Macht es Eindruck auf dich?«

Ich war dankbar, dass er versuchte, mich abzulenken. »Ein bisschen.«

Aus dem Augenwinkel sah ich, wie Kayla Magnus fortbrachte. Lupa schnaubte zwar, aber auch sie ließ sich ohne Widerspruch von Alexej in den Arm nehmen.

Dann war ich plötzlich mit Nikolai allein. Sein Haar war nass von dem Regen, und ich fuhr mit einer Hand hindurch, bevor ich die Arme um seine Schultern schlang und mein kaltes Gesicht an die kühle Haut seines Halses presste. »Es tut mir leid«, sagte ich. »Ich vertraue dir.«

Seine Brust hob sich unter einem tiefen Atemzug. »Was ich gesagt habe, stimmt nicht. Ich wollte nicht nur herausfinden, was Radu vorhat. Ich wollte …«

Ich ließ ihn nicht ausreden, sondern presste meine Lippen auf seine. Mit einem Stöhnen öffnete er den Mund. Heiße und kalte Schauer jagten über meinen Körper, als er den Kuss gierig und hemmungslos erwiderte. Ich spürte, wie er vor unterdrückter Erregung erzitterte, als ich eine Hand unter sein Hemd schob. Er ließ mich hinunter und zog mir die Bluse aus dem Rock. Hastig begann er sie aufzuknöpfen. Regen fiel auf meine nackte Haut, doch ich spürte ihn kaum, und dort, wo er mich berührte, wurde mir erst warm und dann heiß. Mit den Fingerspitzen strich er über die Spitzen meiner Brüste, bis sie sich aufrichteten. Erst dann unterbrach er den Kuss, beugte sich hinunter und umkreiste sie mit der Zunge. Behutsam knabberte er daran, und feurige Wellen rasten durch meinen Unterleib. Ich rang nach Luft, strich durch sein Haar, klammerte mich an seinen Schultern fest und zerrte ungeduldig an seinem Hemd und seiner Hose. Nikolai ließ von meinen Brüsten ab, presste den Mund auf den rasenden Puls an meinem Hals und hob mich hoch. Ich schlang die Beine um seine Taille, während er mich unter das dichte Blätterdach einer Eiche trug. Er presste mich gegen den dicken Stamm und ich spürte seine Erregung an meiner Mitte. »Eines Tages werde ich dich in meinem Bett lieben«, versprach er, »aber jetzt … ich kann nicht mehr warten.«

Ich nestelte bereits am Verschluss seiner Hose. »Ich auch nicht.«

Er lachte leise. »Du bringst mich noch um.«

»Heute nicht. Versprochen.«

Wieder küsste er mich. Dieser Kuss war nicht so gierig wie der vorherige, sondern bedächtiger, zärtlicher. Als wollte er mir damit alles erklären, was zwischen uns stand. Ich antwortete ebenso wortlos mit meinen Fingern und meinen Lippen. Langsam zogen wir uns gegenseitig aus. Unter seinem linken Schlüsselbein entdeckte ich eine Tätowierung. *Amor numquam moritur*. Liebe stirbt niemals. Er hatte es zu seinem Vater an dessen Sterbebett gesagt. Ich bedeckte den Leitspruch seiner Familie mit sanften Küssen. Nikolai bettete mich auf seinen Umhang. Küsste jede einzelne Stelle, erforschte mich neu, spreizte meine Schenkel und fuhr mit seiner Zunge über meine Mitte. Mein Innerstes vibrierte zu einer lautlosen Melodie, die durch den Wald zu klingen schien. Etwas Furchtbares war an diesem Ort geschehen, und trotzdem wusste ich mit absoluter Gewissheit, dass die Große Göttin es guthieß, wenn wir hier dem Leben huldigten. Nikolais Zärtlichkeiten raubten mir die Sinne. Geduldig umkreiste er den Punkt, an dem meine Lust sich zusammenballte. Behutsam drang er mit der Zunge in mich ein. Immer und immer wieder, bis ich ihn anflehte, sich ganz mit mir zu vereinigen. Und selbst dann flüsterte er mir noch zu, dass ich geduldig sein sollte. Trieb mich weiter. Reizte mich mal sanfter und mal härter und endlich, als sich all meine inneren Muskeln zusammenzogen und ich ihn keuchend um Gnade flehte, kam er zu mir, versenkte sich mit einem einzigen Stoß in mir und ich schrie meine Erlösung in den Himmel.

Er blieb mit mir verbunden, bis mein Herzschlag sich beruhigt hatte. Danach küsste er mich zärtlich und half mir, mich wieder anzuziehen. Er wickelte mich in seinen feuchten Umhang und wollte mich gerade auf den Arm nehmen, um mich zurückzubringen, als ich ihm die Hände auf die Brust legte. Wenn ich es ihm jetzt nicht sagte, würde ich ihm nie mehr in die Augen schauen können.

»Es gibt da etwas, das du noch wissen musst«, sagte ich leise. Der Regen war zu einem sanften Tröpfeln geworden. »Ich wollte es dir schon längst erzählen, aber …« Ich sah zu ihm auf. Wärme lag in seinem Blick. »Ich will nicht, dass du es eines Tages herausfindest und denkst, ich hätte dich mit Absicht belogen. Ich habe es dir bisher nur verschwiegen, weil dieses Geheimnis mich schützt. Mich, Lupa und Kyrill.«

Er legte mir eine Hand auf die Wange. »Sag es mir einfach. Wenn es zu deinem Schutz ist, werde ich es für mich behalten. Das Letze, was ich möchte, ist, dass dir jemand wehtut.«

»Mein Vater war kein Mensch«, begann ich. »Das war gelogen. Er war ein Wicca. Genau wie meine Mutter.« Die ganze Zeit blickte ich ihm fest in die Augen. »Sie gehörte zum Coven Patel und ihr Vater war Radu.« Ich sah den Moment, in dem er begriff, aber er zog sich nicht zurück. Im Gegenteil. Verständnis glomm in seinen Augen auf, und vor Erleichterung hätte ich fast geschluchzt. »Ich bin seine Enkeltochter.

Lupa und Kyrill sind meine Geschwister«, stieß ich den Rest hastig hervor. »Celesta hat unsere Eltern ermordet, und Radu versteckte uns vor ihr. Mich brachte er zu den Menschen.« Ich holte Luft. »Jetzt weißt du es. Es tut mir leid. Ich konnte es dir nicht früher sagen.« Weil ich Angst gehabt hatte, dass er sich dann von mir abwandte, denn in meinen Adern floss das Blut des Mannes, den er so offensichtlich verabscheute.

Statt einer Antwort senkte er nur die Lippen auf meine und küsste mich wieder. Langsam und zärtlich. Unendliche Erleichterung flutete durch mich hindurch. Ich hätte wissen müssen, dass er sich nicht von mir abwenden würde. Nicht dieser Mann.

»Wir werden es niemandem sagen«, bestimmte er dann. »Danke, dass du mich ins Vertrauen gezogen hast«, sagte er beinahe feierlich. Und dann trug er mich durch den Regen zurück zum Schloss.

Bredica stand kopfschüttelnd in der hohen Eingangstür. »Möchte ich wissen, was ihr bei dem Wetter da draußen getrieben habt?«

»Besser nicht. Valea braucht ein Bad.« Nikolai setzte mich ab und schob mich hinein.

»Du kennst ja den Weg«, sagte Bredica spitz. »Ich werde Amelia schicken, damit sie ihr hilft. Und ihr einen Verhütungstee zubereitet. Es sei denn, du möchtest deinen Bruder darum bitten.«

Ich grinste und sah genau, wie sie sich ein Lächeln verkniff. »Es wäre nett, wenn Amelia ihn mir bringt. Danke schön.«

Ein Teil von mir hoffte, dass Nikolai mich in das Bad begleiten würde, ein anderer Teil wollte in Ruhe darüber nachdenken, was gerade geschehen war. Mit einem wissenden Lächeln begleitete er mich zu einem Raum in unserem Flügel, in dem ich noch nicht gewesen war, und öffnete eine

Tür. Dahinter lag ein äußerst luxuriöses Badezimmer. »Viel Spaß, Valea«, murmelte er mir ins Ohr. Ich spürte seine Lippen einen Wimpernschlag lang in meinem feuchten Haar, ehe er mit langen Schritten davonging.

Am nächsten Tag ging es Celia so schlecht, dass sie ihr Bett nicht verlassen konnte. In der Nacht hatte sie Nasenbluten gehabt, etwas, von dem ich nicht gedacht hatte, dass eine Strigoi es bekommen konnte. Ich hatte Kyrill zu Hilfe geholt, und ihm war es gelungen, die Blutung zu stoppen. Er hatte versucht, sich seine Sorge vor Alexej, der ihm zur Hand gegangen war, und vor Celia nicht anmerken zu lassen, aber mich konnte er nicht täuschen. Es hatte in seinen Augen gestanden. Denselben Ausdruck hatten sie angenommen, wenn ihm als Kind klar geworden war, dass er ein Tier nicht retten konnte. Die Trauer und die Hilflosigkeit hatten ihn regelmäßig zum Weinen gebracht. Unser Vater hatte ihn dann immer mit in den Wald genommen, während Mutter das Tier begrub. Kyrills Mitgefühl war seine hervorstechendste Eigenschaft gewesen.

Ich brachte ihr vom Abendessen einen Teller mit ihren Lieblingsspeisen mit, in der Hoffnung, sie würde etwas davon zu sich nehmen, aber als ich zurückkam, war sie eingeschlafen. Alexej saß an ihrem Bett und hielt ihre Hand.

»Wo ist Kyrill?«, fragte ich.

»Im Laboratorium, er stellt eine Salbe zusammen, die ihr das Atmen erleichtern soll. Und er holt etwas gegen die Schmerzen.«

Ich setzte mich auf mein Bett. »Celia hat erzählt, ihre Krankheit würde sich anfühlen, als verwandelte sie sich in einen normalen Menschen. Ist das bei euch allen so oder nur bei ihr, weil sie geboren wurde?«

Er zuckte mit den Schultern. »Ich weiß nicht. Für mich fühlt es sich nicht danach an, allerdings sind wir viel verwundbarer, wir müssen wieder atmen, wir essen, normale Dinge eben. Vielleicht hat sie recht.«

»Was vermisst du am meisten?« Ich zog die Beine an.

»Das Fliegen«, kam es wie aus der Pistole geschossen. »Es war wunderbar.«

»Eines Tages werdet ihr eure Magie zurückbekommen, kein Fluch hält ewig. Das weißt du doch, oder?«

»Natürlich, aber dann kann es für uns zu spät sein. Für Celia ist es das sehr wahrscheinlich. Schau sie dir an. Sie sprühte nur so vor Leben. Ich bin schuld, dass sie mit den anderen mitgegangen ist. Sie wollte mit mir auf die Jagd gehen. Wir hätten einen Rehbock gerissen oder einen Wolf. Aber ich hatte keine Lust. Ich war mit meinem damaligen Liebhaber verabredet.« Er rieb sich mit beiden Händen das Gesicht. »Er war ein Vollidiot. Das werde ich mir nie verzeihen.«

»Es war ihre Entscheidung«, sagte ich leise. »Und sie weiß, dass du sie liebst. Manchmal muss das reichen. Sie würde nicht wollen, dass du dir Vorwürfe machst.«

»Ich weiß.« Er lachte resigniert auf. »Ich tue es trotzdem. Ich mag dich, Valea. Ich mag dich sehr, und ich bin froh, dass du in diesen letzten Tagen bei ihr bist.«

Kyrill öffnete die Tür und unterbrach unser Gespräch. »Entschuldigt, ich wurde aufgehalten. Drei von Celestas Hexern waren im Laboratorium und haben dort randaliert.«

Alexej richtete sich zu voller Größe auf. Er war deutlich schlanker als Nikolai gebaut, aber nun glänzte in seinen Augen Mordlust. »Haben sie dir etwas getan?«

Kyrill schüttelte den Kopf. »Nein. Sie hatten es auf zwei Hexen abgesehen, die dort einen Liebestrank mischen wollten.« Er verdrehte die Augen. »Jaron kam gerade rechtzeitig und hat die Situation entschärft.«

»Vorgestern haben sie zwei Wicca belästigt«, erzählte ich. »Im Frühstücksraum. Sie sind beide abgereist.«

»Das ist wahrscheinlich auch das Ziel ihrer Attacken«, sagte Alexej. »Ihr solltet nicht mehr allein durch das Schloss streifen. Nehmt Lupa mit, sie verbreitet Angst und Schrecken für drei Wicca.«

Celia öffnete die Augen. »Kann ich dich mit den beiden allein lassen?«, fragte ich sie.

»Natürlich. Ich passe auf sie auf«, flüsterte sie. »Wenn die Hexer reinkommen, kriegen sie meinen rechten Haken zu spüren.«

»Tue ihnen nicht allzu weh. Und vergiss nicht, etwas zu essen.« Dann ging ich, bevor Celia sah, wie sehr ihre schlechte Verfassung mir zusetzte.

Ich lief durch die Gänge und brauchte meine Schwester nicht lange zu suchen. Schon von Weitem hörte ich das Brüllen und roch verbrannte Magie. Lärm drang aus der Eingangshalle nach oben. Ich rannte die Treppe hinunter, wo sie sich ein Gefecht mit Adrian lieferte. Der Hexer jagte auf einem Besen um Lupa herum und versuchte, sie mit einem Bannspruch zu fesseln, aber Lupa war zu schnell für ihn. Sie wirbelte herum, sprang ihm aus dem Weg und traf ihn ihrerseits immer wieder mit kleinen Feuerblitzen, die aus ihren Fingerspitzen herausschossen. Ein harmloser Zauber, den unser Vater ihr beigebracht hatte. Die meisten anderen Anwesenden feuerten sie an, obwohl klar zu erkennen war, dass das Adrian nur noch wütender machte. Er hatte sich bereits bei Celestas Besuch blamiert. Lange konnte sie ihn nicht reizen, bis er einen Fluch einsetzte, der sie ernsthaft verletzten konnte. Sie spielte mit dem Feuer, aber das hatte Lupa noch nie interessiert. Obwohl ich nicht billigen wollte, was sie da tat, konnte ich mir ein Grinsen nicht verkneifen, als auf Adrians sorgfältig frisiertem Schopf die weißen Haare plötzlich in lilafarbenen Flammen standen. Das Gelächter schwoll an. Hektisch versuchte Adrian, das Feuer mit einer Hand zu löschen, verlor aber die Kontrolle über seinen Besen. Bevor er in ein Fenster krachte, stoppte Lupa ihn mit einer Bewegung, und dann erschien ein Eimer Wasser über Adrians Kopf, der sich mit einem Schwall entleerte. Danach sah der Hexer aus wie ein begossener Pudel. Die Farbe lief ihm in lilafarbenen Schlieren übers Gesicht.

»Ich hoffe, das ist dir eine Lehre. Wag es nicht noch mal, dich an jemandem zu vergreifen, der weniger Kräfte hat als du. Das sollte nicht mal eines Hexers würdig sein«, verkündete sie, drehte sich um und stolzierte unter dem Applaus der Anwesenden davon.

Sie grinste, als sie mich auf der Treppe sah, und setzte den Fuß auf die erste Stufe. Um ihren Kopf erschien eine Blase aus Wasser. Lupa riss die Augen auf und packte sich mit der Hand an die Kehle, die von dem Wasser unerbittlich zugeschnürt wurde. Ich stürzte die Treppenstufen hinunter. Das Gelächter war verstummt. Ihre Gesichtsfarbe wurde dunkler, während sie vergeblich nach Luft rang. Ich versuchte, die Blase zum Platzen zu bringen, aber das Wasser bewegte sich unter meinen Fingern wie eine gallertartige Substanz. Ich konnte ihre Form ändern, aber sie zog sich nur fester um Lupas Gesicht herum. Ihre Lippen liefen blau an, die Augen traten ihr aus den Höhlen. Ein Blitz zuckte durch die Luft und brachte die Blase zum Platzen. Lupa fiel in meine Arme, und gemeinsam gingen wir zu Boden.

»Nun, wo alle ihren Spaß gehabt haben«, erklang Bredicas Stimme, »schlage ich vor, dass ihr euch zurück an eure Arbeit begebt.«

Hastige Schritte eilten durch die Halle und entfernten sich. Ein Paar Stiefel kam in mein Sichtfeld. »Eines Tages wirst du dafür büßen, Wicca«, höhnte Adrian. »Wir werden euch zertreten. Euch alle.«

»Ein Wurm kann nicht treten, du Idiot«, murmelte Lupa mit rauer Stimme.

Bevor Adrian ihr einen Tritt versetzen konnte, riss es ihm die Beine weg, und er landete unsanft auf seinem Hintern.

»Ich habe eine Anweisung gegeben«, sagte Bredica, die nun direkt neben uns stand. »Du hast genau zwei Möglichkeiten, Adrian. Entweder versteckst du dich im hintersten Winkel der Bibliothek, oder du verlässt Caraiman.«

Er rappelte sich auf. »Es wird dir noch leidtun, dass du sie in Schutz nimmst«, zischte er, trollte sich aber.

»Du hättest ihn nicht reizen dürfen«, sagte Bredica streng zu Lupa, deren Gesicht nun wieder seine ursprüngliche Farbe hatte, auch wenn sie immer noch hektisch atmete.

»Er hatte es verdient«, erwiderte sie und ließ sich beim Aufstehen von mir stützen.

»Das spielt keine Rolle. Wenn du nicht lernst, deine Gefühle zu kontrollieren, wirst du in diesem Krieg sehr schnell sterben. Melinda möchte euch sehen, euch beide. Ihr findet ihr Büro heute im dritten Stock, fünfter Gang.« Mit diesen Worten schwebte sie davon. Ich fragte mich, ob sie überhaupt merkte, wie sie sich da fortbewegte, denn die Wut in ihren Augen war mir nicht entgangen.

»Das war keine Magie, die dieser Schwächling beherrscht«, stieß Lupa hervor.

»Nein«, bestätigte ich und schaute auf. Am oberen Treppenabsatz standen drei von Celestas Hexern. Sie hatten die Köpfe gesenkt und die Hände in den Ärmeln ihrer Umhänge verborgen. Sie standen dort wie eine Wand, und meine

Nackenhaare richteten sich bei dem Anblick auf. Unter den Kapuzen leuchteten glühende Kohlen, wo eigentlich Augen hätten sein müssen. Ihre Bewegungen waren völlig synchron, als sie sich abwandten und davongingen.

»Lass uns zu Melinda gehen«, befahl ich, und ausnahmsweise widersprach Lupa nicht.

Wir eilten durch die Gänge, ohne jemandem zu begegnen. Vor Melindas Bürotür blieben wir kurz stehen, und ich hob die Hand, um anzuklopfen, aber die Tür schwang bereits auf. »Hereinspaziert«, murmelte sie. »Mut und Dummheit liegen nah beieinander.«

»Klappe«, fuhr Lupa die Tür an, wurde aber knallrot.

Sie schlug zu und gab ihr dabei einen Stups. Lupa stolperte vorwärts.

»Kluge Tür«, sagte ich nur.

18. KAPITEL SCHLOSS CARAIMAN VOR BELTANE

Die Hexe war nirgends zu sehen. Auf ihrem Tisch stand jedoch eine dampfende Tasse mit Tee, und ein Buch blätterte gemächlich Seite für Seite um, als würde jemand darin lesen.

»Wenn ich Radu informiere, was du angestellt hast«, Melindas Umrisse materialisierten sich nach und nach in ihrem Stuhl hinter dem Schreibtisch, »wird er dir befehlen, nach Rasca zurückzukehren. Ist es das, was du möchtest, Mädchen, oder willst du deinen Bruder weiter beschützen? Er ist nicht so tapfer wie du und nicht so talentiert. Du warst fleißig in den letzten Wochen. Lägen die Dinge anders, würde ich dir eine Stelle als Bibliothekarin in Nexors Bibliothek anbieten. Dann müsstest du dich nicht mehr hineinschleichen.« Mittlerweile war ihre Gestalt vollständig zu sehen. Prüfend wanderte ihr Blick zwischen uns hin und her. Seufzend stand sie auf und kam auf uns zu. Sie trug ein schlichtes weißes Kleid, dessen Rückenteil wie eine Schleppe über den Boden strich. Ein Lumina folgte ihr, dessen Licht ihr offenes Haar wie ein Beltanefeuer funkeln ließ. Direkt vor uns blieb sie stehen. »Ich habe gehört, ihr habt den Ort gefunden, an dem Sophia getötet wurde.«

»Ja«, erwiderte ich. »Das haben wir. Hat Nikolai es dir erzählt?«

»Er war hier, ja. Er hat mich gebeten, alle Teilnehmer nach Hause zu schicken oder sie wenigstens über Sophias Tod zu informieren.«

Lupa verschränkte die Arme vor der Brust. »Aber das wirst du nicht tun.«

Melinda schlenderte zum Fenster und sah hinaus. »Es wäre zum jetzigen Zeitpunkt sehr unklug, Unruhe zu schüren, und die würde entstehen, wenn wir euch vor Beltane nach Hause entlassen. Natürlich steht es jedem frei, Caraiman zu verlassen, aber offiziell werde ich niemanden dazu auffordern. Es würde Celesta nur in die Hände spielen.«

»Was hat sie vor?«, fragte ich.

»Zuerst einmal möchte sie Caraiman zurück, und ich weiß nicht, wie lange ich ihr diesen Wunsch noch verwehren kann.« Sie strich mit einem Finger über das Glas des Fensters. »Dieses Schloss ist auch mein Zuhause, aber wenn Celesta zurückkehrt, werde ich gehen müssen.«

Man sah ihr deutlich an, wie schwer ihr das fallen würde. »Hat sie denn keine Angst mehr vor Ancuta?«

Melinda stützte sich mit beiden Händen auf dem Fensterbrett ab. »Meine Schwester hat vor nichts mehr Angst. Das macht sie ja so gefährlich. Der Geist ihrer Tochter kann ihr nichts mehr anhaben. Sie hat nun alles, was ihr Herz je begehrt hat. Nun ja, fast alles.«

Ich runzelte die Stirn. »Hat Celesta Sophia getötet und geöffnet? Wenn sie alles hat, was wollte sie dann noch von ihr?«

»Sophia war ein gutes Mädchen und sie hatte viel Potenzial«, wich Melinda der Frage aus. »Sie hat sich ausführlicher mit unserer Chronik beschäftigt als alle anderen.« Sie drehte sich wieder zu uns um. »Die meisten von euch kommen nicht her, um zu studieren, das ist mir durchaus klar, aber das war auch nie der Hauptgrund, weshalb ich diese Treffen einberief.«

»Freunde können auch zu Feinden werden«, merkte Lupa an. »Manchmal kann man jemanden mehr hassen, mit dem man befreundet war, als jemanden, der einem gleichgültig ist.«

»Dieses Risikos war ich mir immer durchaus bewusst.«

»Hast du Sophia einen besonderen Auftrag gegeben?«, fragte ich, weil ich immer noch Antworten wollte. »Was hat sie im Südflügel gemacht?«

Melindas Gesichtsfarbe wurde schlagartig etwas blasser. Dann schüttelte sie den Kopf. »Ich hätte sie nie dorthin geschickt. Ich würde nicht einmal selbst in den Südflügel gehen. Wer sich zu lange dort aufhält, erfriert unweigerlich. Celestas Hexer haben versucht, dich mit einem Wasserzauber zu ersticken?«, wandte sie sich an Lupa.

Diese rieb sich über die Kehle, an der sich die Druckstellen der Wasserblase dunkel verfärbten.

»Betrachte es als Warnung. Wenn sie dich wirklich hätten töten wollen, dann hätte Bredica dich nicht retten können.«

Das Fenster hinter ihr sprang auf, und eine weiße Taube kam hereingeflattert. Ein Windstoß wirbelte die hellen Vorhänge in die Höhe, und der Vogel verwandelte sich in eine Pergamentrolle.

»Ist das eine Nachricht aus der Onyxfestung?«, fragte Lupa neugierig, während Melinda die Nachricht las.

»Meine geschätzte Schwester lädt mich zu sich ein. Ich denke, Nikolai Lazar und Radu Patel bekommen gerade einen ähnlichen Brief. Unsere Zeit wird knapp, wenn wir irgendetwas gegen ihre Pläne unternehmen möchten.« Melinda ging zum Schreibtisch zurück und legte das Pergament ab. »In drei Wochen sollen wir uns bei ihr einfinden. Offiziell möchte sie ihre Rückkehr feiern und unser Bündnis erneuern.«

»Wie hat sie es geschafft, den Strigoi die Unsterblichkeit zu rauben und diese Magie für sich zu nutzen?«, platzte ich mit der wichtigsten Frage heraus. »Wer hat ihr geholfen? Wie ist so etwas überhaupt möglich? Können wir das rückgängig machen?«

Melinda beugte sich über den Tisch und sah mich so eindringlich an, als wollte sie jeden einzelnen Gedanken aus mir herauslesen. »Meiner Schwester ist gar nichts unmöglich, und ich bezweifle, dass dir etwas gelingen wird, das viel fähigere Wicca und Hexer schon versucht haben.«

Natürlich hatten sie das, aber das war mir gleich. Ich würde trotzdem alles in meiner Macht stehende versuchen. »Sophia wurde ein Heptagramm in den Rücken geschnitten. Kann es etwas mit dem Fluch der Strigoi zu tun gehabt haben?«

»Ich wüsste nicht, was.« Sie rollte das Pergament wieder ein. »Ihr solltet jetzt gehen, aber wenn ich dir einen Rat erteilen darf, Valea, dann begleite Lupa in Nexors Bibliothek. Lernt ein paar ordentliche Verteidigungszauber. Radu hätte euch vorbereiten müssen. Er hat immer gewusst, dass sie eines Tages zurückkommen wird.« Bevor ich noch eine Frage stellen konnte, machte Melinda sich wieder unsichtbar. Wir waren entlassen.

»Hattest du auch den Eindruck, dass sie längst aufgegeben hat?«, fragte ich Lupa, als wir wieder draußen vor der Tür standen.

»Ich weiß nicht. Aber in einem hat sie recht. Du musst lernen, dich zu verteidigen.«

»Sie hat uns beide gemeint. Jemandem lila Feuer ins Haar zu zaubern, ist nicht sonderlich hilfreich, wenn der dich mit einem echten Fluch bedroht.«

»Dann werden wir beide lernen, uns zu wehren und zu kämpfen«, lenkte Lupa erstaunlicherweise ein, ohne beleidigt zu sein. »Und Kyrill nehmen wir mit. Er kann aus Kräutern prima Stinkbomben bauen, aber das hilft auch nicht wirklich gegen die Zauber von diesen Monstern, die Celesta hergeschickt hat.«

Tröstend legte ich ihr eine Hand auf den Arm. Vor nicht ganz einer Stunde hatte sie Todesangst gehabt. Das steckte nicht mal sie einfach weg. »Dann legen wir morgen los?«

Sie nickte. »Von mir aus.«

»Lass dir von Kyrill einen Heilsud für einen Umschlag machen, bevor du zu Bett gehst. Man kann die Würgemale sehen, und sie werden noch dunkler werden, wenn du sie nicht behandelst.«

Sie rieb sich mit der Hand über den Hals. »Hör auf damit«, fuhr sie mich an. »Ich brauche niemanden, der mich bemuttert.«

»Ich denke, doch.« Mit den Worten drehte ich mich um und ging zurück in mein Zimmer. Celia schlief tief und fest, und in dem Sessel neben ihrem Bett saß Nikolai.

»Stört es dich, wenn ich bei ihr bleibe?«

Ich schüttelte den Kopf. »Nein. Ganz und gar nicht.«

Ich ging ins Bad, zog mich um und legte mich dann in mein Bett. »Wenn es dir zu unbequem wird, kannst du mit unter meine Decke kommen«, schlug ich vor. »Damit du dir nichts verrenkst.«

Er lachte leise. »Schlaf gut, Valea.«

Ich löschte die Kerzen. Das Feuer im Kamin beleuchtete seinen Körper. Lächelnd schloss ich die Augen.

Als ich am nächsten Morgen aufwachte, lag mein Kopf auf seiner Brust und er hatte einen Arm um mich geschlungen.

Vorsichtig stand ich auf und wollte mich ins Bad schleichen. Celia grinste, und Freude stand in ihren Augen. »Ich wusste, dass er dir nicht würde widerstehen können.«

»Verdammt«, brüllte ich das Regal an, das sich mir in den Weg schob, als ich Nexors Bibliothek verlassen wollte. Diese unterirdischen Räume waren ein Labyrinth, und ich war viel zu lange hier unten geblieben. Lupa war bereits vor einer halben Stunde gegangen, ich hatte aber unbedingt noch das Fluchbuch zu Ende lesen wollen, in dem eine der Ururururenkeltöchter von Nexor und Estera alle zu ihrer Zeit nicht tödlichen bekannten Flüche zusammengetragen hatte. Dagegen war die Giftabhandlung, die ich gestern gelesen hatte, ein Kinderbuch gewesen. Ich schob das Regal zur Seite und war mir durchaus bewusst, dass es mir laut über den Boden schabend folgte, aber wenn ich es ignorierte, verlor es vielleicht die Lust. Ein Buch knallte von einem anderen Regal direkt auf meinen Kopf und landete auf dem Boden. Winzige Finger griffen nach meinem Hosenbein und klammerten sich an mir fest. Ich widerstand dem Impuls, das Buch in Brand zu stecken, denn diese Biester warteten nur darauf, dass ich eins von ihnen angriff. Wenn ich das tat, würden sie sich auf mich stürzen und mir die Haare vom Kopf und die Klamotten vom Körper reißen. Erst gestern war ein junger Hexer brüllend und nackt durch das Schloss gerannt. Mir würde das nicht passieren. Ich zog ein Stück Zucker aus der Hosentasche und ließ es unter ein Regal fallen. Prompt ließ mich das Buch los und robbte hinterher. Zwei Tage in Nexors Bibliothek, und ich fragte mich, wie es uns je gelingen sollte, auf Dauer friedlich mit den Hexen zusammenzuleben, wenn schon deren Bücher so aggressiv waren. Ich hatte immer gewusst, dass sich ihre Einstellung zur Magie deutlich von unserer unterschied, aber mir war nicht bewusst gewesen, wie sehr. Ich hatte von Zaubern gelesen, die niemals hätten entdeckt, geschweige denn niedergeschrieben werden dürfen. Ich erklomm die Treppe, die zum Ausgang führte, nickte dem schweigenden Bibliothekar zu, der in der Nacht Wache hielt, damit keins der Bücher entkam, und eilte durch das stille Schloss. Dass jemand in der Lage war, einer anderen Person die Sinne oder sogar die Seele zu rauben, war grausam. Dagegen kam mir die Fähigkeit der Teleportation oder Aerokinese beinahe harmlos vor. In einem Krieg konnten diese Gaben jedoch von entscheidendem Vorteil sein, deswegen hatte ich beschlossen, diese Zauber zu erlernen. Mein Erfolg war eher mittelmäßig, denn ich konnte zwar die Beschwörungen aufsagen, aber ohne richtige Magie nützte das gar nichts. Nachdenklich lief ich den Gang zu unserem Zimmer entlang. Meine Versuche hatten nur dazu geführt, dass meine Kopfschmerzen wieder stärker geworden waren.

Unser Zimmer war in das Licht unzähliger Kerzen getaucht, die überall verteilt waren. Celia saß in einem weißen langen Nachthemd mit Rüschen am Hals auf ihrem Bett. Ihr Haar hatte sie zusammengebunden. Sie lächelte etwas verlegen, als mein Blick auf den Tisch zwischen unseren Betten fiel. Darauf stand ein Schokoladenkuchen – jedenfalls vermutete ich, dass es ein Schokoladenkuchen sein sollte, denn er sah ziemlich verunglückt aus.

Vor Aufregung kaute sie auf ihrer Unterlippe herum. »Herzlichen Glückwunsch. Bredica und Amelia haben mir ihre Hilfe beim Backen angeboten, aber ich wollte es unbedingt selbst machen. Ich dachte, wir feiern deinen Geburtstag mit einer Nachthemdparty. Lupa hat es mir verraten. Naja, ich musste das Datum aus ihr herausprügeln.«

Ich lächelte gerührt und ungläubig zugleich. Dank Kyrills Pflege ging es ihr viel besser. Trotzdem war sie blass, und sicherlich hatten ihr diese Vorbereitungen einen Großteil der Kraft abverlangt, die sie durch die strenge Bettruhe der letzten Tage zurückgewonnen hatte. Nikolai hatte darauf bestanden und ihr gedroht, sie ansonsten zu ihrer Mutter zurückzuschicken. Sie hatte sich gefügt, sprach nun aber nicht mehr mit ihm. Ich leider auch nicht, denn meistens verbrachte er seine Zeit mit Alexej und Jaron in Melindas Büro. Kayla hatte mir erzählt, dass Melinda Nikolai davon abgeraten hatte, die Einladung der Königin anzunehmen. Aber auch wenn ich ihn tagsüber nicht sah, so kam er doch fast jede Nacht in unser Zimmer. Offiziell, um nach Celia zu sehen. Aber morgens, wenn ich aufwachte, lag er in meinem Bett. Leider blieben diese Begegnungen so unschuldig wie nur möglich.

Mit Tränen in den Augen betrachtete ich Celias Werk. »Das hast du alles für mich vorbereitet?«

Sie nickte eifrig. »Lupa sollte dich aufhalten, damit ich auch fertig werde.«

»Ich kann mich nicht erinnern, wann ich das letzte Mal meinen Geburtstag gefeiert habe«, sagte ich, obwohl es nicht stimmte, denn in dieser Nacht waren meine Eltern ermordet worden. Ich ging zu ihr und umarmte sie. »Danke«, murmelte ich. »Vielen Dank.« Weder Kyrill noch Lupa hatten mir gratuliert. Aber ich hatte meinen Geburtstag selbst vergessen, weil ich so beschäftigt gewesen war. Morgen musste ich Kyrill ein Stück von der Schokoladentorte bringen.

Celia löste sich von mir. »Magst du ein Stück probieren?«

»Unbedingt. Ich ziehe mir nur auch schnell mein Nachthemd an.«

Sie grinste, und ich schnappte mir meine Sachen. In dem winzigen Bad zog ich mich rasch um, kämmte mein Haar und wusch mir das Gesicht. Als ich herauskam, hielt sie einen Teller in der Hand, auf dem ein Stück Kuchen lag, in das sie eine kleine Kerze gesteckt hatte.

»Wenn du sie ausbläst, kannst du dir etwas wünschen«, erklärte sie feierlich.

Ich nahm ihr den Teller ab und überlegte, was mein sehnlichster Wunsch war, als es leise an der Tür klopfte. »Hast du jemanden eingeladen?«

Celia schüttelte den Kopf und ging zur Tür.

»Schwesterchen, hast du gedacht, du kannst ohne uns eine Party schmeißen?« Alexej drängelte herein, und eine Sekunde hoffte ich, Nikolai würde ihn begleiten, aber zu meiner Überraschung und Freude war es Kyrill. »Da kommen wir gerade rechtzeitig«, sagte Alexej. »Was wünschst du dir?«

Als Kinder hatten Kyrill und ich die Kerze immer gemeinsam ausgepustet und uns unsere Wünsche dann gegenseitig ins Ohr geflüstert, sehr zum Ärger von Lupa, der wir sie nie verraten hatten. »Zusammen?«, fragte ich ihn nun, und er nickte. Ich konzentrierte mich auf die Flamme, dann pusteten wir gleichzeitig. Mein einziger Wunsch war, dass wir nie wieder einen Geburtstag getrennt verbringen mussten. Kyrill ließ mich nicht aus den Augen und wirkte, als würde er am liebsten weglaufen und mich gleichzeitig umarmen und nie wieder loslassen.

»Möge deine Zukunft voller Glück und Liebe sein«, sagte er und zog etwas unter seiner Jacke hervor. Es wand sich in seinem Arm und maunzte. Vor Überraschung bekam ich runde Augen. »Ich hab es im Stall gefunden«, sagte er. »Ich dachte, du würdest ihn mögen.«

»Ein Kätzchen?« Ich schlang die Arme um ihn und er versteifte sich. Aber ich ließ nicht los, bis auch er mich umarmte und mich festhielt. »Das ist das beste Geschenk, das ich je bekommen habe«, verkündete ich. »Und ich habe gar nichts für dich.«

Alexej hob nun erstaunt eine Augenbraue. »Weshalb hast du mir nicht gesagt, dass du auch Geburtstag hast?«, fragte er und klang vorwurfsvoll.

»Weil ich meinen Geburtstag nicht feiere«, antwortete Kyrill mit belegter Stimme und löste sich von mir.

»Heute schon. Kriegen wir auch ein Stück?«, fragte Alexej seine Schwester und küsste sie aufs Haar. »Er riecht köstlich.«

Sie strahlte. »Wenn du möchtest.«

»Aber hallo.« Alexej ließ sich auf ihr Bett fallen. »Wer kann schon einem Stück selbstgebackenem Schokokuchen widerstehen. Komm her, Kyrill. Steh da nicht so steif rum. Wenn ich das gewusst hätte, hätte ich etwas zu trinken mitgebracht.«

Kyrill setzte sich neben ihn. »Es ist jetzt schon der beste Geburtstag, den ich seit einer Ewigkeit hatte.«

Ich ließ den kleinen Kater zu Boden, der umgehend anfing, sich umzuschauen.

Celia reichte Kyrill einen Teller. »Hast du dir auch was gewünscht? Ich hätte eine zweite Kerze in den Kuchen stecken können«, überlegte sie laut. Ihr Eifer war einfach rührend.

Kyrill betrachtete das Kuchenstück, und ich wurde den Gedanken nicht los, dass er seit unserer Trennung ebenso wenig seine Geburtstage gefeiert hatte wie ich.

»Ich habe sogar eine Flasche Wein«, erklärte Celia mit nun fast rosigen Wangen. Die Freude darüber, dass ihr die Überraschung gelungen war, stand ihr ins Gesicht geschrieben. Sie wandte sich ab, um die Flasche aus ihrem

Nachtschrank zu holen. Alexejs Blick glitt so zärtlich und gleichzeitig traurig über sie, dass es mir das Herz brach. Kyrill griff nach seiner Hand und drückte sie. Alexej schenkte ihm ein Lächeln, doch es war nicht ganz so sorglos wie das, das er uns sonst zeigte. Aber in Kyrills Gesicht stand ein so zuversichtlicher Ausdruck, dass Alexej sich entspannte. Doch nicht einmal mein Bruder konnte gegen Celestas Fluch etwas ausrichten. Celia würde sterben, und das Einzige, was wir noch tun konnten, war, in diesen letzten Tagen und Wochen für sie da zu sein. Nach Beltane würde Nikolai sie zurück zu ihrer Mutter bringen. Ich würde sie nie wiedersehen und ihm vermutlich auf einem Schlachtfeld begegnen. Ich konnte nur hoffen, dass wir dort auf derselben Seite kämpfen würden. Aber ich wollte jetzt weder an den Fluch noch an den bevorstehenden Krieg denken. Sorgen konnte ich mir morgen wieder machen.

Wir aßen den Kuchen, tranken den Wein und Celia und ich stritten lachend darum, auf wessen Schoß der kleine Kater sitzen durfte.

»Er braucht einen Namen«, bestimmte Alexej.

»Wie wäre es mit Milo?«, fragte Celia. »Der Liebenswürdige.«

Kyrill nickte. »Gefällt mir. Das passt zu ihm.«

Es klopfte, als wir uns gerade über Alexejs gekonnte Imitation eines der Bibliothekare amüsierten, der uns jedes Mal mit derselben Ermahnung empfing, wenn wir Esteras Bibliothek betraten. Auf mein Herein betrat Nikolai das Zimmer. Aufmerksam glitt sein Blick von einem zum anderen und blieb an Celia hängen. »Wie geht es dir?«

Ihre Lippen waren so weiß wie ihre Haut, aber sie lächelte. »So gut wie seit Tagen nicht.«

»Hattest du Spaß?«

»Ja, sehr. Danke, dass du mir geholfen hast, alles vorzubereiten.«

Das hatte er getan? Ich lächelte.

Alexej stand von ihrem Bett auf. »Dann ist die Party wohl zu Ende? Du solltest schlafen.«

Kyrill erhob sich ebenfalls. Unschlüssig trat er von einem Fuß auf den anderen. »Das war nett«, sagte er leise. »Ich bin froh, dass Alexej mich überredet hat, ihn zu begleiten.« Er beugte sich vor und küsste mich flüchtig auf die Wange.

»Und ich bin froh, dass du mitgekommen bist«, erwiderte ich.

»Ich habe noch eine Überraschung«, verkündete Nikolai und sah mich an.

»Eine Überraschung?« Celias Augen leuchteten auf.

Er nickte unschlüssig, doch er hatte die Entscheidung längst getroffen. »Wir gehen in den Wald.«

Ungläubig schüttelte ich den Kopf. »Jetzt? Es ist mitten in der Nacht.«

Alexej lehnte noch im Türrahmen, und Kyrill stand neben ihm. »Dann ist es am besten. Auf wen erstreckt sich diese Überraschung?«, fragte er. »Nur auf Valea?«

»Nein, auf jeden, der mitkommen möchte. Melinda hat es erlaubt. Nennen wir es eine Art Probebeltane.«

Ich gluckste. »Beltane kann man nicht proben. Es ist nicht mal Vollmond.« Ich hielt inne, weil ich den gequälten Ausdruck in seinen Augen bemerkte. Das war gar keine Überraschung für mich, sondern für Celia. »Ich bin trotzdem dabei«, sagte ich hastig. Er glaubte nicht mehr daran, dass sie es bis dahin schaffte, und wollte ihr eine Freude machen. Sie hatte extra ein Kleid für diese Nacht mitgebracht, die sie nun nicht mehr erleben würde. Vor Trauer zog sich mein Herz zusammen.

Nikolai lächelte dankbar. »Dann zieht euch warm an. Wir holen die Pferde.« Er scheuchte Alexej und Kyrill aus dem Raum.

Eine Minute später kam Kayla herein. »Ich helfe euch.« Über dem Arm hielt sie ein wunderschönes weißes Kleid. »Für dich«, erklärte sie. »Deine Sachen sind immer so *praktisch*.« Abschätzend glitt ihr Blick über das Nachthemd, das ich trug, was mich zum Lachen brachte. Sie hätte das Teil nicht mal als Putztuch verwendet. »Das ist mein Test«, entgegnete ich grinsend. »Ich heirate nur den Mann, der mich auch darin vor den Altar führt.«

Celia quietschte vor Lachen.

»Dann wirst du den einen Mann auf der Welt finden müssen, der dich mit den Ohren und nicht mit den Augen aussucht«, erwiderte Kayla. »Viel Spaß beim Suchen.«

»Komm schon. Magnus würde dich auch in Lumpen wollen.«

Hochmütig sah sie mich an. »Allerdings, aber nackt bin ich ihm am liebsten.«

Jetzt brachen wir alle in Gelächter aus. Ich schnappte mir das Kleid, um mich umzuziehen, danach befahl Kayla mir, mich an meinen Schreibtisch zu setzen, und begann, mein Haar zu kämmen und zu flechten.

»Zieht ihr euch am echten Beltanefest wirklich nackt aus und springt durch ein Feuer?« Celia trug ihr Kleid aus wunderschönem blauem Samt und darüber einen dickeren Umhang. Trotzdem zitterte sie leicht. Doch nichts würde sie davon abhalten, uns zu begleiten. Ihre Augen glänzten vor Aufregung.

Ich verschluckte mich an dem Wasser, das ich gerade getrunken hatte, und brauchte eine Weile, bevor ich antworten konnte. »Also ich ziehe mich bestimmt nicht aus, und ehrlich gesagt weiß ich das nicht. Ich habe noch nie an einem Beltaneritual teilgenommen. Die Menschen feiern dieses Fest nicht.«

»Bei Lupa bin ich mir ziemlich sicher«, überlegte Celia laut weiter. »Sie wird wahrscheinlich sofort alle Hüllen fallen lassen.«

Ich grinste. »Vorstellbar ist es.«

Kayla nahm ein paar Klemmen vom Tisch und begann, meine geflochtenen Zöpfe um meinen Kopf zu winden.

»Nikolai gefällt es besser, wenn sie ihr Haar offen trägt«, bemerkte Celia.

»Wie gut, dass es keine Rolle spielt, was ihm gefällt und was nicht«, erwiderte Kayla. »Und ich schätze, am liebsten ist es ihm, wenn es nicht angebrannt riecht.«

Celia zuckte nur mit den Schultern und tupfte sich etwas Farbe auf die bleichen Wangen. »Wählt der Gehörnte Gott tatsächlich jedes Jahr eine Jungfrau, um sich an Beltane mit ihr zu vereinigen? Würdest du mit ihm gehen, wenn er dich auswählt?«

»Natürlich nicht. Ich habe kein Interesse daran, mich mit einem Mann während eines Rituals zu vereinigen. Keine Wicca wird gegen ihren Willen dazu gezwungen. Es widerspräche völlig unserem Glauben.« Durch den Spiegel sah ich, dass die beiden einen skeptischen Blick wechselten, und ich verdrehte die Augen. »Ich weiß, welche Gruselgeschichten ihr euch über unsere Rituale erzählt. Wir feiern die Ankunft des Sommers und verabschieden uns vom Frühling. Das einzig Gefährliche ist die Maibowle.«

Celia klatschte in die Hände. »Ich hoffe, wir werden tanzen.«

»Du musst uns versprechen, dich nicht zu überanstrengen«, sagte Kayla besorgt. »Genieße es einfach, und wenn dir schwindelig wird, dann setzt du dich ans Feuer und ruhst dich aus. Trink nur einen winzigen Schluck von der Bowle, nicht mehr. Wenn es dir noch schlechter geht, bringt Nikolai dich morgen nach Hause.«

»Ich würde einen Weg finden, wieder herzukommen. Ich bin krank, und ich verstehe, dass er sich Sorgen macht, aber ich werde meine restliche Zeit nicht im Bett liegen und mich von meiner Mutter umsorgen lassen. Wenn er das von mir verlangt, mache ich der Sache selbst ein Ende.« Sie sprang auf und war so aufgebracht, dass sie schwankte.

Kayla war sofort an ihrer Seite und hielt sie an den Schultern fest. »Beruhige dich. Er hat einfach Angst um dich und will dich nicht verlieren.«

»Ich ihn auch nicht. Ich möchte niemanden von euch verlieren«, keuchte sie. »Aber machen wir uns nichts vor. Es wird passieren. Denkt ihr, ich weiß das nicht?«

Betreten wechselten Kayla und ich einen Blick. »Dann lass uns feiern und tanzen. Vielleicht ist das für uns alle die letzte Gelegenheit«, sagte ich und hielt ihr meine Hand hin. Ich fürchtete den Tod nicht, weil ich wusste, dass meine Seele eines Tages wiedergeboren werden würde. Aber die Strigoi fanden in dieser Vorstellung keinen Trost. Und furchtbar war der Tod sowieso hauptsächlich für die, die zurückblieben.

Vor der Tür warteten Nikolai, Jaron und zu meiner Überraschung auch Alva und Eleni. In ihren Händen hielten die drei ihre Besen. Offensichtlich hatte Nikolai das halbe Schloss eingeladen.

»Ich hoffe, niemand hält mich in dem Kleid wirklich für eine Jungfrau«, murrte Alva gerade und musterte meines etwas neidisch. »Meine Mutter hat darauf bestanden, dass ich es einpacke.« Das bisschen Stoff, das ich unter ihrem Umhang hervorblitzen sah, war weiß und funkelte im Licht der Fackeln an den Wänden. Der Ausschnitt machte keinen besonders züchtigen Eindruck.

Eleni stupste sie lachend an. »Darum musst du dir keine Sorgen machen. Das Kleid täuscht niemanden.«

»Sie würde auf jeden Fall mit dem Gehörnten Gott mitgehen«, flüsterte Celia mir zu.

»Natürlich würde ich das. Es ist eine große Ehre, sich mit ihm zu vereinigen«, erklärte Alva hochmütig grinsend. »Gerade an den Feuern von Caraiman. Ich wäre ein Jahr lang Beltanekönigin.«

»Beltane macht nur wirklich Spaß, wenn man es nicht allein feiert«, sagte Jaron augenzwinkernd und entschuldigend zugleich zu Celia.

Sie strahlte ihn an. »Ich bin so aufgeregt.« Nikolai reichte ihr seinen Arm. »Ich gehe doch nicht mit meinem Bruder zu Beltane«, rügte sie ihn und hakte sich bei Jaron unter. »Auch wenn es nur eine Probe ist. Darf ich mit auf deinem Besen fliegen?«

»Wenn er es erlaubt.« Jaron lachte. Der gewohnte Ernst war von ihm abgefallen. Nikolai hatte uns allen ein Geschenk gemacht.

»Wenn er dich nicht fallen lässt, dann darfst du«, erwiderte er.

Celia riss die Augen auf und fiel ihm um den Hals. »Du lässt mich wirklich fliegen?«, versicherte sie sich noch einmal.

»Es wird anders sein als mit Flügeln«, erinnerte er sie und klang wehmütig.

»Das ist mir egal. Ich werde Sternenluft riechen.« Sie hüpfte beinahe zu Jaron zurück, der fürsorglich einen Arm um sie legte.

»Was habe ich mir nur dabei gedacht?«, fragte Nikolai mich leise.

»Dass du deiner Schwester eine unvergleichliche Nacht bereiten willst«, antwortete ich, sah zu ihm auf und wünschte, ich könnte ihm die Angst um Celia nehmen. »Egal, was passiert. Diese Nacht wird für immer sein. Ihre Seele wird nicht vergessen, wie sehr du sie geliebt hast. Beltane ist ein friedliches Fest. Lass sie heute Nacht einfach tun, worauf sie

Lust hat. Lass sie tanzen, Maibowle trinken, auf einem Besen fliegen, küssen und …« Ich brach ab, als Unmut in seinen Augen aufloderte.

»Das Küssen könnten wir vielleicht streichen«, neckte ich ihn.

Er beugte sich zu mir herunter, und seine Stimme streichelte mich wie Samt. »Darf dich jemand küssen?« Für einen Augenblick schien er seine Sorge vergessen zu haben.

»An den Feuern ist alles möglich.«

»Gut zu wissen.« Hochaufgerichtet ging er neben mir her. Dunkelheit umgab ihn wie der Nachthimmel den Mond, aber sein Lächeln war strahlend wie die Sonne.

Wir erreichten das offene Portal, wo Zerberus und noch ein zweites Pferd auf uns warteten.

Nikolai wandte sich an Jaron. »Du bürgst mir für ihre Sicherheit?«

»Sie ist nirgendwo sicherer als bei mir«, antwortete der junge Hexer ernst, und in meinen Ohren klangen diese Worte wie ein Omen.

»Wir reiten«, wandte er sich an mich, als Jaron auf seinen Besen stieg und Celia erklärte, wie sie sich festhalten und sich den Flugbewegungen anpassen sollte. »Es ist nicht so aufregend wie auf einem Besen.«

»Wer will schon fliegen?« Wenn es nach mir ginge, würde ich bis zum Ende der Welt mit ihm reiten.

Ein seltsamer Ausdruck strich über sein Gesicht. Er hob mich auf das Pferd, setzte sich hinter mich und zog mich zwischen seine Schenkel. »Eines Tages«, versprach er, »werde ich mit dir fliegen, und danach wirst du nie wieder etwas anderes tun wollen.«

»Wirklich nicht?«, neckte ich ihn und rutschte zwischen seinen Beinen hin und her.

Er stöhnte leise und vergrub das Gesicht in meiner aufwendigen Frisur. »Wenn du nicht damit aufhörst, schleppe ich dich zurück ins Schloss, und dann feiern wir zwei dort allein Beltane. Es gibt da einiges, was wir noch nicht ausprobiert haben.«

Sein Atem sandte heiße Schauer mein Rückgrat hinunter. Ich wollte ihm gerade sagen, dass ich gegen diesen Vorschlag nichts einzuwenden hätte, aber da galoppierte Zerberus bereits los.

Celia kreischte vor Vergnügen, als Jaron sich abstieß und mit ihr in den Nachthimmel flog. Eleni und Alva folgten den beiden.

Kayla ritt vor uns über die Ebene. Ich schloss die Augen und konzentrierte mich ganz auf Nikolais Hand auf meinem Bauch und seine Wange an meiner. Wenn ich den Kopf nur etwas drehte, würde ich seine Lippen spüren. Mein ganzer Körper kribbelte vor Unruhe. Trotz des Windes spürte ich seinen Atem, und ich wünschte mir, er würde mit mir fortreiten. Irgendwohin, wo es keine Flüche und keine Hexenkönigin gab, sondern nur uns beide.

Wir erreichten den Waldrand, aber Nikolai hielt nicht an, sondern lenkte das Pferd tiefer hinein. Um uns herum wisperten die Bäume, und über uns lugte der Halbmond durch das Blätterdach. Ich hörte ein leises Lachen, konnte aber niemanden sehen. Je weiter wir vordrangen, desto dunkler wurde es. Nikolai schien genau zu wissen, wohin er wollte. Ab und zu blitzte zwischen den Bäumen ein Licht auf, aber wir ritten weiter, bis wir eine Lichtung erreichten, auf der ein riesiges Feuer brannte. Beinahe alle Hexen, Strigoi und Wicca, die noch in Caraiman geblieben waren, hatten sich hier versammelt. Glücklicherweise waren weder Adrian noch seine Spießgesellen zu sehen. »Hast du sie alle gezwungen, mit uns Probebeltane zu feiern?«, fragte ich amüsiert.

»Ich musste niemanden zwingen. Es hat schon gereicht, dass ich Bredicas berühmt-berüchtigte Maibowle erwähnt habe. Sofort rannten sie los, um alles vorzubereiten.«

»Es ist wunderschön«, sagte ich andächtig. Die Lichtung lag am Rand eines Weihers. Über dem Wasser und in der Luft schwebten Lumina, die unentwegt ihre Farben wechselten und alles in ein magisches Licht tauchten. Manche von ihnen waren so klein, dass man sie für Glühwürmchen halten konnte. Andere hingen wie eine bunte Girlande in den Ästen der Eichen, die die Lichtung säumten. Etwas schlug auf das Wasser auf, und Nikolai stöhnte. »Wenn sie jetzt schon ins Wasser springen, will ich gar nicht wissen, wie enthemmt sie in ein oder zwei Stunden sind. Pass also bitte mit dieser Bowle auf.« Er ließ mich zu Boden gleiten, und sofort vermisste ich seine Umarmung. Dann stieg er ab, band die Zügel zusammen und ließ das Pferd grasen. Später würde es seinen Weg allein zurückfinden.

»Was ist mit Celestas Hexern?« Ich konnte die Furcht in meiner Stimme nicht ganz verbergen. »Werden sie nicht kommen und uns stören?«

»Sie sind heute zur Onyxfestung geflogen. Das ist kein gutes Zeichen, aber als ich Melinda bat, uns dieses Fest zu erlauben, hat sie sofort zugestimmt.« Er nahm meine Hand.

»Weil sie nicht sicher ist, ob dieses Treffen im nächsten Jahr noch stattfinden wird?«

»Weil sie nicht sicher ist, wie lange wir noch hier sein werden«, erwiderte er düster. »Weil niemand von uns weiß, was nächstes Jahr sein wird – oder morgen schon.«

»Du brauchst dringend einen Schluck Bowle, du Miesepeter.« Und ein paar positive Gedanken und einen Kuss. Ich unterdrückte ein Lächeln und beschloss, ihm heute Nacht all das zu schenken und noch mehr.

Jaron und Celia standen bei Kayla und Ivan, und Celia strahlte über das ganze Gesicht. Alexej reichte ihr einen Becher mit Maibowle, als wir bei ihnen ankamen. »Verdünnt«, versicherte er seinem Bruder, und Celia war so klug, nicht dagegen zu protestieren. Ihre Wangen waren vom Flug gerötet, und ich war sicher, dass sie all ihre Kraft zusammennahm, um diese Nacht zu genießen.

»Wir Strigoi dürfen an den offiziellen Beltanefesten von Caraiman nicht teilnehmen«, erklärte Alexej mir. »Deswegen ist das für uns alle eine neue Erfahrung.«

»Ich schätze, du hast dich trotzdem jedes Jahr in den Wald geschlichen.« Ich zwinkerte ihm zu.

»Natürlich hat er das.« Kyrill gesellte sich zu uns. Wie alle Männer der Wicca und Hexen trug auch er eine weiße Leinenhose und ein weißes Hemd. Als er mir das Gesicht zuwandte, entdeckte ich kunstvolle türkisfarbene Ornamente, die von seiner Stirn bis auf seine Wangen gezeichnet waren. Die Sonne verbunden mit dem Dreifachmond. Die Einheit der Göttin und des Gottes.

»Jemand musste auf dich aufpassen«, entgegnete Alexej. »Diese Bowle …« Er trank einen großen Schluck. »Man verliert leicht die Kontrolle, wenn man sie nicht gewohnt ist.«

»Deswegen trinke ich sie auch nie«, antwortete Kyrill. »Bredica mischt eine winzige Menge gemeines Alraunenpulver hinein. Es sorgt dafür, dass man für eine Nacht all das vergisst, was einen beschwert.«

»Dann hätte ich gern ein ganzes Fass von der Bowle.« Alexej grinste. »Es gibt jede Menge Zeug, das ich gern mal für eine Weile vergessen würde. Nicht nur für eine Nacht.«

Das verstand ich besser, als Alexej vermutlich ahnte. »Du hast dieses Bedürfnis nicht?«, wandte ich mich an meinen Bruder.

»Ich verliere nicht so gern die Kontrolle«, erwiderte er. »Und es ist gut, wenn wenigstens ein paar von uns bei Verstand bleiben.«

»Das werde ganz sicher nicht ich sein.« Alexej lächelte ihn liebevoll an und zog Celia zum Feuer. Jaron hielt immer noch seinen Besen in der Hand und sah den beiden besorgt nach.

»Es war nett von dir, mit ihr zu fliegen«, sagte ich.

»Es war das Mindeste, was ich für sie tun konnte.«

Vito kam lachend mit Lupa an uns vorbeigelaufen. Sie rannten auf das Feuer zu. Auf der Wange des Hexers prangte eine mit schwarzer Tinte gemalte verfremdete Triskele. Das Symbol für die Vergangenheit, die Gegenwart und die Zukunft. Alle anderen liefen aus dem Weg, als sich die beiden schreiend dem Feuer näherten und Hand in Hand darüber hinwegsprangen. Aus dem Augenwinkel bemerkte ich, wie Jaron etwas flüsterte, als die Schleppe von Lupas Kleid dem Feuer zu nahe kam.

»Den Job wirst du wohl die halbe Nacht haben.«

Er lachte. »Das glaube ich nicht. Die meisten legen es förmlich darauf an, zu brennen, damit sie sich die Kleider vom Leib reißen und in den Teich springen können.«

»Dann gehe ich mal den missmutigen Mann da am Waldrand aufmuntern. Nicht, dass ihn noch jemand ins Wasser zerrt«, verabschiedete Kayla sich.

Erst jetzt bemerkte ich Magnus, in dessen Zügen Besorgnis stand und der die Veranstaltung mit großer Skepsis beobachtete. Auch er trug Weiß, aber sein roter Schal hob sich leuchtend vom Stoff seines Hemdes ab.

»Wie wäre es mit einem kleinen Becher Bowle?«, fragte Nikolai leise. »Ich verspreche dir, bevor die Nacht vorbei ist, wirst du dir wünschen, du hättest mindestens einen getrunken.«

»Dann riskiere ich mal eine kleine Portion Gemeine Alraune und gucke, was passiert.«

Er hob eine Augenbraue, nahm dann aber meine Hand und führte mich zu einem Tisch, an dem Bredica und Amelia die Bowle ausgaben.

»Pass ein bisschen auf«, warnte Bredica mich. »Sie ist etwas stark geraten. Und immer schön am Feuer bleiben. Geh nicht allein in den Wald.«

»Mache ich nicht«, versprach ich und nippte an dem Becher. Ich schmeckte Waldmeister, Zucker, Vanille und etwas Herbes. Das musste die Alraune sein. Nikolai grinste belustigt, als ich einen großen Schluck davon nahm.

Lupa kam mit Vito zu uns geschlendert. Der Hexer hatte seine Augen schwarz umrandet, und sein blaues Haar funkelte fast türkis.

»Das wäre nicht nötig gewesen«, sagte Lupa tadelnd zu Jaron, der sich wieder zu uns gesellte. »Ein paar Funken haben noch niemandem geschadet. Schönes Kleid«, wandte sie sich dann an mich.

»Kayla hat es mir geliehen.«

»Meins ist hübscher«, behauptete sie grinsend in Richtung Ivan, der hinter mir an einem Baum lehnte und sie finster anstarrte.

»Weil du nichts drunter trägst«, erwiderte er trocken und ich prustete Vito die Bowle über das weiße Hemd.

Zu spät hielt ich die Hand vor den Mund und unterdrückte ein Lachen. »Entschuldige.«

Er winkte nur ab und verzog keine Miene. »Das Hemd werfe ich ins Feuer.« Er zog es sich aus dem Hosenbund, und mein Blick fiel auf seinen Gürtel. Daran hing ein schwarzer zweischneidiger Ritualdolch.

Amelia reichte ihm und Lupa neue Becher, als ein Laut über die Lichtung schallte. Der Ton eines Horns stieg in die Luft, und noch während er verklang, schwebte Melinda auf ihrem

Besen von den Baumwipfeln herab auf die Lichtung. Sie trug ein blutrotes Kleid und eine Art Dornenkrone auf dem Kopf. Jubel setzte zu ihrer Begrüßung ein. Jeder schien zu wissen, was nun folgte, nur ich hatte keine Ahnung, sondern ließ mich einfach mitreißen, als die Anwesenden einen Kreis um das Feuer bildeten.

»Alles, was heute Nacht geschieht, geschieht zu Ehren der Großen Göttin«, verkündete Melinda mit fester Stimme, als das Fußgetrappel und das Scharren verstummte. Nur das verbrennende Holz knackte und zischte, und Funken stoben in den Nachthimmel. »Sie billigt alles und bedauert nichts.«

Ich trank noch einen Schluck von der Bowle, woraufhin mir warm im Magen wurde. Diese Nacht gehörte mir. Und Nikolai.

»Ziehen wir gemeinsam den magischen Kreis, um die Göttin für diese Nacht um Frieden und Beistand zu bitten«, forderte Melinda uns auf, und alle wandten sich Richtung Osten. Amelia ging einmal an jedem von uns vorbei, um rote Kerzen zu verteilen, die umgehend zu brennen begannen, sobald wir sie in den Händen hielten. Gleichmäßig setzten wir uns im Deosil, dem Uhrzeigersinn, in Bewegung und folgten so dem Lauf der Sonne. Mit winzigen Schritten umrundeten wir das Feuer, das die Gesichter der Anwesenden fast gespenstig beleuchtete, während Melinda die Beschwörungsformel sprach:

Wasserläufe, Frühlingsregen,
verleiht uns Kraft und euren Segen;
Sommerfeuer, Flammenlicht, ohne euch gedeih'n wir nicht
Wind des Herbstes, kühle Luft, zeig uns deinen reinen Duft;
Kreis ringsum und Licht in mir:
Unsre Kraft vereint sich hier.

Immer wieder wiederholte Melinda die Worte, während wir das Feuer in die eine und dann im Widdershinn, der entgegengesetzten Richtung, umrundeten, um auch die negativen Energien zu besänftigen. Sie wiederholte den Ritualspruch so lange, bis alle eingestimmt hatten, und die Worte klangen, als würde nur eine Stimme sprechen. Dunkel und klar stiegen sie in den Himmel und vermischten sich mit dem Geruch des Feuers, der Eichen und Kiefern. Von irgendwoher erklangen die gleichmäßigen Schläge einer Trommel und begleiteten unseren Gesang. Als Melinda endlich aufhörte, die Worte zu intonieren, fühlte ich mich völlig losgelöst von meinem Körper, als wäre ich in Trance. Jemand drückte mir einen Weißdornzweig in die Hände, und ich warf die fast heruntergebrannte Kerze und den Zweig ins Feuer. Nikolai nahm meine Hand und zog mich mit sich. Als das erste Paar über das Feuer sprang, johlten und klatschten die Anwesenden. Er reichte mir einen neuen Becher mit Bowle, den ich hastig austrank, weil meine Kehle von dem Gesang ganz ausgetrocknet war. Dann verschränkte er seine Finger mit meinen und wir rannten los. Das Feuer war riesig. Darüber konnten wir unmöglich springen. Mein Kleid würde Feuer fangen.

Nikolai stieß sich vom Boden ab, nahm mich in den Arm und sprang. Lachend klammerte ich mich an seinem Hals fest und lachte immer noch, als er auf der anderen Seite landete.

»Lass uns das noch mal machen«, forderte ich ihn auf und zog ihn wieder in die Reihe der Wartenden. Ich entdeckte die Trommler, die am Waldrand saßen und mit ihrer Musik die Springer anfeuerten. Zwei Wicca und eine Hexe begleiteten sie auf Ukulelen, und mehrere Paare tanzten eng umschlungen vor dem Feuer. Ich wiegte mich im Takt der Melodie und fragte mich, wann ich mich das letzte Mal so unbeschwert gefühlt hatte.

Lupa kam vorbei und reichte mir einen Becher Bowle. »Lass sie sich amüsieren«, sagte sie, als Nikolai den Kopf schüttelte. »Es ist ihr erstes Mal. Ihr seid viel zu verspannt.« Sie hatte Ivan an der Hand und zog ihn mit sich. »Lass mich bloß nicht los«, ermahnte sie ihn. »Du hast gesehen, wie Nikolai das gemacht hast. So hoch will ich auch fliegen. Mindestens.«

»Wir sollten ihn erlösen«, schlug Nikolai vor.

»Sollten wir nicht. Lupa weiß schon, was sie tut«, widersprach ich. »Und es ist nett, dass sie ihn ablenkt.« Ich lehnte mich an ihn und er schlang mir einen Arm um die Taille.

»Nett war sie noch nie. Hat Melinda ihre Persönlichkeit verhext?« Seine Nasenspitze fuhr über meinen Hals.

»Das ist der Geist von Beltane«, belehrte ich ihn mit kehliger Stimme. Meine Zunge fühlte sich seltsam an, und die Lumina schienen sich verdoppelt zu haben, möglicherweise auch verdreifacht.

Magnus lief mit langen Schritten an uns vorbei. Er nahm einem Hexer den Becher mit Bowle aus der Hand und trank ihn aus, ohne auf dessen Proteste zu achten. Dann stiefelte er weiter auf etwas Rotes zu, das ihm vom Waldrand aus zuwinkte.

»Willst du ihn auch retten?«, fragte ich Nikolai und zog ihn zu den Tanzenden.

Ich sah noch, wie Kayla Magnus den Schal um den Hals schlang und mit ihm zwischen den Bäumen verschwand.

»Nein. Dann würde ich mir großen Ärger mit ihr einhandeln.«

Die Musik wurde schneller. Aus den ruhigen Tönen wurde ein brodelnder Rausch. Tanzende wirbelten mit nackten Füßen über den Waldboden, als folgten sie einem jahrhundertealten Rhythmus. Einem Rhythmus, den ich nicht kannte und der mir trotzdem vertraut war. Obwohl ich mich zuerst sträubte, zog Nikolai mich zwischen die Tänzer, die mit den Händen klatschten und mit den Füßen den feuchten Boden aufzuwirbeln schienen. Er ließ nicht zu, dass ich den Blick von ihm abwandte, und führte mich sicher und anmutig durch eine Abfolge von Schritten. Er überredete mich, die Arme zu heben und ebenfalls mit den Füßen zu stampfen, bis ich mich lachend und verschwitzt an seine Brust lehnte.

»Ich glaube, ich kann nicht mehr.« Jegliches Zeitgefühl war mir abhandengekommen und ich wusste nicht, wie lange wir schon feierten. Er zog mich enger an sich. Die Musik verlangsamte sich, wurde weniger wild und dafür einschmeichelnder. Ich sah Kayla und Magnus miteinander tanzen, Jaron mit Celia und Lupa mit Ivan. Für diese Nacht spielte es keine Rolle, wer zu welchem Volk gehörte. Ich ertappte mich bei dem Wunsch, nicht von hier fortgehen zu wollen. Doch hierzubleiben, war unmöglich. Celesta beanspruchte das Schloss für sich. Nikolais Finger strichen sanft über meinen Rücken.

»Werden wir uns wiedersehen, wenn wir Caraiman verlassen?«, wagte ich ihn zu fragen.

»Eines Tages vermutlich schon.«

19. KAPITEL

SCHLOSS CARAIMAN

IN ARDEAL

Die Antwort fühlte sich an, als würde er eine Schale kaltes Wasser über mir vergießen. Doch ich konnte ihm keinen Vorwurf dafür machen, dass er ehrlich war. Das Leben hier war bloß eine Illusion. Das wahre Leben und meine Zukunft lagen jenseits der Berge und bei meinem Coven. Ich löste mich aus seiner Umarmung und wich seinem fragenden Blick aus. »Ich hole mir noch etwas zu trinken.« Er folgte mir nicht, und ein Gefühl von Leere und Verlassenheit breitete sich in mir aus. Mir war klar, dass ein Teil davon der Bowle geschuldet war, aber das machte es nicht weniger schmerzhaft.

Melinda warf Kräuter in das Feuer, um es wieder anzuschüren, und schneeweißer Rauch legte sich über die Lichtung. Ich roch Myrthe und Eisenkraut. Mir wurde schwindelig und alles begann sich zu drehen. Die Tänzer, dass Feuer und der Wald wurden zu einem Kaleidoskop aus Licht und Schatten. Ab und zu blitzte eine Farbe hervor.

Roter Jaspis, orangefarbener Carneol und grüner Aventurin. Als das Stampfen der Tänzer wieder anschwoll, taumelte ich in den Wald, um dem Rauch zu entkommen, der meine Augen reizte, und wischte mir die Tränen von den Wangen. Rufe folgten mir und Schritte, aber ich lief einfach weiter. Nach und nach verstummten die Geräusche und es wurde still. Zuerst das Lachen, dann das Knistern des Feuers und am Ende selbst das Rascheln der Blätter. Das Einzige, was ich noch hörte, war das Dröhnen der Glocke. Gedämpft, aber doch deutlich genug, schien sie nur für mich zu schlagen, und ich folgte dem Ruf. Ein Pfad verlief am Ufer des Baches entlang, der von der Lichtung wegführte. Das Licht des Mondes spiegelte sich im Wasser. Links von mir brach ein Reh durch das Unterholz, und wieder ertönte der Schlag der Glocke. Der Weg schien nirgendwo hinzuführen, aber ich konnte mich nicht dazu durchringen, zurückzugehen. Ich konnte Nikolai jetzt nicht in die Augen schauen. Es war unrecht von mir, mehr zu erwarten, als er zu geben bereit war. Der Bach machte einen Bogen und wurde breiter. Eine weitere Lichtung öffnete sich, und auf dieser Lichtung standen die Überreste eines zerstörten Anwesens. Leises Kinderlachen erklang wie ein Echo aus längst vergangener Zeit. Ich versuchte, mich zu konzentrieren, aber die Bowle und der Rauch hatten meine Sinne verwirrt. Schweiß stand mir auf der Stirn und mein Herz raste. Mit einem letzten Schlag verstummte die Glocke, während ich die Ruine anstarrte. Eine Hälfte des Hauses war eingestürzt. Die andere stand zwar noch, aber die Wände waren schwarz von dem Ruß, den das Feuer hinterlassen hatte. Der Regen der letzten zwölf Jahre hatte es nicht geschafft, ihn fortzuwaschen. Wie von selbst trugen meine Füße mich näher. Die Tür hing schief in den Angeln und quietschte, als ich sie aufstieß. Der Mond, der durch das zerstörte Dach schien, spendete genug Licht, damit ich den umgestoßenen Tisch und die zerbrochenen Stühle sehen konnte. Überall lagen Scherben. Sie zerbrachen unter den Sohlen meiner Schuhe, während ich auf die Treppe zuging. Einige der Stufen waren zerbrochen oder morsch. Im Laufe der Jahre hätten sich Tiere hier einnisten müssen, aber nichts wies darauf hin. Nach dem Schrecklichen, das hier geschehen war, schien dieser Ort verflucht zu sein, aber ich hatte in diesem Haus die glücklichsten Jahre meiner Kindheit verbracht. Behutsam strich ich über den Lauf der Treppe und stieg dann nach oben. Die Tür des Schlafzimmers stand offen. Lupa hatte gesagt, unser Vater wäre gefoltert worden, bevor er starb. Hatten sie ihn hier im Haus gequält oder draußen auf der Lichtung? Vorsichtig tastete ich mich über die knarrenden Dielen des Flures zu dem Raum, den Kyrill und ich geteilt hatten. Unser Bettzeug war vermodert, und als ich näher ging, sah ich die Spuren der Verwüstung, was mich zurückzucken ließ. Die Lykaner waren auch im Haus gewesen. Sie hatten uns gesucht, aber nicht gefunden, weil Radu rechtzeitig gekommen war und uns gerettet hatte. Das Heulen eines Wolfes drang durch die zersplitterten Scheiben. Ich bückte mich und hob die Überreste einer handtellergroßen Puppe auf, die unsere Mutter mir gebastelt und an dem Tag geschenkt hatte, an dem sie gestorben war. An unserem Geburtstag. Heute vor genau dreizehn Jahren. Das Püppchen war schmutzig und es fühlte sich klebrig an; trotzdem drückte ich es an meine Brust. Ein stechender Schmerz schoss durch meinen Kopf. Mir wurde so schwindelig, dass ich leise wimmernd in die Knie ging, als raunende Stimmen von unten zu mir hochdrangen. Vertrautes Geflüster, dass ich nicht verstehen konnte. Ich presste die Hände auf die Ohren.

Jemand schlang einen Arm um meine Taille. Ich keuchte auf. Angst jagte meine Wirbelsäule herunter, und dann umfing mich Nikolais vertrauter Duft. »Was tust du hier?«, flüsterte er an meinem Ohr. »Weshalb bist du weggelaufen?« Er half mir, aufzustehen, drehte mich zu sich herum und strich mir das zerzauste Haar aus dem Gesicht. Meine Frisur hatte sich aufgelöst. Aufmerksam betrachtete er mich.

Übelkeit stieg in mir auf und der Raum schwankte, aber er hielt mich fest. »Die Glocke hat mich hergeführt.«

»Du solltest nicht hier sein. Es heißt, hier spukt es.«

»Mit Geistern kenne ich mich mittlerweile sehr gut aus.« Langsam gewann ich mein inneres Gleichgewicht wieder. »Warum bist du mir gefolgt?«

»Du warst fort, und ich habe mir Sorgen gemacht.«

Ich presste die Überreste der Puppe an meine Brust.

Wieder heulte ein Wolf, und ein anderer antwortete ihm.

»Lass uns gehen«, befahl Nikolai angespannt. »Hier ist es nicht sicher.«

»Niemand würde es wagen, den Frieden von Caraiman zu brechen.« Ich wollte nicht mit ihm gehen. Ich wollte hierbleiben und die Erinnerungen dieses Ortes in mich einsaugen.

»Sophia wurde hier ermordet. Caraiman ist nicht sicher. Nirgendwo ist es das mehr, und der Sieg liegt immer im Unerwarteten.« Er nahm meine Hand, und wir verließen das Zimmer. Mit katzenhafter Anmut schlich er die Treppe hinunter, wobei er kein einziges Geräusch verursachte. »Leg deine Arme um meinen Hals«, verlangte er, als wir wieder draußen standen.

»Ich kann laufen. Von hier aus finde ich den Weg zurück zum Schloss.«

»Valea«, unterbrach er mich, »ich bringe dich zurück zum Feuer. Du hättest nicht so viel Bowle trinken sollen. Sie lässt einen unvorsichtige Dinge tun.«

»Ich bin nie unvorsichtig«, erklärte ich beleidigt. »Ich bin immer vernünftig, versuche, niemanden zu verletzen und alle Regeln einzuhalten.« Ich hob einen Zeigefinger und wackelte damit vor seiner Nase herum. »Was nicht immer einfach ist.«

Lächelnd zog er seinen Umhang von den Schultern und legte ihn mir um. »Wo ist deiner hin?«

Mit gerunzelter Stirn schaute ich an mir herunter. Ich konnte mich nicht erinnern, ihn abgelegt zu haben. »Den habe ich am Feuer gelassen. Es war ziemlich warm.«

»In dem Kleid leuchtest du jedenfalls wie eine Fackel.« Sorgfältig verschloss er seinen Umhang. Seine kühlen Finger glitten über mein Schlüsselbein.

»Ich koste dich recht viele Umhänge. Den hier bekommst du zurück.«

»Ich werde dich daran erinnern. Also, wie sieht es aus: Was möchtest du tun?«

Ich sah ihm ins Gesicht, das ganz nah über meinem schwebte. Ich wollte, dass er mich mit zu einem der kleinen Feuer nahm. Dass er seinen Umhang im Moos ausbreitete, sich über mich beugte und mich … Seine Augen glitzerten. Zitternd holte ich Atem und trat einen Schritt zurück. Ich begehrte ihn zu sehr, und wenn ich noch einmal mit ihm schlief, würde mir die Trennung nur noch schwerer fallen. Er legte keinen Wert darauf, mich wiederzusehen. Mein Magen verkrampfte sich. Wenn ich mich zusammenriss, würde er niemals herausfinden, wie sehr ich ihn wollte. Ich war eine Wicca. Wir verschenkten weder unsere Lust noch unsere Liebe an eine einzige Person. Er gehörte mir nicht und ich nicht ihm. Und das war eine wirklich unerträgliche Vorstellung. »Ich will noch etwas tanzen und vielleicht noch einen winzigen Becher von der Bowle trinken.« Ich nahm seine Hand, um ihn hinter mir herzuziehen, aber er hob mich hoch.

»Halt dich gut fest. Wir müssen uns beeilen, wenn wir noch etwas abbekommen wollen.« Er bewegte sich so schnell durch den Wald, dass alles vor meinen Augen verschwamm. Ich presste die Lider zusammen, schlang die Arme um seinen Hals, legte den Kopf an seine Schulter und atmete seinen Duft ein, bis ich das Knistern des Feuers und das Johlen der Paare wieder hörte, die darüber sprangen.

Nikolai setzte mich ab und zupfte ein paar Kiefernnadeln aus meinem Haar. »Ich wünschte, ich könnte noch fliegen«, sagte er mehr zu sich als zu mir.

»Das war mir schnell genug.« Ich musste mich an ihm festhalten, weil der Boden unter meinen Füßen schwankte. »Wenn der Fluch bricht, wirst du es wieder können. Dann kannst du mit Jaron um die Wette fliegen und lebst immer noch länger als wir anderen. Celia wird gesund werden. Es nicht zu schaffen, ist keine Option. Du wirst die Königin nicht gewinnen lassen. Ich erlaube nicht, dass du daran zweifelst.« Ich verschränkte unsere Finger und zog ihn zu den Tanzenden. Er nahm mich in den Arm und führte mich durch den uralten Reigen. Unsere Körper schmiegten sich so perfekt aneinander, als hätte ein Bildhauer uns füreinander geschaffen. Nikolai konzentrierte all seine Aufmerksamkeit auf mich. Er wirbelte mich herum, zog mich an sich und ließ mich nur los, wenn der Tanz es erforderte. Und obwohl ich keine Ahnung hatte, was ich tun musste, fühlte ich mich sicher. Seine Hände glitten fest und stark über mein Rückgrat, meinen Nacken und meinen Arme. Jede noch so winzige Berührung spürte ich bis auf meine Knochen. Wir hörten erst auf zu tanzen, als sich der Himmel über der Lichtung blutrot zu färben begann und die Nacht vorbei war. Ich konnte kaum die Augen offen halten, während seine in einem dunklen Gold glänzten. Als er mich endgültig losließ, vermisste ich ihn bereits. »Danke«, sagte ich mit letzter Kraft. »Diese Nacht werde ich niemals vergessen.«

Er zog mich ein letztes Mal an sich. »Du wirst noch unzählige Beltanefeste feiern«, raunte er mir ins Ohr. »Und sie werden alle unvergesslich sein.«

»Aber kein Probebeltane«, sagte ich bedauernd und gähnte. Und bei keinem zukünftigen Jahresfest würde er dabei sein.

»Du musst ins Bett. Vorzugsweise in meins.« Mit dem Daumen fuhr er über meine Lippen.

»Ein Angebot, das ich nicht ausschlagen kann.« Ich würde die Zeit, die mir noch mit ihm blieb, genießen. Aber innerlich musste ich auf Distanz gehen, damit mir die Trennung am Ende nicht allzu schwerfiel.

Ich registrierte kaum die anderen, die sich uns anschlossen, als wir müde, aber glücklich zurückliefen. Alexej trug die schlafende Celia, die sich an seine Brust gekuschelt hatte und zufrieden lächelte. Kyrill lief schweigend neben den beiden her. Vito und Valeria unterhielten sich mit Arvid und Ivan, der einen Arm um Lupa gelegt hatte, deren Augen beim Gehen immer wieder zufielen. Carys hatte sich bei Jaron untergehakt. Eleni und Alva schlingerten im Schneckentempo auf ihren Besen über uns. Sicher sah das nicht aus, aber ich verzichtete darauf, ihnen den guten Rat zu geben, lieber zu laufen.

»Bereust du es manchmal, nach Ardeal zurückgekommen zu sein?«, fragte Nikolai, als wir zwischen den Bäumen hinaustraten. Er hielt einen Moment inne und ließ den Blick über die Ebene schweifen, die noch zur Hälfte im Schatten lag. Nur das Schloss wurde schon von der Sonne angestrahlt, und der graue Stein leuchtete, als hätte die Göttin ihn in ein dunkles Bad aus Silber getaucht.

»Nein. Wie kommst du darauf?«, fragte ich schläfrig und wünschte, ich könnte seine Hand nehmen. Doch die Nacht war vorbei und egal, was ich mir erhofft hatte, das war es auch.

»Jenseits der Grenzen ist es viel friedlicher als hier«, sagte er nachdenklich.

»Da würden die meisten Menschen dir nicht zustimmen. Sie führen genauso Kriege wie wir, und meistens geht es um völlig unwichtige Dinge. Macht, Land oder Geld. Dabei ist es uninteressant, wer die Folgen dieser Kriege trägt. Kommt dir das bekannt vor?«

Gemächlich ging er weiter, als wollte auch er nicht im Schloss ankommen. »Das tut es, und ich würde nie behaupten, dass wir Strigoi nicht zu den Streitigkeiten beigetragen haben. Denn das haben wir. Wie die Hexen oder die Wicca haben wir das Land für uns allein beansprucht. Keiner von uns wollte nachgeben.«

»Kein Volk wird überleben, wenn ein anderes stirbt«, murmelte ich. »Das ist es, was die Magie uns mit ihrem Verschwinden sagen will. Wir gehören alle zusammen. Alles ist eins.«

»Wie oben, so unten? Mit eurem Glaubensprinzip kann sich nicht jeder anfreunden«, erwiderte er sanft.

»Besser wäre es aber.« Das Prinzip bedeutete, dass sich auch im Kleinsten stets das Ganze widerspiegelte. Wir glaubten, dass alles miteinander verbunden und im Grunde eine Einheit war. Krieg führte man also immer auch gegen sich selbst, wenn man jemand anderen angriff. »Leider hast du recht«, lenkte ich ein. »Jeder hat seine Wahrheit, und kaum jemand lässt sich von der eines anderen überzeugen. Das ist die Wurzel allen Übels.«

»Du bist wirklich eine überaus brave Wicca.« Alexej tauchte neben uns auf. »Der Hohepriester sollte dir ein Bienchen auf die Brust kleben, wenn du zurückkommst.« Er klang verärgert. »Das ist doch alles nur dummes Gewäsch.«

»Welche Laus ist dir denn über die Leber gelaufen? Wollte Kyrill nicht mit dir in den Wald gehen?«, fragte Nikolai. »Wie klug von ihm.«

»Er wollte«, fuhr Alexej seinen Bruder an. »Und dort hat er mir dann eröffnet, dass er eine Nachricht von Radu bekommen hat, der ihn auf der Stelle zurückbeordert.«

»Wie bitte? Warum?« Schockiert wandte ich mich zu Kyrill um, der mit hängenden Schultern hinter uns hertrottete und sich nun noch mehr zurückfallen ließ, als er unsere Blicke auf sich spürte.

Alexej zuckte mit den Schultern, und Celia seufzte leise. »Keine Ahnung. Radu begründet seine Entscheidungen nicht. Eigentlich sollte er schon gestern abreisen, doch er hat sich widersetzt. Aber sobald wir zurück sind, reist er ab. Dabei könnte er sich weigern. Aber natürlich tut er das nicht.«

Er schoss mit Celia im Arm davon, ohne uns die Chance zu geben, etwas zu erwidern. Ich blieb stehen und wartete, bis Kyrill mich erreichte. Als er aufsah, schnürte mir die Trauer und Verzweiflung in seinem Blick die Kehle zu. Er hatte Angst, das war so überdeutlich, dass ich seine Hand nahm. Doch ich kam nicht mehr dazu, ihm zu versichern, dass alles gut werden würde. Wenigstens für ihn und Alexej.

»Kayla. Zu mir!« Nikolais herrischer Befehl schallte über die Ebene. Mein Kopf flog zu ihm herum. »Die Frauen ins Schloss. Ivan, Magnus, Jaron – Lykaner.« Er hatte das Wort kaum ausgesprochen, als ein Schrei über die Ebene gellte. Durchdringend, hoch und voller Furcht.

Das Blut gefror mir in den Adern, als Celias Schrei so abrupt abbrach, wie er begonnen hatte. Nikolai und Ivan schossen davon. Jaron und Magnus sprangen auf dessen Besen und jagten ihnen hinterher. Wir anderen waren mit einem Mal hellwach.

»Eleni«, bellte Lupa. »Flieg mich dahin.«

Die grauhaarige Hexe und Alva landeten neben uns.

»Du bringst Valea ins Schloss«, befahl Kayla Alva. Ihr war anzusehen, dass sie es nicht abwarten konnte, sich in den Kampf zu stürzen.

»Vergiss es«, schnauzte die Hexe die Strigoi an. »Sie kann laufen. Ich werde kämpfen.« Carys stieg zu ihr auf den Besen, und sofort hoben beide ab und flogen davon.

Kayla kämpfte mit sich, Nikolais Befehl Folge zu leisten oder ihm zu helfen. Nicht weit von uns huschten graue Schatten aus dem Wald und rannten über die Ebene. Es mussten mindestens zwanzig sein. In der Dämmerung waren nur Umrisse zu erkennen, bis sich einer der Schatten auf die Hinterbeine stellte und die aufgehende Sonne anheulte. Die anderen antworteten ihm und stürmten auf eine Stelle zu, wo bereits mehrere Gestalten miteinander kämpften. Sobald diese Nachhut Nikolai und die anderen erreichte, waren sie gnadenlos in der Unterzahl.

»Lauf«, sagte ich zu Kayla. »Wir schaffen das schon. Wir holen Hilfe aus dem Schloss.« In dem vermutlich alle im Bett lagen und ihren Rausch ausschliefen. Der Zeitpunkt des Überfalls war außerordentlich gut gewählt.

Kayla nickte. »Pass auf dich auf. Nikolai bringt mich um, wenn dir etwas geschieht.«

»Dafür muss er erst mal selbst überleben.«

»Gutes Argument.« Eine Sekunde später war sie verschwunden.

»Vito, wirst du kämpfen?«, fragte ich den Hexer, der einen Arm schützend um seine Schwester gelegt hatte.

»Nicht, wenn es sich vermeiden lässt.«

»Dann müsst ihr so schnell wie möglich zum Schloss und Melinda wecken. Sie ist die Einzige, die ihnen gegen diese Übermacht beistehen kann.« Meine Stimme zitterte.

Valeria tippte bereits mit der Handfläche eine kupferfarbene Brosche in Besenform an, die sie an ihren Umhang geheftet hatte. Als sie sich löste, wurde der Besen so groß, dass sie darauf fliegen konnte. »Wir sorgen für Hilfe«, verkündete sie. »Kommt ihr zwei zurecht?«

»Ja. Beeilt euch.« Ich würde nicht weglaufen. Mir war klar, dass ich keine große Hilfe war, aber deswegen würde ich mich nicht im Schloss verstecken. »Was ist mit dir?«, wandte ich mich an Kyrill. Wir waren als Einzige allein zurückgeblieben.

Er war blass, aber seine Stimme war fest, als er mir antwortete: »Ich werde kämpfen.«

»Gut.« Gebückt liefen wir über die Ebene. Das Gras stand kniehoch und verbarg uns kaum, aber die Aufmerksamkeit der nachrückenden Lykaner galt ganz den bereits Kämpfenden. Sie bemerkten Kayla, Lupa, Eleni und Alva erst, als diese sich von oben auf sie stürzten. Eleni und Alva schossen mit ihren Zauberstäben blendend weiße Blitze auf die Wölfe ab. Ein paar überschlugen sich, heulten auf, und versuchten, die Hexen durch Sprünge von den Besen zu reißen. Doch sie blieben klugerweise außer Reichweite. Lupa beschwor einen Luftzauber, der drei Lykaner zurück in Richtung Wald schleuderte, danach schossen Alva und Eleni weitere Blitze ab. Drei Angreifer lösten sich aus der Gruppe und schafften es trotzdem, zu Nikolai und den anderen zu gelangen. Kayla sprang vom Besen und setzte ihnen nach. Einem brach sie nach einer halben Minute das Genick. Dem nächsten die Vorderpfoten. Den dritten holte sie erst ein, als er sich bereits auf Ivan stürzte.

»Was können wir tun?«, fragte ich Kyrill. Er hatte recht gehabt. Was nützte all mein Gerede über den Frieden, wenn ich nicht imstande war, diejenigen, die ich liebte, zu beschützen?

»Bleib hier«, befahl er. »Du bist nur im Weg. Es wird schwer genug.« Und dann lief auch er davon und ließ mich allein zurück.

Ich kauerte mich ins Gras. Der Kampf tobte immer weiter und wurde von Minute zu Minute brutaler. Alexej tötete zwei Lykaner, indem er ihnen die Köpfe abriss. Kayla wurde von einem zu Boden geworfen, sprang aber wieder auf und rammte ihrem Angreifer eine Faust in die Seite. Einem Wolf gelang es, Alva und Carys vom Besen zu reißen, als sie ihm zu nahe kamen. Lupa sah es rechtzeitig und ließ eine Wurzel aus der Erde schnellen, die sich um den Hals des Wolfes wickelte und ihn erwürgte. Alva verschwand zwischen zwei Wolfskörpern. Die nachrückende Meute erreichte die bereits Kämpfenden, obwohl Lupa und Eleni ihnen hinterherjagten und Flüche auf sie abschossen. Doch mit jedem Blitz und jeder Feuerkugel wurde ihre Magie schwächer. Wenn sie verbraucht war, mussten sie sich in Sicherheit bringen. Ich suchte die Ebene nach Celia ab. Hatte Alexej Zeit gehabt, sie irgendwo zu verstecken, bevor die Lykaner angegriffen hatten? An der Stelle, wo Nikolai, Magnus, Jaron und Ivan kämpften, konnte man kaum eine Gestalt von der anderen unterscheiden. Wenn Celia dort war, hatte sie keine Chance. Wo blieb Melinda? Ich pirschte mich näher heran. Immer mehr Lykaner erreichten die Männer um Nikolai. Die Strigoi besaßen einen fast unerschöpflichen Vorrat an Körperkraft. Die hatte der Fluch ihnen nicht genommen, aber sie waren nur zu dritt gegen so viele. Magnus warf einen Eiszauber gegen einen Wolf, der Nikolai am Kragen packte. Er erstarrte mitten in der Bewegung. Feuer loderte in der Nähe auf, und ich entdeckte Kyrill, der damit drei Lykaner in Schach hielt. Alexej sprang mit einem riesigen Satz über drei Kämpfende, als einer der Wölfe über das Feuer setzte, und prallte in der Luft mit ihm zusammen. Das Geräusch brechender Knochen übertönte beinahe den anderen Lärm. Alexej und der Wolf fielen zu Boden. Der Wolf jaulte leise und Kyrill beugte sich über Alexej, dessen Arm in einem seltsamen Winkel abstand. Galle sammelte sich in meinem Mund. Gegen diese Übermacht hatten sie keine Chance. Ein leises Stöhnen drang an mein Ohr. Celia lag etwas abseits hinter einem Ginsterbusch im Gras und rührte sich nicht. Mit weit aufgerissenen, angsterfüllten Augen starrte sie mich an. Ich würde in ihrer Nähe bleiben, aber ich durfte nicht die Aufmerksamkeit eines Wolfes auf sie ziehen. Die Sonne erreichte die Stelle, an der die Strigoi gegen die Lykaner kämpften, und ich erinnerte mich daran, was sie mir am ersten Tag erzählt hatte. Das Licht verbrannte die Strigoi nicht, aber sie tat ihren Augen weh, wodurch sie noch mehr im Nachteil sein würden. Nikolai richtete sich auf. Er war über und über mit Blut beschmiert. Seine Hand schloss sich um die Kehle eines Wolfes. Dessen Körper erschlaffte und er ließ ihn fallen. Im selben Augenblick sprang ein neuer Angreifer ihm auf den Rücken. Er brüllte auf, als der Wolf ihm die Zähne in den Nacken grub und ging in die Knie. Grauen erfasste mich. Ich konnte nicht bleiben, ohne etwas zu tun. Vorsichtig bewegte ich mich vorwärts. Celia schüttelte panisch den Kopf. Nikolai versuchte den Angreifer zu packen, aber es gelang ihm nicht, und niemand kam ihm zu Hilfe. Jeder einzelne von ihnen, stand selbst einer Übermacht gegenüber. Ich sah Kyrill nicht mehr und Lupa auch nicht. Wenn sie starben, wenn sie bereits tot waren, während ich mich versteckt hatte wie ein elender Feigling … Elle um Elle pirschte ich mich heran. Ein zweiter Wolf baute sich zähnefletschend vor Nikolai auf und schlug ihm mit seiner Pranke ins Gesicht. Hinter mir gellte ein Schrei. Ich wirbelte herum. Über Celias schmalen Körper beugte sich ein Lykaner. Ein Biss genügte, und sie würde sterben. Ich musste mich entscheiden, ob ich ihr oder Nikolai half. Ein dritter Lykaner packte seinen Kopf, riss ihn zurück und entblößte seine Kehle. Wimmernd presste ich die Lippen zusammen und rannte zurück zu Celia. Der Wolf sah mich nicht kommen. Ich hieb ihm so fest auf die Schnauze, dass er aufheulte und zurückwich. Celia stand auf. Ihre Beine zitterten, und sie schwankte. Ich postierte mich vor ihr. »Lauf zum Schloss.« Zögernd setzte sie sich in Bewegung und ich versuchte, meine wenige Magie in meinen Händen zu sammeln. Doch der Wolf war schneller. Er machte einen Satz auf mich zu. Sein Schlag beförderte mich durch die Luft und ich krachte etliche Fuß weiter entfernt auf den Boden. Sofort war er wieder über mir, hieb mir in die Seite. Rippen brachen und er stieß ein animalisches Knurren aus. Sein Atem strich stinkend über mein Gesicht. Siegessicher stellte er sich auf seine langen Hinterläufe. Sein Grinsen war fast menschlich, als er sich zum letzten Angriff bereit machte. Ein gezackter Blitz zuckte über mich hinweg, traf ihn an der Brust und versengte sein Fell. Über meinen Beinen brach er zusammen. Hastig robbte ich von ihm weg, ignorierte die Schmerzen und stand auf.

»Bist du verletzt?«, brüllte Kyrill. Eine blutige Schramme verlief quer über sein Gesicht. Panik stand in seinen Augen, als er auf mich zugerannt kam. Ich schrie eine Warnung, weil ein Wolf mit einem riesigen Satz direkt auf ihn zusprang, doch es war zu spät. Das Tier riss ihn zu Boden. Alexej stürmte heran, aber zwei Lykaner stürzten sich gleichzeitig auf ihn und versperrten den Weg. Ein anderer schüttelte Alvas leblosen Körper. Carys wich mit gezücktem Zauberstab vor drei Lykanern zurück, die auf sie zuschlichen und wussten, dass sie in der Falle saß. Der letzte Funken Magie tropfte aus ihrem Stab auf den Boden und verglühte. Entsetzen schnürte mir die Kehle zu, als ich sah, wie ein Wolf Celia einholte, sie packte und in die Luft hob. Ihr Kreischen riss mich aus der Erstarrung. Er würde ihren zarten Körper zertrümmern. In meinem Kopf begann es zu pochen, zu schlagen, zu hämmern. Ich musste etwas tun, aber ich wusste nicht, was. Ich konnte nicht. Ich konnte nichts. Ein verzweifelter Schrei bahnte sich seinen Weg aus meiner Kehle. Wir würden alle sterben. Eisige Hitze kroch meine Wirbelsäule empor, mein Kopf explodierte, eine Welle schlug über meinem Körper zusammen. Meine Augen waren glühende Kohlen, mein Haar stand in Flammen. Ich wurde zu Feuer und Luft. Brennende, pure Magie schoss aus meinen Fingerspitzen heraus und die Welt verschwand unter Dunkelheit und Schmerz.

Der Nebel in meinem Kopf war so dicht und grau, dass ich nicht aus ihm herausfand. Jede Faser meines Körpers schmerzte, und ich konnte mich nicht bewegen. Unmögliche Gedanken trudelten durch mein Hirn. Gedanken, die ich nicht zu fassen bekam, weil dieser Schleier darüberlag. Neben mir weinte jemand, und ich wusste, dass etwas Furchtbares geschehen war. Nur konnte ich mich nicht daran erinnern, was. Nikolai hatte mich im Arm gehalten. Wir hatten getanzt. Ich hatte seine Hände auf mir gespürt. Ich war zu Hause gewesen. Weshalb roch es so verbrannt?

»Valea. Du musst aufwachen«, hörte ich eine vertraute und zugleich fremde Stimme. »Bitte.«

Ich blinzelte, und Sonnenstrahlen blendeten mich. Es war so hell. Dabei war es gerade noch Nacht gewesen. Die schönste Nacht meines Lebens. Ich hatte mir gewünscht, dass

Nikolai mich küsste. Mich liebte. Bei dem Gedanken musste ich lächeln.

»Bei der Göttin, Valea. Jetzt mach schon die Augen auf.« Das war unverkennbar Lupa. Sie war böse auf mich. Wenigstens etwas, das sich nie änderte.

Vogelgezwitscher drang an mein Ohr. Ich war so müde. Vielleicht sollte ich einfach schlafen.

»Sei nicht so streng mit ihr. Du siehst doch, dass sie völlig weggetreten ist«, hörte ich Alexej sagen. »Alles andere wäre auch seltsam.«

Ich spürte eine Hand auf meiner Wange. »Mach die Augen auf, Val. Tu es für mich.«

Val. So hatte nur er mich genannt. Früher. Als wir klein gewesen waren. Bevor ich ihn verlor. Endlich gelang es mir, die Lider zu öffnen. »Kyrill.«

Er lächelte mich so vertraut und liebevoll an, dass meine Augen feucht wurden, und dann legte er seine Stirn an meine. »Du bist zurück«, schluchzte er, und Tränen tropften auf meine Wangen. »Ich dachte, ich hätte dich verloren. Schon wieder.«

»Was ist passiert?«, fragte ich mit heiserer Stimme und wollte mich aufsetzen, doch das ließ er nicht zu.

»Bleib noch etwas liegen. Wir wissen nicht, ob du verletzt bist.« Er sah mir nicht in die Augen.

»Was ist passiert, Kyrill?«, fragte ich eindringlicher.

»Wir wurden überfallen. Von Lykanern«, antwortete Lupa tonlos. Ich sah Tränenspuren in ihrem rußbedeckten Gesicht. »Sie haben uns aufgelauert. Alva und Arvid sind tot. Carys ist schwer verletzt. Bei Ivan steht es auch auf der Kippe.«

Die Erinnerung kam mit aller Macht zurück, und ich schnappte nach Luft. »Was hab ich getan?«

»Du hast uns alle gerettet«, flüsterte Kyrill.

Ich schob ihn zur Seite und versuchte, mich aufzurichten. Ich brauchte zwei Anläufe und seine Hilfe.

Alvas toter Körper lag im Gras und Eleni hielt ihre Hand. Jaron hatte Carys an seine Brust gepresst. Alexej trug Celia. Sie rührte sich nicht, schien aber unverletzt zu sein. Arvid lag mit aufgerissenen Augen zu Alexejs Füßen. Ihm fehlte ein Arm, und seine Kehle war zerfetzt. Magnus hatte eine Hand auf Kaylas Schulter gelegt, die gemeinsam mit Nikolai neben Ivan kniete. Nikolai presste die Finger auf die aufgerissene Bauchwunde seines Freundes. Ich konnte sein Gesicht nicht sehen, dafür aber die Bissspuren unter dem zerrissenen Hemd. Alle waren voller Blut.

Wenn es möglich war, wurde mir noch kälter. Was auch immer da aus mir herausgeschossen war, hatte fast all meine Wärme mitgenommen, und die Reue stahl den Rest. Mir würde nie wieder warm werden, denn selbst meine Knochen fühlten sich an, als wären sie aus Eis. »Nikolai, bist du schwer verletzt?«, fragte ich ihn mit brechender Stimme.

»Nein.« Mehr nicht. Er sah mich nicht einmal an und konzentrierte sich ganz auf Ivan, der röchelnd versuchte, Luft zu holen. »Wir müssen ins Schloss.« Er stand auf, und unter seinen Schritten knirschte verbrannter Boden.

Alexej schoss mit Celia davon, als hätte er nur auf diese Erlaubnis gewartet.

Ich wagte es nicht, zu den zerfetzten Gestalten zu sehen, die zusammengekrümmt auf dem Boden lagen und sich nicht mehr rührten. Das war mein Werk. Ich hatte getötet, aber ich konnte kein Bedauern empfinden. Diese Kreaturen hätten Celia umgebracht, Nikolai, uns alle. Aber ihr Tod würde ewig auf meiner Seele lasten.

»Ich werde Carys und Ivan versorgen.« Kyrill stand auf und wandte sich zu Nikolai und Jaron um. »Sie werden nicht sterben.«

»Kayla«, sagte Nikolai mit brüchiger Stimme und nickte dankend, »nimmst du Carys?«

Kayla stand auf und ging mit schleppenden Schritten zu Jaron. Entschuldigend sah sie zu mir, nahm Carys aus dessen Armen und rannte los.

»Du kannst mit mir fliegen«, sagte Jaron zu Kyrill. »Dann bist du schneller im Schloss.« Der Hexer sah zu mir und schenkte mir ein Lächeln. »Danke schön«, sagte er. »Ohne dich wären wir jetzt alle tot.«

»Ist es in Ordnung, wenn ich mit ihm fliege?«, fragte Kyrill.

Ich nickte. »Tu dein Bestes.«

»Das mache ich«, erwiderte er und stieg auf den Besen. Nikolai war mit Ivan längst verschwunden.

Zurück blieben Magnus, Eleni, Lupa und ich. Sanft schloss Eleni Alva die Augen und machte sich auf die Suche nach ihrem Besen. Er war zerbrochen.

»Dann müssen wir wohl laufen«, sagte Lupa, deren Kleid vollständig zerrissen war, und humpelte los. Wir anderen folgten ihr schweigend.

»Ist Melinda nicht gekommen?«, fragte ich und versuchte immer noch, meine Gedanken zu sortieren.

Magnus schüttelte den Kopf.

Wir kamen an einer Gestalt vorbei, die im Gras lag und fast vollständig verbrannt war. Im Tode hatte der Mann sich zurückverwandelt. Sein Gesicht war nun menschlich, aber er hatte immer noch die Hinterläufe eines Wolfes. Ich kannte den jungen Hexer, auch wenn ich nie mit ihm gesprochen hatte. Auf seiner Wange prangte eine verschmierte Triskele.

»Das ist Tarjan«, sagte Eleni tonlos. »Er war letzte Nacht mit am Feuer.«

»Wie ist das möglich?«, fragte ich Magnus.

»Er wurde verflucht. Jeder kann so zum Lykaner werden«, erklärte er widerstrebend. »Sie alle waren mal Menschen, Wicca oder Hexer – bevor sie oder einer ihrer Vorfahren den Zorn des Gehörnten Gottes auf sich zogen.« Er kniete neben dem Wolf nieder und schloss seine Augen. »Möge die Göttin deiner Seele vergeben.«

Über uns erklang ein Rauschen, und ich hob schützend einen Arm über mich. Amelia, Melinda, Bredica und noch eine vierte Hexe landeten vor uns. Aufrichtige Sorge stand in ihren Gesichtern und Entsetzen, als sie den Lykaner erkannten.

»Lupa, Magnus, Valea, auf die Besen!«, befahl Melinda und stieg von ihrem.

Ohne Widerspruch zu leisten, stieg Lupa bei Amelia auf, Bredica zog mich auf ihren und Magnus setzte sich hinter die fremde Hexe. Wir erhoben uns in die Lüfte. Ich klammerte mich an Bredicas Taille und öffnete die Augen erst wieder, als wir vor dem Portal des Schlosses landeten. Sofort war Lupa an meiner Seite.

Die feindseligen Blicke, die mich trafen, brachten mich zum Stolpern. Ich wusste nicht, womit ich sie verdient hatte. Die meisten Anwesenden trugen Nachthemden unter den Umhängen. Hatte der Lärm des Kampfes sie aus ihren Träumen gerissen? Keiner von ihnen war uns zu Hilfe gekommen. Ich reckte das Kinn. Immerhin war ich nicht weggelaufen und ich hatte mich nicht versteckt. Sollten sie doch denken, was sie wollten. Es war mir egal.

Bredica legte einen Arm um mich. »Sie haben nur Angst. Lass dich nicht einschüchtern.«

Adrian stand mit dem Trüppchen seiner Anhänger am Fuß der Treppe und musterte mich geringschätzig.

»Glotz nicht so«, verlangte Lupa. »Sonst verwandelt sie dich in eine Schnecke.«

Der Hexer wurde blass und zischte eine Beleidigung, aber er wagte nicht, seinen Zauberstab zu heben.

Nikolai kam die Treppe herunter. Sein Gesicht war eine eisige Maske, und alle wichen vor ihm zurück.

»Ich bringe Valea hinein«, erklärte er, und Bredica nickte zustimmend. »Kannst du laufen?«, wandte er sich an mich und sah mich endlich an. Mir war übel. In meinem Kopf wechselten sich Feuer und Nebel damit ab, meine Sinne zu verwirren. Ich wollte mich irgendwo zusammenkauern und schlafen und den Teil der Nacht vergessen, in dem ich getötet hatte. Ich wollte, dass jemand mir sagte, dass ich nicht anders hatte handeln können.

»Nur noch einen Moment«, raunte er so leise, dass außer mir nur noch Lupa und Bredica die Worte verstanden. »Brich jetzt nicht zusammen.«

Seine Stimme vertrieb den Nebel in meinem Kopf, und ich atmete tief durch. »Ich kann laufen.« Schließlich hatte ich nicht wirklich gekämpft. Nicht so, wie er und die anderen.

»Was ist mit dir, Lupa?«, wandte er sich an sie. Meine Schwester sah wirklich zum Fürchten aus.

»Was denkst du, Blutsauger? Meine Beine sind noch dran.« Sie grinste und er lächelte, obwohl dieses Lächeln seine Augen nicht erreichte.

Gemeinsam setzten wir uns in Bewegung und passten unser Tempo Lupas Humpeln an. Schweigen und Schluchzen erfüllten den Platz vor dem Portal. Ich entdeckte Valeria und Vito, die von anderen Hexern und Hexen umringt waren.

»Warum sind sie so schockiert?«, fragte Lupa mürrisch.

»Deswegen.« Nikolai blieb stehen und wandte sich um. Ich folgte seinem Blick, keuchte auf und taumelte rückwärts. Seine Hand schoss nach vorn und hielt mich fest. Die Ebene unterhalb von Caraiman, die gestern noch eine blühende

Wiese gewesen war, war verschwunden. Jedenfalls ein Teil davon. An ihrer Stelle erstreckte sich nun eine graue Landschaft. Die Blumen und das Gras waren verbrannt, und in der Asche lagen die Überreste der Lykaner. »Nein«, flüsterte ich. Das konnte unmöglich mein Werk gewesen sein. Bittere Galle stieg meine Kehle hinauf und ich bekam kaum noch Luft.

»Lass uns gehen«, flüsterte Nikolai.

Ich widerstand dem Drang, mich bei ihm anzulehnen. »Nein.«

Melinda hatte ihren Zauberstab angehoben, und dann standen die Überreste der Lykaner in Flammen. Ich hatte das angerichtet und würde nun den Toten die letzte Ehre erweisen. Sie waren Monster gewesen. Sie hatten uns angegriffen, getötet und meine Freunde verletzt, aber trotzdem war ich ihren Seelen das hier schuldig. Die Flammen erloschen so schnell, wie sie aufgeflammt waren. Wind fegte über die Ebene und nahm die Asche mit. Regen würde die letzten Überreste fortwaschen und Gras und Blumen die Stelle wieder in Besitz nehmen, die nun von Leid und Tod zeugte.

Amelia landete neben Melinda, die auf ihren Besen stieg. Eleni setzte sich hinter sie. Als Melinda und Amelia wieder in die Luft stiegen, schwebten die toten Körper von Alva und Arvid zwischen ihnen.

»Kommt«, befahl Nikolai und dieses Mal widersprach ich ihm nicht, sondern folgte ihm und Bredica ins Schloss.

»Wie geht es Ivan und Carys?« Ich wagte nicht, nach Celia zu fragen. Nikolai konnte Ivan gerade mal in ein Zimmer gebracht haben und war dann sofort zu mir zurückgekehrt. Trotz seiner offensichtlichen Sorge wirkte er distanziert.

»Kyrill kümmert sich um sie. Jaron, Kayla und ein paar andere Wicca helfen ihm. Wir wissen nicht, ob sie durchkommen.« Nur beim letzten Wort zitterte seine Stimme ein wenig.

»Kann ich zu ihnen? Zu Celia?«

»Nein«, sagte er schneidend. »Ihr müsst baden und Bredica sollte euch untersuchen«, setzte er nur unwesentlich sanfter hinzu.

Ich runzelte die Stirn, denn ich verstand nicht, weshalb er so aufgebracht war. Weshalb er mich nicht in die Arme nahm und festhielt.

»Mir geht es prima«, wiegelte Lupa ab. »Ich muss nur schlafen. Waschen kann ich mich auch noch später.« Ohne eine Erwiderung abzuwarten, stieg sie die Treppe nach oben.

Ein Geräusch von der Eingangstür ließ mich zurückblicken. Melinda, Eleni und Amelia marschierten herein. Zwischen ihnen schwebten Alvas und Arvids Körper, und dahinter hatten sich die anderen formiert und folgten ihnen schweigend.

Melinda nickte mir aufmunternd zu, blieb aber nicht stehen, sondern zog mit den Trauernden an Nikolai und mir vorbei. Sie verschwanden im großen Saal, dessen Türen zuschlugen, nachdem der letzte dahinter verschwunden war.

»Das war ein gründlich geplanter Angriff«, sagte Bredica in die einsetzende Stille.

»Hat die Königin die Lykaner geschickt?«, fragte ich mit zitternder Stimme, obwohl ich dafür keine Bestätigung brauchte.

Bredica zuckte mit den Schultern. »Das weiß ich nicht. Eine effektivere Möglichkeit, dass alle Teilnehmer abreisen, hätte sie kaum finden können. Doch diese Art von Kriegserklärung ist für Celesta viel zu offensichtlich. Jeder kann die Dienste der Lykaner kaufen.«

»Du meinst, jemand hat diesen Angriff inszeniert, um ihn der Königin in die Schuhe zu schieben?«, fragte Nikolai grimmig.

»Es ist eine Möglichkeit, die wir nicht außer Acht lassen dürfen. Ich werde das Schloss sichern, und du solltest dich ausruhen, mein Kind. Du hast euch alle gerettet.« Sie nickte mir aufmunternd zu und schickte sich an zu gehen.

Ich blickte auf meine Hände, sie sahen aus wie immer, aber sie hatten getötet. »Nicht alle«, flüsterte ich mit rauer Stimme. »Ich hätte früher etwas tun müssen.«

»Das konntest du gar nicht.« Bredica drehte sich noch einmal um. »Sie braucht Wärme. Die Magie hat ihr alle Kraft entzogen. Im Bad ist alles vorbereitet. Lass sie nicht allein«, wandte sie sich an Nikolai.

Bevor ich protestieren konnte, nahm er mich auf den Arm und trug mich in rasendem Tempo durch das Schloss. Er setzte mich erst auf einer der angewärmten Steinbänke im Badezimmer ab. »Bleib sitzen!«, befahl er, ging zurück und verriegelte die Tür. Wohlriechender Dampf stieg aus dem kreisrunden Becken auf. Ich roch Eukalyptus und Rosmarin.

»Hast du Angst, jemand könnte hereinkommen und versuchen, mich zu ertränken?«, fragte ich nur halb im Scherz. Seine Haltung war so angespannt, dass er mir fast Angst machte.

»Zieh das Kleid aus.« Er baute sich vor mir auf. Sein Gesichtsausdruck war so unnachgiebig, und als wäre mir nicht schon kalt genug, lief mir ein eisiger Schauer über den Rücken.

»Ich wusste nicht, dass ich das kann«, sagte ich mit klappernden Zähnen, denn ich hielt es keine Sekunde länger aus, ihm das nicht zu sagen. »Ich weiß nicht, wie das möglich ist. Woher sie kam.« Diese Magie, die aus mir herausgeschossen war, wie die Eruption eines Vulkans. Unkontrolliert und tödlich.

»Du musst in das heiße Wasser. Sofort.« Seine feindselige Miene schmerzte mehr als die Schläge, die mir vorhin der Lykaner verpasst hatte. Morgen würde mein Körper von blauen

Flecken übersät sein. Aber wenigstens hatte ich ein Morgen. Im Gegensatz zu Alva und Arvid und womöglich Carys, Ivan und Celia, wenn es Kyrill nicht gelang, sie zu heilen.

»Erst sagst du mir, was du mir vorwirfst?«, sagte ich störrisch.

»Du hast uns gerettet«, stieß er nur mühsam beherrscht hervor. »Du hast uns allen das Leben gerettet. Ohne dich hätten sie uns gnadenlos abgeschlachtet. Das werde ich dir niemals vergessen.«

»Aber? Ich wusste nicht, dass ich diese Kräfte besitze«, wiederholte ich. »Das musst du mir glauben.«

Er schnaubte leise. »Du hast mich schon mal belogen.«

Ich erstarrte. »Und ich habe dir erklärt, weshalb. Ich habe dir die Wahrheit gesagt. Wer ich bin.«

»Du hast gesagt, du wärst die Enkeltochter des Hohepriesters.«

»Das bin ich auch.« Wütend stand ich auf, um nicht weiter zu ihm hochblicken zu müssen. Ich streifte die Träger meines Kleides ab. Als ich schwankte, machte er einen Schritt nach vorn, aber gerade wollte ich seine Hilfe nicht. Er hielt inne, als ich den Kopf schüttelte. »Meine Eltern wurden ermordet, als ich zehn Jahre alt war. Celesta wollte sich mit dem Mord an Radu rächen. Sie hätte auch uns drei Kinder getötet, wenn Radu uns nicht gerettet hätte. Magnus brachte mich zu den Menschen, und dort blieb ich, bis du mich gefunden hast.« Das Kleid rutschte mir über die Hüften, und nun trug ich nur noch ein kurzes, durchscheinendes Unterkleid. Seine Augen weiteten sich vor Entsetzen und ich schaute an mir herunter. Schon jetzt übersäten blaue und rote Flecken meine Arme und schimmerten durch die dünne Seide an meinem Bauch. Während seine Wunden bereits verheilten, würden meine Blessuren mich noch lange an den Kampf erinnern. Nikolais

Augen waren so dunkel, dass sie fast schwarz wirkten. »Meine Mutter war Radus Tochter. Wir lebten jedoch nicht in Rasca, sondern tatsächlich in einem Haus im Wald«, erklärte ich ihm weiter. Ich konzentrierte mich auf die Wärme, die von dem Marmorboden unter meinen Füßen abstrahlte. Diese Räume wurden entweder durch Magie geheizt oder durch ein raffiniertes System unter dem Stein. Ich machte einen Schritt vorwärts und dann noch einen. Nikolai ließ mich keine Sekunde aus den Augen. »Als du in Aquincum auftauchtest, dachte ich mir bei der ersten Begegnung nichts. Aber als du zurückkamst, hast du mir Angst gemacht. Ich konnte nicht sicher sein, ob die Strigoi sich nicht mittlerweile mit Celesta verbündet hatten. Radu hatte mich immer und immer wieder gewarnt, dass die Königin mich noch suchte. Ich dachte, du hättest herausgefunden, wer ich wirklich war, und wolltest mich ihr ausliefern.«

»Ich hätte dir nie etwas angetan.« Seine heisere Stimme jagte mir erneut einen Schauer über den Rücken.

»Dessen konnte ich mir nicht sicher sein. Ich kannte dich doch gar nicht. Also rief ich den Hohepriester um Hilfe, und er ließ mich von Magnus nach Ardeal bringen. Ich musste versprechen, niemandem zu sagen, wer ich bin.«

»Aber wer bist du wirklich?« Er legte mir eine Hand auf die Wange. Meine Haut war so kalt, dass seine sich dagegen zum ersten Mal heiß anfühlte.

»Dieselbe, die ich die ganze Nacht war und gestern und vorgestern.«

Die Hand fiel herunter. Er wich meinem Blick aus, als könnte er es nicht eine Sekunde länger ertragen, mich anzuschauen. »Keine gewöhnliche Wicca besitzt solche Kräfte, wie du sie eingesetzt hast.«

»Was meinst du damit?«, flüsterte ich.

»Damit meine ich, Valea«, aus seinem Mund klang mein Name wie Gift, »dass du keine Wicca bist. Du bist eine Hexe. Welches Spiel spielst du? Du hast dir unser Vertrauen erschlichen, die Freundschaft meiner Schwester. Was heckt Celesta dieses Mal aus? Und Radu?«

20. KAPITEL

SCHLOSS CARAIMAN
IN ARDEAL

Ich schüttelte den Kopf so heftig, dass meine Haare flogen. »Nein. Ich bin keine Hexe. Die Königin wollte uns alle töten. Sie hat meine Eltern getötet.« Ich drehte mich um und wankte zu einem Holzeimer. »Ich bin eine Wicca.« Gerade noch rechtzeitig kniete ich vor dem Eimer nieder und erbrach mich. Er täuschte sich. Er musste sich täuschen. In meinen Adern floss kein Hexenblut. Meine Mutter war die Tochter des Hohepriesters, und mein Vater war *Milas* ...

Ancutas Stimme dröhnte in meinen Ohren. Sie hatte nach ihrem Sohn gerufen. Ich keuchte. Unerträglich langsam rutschte das letzte Puzzleteil an die richtige Stelle. Wieder stieg Übelkeit in mir hoch, und ich erbrach mich noch einmal. Wie hatte ich das nicht sehen können?

Nikolai kniete neben mir nieder und hielt mich trotz seiner Wut überraschend sanft fest.

»Geh weg«, bat ich ihn weinend und versuchte, aus seiner Reichweite zu rutschen. »Lass mich allein.«

»Nein.« Er strich mir über den Rücken. »Du musst immer noch ins Wasser, bevor du dir den Tod holst.«

Es ging ihn nichts an, ob ich lebte oder starb. Die Magie hatte mich ausgelaugt, aber die Erkenntnis, wer ich wirklich war, raubte mir die letzte Kraft. Wussten Kyrill und Lupa es? Wussten sie, wer unser Vater war? Wusste Radu es? Ich konnte es Nikolai nicht sagen. Dann hätte er wirklich einen Grund, mich zu hassen und zu verachten.

Der mysteriöse Erbe der Königin, der Sohn der Tochter, die Celesta ermordet hatte, war mein Vater gewesen! Kein Wicca, sondern ein Hexer. Er hatte mir beigebracht, das Leben zu achten, anderen nicht zu schaden, wahrhaftig und ehrlich zu sein, und er selbst war der größte Lügner von allen gewesen.

Nikolai reichte mir einen Becher. »Trink das und lass mich dir helfen.« Für weiteren Widerspruch fehlte mir die Kraft. Meine Gedanken rasten, versuchten sich zu erinnern. Ein stechender Schmerz jagte durch meinen Kopf. Er stützte mich, als ich aufstand. Seine Hände strichen über meine Arme. »Wie konntest du diese Kraft verstecken?«

»Ich wusste doch nicht, dass ich sie besitze«, antwortete ich abwesend.

»Das ist unmöglich. Diese Art von Magie lässt sich nicht verbergen. Weshalb hast du die Lykaner nicht früher getötet?« Der Vorwurf in seiner Stimme war unerträglich. Als hätte ich Ivan so verletzt oder Arvid getötet.

Er glaubte mir nicht, und trotzdem versuchte ich es noch einmal. »Weil ich nicht wusste, dass ich es kann. Ich bin eine Wicca. Wir besitzen diese Art von Kräften nicht.« Am liebsten wollte ich schreien, bis er es begriff.

»Ich weiß, dass Wicca diese Kraft nicht besitzen«, bestätigte Nikolai und führte mich zu dem Wasserbecken.

Er würde mich nicht in Ruhe lassen. Sollte er nicht bei seiner Schwester oder seinem besten Freund sein? Hatte er Angst, was ich mit diesen Kräften anfing, nun, da ich sie offen gezeigt hatte? Gerade fühlte es sich nicht so an, als könnte ich auch nur einen Halm Stroh mit meiner Magie anheben.

Ich streifte die Träger meines Unterkleides von den Schultern und ließ es auf den Boden fallen. Jetzt war ich vollständig nackt. Aber das war nichts, was er nicht schon einmal gesehen hatte.

Nikolai sog hinter mir scharf den Atem ein.

Oder vielleicht doch? Ich wandte den Kopf. Seine Bernsteinaugen hatten sich geweitet, und er war noch blasser als sonst. Aufmerksam betrachtete er meinen Rücken. Entsetzen stand in seinem Blick.

»Was ist?«

Er runzelte die Stirn. »Dachtest du wirklich, du könntest das ewig verbergen? Eines Tages hätte es jemand entdeckt. Hat Radu dich deswegen versteckt? Wie hat er es verschleiert? In Aquincum hattest du es noch nicht.«

»Wovon redest du?«

Er strich mein Haar zur Seite und legte es nach vorn über meine Schulter. Mit einer Fingerspitze fuhr er über meinen Rücken. Die Berührung kribbelte auf der Haut, aber sie fühlte sich nicht an wie die Berührung eines Liebhabers.

»Sag etwas«, bat ich flüsternd.

»Es ist schön.« Seine Stimme klang belegt. »Ich habe davon gelesen. Aber es gibt keine Abbildungen.«

»Was ist schön? Du sprichst in Rätseln.« Ich versuchte, einen Blick auf das zu erhaschen, was ihn so in den Bann schlug.

»Der Siebenstern. Ich …« Er brach ab.

Ich erschrak über den Ausdruck in seinem Gesicht. Verbitterung stand darin. »Nikolai«, flehte ich.

Er legte mir die Hände auf die Taille und bewegte uns rasend schnell durch das Bad zu einem riesigen Spiegel. Seine kühlen Hände brannten auf meiner eisigen Haut.

»Dreh den Kopf«, befahl er, als er mich abgestellt und mich zu sich herumgedreht hatte. Er sah nicht mich an, sondern nur meinen Rücken im Spiegel.

Stirnrunzelnd folgte ich der Aufforderung. Der Anblick, der sich mir darin bot, verschlug mir den Atem. Er hielt mein Haar über meine Schulter, damit ich jedes Detail betrachten konnte. Auf meinem Rücken, der früher makellos gewesen war, prangte nun ein kunstvolles Heptagramm. »Ein Siebenstern«, wiederholte ich keuchend.

»Seine Magie ist unvergleichlich mächtig«, bestätigte Nikolai, »und du willst mir immer noch erzählen, dass du seine Macht nicht gespürt hast. Weshalb hast du es versteckt? Sag mir die Wahrheit, Valea. Wer bist du?« Seine Stimme klang flehend. So als würde er mir alles verzeihen, wenn ich ihm nur die Wahrheit sagte. Aber das konnte ich nicht.

Ich war die Urenkelin der Hexenkönigin. Celestas Erbin. Wenn ich es laut aussprach, dann würde es wahr werden. »Ich habe es nicht versteckt«, wisperte ich stattdessen. »Woher kommt es? Was hat das zu bedeuten?«

Nikolai verschleierte sein Misstrauen kaum mehr. »Du hast es noch nie gesehen? Du hast es damals nicht absichtlich vor mir verborgen?«

Ich schüttelte den Kopf. »Nein.«

Aufmerksam betrachtete er es wieder. Ich ließ den Kopf nach vorn fallen und lehnte die Stirn an seine Brust. Er ließ es zu. Ich war so müde. »Es verändert sich«, sagte er leise. »Es wird deutlicher, und Runen treten hervor.«

»Es brennt ein wenig.« Mein Mund war so trocken, dass ich kaum sprechen konnte.

Kurz schöpfte ich Hoffnung, er würde mir glauben, doch dann stieß er mich beinahe von sich, nahm mein Gesicht in seine Hände und zwang mich, ihn anzusehen. »Ich weiß nicht, welches Spiel du spielst. Aber ich gebe dir einen Rat, aus Dankbarkeit, weil du Celia heute das Leben gerettet hast. Weil du uns alle gerettet hast. Wenn du wirklich nicht mit der Königin unter einer Decke steckst, dann zeige dieses Mal niemandem. Geh zurück nach Muntenia. Versteck dich irgendwo bei den Menschen und verbirg diese Magie. Celesta wird von deiner Kraft erfahren und Jagd auf dich machen. In ihren Händen wirst du eine Waffe sein, und wenn wir uns auf dem Schlachtfeld begegnen, werde ich dich töten, bevor du die tötest, die ich liebe, Valea Patel.« Mein Name aus seinem Mund klang beinahe zärtlich. Kühle Lippen fuhren über meine, und ich keuchte auf. Viel zu schnell löste er sich von mir. »Leb wohl, kleine Hexe.« Bedauern klang in den Worten mit. Dann war er fort. Die Tür schlug ins Schloss. Ich hatte ihn verloren. Aber ich hatte ihn auch nie besessen, berichtigte ich mich, und es wäre egal gewesen, ob ich die Wahrheit gewusst hätte oder nicht. Wir waren nie füreinander bestimmt gewesen.

Jeder einzelne Schritt fiel mir unsäglich schwer, aber ich schleppte mich zu dem kreisrunden Becken. Das Wasser erhitzte sich wieder, als ich hineinglitt, und Dampf stieg auf. Kurz hegte ich die irrationale Hoffnung, dass das Wasser das Mal fortspülen würde. Aber eher würde sich mein Körper auflösen, als dass der Siebenstern verschwand. Hatte mein Vater dasselbe Mal besessen? Trug Celesta es auf der Haut? Weshalb zeigte es sich jetzt? Lag es an der Magie, die ich freigesetzt hatte? Bei dem Gedanken, was mich alles mit der herzlosen Königin verband, drehte sich mir der Magen um. Die Tür wurde wieder geöffnet, und ich zog die Knie an meine Brust. Durch den aufsteigenden Dampf konnte ich nicht sehen, wer hereingekommen war, und hoffte kurz, es wäre Nikolai, der sich besonnen hatte.

»Dachte ich mir doch, dass der Blutsauger den Schwanz einzieht, jetzt, wo er endlich herausgefunden hat, dass du keine harmlose, leicht lenkbare Wicca bist«, ertönte Lupas Stimme. Dann raschelten Kleider, und kurz darauf stieg sie in das Becken.

»Du wusstest es?«, fragte ich schockiert.

»Dass Hexenblut in deinen Adern fließt? Natürlich.«

»Wieso natürlich?«, fauchte ich. »Weshalb hast du es mir nicht gesagt?«

Sie machte zwei Schwimmzüge und kam dann zu mir. »Ich war sicher, eines Tages würdest du es selbst herausfinden, und bis dahin wollte ich dir deinen Seelenfrieden lassen. Ich bin nämlich durch und durch eine gute Wicca. Kein Tropfen Hexenblut.« Sie setzte ihr vertrautes, böses Grinsen auf, und der Druck auf meinem Herzen wurde etwas leichter.

»Dann bist du nicht meine Schwester?« Tränen stiegen mir in die Augen. Wir hatten nie das beste Verhältnis gehabt, aber das spielte plötzlich keine Rolle mehr. Ich wollte sie nicht schon wieder verlieren.

»Doch.« Sie lächelte und verzog das Gesicht, als hätte sie in etwas Saures gebissen. Ich war ihr dankbar, dass sie versuchte, die Situation für mich leichter zu machen, indem sie sich so biestig wie gewöhnlich benahm. Ihr schien es weder etwas auszumachen, dass ich getötet hatte, noch dass ich eine halbe Hexe war. Ich fragte mich nur, ob sie von dem Siebenstern wusste – und wer mein Vater war. »Wir haben dieselbe Mutter, aber unterschiedliche Väter. Aber das wusste ich schon immer.«

»Woher?« Langsam wurde mir wieder warm und das Zittern verebbte.

»Der siebte Sinn einer Wicca«, schlug sie vor und seufzte. »Es war offensichtlich. Wir sind völlig verschieden, und *unser* Vater«, sie setzte das Unser in Gänsefüßchen, »liebte dich mehr als mich. Er hat versucht, es zu verbergen, das muss man ihm anrechnen. Doch es gelang ihm nicht sehr gut.«

»Er hat dich auch geliebt«, beteuerte ich. Wie musste dieser Gedanke sich für sie angefühlt haben? Als kleines Kind und später als zwölfjähriges Mädchen?

»Das hat er«, erwiderte sie, »nur eben nicht so sehr wie dich und Kyrill. Sie haben es mir selbst gesagt, nur ein paar Tage vor dieser verhängnisvollen Nacht. Sie dachten, ich wäre alt genug, um es zu erfahren.« Sie schluckte. »Ich war es nicht. Danach war ich völlig durcheinander und noch unerträglicher als vorher. An eurem Geburtstag bin ich weggelaufen.« Sie lachte hohl. »Ich wollte wissen, ob er kommen und nach mir suchen würde. Ob er Angst um mich haben würde.«

Sie war nur zwei Jahre älter als ich. Milas musste unsere Mutter getroffen haben, als Lupa ungefähr ein Jahr gewesen war. Er war der einzige Mann, der ihr in ihrem Leben ein Vater gewesen war. »Was ist passiert?«

Sie zog die Nase hoch und wich meinem Blick aus.

»Lässt du es mich sehen?«, fragte ich vorsichtig. »Ich erinnere mich an so gut wie nichts. Da sind nur Bruchstücke.«

Sie nickte zögernd. »Du darfst mich nicht verurteilen«, bat sie dann. »Seit diesem Tag hasse ich mich dafür.«

»Werde ich nicht.«

Sie hielt mir die Hand hin und wir verschränkten die Finger ineinander. Ich schloss die Augen. Wenn jemand sich selbst auf eine Erinnerung konzentrierte, konnte ich ihm viel leichter folgen. Lupa hockte in der Baumgabel einer Eiche, verborgen hinter dichtem Geäst, und schaute zu unserem Haus. Die Sonne ging bereits unter, und ich sah unsere Mutter, hörte sie nach Lupa rufen. Ich presste die Lippen zusammen. Unsere Mutter so deutlich zu sehen, ihre zarten Gesichtszüge, die im Laufe der Jahre immer mehr verblasst waren … Unser Vater trat aus dem Haus, dessen Überreste ich letzte Nacht gefunden hatte. In der Erinnerung war es unzerstört. Geißblatt und wilder Wein rankten an den Wänden empor. Weißer Rauch stieg aus dem Schornstein in den sich verdunkelnden Himmel. Vater hielt Kyrill und mich an der Hand. »Ihr bleibt bei eurer Mutter«, hörte ich ihn sagen. Er war groß und schlank, hatte lockiges, rotes Haar und dieselben grünen Augen wie ich. »Ich suche Lupa.« Er gab uns allen einen Kuss. »Und bringe sie sicher nach Hause«, versprach er. »Macht euch keine Sorgen.« Er war so jung gewesen und hatte die Verantwortung für eine ganze Familie getragen. Als er meine Mutter getroffen hatte, konnte er gerade achtzehn Jahre alt gewesen sein. Wie war er Celesta entkommen? Was hatte sie ihm in seiner Kindheit angetan? Alles Fragen, auf die wir nie eine Antwort bekommen würden. Ihn so lebendig zu sehen, weckte so viele Gefühle in mir. Vor allem Trauer. Trauer um die Zeit, die wir nicht miteinander gehabt hatten. Lupa rutschte vom Stamm der Eiche, aber sie ging nicht zum Haus zurück, sondern lief tiefer in den Wald. Über ein paar Steine balancierte sie über den Bach auf die andere Seite. Immer wieder blieb sie stehen, knickte Äste um und drapierte ihr Haarband über einem Zweig. Sie wollte unseren Vater testen, wollte sehen, wie lange er ihr folgte, und dann stoppte sie abrupt. Ich spürte ihre Furcht, als sie raue, bellende Stimmen hörte. Sie presste sich an einen Baumstamm. Ihr Herz schlug in einem rasenden Tempo, als sie vorsichtig um den Stamm herumlugte. Sie keuchte auf und legte sich selbst die Hand auf den Mund um nicht zu schreien. Zwei Wölfe schlichen durchs Unterholz. Es waren Lykaner. Ich fühlte das Grauen, dass sie bei dem Anblick gespürt hatte. Eines der Monster blieb stehen und beäugte die Umgebung. Sie hielt die Luft an, als der Blick des Untieres sich direkt auf sie heftete. Ein Heulen ertönte in den Tiefen des Waldes, das wie ein Ruf klang. Beide Lykaner rissen ihre schmalgliedrigen, muskulösen Körper herum und rannten davon. Lupa sackte an dem Baumstamm zusammen. Kurze Zeit später fand unser Vater sie. Liebevoll strich er ihr das Haar aus der Stirn. »Deine Mutter und deine Geschwister machen sich große Sorgen«, sagte er nur, anstatt zu schimpfen. »Und das Essen ist fertig. Ich weiß nicht, wie es dir geht, aber ich bin hungrig.« Ich spürte, wie Lupa mit sich kämpfte. Sie wollte weiter wütend sein, aber sie konnte es nicht. Also stand sie auf und schob ihre Hand in seine. Wie aus dem Nichts sprangen drei riesige Lykaner hervor und rissen unseren Vater von ihr fort. Er hatte keine Chance und war viel zu abgelenkt gewesen. Lupa schrie, aber sie zerrten ihn fort und ließen sie im Wald zurück.

Die Erinnerung verschwand, obwohl ich krampfhaft versuchte, an ihr festzuhalten. Ich wollte sie nicht gehen lassen. Ich wollte unsere Mutter noch einmal sehen, aber Lupa entzog mir ihre Hand.

Als ich die Augen aufschlug, rannen Tränen über ihr Gesicht. »Ich habe sie angelockt«, flüsterte sie. »Sie hätten uns nicht gefunden, wenn ich nicht diese idiotische Spur gelegt hätte. Ich bin zurück nach Hause gelaufen. Mutter war tot und du und Kyrill fort. Ich fand Vaters Leiche auf der Lichtung. Sie hatten ihn gefesselt, und dann war da der Stern auf seinem Rücken. Es war alles meine Schuld.«

Ich legte ihr einen Arm um die Schulter und zog sie näher zu mir heran. Wie hatte sie das glauben können? Oder hatte Radu ihr das eingeredet? »Das ist Unsinn. Sie waren wahrscheinlich längst auf der Suche nach uns.« Und nun wusste ich auch, weshalb. Milas war es irgendwie gelungen, der Königin und der Onyxfestung zu entkommen. Er hatte unsere Mutter getroffen und sich mit ihr in der Nähe von Caraiman versteckt. Dem Stammsitz seiner Familie. Zehn oder elf Jahre hatten sie dort unentdeckt gelebt. Aber Celesta hatte nicht aufgegeben.

Nur – wohin war sie gegangen? Sie war zur selben Zeit verschwunden, zu der er geflohen war. Die ganze Zeit mussten von ihr gedungene Lykaner Ardeal nach ihm durchkämmt haben. Hatte er gewusst, dass sie eines Tages zurückkommen würde? Weshalb hatten unsere Eltern uns nicht gewarnt und uns nicht auf diesen Tag vorbereitet? »Danke«, sagte ich leise zu Lupa. »Danke, dass du sie mich noch einmal hast sehen lassen.«

Sie setzte sich aufrecht hin. Das Wasser schwappte in kleinen Wellen über ihre Schultern. »Du kannst dich nur an so wenige Dinge erinnern, weil Radu Magnus befohlen hat, deine Erinnerungen zu löschen. Hätte er den Befehl wirklich befolgt, dann hättest du auch Kyrill und mich vergessen.«

Deswegen hatte ich so viel vergessen? Zorn stieg in mir hoch wie das Meer bei Flut, und das Wasser wurde heißer.

»Wenn du uns nicht kochen willst, musst du das in den Griff kriegen«, sagte Lupa streng.

»Weshalb sollte ich mich nicht erinnern?«, fragte ich und versuchte mich zu beruhigen.

Sie zuckte mit den Schultern. »Das weiß ich nicht. Weil Radu ein machtbesessener Sadist ist? Er glaubte, du besitzt keine Magie. Er interessierte sich nur für Kyrill.«

»Weißt du, wer dein Vater war?«, fragte ich. Da waren immer noch so viele Fragen.

»Er war ein Wicca und an Beltane der Gehörnte Gott. Unsere Mutter wurde in dieser Nacht mit mir schwanger, aber sie mochte den Mann nicht besonders. Radu wollte sie zwingen, ihm ein Eheversprechen zu geben, aber sie weigerte sich und verließ den Coven.«

Ich tauchte mit dem Kopf unter. Das Bedürfnis, mir jede Spur der Nacht und all diese schrecklichen neuen Informationen vom Körper zu schrubben, wurde übermächtig.

Als ich wieder auftauchte, reichte Lupa mir ein Stück Seife und begann, sich ebenfalls einzuschäumen. »Das Schlimmste weißt du jetzt«, sagte sie dann deutlich gefasster als noch vor ein paar Minuten. »Nur eines noch. Radu behauptet gern, die Königin hätte diese Monster geschickt, aber wenn du mich fragst, hatte er viel bessere Gründe. Seine eigene Tochter hatte ihn an der Nase herumgeführt. Sie hat einen Hexer zum Mann genommen und Kinder mit ihm gekriegt. Die Tochter des Hohepriesters hat ein ehernes Gesetz gebrochen. Ganz Ardeal hätte über ihn gespottet, wenn das herausgekommen wäre. Radu ist niemand, der verzeiht. Weshalb jedoch hätte Celesta sich für uns interessieren sollen? Es ergibt keinen Sinn.«

Sie kannte also nicht die ganze Geschichte. Ich dachte an Nikolais Ratschlag, aber ich schlug ihn in den Wind und drehte ihr den Rücken zu. »Weil«, sagte ich langsam und nahm mein Haar beiseite, um ihr einen ungehinderten Blick auf den Siebenstern zu gewähren, »der Mann, mit dem unsere Mutter durchbrannte, nicht irgendein Hexer war, sondern der verschollene Erbe der Königin. Ihr Enkelsohn.« Lupa schnappte nach Luft, als ich aufstand. »Kyrill und ich sind Celestas Urenkel.«

»Mist«, flüsterte sie. »Und ich dachte, ich würde jedes unserer dunklen Familiengeheimnisse kennen«, hauchte sie.

»Das dunkelste offenbar nicht.« Ich ließ mich wieder ins Wasser sinken. »Keine Ahnung, was ich jetzt tun soll. Radu weiß es, und irgendwann wird er dieses Wissen benutzen. Er hat uns damals in Sicherheit gebracht, aber ich kann mir nicht vorstellen, dass er es für uns getan hat.«

»Ich auch nicht«, bestätigte Lupa. »Hat Nikolai es gesehen?« Ihr Gesicht nahm einen kämpferischen Ausdruck an.

Ich nickte.

Sie stand auf und das Wasser perlte von ihrem Körper, der normalerweise sicherlich makellos, nun aber von Schnittwunden und Prellungen übersät war. Keine einzige Wunde schien sie zu schmerzen. »Dann werde ich mir den Blutsauger mal vorknöpfen. Wenn er irgendwem ein Sterbenswörtchen davon verrät, ist er ein toter Mann.« Lupa war unbestreitbar eine Naturgewalt unter den Wicca, und sie hatte heute gekämpft und überlebt, aber gegen Nikolai konnte sie nicht bestehen.

Ich stand ebenfalls auf und watete zu den Stufen, die aus dem Becken führten. »Er wird es niemandem sagen.«

Sie lachte hart auf. »Damit könntest du recht haben. Er wird es so lange für sich behalten, bis er dieses Geheimnis meistbietend verkaufen kann.« Sie hielt mich an den Schultern und schüttelte mich sanft. »Wach auf, Valea. Die Welt ist nicht so, wie dein Vater dir erzählt hat. Er war ein Träumer. Er dachte, er könnte sich in einem Haus im Wald verstecken, und die Welt würde ihn vergessen. Das hat sie nicht, und er hat dafür bezahlt. Ich werde nicht zulassen, dass dir dasselbe geschieht.«

»Weiß Kyrill es?«, fragte ich, als wir aus dem Wasser gestiegen waren und uns abgetrocknet hatten.

»Er weiß, dass euer Vater ein Hexer war. Radu hat es ihm gesagt und ihm gleichzeitig klargemacht, wie furchtbar eine derartige Abstammung ist.« Wir saßen in flauschige Badetücher gehüllt auf den warmen Steinbänken. Ich wollte den Raum noch nicht verlassen, weil ich nicht wusste, was mich draußen erwartete.

»Ich habe immer gehofft, Radu würde dich nie zurückholen. Ich habe gehofft, du wärst bei den Menschen in Sicherheit.«

Ich zog eine Augenbraue hoch. »Das hast du aber alles sehr geschickt verborgen. Ich dachte, du hasst mich.«

»Ich habe dich nie gehasst. Vielleicht konnte ich dich nicht sonderlich gut leiden, weil unsere Eltern dich behandelt haben, als wärst du etwas Besonderes, und offenbar bist du das ja auch. Dieses Rätsel haben wir ja nun gelöst. Bilde dir nur nichts drauf ein.«

Lächelnd legte ich den Kopf an ihrer Schulter ab. »Radu hat mich bei den Menschen versteckt«, sagte ich langsam, »weil er genau gewusst hat, welche Kräfte in mir schlummerten, und er hat mich jetzt zurückgeholt, weil er hofft, ich könnte seine Waffe sein.«

»Und wirst du?«

»Nein. Ich mag die Kräfte einer Hexe haben, aber ich bin immer noch eine Wicca, und ich schwöre, ich lasse mich nicht benutzen. Weder von Radu noch von Celesta.«

»Dann bete schon mal zu der Großen Göttin, dass sie dir hilft, diesen Schwur zu halten. Der Hohepriester und die Königin haben dich längst zu ihrem Spielball gemacht. Wie uns andere auch.« Sie stand auf. »Wir brauchen einen Schlachtplan. Der Krieg wird kommen, Valea, und du wirst in der vordersten Reihe der Front stehen. Ob du willst oder nicht.«

Ich stand in einem der Gänge von Esteras Bibliothek und starrte auf die Buchrücken, ohne die Titel wirklich zu lesen. Drei

Tage waren seit dem Angriff vergangen. Nikolai, Alexej und Kayla wechselten sich an Ivans und Celias Betten ab. Jaron wich Carys nicht von der Seite. Die letzten Teilnehmer waren abgereist und das Schloss wirkte völlig ausgestorben. Auch Lupa, Kyrill, Magnus und ich hatten den Befehl bekommen, nach Rasca zurückzukehren, aber wir befolgten ihn nicht. Ich würde nicht abreisen, bevor ich sicher war, dass Celia, Ivan und Carys überlebten. Aber es war nur eine Frage der Zeit, bis Radu persönlich in Caraiman auftauchte, um uns zu holen. Ich hatte versucht, Celia zu besuchen, aber Kayla hatte es nicht zugelassen. Es war fast zum Lachen, dass sie sogar Lupa zu ihr ließen und mich nicht. Mir war natürlich klar, dass Nikolai persönlich es verboten hatte, und ich wollte ihm nicht vorwerfen, dass er seine Schwester beschützte. Sie konnten Celia nicht fortbringen, weil sie selbst dafür zu schwach war. Kyrill hastete von Krankenzimmer zu Krankenzimmer. Ich hatte ihn einmal in seinem Laboratorium aufgesucht, um mit ihm zu reden, aber er war damit beschäftigt gewesen, eine Medizin aus Bienengift herzustellen, was ihm seine ganze Konzentration abverlangt hatte. Ivans Wunden hatten sich entzündet, und er hatte Fieber bekommen. Er lag im Sterben. Es würde Nikolai schwer treffen, wenn neben seiner Schwester auch noch sein engster Freund starb. Aber meinen Trost wollte er nicht. Meine einzige Gesellschaft in diesen Tagen war der kleine Kater, den Kyrill mir geschenkt hatte.

Das verängstigte Gemurmel der Bücher riss mich aus meinen trüben Überlegungen. Sie hatten irgendwie von dem Kampf erfahren und verhielten sich nun äußerst unkooperativ, auch wenn ich nicht verstand, weshalb. Viele weigerten sich schlichtweg, sich von mir öffnen zu lassen. Selbst die Lumina verkrochen sich in den Ritzen der Regale. Wenn ich schon Celestas Enkelin war, konnte ich doch wenigstens erwarten, dass man mir gehorchte. Allein bei dem Gedanken drehte sich mir der Magen um. Mir musste niemand gehorchen, nicht einmal ein Buch oder eine Leuchtkugel. Ein kleiner brauner Ledereinband schob sich aus dem Regal heraus, vor dem ich gerade stand, und schnappte mutig nach meinen Fingern. Ich war jedoch schneller und schnippte ihm gegen die Seiten. Murrend zog es sich zurück, erntete von den anderen Büchern aber gratulierendes Murmeln.

»Das ist nicht der richtige Ort, wenn du Antworten auf deine Fragen suchst.« Kyrill stand am Ende der Regalreihe und kam nun auf mich zu.

»Ich weiß.« Ich seufzte leise, als er vor mir stehen blieb. »Ich sollte in Nexors Bibliothek danach suchen, oder?«

Er nickte.

»Lupa hat dir alles erzählt?«

Wieder nickte er bloß und legte einen Finger auf die Lippen. Diese Vorsichtsmaßnahme wäre nicht nötig gewesen. Ich hatte nicht vor, diesen neugierigen Büchern irgendetwas zu verraten.

»Wie geht es Ivan, Carys und Celia?«, fragte ich, aber er nahm meine Hand und zog mich hinter sich her. Wir traten in das verlassene Foyer.

»Für Ivan habe ich Hoffnung«, sagte er dann. »Carys und Celia werden es nicht schaffen. Ich bin mit meinem Wissen am Ende. Celia könnte nur die rechtzeitige Rückkehr der Magie der Strigoi helfen, aber Carys Verletzungen sind zu groß. Jaron ist bei ihr. Es geht zu Ende. Ich kann ihr nur die Schmerzen ersparen.«

Meine Beine zitterten, und am liebsten wollte ich mich irgendwo hinsetzen. Carys war eine mutige, freundliche, junge Frau gewesen und Jaron eine treue Freundin. Nun würde er sie verlieren, und es gab nicht viele Vertraute in seinem

Leben. Wenn jemand wusste, wie es sich anfühlte, allein zu sein, dann ich. Eine Träne lief mir über die Wange.

Kyrill nahm meine Hand und drückte sie. »Ihre Seele geht ins Sommerland und kehrt eines Tages zu uns zurück. Glücklicher und erfahrener, weil sie die Freude und das Leid ihres vorherigen Lebens reifer gemacht haben.«

Ich wischte mir die Tränen ab und nickte. »Denkst du, die Seelen unserer Eltern sind bereits zurück?«, fragte ich dann.

»Das weiß ich nicht.« Vorsichtig, als wäre er nicht sicher, ob ich es zulassen würde, zog er mich an seine Brust, und erleichtert schlang ich die Arme um ihn. Lehnte mich in seine Wärme und seine Geborgenheit. Als Kinder hatten wir uns so oft umarmt, und nun fühlte es sich an wie ein Nachhausekommen. Kyrill vergrub das Gesicht an meinem Hals und ich spürte seine Tränen auf der Haut. »Es tut mir leid«, flüsterte er. »Ich hätte nicht so abweisend sein dürfen, aber wenn Radu je herausfindet, wie viel du mir immer noch bedeutest, wird er dich mir wieder wegnehmen.«

»Das lasse ich nicht zu«, schluchzte ich schockiert und aufgewühlt. Magie floss aus mir heraus und legte sich wie ein durchsichtiger Schleier um uns, als wollte sie uns schützen. Ich konnte es weder verhindern noch steuern. Weshalb hatte Kyrill mir das nicht längst gesagt? Wie groß musste seine Angst vor dem Hohepriester sein? Selbst hier in Caraiman. »Dann gehen wir nicht nach Rasca. Keiner von uns«, bestimmte ich. »Wir verschwinden von hier, sobald es geht.« Ich wusste nicht, wohin. In einen anderen Coven konnten wir nicht, und es gab niemanden, den wir um Unterstützung bitten konnten. Aber ich würde nicht zulassen, dass Radu Kyrill noch einmal wehtat.

Kyrill löste sich etwas von mir. »Er wird uns zwingen. Er wird dich zwingen, nun, da deine Magie nicht mehr gebannt ist. Er wird dich nicht gehen lassen. Diese Kraft ...« Er erschauerte.

»War er es?«, fragte ich. Selbst er hatte Angst vor mir oder besser vor der Magie, die in mir wohnte. Ich konnte es ihm kaum übelnehmen. Die Bilder der toten und verstümmelten Lykaner verfolgten mich jede Sekunde des Tages und bis in meine Träume. Ich war froh, dass ich nicht mehr mit Celia das Zimmer teilte, denn jede Nacht wachte ich schreiend auf. In meinen Träumen schabten Wolfsklauen über meine Haut, Reißzähne bohrten sich in meinen Hals und wildes Knurren übertönte mein Stöhnen. Ich ballte die Hände zu Fäusten und drängte die Erinnerungen in die hinterste Ecke meines Kopfes. Diese Träume waren mein geringstes Problem. »Wer hat meine Magie gebannt. Radu?« Er hätte sonst nie das Risiko eingehen können, mich zu den Menschen zu schicken. Diese Kraft, die nun in mir brodelte, seit der Bann gelöst war, hätte ich niemals verbergen können.«

»Das weiß ich nicht«, gestand Kyrill bedauernd. »Würdest du es mir zeigen?«

»Den Siebenstern?«

Er nickte.

»Natürlich.« Vor ihm hatte ich nichts zu verbergen.

Hätte ich Nikolai sagen müssen, wer mein Vater war, oder hätte ihn das noch mehr schockiert? Diese Frage trieb mich seit Tagen um. Aber es war egal. Er vertraute mir nicht. Vielleicht hatte er das nie, und nun hatte er auch die Bestätigung, dass ich ihn angelogen hatte.

»Du solltest ihn vergessen«, sagte Kyrill und nahm meine Hand.

Ich lachte leise. Schon als Kind hatte er mir mühelos jeden Gedanken vom Gesicht abgelesen. »Kannst du Alexej vergessen?«

»Nein.« Er schüttelte den Kopf. »Nach dir und Lupa ist er die einzige Person, die mir je etwas bedeutet hat.« Die Worte klangen so inbrünstig, dass sich mein Herz zusammenzog. »Wir könnten ihn um Hilfe bitten. Er könnte mit Nikolai reden.«

Ich schüttelte den Kopf. »Das möchte ich nicht. Alexej sollte sich nicht zwischen dir und seinem Bruder entscheiden müssen.«

Kyrill öffnete die Tür zu Bredicas Laboratorium. Das leise Blubbern der Destillen begrüßte uns und es roch angenehm nach verschiedenen Kräutern. »Ich probiere gerade etwas Neues aus«, sagte Kyrill, als in einem offenen Reagenzglas eine lilafarbene Tinktur explodierte und winzige Bälle daraus hervorschossen. Über uns nieste ein Lumina und verzog sich in eine Ecke.

Ich hatte meine Wunden nicht von Kyrill untersuchen lassen. Sie waren längst nicht so schwer wie die der anderen. Die blauen Flecken waren mittlerweile gelb geworden und die gebrochene Rippe schmerzte nur noch, wenn ich eine falsche Bewegung machte oder zu tief einatmete.

Kyrill stieß trotzdem einen missbilligenden Ton aus, als ich meine Bluse auszog, und griff nach einem Tiegel mit Salbe. »Es zeugt weder von Mut noch von Tapferkeit, das zu ertragen.« Er deutete auf eine Wunde an meinem Arm, die sich entzündet hatte.

»Ich hätte früher handeln müssen«, sagte ich leise, während er die Salbe auf die Wunde auftrug. Sie schloss sich umgehend, und zurück blieb nur makellose Haut.

»Lupa hat dir erzählt, dass Magnus deine Erinnerungen verändert hat?«, fragte er dann.

Ich nickte und unterdrückte die Wut darüber. Ihn musste ich mir auch noch vorknöpfen, doch der Feigling ging mir aus dem Weg. Wie hatte er mir das nur antun können?

»Er war noch sehr jung«, verteidigte Kyrill ihn zu meinem Erstaunen. »Und auch nur Radus Werkzeug. Vergiss das nicht.«

»Findest du, das ist eine Entschuldigung? Kann er es rückgängig machen?« Immer noch waren da jede Menge schwarzer Flecken.

»Deine Erinnerungen drängen bereits zurück«, sagte Kyrill. »Deswegen hast du diese Kopfschmerzen. Magnus hat sie nicht verändert, sondern nur verborgen. Er hat sein Möglichstes getan, damit sie bleiben. Du brauchst nur Geduld.«

Schon Lupa hatte den Corbii verteidigt. Ich wusste nicht, ob ich so gnädig war und ihm verzieh, was er mir angetan hatte. Ich drehte Kyrill den Rücken zu und hob mein Unterhemd an.

Er schnappte nach Luft. »Es ist wunderschön«, sagte er andächtig und wiederholte damit Nikolais Worte.

»Hast du auch eins?«

»Nein.« Das Wort kam etwas zu hastig. »Du hast die Magie unseres Vaters geerbt. Nicht ich. Du bist Celestas Erbin.«

Ich ließ den Kopf und das Hemd fallen. »Das will ich aber nicht sein.«

»Sein Schicksal kann man sich nicht aussuchen.« Diese Worte klangen trostlos.

Ich drehte mich zu ihm um. »Aussuchen vielleicht nicht. Aber darüber bestimmen«, sagte ich mit mehr Vehemenz als vielleicht nötig. »Bisher haben das andere für uns getan, nun wird es Zeit, dass wir unseres selbst in die Hand nehmen.« Hastig schlüpfte ich in meine Bluse, als es klopfte und kurz darauf Alexej den Kopf hereinsteckte. Sein Blick wanderte zwischen Kyrill und mir hin und her. »Kannst du kommen?«, fragte er dann Kyrill, und sein Flehen war nicht zu überhören. »Es geht ihr wieder schlechter.«

»Wir reden später weiter.« Kyrill strich noch einmal über meinen Arm und folgte Alexej.

Das Hämmern in meinem Kopf setzte wieder ein und ich musste mich am Labortisch abstützen, weil die Beine unter mir nachgaben. Magnus hatte die Erinnerungen nicht gelöscht und nicht verändert. Er hatte sie gefesselt. So wie die Magie gefesselt gewesen war. Mein ganzes Ich hatte in Fesseln gelegen. Da war sie, die Wahrheit. Man hatte mich in Fesseln gelegt. Weil ich, meine Magie und meine Vergangenheit eine Gefahr für ganz Ardeal darstellten. Mein Herz pochte wütend in meiner Brust, und Funken stoben aus meinen Fingerspitzen. Der Siebenstern auf meinem Rücken glühte, und Feuerfunken tanzten nun an meinen Haarspitzen. Meine Stirn begann zu brennen. Das dritte Auge versuchte sich zu öffnen. Ich wimmerte leise, obwohl ich schreien wollte, und kämpfte dagegen an. Das würde ich nicht auch noch ertragen. Instinktiv wusste ich, dass noch mehr Magie mich in den Wahnsinn treiben würde. Das Holz des Tisches unter meinen Fingern begann zu glühen. Schockiert riss ich die Hände fort und taumelte zurück. Das musste aufhören. Ich musste lernen, diese Kraft zu beherrschen. Ich ignorierte die Watte in meinen Beinen und taumelte aus dem Raum. Mit jedem Schritt wurden meine Schritte fester. Ich lief zu der Tür, die in Nexors Bibliothek führte, und riss den grauhaarigen alten Mann, der dort Wache hielt, aus seinem Schlummer. Er verbeugte sich für meinen Geschmack etwas zu tief vor mir und ließ mich ein. Die Bücher in Esteras Bibliothek hatten Angst vor mir und keine Antworten. Hier unten war die Chance, etwas über die Bannsprüche zu erfahren, die man über mich verhängt hatte, ungleich größer.

Ein paar Stunden später war ich kurz davor, aufzugeben. Es waren zu viele Bücher mit zu vielen schrecklichen Zaubern,

Flüchen und Verwünschungen. Mir wurde schlecht davon, und einen Gegenzauber, der meine Erinnerungen löste, fand ich nicht. Außerdem schnappte ständig eines der Bücher nach mir und versuchte, mich zu beißen. Trotzdem machte ich weiter, weil ich nicht wusste, was ich sonst tun sollte. Noch nie war ich mir so nutzlos vorgekommen. Nur wenn jemand das Schloss angreifen würde, wäre ich wohl eine Hilfe. Weil ich die Macht hatte, zu töten. Fast musste ich bei dem Gedanken würgen. Immer hatte ich versucht, meine Konflikte friedlich zu lösen, und nun war ich eine Waffe. Eine Grauen erregende, furchtbare Waffe. Ich zog ein Buch aus einem Regal, auf dessen Rücken der vielversprechende Titel *Kräfteextraktion und Technopathie* stand.

»Valea«, hörte ich Kaylas Stimme. »Bist du hier? Aua. Blödes Mistvieh.«

Ich trat aus dem Gang, in dem ich mich versteckt hatte. Ein winziges Buch hatte es auf Kaylas Haar abgesehen und baumelte nun an einer Strähne. »Es sieht nur so winzig aus«, erklärte ich. »Wenn du es nicht los wirst, wird es schwer wie ein Mühlstein.« Es begann bereits zu wachsen.

»Und wie werde ich es los?«

Eine Flamme loderte auf meiner Fingerspitze auf, und ich marschierte auf sie zu. »Nett zureden reicht bei den Biestern nicht. Halt still.« Ich hielt die Flamme an das Leder. Es begann zu qualmen, das Buch quiekte, ließ sich fallen und kroch schimpfend unter ein Regal.

»Das war ungewohnt aggressiv von dir«, bemerkte Kayla und betrachtete ihre angesengten Haare.

Die anderen Bücher ruckelten und schabten in den Regalen. Sie wollten sich auf mich stürzen, aber sie fürchteten meine Magie. »Die Atmosphäre hier unten färbt etwas auf mich ab«, erklärte ich düster. »Wolltest du etwas von mir?«

»Nikolai musste zu einem Treffen mit den anderen Magnati. Sie wollen von ihm persönlich wissen, was hier vorgefallen ist, und sie wollen den Palatin ernennen, der die Verhandlungen mit der Königin führt. Es ist so weit.«

»Interessant.« Ich verschränkte die Arme vor der Brust. »Weshalb erzählst du mir das?« Er war also fort. Ohne Abschied. Aber das hatte ich auch nicht erwartet. Vielleicht gehofft. Die Bücher waren verstummt. Sie belauschten uns. Jetzt lachte eines hämisch, als würde es meine Trauer spüren.

Mitleid stand in Kaylas Gesicht. »Celia würde dich gern sehen. Alexej wollte es nicht erlauben, aber in Anbetracht der Umstände …« Ihre Augen wurden feucht. »Wenn du dich von ihr verabschieden möchtest, wäre jetzt der richtige Augenblick.«

»Das würde ich sehr gern.« Mehr konnte ich nicht sagen. Celias Zeit war gekommen. Ich holte Milo aus unserem Zimmer und folgte Kayla bis zur Tür von Nikolais Zimmer.

»Sie ist sehr schwach. Du darfst sie nicht aufregen«, ermahnte sie mich.

Ich nickte, und dann traten wir ein. Hitze schlug mir entgegen. Im Kamin brannte ein riesiges Feuer. Alexej und Kyrill standen dort zusammen. Alexej hatte die Stirn auf Kyrills Schulter abgelegt und mein Bruder versuchte ihn zu trösten, wo es keinen Trost gab. Obwohl der Strigoi größer und kräftiger als Kyrill war, war dieser nun sein Fels in der Brandung.

Celia lag in der Mitte des Bettes und wirkte zwischen den Decken und Kissen wie ein Kleinkind. Sie versuchte sich an einem Lächeln, als ich näher trat, und ich bemühte mich, bei ihrem Anblick nicht zusammenzuzucken. Ihr Gesicht war eingefallen und die Augen darin riesig. Ihre Lippen waren rissig, und ihre Hände, die sie vor sich verschränkt hatte, gehörten eher zu einem Skelett. »Du bist gekommen«, flüsterte sie.

»Natürlich.« Ich setzte mich auf die Bettkante, und der kleine Kater tapste vorsichtig über ihre Decke und stupste seine Schnauze in ihr Gesicht. Celia lächelte.

»Danke. Dass du ihn mitgebracht hast. Meine Mutter wird bald eintreffen, und sie würde nicht erlauben, dass ich mich von dir verabschiede. Jetzt nicht mehr.« Als sie ihre Hand in meine Richtung bewegte, legte ich meine Finger vorsichtig über ihre. »Mir ist egal, wer du bist und welche Kräfte du hast«, flüsterte sie. »Du bist trotzdem meine beste Freundin.«

Tränen liefen mir übers Gesicht. »Und du meine«, flüsterte ich.

»Aber Nikolai ist enttäuscht. Nichts hasst er mehr, als angelogen zu werden, und von dir hat er es als Letztes erwartet.«

Es war keine Zeit, ihr meine Version der Geschichte zu erzählen.

»Aber du hast uns auch gerettet«, setzte Celia fort. Ihre Stimme wurde noch leiser. »Dafür werde ich dir ewig dankbar sein.« Sie gähnte. »Versprich mir, vorsichtig zu sein. Nikolai hat uns alles erzählt, und ich habe Angst um dich. Wenn die Königin herkommt, musst du fort sein.«

»Er hat euch alles erzählt?«, fragte ich tonlos, aber Celia waren die Augen bereits zugefallen. Ihre Brust senkte sich kaum wahrnehmbar.

»Alles«, bestätigte Alexej und kam näher, und Kyrill folgte ihm. Kayla, die an der Tür stehen geblieben war, trat auf die andere Seite des Bettes. Sie formierten sich, wurde mir klar, weil sie Angst vor meiner Wut hatten.

Dazu hatte er kein Recht. »Wer weiß noch davon?« Ich stand auf und versuchte, mich zu beruhigen. Meine Haut begann sich zu erhitzen. Schweiß lief meinen Rücken über den Siebenstern und verdampfte darauf.

Alexejs Pupillen weiteten sich. »Nur wir vier. Wir haben keine Geheimnisse voreinander.«

»Wie schön für euch.« Ich stolperte mehr aus dem Zimmer, als dass ich lief. Meine Magie stand kurz davor, überzukochen. Ich musste sie bändigen, bis ich sie beherrschen konnte. Sonst würden Unschuldige zu Schaden kommen. Erschöpft und erschrocken zugleich lehnte ich mich draußen gegen die Wand.

Nur eine Minute später traten Kayla und Kyrill vorsichtig aus dem Raum. »Ich hoffe, sie hält durch, bis Gabriella da ist«, sagte Kayla und tat so, als hätte ich nicht gerade fast die Beherrschung verloren. »Wir erwarten sie jede Minute. Ich werde ihr entgegengehen.«

Ich rieb mir die pochenden Schläfen. In meinem Kopf herrschte ein heilloses Durcheinander.

»Hilft die Salbe nicht mehr?«, fragte Kyrill, als Kayla verschwunden war. Seine Augen waren blutunterlaufen. Er hatte tage- und nächtelang nicht geschlafen. »Wenn du möchtest, könnte ich dir einen Saft geben, der dir eine Nacht lang Ruhe verschafft. Vor den Schmerzen, der Magie und den Träumen.«

»Du weißt von meinen Albträumen?«

Er nickte. »Nikolai hat dich schreien gehört.«

Mit seinen hypersensiblen Sinnen, oder hatte er vor meiner Tür gestanden? Es war egal, denn er war nicht zu mir gekommen. »Ich nehme den Saft gern. Die Magie treibt mich in den Wahnsinn«, flüsterte ich, weil ich es jemandem sagen musste. »Es vergeht keine Minute, in der ich nicht etwas zerstören will. Sie quält mich. Ich will sie nicht haben. Sie wird mich verändern. Sie wird mich zu einem Monster machen.« Tränen liefen mir über die Wangen, als ich ihm meine größte Angst gestand.

»Carys ist tot«, unterbrach Kyrill meine Litanei. Er nahm mein Gesicht zwischen seine Hände. »Sie hatte keine Chance. Ihre Verletzungen waren zu schwer. Aber du hast überlebt. Du wirst lernen, die Magie zu beherrschen. Du wirst nicht wahnsinnig werden und kein Monster. Das lasse ich nicht zu und Lupa auch nicht. Du bist nicht mehr allein.«

21. KAPITEL SCHLOSS CARAIMAN IN ARDEAL

Ich schluchzte auf und biss mir dann so fest auf die Unterlippe, dass es schmerzte und ich Blut schmeckte. »Celesta wird kommen und mich holen.«

»Das werden wir verhindern. Es wird nicht passieren.« Er klang so eindringlich, dass ich ihm fast glaubte und mich in seine Umarmung schmiegte.

Erst als Schritte auf uns zukamen, ließ er mich los und schob mich hinter sich, als wollte er mich beschützen. Neben Kayla schritt eine hochgewachsene Frau den Flur entlang. Ihr durchdringender Blick war fest auf Kyrill und mich gerichtet. »Ist sie das?«, fragte sie Kayla, als sie uns erreichte.

»Das ist Valea,«, bestätigte Kayla und blickte mich entschuldigend an. Hatten sie es ihr auch gesagt? Pechschwarzes Haar umrahmte Gabriella Lazars Gesicht. Ihr Mund öffnete sich, und ihre Reißzähne kamen zum Vorschein. »Wenn du noch einmal einem meiner Kinder zu nahe kommst, dann zerreiße ich dich in winzig kleine Fetzen. Sie hat die Lykaner wegen dir hergeschickt, das ist dir doch klar, oder? Celesta hat deine Magie gewittert wie ein Geier das Aas.« Ihre Nasenflügel bebten. Hatte Nikolai ihr auch von meinem unseligen Erbe erzählt, oder roch sie diese übermäßige Magie?

Die Zimmertür sprang wieder auf und Alexej trat heraus. »Mutter«, begrüßte er die Frau steif. »Du bist hier, um dich von Celia zu verabschieden. Nikolai würde es nicht billigen, dass du Valea bedrohst.« Er schenkte Kyrill und mir ein entschuldigendes Lächeln.

»Ich muss zu Ivan«, sagte Kyrill, als die drei Strigoi in Nikolais Zimmer verschwunden waren. »Lupa ist die meiste Zeit bei ihm, seit Nikolai fort ist. Ich muss sie ablösen.«

»Ich könnte auch für eine Weile bei ihm bleiben«, bot ich an.

»Besser nicht. Ich komme später zu dir und bringe den Saft«, sagte mein Bruder entschuldigend.

Ich blieb allein zurück und schlenderte durch das stille Schloss. Im Erdgeschoss kam ich an dem Zimmer vorbei, in dem die Körper von Eleni und Arvid aufgebahrt waren und darauf warteten, dass ihre Angehörigen sie abholten. Auf einem dritten Tisch lag nun der Leichnam von Carys. Eine einzige Kerze spendete Licht. Jaron saß neben ihr und hatte ihre Hand an seine Stirn gepresst. Vorsichtig betrat ich das Zimmer, nicht sicher, ob er mich sehen oder bei seiner Totenwache allein sein wollte.

Aus müden Augen sah er mich an. »Wie geht es dir?«

»Darf ich mich zu dir setzen?«, fragte ich anstelle einer Antwort.

»Natürlich.« Mit einer Bewegung holte er einen zweiten Stuhl heran, der sanft neben ihm landete.

Ich setzte mich. »Es tut mir leid, dass sie es nicht geschafft hat.«

Jaron nickte. »Dein Bruder hat sich sehr bemüht. Sie ist nicht noch einmal zu sich gekommen.« Er bettete Carys Hand behutsam auf deren Bauch und wandte sich dann mir zu. »Du solltest fortgehen, Valea.« In seinen Augen blitzte etwas auf. Er ahnte bereits, wer ich war. »Weit fort. Versteck dich vor der Königin und zögere nicht lange. Sie wird dich holen.«

»Kyrill wird Caraiman erst verlassen, wenn er Ivan gerettet hat und wenn …« Celia tot war. Die Worte brachte ich nicht über die Lippen. »Danach verlassen wir Ardeal.«

»Das ist zu spät«, sagte er eindringlich. »Du musst sofort gehen. Ich gebe dir meinen Besen und dann verschwindest du von hier.«

»Deinen Besen? Ich kann nicht fliegen.«

Er zog die Augenbrauen zusammen. »Natürlich kannst du das. Du bist eine Hexe.«

»Das weißt du? Hat Nikolai es dir gesagt?«, stieß ich aufgebracht hervor.

»Nein. Das brauchte er nicht. Darauf bin ich ganz allein gekommen und wahrscheinlich jeder andere auch, der eins und eins zusammenzählen kann. Es wundert mich nur, dass Celesta nicht längst hier aufgetaucht ist. Diese Macht …«, er schauderte zusammen. »So etwas habe ich noch nie gesehen. Sie wird dich zu ihrem Instrument machen. Deinen Geist und deinen Körper versklaven. Wenn dir dein Leben also lieb ist, dann geh. Auf der Stelle, und dreh dich nicht um.«

Mit zitternden Händen stand ich auf. Ich würde nicht ohne Kyrill gehen und auch nicht ohne Lupa. Celia würde die Nacht nicht überleben. »Morgen bei Sonnenaufgang bin ich fort«, versprach ich.

Resignation sprach aus seinem Blick, aber er versuchte nicht weiter, mich zu überzeugen. Wenn es ihn wunderte, dass ich ohne Kyrill nicht gehen wollte, dann sprach er es nicht an.

Ich eilte zurück in mein Zimmer und begann zu packen. Diese Nacht konnte ich Kyrill noch geben, um Alexej zur Seite zu stehen. Im Morgengrauen mussten wir fort sein. Wenn die Königin mich so dringend wollte, wäre sie längst aufgetaucht. Auf diese Nacht kam es nicht mehr an.

Kyrill musste in meiner Abwesenheit hier gewesen sein, denn auf meinem Nachtschrank stand eine kleine Flasche mit dem versprochenem Saft. Ich setzte mich auf die Bettkante und drehte sie unschlüssig zwischen den Fingern hin und her. Ab morgen würde ich auf der Flucht sein. Vor dem Hohepriester und der Königin. Ich würde die Verantwortung für Lupa und Kyrill tragen. Es wäre klug, mir wenigstens eine Nacht voller erholsamem Schlaf zu gestatten. Ich zog den Korken heraus und trank. Der Saft hatte eine sirupartige Konsistenz, er schmeckte nach Ilex, Mädesüß und Hopfen und bahnte sich zäh seinen Weg in meinen Magen. Ich löschte die Kerze, ließ aber das Feuer im Kamin brennen und legte mich aufs Bett. Milo rollte sich auf meinem Kissen zusammen. Der Schlaf kam umgehend und auch die Träume.

Lykaner umzingelten mich und ich versuchte, ihnen zu entkommen. Ich rannte, so schnell ich konnte, aber das Nachthemd verfing sich immer wieder an Ästen und Wurzeln. Ich fiel, rappelte mich auf, suchte nach einem Versteck. Das ich nicht fand. Einer der Wölfe brach durch das Unterholz und knurrte triumphierend. Ich schrie um Hilfe, wohl wissend, dass niemand kommen würde. Er sprang mir auf den Rücken, und meine Beine gaben unter mir nach. Trotzdem bäumte ich mich auf. Der nächste Schrei verstummte, als das Untier mir seine Pranke auf den Mund legte. Dann gruben sich seine Zähne in meinen Nacken. Brennendes Gift raste durch meine Adern, brannte sich durch meine Venen und lähmte mich. Das war nur ein Traum, ermahnte ich mich. Ich lag nur still da und hoffte, dass die Dunkelheit mich wieder umfing und er endete. Worte drangen an mein Ohr. »Es tut mir leid. Du würdest dasselbe für Kyrill tun. Du würdest jeden Preis bezahlen, um ihn zu retten.« Das war kein Lykaner, und das war kein Traum.

Der marmorne Sockel, auf dem ich nur bekleidet mit einem dünnen Nachthemd lag, war eiskalt. Ich zog an den Fesseln, die um meine Handgelenke und Fußknöchel gebunden waren, doch sie ließen mir kaum Spielraum. Das Gift der Strigoi lähmte meinen Körper und meine Kräfte. In Maßen mochte es Heilkräfte haben, aber Alexej hatte nicht Maß gehalten. Und der Saft, den Kyrill mir gegeben hatte, betäubte meine Sinne zusätzlich. Trotzdem erinnerte ich mich genau an das, was geschehen war.

Alexej war in mein Zimmer gekommen und hatte mich gebissen. Er hatte mich betäubt und hierher gebracht. Aber um was zu tun?

Ich versuchte, den Kopf zu heben und zu drehen. Aus dem Augenwinkel sah ich den weißen Dreiviertelmond am Himmel stehen und auf mich herabscheinen. Ich roch den Wald, Frühlingsregen, verbranntes Sandelholz und Flieder. Mühsam drehte ich den Kopf auf die andere Seite und entdeckte die Überreste von Säulen. Wolfsgeheul drang an mein Ohr, und das Blut gefror mir in den Adern, als mir klar wurde, was das für ein Ort war. Ich lag auf demselben Sockel aus Marmor, auf dem Sophia gefoltert und getötet worden war. Mein

Atem wurde hektischer. Bilder ihres verstümmelten Körpers prasselten auf mich ein. Ich schluckte den sauren Speichel herunter. Nun würde Alexej mir dasselbe antun. Er würde mich öffnen und versuchen, mir meine Magie zu rauben. Diese Magie, um die ich nicht gebeten hatte, die ich nicht einmal wollte. Tränen quollen hinter meinen Lidern hervor. »Alexej«, rief ich leise. Wusste Nikolai davon? Hatten sie diesen Plan gemeinsam ausgeheckt? Sein abweisendes Gesicht, als er begriffen hatte, wer ich wirklich war, flackerte vor mir auf. Er hasste meinen Großvater, er hatte Alexej von dem Siebenstern erzählt und mich gebeten, mit niemandem darüber zu sprechen. Hatte er Angst gehabt, jemand würde ihm zuvorkommen? Glaubte er, mit Hilfe meiner Magie Celia, sich oder sein Volk retten zu können? Celesta hatte den Strigoi ihre Magie gestohlen. Es musste ihm nur recht und billig erscheinen, sich nun an ihr zu rächen. Meine Urgroßmutter würde mich nie als Waffe einsetzen können, wenn er ihr zuvorkam.

Schritte erklangen hinter mir, und ich zuckte zusammen. »Alexej. Bitte«, flehte ich. Es war mir egal, ob sie meine Furcht hörten. Wieso hatte ich ihm nur vertraut? »Nikolai? Bitte. Tut mir nicht weh« Es war mir egal, ob sie mich für dieses Betteln verachteten »Ihr könnt meine Magie haben. Ich möchte sie nicht.« Ich bekam keine Antwort. Die Schritte wurden von einem Schaben begleitet, als würden lange Roben über den Steinboden wischen. Neben mir tauchte eine Gestalt auf, eingehüllt in einen roten Umhang. Das Gesicht lag unter der Kapuze verborgen. Eine zweite trat auf die andere Seite. Keiner der beiden sprach. »Ihr könnt sie haben«, wiederholte ich panisch. »Ihr müsst mir dafür nicht wehtun. Ich gebe sie euch.« Auch wenn ich nicht wusste, wie ich das bewerkstelligen sollte. Doch ich bekam keine Antwort.

Eine Hand packte den Stoff an meinem Rücken und riss ihn mit einem Ruck entzwei. Kalte Klauenfinger glitten über meine Haut.

»Ahh«, erklang eine krächzende Stimme, gefolgt von einem hohlen Lachen. »Da ist er ja. Wunderschön.«

Meine Panik verschwand, als ich die Stimme erkannte, und machte anderen Gefühlen Platz. Abscheu und Verachtung. »Radu?«, stieß ich krächzend hervor. »Großvater.«

Der Hohepriester der Wicca streifte die Kapuze ab. Sein Gesicht war noch eingefallener und die Augen lagen tief in ihren Höhlen. Hass stand darin. »Ich habe dir verboten, mich so zu nennen. Dieses Recht habt ihr verwirkt, als deine Mutter sich mit diesem Hexer einließ und weglief.« Speicheltröpfchen flogen mir ins Gesicht.

»Mach mich los.« Ich riss an den Fesseln. Wo war meine Magie, wenn ich sie brauchte? Hatte Alexejs Gift sie betäubt? Ich hätte fortgehen sollen, als noch Zeit dafür gewesen war.

Mit einer Hand drückte Radu meinen Kopf auf den Marmor zurück. »Halt still«, befahl er. »Dann tut es nicht so weh. Fang endlich an«, forderte er die Person auf der anderen Seite auf.

Ich drehte ihr den Kopf zu. »Bitte Alexej. Tue es nicht. Kyrill wird dir das nicht verzeihen, und es wird Celia nicht retten.«

Ein schwarzer zweischneidiger Ritualdolch blitzte im Mondlicht auf und senkte sich glühend heiß auf meine Haut. »*Ego samtem noctalis verdu habitatem extare volaris*«, intonierte eine Stimme, die nicht Alexej gehörte. Die Sprecherin brauchte die Kapuze nicht abzunehmen, damit ich sie erkannte. Es war Melinda. Die Direktorin von Caraiman. Meine Urgroßtante. Die Klinge war so scharf, dass ich die Schnitte zuerst nicht spürte, bis sie tiefer in meine

Haut fuhr. Dann schrie ich. Wölfe stimmten in den Schrei ein und übertönten mein Brüllen. Unbeirrt zog Melinda mit dem Messer die Linien des Mals auf meinem Rücken nach, unablässig murmelte sie dabei Zaubersprüche. Meine Schreie gingen in ein Keuchen über, als in meiner Lunge ein Feuer aufloderte. Niemand würde mich hören oder retten. Der Schmerz wanderte weiter durch meinen Körper. Alexej hatte mich Melinda und meinem Großvater ausgeliefert. Sie würden mir die Haut vom Rücken schneiden, um meine Magie zu bekommen. Melinda keuchte nun ebenfalls, als wäre das, was sie da tat, schwere körperliche Arbeit. Ich versuchte, mich zu konzentrieren, aber vor meinen Augen tanzten nur rote Schlieren.

»Gleich ist es so weit«, raunte Radu. »So viele Jahre habe ich auf diesen Augenblick gewartet. Du glaubst, wir wollen deine Magie, mein Kind?« Als er von dem Marmorblock wegtrat, sah ich durch den Tränenschleier, wie er damit begann, einen magischen Dreikreis darum zu ziehen. Er traf damit eine Sicherheitsvorkehrung, falls sie meine Magie nicht wie gewünscht kanalisieren konnten. Melinda murmelte etwas, woraufhin ein Feuer aufloderte.

Ich versuchte, nicht das Bewusstsein zu verlieren, aber ich spürte bereits, wie meine Seele versuchte, sich von meinem Körper zu lösen. Warmes Blut lief an den Seiten meines Rückens hinunter und tropfte auf den Waldboden.

Die Glocke von Caraiman läutete. Aber es war umsonst. Niemand würde kommen, und die Erbin würde heute Nacht sterben.

»Dein Opfer wird nicht umsonst sein«, hörte ich Radu sagen. »Wir werden Ardeal befreien. Celesta wird sterben und für all ihre Sünden büßen. Und ich werde das Land beschützen. Für alle Ewigkeit.«

»Du stirbst«, presste ich hervor. Der Schmerz zerriss mich schier, als Melinda das Messer beiseitelegte und Metallspäne auf meine Haut regnen ließ. Ich wimmerte, denn ich wusste, was nun folgte. Wieder riss ich an den Fesseln, die nur tiefer in meine Haut schnitten. Die magischen Bänder konnte ich nicht zerreißen.

»Wir werden dich von dem Fluch befreien.« Melinda beugte sich über mich. »Du kannst ins Sommerland gehen und dort deine Eltern wiedersehen. Wenn es einen anderen Weg gäbe«, setzte sie hinzu, »würde ich dich am Leben lassen. Ich habe Milas geliebt, als wäre er mein eigener Enkelsohn. Deswegen hat er mit deiner Mutter hier im Wald Zuflucht gesucht. Nur ich wusste, wohin er gegangen war. Ich war für ihn da. Aber er wollte sein Erbe nicht. Er hat sich geweigert, seinem Volk zu dienen.«

Feuer blitzte auf ihren Fingerspitzen auf. »In dieser schrecklichen Nacht statteten Nikita und Nikolai mir einen Besuch in Caraiman ab. Wir hörten die Lykaner heulen, und die beiden eilten deiner Familie zu Hilfe.« Sie lachte, und das Lachen klang wahnsinnig. »Wie dumm nur, dass sie keinen Erfolg hatten. Armer Nikita. Er war so ein stattlicher Mann, aber Gabriella treu ergeben. Was für eine Verschwendung. Ich konnte ihn nicht aufhalten. Dein Großvater hat ihn getötet«, flüsterte sie an meinem Ohr, als stände er nicht neben uns.

»Du hast Nikita Lazar umgebracht?«, keuchte ich hektisch.

»Nikita war mir im Weg«, bestätigte Radu. »Er durfte nicht herausfinden, wer du warst. Es war nur zu deinem Schutz. Ich hätte auch Nikolai getötet, aber er entkam. Eins musst du verstehen, mein Kind. Alle Magie ist nichts wert, solange wir sterben müssen.«

Ich blinzelte. Aber wir starben. Wir alle. Wie ich gerade sehr gut bewies. Und er auch. Wie lange konnte er schon noch haben?

»Nikita wollte seine Magie zurück«, referierte er weiter. »Aber das konnte ich doch nicht zulassen. Wir brauchen sie für etwas Größeres. Wir werden Ardeal retten und über das Land herrschen. Wir dürfen es nicht Celesta überlassen, das verstehst du doch?«

Ich verstand nur, dass ich in den Händen von zwei Wahnsinnigen war.

Melinda senkte die Hand, die Glocke läutete schneller, drohender, aber es war trotzdem nur eine Glocke. Sie konnte mir nicht helfen. Der folgende Schmerz war so stark, dass mir für einen Moment die Sinne schwanden. Dann roch ich verbranntes Fleisch.

»Celesta hatte den Strigoi die Unsterblichkeit geraubt. Hat sie verflucht«, erzählte Radu weiter, als ich wieder zu mir kam. »Sie stahl diese Magie für sich und wurde so unsterblich. Niemandem war das vorher gelungen, nicht einmal Nexor.«

Das wusste ich alles längst. Wieder hielt Melinda das Feuer an meinen Rücken. Ich schrie so laut, dass ich selbst den Schlag der Glocke übertönte. Das Heulen der Wölfe antwortete mir. Ich krümmte mich vor Schmerz zusammen, soweit die Fesseln es zuließen.

Radu beugte sich zu mir herunter, und fauliger Atem strich mir übers Gesicht. »Sie wurde unsterblich, aber die Magie gehorchte ihr nicht bedingungslos«, raunte er kichernd. »Das hatte sie nicht bedacht. Sie konnte sie nicht an sich binden. Und als sie Ancuta, ihre Erbin, gebar, ging diese Magie auf ihre Tochter über.« Das wahnsinnige Kichern wurde lauter.

Wegen der Schmerzen dauerte es eine Weile, bevor ich das Gesagte begriff, und selbst dann noch verstand ich nicht, was es bedeutete.

»Sie versuchte, Ancuta zu kontrollieren«, sagte Radu, während Melinda wieder den Finger senkte. Mein Atem ging nur noch hektisch. Mein Herz trommelte in meiner Brust, wie die Hufe von Zerberus auf der Ebene vor Caraiman.

»Nein«, brüllte Alexej. »Es ist genug. Lasst sie gehen. Es funktioniert nicht.«

Mein Kopf ruckte hoch, der Schmerz in meinem Rücken nahm noch zu, wenn das möglich war, aber ich entdeckte ihn. Zwei Lykaner hielten ihn in einem Klammergriff. Entsetzen stand in seinen Augen. »Das habe ich nicht gewollt«, brüllte er.

»O doch. Das hast du«, sagte nun endlich auch Melinda etwas. »Er hat sich selbst angeboten, dich zu mir zu bringen«, erklärte sie an mich gewandt. »Dafür mussten wir ihm nur versprechen, seine Schwester auch wieder unsterblich zu machen. Er selbst hat nichts für sich gefordert. Ist das nicht großmütig? Er ist der Lohn, den ich den Lykanern versprochen habe, dafür dass sie Wache halten. Sie werden ihn zerfleischen. Ganz, ganz langsam.«

Große Göttin. Wie hatte Melinda diesen Wahnsinn, der sie befallen hatte, nur so gut verbergen können? Ich sackte auf dem Stein zusammen und spürte kaum mehr das nächste Feuer auf meinem Rücken. Ich war bereit, zu gehen.

»Verzeih mir, Valea«, hörte ich Alexej sagen.

Das würde ich nicht können. Selbst wenn ich wollte.

Aber Radu hatte mir noch nicht die ganze Geschichte erzählt. »Celesta sperrte Ancuta ein. Sie hoffte, ihr eines Tages die Magie der Unsterblichkeit wieder entreißen zu können. Doch Ancuta entkam ihrer Kerkermeisterin. Sie wurde schwanger, und als sie Milas gebar, ging die Magie der Unsterblichkeit auf ihn über. Deswegen tötete Celesta ihre Tochter und nahm den Sohn mit sich.«

»Aber auch Milas entkam ihr, und als meine Mutter Kyrill und mich bekam, wanderte diese Magie zu mir«, beendete ich die Geschichte flüsternd, bevor meine Stimme brach. Ich spürte die Kälte des Marmorblockes längst nicht mehr, denn trotz des Feuers auf meinem Rücken war ich selbst zu Eis geworden. »Darauf hast du es abgesehen? Du willst unsterblich sein?« So viel Hass und Gier und so viele zerstörte Leben. Nur um in dieser Welt zu bleiben.

»Kluges Kind«, lobte mich Radu. »Wir mussten deine Eltern töten und dich gut verstecken, bis Melinda einen Weg gefunden hatte, die Magie auf uns zu übertragen. Dein Vater hat es mir leicht gemacht. Er hatte deine Magie gebannt, viel besser, als ich es vermocht hätte, und den Siebenstern verschleiert. Aber ich habe ihn trotzdem entdeckt. Ich musste nur deine Spuren verwischen und dafür sorgen, dass du dich nicht an diese Nacht erinnerst. So konnte Celesta dich nie finden. Obwohl sie überall nach dir gesucht hat.«

»Dein Vater hätte ein großer Hexenmeister werden können, aber er wollte seine Magie nicht zum Wohle seines Volkes einsetzen«, sagte Melinda. »Das konnte ich doch nicht dulden.«

»Er hat dir vertraut«, fauchte ich. »Wie konntest du ihm das antun?«

»Es geht mir nur um Ardeal. Celesta ist eine Bedrohung für uns alle. Wir werden sie besiegen und Ardeal ewigen Frieden schenken. Du wirst für immer einen Platz in der Chronik unseres Landes bekommen«, sagte Melinda und senkte wieder den Finger. »Wir müssen das hier tun. Nur Radu und ich sind in der Lage, sie aufzuhalten. Dafür musst du dieses Opfer bringen.« Das Metall brannte sich glühend in meine Haut, als Melinda es entzündete, bevor sie den Satz beendete. Ich schrie, und gleichzeitig brach um mich herum die Hölle los. Feuerbälle explodierten in der Luft. Flüche wurden gebrüllt und von Abwehrzaubern abgeschmettert. Der Wald schien plötzlich taghell zu sein. Ein Schwall Wasser krachte auf mich herab, löschte die Flammen auf meinem Rücken. Radu brüllte und verstummte beinahe gleichzeitig. Jemand brach auf mir zusammen und wurde fortgezerrt. Ich war zu schwach, um mich zu rühren. Kreischen, Jaulen, und das Geräusch von brechenden Knochen dröhnten in meinen Ohren und dann … Stille. Selbst die Glocke war verstummt. Ich schloss die Augen, um zu sterben. Aber das war nicht so leicht, wie ich gedacht hatte.

»Valea?« Lupas ängstliche Stimme holte mich in die Wirklichkeit zurück. »Lebst du noch?«

»Gerade so«, flüsterte ich. »Ich kann mich nicht bewegen.« Meine Lippen waren zerbissen. Die Fesseln fielen von meinen Händen, und ich schmeckte Salz und Blut.

»Gleich wird alles gut. Er kann dir nichts mehr tun. Kannst du dich aufsetzen?«

»Ich weiß nicht.« So hektisch hatte ich meine Schwester noch nie erlebt. Sie stützte mich und als ich saß und sie ansah, wischte sie sich verärgert über die Augen.

»Du hast dich von Alexej betäuben lassen?« Immer wieder berührte sie mich. Meine Hände, meine Arme mein Gesicht. »Du siehst furchtbar aus.«

Hilflos zuckte ich mit den Schultern. »Ich habe ihn nicht mal kommen hören. Es tut mir leid.« Ich wusste nicht, was ich fühlen sollte. Wahrscheinlich Erleichterung, aber ich war wie gelähmt von dem, was ich gerade erfahren hatte. Was sie mir hatten antun wollen.

»Große Göttin«, stöhnte Lupa. »Dafür wird er bezahlen.«

»Wie hast du mich gefunden?«

»Das war Nikolai«, knurrte sie kein bisschen dankbar. »Er würde dich wahrscheinlich auch am Ende der Welt finden.«

Ich sah zu der Stelle, wo die Lykaner Alexej festgehalten hatten, aber er war fort. »Alexej dachte, er könnte Celia retten. Er hat es für sie getan.« Ich spürte in mich hinein. Horchte auf meine Magie. War ich wirklich unsterblich? Dann hatte ich ja gar nicht sterben können. Nicht, solange es Melinda nicht gelungen war, mir diese Magie zu rauben. Irgendwo tief in meiner Seele brannte ein rotes Feuer. Sie war noch da. Ich wusste nicht, ob ich entsetzt oder erleichtert darüber war.

»Hör auf mit diesem Wiccagewäsch. Er hat dich ihnen ausgeliefert«, fuhr Lupa mich an. »Dafür gibt es keine Entschuldigung.«

Vermutlich hatte sie recht. Fünf Lykaner lagen mit verdrehten Gliedern im alten Laub vom Vorjahr. Sie mussten Wache gehalten haben, während Melinda und Radu ihr grausames Werk verrichteten. Kayla, Jaron und Magnus kamen auf uns zu, und dann entdeckte ich Nikolai. Gerade bedeckte er den Leib des toten Hohepriesters mit dessen roten Umhang. Radu lag zerschmettert am Fuß einer uralten Eiche. Aber der Nikolai, der sich über ihn beugte, war nicht der Mann, den ich kannte. Das hier war jemand, der nur aus Wut und Zorn bestand. Überall war Blut. Mein Blut und das der Lykaner, Radus Blut. »Wo ist Melinda?«, fragte ich Jaron, als er uns erreichte.

»Entkommen.« Er zog seinen Umhang aus und legte ihn mir vorsichtig um die Schultern. Der Stoff schmerzte auf meinem zerschundenen Rücken, und ich stöhnte.

Nikolai stand vor uns, ohne dass ich gesehen hatte, wie er sich bewegte. »Ich nehme sie.« Seine Stimme ließ keinen Widerspruch zu.

»Wenn du ihr ein Haar krümmst, Lazar, bringe ich dich um«, drohte Lupa nun ihm, während die anderen vor ihm zurückwichen.

»Das werde ich nicht.« Er sah mir fest in die Augen. So viele Gefühle standen in seinem Blick. Wut, Verlangen und Trauer.

Ich senkte den Blick zuerst, weil diese Intensität zu viel für mich war. Überall war mein Blut. Der Geruch musste für ihn schwer auszuhalten sein. Trotzdem nahm er mich unendlich behutsam in die Arme. Mein Körper und meine Seele brannten, obwohl das Feuer gelöscht war. Alles in mir war eine einzige Wunde. Mit Mühe und Not hielt ich die Augen offen. Noch schwerer war es, zu sprechen, aber ich musste es ihm sagen. »Es tut mir so leid«, flüsterte ich.

Sein Körper versteifte sich unmerklich. »Du hast die ganze Zeit gewusst, wonach ich suche. Und mir nicht verraten, wer du bist.«

»Weil ich es nicht wusste.« Er glaubte mir nicht. Jetzt noch weniger als vorher. Weshalb hatte er nicht zugelassen, dass Melinda und Radu ihr Werk verrichteten? »Wirst nun du mich töten, damit ihr eure Unsterblichkeit zurückbekommt?« Schmerz rollte über mich hinweg. Ich stöhnte auf, als er wie glühende Pfeile durch meinen Körper schoss. Ich bekam keine Luft mehr.

Lupa rückte näher an uns heran. »Versuch das nur, Blutsauger.«

»Mach dich nicht lächerlich«, stieß er hervor

Ich keuchte, als Lichter in meinem Kopf aufflammten. Die Lichter wurden zu Schatten. Stille zu ohrenbetäubendem Lärm. Jemand hielt mich fest und brüllte meinen Namen. Bilder stiegen aus den Tiefen meines Bewusstseins auf. Mein Kopf fühlte sich an, als würde er explodieren, und dann kamen meine Erinnerungen zurück.

Hand in Hand lief ich mit Kyrill über eine Blumenwiese. Alles war grün, gelb, blau und rot. Der Himmel über uns war unendlich. Wir rannten zu unserem Vater, der mit Lupa an einem Bach stand und sie herumwirbelte. Als Kyrill und ich die zwei erreichten, setzte er sie ab und nahm erst Kyrill und dann mich auf den Arm. Ich schmiegte mich an seinen Hals, und lachend trug er mich zum Hof zurück, was mir einen finsteren Blick von Lupa einbrachte. Ich streckte ihr die Zunge heraus.

Das Bild verschwamm, und stattdessen tauchte ein anderes auf.

Mutter hatte eine Torte gebacken, auf der zehn Kerzen steckten, die Kyrill und ich auspusteten. Vater küsste mich, bevor er sich auf den Weg machte Lupa zu suchen, die fortgelaufen war. Mutter brachte uns ins Bett und sang uns ein Lied vor. Sie war besorgt und schaute immer wieder aus dem Fenster, aber Vater und Lupa kamen nicht zurück. Als ich aufwachte, roch ich Rauch. Kyrills Bett war leer. Geschrei ertönte, und ich lief hinaus. Das Haus stand in Flammen, am Fuß der Treppe lag meine Mutter mit verdrehten Gliedern. Ich kreischte und rief nach unserem Vater, aber niemand kam, um mich zu holen. Feuerbälle knallten hinter mir durch die Fenster, und ich hörte ein hohes Lachen. Es klang wahnsinnig. Mein langes weißes Schlafkleid behinderte mich beim Laufen, als ich zum Fenster am Ende des Flures rannte, so wie mein Vater es mir beigebracht hatte. Dort kletterte ich auf den Sims, stieß es auf und sprang auf das Dach des Stalles. Ich hatte das schon so oft gemacht, dass ich nicht mehr hinzuschauen brauchte. Ich duckte mich und kroch über die Dachschindeln. Sie waren heiß unter meinen Füßen. Ich schluchzte und wimmerte, aber ich lief bis zu der Stelle, an der ich gefahrlos in den Strohvorrat springen konnte, den

Vater für den Winter angelegt hatte. Ich sah Gestalten um das Haus herumlaufen, sie standen auf langen Hinterbeinen und jaulten aus spitzen Schnauzen den Mond an. Ich wandte mich ab und sprang ins Stroh. Dann rappelte ich mich auf, zog das Schlafkleid hoch und rannte auf den Wald zu. In der Ferne erklang das Jaulen von weiteren Wölfen. Ich erreichte unbeschadet den Wald, der mich verschluckte. Ich rannte tiefer und tiefer, bis ich eine Lichtung erreichte. Ich fiel auf die Knie und machte mich an der Erde zu schaffen, dann öffnete sich eine Art Klappe, die mit Gras bewachsen war. »Vater, Kyrill, Lupa?«, fragte ich piepsend und atemlos in die Finsternis. Ich bekam keine Antwort, stieg aber trotzdem hinunter. Ich zündete kein Licht an, sondern kauerte mich in eine Ecke und begann zu warten. Die Wände waren mit Holz ausgekleidet, und auf dem Boden lag ein Teppich. Aber es war kalt. Ich fürchtete mich und hatte schrecklichen Durst. Der Rauch schmerzte in meiner Brust. Unablässig starrte ich nach oben in der Hoffnung, dass die Falltür sich öffnete und mein Vater kam oder Kyrill. Selbst Lupa wäre eine Erleichterung. Vater hatte uns befohlen, die Zuflucht nicht allein zu verlassen, und ich wusste nicht, wie lange ich dort unten war. Eine Stunde, zwei Stunden oder zwei Tage. Ich summte das Schlaflied meines Vaters vor mich hin, bis meine Stimme heiser wurde. »*Träum süß, mein Kindlein, lass den Mond in dein Herz, er vertreibt deine Tränen, vertreibt deinen Schmerz. Wenn am Morgen die Sterne untergehen, wirst die Sonne und den Himmel du wiedersehen. Schlaf jetzt, mein Kindlein, schlafe ein, lass Liebe und Träume in dein Herz hinein. Schlaf jetzt, mein Kindlein, schlafe ein.*«

Mit jeder Minute, die verrann, wurde meine Panik größer, die Dunkelheit schwärzer, und ich fühlte mich, als wäre ich ganz allein auf der Welt. Ich schreckte auf, als die Falltür sich öffnete. Es war immer noch Nacht oder schon wieder. Jemand kam die Treppe herunter, sagte aber nichts. Instinktiv wusste ich, dass es nicht mein Vater oder eines meiner Geschwister war. Ich wollte schreien, aber vom Weinen und vor Hunger war ich viel zu erschöpft. Ich hatte mir in die Hose gemacht und schämte mich für meine Schwäche.

»Hab keine Angst«, sagte der Fremde.

Ich sah ihn nicht, doch er nahm meine Hand in seine, und ich umschloss einen Krug. Hastig trank ich. Dann half er mir aus meinen Sachen und wickelte mich in eine warme Decke. Am Ende fühlte ich weiches Brot zwischen den Fingern. Ich fragte ihn nicht, wer er war und wie er mich gefunden hatte.

»Ich kann nicht bleiben«, sagte er leise. »Aber ich komme zurück. Wirst du auf mich warten?«

Ich nickte zaghaft, aber er ging nicht sofort, sondern legte einen Arm um mich. Ich wusste, dass er mir nichts tun würde, und schmiegte mich an ihn. Mit leiser, melodiöser Stimme begann er, eine Geschichte zu erzählen und strich mir dabei das Haar zu Seite. »Es war einmal eine Prinzessin. Sie lebte in einem Land weit weg von den Menschen zwischen Bären und Wölfen …« Ich schloss die Augen und atmete seinen Geruch ein. Dann spürte ich einen winzigen Schmerz am Hals …

Die Erinnerung verschwand so plötzlich, wie sie gekommen war, und ich riss die Augen auf. Ich kannte diesen Geruch. Er war mir so vertraut wie mein eigener, denn der Mann, der mich damals als Kind beschützt hatte, war Nikolai gewesen. Ich hielt die Augen weiter geschlossen, während er mich ins Schloss zurücktrug und dort auf mein Bett legte. Er hatte immer gewusst, wer ich gewesen war. Er war dort gewesen. Bei mir in dieser schrecklichen Nacht. Er hatte mich gebissen und vermutlich betäubt. Er hatte meinen Geruch gekannt und mich gesucht. *»Ich bin genau dort, wo ich sein will. Wenn* *ich gekonnt hätte, wäre ich viel früher hergekommen.«* Das hatte er zu mir gesagt, als wir uns zum ersten Mal im *Merlin* gesehen hatten. Schon damals hatte ich den Satz merkwürdig gefunden, aber nun ergab er endlich einen Sinn. Er hatte mich gesucht, weil er genau gewusst hatte, wer ich war. Er wusste, wer mein Vater gewesen war. Und er wusste, wer ich war. Die ganze Zeit, noch vor mir. Nicht ich war die Lügnerin, sondern er war der Lügner.

22. KAPITEL

SCHLOSS CARAIMAN
IN ARDEAL

Allein die Lider zu öffnen, entlockte mir ein Stöhnen, aber ich zwang mich dennoch dazu. Ich lag auf dem Bauch in meinem Bett, und auf dem Nachttisch brannte eine einzelne Kerze. Die Vorhänge waren zugezogen, sodass ich nicht sagen konnte, welche Tageszeit es war. Kyrill, der erschöpft, besorgt und unendlich traurig aussah, saß auf einem Stuhl neben mir. Jede einzelne schreckliche Erinnerung der letzten Nacht kam zurück. Eine Träne rollte über meine Wange.

»Du bist wach«, stellte er fest, und die Erleichterung in seinen Worten war fast greifbar. »Ich hatte solche Angst. Das hätte Alexej nicht tun dürfen.«

Ich schloss die Augen wieder, weil es mir zu schwer fiel, sie offen zu halten. Alexej hatte Melinda und Radu geholfen, mich zu entführen. Er musste ihnen von dem Mal erzählt haben, und er wusste es von Nikolai. Der Verrat bohrte sich tief in mein

Herz. Hatten sie es alle gemeinsam geplant? Um Ardeal und Celia zu retten? Hatte Nikolai nicht einmal zu mir gesagt, er würde alles für seine Schwester tun? Nur weshalb hatten sie es Radu und Melinda nicht zu Ende bringen lassen?

»Was ist mit Celia. Ist sie …« Ich konnte den Satz nicht beenden.

»Sie lebt«, sagte Kyrill. »Ich weiß nicht, wie sie es schafft, aber ihr Geist ist stark, und er klammert sich an ihren schwachen Körper.«

»Melinda und Radu wollten Celestas Fluch brechen« Die Worte kamen nur mühsam über meine wunden Lippen. »Sie haben behauptet, ich wäre unsterblich. Und sie wollten mir diese Unsterblichkeit nehmen. Sie wollten sie für sich.« Die letzten Worte waren kaum noch zu verstehen.

»Ich weiß. Du musst dich ausruhen.« Er strich mir über das Haar.

Wieso wusste er das? Ich versuchte mich zu bewegen, aber mein Körper schien nicht mehr mir zu gehören, sondern fühlte sich taub an, auch wenn sich meine Gedanken und meine Erinnerungen langsam klärten. Meine Erinnerungen! Sie waren zurückgekommen. Der Bann darum hatte sich gelöst. »Kyrill«, flüsterte ich. »Ich erinnere mich wieder. An alles.«

»Das freut mich.«

Ich öffnete die Augen. »Dich hatte ich nie vergessen.«

Er lehnte sich vor und küsste mich auf die Wange. »Ich dich auch nicht, Val.« Etwas Warmes tropfte auf meine Haut. »Keinen einzigen Tag.«

»Jetzt wird alles gut, oder? Wir werden fortgehen.«

»Ja. Jetzt wird alles gut«, bestätigte er, aber seine Stimme klang seltsam belegt. »Lass mich noch einmal nach der Verletzung sehen.« Erst jetzt bemerkte ich den Stoff, der meinen Rücken bedeckte. »Sie darf sich nicht entzünden.« Kyrill hob die Bandagen an und tupfte sanft eine kühlende Salbe auf die Wunden.

Ich presste die Lippen zusammen und konnte ein Stöhnen nicht unterdrücken. Alles tat weh. Meine zerbissenen Lippen, mein zerschnittener Rücken, mein Kopf, mein Körper.

»Ich hätte Alexej aufhalten müssen. Ich hätte nie gedacht, dass er zu so etwas fähig ist. Ich dachte, ich kenne ihn. Ich dachte ... er liebt mich«, flüsterte Kyrill. »Dabei hätte ich es besser wissen müssen.«

Die Verzweiflung in seiner Stimme war nicht zu ertragen. »Nein, das hättest du nicht. Du hast ihm vertraut«, erwiderte ich. So wie ich Nikolai. Aber alles, was er vielleicht für mich empfunden hatte, musste in dem Moment verschwunden sein, wo er die Bestätigung bekommen hatte, dass ich die Lösung all seiner Probleme war. Der Siebenstern musste alle Zweifel ausgeräumt haben. Doch das spielte nun alles keine Rolle mehr. Radu war tot, und wir hatten ihn überlebt. Der Gedanke war wie ein kleines, zartes Licht in meiner geschundenen Brust.

Kyrill küsste mich auf die Stirn. »Du musst ausreichend trinken und viel schlafen, damit du gesund wirst«, wies er mich an. »Ich habe getan, was ich konnte, aber es werden Narben zurückbleiben.« Behutsam half er mir, mich aufzurichten, und flößte mir geduldig einen Tee ein, der nach frischen Kräutern und Honig schmeckte. »Wenn du das nächste Mal wach wirst, geht es dir besser«, versprach er und half mir, mich wieder auf den Bauch zu legen. Dann deckte er die Wunden mit einem frischen Tuch ab. »Es tut mir so leid.« Er tupfte Salbe auf meine schmerzenden Lippen.

An der Stelle, an der Alexej mich gebissen hatte, um mich zu betäuben, loderte ein Feuer auf, und ich zuckte zusammen. »Besitze ich wirklich die Unsterblichkeit der Strigoi?«

Der Gedanke, dass Celia starb, weil ich etwas besaß, das mir nicht zustand, war furchtbar. Obwohl ich mir dieses Schicksal nicht ausgesucht hatte, war ich so doch für ihres verantwortlich. »Kann ich diesen Fluch brechen? Kann ich ihnen ihre Magie zurückgeben?«

Kyrill nahm meine Hand in seine. »Nein, diese Macht hast du nicht.«

»Aber«, begehrte ich verzweifelt auf, »es muss doch einen Weg geben, dass sie zurückbekommen, was ihnen gehört.« Mein Leben lang hatte ich mir mehr Magie gewünscht, aber nun wollte ich weder die Kraft der Hexen noch die Unsterblichkeit der Strigoi. Zum ersten Mal, seit ich Aquincum verlassen hatte, wünschte ich mich in die kleine, einsame Hütte zurück. Aber nicht einmal, wenn ich gesund wurde, konnte ich Ardeal mit Kyrill und Lupa verlassen. Für uns alle drei wäre das Leben unter Menschen viel zu gefährlich. Doch wenigstens konnte ich nun meine Geschwister beschützen. Oder war auch das nur eine Illusion? Meinem Vater, der angeblich so viel Magie besessen hatte, war es nicht gelungen, zu überleben.

»Ich hätte für dich da sein müssen.« Kyrills Worte rissen mich aus meinen Gedanken. »Doch das war ich nicht. Ich war wütend und abweisend. Und das nicht nur, weil ich Angst hatte, was Radu tun würde, wenn er bemerkte, wie viel du mir immer noch bedeutest. Ich war wütend auf dich, weil du fortgegangen bist und mich zurückgelassen hast. Weil du frei warst.«

Ich versuchte, seine Hand zu drücken, aber mir fehlte die Kraft. »Ich war nie frei und ich habe dich jeden Tag vermisst.«

»Das weiß ich jetzt, und es tut mir leid, dass ich nicht der Bruder war, den du verdient hattest, als du zurückkamst.«

»Das ist nicht mehr wichtig.« Müdigkeit überschwemmte mich wie eine Welle. »Ab jetzt wird alles anders.«

»Das wird es«, sagte er »Ich werde es wiedergutmachen. Niemand wird dir mehr wehtun.«

»Dir auch nicht«, raunte ich. »Weil wir fortgehen. Wir alle drei.« An diesen Gedanken klammerte ich mich, während ich wegdriftete. Welche Kräuter waren in dem Tee gewesen? »Wir werden uns nie wieder trennen.« Die Augen fielen mir zu, obwohl ich versuchte, wach zu bleiben.

»Ich werde immer bei dir sein«, hörte ich ihn sagen. »Aber ich muss das hier tun, denn es ist das Richtige. Nur so bist du in Sicherheit. Celesta hat ihnen Unrecht angetan, und nur ich kann dafür sorgen, dass es vorbei ist. Danach wird auch Alexej seinen Frieden finden.«

Wovon sprach er da? Ich verlor den Kampf gegen die Müdigkeit. Doch ich spürte noch, wie Kyrill mir etwas in meine Hand legte. Es war weich, und fühlte sich an wie eine Haarlocke, und dann tauchte ich in Kyrills Geist. Er öffnete die Tür und verließ mein Zimmer. Ich hab dich lieb, Val, flüsterte er. Das hatte ich immer. Vergiss das niemals. Wenn ich früher Angst hatte, dann hast du mir immer eine Geschichte erzählt. Deine Lieblingsgeschichte. Sie handelte von einer Prinzessin, die eines Tages einen Prinzen rettet. Ich habe behauptet, dass der Prinz die Prinzessin retten muss, aber dann bist du wütend geworden und hast mich ausgeschimpft. Heute weiß ich, dass du recht hattest. Prinzessinnen müssen nicht gerettet werden, jedenfalls nicht von Prinzen, aber manchmal von ihren Brüdern. Lass mich das hier für dich tun, nachdem ich so vieles falsch gemacht habe. Du brauchst keine Angst mehr vor Nikolai haben und nicht vor Alexej. Ich erfülle ihnen ihren sehnlichsten Wunsch. Ich rette ihre Schwester, und im Austausch werden sie dich am Leben lassen. Du weißt es nicht. Niemand weiß es. Aber nicht du trägst die Last dieses Fluches, sondern ich. Du hast die Magie der Hexen von unserem Vater geerbt und ich die Unsterblichkeit der Strigoi. Aber ich will sie nicht. Sie gehört ihnen, und deswegen werde ich den Fluch lösen. Ich gebe ihnen zurück, was ihnen gehört.

Nein, schrie ich in Gedanken, als ich begriff, was er mir da erzählte. Ich versuchte, den Schlaf abzuschütteln, doch mit dem Tee hatte er mir etwas verabreicht, damit ich nicht aufwachte. Damit ich ihn nicht daran hinderte, was er vorhatte. Komm zurück, wimmerte ich in meinem Kopf, nicht wissend, ob er mich hörte.

Ich gab unserem Vater das Versprechen, dich zu beschützen, und dieses Versprechen werde ich nun einlösen.

Wir waren doch erst zehn, schrie ich. Du warst ein Kind. Vater hätte das nicht von dir verlangen dürfen.

Kyrill lief eine Treppe hinauf. Seine schmale Gestalt sah verloren aus, und er war leichenblass. Er hatte Angst und zitterte, aber er war fest entschlossen, etwas für mich zu tun. Alles wird gut werden. Du wirst sehen. Geh so weit weg von hier, wie du kannst. Verlass dieses verfluchte Land. Vergiss, was hier geschehen ist. Seine Worte wurden hektischer, als er sein Tempo beschleunigte. Schritte folgten ihm, und ich hoffte, es wäre jemand, der ihn aufhalten konnte. Doch als er sich umdrehte, erkannte ich Alexej. Nun zitterte auch mein gelähmter Körper. Er durfte Kyrill nichts antun.

Bleib stehen, Kyrill, brüllte er. Ich werde dir nichts tun. Ich will nur mit dir reden.

Nein, lauf!, flehte ich.

Bitte, stieß Alexej hervor. Sein Haar war zerzaust, sein Gesicht grau, aber seine Augen glühten wie brennende Kohlen. Doch er wurde nicht schneller. Entweder wollte er Kyrill keine Angst machen oder ihn in Sicherheit wiegen.

Lauf!, brüllte ich wieder.

Kyrill stieß eine Tür zum Dachfirst auf. Die Zinnen schimmerten im Mondlicht. Ich hörte die Schläge der Glocke von Caraiman. Ein Erbe befand sich in Gefahr. Du wirst mir böse sein, sagte Kyrill, aber ich hoffe, eines Tages verzeihst du mir alles, was ich getan habe. Er sprang auf die Brüstung und hob beide Arme in die Luft. Eines Tages wirst du die Königin sein, Val, schrie er in die Nacht. Und dann wird meine Seele im Sommerland tanzen. Aber vorerst bist du frei.

Meine Hände krallten sich in das Laken. Ich versuchte, die Lähmung abzuschütteln. Er durfte dieses Opfer nicht bringen. Nicht für mich. Er sollte an meiner Seite sein und mit mir kämpfen. Ich hatte ihn doch gerade erst zurückbekommen. Aber ich konnte ihn nicht aufhalten. Niemand konnte es. Auch nicht Alexej, der mit entsetztem Gesichtsausdruck auf die Knie fiel. Nein, formten seine Lippen.

Kyrill lächelte ihn an und in diesem Lächeln lag all die Liebe, die er für den Strigoi empfunden und die dieser mit Füßen getreten hatte.

Es tut mir leid, flüsterte Alexej. Tu es nicht. Bleib bei mir.

Aber Kyrill lächelte nur noch strahlender, und dann ließ er sich fallen. Sein weißes Hemd blähte sich in der Luft, und es sah aus, als würde er fliegen. Der Aufprall seines Körpers auf den Felsen am Fuße des Schlosses wurde zu einem Donnern, und gleißendes Licht erfüllte die Welt, als die Magie der Strigoi, die in seinem Körper gefangen gewesen war, sich befreite und zu ihnen zurückkehrte.

Die Glocke verstummte, und es wurde still.

Kyrill war tot. Er hatte sich geopfert. Für mich, für Celia und für Alexej. Nikolai hatte bekommen, was er sich so sehr ersehnte. Ich hoffte, er war jetzt glücklich. Den Preis dafür hatten Kyrill und ich bezahlt. Der Prinz würde ewig leben, während die Prinzessin starb. Dunkelheit umfing mich und Stille, als meine Welt in einer unendlichen Schwärze zerbrach. Mein Bruder war tot.

Aufgebrachte Stimmen rissen mich in die Wirklichkeit zurück. Ich wusste nicht, ob Stunden oder Tage vergangen waren. Die Lähmung, die Kyrills Schlaftrunk verursacht hatte, damit ich ihn nicht davon abhielt, sich das Leben zu nehmen, war verschwunden, doch mein Körper schmerzte immer noch. Ich wollte mehr von diesem Tee, denn ich wollte nicht aufwachen. Solange ich schlief, konnte ich mir einbilden, dass alles nur ein böser Traum gewesen war. Ich konnte hoffen, dass Celia in ihrem Bett lag. Ich konnte mir vorstellen, wie Nikolai mit Zerberus auf dem Schlosshof auf mich wartete. Und Kyrill …

Lupa brüllte jemanden an, und ich riss die Augen auf. Die Tür meines Zimmers stand offen und vom Flur drangen Stimmen herein. Nikolais Stimme! Ich erstarrte. Was tat er noch hier? Weshalb war er nicht längst fort? Sie hatten ihre Unsterblichkeit zurück, und ich konnte und wollte mir nicht vorstellen, was sie damit zu tun vermochten.

»Das haben wir nicht gewollt«, behauptete Nikolai gerade beherrscht.

»Dein Bruder hat Valea entführt und zugelassen, dass Melinda und Radu sie foltern«, erwiderte Jaron sachlich. »Willst du uns etwa sagen, du hättest von alldem nichts gewusst?«

»Du bist ein hinterhältiges Schwein«, kreischte Lupa dazwischen. »Du bist schuld, dass mein Bruder tot ist.« Ihre Stimme brach.

»Es war seine eigene Entscheidung«, erwiderte Nikolai. »Er wusste, was passieren würde, wenn er stirbt. Er wusste, dass sich unsere Magie dann befreien würde. Er hat es getan, um

Valea zu beschützen. Wenn er sich uns anvertraut hätte, dann hätten wir einen anderen Weg gefunden.« Seine Worte klangen aufrichtig, aber sie mussten eine Lüge sein. Der Fluch konnte nur gebrochen werden, wenn sein Träger starb. »Celesta ist unsere gemeinsame Feindin«, sagte er eindringlich, und ich hasste ihn beinahe, weil er so vernünftig klang. »Mein Vater starb, als er versuchte, euren zu retten. Wir dürfen nicht zulassen, dass diese Sache unser Bündnis zerstört.«

Er war tatsächlich dort gewesen. In der Nacht des Angriffs. Eines Angriffs, den nicht die Königin, sondern der Hohepriester angeführt hatte. Meine Eltern hatten sich und uns vor ihm versteckt, aber er hatte uns trotzdem gefunden. Auch damals musste er schon mit Melinda im Bunde gewesen sein. Sie hatten schon damals versucht, unserem Vater die Unsterblichkeit zu entreißen. Und sie waren gescheitert. Genau wie bei mir. Denn sie hatten nicht gewusst, dass Kyrill die Magie der Unsterblichkeit geerbt hatte. Radus Mühe, mich zu verstecken, war völlig umsonst gewesen. Und Sophia? War sie nur ein Versuchskaninchen gewesen? Hatte Alexej ihm auch bei ihrer Entführung geholfen? Wut wallte in mir auf.

Wieder erklang Nikolais Stimme. »Mein Vater hat gegen die Lykaner gekämpft, die euch angegriffen haben. Er starb an den Verletzungen. Radu ist tot, aber wir haben immer noch eine gemeinsame Feindin und ein Bündnis. Wir halten daran fest.«

Wie sollten wir Wicca den Strigoi jetzt noch von Nutzen sein? Was versprach er sich davon?

»Es gibt kein Bündnis mehr«, fauchte Lupa. »Ich werde dich jagen, Lazar, und jedes einzelne Mitglied deiner Familie. Bis ihr alle tot seid.«

Ich musste aufstehen und Lupa zur Vernunft bringen. Was sie da sagte, war Wahnsinn. Er könnte sie ohne Mühe töten, wenn sie ihm weiter drohte. Ich würde das nicht zulassen, denn ich wollte sie nicht auch noch verlieren. Wo war Magnus? Weshalb tat er nichts?

Celia kam in mein Zimmer geschlüpft und schloss die Tür hinter sich. Sie starrte mich an, als hätte sie nicht damit gerechnet, dass ich wach war. Ihr Körper war nicht mehr knochig und mager. Ihre Wangen waren gerundet und der graue Schimmer war von ihrer Haut verschwunden, genau wie die Erschöpfung aus ihren Augen. Sie war wunderschön. Dann stürzte sie auf mich zu, schlang die Arme um mich und begann zu schluchzen. Ich stöhnte, weil sich diese Umarmung wie ein Schraubstock auf meinen Wunden anfühlte.

»Große Göttin. Entschuldige.« Sie ließ mich los und zupfte das Tuch auf meinem Rücken zurecht. Doch sie konnte ein Aufkeuchen nicht verbergen. Sie war immer noch blass, aber die perfekte Ebenmäßigkeit ihres Gesichtes verschlug mir für einen Moment die Sprache. Ein wunderschönes helles Seidenkleid umschmeichelte ihren grazilen Körper.

»Du bist wieder gesund«, sagte ich tonlos. »Herzlichen Glückwunsch.«

Sie setzte sich auf den Stuhl, auf dem auch Kyrill gesessen hatte. »So habe ich das niemals gewollt.« Sie wischte sich die Tränen von den Wangen. »Ich wollte nichts von alldem. Nicht, wenn es dir so große Schmerzen bereitet.«

»Ich glaube dir.« Ich konnte sie nicht weiter anschauen. Sie sollte gehen. Mein Bruder war tot. Er hatte sich geopfert. Für mich, für sie und für irgendetwas, das ich noch nicht vollkommen begriffen hatte und wahrscheinlich auch nie begreifen würde.

»Wenn ich könnte, würde ich es rückgängig machen«, sagte Celia ernsthaft und wollte nach meiner Hand greifen, doch ich zuckte zurück. »Das musst du mir glauben.«

»Es ist besser, wenn du zu deinen Brüdern gehst.«

»Nikolai möchte mit dir reden.« Sie griff wieder nach meiner Hand und hielt sie trotz ihrer übermenschlichen Kräfte, die sie nun wieder besaß, sehr sanft fest. »Bitte, lass es ihn erklären.«

Panisch schüttelte ich den Kopf. In meiner Brust zog sich etwas zusammen und schnürte mir die Kehle zu. »Es gibt nichts, was ich von ihm hören möchte.«

»Er wusste nicht, was Alexej vorhatte, und es tut ihm leid, dass er so wütend auf dich war.«

»Das ist alles nicht mehr wichtig. Ich möchte, dass du gehst.«

Ihre Tränen waren versiegt, aber in ihren Augen stand überdeutlich die Trauer über das Geschehene. Vorsichtig löste ich meine Hand aus ihrem Griff. »Ich wäre dir dankbar, wenn du mich allein lassen würdest.«

»Valea.«

Am liebsten hätte ich mir die Ohren zugehalten.

»Er wird nicht gehen, bevor er dich gesehen hat.«

»Ist das eine Drohung?«

»Nein. Ganz sicher nicht. Er würde dir nie etwas antun.«

»Das braucht er auch nicht mehr, denn das hat er schon.«

»Wenn du ihm nur die Chance geben würdest …«

»Ich sagte Nein, und wenn er nicht verschwindet, dann springe ich auch aus dem Fenster.«

Sie keuchte auf. »Das sage ich ihm besser nicht, denn dann würde er dich ans Bett fesseln.«

Noch vor ein paar Tagen hätte ich über diese Bemerkung gelacht, jetzt fürchtete ich mich, dass er die Drohung in die Tat umsetzen würde. Zuzutrauen war es ihm.

»Er hat Angst um dich.«

»Celia. Ich bitte dich noch einmal. Geh. Ich habe meine eigenen Probleme. Eure interessieren mich nicht mehr. Er wird nicht lange ein schlechtes Gewissen haben. Da bin ich mir sicher.«

Sie runzelte die Stirn. »Ich denke, da täuschst du dich. Wir fühlen uns schrecklich und würden gern etwas tun, aber du hast recht. Nichts davon ist je wiedergutzumachen.« Sie stand auf, ging aber immer noch nicht.

Ich knirschte mit den Zähnen, doch das machte einer Strigoi im Vollbesitz ihrer Kräfte keine Angst.

»Ich werde immer deine Freundin sein«, sagte sie leise. »Auch wenn du nicht mehr meine sein möchtest. Wir stehen für alle Ewigkeit in deiner Schuld.« Endlich drehte sie sich um und ging.

»Ihr steht nicht in meiner Schuld«, flüsterte ich, aber sie hörte mich sehr deutlich, »sondern in Kyrills, doch diese könnt ihr nicht mehr abtragen.«

Sie öffnete die Tür.

»Kann ich zu ihr?«, fragte Nikolai herrisch. »Wie geht es ihr?«

»Sie will dich nicht sehen, und das solltest du akzeptieren.«

»Lass sie einfach in Ruhe, Lazar«, mischte Magnus sich ein.

»Wir kümmern uns um sie.« Die Worte kamen von Jaron. Er war nun nicht mehr nur mein Freund, sondern auch mein Cousin oder so etwas Ähnliches. War er deswegen noch hier? Oder wollte er auch etwas von mir? Wollte er mich vielleicht zu Celesta bringen? Wem konnte ich trauen und wer plante, mich als Nächstes zu benutzen? So viele Geheimnisse und Lügen.

Aber auch ich hatte gelogen, rief ich mir ins Gedächtnis. Obwohl mein Glaube es mir verbot. Ich hatte Dinge getan, die anderen geschadet hatten, weil ich dachte, sie wären richtig. Ich hatte getötet. Ekel vor mir selbst stieg in mir auf. Das hatte dieses Land mit mir gemacht, und ich hatte die unrealistische Hoffnung gehabt, hier glücklich werden zu können. Vorsichtig setzte ich mich auf und machte eine Bewegung mit der Hand. Das Schloss rastete ein und einer der beiden Schränke schob sich vor die Tür.

Die aufgebrachten Stimmen verstummten, dann klopfte es leise. »Valea. Ich bin es, Magnus. Lass mich rein. Ich werde dich fortbringen.« Magnus, der meine Erinnerungen manipuliert hatte. Auf Geheiß des Mannes, der für den Tod meiner Eltern verantwortlich war. Hatte der Corbii das gewusst? Weshalb sollte ich ihm trauen. Weil er meine Erinnerungen nicht vollständig gelöscht hatte? Sollte ich ihm dafür etwa dankbar sein? Es wäre eine Gnade gewesen.

Niemand würde mich irgendwo hinbringen. Niemand durfte wissen, wohin ich verschwand. Nachdem mein Bruder tot war, war ich die letzte direkte Erbin der Hexenkönigin. Sie würde alles daransetzen, mich in die Finger zu bekommen, und ich hatte kein Interesse, der nächsten bösartigen Person in die Hände zu fallen, die mich nur benutzen würde. Ich hatte kein Interesse mehr an diesem Land. Ich würde Ardeal verlassen, und ich musste irgendwohin gehen, wo mich nie wieder jemand fand. Ich musste zurück zu den Menschen, meine Magie verbergen und versuchen, dort ein Leben ohne sie zu führen.

»Valea, mach die Tür auf!«, forderte nun Nikolai. »Wir müssen reden. Du bist hier nicht sicher.« Als ich nicht antwortete, schlug er mit der Hand gegen die Tür.

Ich blinzelte einmal.

»Mist. Wie hat sie das gemacht?«, hörte ich Kaylas erschrockene Stimme und dann ein leises Knurren von Nikolai.

»Ein Feuerzauber«, antwortete Jaron lapidar. »Ein Kinderspiel für sie.«

Da hatte er recht. Mit nur einem Wimpernschlag hatte ich die Tür zum Glühen gebracht. Nun würde mich niemand mehr stören. Es sei denn, Nikolai tauchte vor meinem Fenster auf, denn vermutlich konnte er nun auch wieder fliegen.

Aber das tat er nicht. So wichtig schien ihm ein Gespräch dann doch nicht zu sein. Geduldig wartete ich, bis es draußen Nacht geworden war, und dann wartete ich noch länger, bis ich sichergehen konnte, dass alle schliefen. Ich ließ alles zurück, was nach Ardeal gehörte, und trug nur Sachen am Körper, die aus der Menschenwelt stammten. Lediglich Kyrills Locke, die nun zusammengebunden mit einem Faden in der Tasche meiner Hose steckte, nahm ich mit.

Geräuschlos ließ ich den Schrank an seinen Platz zurückwandern, löschte den Feuerzauber, öffnete die Tür und lauschte. Ich hatte befürchtet, dass Nikolai vor der Tür ausharren würde, aber der Flur war leer. Waren die Strigoi abgereist? Würde er gegen Celesta in den Krieg ziehen und sich dafür rächen, was sie seinem Volk angetan hatte? Wahrscheinlich nicht. Solange Celesta ihn in Ruhe ließ, würde er sie nicht angreifen. Dafür war er viel zu vernünftig. Es ging mich nichts mehr an. Ich musste Lupa finden. Ohne sie konnte ich nicht gehen.

Auf Zehenspitzen lief ich den Flur entlang und dann die Treppe hinunter. Die Tür zu dem Raum, in dem schon Arvid, Alva und Carys aufgebahrt waren, stand offen. Meine Füße trugen mich wie von allein hinein, und erst, als ich landete, begriff ich, dass ich geschwebt war. Ich schluckte die Angst hinunter. Angst vor dem Anblick und Angst vor der Magie, die ich dringend lernen musste zu beherrschen.

Die Leichen der Hexen und des Strigoi waren verschwunden. Nun stand nur noch ein Tisch in der Mitte, und darauf hatte man Kyrills Leichnam gebettet. Sein Körper war mit einem weißen Tuch abgedeckt, aber sie hatten sein Gesicht nicht verhüllt, das auf wundersame Weise unverletzt geblieben war. Seine Augen waren geschlossen, und ein sanfter Schimmer lag auf seiner Haut. Er sah im Tod friedlicher aus als im Leben. Milo lag zu seinen Füßen, als hielte er Wache. Ich nahm den kleinen Kater in den Arm und berührte sanft Kyrills Wange. »Das hättest du nicht tun dürfen«, flüsterte ich. »Wir hätten einfach gemeinsam fortgehen können. Ich hätte euch die Welt jenseits dieser Berge gezeigt.« Ich strich ihm eine dunkle Locke aus der Stirn. »Ich hoffe, deine Seele findet im Sommerland den Frieden, nach dem sie gesucht hat. Ich hoffe, dass sie dort tanzt.«

Ich wollte noch so viel sagen, aber eine Bewegung in einer der dunklen Ecken des Raumes ließ mich zusammenzucken. Vorsichtig trat eine Gestalt aus dem Schatten. Es war Lupa, die sich mir langsam näherte. Sie war so blass wie ein Geist. »Ich wollte bei ihm bleiben«, sagte sie mit rauer Stimme. »Ich wollte nicht, dass er allein ist. Er hat sich im Dunklen gefürchtet, erinnerst du dich daran? All die Jahre habe ich versucht, ihn zu schützen, und am Ende war es nicht genug.«

Tränen liefen mir über die Wangen. »Wir werden fortgehen«, sagte ich. »Zusammen. Er wollte, dass wir in Frieden leben können.« Ich hielt ihr die Hand hin, doch sie schüttelte den Kopf. »Mein Platz ist hier in Ardeal. Ich werde ihn rächen. Die Strigoi werden dafür bezahlen, was sie ihm angetan haben.«

»Der Weg der Rache führt nirgendwohin«, sagte ich tonlos, weil ich selbst den Gedanken kaum ertragen konnte, dass Kyrills Tod ungesühnt blieb. »Du wirst sie nicht besiegen und nur sehr viele Wicca ins Unglück stürzen. Radu ist tot. Lass es gut sein. Kyrills Opfer hat nur einen Sinn, wenn wir überleben.«

»Nein. Er hat nur einen Sinn, wenn wir die Hexen und die Strigoi aus Ardeal vertreiben.« Wahnsinn loderte in ihren Augen. »Du musst uns anführen. Du musst die neue Hohepriesterin der Wicca werden. Mit Hilfe deiner Macht werden die Wicca endlich siegen.«

Ich schüttelte den Kopf. »Ich bin keine Waffe, Lupa, und ich werde keinen Krieg führen.«

»Dann bist du ein noch größerer Feigling, als ich dachte.«

Die Verachtung in ihrem Blick war kaum zu ertragen. Ich musste sie zur Vernunft bringen, aber ich wusste nicht, wie. »Komm mit mir. Ich kann nicht bleiben. Celesta wird mich suchen, mich gefangen nehmen und benutzen. Ich muss fort, aber ich will nicht allein gehen.« Die Vorstellung, in Muntenia wieder in dieser Einsamkeit zu versinken und dieses Mal ohne Hoffnung auf Rückkehr, ließ mich erschaudern. »Bitte«, flehte ich, doch der Ausdruck in ihrem Gesicht wurde nur noch abweisender.

»Geh!«, befahl sie. »Verschwinde! Verkriech dich irgendwo und komm nie zurück. Wir brauchen dich hier nicht.« Die Abscheu in ihren Worten ließ mich zurücktaumeln. Mit geradem Rücken und gerecktem Kinn ging sie an mir vorbei, ohne mich auch nur noch eines Blickes zu würdigen.

Unschlüssig blieb ich neben Kyrills aufgebahrten Körper stehen. War es falsch, zu gehen? Sollte ich bleiben und kämpfen? Aber wofür? Welchen Sinn machte ein Krieg? Ich blickte auf meinen toten Bruder, aber von ihm bekam ich keine Antworten.

Erst ein dumpfes Geräusch riss mich aus meinen Gedanken. Die Glocke von Caraiman läutete so laut und durchdringend wie niemals zuvor.

Eine schattenhafte Gestalt tauchte neben mir auf und legte mir eine Hand auf die Schulter. »Zeit zu gehen, Valea.«

Ancutas Augen strahlten fast lebendig in dem trüben Licht der Kerze. Sie waren so grün wie meine eigenen. »Komm.« Sie nahm meine Hand und zog mich schwebend hinter sich her.

»Die Zeit drängt«, murmelte die Tür von Melindas Büro, als wir davor landeten, und sie öffnete sich knarrend. »Beeil dich, Mädchen.«

Mir war nicht klar, weshalb Ancuta mich hergebracht hatte. Sie schwebte zu dem Regal, in dem die gebannten Grimoires ruckten und zuckten. Mit ihrer Geisterhand griff sie durch die unsichtbare Barriere und zog eins der Bücher heraus. Sein Ledereinband war schwärzer als die dunkelste Nacht, und ein Gurt verhinderte, dass es aufsprang.

Ich steckte mir Milo in die Bluse. Auf keinen Fall ließ ich ihn hier zurück. Ancuta kam zu mir und drückte mir das Zauberbuch in den Arm. Ein leises Wispern stieg daraus empor. Dann schnipste sie mit den Fingern, und einer von Melindas Besen löste sich aus der Halterung, in der sie sie abgestellt hatte, und schwebte zu uns heran. »Bring dich in Sicherheit!« Das große Fenster schlug so heftig auf, das Glas splitterte, doch es fiel nicht auf den Boden, sondern setzte sich umgehend wieder zu einer Scheibe zusammen. Der Klang der Glocke füllte den Raum, aber dahinter war noch etwas zu hören. Mit dem Besen und dem Buch in der Hand lief ich zum Fenster und schreckte vor dem Anblick zurück. Über die Ebene zogen unzählige schwarzgewandete Gestalten auf Caraiman zu. Die aufgehende Sonne wurde von Hexen und Hexern verdeckt, die auf ihren Besen auf das Schloss zusteuerten. An ihrer Spitze flog, in ein weißes Kleid und einen weißen Umhang gehüllt, Celesta. Ihre dreizehn Krieger umschwärmten sie wie Drohnen eine Bienenkönigin. Sie kam zurück, um das Schloss für sich einzufordern, und sie brachte ihre gesamte Armee mit.

»Geh«, forderte Ancuta mich wieder auf.

Ich sah sie an. Meine Großmutter. »Milas wird nicht zurückkommen«, sagte ich. »Du solltest nicht bleiben. Du gehörst ins Sommerland.«

Sie lächelte. »Ich weiß. Ich bin nicht wegen ihm geblieben, sondern weil ich wusste, dass du eines Tages meine Hilfe brauchen würdest. Die Große Göttin wird von nun an auf dich achtgeben«, versprach sie mir lächelnd, und dann löste ihr Geist sich in Luft auf.

Sie hatte gewusst, was passieren würde? Weshalb wunderte mich das überhaupt? Ich betrachtete den Besen. Ich hatte keine Ahnung, wie ich ihn benutzen sollte.

»Spring einfach auf«, murmelte die Tür. »Entweder du fliegst oder du fällst.«

»Klingt ganz nach meinem Leben«, antwortete ich leise und setzte mich auf den Besen. Er stieg in die Höhe und sauste dann aus dem Fenster hinaus. Mit einer Hand hielt ich das Grimoire fest und mit der anderen klammerte ich mich an das unsichere Gefährt. Milo maunzte kläglich. Der Besen flog um die Ecke eines Turmes herum und verbarg uns so vor Celestas Blicken. Dann jagte er davon in die andere Richtung direkt auf den Wald zu. Als wir ihn erreichten, drehte ich mich um, um sicherzugehen, dass niemand uns folgte. Ich musste hoffen, dass Lupa das Schloss auch verlassen hatte.

Der Besen verlangsamte für einen Moment seine Geschwindigkeit. Mir folgten keine Hexen, aber dafür entdeckte ich große schwarze Schwingen. Sie gehörten den fünf Strigoi, die reglos über dem alten Glockenturm von Caraiman schwebten. Kayla, Celia, Nikolai und Ivan hatten Alexej in ihre Mitte genommen. Die Sonne stieg höher und sandte ihre blutroten Strahlen durch die zarte Haut ihrer Flügel, sodass das Schwarz in einem dunklen Purpur aufleuchtete. Es sah wunderschön aus und gleichzeitig beängstigend. Ganz langsam drehte sich Nikolai zu mir um. Die Glocke schlug ein letztes Mal und verstummte, als der Besen davonschoss, um mich in Sicherheit zu bringen – und fort von Nikolai Lazar. Er würde mich über die Berge bis zur Nebelwand tragen. Von dort aus musste ich meinen Weg allein gehen. Zurück zu den Menschen.

ENDE TEIL 1

CREDO DER WICCA
(ÜBERSETZUNG)

Auf das Wiccarecht wirst du bauen.
In wahrhafter Liebe und echtem Vertrauen.
Lebe und lass andere leben,
sei mäßig beim Geben und mäßig beim Nehmen.

Zieh den Kreis dreimal aus und halte alles Böse raus.
Die Sprüche werden wirksam sein,
wenn geschmiedet sie im Reim.
Die Augen sanft, Berührung zart,
Zuhören vor Reden sei deine Art.

Wächst der Mond, geh sonnenwendig,
tanz und sing den Runen lebendig.
Wenn der Mond wird abgebaut,
heult der Wolf, gebannt vom Eisenkraut.
Wenn der Göttin Mond in neuem Stand,
küsse zweimal ihre Hand.
Acht den Vollmond, sei bereit,
für Sehnsucht im Herzen ist's die rechte Zeit.

Lässt der mächtige Nordwind sich spüren,
streich die Segel und schließ alle Türen.
Der Wind aus Süden bringt Herzen zum Glühen,
auch du kannst mit ihm in Liebe erblühen.
Neuigkeiten wird der Ostwind entschleiern,
erwarte und bereite dich vor zu feiern.
Hat der Wind aus Westen zu befehlen,
unruhig sind die wandernden Seelen.

Neun Hölzer sind für den Kessel gut,
brenn sie schnell mit sanfter Glut.
Der Baum der Göttin ist weise und alt,
schade ihm, und ihr Fluch sei dein Gehalt.
Erreicht das Jahr Walpurgisnacht,
brenne ihr Feuer in voller Pracht.
Ist das Rad bei Jule arriviert,
zünde die Fackeln, und Pan regiert.

Alle Pflanzen sollst du hegen und pflegen,
denn das bringt der Göttin Segen.
Die murmelnden Gewässer sind dein Gewissen,
wirf einen Stein und du wirst es wissen.

In deiner Not wirst du dich bewehren,
jedoch niemals den Besitz deiner Nächsten begehren.
Lass dich nicht mit den Toren ein,
denn sie bringen falschen Schein.

Empfangen und Abschied mit Wärme gemacht,
dein Herz wird zum glücklichen Glühen gebracht.
Das Dreifachgesetz sei dein leitender Faden,
dreimal bringt‘s Glück und dreimal bringt‘s Schaden.
Wenn Missgeschick regiert dunkle Tage,
auf deiner Stirn einen Stern dann trage.

Die, die dich lieben, darfst du nie belügen,
damit auch sie nie dich betrügen.
Zum Schluss noch acht Worte, und da gilt‘s:
»Schadet es keinem, dann tu, was du willst!«

ZEITTAFEL

VOR 1000 JAHREN:
Königin Estera schließt den ersten Pakt
mit den Wicca und Strigoi

VOR 500 JAHREN:
Der Vertrag wird gebrochen und Krieg bricht wieder aus

VOR 400 JAHREN:
Errichtung der Nebelwand

VOR 312 JAHREN:
Verwandlung von Nikolai und Kayla

VOR 265 JAHREN:
Verwandlung von Alexej

VOR 200 JAHREN:
Ermordung von Ivans Familie und Zerstörung
der alten Festung des Coven Patel

VOR 83 JAHREN:
Geburt von Radu Patel

VOR 80 JAHREN:
Geburt von Celia Lazar

VOR 60 JAHREN:
Celesta verflucht die Strigoi –
da war sie 30 Jahre alt und Melinda 28

VOR 59 JAHREN:
Geburt von Ancuta

VOR 40 JAHREN:
Abschluss des zweiten Paktes und Geburt
von Ancutas Sohn (Ancuta war 19 Jahre alt)

VOR ÜBER 22 JAHREN:
Geburt von Valea und Kyrill

VOR ÜBER 12 JAHREN:
Ermordung von Valeas Eltern

PERSONEN VERZEICHNIS

Adrian Grigore	*Hexer*
Alexej Lazar	*Strigoi; Nikolais Bruder* *Strigoi*
Alva	*Hexe*
Amelia	*Assistentin von Bredica* *Hexe*
Ancuta	*Geist von Caraiman* *Tochter von Celesta* *Hexe*
Arvid	*Strigoi*
Bredica Fatou	*Verwalterin* *Haushälterin von Caraiman* *Hexe*
Carys	*Hexe*
Celesta	*Hexenkönigin* *Hexe*
Celia Lazar	*Schwester von Nikolai Lazar* *Strigoi*
Eleni	*Hexe*
Estera	*Hexe*
Gabriella Lazar	*Celias Mutter* *Strigoi*
Ivan	*Nikolais Oberbefehlshaber* *Strigoi*
Jaron Valeri	*Hexer*

Kayla Anghel	*Nikolais 1. Offizierin* *Strigoi*
Kyrill	*Zwillingsbruder von Valea* *Wicca*
Liana	*Strigoi*
Lupa	*Schwester von Valea* *Wicca*
Magnus	*Corbii; Anführer der Rabenarmee* *Wicca*
Melinda Dumont	*Direktorin von Caraiman* *Hexe*
Milas	*Sohn von Ancuta* *Hexer*
Natalie	*Wicca*
Nexor	*Ehemann von Königin Estera* *Hexer*
Nikita Lazar	*Vater von Nikolai, Alexej und Celia* *Strigoi*
Nikolai Lazar	*Magnat der Familie Lazar* *Strigoi*
Radu	*Hohepriester der Wicca*
Sophia	*ermordete Wicca*
Valea	*Enkeltochter des Hohepriesters* *Wicca*
Valeria	*Hexe*
Vito	*Hexer*

NACHWORT

Neues Buch, neues Glück – und in diesem Sinne hoffe ich sehr, dass diese Geschichte, die ihr gerade beendet habt, euch einige glückliche Stunden schenken konnte. Das Eintauchen in eine neue Welt ist nämlich für mich als Schöpferin immer sehr nervenaufreibend und alles andere als einfach. Die Figuren zerren an mir herum und wollen nicht so wie ich. Meine Gedanken gehen auf Wanderschaft und meine Fantasie schickt mir ungefähr alle zweieinhalb Sekunden neue Ideen, weil sie eine … ist und mich ablenken will. Aber zum Glück vertragen wir uns irgendwann und raufen uns zusammen. Und das Resultat dieses Kampfes ist nun eine Vampirgeschichte (obwohl ich niemals etwas mit Vampiren schreiben wollte). Da bemühe ich doch gleich noch ein total überstrapaziertes Sprichwort, und zwar Sag niemals nie.

Aber wie immer hat auch diese Geschichte eher mich gefunden als ich sie, und obwohl ich etwas völlig anderes schreiben wollte, bin ich plötzlich in Ardeal gelandet. In diesem Land, das es tatsächlich gibt, auch wenn es nicht hinter einer Nebelwand verborgen liegt und durchaus zu bereisen ist. Wer es von euch noch nicht gegoogelt hat, dem verrate ich hiermit, dass Ardeal der rumänische Name für Transsilvanien ist. Und von dort kommen schließlich auch die Legenden über die Vampire oder eben in meinem Fall die Strigoi, und deswegen fand ich, wurde es Zeit, diese unwiderstehlichen Wesen auch wieder dorthin zurückzubringen, obwohl die Geschichte zuerst in Wales spielen sollte. Doch nachdem ich selbst in Wales gewesen bin, fühlte es sich einfach nicht mehr richtig an, und nun wird vermutlich eines Tages eine andere Story dort spielen.

Dass die Geschichte am Ende zu dem wurde, was sie ist, habe ich natürlich wieder ganz vielen Menschen zu verdanken, die mich während des Schreibprozesses begleitet und unterstützt haben, auch wenn ich ab und zu die Flinte ins Korn werfen wollte. Also schicke ich ein ganz großes Dankeschön an Katrin, Mona, Nikola, Nane, Anke, Josy, Tanja, Ela, Nicole und Daniela. Ihr habt wirklich alles gegeben, und ich weiß gar nicht, was ich ohne euch gemacht hätte. Bei Carolin kann ich mich wie immer nicht genug bedanken, weil dieses Buch ohne das fantastische Cover nur halb so schön wäre. Bei Heike und Nicole bedanke ich mich für das Austreiben des Fehlerteufels und bei Anja für den tollen Buchsatz. Ich finde, alle zusammen sind wir wirklich ein gutes Team, und ich hoffe sehr, dass ihr noch ganz lange an meiner Seite bleibt.

Und dann möchte ich auch noch euch, meinen Leser*innen, eine große Umarmung schicken. Dafür, dass ihr auch in meinem Ausruhjahr (das sich gar nicht so ausruhhaft angefühlt hat) meine Bücher weiter gelesen und empfohlen habt und dass ihr euch nun schon wieder so auf meine neue Geschichte freut. In dieser Zeit, in der alles ziemlich drunter und drüber geht, ist Lesen nicht mehr unbedingt eine Selbstverständlichkeit, und deswegen freue ich mich über eure Treue besonders. Denn was, wenn nicht Geschichten, hat die Macht, unsere Realität auch mal einfach Realität sein zu lassen und uns eine Flucht in andere Welten zu ermöglichen? Ich hoffe sehr, dass ich das geschafft habe und dass ihr in Ardeal gelernt habt, was wirklich wichtig ist. Nämlich für das zu kämpfen, was einem am Herzen liegt – und für diejenigen, die man liebt. Und nun bleibt mir nur, mit dem Schreiben des zweiten Teils zu beginnen, denn wir wollen schließlich alle gern wissen, wie es mit unseren liebgewonnenen Strigoi, Wicca und Hexen weitergeht.

Bis dahin bleibt tapfer
Eure Marah